LE SECRET DU ROI

L'ombre de la Bastille

Diplômé de l'Institut d'Etudes Politiques et licencié en droit, Gilles Perrault, né en 1931, reste cinq ans au barreau de Paris avant de se tourner vers l'écriture.
En 1964, *Le secret du jour J*, couronné par le Comité d'action de la Résistance, devient un best-seller international.
L'Orchestre rouge (1967), *Dossier 51* (1969), *Le Pull-Over rouge* (1978), *Le Dérapage* (1987) connaîtront également de vifs succès et seront d'ailleurs adaptés à l'écran.
Gilles Perrault est aussi l'auteur de nouvelles, *Les Sanglots longs* (1970); d'un livre sur l'affaire Rousseau, l'Erreur (1971); *Le Grand Jour* raconte l'histoire du débarquement; *La Longue Traque* (1975) est consacré la mort de Roland Farjon; citons encore *Les Gens d'ici* (1981), *Un homme à part* (1984), *Paris sous l'Occupation* (1987), *Le Soldat perdu* (1988) et *Notre ami le roi* (1990).

Paru dans Le Livre de Poche :

LE PULL-OVER ROUGE.

UN HOMME À PART *(2 vol.).*

GILLES PERRAULT

Le Secret du Roi

**

FAYARD

(Phot. Arch. nat.)

Le comte de Broglie
(Portrait conservé au château de Broglie.)

à Géraldine,
mon éclaireuse

AVANT-PROPOS

Comme tous les écrivains paresseux, j'ai sous-estimé l'ampleur de la tâche pour me donner du cœur à l'ouvrage. Nous n'aborderons donc le rivage d'Amérique qu'avec le troisième tome. L'Angleterre, la chère Pologne, la Corse et la Suède font la matière de celui-ci, et aussi des détours par la Bastille que Charles de Broglie et moi aurions préféré éviter pour le bien du service, mais qui n'en sont pas moins surprenants et passionnants. Je crois que, dans l'histoire du renseignement, seule la CIA peut se prévaloir d'une existence aussi mouvementée que celle du Secret.

Je remercie Didier Ozanam, l'historien qui connaît le mieux les arcanes du Secret, pour l'accueil indulgent qu'il a bien voulu réserver à mon premier tome et pour la communication de son étude sur *Le « Secret du Roi » et l'Espagne*, publiée à Madrid en 1990. Toute ma gratitude aussi à Gabriel de Broglie, qui, d'abord étonné de me retrouver sur un terrain familial où l'on ne m'attendait pas, selon son expression, n'a pas désapprouvé cette incursion et m'a aidé autant qu'il était en son pouvoir.

MM. Marc de Saint-Priest et Jacques de Pontbriand m'ont aimablement fourni d'utiles précisions sur le chevalier de Saint-Priest et Durand de Distroff, leurs lointains parents, ainsi que Mme Christiane de Pas, descendante de Pâris La Montagne, sur les quatre frères Pâris : qu'ils en soient chaleureusement remerciés. Merci également à M. Éloi Delbecque, auteur d'un ouvrage à paraître sur les évêques de Noyon, à qui je dois la communication d'une intéressante correspondance entre Hennin, agent du Secret, et le troisième frère Broglie, évêque de Noyon.

Colette Ledannois fut, comme toujours, inégalable dans le décryptement d'un manuscrit propre à décourager les meilleurs casseurs de code. Une fois de plus, Ivan Peyroles m'a fait bénéficier de sa vigilance éclairée. Ils savent à quel point leur concours fut pour moi précieux et combien je leur en suis reconnaissant.

Claude Durand a consacré à mon texte une attention coutumière chez lui, rarissime dans l'édition d'aujourd'hui. J'essaierai de l'en remercier en rendant mon troisième tome dans des délais convenables.

Ma gratitude enfin à toute l'équipe Fayard : le Secret lui doit d'être divulgué au-delà de toutes mes espérances.

Gilles PERRAULT

DEUXIÈME PARTIE

L'OMBRE DE LA BASTILLE

I

Le petit d'Éon perd la tête.

Une belle ascension. Il sortait d'une chétive famille bourguignonne dont la noblesse, contestée par les fiscaux du roi, sentait encore le tonneau ; la faveur du prince de Conti lui a valu son recrutement pour le Secret. À vingt-huit ans, il forme avec le chevalier Douglas, et le négociant Michel le commando chargé de renouer les relations diplomatiques avec Pétersbourg, rompues depuis longtemps. Les trois hommes essuient, impavides, les coups de pistolet des agents du chancelier Bestoutchev, hostile à la France. Puis d'Éon devient secrétaire du marquis de L'Hôpital, vieux militaire perclus de goutte, nommé ambassadeur auprès de la czarine Élisabeth. Il l'enchante tout comme il séduit la cour impériale, au point que la czarine tente vainement de s'attacher ses services. Il est vif, spirituel, généreux. Grâce à lui, le vin de Bourgogne coule à flots sur les tables moscovites, tandis qu'à Paris la comtesse de Broglie et Marie-Marthe Tercier reçoivent fourrures et paquets de thé. Il commente pour le roi les dépêches de son ambassadeur. Lorsque le baron de Breteuil succède à L'Hôpital à Pétersbourg, Louis XV charge secrètement d'Éon de guider les pas du néophyte. Enivrant sentiment de puissance ! On l'a dit : toujours et partout, le service secret est un terreau fertile pour la paranoïa. Comment le chevalier n'y serait-il pas exposé ? Investi de la confiance particulière du maître, tirant les ficelles de l'ambassade, contrecarrant en sous-main les instructions du puissant Choiseul, Premier ministre de fait, qui voudrait parvenir à la paix par les bons offices de la czarine, alors que le Secret préfère une guerre catastrophique à tout accroissement de la puissance russe (« C'est moi, écrira non sans exagération d'Éon à Beaumarchais, c'est moi qui, par ordre secret de mon maître, à l'insu du grand Choiseul, ai fait durer trois ans de plus la dernière guerre »), il justifierait une particulière vigilance de la part de ses chefs occultes, le comte de Broglie et Tercier. On ne voit pas que ceux-ci se soient beaucoup employés à refroidir cette tête chaude. La sonnette d'alarme retentit à la fin du séjour de d'Éon en Russie, lorsqu'il écrit à Jean-Pierre Tercier qu'il « prépare à cette puissance de quoi lui faire souvenir longtemps qu'un nommé d'Éon a résidé dans son empire ». Tercier, russophobe acharné, s'interroge seulement sur l'efficacité du mystérieux projet de son agent, sans se demander si celui-ci n'est pas victime d'une bouffée délirante. Broglie ne bronche pas davantage. Dangereuse sérénité...

Revenu à l'état militaire, le chevalier, capitaine de dragons, fait une courte mais brillante campagne sous les ordres des Broglie. Après la mort d'Élisabeth et l'accession au trône du débile Pierre III, admirateur fanatique du roi de Prusse, le cabinet français envisage d'envoyer à Pétersbourg un représentant de modeste stature, de manière à ne pas exposer aux avanies du czar un ambassadeur du premier rang. Broglie pousse celui qu'il tient pour l'un de ses meilleurs agents. Choiseul apprécie lui aussi d'Éon, bien qu'il sache son allégeance aux Broglie. Sans doute l'aime-t-il de lui ressembler tant. Le culot infernal du chevalier, son cynisme gai, son humour le tirent plus du côté de Choiseul que de celui de Broglie. Va donc pour Pétersbourg, avec le double caractère de résident et de consul. C'eût été pour d'Éon, à trente-quatre ans, l'accomplissement de ses ambitions. Le coup d'État de Catherine, femme de Pierre III, chamboule le beau projet.

Ce sera donc Londres, en qualité de secrétaire du duc de Nivernais (*Petit époux* pour la Pompadour), aimable gentilhomme venu négocier la paix à tout prix pour en finir avec le conflit désastreux qui épuise la France depuis sept ans. La délégation ne revêtit certes pas la chemise des bourgeois de Calais ni ne se passa la corde au cou, mais offrit au contraire aux Anglais étonnés le spectacle de l'insubmersible gaieté française. Lorsque d'Éon subtilisa au sous-secrétaire d'État Wood, engourdi par le bourgogne, le contenu de son porte-documents, les initiés applaudirent comme s'il s'agissait de la revanche de Rossbach. Et la cour de France refusa d'abord de croire que le cabinet anglais, contre tous les usages diplomatiques, confiait à d'Éon le soin de porter à Versailles, pour ratification, le texte du traité. À la vérité,

Londres pouvait consentir à mettre de la douceur dans les formes quand le fond du traité jetait dans sa besace le Canada, la vallée de l'Ohio et la rive gauche du Mississippi, Marie-Galante, Tobago, la Désirade, le Sénégal et la totalité de l'Inde, exception faite des cinq comptoirs traditionnels. Louis XV, qui estimait à juste titre que la continuation des hostilités eût abouti à un désastre encore pire, accueillit le chevalier avec plaisir (« Il me porte chance », aurait-il dit) et lui épingla la croix de Saint-Louis.

*

* *

Arrivé à Versailles le 28 février 1763, d'Éon fut aussitôt mis par Tercier dans la confidence du grand projet concocté par Durand, ardemment adopté par Charles de Broglie et approuvé par le roi : la préparation secrète de la revanche sur l'Angleterre. Encore le mot revanche convenait-il mal tant Durand, qui faisait partie comme d'Éon de l'ambassade conduite par Nivernais, était persuadé que le peuple anglais, furieux d'une paix qui le frustrait de l'anéantissement de ses principaux rivaux — la France et l'Espagne —, saisirait le premier prétexte pour reprendre la lutte jusqu'à la victoire totale. Il s'agissait de prévenir le coup en frappant les premiers, et, plutôt que de se laisser entraîner dans de vaines campagnes périphériques dont on venait de voir que la France n'avait rien à y gagner, il fallait atteindre l'adversaire au cœur par un débarquement en Angleterre. Une opération si ardue, jamais renouvelée depuis Guillaume le Conquérant, sept siècles auparavant, impliquait des reconnaissances sur le terrain. Charles de Broglie avait proposé Louis-François de La Rozière, un officier diplômé de l'école du génie de Mézières, qui avait brillamment combattu tout au long de la guerre de Sept Ans, et toujours sous les ordres d'un Broglie. Un fidèle. Il était vaguement allié à d'Éon : hasard heureux, car le chevalier aurait évidemment son rôle dans l'opération clandestine. Tercier l'avait aussitôt suggéré au comte de Broglie, toujours en exil au château familial, et Charles, dans une lettre qui s'était croisée avec celle de Tercier, émettait le même avis : « La circonstance de M. d'Éon, attaché désormais à l'ambassade d'Angleterre, pourra nous être favorable, puisqu'il pourrait examiner tous les moyens et les disposer selon les vues que le Roi aurait adoptées, même à l'insu de l'ambassadeur. »

Des opérations engagées par le Secret, celle-ci est de loin la plus périlleuse. Rarement même l'histoire des services secrets, en tous temps et en tous lieux, garde-t-elle trace d'une initiative comportant autant de risques. La France sort de la guerre saignée à blanc. Elle n'a plus guère de marine. Ses armées, trop souvent vaincues, ont perdu leur allant. Les caisses sont vides. L'opinion publique, dégoûtée de la guerre, a accueilli le traité de Paris avec une amertume résignée. Une reprise des hostilités à brève échéance n'est pas envisageable. L'Angleterre termine le conflit dans le même état d'épuisement, mais ses triomphes l'ont dopée, notamment ceux obtenus dans les derniers mois contre l'Espagne, tardive alliée de la France, à qui elle a arraché Cuba et les Philippines. Si La Rozière se fait pincer sur les plages anglaises, si les casseurs de code de Londres interceptent et déchiffrent un seul message concernant sa mission, si un agent français bavarde imprudemment, l'Angleterre, qui n'aspire qu'à en découdre de plus belle, sautera sur le prétexte pour rouvrir les hostilités. Quelle justification pourrait alors fournir un roi de France qui, l'encre du traité de paix à peine sèche, dépêche des espions pour préparer une nouvelle guerre ?

Louis XV, toujours obsédé par la sécurité, tiendra compte de ce contexte explosif dans ses instructions à La Rozière : « Les bons témoignages que j'ai reçus du sieur La Rozière, capitaine de mon régiment, m'engagent à le choisir pour les reconnaissances que je veux faire faire, tant sur les côtes d'Angleterre que dans l'intérieur de ce royaume. Mon intention est qu'il se conforme à tous les ordres qu'il recevra à ce sujet, de ma part, par le comte de Broglie, en lui en rendant compte exactement, lui défendant au surplus d'en communiquer avec personne quelconque autre que les sieurs Tercier, Durand et d'Éon, lorsque cela sera nécessaire et de la manière que lui prescrira le comte de Broglie. À Versailles, le 7 avril 1763. » Ainsi le noyau dur du Secret sera-t-il seul au fait de l'opération de tous les dangers. Broglie ? Au-dessus de tout soupçon. Tercier et Durand ? Des tombes. D'Éon ? Le contraire d'une tombe, mais, en sept ans de services clandestins, il n'a pas une imprudence à se reprocher.

Le chevalier assurera la base opérationnelle de La Rozière. Il travaillera naturellement « à l'insu de l'ambassadeur ». Mais cet ambassadeur ne sera pas le duc de Nivernais. Dommage, car la catastrophe eût sans doute été évitée. Grand seigneur épicurien aimant à taquiner les Muses, dépourvu d'ambition, sinon mondaine, détestant le travail réglé, Nivernais, qui touche à la cinquantaine, n'est pas homme à tenir les rênes courtes à son secrétaire. D'Eon donne de lui ce portrait : « La franchise et la gaieté sont le caractère principal de ce ministre qui, dans toutes les places et ambassades qu'il a eues, y a toujours paru comme Anacréon, couronné de roses et chantant les plaisirs au sein des plus pénibles travaux... Il est peu sensible à la haine et à l'amitié, quoiqu'en diverses occasions il paraisse extrêmement possédé de l'une et de l'autre. Car, d'un côté, il est séparé de sa femme, il la hait et ne lui fait aucun mal ; de l'autre, il a une maîtresse, il la chérit et ne lui fait pas grand bien. En tout, c'est certainement un des plus enjoués et des plus aimables ministres de l'Europe. » Comme L'Hôpital, Nivernais s'est entiché de d'Éon, qu'il n'appelle que « mon cher enfant » ou « mon cher petit ami » (point d'équivoque : le duc de Praslin, secrétaire d'État des Affaires étrangères, termine ses lettres à Nivernais par cette formule : « Adieu, mon bon ami, je vous aime de toute la tendresse de mon cœur. » C'est le ton de l'époque, au moins chez les ducs). Travailler à Londres sous Nivernais, et à son insu, eût été aussi aisé qu'à Pétersbourg sous L'Hôpital. Mais, conformément à la tradition, l'ambassadeur de France supporte mal le climat anglais. Ses lettres à d'Éon, retenu à Paris par ses conférences avec Tercier et Durand, ne seraient pas plus tragiques s'il était ministre au Groenland : « Je ne puis que vous embrasser tendrement car je suis assommé. Je lis ou j'écris depuis sept heures du matin, avec mon mal de gorge. Oh ! ma foi, assurez le duc de Praslin que si je reste encore trois mois, j'y resterai par-delà ma vie ; et n'est-ce pas bien assez d'y rester par-delà mes forces ? » Versailles, ému, décide d'arracher le pauvre homme aux brouillards mortifères.

Son successeur sera le comte de Guerchy, quarante-huit ans, lieutenant général[1], dépourvu d'expérience diplomati-

1. Général de division.

que alors que l'ambassade de Londres, au sortir d'une si longue guerre, va d'évidence jouer un rôle capital sur l'échiquier européen. Mais Guerchy, ami de jeunesse du duc de Praslin, lui-même cousin de Choiseul, appartient au clan dominant. Sa femme, une d'Harcourt fort morguée, lui a donné une position à la cour. Elle est surtout la maîtresse de Praslin. Le secrétaire d'État des Affaires étrangères sacrifie-t-il l'amour à l'amitié en expédiant les Guerchy à Londres ? Nivernais, bon camarade, lui envoie une lettre dont il pourra faire usage : « Une chose que je dois vous dire encore sur notre pauvre ami [Guerchy], c'est que s'il amène sa femme, il fera très mal. Je ne dis pas pour la dépense, mais une femme française ne réussira jamais ici, et sachez que madame la duchesse de Mirepoix, qui est très aimable, et qui a même l'humeur très prévenante, les manières très flexibles, a eu bien de la peine à y réussir. D'ailleurs, notre pauvre ami allant toutes les années passer trois ou quatre mois à Versailles, cet arrangement rendrait une femme bien embarrassante. » On aura noté l'insistance à appeler Guerchy « notre pauvre ami ». Le qualificatif, hélas, n'est pas seulement justifié par son état de cocu.

D'Éon a croisé Guerchy et en conserve un souvenir mitigé. C'était le 19 août 1761, sur les fins de la guerre. Charles de Broglie donne à d'Éon, qui sert sous lui, un ordre à porter à Guerchy. Il s'agit d'évacuer quatre cent mille cartouches entreposées sur la rive droite de la Weser. Guerchy tergiverse tant que le chevalier prend l'initiative de rassembler quelques artilleurs volontaires et procède lui-même à l'évacuation des munitions. Vrai ? Faux ? Parole de d'Éon. C'est dire que le doute le plus systématique s'impose. Le témoignage de Saint-Priest est plus solide. Servant à l'état-major du maréchal de Broglie, Saint-Priest confirme le jugement peu amène que son chef portait sur les seigneurs français, militaires d'occasion, qui renâclaient à exécuter des ordres comportant quelque risque, non point par lâcheté, mais de peur que leur inexpérience ne les conduisît à l'échec. Un jour, Victor-François de Broglie fit porter à Guerchy l'ordre d'exécuter une manœuvre délicate, et, prévoyant que l'autre allait « lui rendre compte qu'ayant trouvé l'ennemi plus fort qu'on ne s'y était attendu il avait pris le parti de se replier », il rédigea aussitôt sa réponse. « Cela ne manqua pas, et lorsque l'aide de camp de Guerchy lui remit sa lettre : “Voilà la réponse”, lui dit Broglie sur-le-champ, et le congédia. » Saint-Priest conclut : « Guerchy ne fit aucun bruit de la chose ; c'était un homme de courage, de peu de moyens, et qui craignait de compromettre par quelque échec le grade de maréchal de France auquel il devait parvenir tout naturellement dans une promotion. » Le courage physique ne pouvait être dénié à Guerchy. Lors du conflit précédent, à Fontenoy, il commandait, à trente ans, le régiment des Vaisseaux sur lequel buta la formidable colonne anglaise, forte de vingt mille hommes, qui avait tout enfoncé sur son passage. Avec l'âge, l'ambition l'avait rendu pusillanime, et il demeurait homme « de peu de moyens ».

Après s'être cru résident de France à Saint-Pétersbourg, le chevalier d'Éon acceptera-t-il les modestes fonctions de secrétaire d'ambassade à Londres ?

*

* *

Nivernais avait bien vu la difficulté. Comme Praslin, il trouvait à Guerchy moins de qualités qu'à sa femme, qu'il avait connue de près, et jugeait indispensable de placer à côté du néophyte un diplomate plus expérimenté. « Vous devez savoir, écrivit-il au secrétaire d'État, que le petit d'Éon n'est venu à Londres avec plaisir que dans l'espérance de s'en retourner avec moi en France, pour être ensuite placé par vous quelque part en qualité de résident ou de ministre, étant un peu las d'avoir secrétarisé depuis si longtemps et avec tant de personnages divers. Mais il vous est tendrement attaché ; toutes ses répugnances et tous ses désirs se combineront toujours avec vos intentions, et ce qu'il souhaite, par préférence à tout, est de faire ce qui vous plaît. En revanche, il est juste que vous cherchiez aussi de votre côté à lui faire plaisir... Donnez-lui la place de résident avec tels appointements que vous voudrez : il est très aisé à vivre ; il en sera plus considéré ici et partant plus utile, et il sera aussi plus content, parce qu'il aura la certitude de passer, en sortant d'ici, à une autre place, y compris celle de Pétersbourg pour laquelle il a toujours du faible. » Puis, Nivernais étant bien décidé à décamper dès que possible, et les mœurs du temps accordant de longs délais à un nouvel ambassadeur avant de rejoindre son poste : « Quant à l'intérim, certainement et sans aucun doute il faut en charger le petit d'Éon. Ce serait un dégoût, qui le dégoûterait entièrement, que de le donner à un autre, et il ne mérite pas cela. Mais il y a plus, c'est qu'il fera fort bien ce que personne ne ferait aussi bien que lui. »

Ultime obstacle : l'allégeance du futur résident aux Broglie. Elle est de notoriété publique, comme toutes les amitiés ou inimitiés du spectaculaire chevalier, car pour cet homme toujours déconcertant, ondoyant, virevoltant, le cynisme s'arrête au seuil de ses attachements. Les Broglie, du fond de leur exil, ont perçu le traditionnel reflux des « amis » s'éloignant sur la pointe des pieds pour n'être pas contaminés par la disgrâce des proscrits. D'Éon, sachant son courrier ouvert, adresse à Charles des lettres proclamant sa fidélité. Le comte, touché, doit même l'exhorter à la prudence, vertu d'ordinaire instinctive dans les entours d'un exilé : « Je dois commencer par vous remercier du zèle et de l'amitié que vous nous avez témoignés, ainsi qu'à mon frère, dont nous sommes l'un et l'autre très reconnaissants. Nous craignons seulement que vous n'écoutiez trop les mouvements de votre cœur et que cela ne vous engage dans quelque démarche ou propos qui pourrait vous être préjudiciable, ce dont nous serions très fâchés. Songez donc à mettre la plus grande prudence sur ce point dans votre conduite. » La cour soupçonne d'Éon d'avoir participé à la rédaction du fatal mémoire sur la bataille de Fillingshausen par lequel Victor-François de Broglie tentait de rejeter la responsabilité de la défaite sur le seul Soubise, accusé d'avoir trop tardé à venir l'épauler. Des copies du mémoire circulent, qui sont incontestablement de sa plume, mais d'Éon affirme s'être borné au rôle de copiste. Toujours est-il que Praslin le convoque à minuit à Versailles pour un examen de passage subi en présence de Guerchy et de Sainte-Foy, premier commis des Affaires étrangères. Interrogé sur Fillingshausen, le chevalier, qui y était, s'en tient imperturbablement à la version Broglie, suscitant l'évidente irritation de Praslin et de Guerchy, amis de Soubise. Au témoignage du candidat, l'examen tourna court et Sainte-Foy, à la sortie, lui glissa à l'oreille : « Mon cher d'Éon, je crains fort que vous ne fassiez pas fortune dans ce pays-ci. Allez-vous-en bien vite retrouver vos Anglais. » Comme résident ou comme secrétaire ? Toujours selon le chevalier, la duchesse de Nivernais lui sauva la mise. D'Éon passa sous silence ses lettres bihebdomadaires au comte de Broglie et assura la duchesse qu'il n'écrivait au maréchal que pour lui souhaiter la bonne année. « J'en suis bien aise pour vous, mon cher petit ami, soupira la dame, car je vous confierai qu'une grande liaison avec la maison de Broglie pourrait vous nuire à la cour et dans l'esprit de Guerchy, votre ambassadeur. » Son intervention auprès de Praslin emporte le morceau : d'Éon partira avec le titre de résident et assurera l'intérim avec celui de ministre plénipotentiaire.

Il quitte Paris le 29 mars, après avoir mis au point avec Tercier et Durand un système de pseudonymes destiné à assurer, en sus du chiffre, la sécurité de sa correspondance secrète. La liste doit donner à croire que les correspondants évoquent un procès en cours ; ainsi Louis XV sera-t-il *l'Avocat*, Broglie, *le Substitut*, Tercier, *le Procureur*, Durand, *le Prudent*. Le reste de la distribution se trouve affublé de surnoms d'une gaieté tout éonienne. Le duc de Nivernais sera *le Mielleux*, Praslin, *l'Amer*, Choiseul, rouquin, *le Lion rouge* ou *la Porcelaine*. Guerchy a droit à trois pseudonymes, *le Novice*, *le Bélier* ou *le Mouton cornu*, le dernier afin de rendre hommage aux sacrifices consentis par Mme de Guerchy à la carrière de son époux. Pour lui-même, d'Éon adopte avec simplicité les surnoms de *Tête de dragon* et de *l'Intrépide*. Tercier et Durand, peu enclins à la facétie, ont dû penser que même le service secret avait droit à ses moments de fantaisie.

Le 3 juin, à Versailles, Louis XV rédige de sa main une instruction secrète : « Le sieur d'Éon recevra mes ordres par le canal du comte de Broglie ou de M. Tercier sur des reconnaissances à faire en Angleterre, soit sur les côtes, soit dans l'intérieur du pays, et se conformera à tout ce qui lui sera prescrit à cet égard, comme si je le lui marquais directement. Mon intention est qu'il garde le plus profond secret sur cette affaire et qu'il n'en donne connaissance à personne qui vive, pas même à mes ministres, nulle part. Il recevra un chiffre particulier pour entretenir la correspondance relative à cet objet et sous des adresses qui lui seront indiquées par le comte de Broglie ou le sieur Tercier, et il leur procurera par ce chiffre toutes les connaissances qu'il pourra se procurer sur les vues que l'Angleterre suivra, tant par rapport à la Russie et à la Pologne que dans le Nord et dans toute l'Allemagne, qu'il croira intéresser mon service pour lequel je connais son zèle et son attachement. »

L'ampleur de la mission donne la mesure du crédit de d'Éon. La préparation du débarquement en constitue à coup sûr le principal, mais c'est un travail de renseignement tous azimuts que le roi lui confie. Grisante perspective...

Le 5 juin, Charles de Broglie expédie à Londres l'ordre de Louis XV en l'accompagnant d'une lettre frémissante d'excitation inquiète qui exhorte son agent désormais essentiel à la plus grande prudence. Pour faire bonne mesure, il n'hésite pas à forcer le trait sur Guerchy : « J'ajouterai seulement que c'est l'homme le plus fin que je connaisse, et qu'il est en même temps le plus défiant. Ainsi vous ne sauriez prendre trop de précautions pour vous mettre à l'abri de ses soupçons et de ses inquiétudes. » Il recommande à d'Éon de louer un appartement en ville pour y tenir les papiers du service à l'abri des curiosités du personnel de l'ambassade, « et afin que dans aucun cas, soit de surprise, soit de mort, de feu, ou autrement, la correspondance ne tombât en aucunes mains étrangères, et surtout en celles de l'ambassadeur et du ministre du Roi ». Le chevalier devrait inviter son cousin d'Éon de Mouloize, jeune lieutenant au régiment Conti-Cavalerie, à le rejoindre à Londres : en cas de malheur, il veillera sur les papiers secrets et ne les remettra qu'à un agent autorisé. « Depuis onze ans que je suis dans une pareille besogne, dont j'ai été sans cesse occupé, écrit Charles de Broglie, j'ai remarqué que la plus légère distraction a failli vingt fois déceler tous mes secrets. » Le comte termine en recommandant au chevalier l'officier chargé des reconnaissances sur le terrain, Louis-François de La Rozière, « dont je vous établis le gouverneur. C'est un pupille un peu sauvage, mais dont vous serez content. Il ne me reste plus qu'à vous témoigner le plaisir que je sens de vous avoir pour un de mes lieutenants dans une besogne aussi importante, qui peut faire le salut et même la gloire de la nation. Vous pouvez bien compter que la part que vous y aurez sera connue du maître et que je ne négligerai rien pour lui faire connaître tout votre zèle. »

Le 26 juin, encore une instruction royale pour le fidèle Durand, retourné tristement au dépôt des Affaires étrangères, où Choiseul, qui soupçonnait ses liaisons occultes avec le comte de Broglie, voulait le confiner : « Monsieur Durand, le comte de Broglie m'ayant rendu compte de l'idée que vous lui avez fait naître sur les moyens les plus propres à employer pour s'opposer à l'ambition et à l'arrogance de la nation anglaise, j'ai approuvé les plans qu'il m'a proposés à cet égard, et je lui ai ordonné d'y travailler. Je lui ai prescrit de n'en communiquer qu'avec vous et avec le sieur d'Éon et Tercier. Mais comme je suis instruit des connaissances que vous avez sur cet objet et de l'utilité dont vous pouviez y être, j'ai voulu vous mander directement que vous travailliez de concert avec le comte de Broglie et le sieur Tercier à tout ce qui pourra y avoir rapport, et que vous leur communiquiez tout ce qui s'y pourrait trouver de relatif dans le dépôt des affaires étrangères dont vous êtes chargé, et sauf que ce que vous pourrez découvrir sur les affaires politiques dont ils ont la direction. Vous observerez toujours le secret le plus exact vis-à-vis qui que ce soit autres que ceux nommés ci-dessus. »

Bien verrouillé, le dispositif est en place.

*

* *

Un si vaste projet, porteur de si grandes espérances, compromis par l'extravagance d'un homme...

D'un diplomate assurant l'intérim, on attend qu'il entretienne l'ambassade à feu doux. Toute initiative spectaculaire ne peut qu'irriter l'ambassadeur désigné comme un empiétement sur ses prérogatives. Mais d'Éon attend son heure depuis trop longtemps pour se borner à l'expédition des affaires courantes. À peine le duc de Nivernais a-t-il tourné le dos à son enfer londonien que le chevalier, maître d'une ambassade pour la première fois de sa vie, donne à comprendre que, dans le titre de ministre plénipotentiaire, c'est surtout l'adjectif qu'il considère. Il tient table ouverte. Fêtes et réceptions se succèdent : 15 juin, 17 juillet, 30 juillet, 5 août, 7 août... Le 25 août, dîner de gala pour la Saint-Louis ; tout le corps diplomatique est invité. Les Français, que la guerre a si longtemps privés du voyage, se bousculent à Londres. Le ministre reçoit les plus distingués avec munificence. Fête somptueuse en l'honneur de la comtesse de Boufflers, la maîtresse du prince de Conti, l'Idole du Temple — ce Temple qui fut le berceau de la carrière de d'Éon —, venue accompagner une délégation de l'Académie des sciences. Les vingt-deux domestiques de l'ambassade ne chôment pas. Le chevalier, ministre intérimaire quoique plénipotentiaire, mène plus grand train qu'un ambassadeur en titre.

La tête lui tourne. Il écrit au comte de Broglie : « La Providence me sert au-dessus de ce que je mérite ; j'ai beau fermer la porte à la fortune, elle abat les murs pour venir me trouver. Quand je dis fortune, je ne dis pas argent, car vous savez que notre ministre est plus qu'économe ; mais j'entends, par fortune, honneur, avancement. »

L'argent, précisément, fait problème. Sa dépense est d'autant plus forte que le coût de la vie est à Londres cinq fois supérieur à celui de Paris. D'Éon se veut au-dessus de ces contingences. À Nivernais, qui lui reproche doucement, le 8 août, son train de vie excessif, il répond avec superbe : « L'ordre et l'économie nécessaires dans la maison d'un particulier deviennent lésine et crasse dans la maison d'un ambassadeur qui représente un grand roi. Cette économie si prêchée n'est qu'une sœur honorable de l'indigne avarice. C'est sur ces principes que j'ai agi et que je continuerai d'agir. Paiera la dépense qui le devra et le pourra. Celui qui me la fera payer sera bien habile, s'il ne me donne pas l'argent nécessaire. Ce sera certainement un des plus grands hommes du siècle. » Il réclame à Praslin le remboursement de dettes qu'il aurait contractées en Russie pour le service du roi. Le refus du secrétaire d'État lui vaut, le 28 août, une interminable épître : « Il y a bientôt dix ans que je suis politique, sans en être ni plus riche ni plus fier. On m'a beaucoup promis, et les promesses et les prometteurs n'existent plus... Je serai forcé de mettre la clef sous la porte et de faire une banqueroute générale, si vous n'avez pas l'humanité de venir à mon secours par quelque gratification extraordinaire. » Conformément à son habitude, le chevalier pimente ses mises en demeure de provocations qui peuvent agacer : « Je vous mangerais sans faire une sottise tous les revenus de la France en un an, et après cela, je vous ferais un excellent traité sur l'économie. » En attendant, la fête continue. L'argent ? Guerchy paiera.

Notre « pauvre ami », recevant à Versailles l'écho de ces

folles dépenses, s'inquiète de voir ainsi entamer sa dotation. Avec sa pyramidale mauvaise foi, d'Éon lui fera une réputation de ladrerie qu'il traînera jusqu'à sa mort. Rien ne la justifie. Le duc de Croÿ, présent à des manœuvres au camp de Compiègne, note dans son journal : « Je vis Guerchy dans sa gloire, qu'il sentait bien. Il y tenait le plus grand état, ayant cent vingt couverts tous les jours à dîner, et soixante à souper... D'ailleurs, tout fut très magnifique et très cher pour lui. On comptait que ces quinze jours lui coûteraient cent cinquante ou deux cent mille francs. » Et Saint-Priest, qui passera par Londres dans quatre ans : « Le comte de Guerchy était alors ambassadeur de France et tenait un fort grand état. C'était un fort galant homme, mais peu propre à la diplomatie. » Nullement avaricieux, Guerchy se borne à juger qu'un quidam ne devrait pas dépenser son argent à sa place.

Praslin, excédé, résolut de forcer d'Éon à en rabattre. Une dépêche lui annonça qu'il perdrait son titre de ministre plénipotentiaire et redescendrait au secrétariat dès l'arrivée de Guerchy à Londres. Le duc de Nivernais, qui se remettait de ses épreuves au calme de la province, s'efforça d'adoucir la pilule : « Vous allez redevenir d'évêque meunier, j'en conviens, mais un meunier qui a été évêque n'est pas un meunier à la douzaine. D'ailleurs, en l'absence de l'ambassadeur, vous reprendrez chaque année, pendant trois ou quatre mois, votre siège épiscopal. » D'Éon rétorqua qu'« il n'avait pas les reins assez souples pour voltiger politiquement, tantôt sur la mule d'un évêque, tantôt sur l'âne d'un meunier ». Et il fait une réponse fulminante à Praslin. L'émotion est telle, au secrétariat des Affaires étrangères, que Nivernais s'arrache à sa convalescence et accourt pour tenter de raccommoder les pots cassés. « J'arrive à Paris, écrit-il au chevalier le 31 août, pour voir le duc de Praslin que je n'ai pas vu depuis la belle chienne de lettre que vous lui avez écrite. Il me la montrera sans doute, s'il ne l'a pas déchirée à belles dents, car je sais qu'il les grince rudement contre vous, et même contre moi depuis qu'il l'a reçue. » D'Éon répond : « Je ne me suis jamais repenti de mes actions passées, je ne prévois même pas un repentir de mes actions futures. Il y a longtemps que je suis prédestiné à l'impénitence finale. » Nivernais, qui l'aime bien, s'inquiète de le voir s'en prendre sur ce ton à de puissants personnages. Le duc ne peut pas comprendre. Les ministres du roi, d'Éon s'en joue depuis tantôt dix ans sur ordre exprès du roi. Pourquoi marquerait-il de la déférence à Praslin et à ses collègues, qu'il va tromper comme les autres ? Dans sa lettre du 5 juin, Broglie lui écrivait : « En envoyant régulièrement une fois par mois ce qui se sera passé depuis vos dernières lettres, cela tiendra S.M. [1] au courant et la mettra en état de diriger la conduite de ses ministres, relativement à ses vues particulières ; vous pourrez même prendre la liberté de lui indiquer, lorsque cela vous paraîtra utile, les ordres qu'il conviendra pour son service de leur faire passer. » À moins d'avoir le service secret dans la peau et de tirer jouissance du seul exercice de son pouvoir occulte, tels Tercier ou Durand, l'homme qui va diriger les ministres et déterminer les ordres à leur faire passer n'est pas enclin à leur témoigner une humble obéissance.

Sur les instances de Nivernais, Versailles choisit l'apaisement et Guerchy prend la plume pour calmer son intérimaire : « M. de Nivernais m'a écrit relativement au caractère que le hasard vous avait fait donner. Nous avons, lui et moi, traité cette matière avec M. de Praslin et j'ai lieu de croire que cela s'arrangera comme vous le souhaitez. » Le mot « hasard » fait l'office du chiffon rouge devant le taureau. Réponse incendiaire de d'Éon, scandée par le même mot, avec des appréciations de cette force : « Ce qui m'arrive par le *hasard* peut arriver à un autre par bonne fortune... » Et comme Guerchy avait hasardé un reproche sur la domesticité pléthorique et l'argent répandu, selon la coutume, dans le petit peuple à l'occasion des fêtes — mais le chevalier n'y allait pas de mainmorte —, cette réplique outrageante : « Un homme quelconque ne peut se mesurer que par un ou plusieurs hommes : il y a plusieurs proverbes qui serviraient à prouver la vérité de ceci. Ainsi l'on dit communément : *il est sot comme mille, il est méchant comme quatre, il est ladre comme dix*. C'est la seule échelle dont on puisse se servir, excepté certains cas où les hommes se mesurent par les femmes. Or, il s'agirait de trouver les proportions existantes entre un ministre plénipotentiaire,

1. Pour « Sa Majesté ».

capitaine de dragons, qui a fait dix campagnes politiques, sans compter les campagnes de guerre, comme dit M. le duc de Praslin, et un ambassadeur lieutenant général qui débute. Quant aux gratifications, il faudra bien, malgré vous, Monsieur le Comte, en distribuer à ceux qui viendront vous donner les violons et les aubades à votre porte, comme tambours, fifres, trompettes des gardes et des invalides, sans quoi ils feront un sabbat abominable et finiront par la danse des cocus. Je suis heureusement à marier, mais ce sera votre affaire quand vous serez à Londres. » Les archives des Affaires étrangères comportent assurément très peu de dépêches de ce style, qui devait blesser grièvement Guerchy. Un homme peut apprécier dans le privé le dévouement de son épouse sans souhaiter pour autant le voir proclamé sur les toits.

Est-ce l'âge de d'Éon — trente-cinq ans — ou son expérience diplomatique relativement courte — sept ans — qui autorisent Guerchy à penser que seul le hasard a pu lui faire octroyer le titre de ministre plénipotentiaire ? Sûrement pas. Le comte de Broglie est entré dans la carrière à trente-cinq ans avec l'ambassade de Pologne ; le baron de Breteuil a eu celle de Russie à trente ans, avec pour seul antécédent le très modeste poste de Cologne ; Saint-Priest, néophyte en diplomatie, vient d'être nommé à vingt-huit ans ambassadeur au Portugal. On pourrait multiplier les exemples. Les prétentions de d'Éon, qui souhaite conserver son titre après l'arrivée de Guerchy, sont-elles extravagantes ? Cela se discute. Certes, il n'est pas courant qu'un ambassadeur et un ministre plénipotentiaire cohabitent, mais aucune règle ne l'empêche et nous avons vu Breteuil, nommé précisément plénipotentiaire, venir épauler à Pétersbourg le vieux marquis de L'Hôpital, ambassadeur en titre. Le problème ne tient pas aux hommes, mais aux noms. Breteuil, Saint-Priest, Guerchy sortent de familles de vieille souche. Leur origine les prédispose tout naturellement à recevoir un régiment à vingt ans, une ambassade à trente. Question de sang. Ils sont *nés*. D'Éon, avec ses aïeux négociants en vins à Tonnerre, est à leurs yeux d'une autre espèce.

Le 17 septembre, Praslin enfonce le clou : « Je n'aurais jamais cru, Monsieur, que le titre de ministre plénipotentiaire vous fît si promptement oublier le point d'où vous êtes parti, et je n'avais pas lieu de m'attendre à vous voir augmenter de prétentions à mesure que vous recevez de nouvelles faveurs... Rien ne peut me faire soupçonner la nécessité des frais extraordinaires auxquels vous vous êtes livré sur le compte de M. de Guerchy et qui sont extrêmement déplacés. Je ne vous cache pas que j'ai trouvé très mauvais que vous ayez fait autant de dépenses aux dépens de quelqu'un à qui je m'intéresse autant et qui vous a donné sa confiance sur ma parole. »

La réplique du chevalier est datée du même jour — 25 septembre — que sa diatribe à Guerchy. Pour le second, le leitmotiv était « hasard ». Avec Praslin, c'est « le point d'où je suis parti » : « Monsieur le Duc, je suis parti fort jeune du *point* de Tonnerre, ma patrie, où j'ai mon petit bien, etc. *Les points dont je suis parti* sont d'être gentilhomme, militaire et secrétaire d'ambassade, tout autant de *points* qui mènent à être ministre dans les cours étrangères, etc. Mais quel qu'*ait été le point d'où je suis parti*, le Roi mon maître m'ayant choisi pour le représenter, j'ai dû avoir tout oublié, et je dois n'avoir devant les yeux que *le point où je me trouve*. Voilà ma loi, et vous me la rappelleriez, monsieur le duc, si je l'oubliais. » On abrège. Il faut bien abréger avec d'Éon, infatigable écrivassier. Sa plume est le plus souvent allègre, féroce, maniée comme un fleuret. Elle est ici d'un homme blessé.

Crise classique, inévitable pour qui grimpe un peu haut, un peu vite, sans appartenir à la caste. Voltaire a connu la sienne avec Rohan-Chabot et a manqué de verser dans l'assassinat. Beaumarchais ne cesse d'essuyer avanies et provocations depuis qu'il est sorti de l'échoppe paternelle, et a probablement tué en duel un homme qui l'avait outragé. C'est que le rappel des origines constitue l'arme absolue de la guerre sociale. Ni le talent ni même le génie ne débourbent ceux qui sont nés « dans la lie du peuple ». Un noble de vieille souche peut admirer Voltaire, prince de l'Europe intellectuelle, envier sa richesse, jalouser ses relations : au plus intime, il se considérera toujours comme supérieur, en tout cas différent, de par la seule vertu de sa naissance. Les plus niais sont évidemment les plus prompts à ramasser « la boue des origines » pour la lancer, faute de mieux, à la face de qui leur déplaît. Charles de Broglie ne le fera jamais. Il est avec Tercier comme avec les ducs et pairs. Praslin et Guerchy, personnages médiocres, parvenus, l'un grâce à son cousin, l'autre à sa femme, sont de l'espèce Rohan-Chabot.

Voltaire savait bien qu'il était le fils du notaire Arouet, et Beaumarchais n'oublia jamais que son père réparait les horloges. Pour d'Éon, le coup est plus cruel, depuis le temps qu'il fait son numéro d'équilibriste sur les tonneaux familiaux. À force de se vouloir gentilhomme, nul doute qu'il a fini par le croire. L'insulte frappe au surplus un homme psychiquement fragile de par son tempérament « pétri de neige ». Il n'a de goût ni pour les filles ni pour les garçons. Atonie sexuelle totale. Aucune liaison amoureuse, fût-elle platonique. Sa vie sentimentale est un désert. La rareté du cas suscite étonnement et sarcasmes. Pas une lettre où le marquis de L'Hôpital, qui a de l'affection pour lui, n'ironise lourdement sur les faiblesses de sa « *terza gamba*[1] ». D'Éon cumule vulnérabilités sociale et psychologique. Un écorché vif.

Sa conduite à Londres passait assurément la mesure, mais il n'était pas le premier diplomate à jouer les paniers percés. Nous avons vu le comte de Broglie, ambassadeur auprès du roi de Pologne, dépenser sans compter, exiger impérieusement du ministère des fonds supplémentaires, jeter sa démission dans la balance. Mais il n'était pas intérimaire. Nul doute aussi que l'insolence des dépêches du chevalier devait insupporter. Encore un ministre homme d'esprit aurait-il trouvé dans chacune, ici une drôlerie, là une caresse qui en mouchetaient les pointes. C'était le ton d'Éon. On pouvait choisir d'en rire plutôt que de s'en exaspérer. Jusqu'à Praslin et Guerchy, tous les patrons du chevalier avaient choisi le premier parti. Car le fait est là : Douglas, L'Hôpital, Breteuil, Nivernais — sans parler des chefs occultes — ont parfaitement bien vécu avec d'Éon. Ils appréciaient autant ses qualités personnelles que l'efficacité du secrétaire. Nivernais assure Praslin qu'« il est très aisé à vivre ». Malgré les dérapages de l'intérim londonien, l'irréparable n'était pas consommé. Un mot dans la lettre de Guerchy, six dans celle de Praslin, créent l'inexpiable. Pour d'Éon, désormais, ce sera la guerre ; et il ne la conçoit que totale.

1. Sa « troisième jambe ».

*
* *

À Versailles, très normalement, le secrétaire d'État des Affaires étrangères et l'ambassadeur en titre jugent outrageantes les deux diatribes de d'Éon. Sans doute leur sont-elles surtout incompréhensibles. D'Éon doit être devenu fou, car seule une crise de démence peut conduire un très modeste secrétaire d'ambassade à écrire sur ce ton à ceux qui tiennent dans leurs mains son avenir. Comment Praslin et Guerchy se douteraient-ils que l'extravagante audace du chevalier se fonde sur son appartenance au Secret ? Il est persuadé que la confiance du roi lui assure l'immunité.

Avec l'accord de Louis XV, Praslin signe, le 4 octobre, l'ordre de rappel de d'Éon : « L'arrivée de l'ambassadeur du Roi, Monsieur, faisant cesser la commission que Sa Majesté vous avait donnée avec la qualité de ministre plénipotentiaire, je vous envoie votre lettre de rappel, que vous remettrez à S.M. Britannique, selon l'usage, et le plus promptement qu'il vous sera possible. Vous trouverez ci-joint la copie de cette lettre. Vous partirez de Londres aussitôt après votre audience et vous vous rendrez tout de suite à Paris, d'où vous me donnerez avis de votre arrivée et où vous attendrez les ordres que je vous adresserai, sans venir à la cour. » L'interdiction de paraître à la cour signifie la disgrâce. L'ordre est confié à Guerchy, qui rejoindra Londres le 17 octobre.

La Rozière a perdu sa base opérationnelle et se retrouve « en l'air », comme on dit dans les services.

Louis XV ne pouvait qu'accéder au souhait de son secrétaire d'État : comment justifier l'intérêt du roi de France pour un aussi chétif personnage que d'Éon ? Mais il s'inquiète. Le 11 octobre, billet à Tercier : « D'Éon a écrit plusieurs lettres fort singulières ; c'est apparemment son caractère de ministre plénipotentiaire qui lui a tourné la tête. En conséquence, M. de Praslin m'a proposé de le faire venir ici pour juger de ce qui en est. Prenez garde à tout ce qu'il a du secret, et, s'il est fol, qu'il ne découvre quelque chose. » Redoutable hypothèse, que les apparences semblent accréditer : si le chevalier est tombé en démence, le service frôle le précipice. Louis XV reprend la plume dès le lendemain, ce qui est très rare et donne la mesure de son inquiétude : « Vous verrez par ma lettre d'hier que je savais le rappel du sieur d'Éon. À son arrivée à Paris, vous le verrez, et je vous autorise à prendre avec lui toutes les précautions pour que le secret soit gardé. »

Le comte de Broglie s'angoisse. La déception d'assister à l'enrayement de la belle machine qu'il avait montée contre l'Angleterre compte peu auprès du péril où le met la conduite du chevalier. Crise de folie ? Si c'est vrai, un fou possède le moyen de provoquer une guerre encore plus catastrophique pour la France que la précédente. Et ce moyen, c'est lui, Charles de Broglie, qui le lui a fourni avec une imprudence extrême. La pire erreur de sa carrière de chef du service secret ! Quel besoin avait-il d'expédier à Londres les instructions secrètes du roi à d'Éon ? Le chevalier, chapitré par Tercier et Durand, savait fort bien sa mission. Vieux routier du Secret, il n'avait nul besoin d'un ordre royal pour l'exécuter. Le scrupule de Broglie le conduit toujours à prouver à ses agents, par la production d'une instruction signée de Louis XV, qu'il ne fait qu'accomplir la volonté du maître. C'est aussi pour eux une puissante incitation au zèle. Mais ne suffisait-il pas d'annoncer au chevalier l'existence de la lettre royale, en l'assurant qu'on la lui confierait à l'occasion d'un prochain voyage à Paris, à charge pour lui de la conserver en lieu sûr, c'est-à-dire en France ? Au lieu de quoi, elle se trouve à Londres, chez l'ennemi, en la possession d'un possible fou, d'un agent pour le moins désorbité dont on peut redouter le pire. Circonstance aggravante : alors que Louis XV se contente souvent d'apposer sa signature sous des instructions écrites par Broglie ou Tercier, celles de d'Éon sont tout entières rédigées de sa plume. Impossible de nier l'authenticité de la lettre. Les Anglais ont à portée de main la preuve irréfragable de la mauvaise foi du roi de France. L'opération impliquait des risques classiques : repérage de La Rozière par le contre-espionnage britannique, interception et décodage d'un message échangé entre d'Éon et ses chefs occultes. L'invraisemblable imprudence de Charles de Broglie fait courir à la France le danger d'une guerre perdue d'avance, rallumée par la main même de son roi.

Une crise aussi dramatique exigerait du malheureux comte qu'il se précipitât à Paris pour se concerter avec ses deux conseillers, Tercier et Durand, et même — pourquoi pas ? —, qu'il se ruât à Londres, perdu dans le flot des seigneurs français en visite, pour tenter de reprendre sous contrôle son agent. Au lieu de quoi, l'exil encore et toujours...

II

Il durait depuis quinze mois et rien ne laissait espérer son terme. À la démarche du dauphin en faveur des proscrits, le roi son père avait répondu sèchement : « Attendez donc encore longtemps, peut-être même quelques années. » Au fidèle Tercier qui se hasardera à demander à Louis XV s'il a vraiment déclaré sa « haine » pour le maréchal de Broglie, comme le prétend Choiseul : « Un roi ne se sert point du mot haïr avec ses sujets, mais quand il a eu sujet d'en exiler un, il ne le fait pas souvent revenir. » Cette fois-là, l'éventualité même du rappel sera mise en doute.

L'existence à Broglie manquait de gaieté. Le maréchal chassait le matin et s'occupait l'après-midi du domaine. Il avait passé sa vie à aller de camp en caserne, aussi la cour ne lui manquait-elle pas, dont la privation asphyxiait littéralement tant de disgraciés, mais l'injustice dont il s'estimait victime le murait dans une misanthropie glacée. Son père avait reçu la noblesse locale avec bonhomie. Victor-François fit respecter un protocole pointilleux. Chaque famille avait son tour, et une visite impromptue eût été tenue pour une incongruité. Les invitations au château ducal tombaient sur les hobereaux normands avec une rigueur militaire, et l'on soignait sa tenue comme pour une revue de détail. Elles honoraient sans réjouir le cœur. On allait chez Cincinnatus, pas chez Lucullus. Puis chacun s'en retournait chez soi avec le sentiment du devoir accompli. La Varende, dont les aïeux figurèrent parmi les élus résignés, cite des lettres excluant résolument toute comparaison avec l'embarquement pour Cythère.

Charles de Broglie, malgré son éloignement des centres de décision, s'ingéniait à tenir les fils d'un réseau s'étendant de Stockholm à Constantinople et de Londres à Pétersbourg. Son courrier secret était acheminé chez un vieil officier retiré dans un village voisin de Broglie, et qui avait accepté le rôle de boîte aux lettres. Pour compliquer encore la situation, Charles devait gérer sa correspondance à l'insu des siens, qui auraient pu s'étonner de l'intense activité d'un homme disgracié et privé de toute fonction officielle.

En famille, commentaires infinis sur la favorite, les favoris, les courtisans incapables arrivés aux affaires par le seul bon plaisir de la marquise de Pompadour et qui ont fait le malheur de la France. Il paraît que le maréchal restait silencieux lorsque le roi lui-même venait à être mis en cause, car, si vaste que fût son amertume, elle s'arrêtait aux pieds de la personne sacrée du monarque. Regroupée dans l'immense et lugubre château, la nombreuse descendance des deux frères et de leur sœur Marie-Thérèse, veuve du comte de Lameth. Les enfants baignent dans cette ambiance de critique acide de Versailles. Ils entendent disséquer à longueur de jour le système de la monarchie absolue, avec son favoritisme irresponsable et ses désastreuses prébendes. Les parents n'imaginent même pas une remise en cause du principe, auquel ils restent attachés de tout leur être : ils se bornent à vitupérer une pratique. Louis-Victor de Broglie, fils aîné du maréchal, et ses deux cousins Lameth pousseront l'analyse à son terme. En 1789, leur ralliement au parti révolutionnaire scandalisera leur parentèle, et le maréchal reniera son aîné. Mais les réquisitoires entendus à Broglie n'ont sans doute pas compté pour peu dans leur engagement politique.

*

* *

La première semaine d'avril 1763, quelques jours après le départ de d'Éon pour Londres et son grand rôle d'intérimaire, la maréchale douairière, mère des exilés, fut frappée d'apoplexie dans son hôtel de la rue de Varenne. Le « vieux abbé », son frère, demanda aussitôt à Choiseul permission pour ses neveux de se rendre à son chevet. Le baron de Thiers, beau-père de Victor-François de Broglie, appuya la démarche. Le 30 avril, Choiseul signifia le consentement du roi, à condition que la visite restât strictement familiale. Victor-François et Charles arrivèrent pour recueillir le dernier soupir de leur mère, qui s'éteignit le 4 mai.

Charles écrivit au roi : « Sire, ma mère est morte la nuit dernière, victime du malheur que nous avons eu de déplaire à V.M., pleine des sentiments d'amour et d'attachement pour Elle que mon père lui avait inspirés et que l'un et l'autre nous ont transmis. Elle n'a pu se consoler de nous voir dans sa disgrâce ; elle a reçu alors le coup auquel elle succombe aujourd'hui et, quoiqu'elle connût notre innocence, il ne lui a pas été possible de résister à la douleur qu'elle en a ressentie. Elle est encore, Sire, plus heureuse que nous tant que nous resterons privés de la bienveillance que V.M. daignait nous accorder et qu'il ne nous sera pas permis de mettre à ses pieds l'hommage de la parfaite soumission et du très profond respect avec lequel je suis, etc. » Pitoyable épître, lettre de courtisan qui n'hésite pas, pour rentrer en grâce, à faire flèche de tout bois, y compris celui du cercueil de sa mère. Si Marie-Thérèse de Broglie avait été si mortellement vulnérable aux disgrâces royales, elle n'aurait pas survécu à celle de son mari, mort dix-huit ans plus tôt au château de Broglie où l'avait exilé Louis XV et où il avait repris les habitudes de son père, lui-même tenu vingt-cinq ans à l'écart de toute fonction officielle après des débuts prometteurs. Épouser un Broglie, c'était s'embarquer pour une alternance d'ascensions exaltantes et de chutes non moins vertigineuses. La famille n'était pas tempérée. Fille d'armateur malouin, dotée d'un solide sens des réalités, impassible dans les coups de torchon, la maréchale douairière n'avait certes pas contribué à assouplir le terrible caractère de ses deux premiers fils. Tout au long de leurs démêlés avec des courtisans bien en cours, son hôtel particulier avait été le quartier général de la résistance broglienne, et l'on n'y avait jamais taillé les draps pour en faire des drapeaux blancs. La rage d'assister au triomphe de l'adversaire l'avait plus vraisemblablement minée que la douleur de voir le roi suspendre sa faveur. Mais comme la vieille dame décédait à l'âge de soixante et onze ans, il n'est sans doute pas nécessaire de chercher à sa mort une autre cause que très naturelle. Elle avait été tendrement aimée de son mari, et ses enfants ne lui avaient jamais ménagé leur affection.

Si affligeant qu'il fût, le décès tombait à pic pour le service. Ce printemps 1763 est crucial. Auguste III, Électeur de Saxe et roi de Pologne, vient de subir une lourde opération chirurgicale. L'échéance attendue depuis si longtemps, pour laquelle le Secret a été conçu, risque de se produire à tout instant. Elle trouvera une France affaiblie, incapable de tenir le rôle auquel l'avaient préparée Broglie et ses agents. Le roi le sait bien, qui écrit à Tercier le 26 février : « Il est fâcheux que le trône de Pologne vienne à vaquer dans ce moment-ci ; heureusement le Roi est mieux depuis l'opération qui lui a été faite le 6, et coopérons de notre mieux à la nouvelle élection ; mais je ne ferai aucune guerre pour ce trône qu'avec le peu d'argent qui nous reste. » Autrement dit : des fonds, mais pas beaucoup, et aucun soldat. Encore conviendrait-il que ces fonds fussent distribués à bon escient. Notre ambassadeur, le marquis de Paulmy, est un incapable. Chacun en convient. Le roi écrit à Tercier : « Je ne crois pas que M. de Praslin se soucie de laisser M. de Paulmy en Pologne ; mais je crois que c'est qu'il ne sait qu'en faire après. » Combien de fois avons-nous rencontré cette inertie confondante ? Combien d'ambassadeurs ou de généraux jugés nuls mais qu'on laisse en place faute de savoir où les recaser ? Et le roi laisse faire. Les colères de Charles de Broglie ne sont pas toutes caractérielles.

Se peut-il que le chef du Secret reste confiné à Broglie alors que risque de vaquer le trône de Pologne ? Sa mise à l'écart est-elle compatible avec les préparatifs qu'exigent les périlleuses reconnaissances de La Rozière sur les côtes anglaises ? La mort de sa mère n'offre-t-elle pas au roi un excellent prétexte pour lever son exil ?

Le 6 mai, surlendemain du décès, Victor-François avait écrit à Choiseul pour demander une prolongation de l'autorisation de séjour à Paris, afin de régler la succession de la défunte. Le 7, Choiseul retourna la lettre avec cette apostille de la main du roi : « Jusqu'au premier juin, sans voir personne suivant le premier ordre. » Charles, consterné, ne retient plus sa plume : le roi veut-il vraiment lui interdire de rencontrer Tercier et Durand ? Et La Rozière, « comment arranger sa mission, qui demande les plus grands détails et la plus grande attention, sans y travailler plusieurs mois avec lui et M. Durand ?... Je ne crains donc pas d'avancer à V.M. que mon séjour à Paris et la permission de voir librement et indifféremment tout le monde me sont également indispensables pour pouvoir remplir moins imparfaitement les vues qu'elle a daigné me confier. »

Le 8 mai, billet du roi à Tercier : « Il peut voir Tercier [*sic*], je pense, avec des précautions, mais je ne lui conseille pas de voir Durand pendant son séjour à Paris. » Pourquoi Tercier et non Durand, indispensable, de par sa connaissance de l'Angleterre, à la préparation de la mission La Rozière ? Aucune explication, sinon l'acharnement minutieux d'un monarque à persécuter le chef de son service secret — acharnement d'autant moins compréhensible qu'il avait lui-même écrit à Tercier que l'exil sanctionnait la conduite du maréchal, tout en ajoutant : « Le comte n'était pas dans ce cas, mais il n'était pas possible de le séparer de son frère. » Tant d'opiniâtreté tatillonne mise à la traverse de projets si grandioses ! Louis XV, dont l'intelligence n'est pas discutable, reste décidément une énigme.

Charles de Broglie fait feu des quatre fers. Cinq longues lettres au roi pour ce seul mois de mai quand il n'en avait écrit que quatre au cours des quinze mois précédents. Parfois, le découragement perce : « Sire, quoique je sois bien persuadé du peu d'utilité dont peuvent être à V.M. mes observations sur les différents projets relatifs au bien de son service, etc. » Mais son inextinguible énergie reprend vite le dessus. Impossible de décamper le 1er juin, terme fixé par l'apostille du roi au séjour des deux frères à Paris. Par bonheur, la comtesse de Broglie est enceinte : Charles demandera à Choiseul permission de rester jusqu'aux couches de sa femme, prévues pour la fin juin. Adélaïde-Charlotte, troisième enfant du ménage, apportera une contribution précoce au Secret en retardant sa venue au monde jusqu'au 29 juillet, de sorte que, relevailles aidant, le comte restera à Paris jusqu'au début de septembre. Le roi ne bronche pas, qui n'aurait qu'un mot à dire pour en finir avec ces lassantes futilités.

Un autre, las et amer, se serait probablement replié sur soi en remâchant ses ambitions rompues. Charles demeure dans l'adversité un patron ardent à soutenir ses agents. Un plaidoyer pour le marquis d'Havrincourt, ambassadeur à Stockholm, initié au Secret depuis huit ans, et que s'apprête à relever Breteuil, rentré de Saint-Pétersbourg. D'Havrincourt, qui sollicitait le cordon bleu, se voyait contester par de méchantes langues son sang bleu. En vertu d'un strict cloisonnement, il ignore que Broglie est son chef occulte. Cela n'empêche pas le comte d'intervenir pour lui : « J'ai cru devoir mettre sous les yeux de V.M. la vérité lorsqu'elle peut être utile à un aussi galant homme qui, à ce titre seul, doit avoir des ennemis, mais qui, par la même raison, mérite que V.M. daigne le protéger et lui accorder sa récompense. » D'Havrincourt mourra dans quatre ans sans l'avoir obtenue. Intervention pour le fidèle Durand, relégué par Choiseul aux archives des Affaires étrangères, contraint, écrit Broglie, à « quitter, au moins pour le moment, une route qui était plus de son goût et qui l'eût mené vraisemblablement à une fortune facile s'il eût voulu adopter avec complaisance des principes opposés aux intérêts et aux ordres de V.M. ». Durand se trouve dans une situation financière difficile. Il sollicite la croix de Saint-Lazare et une pension. Il obtiendra l'une, mais non pas l'autre. Intervention pour La Rozière, qui vient de faire une guerre des plus brillantes (le grand Frédéric de Prusse ne le tenait-il pas pour l'un des meilleurs officiers français ?) mais n'a reçu ni grade, ni pension, ni même la croix de Saint-Louis, quoiqu'il ait dix-neuf ans de service. La nouvelle recrue du Secret devra attendre pour recevoir ces grâces.

Pour la mission à venir, Charles obtient satisfaction : La Rozière aura mille livres par mois. Il lui avance aussitôt quatre mois de traitement pris sur ses fonds personnels. Quant à ses frais, au montant imprévisible, l'agent en tiendra le décompte pour remboursement ultérieur : « Connaissant sa délicatesse, je suis persuadé que la liberté qu'il plaira à V.M. de lui donner excitera d'autant plus son attention. Il sera au surplus facile d'en juger par les deux ou trois premiers mois et de mettre des bornes à cette dépense s'il ne justifie pas le jugement que je crois devoir porter sur lui. » Il faut aussi recruter deux « très bons dessinateurs qui, sans le connaître, sans être dans le secret, et étant l'un à Paris et l'autre à Calais ou ailleurs, mettront au net tout son travail ». Enfin, Charles n'entend pas se priver, pour la préparation de la mission, des divers projets élaborés au cours des conflits passés en vue d'une descente en Angleterre (et dont deux sont de la plume du premier commis Bussy, la taupe anglaise travaillant aux Affaires étrangères !). Par un ami sûr, Charles espère obtenir du marquis de Castries, ennemi des Broglie, les papiers de son oncle, feu le maréchal de Belle-Isle, qui avait, lors de la dernière guerre, élaboré un projet de débarquement. Durand, de son côté, sortira des archives les documents utiles. Il faudra donc recruter deux copistes à cent livres chacun. Le comte a choisi deux officiers qui ont servi sous lui et dont il est sûr : « Quoiqu'ils ne doivent avoir aucune connaissance du secret, on ne pourrait pas employer indistinctement à ces copies des gens pris au hasard. Pour plus de sûreté, je les logerai et nourrirai dans ma maison, et je les occuperai tant que je m'assurerai qu'ils auront peu de communication avec qui que ce soit. »

*
* *

Au terme de trois mois fiévreux entre Broglie, Tercier et Durand, les instructions de La Rozière sont rédigées le 24 juillet et transmises aussitôt au roi. Il les signe, mais sa louable obsession de la sécurité le conduit à écrire à Tercier, le 27 juillet : « Dans les recherches et voyages que le sieur de La Rozière fera en Angleterre, il pourra être arrêté : dans ce cas, je ne voudrais pas qu'on trouvât sur lui rien de ma main : ainsi je voudrais qu'il laisse tout cela chez le sieur d'Éon, lequel, étant accrédité publiquement, ne peut être arrêté de la même manière. » Charles de Broglie apaise aussitôt l'inquiétude royale : La Rozière apprendra par cœur ses instructions ; « dès qu'il en aura pris l'esprit, il me les rendra ainsi que le premier ordre que je lui ai remis il y a deux mois et je conserverai ces deux pièces ici pour mettre à l'abri de tout événement les signatures de V.M. Le S. d'Éon recevra seulement en chiffre la copie de ces instructions, afin de pouvoir concourir au succès de ce qu'elles contiennent. Je me trouve heureux, Sire, d'avoir prévenu sur ce point les ordres qu'il a plu à V.M. de nous adresser dans son billet du 27 juillet et je la supplie d'être persuadée de l'attention que je ne cesserai de donner moi-même et de recommander aux autres pour la conservation d'un secret aussi important. »

La sécurité est donc assurée. Aucun document signé par le roi de France ne circulera sur le sol anglais, et l'éventuelle arrestation de La Rozière par le contre-espionnage adverse ne compromettrait que lui, qu'on désavouerait aussitôt. L'ordre autographe du 3 juin au chevalier d'Éon, envoyé à Londres par Broglie ? Aucun problème. Les Anglais ne se risqueraient pas à violer le droit international en se saisissant de la personne ou des papiers d'un diplomate accrédité.

Le 25 juillet, à quatre jours de l'accouchement de sa femme, Broglie avait écrit au roi pour lui marquer que, sauf nouvel ordre de sa part, il lui faudrait quitter Paris au terme des relevailles. Il sollicitait une prolongation jusqu'à novembre pour terminer son travail en cours, notamment les instructions à donner à Breteuil, en instance de départ pour Stockholm. Assidu à son petit jeu du chat et de la souris, Louis XV termine son billet du 27 par cette phrase : « Je n'ai rien à répondre à la lettre du comte de Broglie du 25 de ce mois. » Mais bon, La Rozière est fin prêt ; il partira le 5 août pour Calais, où il recevra son passeport et son congé de l'armée « pour affaires particulières » ; puis il gagnera Londres, où l'attend d'Éon, institué son « gouverneur » par le comte de Broglie.

La revanche est en marche.

*

* *

Le 5 octobre, mort d'Auguste III, roi de Pologne.

Par son inconcevable entêtement à vivre, il avait été au fond le pire adversaire du Secret. Si quelques seigneurs polonais s'étaient ouverts à Castéra, jeune Français résidant à Varsovie, puis, à travers lui, au prince de Conti, de leurs spéculations sur l'avenir du trône, c'est que l'état du roi régnant semblait désespéré : on lui voyait aux jambes les mêmes ulcères suppurants qui avaient mis son père au tombeau. Le funeste pronostic datait de 1744. Pendant vingt ans, à quelques mois près, le roi de Pologne avait déçu toutes les espérances mises dans son trépas, spécialement celles des hommes du Secret, qui auraient volontiers fixé la date de son décès en 1753 ou 1754, années des grands succès de Charles de Broglie en Pologne avec l'abaissement du parti russe et la reconstitution d'un vigoureux parti patriote. Auguste choisissait le pire moment pour consentir à disparaître ; mais il n'avait jamais été francophile.

Le comte de Broglie reçut la nouvelle non pas à Broglie, mais à Ruffec, près d'Angoulême, où, conformément à son contrat de mariage, il avait investi la dot de sa femme dans l'achat d'une superbe terre. Elle lui apportait le titre de marquis de Ruffec, un nouveau champ d'action où se dépenser, l'inconvénient pour sa correspondance clandestine d'être beaucoup plus éloignée de Paris que Broglie, une demeure enfin d'un pittoresque rare, mais où ce très petit homme trouvait peut-être une manière de revanche sur la nature. La construction (on n'ose parler de château) a aujourd'hui disparu, et nulle gravure ne nous en est parvenue, mais le comte de Saint-Priest, qui la visitera dans quatre ans, la décrit ainsi : « Son habitation était la plus singulière du monde. C'était une énorme tour ronde qu'il avait fait équarrir et qui lui avait fourni, en plusieurs étages, dix ou douze logements de maître. » Broglie s'allonge interminablement sur la terre normande ; Ruffec s'érigeait droit vers le ciel charentais.

Quant à la Pologne, Charles n'avait plus guère d'illusions. Au début de cette année 1763 si riche en événements, il avait conçu avec Tercier le projet de déloger Choiseul, qui avait conduit le pays au désastreux traité de Paris, en poussant à sa place le prince de Conti. C'était faire bon marché de la détestation du roi envers un prince qui animait en sous-main l'opposition du Parlement. Ce projet bizarre, condamné dès le départ, avait au moins permis de connaître la pensée de Louis XV sur l'avenir de la Pologne. « Ce que je désire premièrement pour l'élection prochaine en Pologne, écrivait-il à Tercier le 17 mars, c'est la liberté des Polonais dans leur choix. » Ce beau principe posé, Louis XV marquait sa préférence pour l'un des princes de la maison de Saxe, l'aîné excepté, qui deviendrait automatiquement Électeur de Saxe, et avec une prédilection pour Xavier, frère préféré de la dauphine, qui venait de servir dans l'armée française. Pour le reste, on l'a dit, quelque argent mais aucun secours militaire. Le 19 mai, Louis XV confirmerait dans un nouveau billet à Tercier : « De l'argent d'augmentation, n'y comptez pour rien, non plus que de faire remuer un seul soldat pour cette élection. Je ne demande que l'accomplissement du vœu général de la nation polonaise, mais la Russie est bien proche. »

Très proche, en effet, et menée d'une poigne vigoureuse par sa nouvelle czarine, Catherine, qui a fait assassiner dans son cachot son mari déposé, le misérable Pierre III. Au mois d'avril, elle dépêcha à Versailles un ambassadeur extraordinaire, le prince Galitzine, pour proposer au roi de France de choisir ensemble un successeur à Auguste III, dont la santé continuait de décliner. La proposition n'était pas dénuée d'hypocrisie. Toute l'Europe savait que Catherine voulait faire couronner son ancien amant, le jeune, beau et fat Stanislas Poniatowski, fleuron du puissant clan Czartoryski, socle du parti russe en Pologne. Galitzine ne pouvait espérer un ralliement français à son candidat ; du moins sa démarche devait-elle compromettre la France et désespérer ses derniers partisans polonais. Le duc de Praslin, secrétaire d'État des Affaires étrangères, fut chargé de rédiger pour le Conseil du roi un mémoire sur « l'intérêt qu'a la France à l'élection d'un roi de Pologne ».

La passion pour la Pologne n'était point chose commune à Versailles. On trouvait le pays lointain, anarchique, coûteux, trop peu fiable pour devenir un allié efficace. C'était l'opinion de Choiseul. Elle était assurément discutable, mais la thèse contraire aussi, et le duc défendait la sienne avec un cynisme intelligent. Nous avons vu avec quelle verve féroce il avait rédigé les instructions du marquis de Paulmy, nommé ambassadeur en 1760. Le mémoire de son cousin Praslin donne à comprendre le désespoir d'un Charles de Broglie et la réaction insolente d'un d'Éon à voir un personnage aussi médiocre occuper l'une des fonctions essentielles de l'État.

Ruisselant de pédanterie pompeuse, le mémoire commence par exposer doctement, comme si le Conseil était peuplé de crétins, que toute puissance a, dans l'ordre international, deux sortes d'intérêt, l'un direct et l'autre indirect. L'intérêt direct concerne les États qui la bornent ; l'indirect, ceux qui ne sont pas ses voisins. La Pologne entre dans la deuxième catégorie. On abrège, car le lecteur s'ennuie déjà. Ces développements insipides, à la limite du grotesque, pour en arriver enfin à l'analyse cent fois faite de l'anarchie polonaise, qui voue le pays à l'impuissance et doit déterminer la France à ne s'engager dans aucune liaison avec lui.

Mais cette anarchie même ne risque-t-elle pas d'entraîner le démembrement de la Pologne, ce qui ne serait pas sans conséquence sur l'équilibre européen, et éventuellement nuisible aux intérêts de la France ? C'est aborder la question essentielle. Les rumeurs courent d'un dépeçage prochain. Paulmy lui-même, l'ambassadeur qu'on garde parce qu'on ne saurait le recaser tant il est nul, écrit cette année 1763 à Hennin, résident de France à Varsovie, l'œil du Secret, que le démembrement de la Pologne lui paraît inévitable, ajoutant même : « Il est étonnant que cela ne soit pas encore arrivé. » Le pontifiant Praslin est d'un autre avis : « En effet, ce royaume étant également limitrophe de la maison d'Autriche, du roi de Prusse, de la Russie et de l'Empire ottoman, ces quatre puissances, qui se regardent réciproquement avec des yeux de jalousie et de rivalité, sont moins les ennemies de ce royaume que ses surveillants et ses défenseurs. Chacune d'elles a un intérêt direct et essentiel à le protéger, parce qu'elle aurait tout à craindre de celle qui serait agrandie à ses dépens. La France peut donc s'en reposer sur ces quatre puissances du soin de veiller à la conservation intégrale de la Pologne... Au reste, cette idée de démembrement de la Pologne serait susceptible d'une infinité de modifications et de combinaisons dont le détail mènerait trop loin. C'est un champ vaste qui peut occuper les spéculateurs oisifs, et dans lequel les politiques sages ne doivent pas risquer de s'égarer. Il faut s'en tenir au simple, au vrai et au vraisemblable. L'on croit avoir suffisamment prouvé que les révolutions de la Pologne sont indifférentes à la France, et qu'il ne peut en résulter pour elle qu'un avantage ou un préjudice très éloigné en se livrant même aux suppositions les plus invraisemblables. »

Praslin avait donné son mémoire à lire au baron de Breteuil. Celui-ci s'empressa de le recopier de sa propre main et passa le texte à Broglie, encore à Paris. Broglie, Tercier et Durand se penchèrent sur ce monument d'ineptie qui était comme la pierre tombale posée sur leur passion. Trente-quatre années s'étaient écoulées depuis que Jean-Pierre Tercier, jeune secrétaire de l'ambassadeur de France Monti, était parti pour Varsovie afin d'y préparer la deuxième élection du roi Stanislas, le suivre ensuite à Dantzig, subir les rigueurs de la prison russe ; premier commis des Affaires étrangères, sa fidélité à ses engagements lui avait valu d'être chassé de son emploi ; à la veille de la soixantaine, il gardait la Pologne au cœur. Charles de Broglie avait sacrifié à cette passion sa carrière diplomatique. François-Michel Durand, averti par ces tristes exemples, n'en avait pas bronché pour autant et se retrouvait enseveli aux archives.

Broglie décida de soumettre au roi le texte de Praslin, annoté en marge de leurs commentaires communs. Les trois camarades firent un joyeux sort aux intérêts direct et indirect. Quant à l'impuissance à laquelle son système politique condamnait la Pologne, ils en avaient conscience autant que quiconque, étant probablement les trois Français les mieux informés des affaires polonaises. Le mal ne leur paraissait pas sans remède. À la diète, l'opposition d'un unique député suffisait à tout paralyser, puisque seule l'unanimité faisait décision. Pour sortir de l'impasse, il ne restait d'autre choix à la majorité que la rupture de la diète et la formation d'une confédération tentant d'imposer sa loi, y compris par la force, aux récalcitrants. Qu'aucun État digne de ce nom ne pût fonctionner ainsi, Charles de Broglie l'avait expliqué dans maintes lettres et dépêches. La solution consistait à remplacer la règle de l'impossible unanimité par celle de la majorité. C'eût été une révolution. L'innombrable noblesse polonaise, seule classe du pays à députer aux diètes, y était-elle préparée ? Les élites, en tout cas, aspiraient à sortir la nation de sa navrante paralysie.

Le pire du mémoire, c'est le démembrement. Un berger des Pyrénées eût ri de bon cœur en lisant Praslin, qui instituait quatre loups « défenseurs » de la brebis polonaise. On imagine la stupeur abyssale de notre trio, confronté à cette phrase digne d'entrer au panthéon de la bêtise diplomatique : « La France peut donc s'en reposer sur ces quatre puissances du soin de veiller à la conservation intégrale de la Pologne. » Elle est signée par le responsable de la politique étrangère française, ce Praslin qui ne se prive pas, au fil de son mémoire, et songeant évidemment à Broglie, d'écraser de sa suffisance les « spéculateurs oisifs » et autres « faiseurs de système enthousiastes »...

Charles transmet au roi le 28 juillet le rapport annoté, accompagné d'une lettre sobre. Le secrétaire d'État avait lu son mémoire au Conseil du 8 mai. Il avait été approuvé, en conséquence de quoi Paulmy, qui eût été fort embarrassé si on lui avait prescrit de faire quelque chose, apprit avec satisfaction qu'on ne lui demandait que d'assister inerte à l'élection du nouveau roi de Pologne.

Quittant — bien obligé — Paris pour Ruffec, Charles écrivit à Tercier, confident et exutoire de ses accès de colère ou de découragement : « J'avoue que cette fois mon imagination est à bout pour inventer un remède... Quand j'ai avancé tout ce qui se passe, il y a dix-huit mois, on m'a donné pour un visionnaire. Quand je me suis opposé à l'envoi de M. Poniatowski en Russie, on m'a pris pour un frénétique. Le bon M. de L'Hôpital, l'imbécile et peut-être traître chevalier Douglas ; quelle épithète donnerai-je au cardinal de Bernis ? tout cela s'est élevé contre moi et, de concert avec M. le comte de Brühl, a cherché et réussi à me culbuter. On peut voir aujourd'hui si on avait raison, dans ce moment-là, mais on ne le dira pas, car il est toujours plus important de perdre un particulier qui fait ombrage, ou de le laisser perdre, que de sauver les États. Je sais bien qu'il y aurait encore des moyens de s'opposer à l'élection de Poniatowski. Il serait encore possible de réunir contre lui des partis différents. Mais qui le sait ? qui le veut ? Ce n'est pas l'ouvrage d'un ministre qui ne connaît pas la nature des choses et qui veut les faire plier à sa volonté, c'est-à-dire en masquer l'écorce pour les pouvoir représenter sous la couleur où il lui convient qu'elles soient vues. Je sens que mon zèle m'emporte ; les malheurs ne m'ont pas corrigé et j'avoue que rien ne peut diminuer celui que je ressens pour les intérêts et la gloire du Roi. »

*
* *

Dès qu'il apprend la mort d'Auguste III, Tercier sollicite le retour de Charles de Broglie : le chef du Secret ne peut rester encagé dans le lointain Ruffec alors que sa présence est indispensable à Paris. Réponse du roi, le 16 octobre : « Il n'est pas possible qu'on puisse faire revenir dans ce moment-ci le comte de Broglie ; si son oncle était fort mal ou mort, à la bonne heure, parce que, pour lors, ce serait un prétexte autre que celui de la mort du Roi de Pologne. » Si l'on comprend bien, car la prose royale n'est pas toujours limpide, le rappel de Broglie, au moment précis du décès d'Auguste, révélerait son rôle à la tête du Secret. L'argument mérite considération. Le lecteur aura noté la désinvolture macabre avec laquelle Louis XV regrette que l'oncle ne fût point mort ou mourant, car — à la bonne heure ! — c'eût été une excellente raison de laisser revenir le neveu. On ne pouvait exiger du vieux abbé, inlassable avocat de ses neveux à la cour, aussi habile et insinuant qu'ils étaient raides et maladroits, qu'il portât à ce point le dévouement avunculaire.

Charles apprend la disparition du roi de Pologne le 19 octobre. Il écrit le même jour à Louis XV : « Il me serait bien difficile de rien proposer d'ici à V.M. sur les arrangements qu'il conviendrait de prendre. » Deux choix s'imposent d'urgence : un successeur convenable aux intérêts de la France et un ambassadeur capable de l'aider à coiffer la couronne. Pour l'ambassadeur : « Quel qu'il soit, j'ose prendre la liberté de représenter à V.M. qu'il est indispensable de lui donner pour second M. Durand avec le titre de ministre plénipotentiaire et de faire partir ce dernier sur-le-champ pour se rendre à Varsovie. » Charles restera-t-il séquestré à Ruffec alors que « les moments sont précieux » ? Il n'ose poser directement la question, mais trouve un détour ingénieux. Il joint à sa lettre au roi une deuxième lettre demandant à Choiseul d'intervenir pour obtenir sa liberté. Si le roi donne son approbation, Tercier fera porter la lettre au ministre ; dans le cas contraire, il brûlera la lettre. Autant dire que si Louis XV approuve, la levée de l'exil est acquise. C'est compter sans la malignité du roi. Billet à Tercier du 21 octobre : « Je ne vois pas d'inconvénient que le comte de Broglie envoie sa lettre à M. de Choiseul ; mais je ne sais si précisément ce moment-ci ne l'engagera pas au moins à différer ce qu'il aurait fait pour lui dans un autre moment. » Louis XV joue les Ponce Pilate et, répondant comme s'il n'était que spectateur de la partie, alors que tout dépend évidemment de lui, se borne à faire observer, non sans sadisme, que la démarche du comte risque de conduire Choiseul à retarder encore une grâce qui, de toute façon, n'est pas imminente.

Même s'il feint de croire que l'acquiescement royal, assorti d'un pareil commentaire, doit le conduire à déposer « aux pieds de V.M. mes très respectueux remerciements », le malheureux Broglie ne résiste pas, le 4 novembre, à mettre le monarque le nez dans ses contradictions : « Qu'il lui plaise de faire un instant attention à la singularité de la position d'un de ses plus fidèles sujets : il a l'honneur de participer à la confiance particulière de son maître, il a le bonheur d'être assuré par V.M. elle-même qu'elle est instruite de son innocence, il n'a pas cessé depuis qu'il est en disgrâce de continuer à diriger par ses ordres une branche de négociation secrète et importante, il en a même commencé une seconde dont le salut de l'État peut dépendre. Malgré cela, son exil, sa captivité durent, et dans le temps même où le service de V.M. paraîtrait en exiger la fin, le cri de ses ennemis l'emporte et ils trouvent le moyen de prolonger et peut-être de perpétuer son malheur. Non, Sire, il est impossible qu'un phénomène de ce genre subsiste... Je suis, Sire, si troublé et agité de la situation où je me trouve qu'il reste à mon âme et à mon esprit bien peu de facultés pour travailler à une besogne qui, par elle-même, est déjà au-dessus de ma capacité. »

Quatre jours plus tard, le 8 novembre, les nouvelles de la catastrophe londonienne arrivent à Ruffec.

III

Arrivé à Londres le 17 octobre, le comte de Guerchy salua d'Éon avec une réserve prévisible et lui tendit son ordre de rappel. Une courte cohabitation était inévitable, car le chevalier, qui avait représenté le roi de France en sa qualité de ministre plénipotentiaire, devait obtenir son audience de congé du roi d'Angleterre. On pouvait compter sur l'ambassadeur pour activer les feux.

D'Éon avait mis de l'eau dans son bourgogne. Dès avant l'arrivée de Guerchy, il avait accepté de se contenter du titre de résident et promis de travailler « sous les ordres de M. de Guerchy avec ma douceur et mon zèle ordinaires ». Il cédait ostensiblement aux instances de Nivernais, mais une lettre de Jean-Pierre Tercier avait eu probablement plus de poids que celle du bon duc. Pour Tercier, l'homme le moins extravagant du monde, les écarts d'un d'Éon échappaient à la sphère de l'intelligible. L'ancien premier commis n'en mesurait pas moins le danger auquel ils exposaient le service. « Il est constant que vous avez raison dans le fond, lui écrivait-il le 5 septembre. On ne peut exiger de vous qu'après avoir été ministre plénipotentiaire du Roi, vous descendiez à être secrétaire chaque fois que M. le comte de Guerchy ira en Angleterre, et que, lorsqu'il s'absentera, vous repreniez votre caractère de ministre, cela ne s'est jamais vu ; nous vous donnons raison, M. Durand et moi, sur cet article. Mais la forme de vos réponses nous fait une véritable peine, voyant qu'à chaque ligne, pour ainsi dire, vous mettez le marché à la main... De grâce, abstenez-vous de plaisanteries, excellentes en leur genre, mais qui ne peuvent être prises en bonne part... » Tercier rappelait l'agent du Secret à ses devoirs : « Vous n'êtes pas le maître de vous livrer à ce que vos sentiments peuvent vous inspirer. Vous ne pouvez manquer au Roi qui vous a confié une affaire importante, parce qu'il a compté sur vous... Voyez donc à ne pas vous brouiller, on ne pourrait y remédier, et nous ne pouvons nous figurer que vous préfériez un petit mouvement personnel à tout ce que le devoir le plus étroit, la satisfaction et la gloire peuvent vous dicter. Il est certain que M. le comte de Broglie serait inconsolable de voir échouer une affaire qu'il a si bien commencée. »

Quant à Charles de Broglie, dès son arrivée à Ruffec, il adressait à d'Éon, le 7 octobre, via Tercier, une lettre lui donnant tort sur le fond et condamnant vigoureusement la forme : « Je vous avouerai seulement que si c'était à moi, qui vous aime de tout mon cœur, et qui vous crois capable de tout, que vous eussiez écrit dans ce goût-là, je vous aurais sûrement mandé de laisser à Londres un secrétaire quelconque et de revenir chez vous pour n'être plus jamais employé... Ne pouviez-vous trouver mieux que des turlupinades et des sarcasmes qui, en tout genre, ne doivent pas être employés par des gens sensés ? » Comme Tercier, Broglie stigmatisait une conduite qui mettait le chevalier dans le cas d'être rappelé, ce à quoi devrait consentir le roi, « car vous n'ignorez pas que le secret qu'il lui plaît de vouloir garder ne lui permettrait pas de s'opposer à ce rappel ». Charles terminait en évoquant l'attachement que d'Éon lui avait toujours témoigné : « Serait-ce m'en donner une marque que d'abandonner une besogne à laquelle je participe, que je ne puis mener sans vous, et qui, en faisant le bien, le salut de l'État, peut contribuer à ma satisfaction ? » Mais le chef du Secret écrivait ces lignes alors que l'ordre de rappel était déjà signé depuis quelques jours. Au demeurant, Tercier bloqua la lettre, tout comme une seconde datée du 16 octobre : « Sur le bruit public », expliqua-t-il au roi, il croyait d'Éon « fou à lier, ou arrêté à Londres, ou en débarquant à Calais ».

Londres était le théâtre d'une cascade d'événements si bizarres qu'on les croirait sortis de l'imagination d'un Alexandre Dumas.

*
* *

L'audience de congé de d'Éon est prévue pour le 28 octobre. Guerchy la fait avancer au 26.

Le 23 octobre, incident à l'ambassade avec un sieur Treyssac de Vergy. Ce Vergy est l'une des mille épaves venues de France s'échouer à Londres. Les Anglais n'extradant pratiquement jamais, leur capitale sert de refuge à une population de caissiers indélicats, banqueroutiers, notaires véreux, moines partis avec une maîtresse, officiers déserteurs, maîtres chanteurs et autres aventuriers de bas étage. Vergy se situe dans l'élite de cette faune, puisqu'il n'est pas poursuivi en France. Avocat au parlement de Bordeaux, joueur et noceur, il s'est simplement ruiné, et, abandonné par sa femme dont il a croqué la dot, rejeté par tous, il cherche à se refaire une vie à l'étranger. Il s'est présenté à l'ambassade au début du mois de septembre, en plein intérim, avec cet air avantageux indispensable à qui cherche une table bien garnie. D'Éon lui a demandé ses lettres de recommandation. Elles sont nécessaires pour être reçu. Casanova, aventurier de haut vol, n'omet jamais de s'en munir avant de franchir une frontière. C'est pourquoi d'Éon le présente ce même mois de septembre au roi d'Angleterre. Vergy n'en possède point, mais cite parmi ses amis Choiseul, Praslin, Guerchy surtout, qui sera ravi de le retrouver à Londres et l'embrassera sur les deux joues. Comme tous les diplomates qui ont servi à l'étranger, d'Éon connaît la musique. Il a eu droit en Russie à un Montmorency perruquier et à un La Rochefoucauld qui n'était ni Roche ni Foucauld. Il éconduit son visiteur et lui annonce que la porte de l'ambassade lui restera fermée aussi longtemps qu'il n'aura pas de lettre à présenter.

Le 23 octobre, donc, après un dîner[1] à l'ambassade, d'Éon a la surprise de retrouver au salon Guerchy en conversation avec Vergy. L'ambassadeur, ignorant qui est l'individu, demande au chevalier s'il le connaît. D'Éon le met au fait, puis, à Vergy : « Eh bien, monsieur, voilà M. le comte de Guerchy, que vous connaissez tant... Je ne vois pas qu'il vous saute au cou pour vous embrasser. » Toute vie d'aventurier connaît ces moments difficiles. Vergy se retire après avoir indiqué, comme de bien entendu, qu'il est « homme de condition ». Trois jours plus tard, le 26 octobre, il se présente chez d'Éon, qui est absent, et annonce au domestique qu'il reviendra le lendemain à dix heures. Il y a du duel dans l'air.

Ce même 26 octobre, d'Éon dîne chez lord Halifax, ministre des Affaires étrangères, en compagnie de quelques seigneurs anglais, de Guerchy et de plusieurs autres ambassadeurs. Guerchy lui demande en aparté pourquoi il ne s'est pas présenté à son audience de congé, fixée dans la matinée. D'Éon répond, de manière à être entendu par tous, qu'il attend des « ordres ultérieurs » de Versailles. Puis il informe Halifax de ses démêlés avec Vergy, précisant qu'un capitaine de dragons ne peut que relever le gant. Émotion du ministre. La loi anglaise ne badine pas avec les duels. Halifax, de concert avec Guerchy, rédige une promesse de ne point se battre et demande à d'Éon de la signer. Refus véhément du chevalier. L'autre appelle la garde. Un détachement de soldats, conduit par un colonel, fait irruption, baïonnette au canon. Scène inouïe, ahurissante pour les diplomates présents ! D'Éon est hors de lui. À Guerchy qui tente de le calmer sur Vergy, il répond qu'il le lui amènera par les oreilles. Finalement, il consent à signer le billet : « M. le chevalier d'Éon donne sa parole d'honneur aux comtes de Sandwich et d'Halifax qu'il ne veut point se battre avec M. de Vergy, ni lui faire aucune insulte, sans

1. Rappelons qu'à l'époque le dîner est notre déjeuner, et notre dîner un souper.

avoir préalablement communiqué ses intentions aux susdits comtes, de la façon qu'ils pourront prévenir aucunes mauvaises suites des intentions et de la conduite de M. le chevalier d'Éon — Great George's Street. Oct. 26. 1763. » Halifax, Sandwich et Guerchy signent avec lui. Horace Walpole, présent à l'esclandre, écrira à son ami Hertford : « Je ne sais plus rien de d'Éon, excepté que l'honneur d'avoir pris part à la paix a dérangé sa pauvre cervelle ; cela était évident dans cette petite soirée que vous savez, chez lord Halifax, quand on lui dit que sa conduite troublait la paix : il parut tout égaré, pensant qu'on lui parlait de la paix entre la France et l'Angleterre. » Le scandale est énorme. Les gazettes londoniennes s'en emparent. L'opinion publique, informée de la tragi-comédie qui se joue à l'ambassade de France, se partage entre d'Éon et Guerchy. Le populaire se range derrière le premier. Le pouvoir et le corps diplomatique se déclarent solidaires du second, mais plus par devoir que par goût. Faut-il croire le chevalier, qui, dans ses innombrables narrations, donne systématiquement à son antagoniste le rôle du ladre, du méchant et du sot ? D'Éon ment comme il respire. Mais il a de l'humour, un culot qui épate, une plume assassine. Guerchy, pauvre homme dénué de malice, était fait pour une ambassade tranquille. Il se retrouve avec sur les bras le monstre diplomatique du siècle.

Le 27 octobre, lendemain de la scène chez Halifax, Vergy se présente comme annoncé chez d'Éon. Il est en habit de combat. Le chevalier, empêché de se battre, le séquestre, l'intimide et le contraint à signer un billet promettant de fournir dans le délai d'un mois les fameuses lettres de recommandation, faute de quoi il s'engage à ne plus se présenter que « comme un aventurier très grand et des plus grands ». Vergy, libéré, se précipite chez un juge pour porter plainte. Mais d'Éon reste couvert par l'immunité diplomatique. Affaire classée sans suite.

Le 28 octobre (quel feuilleton ! un coup de théâtre par jour !), d'Éon dîne à l'ambassade de France. Guerchy est absent. Sa femme, qu'il a finalement amenée à Londres, préside une table composée de Nicolas Monin, de deux gentilshommes français et de d'Éon. Selon une « note secrète et importante pour l'Avocat [Louis XV] et son Substitut [Broglie] », d'Éon est victime d'un malaise à la fin du repas. Il sort de l'ambassade. Une chaise à porteurs stationne devant la porte. On la lui propose obligeamment. Il refuse, marche jusqu'à sa maison, sise Dover Street, se couche « le feu au ventre » et n'est réveillé, vingt-quatre heures plus tard, que par les coups de pied donnés dans sa porte par La Rozière.

Le 29 octobre, se répand dans Londres un pamphlet intitulé *Lettre d'un Français à M. le duc de Nivernais à Paris* et imprimé « chez T. Becket et P.A. de Hondt, vis-à-vis de l'Église neuve (New Church) dans le Strand ». Son auteur est Ange Goudar, aventurier français de grande classe, à l'image de son confrère vénitien Casanova qui le définira ainsi : « Homme d'esprit, maquereau, voleur au jeu, espion de police, faux témoin, fourbe, hardi et laid. » Mais Goudar, alors âgé de cinquante-cinq ans, est aussi musicographe averti et écrivain prolifique, auteur de vingt ouvrages d'intérêt inégal, depuis *L'Histoire des Grecs ou de ceux qui corrigent la fortune au jeu*, dont le seul mérite est d'être écrit par un expert, jusqu'à un livre d'économie politique, *Les Intérêts de la France mal entendus*, qui fait autorité. Il est à Londres depuis dix-huit mois, venu probablement espionner, pour le compte d'on ne sait qui, les négociations préalables au traité de paix. Il va y publier, cette même année et chez le même éditeur que le pamphlet, son œuvre maîtresse, *L'Espion chinois*, inspiré des *Lettres persanes* de Montesquieu (dont il est le fervent disciple), livre d'une audace extrême qu'on lira à travers l'Europe jusqu'à la fin du siècle, qui enverra en prison des flopées de libraires, relieurs et colporteurs, et dont le grand Voltaire lui-même craindra qu'on le lui attribue. Dans un autre genre, Goudar va rencontrer à Londres la délicieuse Sarah, quinze ans, servante d'auberge, dont il fera peut-être sa femme selon la loi et qu'il emmènera à Naples, où il la prostituera notamment à Alexis Orlov, étrangleur de Pierre III, et au roi de Naples, non sans avoir fait au préalable abjurer solennellement la foi protestante, ce qui valait bonne gratification, à cette enfant née irlandaise et catholique.

Pourquoi ce pamphlet, qui tire sur d'Éon à boulets rouges ? Guerchy l'a commandé à Goudar, dont la plume est aussi facile que la femme. Imprudence rare ! Erreur fatale ! On voit bien le dessein de l'ambassadeur : il veut gagner ce qu'on appellerait aujourd'hui la guerre de la communication, retourner l'opinion publique en sa faveur. Mais le public est toujours pour David contre Goliath, et la virulente francophobie anglaise ne peut que se réjouir des malheurs de l'ambassadeur du roi de France. C'est surtout se tromper de champ de bataille. Guerchy embrase une affaire qu'il devrait assoupir à tout prix. Et il s'avance, par « nègre » interposé, sur un terrain où d'Éon l'emportera haut la main sur n'importe quelle plume mercenaire.

Le lendemain du dîner à l'ambassade, Monin rend visite au chevalier et lui confie qu'il a été, lui aussi, incommodé. Puis c'est Guerchy, encadré par deux secrétaires, qui se présente à sa maison de Dover Street. Tandis qu'on bavarde, le trio examine les lieux. L'ambassadeur suggère une promenade au bord de la Tamise. D'Éon décline la proposition. Il est convaincu d'avoir été drogué, le 28, et croit que s'il avait eu l'imprudence de monter dans la chaise à porteurs, celle-ci l'aurait conduit tout droit au fleuve, où on l'aurait jeté dans un bateau en partance pour la France. L'hypothèse n'a rien d'invraisemblable. Il arrive que la police française procède en Angleterre à des extraditions de sa façon. En 1752, un marquis de Fratteau, réfugié à Londres, avait été ainsi subrepticement escamoté et s'était retrouvé à la Bastille. Nous verrons dans dix ans un commando tenter d'enlever un pamphlétaire gênant, Théveneau de Morande, lié d'assez près à notre histoire, et échouer lamentablement. Bref, selon d'Éon, la présence de son cousin, d'Éon de Mouloize, lieutenant de dragons, incite ses trois visiteurs à la circonspection. Deux jours plus tard, un serrurier de l'ambassade vient réparer une porte. D'Éon croit le voir prendre sur de la cire l'empreinte de la clef de sa chambre. Il décide de déménager et s'installe le lendemain chez La Rozière, 38, Brewer Street. Il emporte avec lui les dossiers de l'ambassade et ses papiers secrets, dont l'ordre autographe rédigé par le roi le 3 juin.

*
* *

En cette fin d'octobre, inventaire provisoire des dégâts :

D'Éon n'est plus sous contrôle. Les choses sont allées si loin qu'un accommodement en douceur relève désormais de l'illusion. Guerchy répand dans Londres et ressasse à

Versailles que le chevalier est fou à lier : traite-t-on avec un aliéné ? Mais cet aliéné possède avec l'ordre autographe le détonateur d'une guerre désastreuse. Même les dossiers de l'ambassade peuvent se révéler explosifs. L'opposition anglaise attaque sans relâche le cabinet sur le traité de Paris, trouvé trop doux pour la France. Lord Bute, ami intime du roi, ministre, principal artisan de la paix, a dû démissionner, accusé bien à tort d'avoir été acheté par l'or français. John Wilkes, grand démagogue, formidable agitateur, continue de remuer Londres de ses harangues. D'Éon s'est trouvé au cœur des négociations. Ses dossiers peuvent en révéler les secrets. Comment l'opposition ne tenterait-elle pas d'utiliser un homme à la dérive, rejeté par les siens, bientôt sans le sou ?

La Rozière est compromis. D'Éon devait le couvrir : il l'a exposé en pleine lumière. Il l'a présenté partout comme son cousin, alors qu'il ne lui était allié que de fort loin, la sœur de l'officier ayant épousé un quidam dont un cousin était lui-même marié à une parente de d'Éon. Le cousinage allégué, qui offrait sans doute une bonne couverture aux contacts entre les deux hommes, a eu pour conséquence de lier La Rozière à la querelle de d'Éon. Pis encore : non content de se trouver mêlé aux furieuses péripéties de cette seconde quinzaine d'octobre, l'officier s'avance délibérément sur le devant de la scène. Incroyable épisode d'une histoire où tout dépasse l'entendement ! Guerchy avait pour invité à l'ambassade le duc de Picquigny, jeune géant de vingt-deux ans, connu pour son goût des sciences naturelles, qu'il tenait de son père, et ses crises de folie furieuse, qui lui venaient de sa mère. Picquigny avait rallié le camp de son hôte et s'était assigné la tâche de discréditer le « cousin » La Rozière. Il l'attaque naturellement sur sa noblesse, assurant qu'il était « homme de néant » à qui seule la faveur avait permis de devenir officier. On a dit la difficulté pour un agent secret, au siècle de la distinction, d'accepter l'escamotage de ses blason et ancêtres sous sa cape couleur de muraille. La Rozière, homme pourtant peu spectaculaire, dont Charles de Broglie se plaît à vanter le caractère réservé, a bondi sous l'outrage. Il s'occupe à dresser son arbre généalogique et ses états de service. Le mémoire sera publié dans un mois et répandu dans Londres. Le contre-espionnage, découvrant que l'officier français qui affectionne les promenades sur les plages anglaises sort de l'école du génie de Mézières, ne risque-t-il pas d'en tirer des déductions fâcheuses ? Peu importe : ce fou, ce traître de Picquigny raconte à qui veut l'entendre que La Rozière est venu « pour lever les côtes d'Angleterre » et « faire des projets de descente »... Comment l'a-t-il appris ? Nul ne le sait. Monin le lui a peut-être soufflé.

Le lecteur attentif aura haussé le sourcil en découvrant qu'un Nicolas Monin assistait au repas du 28 octobre dont le chevalier était sorti chancelant. Étonnement justifié : il s'agit bien de ce Monin que nous avons connu principal collaborateur du prince de Conti, secrétaire de ses commandements, au fait du Secret depuis son origine [1]. C'est lui qui a distingué d'Éon parmi les jeunes gens délurés reçus au Temple, le fief parisien de Conti, et l'a fait envoyer en Russie comme secrétaire du chevalier Douglas ; lui encore qui, au moment de la brouille entre Louis XV et Conti, en 1756, a contribué puissamment à sauver un Secret qui semblait condamné au naufrage ; lui enfin qui s'est entremis lors de la très récente tentative du comte de Broglie de pousser Conti aux affaires. Autant dire que l'ami Monin, comme l'appelle d'Éon, connaît le dessous des cartes. Pourquoi se trouve-t-il à l'ambassade de France à Londres ? Pure malchance, hasard biographique. Avant d'entrer au service de Conti, Monin, aujourd'hui sexagénaire, avait dirigé l'éducation du jeune Guerchy. Il a accompagné son ancien pupille en Angleterre. Qui miserait un sol sur son silence, alors qu'un mot de lui suffirait pour donner à l'ambassadeur la clef de l'énigmatique comportement de d'Éon ?

*

* *

Le 4 novembre, le duc de Praslin présente à la signature de Louis XV une demande d'extradition de d'Éon. C'est, pour le secrétaire d'État, le seul moyen de récupérer les dossiers officiels dont s'est emparé le chevalier et d'en finir avec un scandale qui n'a que trop duré. Le roi signe le document. Il n'a pas le choix s'il veut préserver le Secret.

1. Cf. *Le Secret du Roi*, tome I, pp. 399-402.

Mais l'extradition signifie la saisie par Guerchy de tous les papiers trouvés chez d'Éon, y compris l'ordre autographe du 3 juin et les instructions de Broglie à La Rozière.

Nous avons rencontré trop souvent un Louis XV indécis, hésitant, incapable de donner à l'affaire secrète l'impulsion nécessaire au moment décisif. Il fut ici royal. Le jour même où il signait la demande d'extradition, il écrivit à Guerchy : « Monsieur le Comte, M. le duc de Praslin vous transmet aujourd'hui une demande d'extradition adressée par nous aux ministres de notre frère S.M. le Roi de la Grande-Bretagne relativement à la personne du sieur d'Éon de Beaumont. Si, comme nous le pensons, Sa Majesté Britannique fait droit à cette demande, ce nous sera une chose particulièrement agréable que vous conserviez par-devers vous les papiers que vous pourrez trouver chez le sieur d'Éon, sans les communiquer à personne. Nous désirons qu'ils soient tenus secrets pour tout le monde, sans aucune exception, et que lesdits papiers, préalablement et soigneusement cachetés, demeurent entre vos mains jusqu'à votre prochain voyage annuel que vous les remettiez à notre personne directement. Il nous est revenu que le sieur Monin, votre secrétaire, avait quelque connaissance du lieu où ces papiers pouvaient avoir été déposés par le chevalier d'Éon. S'il est vrai que le sieur Monin possède quelques notions à cet égard, nous vous prions de nous le faire savoir après lui avoir communiqué cette lettre de notre main ; le faisant, vous nous agréerez spécialement. »

Le même 4 novembre, billet à Tercier : « Je prends le parti d'écrire à Guerchy et je lui ordonne le secret pour tout le monde sans rien excepter. Je lui mande de garder tous ces papiers chez lui cachetés jusqu'à ce qu'il revienne à Paris pour le petit voyage qu'il se propose d'y faire tous les ans. »

L'initiative est hardie, et le mouvement tactique séduisant. Le Secret risquait de couler par Guerchy : le roi l'en institue le sauveteur en même temps que le gardien. Il neutralise aussi Monin, qui sait tant de choses, en le « réactivant », comme on dirait aujourd'hui, et en l'obligeant par là au mutisme. Mais c'est un quitte ou double. Tout se joue sur la fidélité et la loyauté de Guerchy.

Charles de Broglie reste sceptique. « La sage précaution que Votre Majesté s'est déterminée à prendre dans cette occasion devrait rassurer sur les suites qu'a le dérangement de la tête du S. d'Éon. J'ose cependant prendre la liberté de lui représenter que les liaisons de M. de Guerchy avec M. le duc de Praslin sont si anciennes et de tel genre qu'il est bien difficile de se flatter qu'il lui cache un secret qu'il lui importerait autant de savoir... » Le comte n'aime pas l'idée que l'ambassadeur conservera les papiers de d'Éon jusqu'à son congé estival en France : pourquoi le roi ne lui ordonnerait-il pas de les confier à La Rozière, sur le point de repasser la Manche, tout en renouvelant son ordre de garder bouche cousue ? Une telle procédure aurait au moins l'avantage de ne pas laisser à Guerchy le temps de prendre copie des papiers. Charles ne cache pas les transes où le plonge la situation : « Je n'ai pas encore reçu de réponse de M. le duc de Choiseul. Pour peu qu'on ait eu vent que j'entre pour quelque chose dans les affaires dont était chargé d'Éon, je suis bien sûr que tout va se conjurer pour me perdre sans retour. J'ose donc prendre la liberté de supplier V.M. de me recevoir sous sa protection particulière et de ne pas ajouter foi à toutes les tournures qu'on saura bien trouver pour y parvenir. Si je ne comptais pas autant sur sa justice et sur ses bontés, je serais dans la plus grande frayeur. »

À Tercier, lui aussi très inquiet des conséquences de l'initiative du roi, Charles tient un langage plus direct : « M. de Guerchy livrera très assurément le secret. » Il lui suffira de prétendre qu'il a trouvé les papiers de d'Éon dans le plus grand désordre et de glisser dans la correspondance officielle quelques documents concernant l'affaire secrète. Broglie constate que lui-même aurait eu cent occasions d'agir ainsi, ce qui lui aurait valu la faveur des ministres « sans que S.M. eût à me reprocher d'en être la cause ». Et le comte de conclure : « Il ne faudra pas à M. de Guerchy beaucoup de combinaisons pour sentir les avantages qu'il trouvera à ne pas suivre mon exemple. »

Louis XV, décidément royal, apaise les pusillanimes : « Si Guerchy manquait au secret, écrit-il à Tercier le 11 novembre, ce serait à moi présentement qu'il manquerait *et il serait perdu*[1]. S'il est honnête homme, il ne le fera

1. Souligné par Louis XV.

pas ; si c'est un fripon, il faudrait le faire pendre. Je vois bien que vous et le comte de Broglie êtes inquiets. Rassurez-vous, moi je suis plus froid. Si j'envoyais un second ordre présentement à Guerchy, il ne saurait pourquoi et croirait peut-être que je n'ai pas assez de confiance en lui. Or, l'ayant mis si aisément dans mon secret, il le gardera. S'il doutait de toute ma confiance, peut-être au contraire cela l'engagerait-il à le divulguer, non pas en entier (je ne peux le croire), mais en partie, qui pourrait faire ce que vous craignez — Madame de Guerchy n'est pas tout à fait dans le cas de son mari, mais par ma lettre au mari, j'espère qu'il ne le dira pas à sa femme. L'affaire du sieur d'Éon n'est pas au clair, attendons son arrivée. J'ai confié à Guerchy, par votre conseil, mon secret. Attendons ce qu'il en aura fait, mais croyons qu'il m'aura obéi. »

« Par votre conseil » ? *Lapsus calami* : si Tercier ou Broglie avaient conseillé d'initier Guerchy, la trace en serait restée et ils ne manifesteraient pas la vive inquiétude que constate le roi. À moins que Louis XV ne fasse allusion au vœu souvent exprimé depuis dix ans par les deux hommes de voir initier le chef de l'ambassade, et non pas un subordonné forcément moins efficace. En l'occurrence, les liens entre Guerchy et Praslin ne pouvaient que les dissuader d'émettre un tel souhait, de sorte que l'explication par le lapsus s'impose. Sur le fond, belle leçon de chose ! Le roi rappelle à deux fidèles sujets un peu entamés par les vicissitudes du service secret ce qu'est un ordre royal. Guerchy lui désobéirait-il qu'*il serait perdu* et qu'il faudrait le faire pendre. Réitérer l'ordre, comme l'a conseillé Broglie, serait en diminuer l'autorité. Quand le roi a ordonné, il faut croire qu'il sera obéi.

Nous verrons bien.

*

* *

À Londres, une guerre de position succède à la tourbillonnante guerre de mouvement du mois d'octobre.

Ses failles font la force de d'Éon. À trente-cinq ans, il reste « le petit d'Éon » pour les messieurs, et « bon petit » pour les dames. Les hommes étant ce qu'ils sont, tous, ou presque, s'éprouvent *a priori* supérieurs à cet impuissant notoire. Ils ont barre sur lui. Les grands seigneurs qu'il est en train de faire tourner en bourriques ne peuvent croire qu'un eunuque sorti d'un tonneau soit un adversaire à leur mesure. Ils le sous-estiment systématiquement. Chaque fois qu'il montera à l'abordage en brûlant ses vaisseaux, ils en seront stupéfaits, toujours en retard d'une audace. C'est aussi que d'Éon trompe son monde : un visage gracieux avant que la petite vérole ne le brouille, la taille menue, les attaches fines. Mais cet excellent cavalier est l'une des meilleures lames de France. Nous l'avons vu, en 1757, courir de Vienne à Versailles, malgré une jambe cassée, pour être le premier à annoncer au roi la victoire autrichienne de Kolin. Au moral, un roc. Il possède une résistance nerveuse à toute épreuve. Les plus périlleuses extrémités ne lui feront jamais perdre son sang-froid.

Il a transformé en forteresse sa maison du 38, Brewer Street. Tout est conçu pour empêcher une saisie des papiers secrets. Au rez-de-chaussée, un poste de garde placé sous le commandement de son cousin Mouloize et composé de plusieurs de ses anciens dragons du régiment d'Autichamp, qu'il a fait venir de France, auxquels s'ajoutent des déserteurs recrutés à Londres. Le salon, l'escalier, le cabinet de travail et la chambre de d'Éon sont minés. Il y a toujours une mèche allumée à portée de main pour tout faire sauter en cas d'irruption massive. Redoutant une infiltration, le chevalier a licencié ses domestiques, n'en conservant que deux en qui il a confiance, mais qu'il met cependant à l'épreuve. Il ne monte jamais dans les chaises à porteurs qui attendent obligeamment devant sa porte. Il sort peu et toujours avec une escorte. L'avenir lui donnera raison.

Guerchy, désemparé, recourait tour à tour à la carotte et au bâton. Le 12 novembre, il a supplié Choiseul d'amadouer le chevalier, allant jusqu'à lui recommander de lui donner son titre de ministre plénipotentiaire : « Vous allez peut-être me croire fou de vous proposer un moyen si peu convenable à votre caractère, mais je n'en vois pas d'autre à présent. » Éloigné de ces platitudes, Choiseul écrivit aussitôt une lettre joviale, davantage dans sa manière : « Qu'est-ce qui vous arrête donc là-bas, mon cher d'Éon ? Abandonnez, je vous le conseille, la carrière politique et vos tracasseries ministérielles avec M. de Guerchy, pour venir me rejoindre ici où je compte vous employer utilement dans le militaire ; et je vous promets que vous n'éprouverez aucuns désagréments quand je vous emploierai... Rien désormais ne doit vous arrêter, et vous me ferez un grand plaisir de revenir me joindre, sans perte de temps, à Versailles. » D'Éon, subodorant un emploi à durée indéterminée à la Bastille, ne donna pas dans le panneau.

Parallèlement, Guerchy alimentait sa campagne de libelles, et toujours par l'intermédiaire de plumes mercenaires. Lui-même était aussi médiocre à l'écrit qu'à l'oral. On avait ri à Londres lorsqu'il était resté court au milieu de son premier compliment à la reine d'Angleterre (qui appréciait beaucoup la conversation enjouée de d'Éon, reçu en petit comité au beau temps de l'intérim) et l'on avait souri à Versailles quand il avait piteusement rendu compte à Louis XV de l'incident, et cru devoir préciser : « Je ne sais pour quelle raison, car, chez le Roi, je n'avais eu aucune peur. » Le premier pamphlet d'Ange Goudar s'en était pris à la conduite extravagante de d'Éon chez lord Halifax. Le chevalier n'avait pas répliqué. Guerchy fait alors monter Treyssac de Vergy au créneau. Son libelle, publié le 19 novembre, taxe d'Éon d'aliénation mentale et le déclare hermaphrodite. Cette fois, le chevalier réplique, le 30 novembre, par une courte *Note à M. le comte de Guerchy*, écrite dans un ton mesuré ; parmi les pièces jointes figure le mémoire de La Rozière donnant les preuves de sa noblesse et détaillant ses états de service. Goudar récidive le 15 décembre avec une *Contre-note ou lettre à Monsieur le Marquis L. à Paris*, à laquelle réplique aussitôt une *Lettre d'un Patriote à son ami, ou réponse à un libelle intitulé Contre-note*. L'auteur ? Un anonyme, ami de d'Éon. Le duel tourne à la mêlée générale. En quelques semaines, une vingtaine de libelles, pour ou contre d'Éon, mais d'une égale férocité, réjouissent le public londonien. On s'arrache la *Lettre de Mlle Bac de Saint-Amand à M. de la M., écuyer, au sujet du sieur de Vergy*, dont plusieurs éditions sont épuisées en quelques jours.

Un libelle reste cependant à l'état de manuscrit. Il s'agit d'un texte de cinq pages, intitulé *Réponse à un écrit qui a pour titre Contre-note*. Il attaque violemment la *Contre-note* de Goudar. L'auteur en est Goudar lui-même, qui est venu, sans états d'âme, le proposer à d'Éon, expliquant que « l'avocat peut écrire pour et contre, et c'est le modèle des écrivains ». Il se plaignait que Vergy le rémunérât « d'une manière fort crasseuse ». L'offre de service a été repoussée par d'Éon, assez bon pamphlétaire lui-même pour n'avoir pas besoin d'aide, et qui préfère judicieusement utiliser ses derniers sous à louer le sabre d'un dragon plutôt que la plume d'un nègre. Mais à recruter sur le trottoir des spadassins si peu sûrs, l'ambassadeur de France joue avec le feu...

Le cabinet anglais refuse l'extradition de d'Éon.

Les ministres, qui souhaitaient unanimement se débarrasser de lui, furent unanimes dans leur décision. « Sa conduite est exécrable, disait lord Halifax, mais sa personne est inviolable. » George III, embarrassé, expliqua lui-même à Guerchy que son désir de complaire à son frère le roi de France devait finir là où commençait la loi anglaise. Ces histoires de liberté individuelle étaient rudes à comprendre pour un citoyen du pays de la Bastille. Au moins le chambellan du roi d'Angleterre va-t-il signifier au chevalier qu'il est indésirable à la cour d'Angleterre.

Le 6 décembre, un mois après avoir reçu la lettre confidentielle de Louis XV, l'ambassadeur dut lui rendre compte de son impuissance à récupérer les papiers de d'Éon. « La cour de Londres, écrivit-il, m'a refusé main-forte à ce sujet, en me répondant que c'était contre les lois du pays. » Et cette phrase qui justifie les précautions prises par d'Éon : « Il n'a pas dépendu de moi, non plus, de m'en saisir par moi-même, ainsi que de sa personne, par force ou adresse, parce qu'il ne loge pas dans ma maison et qu'il n'y est pas venu depuis qu'il pousse les choses au point où il les a poussées jusqu'à ce moment. » Et le pauvre diable de conclure : « Je ne parlerai ni n'écrirai à personne quelconque, Sire, des ordres que j'ai reçus de Votre Majesté ainsi qu'elle me l'ordonne... Je suis bien peiné, Sire, de n'avoir pu en cette occasion donner à Votre Majesté, comme je l'aurais désiré, des preuves du zèle ardent que j'aurai toute ma vie, etc. » D'évidence, le comte de Guerchy, qui jetait si aisément le manche après la cognée, était aussi peu doué pour l'action secrète que pour la diplomatie officielle.

*
* *

Trois jours plus tard, le 9 décembre, le comte de Broglie écrit au roi une lettre d'un autre ton. Il la rédige au château de Broglie, où il s'est précipité pour y rencontrer La Rozière, de retour en France, entendre sa version des événements et prendre connaissance d'une « infinité de copies de lettres et de notes » que l'officier apporte de la part de d'Éon. « Il me serait difficile, avoue Charles au roi, d'exprimer à Votre Majesté l'embarras extrême où me jette la nécessité de lui rendre compte d'une affaire aussi étrange, d'un genre si singulier et dans laquelle tant de personnes se trouvent compromises. »

Premier constat : d'Éon n'est pas fou, contrairement à ce que croient Londres, Paris et Versailles. Charles n'a trouvé dans ses dépêches, lettres et mémoires « aucune trace de la folie dont on l'accuse ». Il estime qu'il « met même plutôt trop de suite dans sa conduite ». On ne dirige pas efficacement un service secret sans une exacte intuition des êtres : Charles a compris que le chevalier, bien loin d'être en proie aux vertiges de l'aliénation mentale, conduit avec rigueur sa guerre contre ceux qui l'ont humilié. (Louis XV écrira lui-même à Tercier, le 30 décembre, à propos de d'Éon : « Il n'est pas fol, je le pense bien, mais orgueilleux et fort extraordinaire. ») Charles ne se prive pas de glisser au passage que, « si j'eusse été à Paris », bien des problèmes auraient pu être évités. La conduite du chevalier est assurément blâmable, « mais j'ose supplier V.M. de vouloir compatir au malheur inhérent à l'humanité : on trouve rarement des hommes exempts de toutes les faiblesses qui l'accompagnent et je ne pense pas que V.M. désapprouve que je prenne la liberté d'implorer son indulgence pour des fautes qui sont rachetées par des qualités essentielles, des services réels et un zèle infatigable ». Il faut du courage pour oser ce plaidoyer en faveur d'un homme que tout Versailles, le roi le premier, voudrait voir dans un cul-de-basse-fosse.

Les choses en étant arrivées au point où elles sont, que faire ? Deux partis s'offrent, dont chacun a ses avantages et ses inconvénients.

Le premier consiste à rendre à d'Éon son titre de ministre plénipotentiaire et à le laisser aux côtés de Guerchy. On efface tout pour repartir d'un bon pied. Cela implique naturellement l'initiation au Secret de Guerchy, et, par voie de conséquence, celle de Praslin. Pourquoi pas ? « Depuis que j'ai eu l'honneur de servir V.M. dans la carrière de la politique secrète, écrit Broglie, j'ai cru remarquer qu'elle était fort occupée d'en conserver le mystère lors même que l'utilité de son service pouvait en souffrir. » Il a raison : c'est toujours Louis XV, obsédé de sécurité, qui rechigne à élargir le recrutement. Charles, au contraire de ses collègues présents et futurs, n'emploie pas l'essentiel de son énergie à préserver jalousement son pré carré. Si la revanche sur l'Angleterre passe par l'initiation du secrétaire d'État des Affaires étrangères, qu'on l'initie sans tergiverser !

Le second parti serait de laisser d'Éon en Angleterre sans titre ni fonction, en simple particulier. Ses services, moins considérables que s'il appartenait à l'ambassade, n'en resteraient pas moins précieux. Problème : ne risque-t-il pas, et avec lui ses papiers, un coup de force de la part des Anglais ? « Je ne connais pas assez la Constitution de l'Angleterre pour avoir une opinion bien claire à cet égard, mais le S. de La Rozière m'assure que tout particulier à Londres est à l'abri de toute entreprise illégale et qu'il ne peut être arrêté que par des voies de justice qui ne laissent aucun lieu à la violence. » (Cette phrase ne manque pas d'un certain humour triste, probablement involontaire, de la part d'un homme exilé de par le souverain plaisir de celui qu'il appelle son maître...) Dans cette éventualité, il conviendrait d'organiser une liaison permanente avec d'Éon, via Calais, mais surtout de lui « assurer une subsistance honnête », d'autant que la vie à Londres est d'une « cherté énorme » et que le chevalier doit pouvoir « se soutenir dans la compagnie où il a vécu jusqu'à présent », la seule où il peut collecter des renseignements intéressants.

Il faut choisir. D'Éon ne reviendra en France que si le roi lui accorde sa sauvegarde, car « il est persuadé que, sans ce secours, il sera enfermé pour le reste de ses jours ». La Rozière affirme qu'il a brûlé sous ses yeux ses papiers secrets, à l'exception de l'ordre autographe du 3 juin, « qu'il a mis dans la reliure d'un livre et qu'il conserve pour sa décharge de la conduite qu'il a tenue ». Autant dire qu'il garde son atout maître. « Si, au lieu d'en faire cet usage, par vengeance des mauvais traitements qu'il a éprouvés, et par nécessité pour se procurer de quoi vivre, il le rendait public ou seulement le communiquait au ministère anglais, quel malheur n'en pourrait-il pas résulter ? Ne serait-il pas à craindre que la sacrée personne de V.M. n'en fût compromise et qu'une déclaration de guerre de l'Angleterre n'en fût la suite inévitable ? Il est incontestable que le S. d'Éon est réduit au désespoir, que, sans les bontés de V.M., il ne peut s'attendre en France qu'à un sort très malheureux et qu'il a en main un moyen sûr de faire une grande fortune en Angleterre. »

Avant même toute décision sur le fond, il faut ordonner à Praslin et à Guerchy, sous un prétexte quelconque, de ne pas pousser d'Éon à bout. Puis il convient d'envoyer à Londres un agent chargé de renouer le contact avec le chevalier. La Rozière ? Charles avance d'abord son nom, puis se rétracte en post-scriptum : l'officier est trop compromis pour qu'on le hasarde de nouveau sur le sol anglais.

*
* *

Dans ce tourbillon de péripéties étonnantes, le plus étonnant est encore que La Rozière ait réussi sa mission. « Ses reconnaissances, écrit au roi le comte de Broglie, faites avec toute l'adresse, tout le soin, tout le secret et tout le succès imaginables, annoncent une possibilité presque démontrée pour les vues de V.M. Il a parcouru plus de trente lieues de côtes et les postes principaux de l'intérieur du pays. Il en rapporte des croquis qui vont être mis au net et il y joindra les notes les plus détaillées. »

Si les affaires humaines restent soumises au hasard depuis la plus haute antiquité, le renseignement présente cette caractéristique supplémentaire et très déconcertante, rencontrée déjà deux ou trois fois dans notre récit, que des circonstances qui devraient normalement conduire une opération au désastre assurent au contraire son succès. Compromise par le chevalier d'Éon, vendue par le jeune duc de Picquigny, la mission confiée à La Rozière semblait vouée à une conclusion funeste. L'intelligence de l'officier, pourtant néophyte en matière de renseignement, l'a sauvée du naufrage. Embarqué sans l'avoir souhaité dans la furieuse campagne de son « cousin » d'Éon, il a compris que s'esquiver sur la pointe des pieds — c'était tentant — ne ferait qu'attirer l'attention sur lui. Il s'est donc résolument engagé aux côtés du chevalier. Lorsque Picquigny a mis en doute sa noblesse, il en a été « sensiblement touché », comme il était inévitable, mais avec cette déduction que sa réaction concourrait à le protéger.

C'est pourquoi il a publié le mémoire détaillant sa compromettante carrière d'officier du génie. Nulle trace dans les archives anglaises du moindre soupçon à son endroit. Selon le principe de la *Lettre volée* d'Edgar Poe, le contre-espionnage, bluffé, n'a pas un seul instant vu un agent potentiel dans cet officier si spectaculairement mêlé à des extravagances dont tout Londres faisait des gorges chaudes. Charles de Broglie, d'abord inquiété par la publication du mémoire, se rend d'autant plus facilement aux raisons de son agent que le succès en a démontré la pertinence.

En attendant les croquis et les notes plus détaillées, Broglie adresse dès à présent au roi le premier butin de La Rozière : une *Description géographique et militaire des côtes d'Angleterre depuis le Sud-Foreland dans le comté de Kent jusqu'à Beachy Head dans le comté de Sussex, pour servir à un projet de descente dans ce royaume ;* un *Itinéraire des principaux chemins qui mènent des différents points reconnus sur les côtes des comtés de Kent et de Sussex à Londres, avec les communications d'un de ces points à l'autre*, une carte de la *Partie méridionale de l'Angleterre depuis le Sud-Foreland jusqu'à Beachy Head.*

Les reconnaissances de La Rozière conduiront à renoncer à une offensive directe sur Londres par la Tamise, de même qu'à une attaque sur Portsmouth et Plymouth, à cause de leur éloignement des côtes françaises. On descendra dans le Sussex, comme l'ont fait Jules César et Guillaume le Conquérant. Quatre plages de débarquement : Rye, Hastings, Winchelsea et Pevensey. De là, en cinq ou six marches, on peut être à Londres sans rencontrer d'obstacles sérieux et avant que le commandement ennemi ait eu le temps de regrouper ses forces. Portsmouth et Plymouth, bien garnis de troupes anglaises, seront isolés par l'offensive et tomberont d'eux-mêmes après la prise de Londres.

*
* *

Le comte de Broglie avait expliqué la nécessité de prendre un parti à propos de d'Éon. Le roi, une fois de plus, choisit de ne pas choisir. « Je crois donc, répondit-il le 30 décembre à Tercier, qu'il faut laisser écouler assez de temps, le soutenir de quelque argent, et qu'il reste là où il est en sûreté, et surtout qu'il ne se fasse pas de nouvelles affaires. » Et comme Broglie avait exprimé un doute sérieux sur la loyauté de Monin : « Je ne crois point Monin capable de trahir mon secret, non plus que d'Éon de se faire Anglais, car il ne gagnerait rien du côté du ministère, et dans le parti de l'opposition, que ferait-il ? Faites donc pour deux cents ducats à d'Éon. »

La suggestion d'initier Guerchy et Praslin ? Point de réponse. L'urgence démontrée par Broglie de leur ordonner de laisser d'Éon en paix ? Aucune suite.

La procédure suit donc son cours. Sur instructions de Praslin, l'ambassadeur envoie une délégation chez d'Éon pour le mettre en demeure de restituer les pièces qu'il détient. Il s'agit naturellement des dossiers qu'il a pris à l'ambassade — les « papiers ministériaux » —, non des papiers secrets. Le chevalier décroche un fusil de sa panoplie et le braque en criant : « Voilà au bout de quoi sont les papiers du Roi : venez les prendre. » Procès-verbal est dressé de son refus, puis la délégation se retire.

Cascade de sanctions. D'Éon est déclaré traître et rebelle à l'État, coupable de lèse-majesté, cassé de son grade de capitaine, destitué de toute fonction, privé de sa pension de deux mille livres et des appointements qui lui sont encore dus. Il réagira avec colère à la nouvelle, à première vue de moindre gravité, que les fiscaux du roi l'ont une fois de plus inscrit à la taille, l'impôt de la roture. Son cousin d'Éon de Mouloize, qui avait obtenu de l'armée un congé d'un an, reçoit l'ordre de quitter l'Angleterre dans les vingt-quatre heures. La production d'un certificat de maladie échoue à lui obtenir un sursis. Le délai expiré, il est cassé de son grade et radié des contrôles de l'armée. En France, La Rozière, prévenu de complicité avec le rebelle, se voit menacer par Choiseul lui-même d'être incarcéré. L'officier, qui avait couru de bon cœur le risque de la prison anglaise, refuse le déshonneur d'une geôle française : il décide de fuir pour entrer au service d'un pays étranger. Broglie, aux cent coups, écrit à Choiseul pour plaider la cause d'un soldat qui a servi avec distinction sous ses ordres, et remontre vigoureusement au roi qu'il ne peut abandonner un agent aussi précieux. « Je ne craindrai jamais, écrit-il, quelque parti qu'il prenne, qu'il abuse du secret qui lui a été confié, ou il n'y a personne au monde sur qui on puisse compter.

Malgré cela, il me paraîtrait très essentiel de ne rien négliger pour le retenir. » La Rozière sera sauvé.

Foudroyé, promis désormais au pire s'il revenait en France, le chevalier d'Éon conserve un entrain inaltérable. À sa pauvre mère qui, de Tonnerre, lui envoie des lettres épouvantées, il répond l'avant-dernier jour de l'année 1763 : « J'ai reçu, ma chère mère, toutes les lettres lamentables et pitoyables que vous avez pris la peine de m'écrire. Pourquoi pleurez-vous, femme de peu de foi, comme il est dit dans l'Écriture ?... Ne croyez pas que je sois fou, parce qu'on l'a écrit à Paris. Je vous promets que les actions de ma prétendue folie seraient des actes de sagesse pour certains ambassadeurs du Roi... Attendez l'avenir ; vous devez savoir que je ne suis pas embarrassé de mon existence. Laissez passer la petite tempête ; le vent impétueux qu'il fait en ce moment n'est qu'une pétarade, et si vous continuez à pleurer, je serai obligé de vous envoyer des mouchoirs de la compagnie des Indes anglaises. Allons, riez comme moi ; vous ne seriez plus ma mère si vous n'êtes pas la femme forte dont parle Salomon, et que, par parenthèse, je n'ai trouvée nulle part. Je me porte si bien que je compte enterrer tous mes ennemis morts ou vifs. Soyez tranquille : ces ennemis-là sont doux comme des moutons, ils sont plus méchants que dangereux. »

On n'a pas fini d'entendre parler de lui.

IV

L'Europe pansait ses plaies.

Frédéric II était rentré à Berlin, qu'il n'avait pas revu depuis six ans. Nimbé d'une gloire militaire sans égale dans le siècle, désormais le Grand Frédéric, il offrait à cinquante et un ans la physionomie d'un vieillard. La guerre de Sept Ans, qui tant de fois l'avait mis au bord de l'abîme, avait été pour lui « une école de patience, dure, longue, cruelle et même barbare ». Son royaume n'en sortait ni agrandi ni diminué, mais dévasté. « Si l'État avait acquis quelque province de plus, constatait-il, ç'aurait été un bien sans doute ; mais comme cela n'a pas dépendu de moi, mais de la fortune, cette idée ne trouble en aucune manière ma tranquillité. Si je répare bien les malheurs de la guerre, j'aurai été bon à quelque chose et c'est là où se borne mon ambition. »

Il revit la reine, son épouse, la considéra et dit en se détournant : « Madame a bien grossi. »

Il retrouva Sans-Souci, sa cour pittoresque, et accueillit d'Alembert, qui le considérait comme le « chef et modèle » des philosophes mais n'en déclina pas moins une invitation à s'installer en Prusse : la mésaventure de Voltaire avait servi de leçon. Il invita aussi Helvétius, auteur du fameux *De l'Esprit*, ouvrage sulfureux qui avait servi de prétexte à la marquise de Pompadour et à Choiseul pour chasser Tercier des Affaires étrangères, et reçut du philosophe, ancien fermier général, d'utiles conseils pour réorganiser son administration fiscale. Mais il se consacra surtout, comme il s'y était engagé, à réparer les malheurs de la guerre. L'Europe s'étonna de voir l'homme qui l'avait fait trembler parcourir ses provinces ruinées, convoquer fonctionnaires et notables, et demander inlassablement à chacun : « Combien vous faut-il de chevaux, de bœufs, de vaches ? Quelle quantité de blé pour le pain et les semailles ? » Il appelait cela « faire l'épicier », mais il le faisait aussi bien que la guerre.

À Vienne, l'impératrice-reine Marie-Thérèse pleurait sa Silésie : Frédéric la lui avait arrachée lors de la guerre de Succession d'Autriche ; elle avait voulu la guerre de Sept Ans pour la lui reprendre ; elle avait échoué.

À Saint-Pétersbourg, la czarine Catherine pouvait dresser le même bilan. Lorsque les armées russes avaient tenu Frédéric à la gorge, les luttes de clans avaient empêché la victoire totale. Catherine le savait mieux que personne : princesse, elle avait eu sa part dans le sabotage des opérations militaires. Au total, la Russie s'était battue sans profit.

Un million de morts en Europe pour un *statu quo*. La Pologne offrait aux trois puissances l'occasion bien tentante de se revancher à bon marché des frustrations d'une guerre pour rien.

L'Angleterre sortait seule et grande gagnante du conflit, mais le dépit la rongeait de n'avoir pas gagné encore plus.

Michelet écrit : « Qu'est-ce que la France a perdu ? Le monde, pas davantage. »

*

*   *

Le 21 février 1764, Choiseul signe une lettre à Victor-François de Broglie : « Le Roi m'a chargé, Monsieur le Maréchal, de vous mander de sa part qu'il oubliait tout ce qui avait occasionné la disgrâce que vous avez encourue de sa part, et qu'il vous permettait de vaquer librement, dans le courant d'avril, à vos affaires dans tous les lieux du royaume qui vous conviendront, ainsi que de paraître devant Sa Majesté et d'être admis à lui faire votre cour. » Son frère reçut aussi sa lettre de rappel, malheureusement perdue.

Charles n'y croyait plus. Obsédé par l'affaire d'Éon (« Je songe nuit et jour aux moyens de la finir convenablement »), affligé de la tournure prise par les affaires polonaises, enragé de se voir reléguer à Ruffec, à cinq cents de nos kilomètres de Versailles (« Le peu d'utilité dont je pourrais être aux objets qu'il a plu [à V.M.] de me confier est presque annulé par tous les délais que mon absence occasionne, et d'ailleurs par l'impossibilité de me concerter avec MM. Durand et Tercier, dont les lumières et le concours me seraient également nécessaires »), confondu de voir le roi se murer dans son illogisme (« Je suis peut-être le seul exemple au monde d'un sujet qui a l'honneur de servir son maître depuis trente ans dans les affaires de tout genre les plus délicates, qui a l'avantage de participer depuis douze ans à sa confiance particulière, qui n'a jamais essuyé le moindre reproche sur sa conduite, et qui, malgré cela, etc. »), il s'était résolu à une démarche désespérée, qu'il avait annoncée à Louis XV dans une lettre du 27 janvier dont sont tirées les phrases qu'on vient de citer. La comtesse, son épouse, allait partir pour Versailles, porteuse d'un mémoire pour Choiseul et d'un placet qu'elle remettrait au roi en se tenant sur son passage dans la galerie. « V.M. peut juger de la peur qu'elle a d'avance », avait écrit Broglie. Nous sommes quant à nous consternés à l'idée de voir la femme du chef du Secret réduite à se glisser dans la cohue des courtisans qui tendent au roi des placets implorant quelque emploi ou gratification. Initiative au demeurant audacieuse, car il n'est pas d'usage qu'un disgracié sollicite aussi directement son retour. Charles en avait conscience, mais il croyait devoir s'y risquer puisque c'était pour le bien du service. Las ! le roi a écrit à Tercier le 3 février : « La démarche de la comtesse de Broglie ferait de l'éclat et gâterait plutôt les affaires de son mari qu'elle les raccommoderait ; il faut prendre patience, n'en plus parler, c'est le vrai moyen d'arriver plus tôt à son retour. »

Dix-huit jours plus tard, les deux lettres de Choiseul. La levée de l'exil est son fait plus que celui du roi. Pourquoi cette volte-face de la part d'un adversaire résolu des Broglie ? Sachant inévitable le retour du maréchal, que la cour et l'opinion publique tenaient pour le meilleur des chefs militaires français, peut-être Choiseul voulut-il se donner l'avantage d'en être l'instrument, plutôt que de se le voir imposer. Il abordait un passage délicat. Rongée par la tuberculose, sujette à des troubles cardiaques, usée enfin par la vie somptueuse mais infernale qu'elle menait à Versailles depuis près de vingt ans, la marquise de Pompadour déclinait rapidement. Elle avait fait sa fortune. Sa disparition susciterait plus d'une candidature. La sœur et maîtresse de Choiseul, la duchesse de Gramont, se porterait sur les rangs, avec des aptitudes propres à entretenir les feux d'un roi quinquagénaire et blasé, mais elle avait déjà trente-trois ans, et une demoiselle Romans, venue de Grenoble, où Casanova l'avait rencontrée sans réussir à l'avoir, s'était conquis à dix-huit ans une place à part dans le harem du roi. Longue de corps et haute d'esprit, admirablement faite, intelligente, elle avait refusé d'être logée au Parc-aux-Cerfs avec le cheptel ordinaire, et obtenu une belle maison à Passy. Son fils, né le 13 janvier 1762, restera le seul de ses bâtards que Louis XV ait reconnu : il fut baptisé comme « fils de Louis de Bourbon ». Face à une rivale de cette trempe, la duchesse de Gramont n'avait pas partie gagnée.

On ne changera pas ces Broglie. Louis XV l'avait sans doute compris de longue date. Si son attitude envers le comte nous paraît aberrante, c'est que nous sous-estimons probablement le soulagement qu'il ressentait à ne plus subir, grâce à l'exil, le perpétuel tracassin des deux frères, leur susceptibilité toujours alarmée, une conscience très vive des mérites familiaux, jointe à la manie de la persécution. À peine le soleil de la faveur commence-t-il de le réchauffer que Charles remonte sur ses grands chevaux. Son frère et lui auraient préféré que la main royale, qui avait signé l'ordre d'exil, « eût daigné aussi nous donner elle-même l'assurance de notre bonheur », d'autant que le roi, qui a dû éprouver « du regret à nous marquer sa colère », a certainement « trouvé de la satisfaction à nous en apprendre la fin ». Charles exprime le vœu de conclure la paix avec la marquise de Pompadour, mais il se propose de « demander à cette dame une explication ». Plaintes amères contre Choiseul. Il est vrai que le Premier ministre de fait avait tenu au beau-père de Charles, le baron de Thiers, des propos qui en disaient long sur la sincérité de son geste. Il accusait les deux frères de soutenir les jésuites et de combattre les parlements. Reproches parfaitement gratuits. « Au surplus, commentait Charles avec humour, de ne pas haïr les jésuites, avec qui nous n'avons de près ni de loin aucune liaison, et de n'être pas instruit de toutes les prérogatives des parlements, ne paraîtrait pas devoir être un crime auprès de V.M. » Choiseul, une fois de plus, a évoqué la « haine » du roi pour les Broglie. « Il nous fait conseiller de ne nous présenter que rarement et avec ménagements devant [V.M.] afin de l'accoutumer peu à peu à nous revoir. Enfin, que ne dit-il pas d'étrange sur cet objet ! Il faut avouer que c'est une belle chose d'être ministre. » Conclusion : le roi doit absolument réserver aux revenants, le jour où ils se présenteront à la cour, « un accueil d'où dépend le bonheur de notre vie, d'où dépendent également notre honneur et notre gloire, puisque toute la France et même toute l'Europe, qui s'est intéressée à notre sort en ne connaissant que nos services et ignorant les torts qu'on nous a imputés, aura les yeux ouverts sur la manière dont [V.M.] voudra bien nous témoigner le retour de ses bontés. » La dernière fois que Charles a recommandé au roi de se bien conduire en recevant un Broglie, c'est lorsque son frère arrivait d'Allemagne, brandissant son mémoire sur la défaite de Fillingshausen : « Toute la France aura les yeux ouverts sur cet événement. » Deux ans d'exil s'en étaient suivis. Si la France et même l'Europe conservaient les yeux ouverts sur la « gloire » des Broglie, Charles, lui, restait affecté d'une incurable myopie.

Le 6 avril, l'accueil du roi fut banal, alors qu'il venait

de recevoir chaleureusement le cardinal de Bernis, tiré lui aussi de la disgrâce. Avec une touchante obstination, Charles voulut croire les retrouvailles meilleures qu'elles n'avaient été : « J'ai cherché à lire dans ses yeux [de V.M.] ce que j'aurais, au prix de mon sang, payé pour entendre de sa bouche, et je me suis flatté de l'y trouver. » Son frère le maréchal, qui n'avait rien espéré de l'audience royale, s'en retourna à Broglie. Jusqu'à la mort de Louis XV, il n'ira que deux fois par an à la cour, pour des cérémonies à peu près obligatoires, telle celle de l'ordre du Saint-Esprit, et distillera à ses visiteurs son mépris des courtisans et sa tristesse de voir l'État aller à vau-l'eau. Au moins la réapparition à Versailles du meilleur général français avait-elle été l'occasion d'un bon mot : « Cette année, disait-on à la cour, Mars revient en avril. »

Quant à « cette dame » à qui son frère Charles voulait demander une explication, elle eut à rendre des comptes à un examinateur encore plus considérable. L'hiver avait été doux. À la fin février, la température se fit glaciale. Le 29, la marquise de Pompadour contracta une pneumonie. Elle fut bientôt à la mort. Aux derniers jours de mars, elle parut tirée d'affaire. Le 7 avril, rechute. Le 14, elle vit pour la dernière fois le roi. Elle étouffait et restait à demi assise dans une bergère. Tout au long de ces journées d'agonie, elle fut admirable de courage et de lucidité. Le 15, elle dit adieu à ses fidèles, Choiseul et Soubise. Choiseul mit à profit l'émotion générale pour dérober le courrier personnel de la moribonde. Restée seule avec l'abbé Cathelin, elle souffrait tant qu'elle n'aspirait qu'à en finir, puis demandait pardon de ses plaintes. En fin d'après-midi, le prêtre, la croyant assoupie, se leva pour sortir. « Encore un moment, monsieur le curé, lui dit-elle, nous partirons ensemble. » Elle rendit le dernier soupir à sept heures et demie. Elle avait quarante-deux ans.

La marquise de Pompadour avait combattu si âprement le Secret, seul domaine qui échappât à son influence, que l'image qu'on a donnée d'elle ici ne pouvait être que négative. Pendant plus d'un siècle, les historiens furent pour elle impitoyables. L'actuelle tentative de réhabilitation du règne de Louis XV lui vaut des jugements plus mesurés. Pourtant, un historien aussi bien disposé que Michel Antoine écrit qu'en la perdant Louis XV perdit « son mauvais génie ».

Trop de bons ministres chassés à cause d'elle, trop de favoris incapables poussés par elle à des charges vitales pour l'État. Mais elle avait protégé les artistes, les hommes de lettres, les philosophes, et était intervenue plus d'une fois pour lever une censure ou empêcher une répression. Apprenant sa mort, Voltaire dit : « Après tout, elle était des nôtres. » Cela vaut bien une absolution.

*

* *

Stanislas Leszczynski mit un peu de gaieté dans l'affaire polonaise dont l'épisode final se présentait sous de sombres auspices.

Il régnait depuis vingt-six ans sur la Lorraine, tenant à Lunéville une cour débonnaire où les visiteurs de distinction se délassaient avec plaisir du carcan protocolaire de Versailles. Il occupait son temps à rabibocher sa maîtresse et son confesseur, aimait les philosophes sans détester les jésuites, et se donnait de fréquentes indigestions. Comme il trouvait le kouglof par trop sec, il eut l'idée de l'imbiber de rhum et baptisa sa création du nom d'un personnage des *Mille et Une Nuits* : Baba. On ne trouvait guère à lui reprocher que les quatre volumes de son *Œuvre du philosophe bienveillant*, jugés par les lecteurs plus indigestes qu'un baba sans rhum. Son nain, Bébé, venait de mourir, vieillard à vingt ans, au grand chagrin de Stanislas qui s'était tant réjoui avec lui de faire asseoir les belles dames sur des sièges trafiqués qui basculaient sous elles, les renversant jambes en l'air, ou qui leur expédiaient un jet d'eau dans la robe. Deux fois l'an, Stanislas prenait le chemin de Versailles pour y retrouver son « très cher cœur », sa fille Marie. Ils avaient l'un pour l'autre un amour qui ne fit que croître avec le temps, s'écrivaient continuellement, et chaque visite de Stanislas faisait le bonheur de la très délaissée reine de France. Le dauphin et ses sœurs adoraient eux aussi ce grand-père dont la gaieté affectueuse contrastait si fort avec le caractère renfermé de leur père.

La piété de Marie s'offusquait néanmoins de le voir vivre dans le péché. En 1762, l'idée abracadabrante lui vint de le marier à une belle-sœur du dauphin, la princesse Christine de Saxe. La différence d'âge n'était que de cinquante-cinq ans. Stanislas répondit à sa fille : « Votre idée sur mon mariage avec la princesse Christine m'a fait crever de rire. » Quelques jours plus tard : « Je viens d'apprendre que ma prétendue épouse est terriblement laide. » Il la vit à Plombières, la trouva passable, écrivit joliment à sa fille : « Mais il y a une raison insurmontable à ne pas me faire aller plus avant... C'est que cette union ne produirait pas une autre reine de France, ma chère et incomparable Marie. » Il invita Christine à Lunéville, la traita magnifiquement, mais ne l'épousa pas. Il avait quatre-vingt-cinq ans.

L'année suivante, mort d'Auguste III, roi de Pologne, père de Christine.

Stanislas écrivit aussitôt à Versailles pour poser sa candidature. Son message fut reçu avec stupeur. Cinquante-neuf années s'étaient écoulées depuis sa première élection au trône de Pologne, trente depuis la seconde et l'héroïque aventure de Dantzig : qui se souvenait encore du roi Leszczynski en Pologne ? Une lettre venue de Varsovie plongea pourtant le ministère français dans la perplexité. Elle proclamait hautement : « Pouvons-nous oublier que nous avons un Roi qui a été élu, couronné et reconnu par toute l'Europe : le roi Stanislas, duc de Lorraine ? Quel est le prince qui puisse actuellement lui disputer le droit de régner sur nous ? Il semble que le Ciel ne l'ait conservé jusqu'à ce jour que pour être un monument irréfragable de l'autorité de nos libres suffrages... »

On enquêta. Le chevalier de Solignac passa des aveux complets. Presque octogénaire, Solignac était un fidèle de Stanislas, évadé comme lui du piège de Dantzig. Sa plume abondante avait rédigé les innombrables manifestes lancés par le roi, et, à Lunéville, comme Voltaire naguère à Berlin pour Frédéric, il s'employait à alléger la prose un peu balourde du philosophe bienveillant, qui l'appelait « mon teinturier ». Il avait fabriqué la « lettre de Varsovie », censée exprimer le vœu général de la nation polonaise. Choiseul, alerté, écrivit à Stanislas qu'« il n'était pas possible de penser sérieusement à le porter au trône de Pologne ». Le vieillard s'entêta. En ce même mois de février 1764 qui voit les frères Broglie sortir de la disgrâce, il rédige avec Solignac une *Lettre d'un sénateur polonais au roi Stanislas*, que suivra en mars une *Réponse à la lettre précédente*.

Le chancelier La Galaizière, homme à poigne de la Lorraine, eut bien du mal à empêcher la diffusion de ces textes en Pologne. Lorsque Stanislas admit enfin, non sans dépit, que la Lorraine bornait son destin, il voulut au moins remercier le peuple polonais d'un vœu qu'il n'avait jamais exprimé. Versailles y mit le holà, craignant un ridicule qui eût éclaboussé le roi de France. Trente années d'exil n'avaient pas assoupi dans le cœur de Stanislas la passion polonaise.

*
* *

Sa pittoresque présence aurait au moins relevé le plateau du dernier acte. Côté français, la distribution était plus médiocre, et jamais le Secret n'avait disposé de moins de pièces sur l'échiquier qu'au moment crucial. À Saint-Pétersbourg, où risquait de se décider le sort de la Pologne, un simple chargé d'affaires, Laurent Bérenger, avait succédé au baron de Breteuil ; il n'était même pas initié. À Varsovie, l'inepte marquis de Paulmy, embringué dans ses amours ridicules avec la comtesse Mniszech, fille du comte Brühl. (Ah ! la mort du roi de Pologne a au moins procuré à Charles de Broglie la satisfaction d'assister à la chute de Brühl, son vieil adversaire, chassé par le fils d'Auguste après qu'on eut découvert ses énormes malversations.) Seul atout du Secret : Pierre-Michel Hennin, résident à Varsovie, trente-cinq ans, ami des philosophes, en correspondance avec Voltaire, qui avait vécu aux côtés du comte de Broglie les chaudes heures de l'invasion prussienne en Saxe. Charles l'avait initié en 1760. Il s'employait de son mieux à suppléer à l'incapacité de l'ambassadeur.

Mais voici qu'un nouveau personnage apparaît, promis à une carrière inattendue. Jean-Antoine Monet, dit le général Monet, avait soixante ans en 1763, et, derrière lui, un parcours comme on n'en voit qu'aux siècles cosmopolites. Il naît à Chambéry, hors de France, sujet de la maison de Savoie. À quatorze ans, il fait ses premières armes au siège de Belgrade dans le régiment du prince électoral de Bavière, futur empereur Charles VII. Lors de la guerre de Succession de Pologne, il sert dans un régiment piémontais aux côtés de la France contre l'Autriche. Dix ans plus tard, pendant la guerre de Succession d'Autriche, il se bat contre les Français. Entre deux batailles, il s'initie à la politique et à la diplomatie. En 1745, son protecteur à la cour de Savoie décède. En butte à l'inimitié du ministre de la Guerre, Monet préfère s'expatrier plutôt que de végéter, et accepte de devenir le précepteur du jeune prince Adam Czartoryski. À qui succède-t-il dans cet emploi ? Au Français Castéra, bien sûr, qui jette les fondations du Secret et sera bientôt chargé d'affaires à Varsovie. Monet devient l'homme de confiance des puissants Czartoryski, piliers du parti russe en Pologne. À l'occasion de voyages destinés à montrer l'Europe à son élève, il conduit pour les Czartoryski d'utiles et discrètes négociations avec plusieurs cours d'Europe. En 1753, de passage à Vienne, il fait si bonne impression au chancelier Kaunitz que celui-ci lui offre le poste de résident d'Autriche à Varsovie. Proposition flatteuse mais embarrassante, car Monet, grâce à l'appui de ses patrons, possède le grade de général-major dans l'armée saxonne : comment représenter l'Autriche auprès du roi de Pologne, Électeur de Saxe, quand on a dans sa garde-robe un uniforme d'officier supérieur saxon ? Et comment concilier une allégeance de dix ans aux Czartoryski avec les objectifs de la diplomatie autrichienne ? Perplexe, Monet retourne en Pologne. Il assiste à la diète de 1754 où se joue l'issue de la fameuse affaire d'Ostrog, à propos de laquelle s'affrontent l'ambassadeur de France, Charles de Broglie, et les Czartoryski. Nul doute que Monet assiste avec consternation à la victoire de Broglie...

Un coup de foudre change la vie de ce quinquagénaire qui a beaucoup roulé sa bosse.

Le lecteur se souvient d'Élie de La Fayardie, premier secrétaire de l'ambassade de France en Suède, nommé résident à Varsovie en 1753, aussitôt initié au Secret[1]. Son court séjour avait été placé sous le signe de la tragédie : désigné pour remplacer Castéra, probablement assassiné, il avait dû enterrer dès son arrivée à Varsovie le secrétaire du même Castéra, Thomelin, décédé lui aussi dans des conditions suspectes, puis le jeune Vincent, invité à la résidence, choyé comme un fils, foudroyé en quelques heures par un

1. Cf. *Le Secret du Roi*, tome 1, pp. 261-263.

mal aussi subit qu'inexplicable : on lui avait trouvé à l'autopsie « les intestins gangrenés » et « un polype au cœur ». Cette cascade de morts subites, où Versailles vit l'ouvrage du poison, avait plongé La Fayardie, lui-même convalescent d'une longue maladie, dans une crise fatale. Il était mort à son tour après treize jours et treize nuits d'insomnie.

C'est dans ces circonstances dramatiques que le général Monet fait la connaissance de sa veuve, alors âgée de trente-trois ans. Marie-Antoinette a une nature aimante. Fille du premier chambellan du roi de Suède, elle avait abjuré le protestantisme pour épouser La Fayardie. La sollicitude de Monet est un rayon de soleil dans la résidence enténébrée par deux deuils en moins de deux semaines. La pauvre femme en a d'autant plus besoin qu'elle vient d'accoucher d'un garçon, né prématuré. Un amour passionné, beau défi de la vie à la mort tant industrieuse, lie bientôt ces deux êtres qui ont largement dépassé l'âge de Roméo et Juliette.

La Fayardie, à l'agonie, avait confié à sa femme les papiers du Secret. Marie-Antoinette témoigna dans l'épreuve de si belles qualités que Charles de Broglie, toujours ambassadeur en Pologne, mais résidant auprès du roi à Dresde, se démena pour lui obtenir des secours financiers, allant jusqu'à écrire à la Pompadour, de sorte que la veuve fut gratifiée d'une petite pension des Affaires étrangères et d'une autre prise sur les fonds du Secret. La confiance et l'estime du comte de Broglie étaient telles qu'il lui avait demandé de rester à la résidence jusqu'à l'arrivée du successeur de son mari.

Ce successeur est François-Michel Durand. Quadragénaire, il a la réputation d'un homme froid et austère, et il la méritera jusqu'à son dernier souffle. La princesse Marie Radziwill va pourtant embraser cette glace. Jeune, belle, ardente, fort cultivée, polyglotte, elle avait été mariée quelque temps au lunatique prince Radziwill, mais, bientôt lassée par son ivrognerie et ses tristes foucades, elle avait fait annuler le mariage, et, ne gardant de son mari que le nom, s'était réfugiée à Bialystok, chez son oncle, le grand-général Branicki, chef du parti patriote, que tout résident de France devait fréquenter avec assiduité. Durand recrutera Marie pour le Secret, faisant d'elle l'une des « sources » polonaises les plus productives et les plus sûres, et imposera les règles draconiennes de la clandestinité à leurs amours, dont pas une seule trace écrite ne subsiste. À peine trouve-t-on une allusion dans une lettre de Tercier à Durand, mais ne pas se confier à Tercier, c'eût été comme se défier de soi-même.

Dès son arrivée à Varsovie, Durand s'alarme de l'idylle entre Monet et Marie-Antoinette de La Fayardie. Réaction logique : le général n'est-il pas l'homme du parti adverse ? Comment ne pas soupçonner de sa part une opération de retournement visant à obtenir d'une femme fragilisée ce qu'elle sait du Secret et les documents qu'elle détient ? Durand fait discrètement interroger Marie-Antoinette par Gérault, secrétaire de la résidence, qui est proche d'elle pour avoir vécu à ses côtés tant d'heures tragiques. Gérault rend compte à Broglie. Mme de La Fayardie ne lui a pas caché que Monet souhaitait l'épouser, mais elle affirme « qu'elle ne se donnerait jamais à quelqu'un qui servirait un autre maître que le nôtre ni qui fût établi ailleurs qu'en France... ». Gérault est convaincu de sa sincérité ; Durand, point du tout. Cohabitation difficile, déplaisante. Marie-Antoinette s'en plaint à Broglie et sollicite l'autorisation d'épouser Monet, lequel s'engage à ne servir que la France, où il est disposé à s'établir en demandant sa naturalisation. Ce que n'a pas compris le soupçonneux Durand, c'est qu'il y a bien eu retournement, mais d'un Monet prêt par amour à rompre toutes ses allégeances. Chez les hommes de renseignement, la tendance à tout rationaliser conduit souvent à réduire à rien le coefficient passionnel, ce que Graham Greene appelle « le facteur humain ». L'amour ne se met pas en équation.

Marie-Antoinette, son fils et son amoureux prennent le chemin de la France. La mort, tenace, est du voyage. Elle fauche l'enfant en chemin. Durand, qui n'a pas désarmé (il était fait pour le contre-espionnage !), les suit, lui aussi, par espions interposés. Grâce à un maître de poste soudoyé, il peut prévenir Broglie « qu'ils avaient couché dans la même chambre et dans le même lit ». Pardi ! quand on s'aime... Charles, qui est à Paris, prend les choses avec bonhomie ; il écrit gaiement à Durand : « Mme de La Fayardie est arrivée ici avec son camarade de voyage. Elle a perdu en chemin son fils. Je crois qu'elle sera bientôt dans le cas de pouvoir réparer ce malheur. » Mariage et naturalisation s'ensuivent rapidement. Charles obtient des Affaires étrangères un traitement annuel de six mille livres pour le général auquel les Czartoryski paient de leur côté une pension de quatre mille livres. Avec les pensions personnelles de Marie-Antoinette, le couple dispose de plus de treize mille livres par an, ce qui lui assure un train de vie très convenable. Le général occupe les huit années suivantes à faire deux enfants à sa femme et à rédiger une quantité prodigieuse de mémoires sur les affaires polonaises, mais ses incessantes sollicitations échouent à lui procurer l'emploi qu'il désire et qu'on lui a vaguement promis. Découragé, il demande à quitter Versailles. Le comte de Broglie pose la question au roi, lequel consent « aux conditions qu'il ne sortira pas du royaume ». Traditionnelle méfiance envers les transfuges. Tercier redoute que le général vienne « menacer en faisant voir qu'il sait bien des choses ». Broglie est dans la même inquiétude. Après avoir envisagé la Provence et le Dauphiné, provinces dangereusement excentrées, la famille Monet s'installe à Argenteuil. On respire. Le général se plonge dans l'écriture d'un gros ouvrage sur la Constitution polonaise. Il n'était toujours pas édité quand arriva la nouvelle de la mort d'Auguste III.

Praslin, sur la suggestion du premier commis Sainte-Foy, rappelle Monet à Versailles. Ses liaisons avec les Czartoryski peuvent se révéler utiles dans la prochaine élection. Monet, échaudé, accepte une mission, mais exige d'être revêtu d'un caractère officiel. On le nomme consul général en Pologne.

*

* *

Un événement considérable était intervenu avant même la mort d'Auguste III : la visite secrète, en août 1763, de Stanislas Poniatowski à Hennin. Rien de plus inattendu que sa démarche auprès de l'agent du Secret à Varsovie ! On a dit les débuts de ce beau jeune homme un peu fat, qui s'était frotté à la philosophie à l'occasion d'un long séjour en France, avant de séduire à Pétersbourg la princesse Catherine, qui, pour la commodité, l'avait fait nommer ambassadeur de Saxe en Russie. Les deux amants, marchant main dans la main avec l'ambassadeur d'Angleterre,

Charles Williams, et avec le chancelier Bestoutchev, acheté par l'or anglais, avaient si bien freiné les opérations des armées russes, alliées de la France et plus d'une fois en mesure d'en finir avec Frédéric, que Charles de Broglie, indigné, avait réussi à obtenir le rappel de Poniatowski. C'est dire que le Polonais n'était pas enclin à la francophilie. Chacun savait enfin que Catherine, devenue czarine et prise par d'autres amours, avait décidé de le dédommager par le trône de Pologne de la place perdue dans son lit.

Pourquoi Hennin et non Paulmy ? Poniatowski affirme redouter les bavardages de l'ambassadeur, qu'il tient pour acquis à la maison de Saxe. On peut se demander s'il ne soupçonne pas que le canal d'Hennin lui permettra d'arriver plus rapidement et plus sûrement au roi de France.

Avec l'ardeur de ses trente et un ans, Stanislas révèle à un Hennin ahuri ses grands projets pour son pays. Il veut le sortir de l'anarchie par une réforme drastique des institutions : abolition du *liberum veto*, adoption de la règle majoritaire, suppression par voie de conséquence des confédérations, instruments de guerre civile. C'est le programme défendu depuis longtemps par Charles de Broglie. Il s'imposait en vérité à tout esprit doué de bon sens. Stanislas le complète par une louable volonté de réglementer l'attribution des grâces et prébendes laissées jusqu'alors à la libre disposition du roi, et qui ne servent qu'à entretenir les factions.

Comment accomplir une si grande révolution ? C'est ici que Poniatowski devient passionnant. Il ne se fait aucune illusion sur son ancienne maîtresse : elle veut bien le faire roi, mais d'une Pologne infirme, paralysée à jamais par ses institutions, alors que lui-même la souhaite dominatrice dans le Nord. Enthousiaste, il cite à plusieurs reprises le *Mahomet* de Voltaire : « Chaque peuple, à son tour, a régné sur la terre — le temps de l'Arabie est à la fin venu. » Il lui faut donc chercher des appuis ailleurs, c'est-à-dire en France, puisque ce pays est le seul qui trouve intérêt à une Pologne forte et indépendante. Toujours la géographie détermine l'histoire. Poniatowski propose un marché à court terme et un plan à long terme. Pour l'élection, la France s'abstient de lancer contre lui ce qui reste du parti patriote ; ainsi son accession au trône ne sera-t-elle pas entachée par les heurts sanglants qu'on peut aisément prévoir dans le cas contraire. Une fois élu, il s'engage à mener une politique consistant à « unir intimement la Pologne à la France, pour l'avantage des deux nations et le repos de l'Europe ».

Voilà qui ouvrait d'immenses perspectives. Quoi de plus satisfaisant pour un service que de retourner contre l'adversaire l'homme dont cet adversaire prétendait faire l'instrument de sa domination ? Juste retour des choses au demeurant, puisque le clan Czartoryski avait été longtemps le plus solide allié de la France en Pologne, et qu'il avait fallu la cascade de Dantzig pour le jeter dans les bras russes ! Certes, la partie n'est pas gagnée d'avance : rien ne prouve que Poniatowski aura les moyens de sa politique. Mais sa proposition ouvre à la France, pratiquement échec et mat, une marge de manœuvre inespérée.

Le Polonais n'a fait aucune allusion au Secret. Il s'est borné à supplier le résident de ne rien dire de sa visite à Paulmy. Hennin, époustouflé, décide de rendre compte d'abord à Tercier, à qui il communique un projet de dépêche à Praslin qu'il n'expédiera qu'après accord des chefs du Secret. Auguste III meurt, le 5 octobre, avant qu'il ait reçu une réponse. Louis XV, informé par Tercier, fait traîner sa décision jusqu'au 28 octobre. Elle est déconcertante : « Le projet de lettre du sieur Hennin à M. de Praslin me paraît devenu inutile depuis la mort du Roi de Pologne, ou du moins mérite d'être changé, et c'est ce que vous pourrez lui mander en lui renvoyant son projet. » Louis XV serait-il devenu sot ? Par quelle aberration pense-t-il que la mort du roi de Pologne dérange un plan qui ne pouvait commencer de vivre qu'à partir de cette mort ? À Varsovie, Hennin était sur des charbons ardents. Chaque jour, ou presque, Poniatowski venait aux nouvelles. « Je me suis mis dans la main du Roi, répétait-il. Que veut-on faire ? » Tercier, désolé, voyait plus juste que Louis XV et écrivait à Hennin : « Si la mort du Roi de Pologne change les circonstances, il peut se faire que ce soit pour rendre cette lettre encore plus intéressante. » Il exhortait son agent à faire patienter Poniatowski : « Continuez à le cultiver, à vous attirer de plus en plus sa confiance... C'est tout ce que je puis vous dire en ce moment. » De concert avec Durand, il finit par rédiger un projet d'instruction à Hennin et l'envoie, fin novembre, au comte de Broglie, toujours reclus à

Ruffec. Le décès du fils aîné d'Auguste III, devenu Électeur de Saxe à la mort de son père et candidat naturel au trône de Pologne, contraint Charles à modifier ce texte. Il ne le renvoie à Tercier que le 26 février 1764. Le 22 mars, Louis XV demande de nouveaux aménagements. Conscient d'avoir perdu encore un mois, il écrit à Tercier : « Si j'ai tant différé, c'est que j'avais d'autres choses à penser. » La marquise de Pompadour est entre la vie et la mort. Tercier corrige sa copie. Le 17 avril, billet du roi : « Il ne m'est pas encore possible de vous renvoyer vos dernières dépêches. Ce sera le plus tôt que ma position me le permettra. » La marquise a rendu le dernier soupir l'avant-veille. Ce n'est que le 26 avril que Saint-Georges, l'un des valets de chambre du comte de Broglie, part de Ruffec à franc étrier pour porter ses instructions à Hennin. Il arrivera trop tard.

Inertie du roi, éloignement du comte de Broglie, morts de l'Électeur de Saxe et de la Pompadour : tout s'était conjugué pour laisser perdre une occasion inespérée. Mais si Louis XV et Broglie lui-même tardent tant à exploiter l'ouverture de Poniatowski, nul doute qu'une large part de responsabilité en incombe à d'Éon : l'un comme l'autre sont obsédés par les périls que le chevalier fait courir au Secret.

*

* *

Alors que l'élection se prépare, la France aura donc trois représentants en Pologne : l'ambassadeur Paulmy, le résident et agent du Secret, Hennin, le consul général Monet. À chacun ses instructions particulières.

Le marquis de Paulmy devra pousser discrètement un prince saxon, de préférence Xavier, frère préféré de la dauphine, qui a servi avec distinction dans l'armée française. Officiellement, il réaffirmera les vœux du roi de France : respect de la liberté de choix des Polonais, préservation de l'indépendance et de l'intégrité territoriale de la Pologne. Broglie commente pour Tercier : « Je vois bien que le premier mot est de dire aux Polonais qu'on ne désire autre chose que de leur voir faire usage de leur liberté... Mais que répondra-t-on à la seconde question, quand ils diront que cette liberté est gênée, et même attaquée, et que c'est aux puissances qui les engagent à la maintenir de leur fournir les moyens d'y parvenir ? Ce n'est plus ici le moment des mots, il faudra des faits. » Tout en laissant recommander à son ambassadeur de favoriser l'élection du prince Xavier, Louis XV ne croyait pas un seul instant au succès et écrivait à Tercier : « Sûrement [il] ne sera pas élu. » Sans doute voulait-il plaire à la dauphine en affectant de soutenir son frère. On a dit combien les désordres de sa vie privée le rendaient vulnérable face à sa famille.

Pierre-Michel Hennin appuiera les candidats du Secret. Si la diète paraît décidée à choisir un prince étranger, il travaillera avec Paulmy à faire élire Xavier. Si c'est au contraire un seigneur polonais — un piaste — qui doit ceindre la couronne (Louis XV en a la certitude : « Aucun prince étranger ne réussira cette fois-ci »), il poussera le grand-général Branicki, chef du parti patriote, noble vieillard de soixante-quatorze ans.

Monet reçoit des instructions officielles inconsistantes : sa fonction de consul général le tient en principe à l'écart des affaires politiques. Le ministère, obligé de respecter sa couverture, lui a même assigné pour résidence Dantzig, « point où le commerce de la Pologne aboutit à la Vistule ». Précaution de pure forme : Monet devra bien entendu se précipiter à Varsovie, où se joue l'élection. Praslin lui donne verbalement ses instructions véritables. Le secrétaire d'État a été finalement informé des ouvertures de Poniatowski par Hennin, soucieux de se mettre à couvert.

Louis XV, décidément apathique, informe avec retard Tercier de la mission de Monet. La surprise consternée de Tercier le conduit à morigéner le roi sur un ton pour lui inhabituel : « Il est certain que si on ne parle pas de l'affaire secrète au général Monet, Sa Majesté aura en Pologne trois agents qui prendront tous les trois une route différente et par conséquent ne se rencontreront pas. Pour en réunir au moins deux (car M. de Paulmy marchera toujours tout seul), Votre Majesté pourrait adresser un ordre de sa main au général Monet portant qu'en l'absence du comte de Broglie, il ait à écouter ce que M. Durand et moi lui dirons de ses intentions, et à s'y conformer. » Louis XV obtempère. Signe évident qu'il patauge : aucune mention de la rigoureuse discrétion imposée rituellement au nouvel initié. « C'est par oubli de ma part », avouera-t-il à Tercier. Comment ne pas le comprendre ? Nous sommes dans le temps (automne 1763) où les extravagances londoniennes de d'Éon mettent le Secret sens dessus dessous.

Tercier rencontre donc Monet, prend note des instructions verbales données par Praslin, et rend compte à Broglie. Le général doit « aller trouver les Czartoryski, leur dire que dans la circonstance où S.M. se trouve, elle ne peut se dispenser de faire, en apparence, des démarches pour l'Électeur de Saxe, mais qu'ils ne doivent en concevoir aucune inquiétude puisque ce n'est pas ce prince que S.M. désire voir sur le trône de Pologne, mais un piaste, et que, si le choix tombe sur un prince de leur maison, on en sera charmé ici et qu'il sera d'abord reconnu, pourvu qu'il conserve le royaume de Pologne dans toutes ses libertés et dans l'intégralité de ses possessions... En un mot, sa véritable mission est de persuader au futur Roi, quel qu'il puisse être, que nous avons contribué à son élection et qu'il devra nous en marquer sa reconnaissance. »

Initié sans enthousiasme de sa part, le général reçoit avec mauvaise humeur les instructions du Secret. Il n'a que faire d'un prince saxon, encore moins de Branicki. On lui gâche son plaisir. Quoi de plus satisfaisant pour lui que d'apporter à ses anciens patrons le consentement du roi de France au sacre de l'un des leurs ? Broglie écrit à Tercier : « Il ne s'occupera que des intérêts de la maison Czartoryski... Cela s'appelle une mission fort mal imaginée et qui nous donnera beaucoup d'embarras. »

Xavier de Saxe, le grand-général Branicki, Stanislas Poniatowski : la France joue sur les trois tableaux, ce qui est le plus sûr moyen de ne gagner sur aucun.

À Londres, d'Éon fait exploser une nouvelle bombe.

V

Un in-quarto de six cents pages intitulé *Lettres, mémoires et négociations particulières du chevalier d'Éon, ministre plénipotentiaire de France auprès du Roi de la Grande-*

Bretagne, imprimé chez l'auteur « aux dépens du corps diplomatique » (*sic*). L'ouvrage s'ouvre par une épigraphe empruntée à Voltaire :

Pardonnez, un soldat est mauvais courtisan.
Nourri dans la Scythie, aux plaines d'Arbazan,
J'ai pu servir la cour, et non pas la connaître.

C'est la réplique foudroyante du chevalier aux libelles commis par les plumes mercenaires de Guerchy. À l'ambassadeur qui réclame les comptes de l'intérim, d'Éon fait observer, avec force références historiques, que l'usage est de se payer sur l'ennemi de la guerre qu'il vous impose. Mais bon, Guerchy veut des comptes ? « Eh bien ! Voilà mon compte, monsieur le comte... » Il ressort de calculs fantaisistes que le ministère doit 88 788 livres à d'Éon, et Guerchy personnellement 27 552 livres. Le meilleur de l'ouvrage n'est pas dans ces fariboles, mais dans le traitement infligé à l'ambassadeur et dans le détour pris pour l'anéantir. Avec une malignité diabolique, le chevalier a choisi de lui faire régler son compte par ses « amis de trente ans », les ducs de Nivernais et de Praslin. Il publie leurs lettres, tant privées qu'officielles. On sait que l'affection entre les trois hommes se teintait, chez les deux ducs, d'une condescendance certaine envers leur « pauvre ami ». Ainsi d'Éon publie-t-il une lettre écrite par Praslin à Nivernais, alors en poste à Londres, au moment où le secrétaire d'État hésitait encore à nommer Guerchy : « Je ne sais cependant si nous lui rendrons un bon service en le faisant ambassadeur à Londres. Il n'est pas aimé dans ce pays-ci [Versailles] ; je crains ses dépêches comme le feu, et vous savez combien les dépêches déparent un homme et sa besogne, quand elles ne sont pas bien faites. On juge souvent moins un ministre sur la manière dont il fait les affaires que sur le compte qu'il en rend... Je crois que notre cher ami fera bien. Je ne crois pas en avoir de meilleur à envoyer, mais il ne sait pas du tout écrire ; nous ne saurions nous abuser là-dessus. D'un autre côté, je ne voudrais pas qu'il se ruinât, mon pauvre Guerchy. Vous faites monter la dépense à deux cent mille livres ; cela ne m'effraie pas. Je puis lui donner cent mille livres d'appointements et cinquante mille livres de gratification ; ainsi il y aurait encore de la marge, en y joignant la dépense qu'il ferait à Paris. Mais je ne saurais lui donner, à ce pauvre cher ami, plus de deux cent mille livres de première mise. C'est le traitement le plus fort. » Meurtrière entre toutes, la lettre de Nivernais à Praslin recommandant que la femme de « notre pauvre ami » reste à Versailles, où elle réussit si bien, plutôt que de l'accompagner à Londres. Guerchy est traité tout au long en excellent cocu, trop niais pour rédiger une dépêche et à qui l'on donne d'Éon pour qu'il tienne la plume à sa place.

Le scandale est inouï. On n'a jamais vu ça. Jamais la cuisine interne d'un ministère, d'une ambassade, n'a été mise ainsi sur la place publique. D'Éon brouille d'un seul coup trois amis. Guerchy ne pardonnera pas à Praslin et à Nivernais leurs appréciations méprisantes. Praslin en voudra mortellement à Nivernais d'avoir fait lire ses lettres privées à d'Éon, qui s'est empressé d'en prendre copie. En même temps, l'audace du chevalier coupe le souffle. Isolé, menacé de toutes parts, à bout de ressources, il grille ses derniers soutiens. Nivernais, qui l'aimait, va le haïr : les lettres publiées donnent de lui l'image ridicule d'un homme toujours gémissant qu'un rhume met à l'agonie.

Le plus grave, c'est que c'est drôle. Horace Walpole déteste d'Éon, comme tous les Anglais de bonne compagnie : « Fou d'orgueil, insolent, injurieux, malhonnête, enfin un vrai composé d'abomination... » Il doit pourtant concéder « qu'il est plein de talent pour mettre sa malice en jeu. Il y a beaucoup de mauvaises facéties dans son livre, ce qui est rare dans un livre français, mais aussi beaucoup d'esprit... » Un énorme éclat de rire secoue l'Europe — enfin, cette Europe des élites qui, de Londres à Pétersbourg, lit les mêmes livres, applaudit ou siffle les mêmes spectacles, encense et éreinte les mêmes personnages. On s'arrache le brûlot de d'Éon. À Londres, la première édition est épuisée en quelques jours. À Ferney, Voltaire, qui a prêté son exemplaire à son médecin Tronchin, le harcèle bientôt : « Ayez la charité, je vous en prie, de me renvoyer les folies de d'Éon. » Il constate : « Les mémoires de ce fou de d'Éon courent l'Europe. Nouvel avilissement pour les Welches [les Français]. »

On aurait dû écouter Charles de Broglie. Il savait par La Rozière l'intention de d'Éon d'écraser celui qui, par nègres interposés, le traitait d'hermaphrodite et d'aliéné mental. Il connaissait même la technique assassine qu'allait utiliser le chevalier. Informé par lui, Louis XV avait répondu avec son aveuglement ordinaire sur ce qui ressortit à l'opinion publique : « Je ne me soucie point de voir le nouveau mémoire imprimé. » *Deux mois* avant la parution du brûlot, Charles lui écrivait encore : « J'avoue que je ne saurais concevoir l'indifférence avec laquelle on laisse entre les mains d'un homme qu'on suppose fol des papiers dont il peut faire un aussi mauvais usage ; mais, sans être fol, l'effervescence de sa tête et le mécontentement qu'il ressent suffisent pour lui faire prendre des partis très désagréables pour tout le ministère français. J'ai connaissance et même copie de lettres particulières entre MM. de Praslin et de Nivernais dont sûrement la publicité serait au moins très embarrassante pour eux, sans parler de tout ce qui a trait à la négociation de la paix. Mais puisqu'ils veulent en courir les risques, je ne suis pas le maître de l'empêcher et je ne dois m'occuper que de ce qui regarde l'affaire secrète dont le S. d'Éon était chargé. »

Seule consolation : le chevalier ne révèle rien des négociations et observe un silence rigoureux sur l'affaire secrète. Pour combien de temps ? Il annonce déjà un deuxième volume. Un mois avant la publication du premier, il avait demandé à Choiseul la permission « de passer au service d'une puissance étrangère »... Un sujet déclaré traître et rebelle n'ayant plus d'autorisation à demander à quiconque, comment ne pas voir là un discret chantage ? Il est grand temps d'envoyer le capitaine de Nort à Londres pour tenter de reprendre d'Éon sous contrôle. Que ne l'a-t-on expédié plus tôt !

*

* *

Nicolas de Nort, trente-sept ans, est à l'image de La Rozière : entré très jeune dans l'armée, capitaine au régiment de Piémont, puis à l'École royale militaire, il a servi comme aide de camp du maréchal de Broglie pendant la guerre de Sept Ans. Un fidèle. Quand il sera rentré de sa mission à Londres, Charles souhaiterait se l'attacher comme secrétaire pour remplacer Linau, qui le suivait depuis son ambassade en Pologne, et qui vient de décéder.

De Nort, précise Broglie au roi, est « un homme de condition qui, quelque attaché qu'il nous soit, à mon frère et à moi, n'accepterait pas la place de mon secrétaire. Mais, dès qu'il s'agira d'être employé pour le service de V.M., je suis persuadé qu'il en sera très flatté. C'est un garçon d'esprit et sur la sagesse et la discrétion de qui je peux compter. » Atout non négligeable : il connaît fort bien d'Éon et Guerchy depuis la guerre ; le second l'aime beaucoup ; enfin, il parle l'anglais. Le roi donne son accord : « J'approuve que le comte de Broglie mette son nouveau secrétaire de Nort dans le secret. »

Comme l'écrit Charles : « Reste à trouver un prétexte naturel pour qu'il aille à Londres » — et à le trouver vite ! On perd de précieuses semaines, au grand dam du comte qui redoute à chaque instant la livraison par d'Éon, ou la saisie par les Anglais, de l'ordre royal autographe du 3 juin 1763. L'annonce que le texte incendiaire de d'Éon est sous presse lève les obstacles. Praslin lui-même approuve des deux mains l'envoi de Nicolas de Nort — n'importe qui, n'importe quoi pour éviter le désastre ! Trop tard : le 2 avril, les premiers exemplaires arrivent à Versailles...

Tercier reçoit dans le même temps une lettre du chevalier, beaucoup plus inquiétante que son volumineux ouvrage. Après des plaintes amères sur l'abandon où on le laisse, d'Éon continue : « Les chefs de l'opposition m'ont offert tout l'argent que je voudrais pourvu que je dépose chez eux mes papiers et dépêches bien fermés et cachetés, avec promesse de me les rendre dans le même état en rapportant l'argent. Je vous ouvre mon cœur, et vous sentez combien un pareil expédient répugne à mon caractère. Et pourtant, si l'on m'abandonne, comment voulez-vous que je fasse ? À l'égard des papiers de l'Avocat [le roi] et de son Substitut [Broglie], je les garde plus précieusement que jamais ; je les ai tous, et ceux de La Rozière. Il n'y a que le chiffre des instructions que j'ai brûlé devant lui, et le tout est si bien caché dans mon cabinet, que, par une mine que j'ai faite moi-même, et plusieurs mèches qui répondent à plusieurs endroits cachés de mon appartement, je puis en un instant faire sauter à plus de cinquante pieds de haut le petit cabinet, les enleveurs de papiers, les papiers et moi. Mais, si je suis abandonné totalement, et si, d'ici au 22 avril, jour de Pâques, je ne reçois pas la promesse signée du Roi ou de M. le comte de Broglie que tout le mal que m'a fait M. de Guerchy va être réparé, alors, Monsieur, je vous le déclare bien formellement et bien authentiquement, toute espérance est perdue pour moi, et, en me forçant de me laver totalement dans l'esprit du Roi d'Angleterre, de son ministère et de la Chambre des pairs et des Communes, *il faut vous déterminer à une guerre des plus prochaines, dont je ne serai certainement que l'auteur innocent, et cette guerre sera inévitable.* Le Roi d'Angleterre y sera contraint par la nature des circonstances, par le cri de la nation et du parti de l'opposition, qui augmente au lieu de s'affaiblir.

« Voilà, Monsieur, ma confession faite, et tous les maux qu'auront préparés M. de Guerchy et sa séquelle. Voilà votre grand projet si glorieux pour le Roi et si avantageux pour la France, qui tournera contre vous. Votre réponse, Monsieur, bien authentique, et signée par l'Avocat, ou au moins par son substitut, m'apprendront si, à Pâques prochain, au plus tard, je dois rester bon Français ou devenir malgré moi bon Anglais... »

Le pire est donc consommé. Fort de l'arme qu'on lui a bien imprudemment confiée, d'Éon soumet le Secret à un chantage de dimension historique. Tercier et Broglie, catastrophés, préviennent le roi. Louis XV — nerfs d'acier ou affectation de sang-froid ? — répond : « Je doute que nous eussions la guerre quand il dirait tout. Mais il faut arrêter ce scandale. » Personne n'en est plus convaincu que Charles, qui exprime sa « douleur » qu'on ait « résisté » quatre mois à ses instances. Il n'est plus temps de finasser avec d'Éon : « C'est une tête si terriblement échauffée qu'on a tout à craindre de sa part. Je me jette aux genoux de V.M. pour lui demander de ne pas dédaigner d'employer les moyens de clémence et de bonté dont il s'est rendu indigne, mais qui seuls peuvent le mettre à la raison... J'ose dire que tout doit céder à la nécessité et au danger de le voir s'abandonner aux extrémités dont il n'est que trop près. »

Le surlendemain, 10 avril, ordre de Louis XV à de Nort : « Le sieur de Nort partira pour l'Angleterre aussitôt qu'il le lui sera ordonné de ma part par le comte de Broglie, et il se conformera exactement aux instructions qu'il lui donnera en mon nom et pour mon service, afin de régler sa conduite, tant vis-à-vis du sieur d'Éon que vis-à-vis le comte de Guerchy, mon ambassadeur. Il exécutera également tout ce qui lui sera dit ou écrit sur cet objet par le sieur Tercier, et gardera le plus profond silence sur cette mission, généralement avec tout le monde, sans nulle exception que les ci-dessus nommés. » Le 11 avril, le roi écrit à Tercier qu'il approuve un projet de lettre de Broglie à d'Éon. Le comte y reproche vertement à son agent sa conduite, et notamment la publication du livre dont l'Europe fait des gorges chaudes, mais l'exhorte à accepter les propositions très avantageuses que va lui faire de Nort. Il annonce que le roi lui accorde une pension de mille livres par mois, ce qui le retiendra de se jeter dans les bras anglais, poussé par le besoin d'argent. Louis XV commente pour Tercier : « M. de Praslin voudrait bien voir arriver d'Éon en France, et qu'il y fût bien enfermé. Ces lettres particulières, avouez-le, le mériteraient bien ; mais le point essentiel est de l'adoucir et de ravoir mes papiers. À l'avenir, soyons plus circonspects sur les choix de confiance. Il est pourtant le seul jusqu'à présent qui ait branlé et menacé de trahison au premier chef. Dans les tribunaux, que croyez-vous qu'on lui fît ? » Jean-Pierre Tercier connaît la réponse : un tribunal français livrerait sans traîner le coupable au bourreau ; mais d'Éon n'est pour l'instant justiciable que des tribunaux anglais. L'exhortation à plus de prudence comporte sans doute une critique. Elle est formulée avec mesure, atténuée par un pluriel qui englobe le roi lui-même. Avec tous ses défauts, Louis XV reste cet homme facile à servir que nous décrivent maints témoignages de contemporains. Un autre n'aurait pas manqué d'accabler Broglie et Tercier. C'eût été compréhensible, mais injuste. Charles n'a commis qu'une seule imprudence — mais capitale : envoyer au chevalier, à Londres, l'ordre autographe qui n'aurait jamais dû quitter la France. Mais comment lui reprocher d'avoir sélectionné d'Éon, peut-être le meilleur agent du service sur le terrain ? Qui pouvait prévoir pareille catastrophe ? Il nous est aisé, deux siècles après, de discerner dans le comportement de d'Éon en Russie tel signe avant-coureur de sa prédisposition aux dérapages...

Le duc de Praslin manifeste autant d'impatience à rentrer en possession des « papiers ministériaux » — les dossiers de l'ambassade — que Louis XV, Broglie et Tercier à récupérer ceux du Secret. De Nort apportera à d'Éon la promesse signée du roi d'une pension annuelle de douze mille livres sur les fonds du Secret. Le secrétaire d'État des Affaires étrangères l'autorise à offrir, moyennant la restitution des papiers officiels et des lettres privées, la somme énorme de cent cinquante mille livres, alors que le chevalier lui-même, au terme de calculs farfelus, ne s'estimait créditeur que de cent seize mille ! Broglie, soufflé, écrit à Tercier que Praslin fait un « pont d'or » à d'Éon.

*

* *

En vérité, si la main droite du duc de Praslin se montrait si généreuse, c'est que la gauche comptait bien récupérer prestement le pactole, et son bénéficiaire avec lui.

Sur indications fournies par Guerchy, un commando, placé sous le commandement d'un nommé Goy, a été envoyé à Londres avec mission d'enlever le rebelle. On n'a pas lésiné sur les moyens. Un voilier, avec vingt et un hommes d'équipage, est mouillé à Gravesend, sur la rive droite de l'estuaire de la Tamise. On en a détaché une barque amarrée en ville, entre les ponts de Westminster et de Londres. Plusieurs membres du commando logent à l'ambassade. Cinq autres se cachent dans une maison de Gerard Street, tout près du domicile de d'Éon. À la première occasion, opération en trois temps : enlèvement du trublion ; la barque fait force de rames jusqu'à Gravesend ; le bateau met à la voile pour la France. Au bout du voyage, la Bastille — en attendant mieux.

Le plus simple eût été de tuer d'Éon. On y avait évidemment songé. C'était la hantise de Broglie. Quand Praslin ne voulait qu'éliminer un méchant fou et récupérer les dossiers, Charles vivait dans l'obsession de l'ordre royal autographe. Il voyait déjà la maison de Brewer Street envahie par la police anglaise, et les papiers secrets découverts. Le chevalier assassiné, les dragons de son corps de garde n'auraient pas risqué la potence pour sauver sa paperasse. Dès le mois de janvier, Charles avait écrit au roi, à propos du ministère : « Je ne peux m'empêcher de soupçonner quelque démarche secrète en voyant sa tranquillité. » De là ses instances, jointes à celles de Tercier, pour écarter une liquidation physique qui eût donné les mains libres aux policiers locaux. Le 10 avril, sitôt après avoir signé l'ordre pour le capitaine de Nort, Louis XV annonce à Tercier qu'il est intervenu dans le sens souhaité : « L'homme envoyé en Angleterre par M. de Praslin lui a demandé s'il fallait l'avoir mort ou vif, et le ministre lui a défendu sur toutes choses de l'avoir autrement que vif. » Broglie tient le recours à la force pour une sottise ; mais, puisque le roi ne l'écarte pas, un enlèvement discret ôtera au moins aux Anglais prétexte à intervenir, et Guerchy pourra négocier à loisir avec d'Éon de Mouloize la livraison des papiers.

Mais le chevalier se révèle bien incommode à enlever. La garde vigilante montée par ses dragons exclut un raid sur sa maison. Il ne sort en ville qu'escorté et sous les armes. Horace Walpole écrit le 20 avril à son ami le comte d'Hertford : « Le misérable lunatique était hier à l'Opéra, ayant l'air de sortir de Bedlam[1]. Il ne marche qu'armé, et menace (ce que je le crois très capable d'accomplir) de tuer ou de se faire tuer, si on fait mine de mettre la main sur lui. » Walpole a raison contre ceux que trompe l'atonie sexuelle de d'Éon. On ne le répétera jamais assez : ce capitaine de dragons est le contraire d'un sylphe. La plume spirituelle mais le verbe haut et vert, comme on parle dans les casernes. Il jure volontiers, plaisante gras, tonitrue. Il répète sa détermination dans des lettres qui épouvantent Tercier : « Je vous préviens bien sérieusement que le premier qui viendra chez moi ou qui m'attaquera dans la rue sera tué sur-le-champ, et je n'envisage pas les suites. Je vous préviens encore que quelques chefs de parti de l'opposition envoient tous les jours chez moi pour voir s'il ne m'est rien arrivé ; et à la première entreprise qui serait faite contre moi, l'hôtel de l'ambassadeur, et tout ce qui sera dedans, sera mis en pièces par ce qu'on appelle ici le *mob*, les matelots et autres canailles de la Cité qui sont aux ordres de l'opposition. »

Guerchy, imperturbable, persévère dans l'imbécillité. Vingt guinées à Ange Goudar pour écrire une réplique au livre de d'Éon qui a fait de lui la risée de l'Europe. Cela donne *Examen des lettres, mémoires et négociations du chevalier d'Éon, etc.*, une mince brochure dont la violence dépasse haut la main tout ce qui a déjà été publié. Informé,

1. L'asile de fous de Londres.

Charles de Broglie s'exaspère : « Il me semble qu'il serait indispensable que [V.M.] daignât écrire à cet ambassadeur qu'elle veut absolument que cette affaire finisse et qu'on retire tous les papiers qui sont entre les mains de d'Éon, sans s'amuser à le poursuivre par des pamphlets. C'est un genre de guerre indécent pour un ambassadeur et dans lequel il aura toujours le désavantage avec un homme aussi délié et aussi hardi que cet adversaire. » Sagace Broglie ! Ange Goudar n'a pas de chance avec sa brochure. Le jour de Pâques, d'Éon le rencontre dans St. James' Green Park et lui administre une volée de coups de canne ; Goudar s'enfuit à toutes jambes. Il n'ira pas loin : son imprimeur, qu'il avait négligé de payer, le fait mettre en prison... Nul doute qu'un ambassadeur à la façon de Guerchy anime merveilleusement la capitale qui a le privilège de l'accueillir.

Le « pauvre cher ami » se croit pourtant à la veille du triomphe. Battu à plate couture dans le duel par plumes interposées, bloqué dans son projet d'enlèvement par la conduite à la fois prudente et intimidante de d'Éon, il compte obtenir une revanche définitive sur le terrain judiciaire.

Le corps diplomatique lui témoignait une solidarité bien naturelle. Le gouvernement anglais, attaqué sans répit sur la paix, était forcément de son côté, et d'autant plus que l'opposition s'efforçait d'acheter les dossiers de d'Éon (elle lui en avait offert la somme de vingt mille livres sterling, soit près de cinq cent mille livres de France...). Sur plainte de lord Halifax, au nom de Sa Majesté Britannique, l'attorney général ouvre une procédure pour libelle diffamatoire et calomnieux contre l'auteur des *Lettres, mémoires et négociations, etc.*, cité devant le banc du roi, instance compétente pour juger les délits de presse. À cette époque déjà, la liberté dont jouissent la presse et l'édition a pour contrepartie une répression rigoureuse des articles ou livres diffamatoires. Si le commando venu de France échoue à livrer un d'Éon garrotté au gouverneur de la Bastille, on peut compter sur la justice britannique pour l'envoyer pourrir dans une cellule de Newgate.

*
* *

Le 22 avril, jour de Pâques, date limite fixée par d'Éon avant que de se faire transfuge, ce n'est pas un « bon

Anglais » qui bastonne d'importance l'infortuné Goudar, mais un Français content de son roi autant que de soi. Nicolas de Nort est arrivé le 16 à Londres, porteur des propositions mirifiques. Le chevalier fond de gratitude et n'est plus qu'irréfragable loyauté. Lettre enthousiaste à Charles de Broglie. Au roi, le 20 avril : « Sire, je suis innocent, et j'ai été condamné par vos ministres ; mais dès que Votre Majesté le souhaite, je mets à ses pieds ma vie et le souvenir de tous les outrages que M. le comte de Guerchy m'a faits !... Soyez persuadé, Sire, que je mourrai votre fidèle sujet, et que je puis, mieux que jamais, servir Votre Majesté pour son grand projet secret qu'il ne faut jamais perdre de vue, Sire, si vous voulez que votre règne soit l'époque de la grandeur de la France, de l'abaissement et peut-être de la destruction totale de l'Angleterre, qui est la seule puissance véritablement toujours ennemie et toujours redoutable à votre royaume. Je suis, Sire, de Votre Majesté, le fidèle sujet à la vie et à la mort ! »

Est-ce la fin de « l'affaire la plus étrange dont on ait jamais ouï parler », selon l'expression du comte de Broglie ? Point du tout. En faisant un pont d'or à d'Éon, on méconnaît l'objet réel de son ressentiment, le vrai mobile de la guerre implacable qu'il a déclenchée. Il préférerait un simple pont de pierre, à condition d'en pouvoir précipiter à l'eau l'homme qui l'a humilié. Son but n'est pas l'enrichissement, mais la vengeance. Rien de tel dans la lettre du comte de Broglie remise par de Nort. Pour le chevalier, de l'or à n'y pas croire et la promesse de le réemployer lorsque le scandale sera oublié. Aucune sanction contre Guerchy. Cela ne va pas. Un peu embarrassé par les lettres écrites dans l'enthousiasme du premier mouvement, d'Éon a tôt fait de trouver l'argument justifiant sa volte-face. Si l'on doit s'accorder, que Guerchy et Praslin commencent par faire classer la procédure ouverte contre lui devant le banc du roi. Il refusera de déposer les armes aussi longtemps qu'on lui fera la guerre. Pour un prétendu fou, ce n'est pas mal raisonner.

Charles juge la demande logique. Ne le serait-elle pas qu'il faudrait quand même y accéder. Le 27 avril, il écrit au roi : « Le sieur Tercier a eu l'honneur de mettre, Sire, sous les yeux de V.M. les motifs qui nous font désirer qu'elle veuille bien ordonner à M. de Guerchy de faire cesser toute procédure. Il nous paraît que cela est aussi important que pressé. » Réponse de Louis XV, le 1er mai : « J'approuve tout ce que vous me mandez, et le comte de Broglie, hormis que je ne veux pas qu'on mande de suspendre les procédures juridiques commencées. » Charles de Broglie, homme du service secret, ne cherche que le moyen de sortir d'une situation périlleuse. Pour un homme de pouvoir, il n'est pas aisé de renoncer à faire usage de sa puissance. Louis XV, Praslin, Guerchy : tout au long de l'affaire, l'embarras où les plongent les continuelles surenchères du chevalier compte peu auprès de leur étonnement enragé à voir se dresser contre eux un homme de peu, un homme de rien.

Une idée folle vient alors au très raisonnable Jean-Pierre Tercier : l'envoi à Guerchy d'une lettre anonyme le mettant en demeure de faire classer la procédure ouverte contre d'Éon et de s'en tenir désormais aux voies de la conciliation. Louis XV, après avoir vu le texte proposé, répond le 25 mai : « Je trouve la lettre fort bien, mais Guerchy n'aura pas de peine à deviner d'où elle vient, car les masques y sont à visage presque découvert [*sic*]. Je vous permets de l'envoyer ou de ne la pas envoyer... » Décision à la Ponce Pilate qui ne laisse pas d'étonner ! Le roi de France, qui n'aurait qu'un mot à dire pour régler l'affaire, et qui s'y est refusé, laisse aux chefs de son Secret le soin de décider si son ambassadeur à Londres recevra ses instructions par la voie bien un peu insolite d'une lettre anonyme... Charles de Broglie reconnaît la justesse de l'observation de Louis XV. Il est vrai que Guerchy ne doutera pas que la lettre exprime la volonté royale. Pourquoi, tant qu'à faire, ne pas adopter alors un ton encore plus autoritaire ? Il rédige un nouveau projet et le renvoie avec le premier. Le 4 juin, le roi, bon prince, retourne les deux lettres avec son accord pour chacune, mais donne cette information non dénuée d'importance : Guerchy étant sur le point de quitter Londres pour prendre en France son congé estival, « je pense qu'il est inutile de lui écrire » !

Prochain épisode : le procès au banc du roi, dont l'audience est fixée au 9 juillet.

En Pologne, l'épilogue est déjà écrit.

VI

Trois représentants de la France à Varsovie, cela pourrait faire une équipe et ce n'est qu'une cohue. L'inepte Paulmy pousse bien mollement le prince Xavier, mais il est ambassadeur de France et la fonction garde tant de prestige dans le pays, où l'on a vu un Broglie faire et défaire les diètes, que beaucoup croient à une volonté que Versailles soutiendra avec des moyens appropriés. L'Électeur de Saxe, frère aîné de Xavier, était mort en laissant un enfant en bas âge, de sorte que le candidat de Paulmy, détaché de la Saxe, pouvait rassembler sur sa candidature l'ensemble du parti patriote, soucieux avant tout d'écarter du trône le clan Czartoryski. Mais Hennin doit garder au feu la candidature du grand-général Branicki. Et Monet, à peine arrivé, se jette spectaculairement dans les bras des Czartoryski, annonce à qui veut l'entendre que leur candidat, Poniatowski, sera le prochain roi avec l'accord de Louis XV, et tient ostensiblement pour quantité négligeable aussi bien l'ambassadeur que le résident...

La confusion est générale. Les patriotes, scandalisés par le double langage de la France, somment Paulmy et Hennin de donner des explications qu'ils sont bien en peine de fournir. Praslin laisse l'ambassadeur sans directives. Broglie et Tercier, empêtrés dans l'affaire d'Éon, tardent, comme on l'a vu, à donner des instructions à Hennin. Le résident en est réduit à faire part à ses chefs officiels et secrets de sa perplexité désolée. À Praslin : « Cette mission [de Monet] produit en Pologne le plus mauvais effet... Les partisans de la Saxe ont été atterrés, dès la nouvelle de son arrivée, et l'ambassadeur, ainsi que moi, avons eu à ce sujet bien des propos désagréables à essuyer. » À Tercier : « Je n'ai pas varié sur la commission du général Monet. Ses relations, toujours favorables aux Czartoryski, n'ont servi qu'à refroidir encore plus les affaires de Pologne... Il arrivera que, de trois que nous sommes ici, pas un ne marchera sur la même route. M. l'ambassadeur continue de soutenir hautement le parti patriotique, sur quoi il se verra à tout moment désavouer par le général Monet. Pour moi, qui vois clairement que nous n'avons ni moyens ni force pour tenir tête à la Russie, et que, d'un autre côté, il est au moins fâcheux d'abandonner ses amis dans le plus grand danger, je tâcherai de sauver quelques planches du naufrage et de faire en sorte, quoi qu'il arrive, que le nom de la France ne devienne pas odieux à un pays où il devrait être chéri. »

Rien de plus exaspérant et de plus dangereux que la faiblesse tenant le langage de la force. Le 14 mars, Paulmy reçoit de Versailles une déclaration solennelle à lire au primat de Pologne, l'archevêque de Gniezno, qui représente la république de Pologne pendant l'interrègne. Après avoir rappelé une nouvelle fois les vœux du roi de France (élection libre, etc.), la déclaration poursuivait fièrement : « Animé de ce sentiment et d'un véritable intérêt pour une nation alliée de sa couronne, le Roi remplira à son égard tout ce que peuvent exiger de lui la justice, les traités et les nœuds mutuels de l'amitié ; enfin il l'assistera par tous les moyens qui seront en son pouvoir, si, contre toute attente, elle était troublée dans l'exercice de ses droits légitimes, et elle peut compter sur son secours et le requérir en toute assurance, si les privilèges de la nation polonaise étaient violés. » L'Autriche, alliée de la France, prenait une position analogue, quoique formulée avec moins de vigueur et vidée en réalité de sa substance par le chancelier Kaunitz, qui commentait sans ambages que son pays ne ferait en aucun cas la guerre pour la Pologne.

La politique de Versailles ne pouvait être plus clairement affirmée. Pour trouver une promesse d'assistance à la nation polonaise aussi déterminée, il fallait remonter trente et un ans en arrière, lorsque le même Louis XV avait promis à la ville de Dantzig, assiégée par les Russes, que la France ne l'abandonnerait pas. Les têtes polonaises ayant la mémoire courte, il n'en fallait pas tant pour enflammer les cœurs. Les patriotes en furent ragaillardis. En ce mois de mars se réunissaient dans les districts les diétines chargées de nommer les députés à la diète dite de convocation, laquelle préparerait elle-même la diète d'élection. Les affrontements se multiplièrent. À Gaudenz, le sang coula. Le pays glissait vers la guerre civile.

Le 11 avril, le roi de Prusse et la czarine de Russie donnaient à leur tour de la voix, et leur propos présentait l'avantage d'être appuyé par des armées prêtes à marcher. Le traité de Pétersbourg prévoyait entre eux une alliance défensive d'une durée de huit ans. Ce rapprochement était en lui-même éloquent. Par un article secret, les deux souverains s'engageaient à maintenir la Constitution anarchique de la Pologne, sonnant ainsi le glas des velléités réformatrices de Poniatowski. Un autre article secret marquait encore leur volonté de protéger les minorités orthodoxe et protestante de Pologne, ce qui leur ouvrait de vastes perspectives. Enfin, un article « secrétissime » désignait comme candidat commun Stanislas Poniatowski, « dès longtemps connu de l'Impératrice de Russie, écrit plaisamment Frédéric dans ses Mémoires, et dont la présence lui était agréable ».

Le prince Xavier s'était retiré de la compétition. Il avait écrit à Choiseul une lettre franche et directe. Selon lui, il était encore possible de réunir sur son nom « la portion la plus saine de la nation ». Aurait-il le soutien de la France ? « La réponse que j'attends par le retour du courrier, Monsieur le Duc, décidera de mon sort. Je réclame toute votre amitié pour me ménager une résolution favorable. Mais, si par des considérations supérieures que je ne puis prévoir, la bonne volonté du Roi se trouvait restreinte, je vous prie, Monsieur le Duc, de me procurer cette réponse que j'attends, dût-elle être négative, si précise qu'elle puisse servir à régler ma conduite de façon à ne plus prolonger mon incertitude et celle de mes amis. » On lui répondit que la France le soutiendrait si l'Espagne alignait son argent et l'Autriche ses soldats. Xavier comprit et se retira.

Les troupes russes, entrées en Pologne au prétexte des troubles, étaient à deux jours de marche de Varsovie. À la frontière prusso-polonaise, l'armée de Frédéric II se livrait à des manœuvres d'intimidation.

Charles de Broglie, informé de la situation par la princesse Radziwill, l'ancienne maîtresse de Durand, écrivit au roi : « Tous les éléments prévus dans la déclaration que V.M. vient de faire publier à Varsovie sont en partie arrivés, puisque le territoire est violé et les lois méprisées. Il en résulte qu'on va se trouver à la veille, ou d'être engagé à des démarches effectives avec la cour de Vienne, ou de manquer aux paroles que les deux puissances ont données.

Ces considérations sont bien dignes de l'attention de V.M. et de son Conseil. » Mais le Conseil de S.M. s'en tenait à la politique définie cinq ans plus tôt par Choiseul pour Durand : « Notre véritable parti en Pologne est l'anarchie, et, à l'heure actuelle, il n'est pas nécessaire de se mettre en frais ni en peine pour l'entretenir. » Quant à l'intégrité du territoire polonais, elle était confiée, comme on sait, aux bons soins de la Russie et de la Prusse, instituées ses « gardiens »...

Le 12 avril, Hennin, au comble de l'angoisse, écrit à Tercier : « Les Russes sont établis sur la Vistule, à cinq milles de Varsovie ; ils vont porter un corps de l'autre côté sous les murs ou même dans cette ville : il y a un corps en Podolie, un autre bien plus considérable sur les frontières... Que voulez-vous que nous fassions ? Encourager les patriotes pour nous voir reprocher de les avoir mis dans le cas d'être écrasés inutilement ? Promettre des secours qui, quand ils viendraient, seraient trop tardifs ?... Je vous parle avec autant de franchise que de douleur : si les événements ne viennent à la traverse, avant qu'il soit trois mois M. Poniatowski sera Roi. »

*

* *

Le 7 mai, date fixée pour la réunion de la diète de convocation, dix mille soldats russes étaient rangés en ordre de bataille sous les murs de Varsovie. Des piquets de cavaliers contrôlaient les places et les carrefours de la ville. Cinq cents grenadiers garnissaient l'ambassade russe. Des embrasures avaient été ouvertes dans les murs du palais de Poniatowski, transformé en forteresse. Deux mille partisans armés, arborant la cocarde de la famille, escortèrent les Czartoryski jusqu'à la diète ; ils s'installèrent dans les tribunes, contrôlèrent les issues, occupèrent même des sièges réservés aux députés.

Accueillis par un tel appareil militaire, les patriotes abandonnèrent pour la plupart tout espoir. Ceux qui ne voulaient pas renoncer étaient désunis. Les uns suivaient le grand-général Branicki, leur chef historique ; les autres, le pittoresque prince Radziwill. C'était diviser des forces déjà très inférieures aux cohortes disciplinées des Czartoryski, sans parler des régiments russes.

Une fois de plus, André Mokronowski fut le héros de la diète.

Il était depuis dix-sept ans l'âme du Secret en Pologne, son agent le plus sûr, l'allié indéfectible. L'amitié qui le liait à Charles de Broglie, en qui il voyait le sauveur de la Pologne, était sortie intacte de toutes les épreuves. À cinquante ans, toujours gigantesque, il conservait sa force herculéenne et une bravoure intacte. Nous l'avons vu, à la diète de Grodno, en 1752, remporter une partie qui semblait perdue d'avance en exposant sa vie avec une inconcevable audace[1].

Seul, il se présente au palais, si bien contrôlé par les Czartoryski qu'aucun patriote n'a osé y pénétrer. Il fend la foule hostile et fait enregistrer une déclaration, signée par soixante députés patriotes, protestant contre le déploiement de forces étrangères qui interdit une délibération libre. On attendait le vieux comte Malakowski, quatre-vingts ans, maréchal des précédentes diètes. Il devait ouvrir la séance. Mokronowski va le quérir et revient avec lui. Malakowski tenait dans sa main le bâton qu'il devait rituellement lever pour marquer l'ouverture de la diète. Il le garde baissé. De sa voix tonnante de tribun, Mokronowski invoque la protestation enregistrée, et, se tournant vers le maréchal : « Je vous prie donc de ne pas lever le bâton, puisque les troupes russes sont dans le royaume et nous entourent. J'arrête l'activité de la diète. » Houle de fureur. Des dizaines de sabres sortent du fourreau. Faut-il rappeler qu'on tuait aisément dans ces occasions ? Les chefs du clan Czartoryski entourent Mokronowski pour le protéger de leurs partisans. Le géant est en garde, sabre à la main. Le tumulte apaisé, on entend la voix chevrotante du vieux Malakowski : « Messieurs, puisque la liberté n'existe plus parmi nous, j'emporte ce bâton, et je ne le lèverai que lorsque la république sera délivrée de ses maux. » Formidable huée, vociférations, menaces : le vieil homme demeure impavide. La voix de Mokronowski s'impose aux hurlements : « Vous ne pouvez ouvrir la diète en présence des Russes et de tant

1. Cf. *Le Secret du Roi*, tome 1, p. 257-258.

de soldats qui remplissent ici la place de nos frères ! » Derechef, les sabres pointent sur lui. Les Czartoryski, impuissants à les écarter, le supplient de se soumettre sous peine d'être coupé en morceaux. Le géant a remis son sabre au fourreau. Bras croisés, il toise les furieux : « Frappez, je mourrai libre et pour la liberté ! » Et comme la haine hésite : « Faites vite ! Achevez ! » Profitant du répit, les Czartoryski l'entourent de nouveau. On crie à Malakowski de lever le bâton. « Vous me couperez le poing ou vous m'arracherez la vie, répond le vieillard magnifique, mais je suis maréchal élu par un peuple libre et je ne puis être destitué que par un peuple libre. J'exige de sortir ! » Il est pressé de toutes parts. Mokronowski se jette devant lui : « S'il vous faut une victime, me voici ! » Couvrant le maréchal de son corps, il lui ouvre un chemin vers la porte. Les issues sont gardées par des hommes armés. Les Czartoryski, soucieux de ne pas entacher la diète par une effusion de sang, dépêchent l'un des leurs négocier la sortie. La porte est franchie. Au-delà, une foule de partisans qui n'ont rien entendu mais devinent, en voyant cette sortie tumultueuse, que les choses ne se déroulent pas comme prévu. Le moment le plus dangereux. Il est probable que Mokronowski et Malakowski auraient été écharpés sur place si un jeune homme, dont l'histoire n'a pas retenu le nom, n'avait eu l'idée salvatrice ; se plaçant à côté du maréchal, il crie : « Laissez passer le général Gadowski ! » Trompés, les spadassins s'écartent. Après avoir traversé plusieurs cordons de troupes russes, les trois patriotes gagnent sans dommage le palais du grand-général.

La défaite était consommée. Branicki, Radziwill et leurs partisans évacuèrent Varsovie en lançant un appel aux armes. Les régiments russes eurent tôt fait de disperser leurs maigres forces. La diète, maréchal ou pas, s'était ouverte et enregistrait docilement les volontés de la czarine. Elle mit hors la loi les rebelles, les dépouilla de leurs charges et dignités, et les condamna à l'exil.

Était venu le moment où, comme l'avait annoncé six mois plus tôt le comte de Broglie à Jean-Pierre Tercier, il ne fallait plus des mots, mais des actes.

Mis au pied du mur, le ministère français n'imagina que de retirer Paulmy. « Sa Majesté, lui écrivit Praslin, ne voyant plus dans la république de Pologne qu'un corps déchiré et insubstant, et prévoyant d'ailleurs que son ambassadeur pourrait être exposé à quelques insultes au milieu de la soldatesque étrangère, a jugé plus convenable de le retirer d'un séjour où les voies de la violence vont sans doute être substituées aux voies de la négociation. » Hennin maintiendrait cependant une présence française : « Vous resterez, Monsieur, puisque le caractère dont vous êtes revêtu est moins délicat à ménager que celui d'un ambassadeur et n'expose pas aussi essentiellement la dignité du Souverain. Sa Majesté compte que ses affaires n'en souffriront pas. »

Paulmy demanda son audience de congé au primat, « interroi ». Puisque naufrage il y avait, une dignité élémentaire commandait de couler pavillon haut, avec panache. Il eût fallu un Charles de Broglie. Paulmy n'était pas taillé dans la même étoffe. Le matin du 7 juin, il se présenta, accompagné de Hennin, au palais du primat, rue Senatorska. La grande salle de réception était remplie de dignitaires. Le primat, acquis aux Czartoryski, le reçut debout, sous prétexte de sciatique, entouré des chefs du parti vainqueur. L'ambassadeur commença à lire son texte d'une voix sourde, presque inaudible. Quand il eut terminé : « Vous cessez donc de reconnaître la République ? » demanda d'une voix forte le primat. « Je reconnais, répondit Paulmy, la République divisée et la ville de Varsovie livrée à des troupes étrangères : j'ai ordre de me retirer et je me retire — Eh bien, puisque vous ne reconnaissez pas la République, vous et tous les ministres de France, vous pouvez l'aller chercher où il vous plaira. » Adam Czartoryski, trouvant la réponse un peu raide, tenta un apaisement : « Il faut espérer que quand Sa Majesté sera mieux informée... — Le Roi est bien informé, interrompit Paulmy, et j'exécute ses ordres. » Le primat répéta : « Si nous ne sommes pas la République, allez la chercher : nous ne reconnaissons plus d'ambassadeur. Je salue M. le marquis de Paulmy. — Serviteur, monsieur l'archevêque de Gniezno », répondit l'autre. Il fit demi-tour, se dirigea vers la porte sans être reconduit par quiconque. À sa sortie du palais, la garde d'honneur ne lui présenta pas les armes.

C'était l'affront. Une insulte publique délibérée. « L'événement le plus scandaleux dont on eût jamais entendu parler, écrivit Broglie au roi, et qu'on doit attribuer au personnel [à la personne] de ce ministre, qui a fait oublier ce qui était dû à un ambassadeur de V.M. » Paulmy quitta Varsovie le 8 juin, lendemain de l'audience. Hennin, dont le maintien n'était plus envisageable, partit s'installer provisoirement à Vienne. Gérault, secrétaire d'ambassade, regagna la France. Monet lui-même, dont les liaisons avec les vainqueurs pouvaient enfin se révéler utiles, dut rentrer à Paris.

Lorsque Stanislas Poniatowski fut élu roi de Pologne, le 7 septembre, par le suffrage des baïonnettes russes, la France n'avait plus un seul représentant dans le pays [1].

*

* *

Charles de Broglie, dont il est superflu de rappeler l'attachement au parti patriote, savait apprécier une situation politique. En apprenant la mort d'Auguste III, six mois plus tôt, il avait écrit à Tercier : « Si l'on ne veut pas agir, il faudrait alors se ménager avec tous les candidats et se réserver pour faire pencher la balance au dernier moment, et ne combattre personne, même les Czartoryski... Si Sa Majesté voulait un instant reprendre les rênes, je lui répondrais bien du succès. » Mais le roi avait laissé les rênes à ses ministres, et ceux-ci, en voulant miser sur tous les tableaux, n'avaient gagné sur aucun. Une neutralité française envers Poniatowski aurait épargné à celui-ci un recours aux régiments russes qui le plaçait dans la stricte dépendance de Catherine II. Les promesses fallacieuses faites aux patriotes les avaient conduits à se lancer dans une bataille où, comme le prévoyait Hennin, ils ne pouvaient qu'être écrasés. Après avoir parlé si haut et agi si peu, la France se retrouvait méprisée par les vainqueurs, qu'elle n'avait pas su se ménager, et détestée par les vaincus, qui se tenaient à juste titre pour trahis.

Malheureuse communauté du Secret ! Tant d'efforts et tant de sacrifices pour en arriver à l'élection au trône du candidat du parti russe... Charles de Broglie, accoutumé aux

1. La couverture du premier tome de cet ouvrage reproduit partiellement un tableau de Bernardo Bellotto, dit aussi Canaletto le Jeune, représentant la scène de l'élection.

déceptions, ne parvint pas, cette fois, à contraindre son amertume : « Je ne puis cacher à V.M. la douleur que je ressens d'être toujours dans le cas de prédire les inconvénients en indiquant les remèdes, mais de ne jamais pouvoir les prévenir. » Son exceptionnel dynamisme le préservait pourtant de s'abandonner à la morosité, et, plutôt que de remâcher le passé, il se projetait déjà dans l'avenir. C'était se faire encore et toujours Cassandre. Pour lui, l'élection de Poniatowski n'est pas la fin de la pièce, mais le premier acte du drame. Sans connaître les articles secrets du traité de Saint-Pétersbourg, il tire du seul rapprochement de Frédéric de Prusse et de Catherine de Russie les plus sinistres augures. Frédéric a-t-il favorisé l'élection de Stanislas, qu'il déteste, par « complaisance » pour la czarine ? « Ce ne sont pas là les motifs qui dirigent ordinairement la conduite de S.M. Prussienne. » Frédéric marche par intérêt. « Cet intérêt ne peut être rempli que par le démembrement en sa faveur de plusieurs provinces de la République et vraisemblablement de la ville de Dantzig, qui fait l'objet de ses désirs depuis bien longtemps. » Quant à Catherine, elle se paiera du service rendu à son ancien amant par « la cession d'une partie de la Lituanie et de plusieurs palatinats septentrionaux ». Il en résultera, prévoit le comte de Broglie, « la révolution dans l'équilibre de l'Europe la plus importante qu'on y ait vue depuis longtemps ; le changement total du gouvernement de Pologne en sera la suite inévitable ».

Charles concluait mélancoliquement : « Je la [V.M.] supplie très instamment de vouloir bien observer que si je ne cesse de lui représenter les dangers des inconvénients que je prévois dans la marche qu'on donne toujours, malgré moi, aux affaires dont elle m'a ordonné de lui rendre compte, j'y suis obligé par la nécessité de lui remettre la vérité sous les yeux, et que j'y suis d'autant plus autorisé que, malheureusement, ma triste prévoyance a été presque toujours jusqu'ici justifiée par les événements. Que ne donnerais-je pas pour être assez heureux de n'avoir à l'entretenir que d'objets qui lui fussent agréables, et de pouvoir contribuer à faire en tout réussir les vues glorieuses qu'elle avait formées sur la Pologne et plus récemment sur l'Angleterre ! »

En Angleterre, Guerchy met un atout maître dans la main de d'Éon.

VII

La procédure en diffamation lancée contre le chevalier remuait l'opinion anglaise. Le tribun John Wilkes, héros du petit peuple londonien, était lui aussi poursuivi pour avoir violemment attaqué le roi George III. Les deux procès n'avaient rien de commun. S'agissant de Wilkes, élu député, l'immunité parlementaire posait problème. D'Éon, dépouillé de l'immunité diplomatique, n'était plus qu'un sujet étranger renié par son pays. L'amalgame ne s'en fit pas moins et les deux hommes devinrent, pour une partie du public, les martyrs de la liberté de la presse. Les journaux publiaient force articles et lettres de lecteurs protestant contre les poursuites dont ils étaient l'objet.

Le 4 juin, anniversaire de la naissance du roi d'Angleterre, une foule furieuse manifesta devant l'ambassade de France, cassa les carreaux et insulta Guerchy, sur le point de partir en congé pour la France. D'Éon se défendit, sans être cru, d'avoir organisé l'affaire avec ses amis de l'opposition.

Il se savait menacé d'enlèvement. Agent secret depuis huit ans, initié au métier dans le périlleux environnement de la cour impériale russe, avec un chef de gouvernement, le chancelier Bestoutchev, qui envisageait froidement la liquidation physique des représentants de la France, il eut tôt fait de repérer les hommes expédiés à Londres par Praslin. Ses gens filent sans désemparer les deux chefs du commando. D'Éon lui-même les nargue sous le nez, ce qui est considéré comme une mauvaise manière dans tous les services secrets du monde, car l'usage veut qu'on s'abstienne de ridiculiser une surveillance. « S'ils eussent fait le moindre geste pour me toucher seulement, écrit le chevalier à un ami en France, ils auraient été mis en pièces par ma troupe et moi. » Mais ses talents d'escrimeur découragent les initiatives. (À Pétersbourg, d'Éon battait régulièrement Stanislas Poniatowski lors des assauts auxquels ils se livraient chaque semaine.) Les deux chefs du commando, écœurés, choisissent de disparaître. D'Éon n'en relâche pas pour autant sa vigilance. « Je sors tous les jours, comme à mon ordinaire, écrit-il, mais avec les sûretés qu'un capitaine de dragons doit prendre en temps de guerre. » Chaque nuit, à la tête de ses hommes, il patrouille son quartier.

Le 21 juin, lorsqu'il a repéré l'ensemble du dispositif adverse, lettre à William Pitt, lord Bute et lord Mansfield, *lord-chief justice*. Tout y est, depuis le bateau ancré à Gravesend jusqu'à la barque amarrée entre les ponts de Westminster et de Londres. D'Éon réclame la protection des lois anglaises. Pour en bénéficier, ce prétendu fou avait eu la sagesse de se faire enregistrer et de payer rubis sur l'ongle ses impôts locaux. Il invoque surtout, conformément à son tempérament, le droit de « repousser la force par la force », et demande à l'avance absolution pour « les malheurs qui peuvent en résulter ». Seul Pitt, chef de l'opposition, l'honore d'une réponse embarrassée : « Vous voudrez bien trouver bon que je me borne à plaindre une situation sur laquelle il ne m'est pas possible d'offrir des avis, etc. » Mais la révélation du complot enflamme Londres. Nouvelle avalanche de lettres de lecteurs indignés. Par un habile maniement de l'opinion publique, le chevalier a neutralisé l'adversaire : comment procéder à un enlèvement annoncé dans les gazettes ? Le comte de Broglie respire. Il redoutait les conséquences d'un coup de force et regrettait les sommes ainsi gaspillées : « Si on en avait employé la moitié de bonne foi à terminer cette affaire, écrivait-il au roi, elle serait assoupie et toutes les inquiétudes de V.M. seraient entièrement cessées. »

C'est sur le terrain judiciaire que Praslin et Guerchy comptent remporter une victoire définitive.

Pour d'Éon, docteur en droit, la procédure est un champ de bataille comme un autre, qui suppose une stratégie adaptée. Abandonnant ses flamboyances, il choisit la défense élastique et demande le renvoi de l'audience du 9 juillet au motif que quatre des témoins qu'il veut faire citer sont en France. Requête rejetée. Le banc du roi est présidé par lord Mansfield, ami de Guerchy, résolu à avoir la peau de d'Éon. Celui-ci choisit alors de faire défaut le 9, se réservant de se présenter lorsqu'il aura mis au point sa défense. Encore lui faut-il échapper à la police chargée par le tribunal de le retrouver. Il plonge dans la clandestinité, laissant sa maison à la garde de ses dragons. Avec d'Éon de Mouloize, il se cache d'abord dans un garni de la City, puis change de cachette. Le 20 novembre, la police, sur renseignement, fait irruption dans la maison du Dr Eldowes, à Whitehall. « Les agents, écrit d'Éon, cassèrent les portes, armoires, valises, pour me trouver, et ne trouvèrent que mon cousin d'Éon de Mouloize qui était tranquillement à se chauffer au coin du feu avec Mme Eldowes et une autre dame. Cette autre dame était celle qu'on appelle communément le chevalier d'Éon. »

Répits provisoires. Il faudra bien comparaître un jour ou l'autre, de gré ou de force, au banc du roi. Même bien ficelé, que pèsera son dossier devant un tribunal acquis à Guerchy ?

Ses hommes lui apprennent alors que Treyssac de Vergy cherche à le joindre. C'est le clin d'œil du destin.

*

* *

Le nègre de Guerchy sortait de la prison pour dettes où l'avait fait enfermer son hôtelier. Ses demandes de secours à l'ambassadeur n'ayant point reçu de réponse, il ne devait sa libération qu'à quelques amis qui s'étaient cotisés. Il brûlait de haine pour son ancien employeur, qui savait si bien dépenser pour traiter avec munificence ceux de sa caste, mais croyait pouvoir rémunérer « de façon fort crasseuse », selon le mot de Goudar, ses spadassins de plume. Cette erreur faisait de l'instrument Vergy un boomerang dévastateur.

D'Éon et lui, bons compères, fignolent une histoire assassine. Vergy a été recruté en France pour aider à déboulonner le chevalier, dont on lui offrait la place en récompense de ses services. Il atteste la réalité de la tentative d'empoisonnement lors du fameux dîner à l'ambassade, l'année précédente : Chazal, écuyer de Guerchy, a versé de l'opium dans le vin. Lorsque les réclamations de son hôtelier l'ont contraint à demander assistance à Guerchy, celui-ci lui a proposé de régler ses dettes moyennant l'assassinat de d'Éon, marché refusé avec horreur par l'honnête Vergy. Il se tient à la disposition du chevalier pour témoigner en justice. Simplement, de quoi vivra-t-il ? « Vous partagerez mon pain », tranche d'Éon, lui-même réduit au dernier quignon. Mais la haine est un efficace coupe-faim.

Vergy contre Guerchy, c'est Grouchy arrivant à l'heure.

Jubilant, d'Éon adresse au comte de Broglie une lettre écrite à l'encre sympathique : « Enfin, Monsieur, voilà donc le complot horrible découvert. » Il a soufflé à Vergy que le but véritable de ce complot était de nuire aux frères Broglie, ce dont l'autre est convenu bien volontiers. « Agissez de votre côté, Monsieur le Comte, agissez et ne m'abandonnez pas, ainsi que vous paraissez le faire. Je me défendrai jusqu'à la dernière goutte de mon sang, et, par mon courage, je servirai votre maison malgré vous, car vous m'abandonnez, vous ne m'envoyez pas d'argent, tandis que je me bats pour vous. Ne m'abandonnez pas, Monsieur le Comte, et ne me réduisez pas au désespoir. Envoyez-moi une somme suffisante pour soutenir votre guerre et la mienne, si vous ne voulez pas être écrasé sous le poids de l'injustice... J'ai dépensé plus de douze cents livres sterling pour ma guerre, et vous ne m'envoyez rien : cela est abominable, je ne l'aurais jamais cru, Monsieur le Comte ; permettez-moi de vous le dire. » Il termine en annonçant sa décision de poursuivre Guerchy pour tentatives d'empoisonnement et d'assassinat, à moins que le roi ne se décide enfin à lui donner raison. Il joint à son envoi la « confession » de Vergy. Elle est répandue dans Londres par ses soins. Il la fait imprimer à Liège pour éviter le risque d'une nouvelle poursuite judiciaire, et la lance à travers l'Europe.

Le coup de théâtre abasourdit Guerchy. Il découvre à la méchanceté humaine des profondeurs abyssales. « J'avais lieu de croire, écrit-il à Praslin, que d'Éon avait mis le comble à sa scélératesse par tous les traits de sa conduite passée, mais rien de tout cela n'approche de ce qu'il vient de fabriquer et qui fait frémir d'horreur. » Lui qui se croyait à la veille d'assister à l'emprisonnement de son adversaire pour diffamation, le voici menacé d'être poursuivi pour assassinat !... Son désarroi est tel qu'il propose de se présenter devant la justice anglaise pour dissiper en quelques mots, entre honnêtes gens, l'affreux cauchemar. Il faut lui rappeler qu'un ambassadeur du roi de France ne peut se rendre à la discrétion de juges étrangers. Pauvre Guerchy, pauvre cher ami... Mais quelle sottise aussi ! Pourquoi avoir lancé cette absurde et lamentable campagne de pamphlets contre d'Éon ? Comment n'a-t-il pas compris qu'un Goudar et un Vergy devaient être correctement payés ou tenus bien serrés ?

Lorsque le comte de Broglie, en séjour à Ruffec, reçoit le courrier de d'Éon, stupeur mêlée d'embarras, car, à peine sorti de l'exil, il n'aime point trop voir son frère et lui-même mêlés au « complot horrible ». « Cette expédition est si singulière, écrit-il au roi, que je crois ne pouvoir me dispenser de la mettre en original sous les yeux de V.M. » Sur le fond, et puisque d'Éon a repris l'initiative, les voies de la douceur lui paraissent plus que jamais s'imposer. Son exaspération est sensible. Depuis le début, tout le monde tient d'Éon pour un dément. Charles de Broglie est le seul, avec Tercier, à comprendre ce qui l'anime : « Il n'est pas fou, répète-t-il une fois de plus, il n'est malheureusement qu'enragé. Il se conduit avec suite et profite de tout l'avantage de sa position. Je sens plus vivement que personne qu'il mérite toute sorte de punition, mais comme on ne peut lui en faire aucune et qu'au contraire il a cent moyens d'aggraver ses torts, de poursuivre sa vengeance et de finir par compromettre l'auguste nom de son maître, après avoir ridiculisé et turlupiné dans toute l'Europe ses ambassadeurs et ministres, j'ose, Sire, persister à représenter à V.M. la nécessité d'ordonner à M. de Guerchy de ne pas poursuivre l'affaire au banc du Roi et de donner par là au S. de Nort le moyen d'entrer en négociation avec d'Éon. »

Tercier et Durand, les deux sages du Secret, estiment que la gravité de la situation justifie des procédures exceptionnelles. Ils sont atterrés par la vitesse vertigineuse à laquelle le chevalier fait monter les enchères : qu'adviendra-t-il à la fin de la partie ? « Il me semble, Sire, commente Broglie, que, de quelque manière qu'elle tourne si on continue à la suivre, il en doit résulter ou un scandale inouï, si l'ambassadeur de V.M. succombait à l'accusation intentée contre lui, ou un coup de désespoir de la part du S. d'Éon, s'il voyait échouer tous ses projets et se trouvait convaincu d'être un imposteur et un calomniateur. » Un d'Éon désespéré ne risque-t-il pas de livrer ses papiers secrets aux Anglais pour se tirer d'affaire ?

Tercier, constatant le blocage de la mission de Nort, songeait à une tentative de la dernière chance ; le retournement de Vergy le convainc de sa nécessité. Avec l'accord de Durand, mais sans celui de Charles, toujours à Ruffec, il propose au roi d'envoyer à Londres le seul homme capable de faire rentrer d'Éon dans le devoir : le chef du Secret lui-même. C'est hausser la barre à la façon du chevalier. Un Broglie n'est pas un de Nort. La cour a les yeux sur lui. Le ministère trouvera ce voyage singulier. Aussi bien Louis XV demande-t-il aussitôt : « Mais comment proposer à M. de Praslin d'envoyer le comte de Broglie en Angleterre ? » Un moyen ingénieux consisterait à le nommer à la place de Guerchy, comme le souhaite ardemment d'Éon, mais Charles, qui n'y verrait aucun inconvénient, sait bien qu'il ne peut rien espérer de tel aussi longtemps que le clan Choiseul sera aux affaires. Partir pour Londres en simple particulier ne l'enchante pas ; il exprime aussitôt sa « répugnance ». Comment ne pas le comprendre ? Une pareille mission peut compromettre ses ambitions. Il est Broglie, petit-fils, fils et frère de maréchaux de France, ancien ambassadeur du roi. Son avenir ne tient pas tout entier dans le Secret. À quarante-quatre ans, il espère forcément un emploi où son goût de l'action et ses capacités trouveront à s'épanouir. Pourquoi pas secrétaire d'État des Affaires étrangères ? Or, la mission ostensible consistera à ramener à la raison un petit secrétaire d'ambassade atteint par la folie des grandeurs et qui a le génie d'éclabousser de ridicule tous ceux qui se frottent à lui. La cour ignorera l'ordre autographe du roi, les papiers secrets, le risque d'une guerre désastreuse. « J'ose la supplier [V.M.] d'être persuadée que je sens parfaitement tous les inconvénients qui résulteront pour moi de ce voyage, que je n'ignore pas qu'on y donnera les explications les plus désavantageuses et qu'au moins on cherchera à la charger de toute sorte de ridicules. » Néanmoins, si nécessaire, il se sacrifiera au service.

Les six dernières semaines de cette année 1764, calamiteuse pour le Secret, sont remplies de conciliabules parisiens entre Broglie, Tercier et Durand. Lettres et mémoires au roi ; billets en réponse ; dépêches échangées avec Nicolas de Nort, qui est un peu dépassé par les événements ; missives confidentielles à Guerchy, qui l'est tout à fait. Un voyage officiel de Broglie n'est décidément pas possible. S'il part en simple particulier, ira-t-il directement à Londres ou feindra-t-il un voyage à Gand, d'où il écrira à Choiseul que ses affaires l'appellent en Angleterre ? Comment rencontrer clandestinement un d'Éon si surveillé ? Quels apaisements lui prodiguer ? Guerchy, averti de la volonté royale de faire cesser les poursuites contre le chevalier, répond que la décision ne dépend pas de lui. Il a formellement raison : la plainte a été déposée par lord Halifax au nom du roi de Grande-Bretagne. Et si Guerchy sollicitait du cabinet anglais l'enterrement de l'affaire en échange de la renonciation de d'Éon à le poursuivre pour assassinat, l'opinion n'y verrait-elle pas l'aveu de la culpabilité de l'ambassadeur de France ?

Le chevalier complique ces réflexions délicates par d'invraisemblables surenchères. Remis en selle, Vergy en croupe, il se croit tout permis. Aux derniers jours de l'année, de Nort transmet ses dernières exigences : audience de congé de Leurs Majestés Britanniques ; excuses présentées par Guerchy devant un jury d'honneur désigné par d'Éon ; annulation des poursuites contre lui ; nomination au grade de colonel, le cousin de Mouloize étant lui-même réintégré dans l'armée et favorisé d'un avancement ; garantie de pouvoir rentrer en France avec pleine sécurité ; indemnité de trente mille livres sterling, soit plus de six cent cinquante mille livres de France !... À ces conditions, il renoncera à sa plainte et restituera les « papiers ministériaux ». « C'est le comble de la folie », s'indigne Louis XV. Hugonet, courrier de d'Éon, repart pour Londres avec un simple message verbal d'apaisement : que le chevalier attende, en montrant « douceur et modération », les propositions qu'on va lui faire. Pour couronner le tout, la comtesse de Broglie est près de donner naissance à son quatrième enfant en cinq ans (ce sera enfin un garçon, Joseph), et le dernier accouchement a été difficile.

Le 14 janvier 1765, billet du roi à Tercier : « Le sieur Hugonet a été arrêté à Calais, et l'on a trouvé sur lui une lettre du sieur Drouet au sieur d'Éon, ce qui a déterminé le Conseil à faire arrêter le sieur Drouet. J'ai prévenu de tout M. de Sartine, pour me remettre directement les papiers qui regarderaient M. de Broglie, Durand ou vous. Vous voyez que voilà à peu près tout découvert. La lettre n'est pas signée, mais l'écriture connue a tout découvert. Vous devez savoir son contenu, mais *le substitut, les avocats*, etc., tout y est tout du long. Comment est-ce que cet homme s'est chargé de quelque chose d'aussi important en clair de la main dudit Drouet ? »

*
* *

D'Éon a connu Jean Hugonet à Saint-Pétersbourg, où il était valet de chambre de l'ambassadeur, le marquis de L'Hôpital. Le chevalier lui a confié à plusieurs reprises des dépêches confidentielles pour Broglie ou Tercier, à l'occasion de voyages du domestique en France. Hugonet passe ensuite au service du duc de Nivernais, à qui d'Éon l'a probablement recommandé. Après la rupture avec Guerchy, Hugonet quitte ostensiblement d'Éon et monte une affaire de commerce avec un associé. En réalité, il reste le messager de l'abondante correspondance secrète du chevalier avec la France. Ses aller retour continuels n'ont pas manqué d'attirer l'attention des autorités. Voilà plus d'un an que Praslin a donné à Sartine, lieutenant de police, l'ordre de l'arrêter. Jean Hugonet, malin, a évité la souricière tendue en permanence à Calais en passant par la Hollande. Pourquoi a-t-il renoncé à cette précaution pour son dernier voyage ? On ne le sait. Il est arrêté le 9 janvier et amené à Paris le 17 par le commissaire Buhot, chargé chez Sartine des dossiers concernant les Affaires étrangères. Les policiers ont trouvé sur lui vingt-deux témoignages collectés en France attestant la noblesse de la famille d'Éon, ce qui n'intéresse évidemment personne, sauf le chevalier, écorché vif sur la question. La lettre de Drouet est de plus conséquence.

Le lecteur se souvient-il de Jean Drouet[1] ? Nantais aventureux, neveu du célèbre corsaire Cassart, il avait créé des entreprises commerciales à Saint-Domingue, puis à la Martinique, avant de regagner l'Europe et de devenir conseiller commercial à Dresde. L'invasion prussienne l'y avait surpris en 1756, alors qu'il s'apprêtait à partir pour le Danemark, et Charles de Broglie, dont l'ambassade manquait de personnel, l'avait engagé comme secrétaire. Intelligent, actif, discret, Drouet avait été initié au Secret en 1759.

1. Cf. *Le Secret du Roi*, tome 1, p. 389-390.

Depuis, il gérait la correspondance du comte avec la Pologne et l'Angleterre, et aidait Tercier dans son accablante besogne de chiffrement et de déchiffrement. Autant dire qu'il savait à peu près tout sur tout. Malchance : son arrestation survient alors qu'il s'est retiré du service. Six mois plus tôt, un oncle de sa femme, banquier à Paris, était décédé en laissant une succession embrouillée. Drouet, dont la première vocation avait été pour les affaires, avait décidé d'y revenir. Broglie demanda alors au roi permission de lui donner congé, sollicitant au surplus une modeste pension de six cents livres pour cet agent qui « a travaillé depuis sept ans dans l'affaire secrète avec autant de zèle que d'assiduité ». Son remplaçant serait Guy Dubois-Martin (ou du Boismartin), ancien employé de la Compagnie des Indes à Pondichéry, sur lequel le comte a fait « les perquisitions nécessaires » pour le jauger. Louis XV répond : « Je trouve bon que le sieur Drouet quitte le comte de Broglie et qu'il [*sic*] prenne à sa place le sieur du Boismartin, puisqu'il en répond. De plusieurs années d'ici, je ne donne pas de pension sur ma cassette. » Point de pension pour Drouet. Les caisses sont vides. Le Secret n'a jamais roulé sur l'or (n'oublions quand même pas les subsides énormes engloutis dans l'entretien du parti patriote, et pour quel résultat misérable !...), mais la guerre l'a mis au bord de la banqueroute. Louis XV et Tercier, camarades de misère, font feu de tout bois. Quinze jours avant de refuser sa pension à Drouet, le roi écrit à Tercier : « Je vous envoie des effets qui sont échus, et que vous devez toucher. J'y joins deux billets de loterie qui ont gagné cinq cents livres. C'est un commencement. Je vous en ferai filer ; extrémités d'argent de temps en temps. » Deux billets de loterie ! Tous les agents sont payés avec dix-huit mois de retard. Naturellement, Charles de Broglie revient à la charge. Il remontre au roi que Drouet, sachant ce qu'on est disposé à verser à d'Éon pour l'empêcher de trahir, risque d'éprouver de l'amertume à se voir traiter de la sorte. Certes, le comte est assuré de sa loyauté, « mais j'ose représenter à V.M. qu'il me paraît être aussi digne de sa générosité que de sa prévoyance de ne pas laisser sans aucune récompense les services de quelqu'un qui a eu l'honneur d'être admis à ses affaires secrètes et que cela est même, si j'ose le dire, en quelque sorte nécessaire pour soutenir le zèle de personnes en sous-ordre qui y sont encore employées et les contenir dans leur devoir ». Comme toujours, Louis XV, bon garçon, acquiesce au vœu de Charles : « En récompense du zèle et de la fidélité avec laquelle le sieur Drouet a servi pendant plusieurs années dans des affaires très secrètes, et à la condition qu'il continuera à la [*sic*] garder très scrupuleusement, je veux bien lui conserver la moitié de ses appointements. » Judicieuse solidarité de Charles de Broglie avec ses agents : ce n'est pas un homme amertumé qu'ont arrêté les sbires de Sartine.

« Vous voyez que voilà à peu près tout découvert », constate Louis XV. Il a raison. Le clan Choiseul, avec les arrestations d'Hugonet et de Drouet, tient le fil qui va lui permettre de détricoter le service. Détail intéressant : Drouet n'avait pas signé sa lettre, mais on a identifié son écriture. Il était donc surveillé. Pourquoi cette surveillance sur le modeste secrétaire d'un personnage qui n'exerce aucune fonction officielle depuis des années ? Il a été arrêté chez lui, rue Beaubourg, au petit matin du 14 janvier, par le commissaire Chénon et l'inspecteur Receveur. Après avoir perquisitionné son domicile, les policiers l'ont conduit à la Bastille, où Hugonet le rejoindra dans deux jours. Les documents saisis chez lui remplissent un chariot, mais la plupart relèvent de ses affaires privées.

Vent de panique sur la communauté du Secret. Jean-Pierre Tercier est le plus atteint. Il a été lâché par le roi lorsque la Pompadour et Choiseul, prenant prétexte de l'affaire Helvétius, l'ont chassé des Affaires étrangères [1]. Ces moments-là ne s'oublient pas. Nous ne sommes pas en Angleterre, où l'*habeas corpus*, s'il n'est pas encore inscrit dans la loi, existe déjà dans les faits, et où un d'Éon peut impunément narguer le cabinet. En France, un ministre possède le pouvoir de mettre aux oubliettes n'importe quel sujet, chétif ou illustre, sans procédure préalable ni obligation de lui faire ensuite un procès. À condition d'obtenir la signature du roi. C'est sur cette obligation que se mobilise le comte de Broglie. Nous l'avons vu trop souvent donner le meilleur de lui-même dans les circonstances les plus critiques pour imaginer qu'il va courber l'échine sous la tem-

1. Cf. *Le Secret du Roi*, tome 1, p. 485.

pête. Les crises dopent son énergie. À partir du 14 janvier, giclée de lettres au roi, parfois deux par jour, et d'un ton superbe. Il a su sans délai l'arrestation de Drouet par Jean-Claude Gérault, vétéran du service, qui, rentré de Varsovie à Paris après l'affront du primat de Pologne, était hébergé avec sa femme chez les Drouet. (Quand nous parlons de communauté du Secret, ce n'est pas figure de style.) Les policiers de Sartine ont présenté « un ordre soi-disant de V.M. ». Charles se refuse à le croire : « Il est donc clair que c'est par ordre du ministre que cette visite se fait, et vraisemblablement sans la participation de V.M... Je crois que s'il m'arrivait pareil événement, V.M. ne désapprouverait pas que je fisse résistance à ces prétendus ordres et que je donnasse pour motif de cette résistance la nécessité de voir un ordre de la propre main du Roi pour m'y soumettre. » Il va passer la consigne à Jean-Pierre Tercier. « [V.M.] peut être sûre que la fermeté ne nous manquera pas. »

Douche froide lorsque Louis XV répond le même jour à Tercier : « Vous pourrez dire au comte de Broglie que, quand mes ministres envoient de pareils ordres, ce n'est pas à mon insu, et qu'il faut y souscrire. » Toujours cette ambiguïté fondamentale qui mine le Secret depuis le début : son vrai patron, le roi, est en même temps l'autorité politique suprême. Si les intérêts du service entrent en contradiction avec ceux du pouvoir, le roi ne peut que faire le roi, c'est-à-dire sacrifier le Secret, avec cet argument supplémentaire qu'à le vouloir trop protéger il en révélerait par là même l'existence. Comment refuserait-il à ses ministres d'arrêter des hommes en contact avec un sujet déclaré rebelle et coupable de lèse-majesté ? Mais, chaque fois, quel sentiment d'abandon chez Broglie et ses gens...

Le salut ou la débâcle dépendront donc du lieutenant de police Sartine.

*
* *

Gabriel de Sartine est ce qu'on appellerait aujourd'hui un grand flic. Issu d'une lignée d'épiciers lyonnais, il a eu l'humour, lorsqu'on l'a anobli, de faire figurer des sardines dans ses armoiries, un peu comme Beaumarchais qui va répétant que sa noblesse est bien authentique puisqu'il l'a payée à bons écus sonnants et peut en montrer la quittance. Il exerce depuis cinq ans une fonction dont les compétences dépassent largement les seules besognes de police ; ainsi lui devra-t-on l'éclairage de Paris par réverbères, la halle au blé, le marché du bois à brûler, une école gratuite de dessin pour les ouvriers de métiers d'art. Attentif aux déshérités, il s'efforce d'adoucir leur sort et ne refuse aucune demande de secours sans examen approfondi. Des sommes considérables passent entre ses mains ; il mourra avec six mille livres de rente. Il évite autant que possible de poursuivre à outrance les philosophes. Il témoigne d'indulgence pour les aventuriers, à condition qu'ils n'exagèrent pas ; Casanova a pu sortir grâce à lui de situations délicates. C'est un homme qui jouit de l'estime générale.

Un très grand flic. Diderot écrit à Catherine de Russie : « Si le *philosophe Diderot* allait un soir en un mauvais lieu, M. de Sartine le saurait avant que de se coucher. Un étranger arrive-t-il dans la capitale, en moins de vingt-quatre heures, on pourra vous dire rue Neuve-Saint-Augustin [où Sartine a ses bureaux] qui il est, comment il s'appelle, d'où il vient, pourquoi il vient, où il demeure, avec qui il est en correspondance, avec qui il vit... » Une anecdote atteste la vérité du portrait. Un ami du lieutenant de police, haut magistrat lyonnais, avait parié avec lui qu'il viendrait à Paris et y resterait une semaine sans être repéré. Le magistrat fit le voyage avec toutes sortes de précautions et s'enferma dans une maison au fond d'un faubourg ; quelques heures après son arrivée, il recevait une invitation à souper chez Sartine. Marie-Thérèse d'Autriche n'eut pas besoin de Diderot pour connaître l'efficacité du policier. Son ambassade en France avait demandé l'arrestation d'un dangereux criminel autrichien venu se réfugier à Paris. Sartine répondit qu'il regrettait de ne pouvoir satisfaire au désir de l'impératrice-reine, le malfaiteur se trouvant non pas à Paris, mais à Vienne, caché dans une maison dont il donnait l'adresse...

Ce travail, comme tous les autres en ce temps, s'accomplit au moyen d'une administration d'une merveilleuse maigreur. Sartine tient Paris avec des effectifs inférieurs à ceux d'un de nos actuels commissariats de quartier. Sa vraie force réside dans son réseau d'indicateurs, recrutés dans les milieux les plus interlopes. Quand on lui reproche d'utiliser de tels instruments, il se borne à répondre : « Indiquez-moi des honnêtes gens qui voudraient faire pareil métier. »

La figure triste, les traits anguleux, le teint jaune, cet homme austère n'a qu'une faiblesse : sa passion pour les perruques ; il en possède la plus grande collection d'Europe.

Comme tous les vrais policiers, il ne s'aventure qu'avec réticence sur le mouvant terrain de la politique.

On va pourtant avoir besoin de lui. La lettre de Drouet saisie sur Hugonet constitue une première imprudence. Le courrier ne devait repartir qu'avec un message verbal. La deuxième imprudence est gravissime : parmi les documents saisis rue Beaubourg figure le tout récent billet du roi accordant à Drouet une pension pour services rendus dans l'affaire secrète... Quand Broglie et Tercier comprendront-ils qu'il n'est pas possible d'essaimer de telles bombes à retardement ? L'expérience du billet autographe confié à d'Éon n'a-t-elle pas suffi ? Troisième imprudence : Drouet, en passant le relais à Dubois-Martin, a omis de rendre des pièces jugées sans intérêt, mais qui peuvent en apprendre beaucoup sur ses liaisons avec d'Éon, même si tous les noms sont codés.

Charles de Broglie s'éprouve infiniment soulagé d'apprendre que le roi a, de sa propre initiative, ordonné à Sartine de retirer des papiers saisis tout ce qui concernerait le trio dirigeant du Secret. Il considère néanmoins que cela ne suffira pas. Hugonet et Drouet seront interrogés à la Bastille. Il veut que Tercier assiste aux interrogatoires pour contrôler les éventuels dérapages. Charles redoute que Drouet, soumis à l'habituelle alternance de promesses et de menaces, se mette à table. Il a davantage confiance en Hugonet : « C'est un drôle très adroit et très hardi, et je crois qu'il ne découvrira rien, à moins qu'on n'emploie les moyens les plus violents. » (Bien vu. Drouet menacera de tout révéler à Praslin si on ne le sort pas de la Bastille. Hugonet se bornera à promettre, si on le libère, d'indiquer le moyen d'enlever d'Éon, conformément à la règle impérative en pareil cas : s'engager pour le futur, ce qui donne le temps de se retourner et laisse la possibilité de ne pas tenir parole, mais ne rien révéler sur le passé et le présent.) Il faut aussi songer à d'Éon, que l'arrestation de son homme de confiance risque de porter aux pires extrémités. S'il se révèle impossible de lui cacher cette arrestation, de Nort devra lui prodiguer des apaisements. La découverte du Secret par les ministres compte peu, aux yeux de Charles, auprès du désastre que déclencheraient les révélations de d'Éon aux Anglais.

Lettre fiévreuse, écrite sous la pression, et qui ne s'embarrasse pas des circonlocutions protocolaires coutumières. Pour la première fois, Charles parle en patron. Il gardera ce ton jusqu'à la fin de l'affaire. En revanche, Louis XV patauge. On le sent dépassé par la vitesse à laquelle s'enchaînent les événements. Le 17 janvier, à Tercier : « J'ai peur que notre affaire ne s'embrouille un peu... » Le 18, au même : « Je crois bien que Drouet s'est un peu embrouillé, mais il se remettra (je sens un peu que je m'embrouille un peu)... » Et ces phrases, à propos de Sartine : « Je me suis ouvert et confié à lui ; il me paraît que cela lui a plu, mais il faut attendre de sa sagesse et de ses marques de confiance qu'il fera bien ; si le contraire arrive, nous verrons ce qu'il y aura à faire... » Curieuse timidité de la part d'un souverain absolu, accusé de despotisme par tous ses parlements, qui observe que son lieutenant de police a semblé recevoir avec satisfaction les marques de sa confiance, mais n'écarte pas la possibilité d'une indiscipline de sa part. Voilà qui fait bondir Charles de Broglie. Il a envoyé Tercier chez Sartine. Le policier traîne les pieds. Il affirme ne pas pouvoir se rendre à la Bastille sans l'autorisation des ministres. Il refuse de briser les scellés apposés sur les papiers saisis, préalable pourtant indispensable à leur tri. En fait, il a peur de déplaire au Conseil. Charles au roi : « Pour un homme dont la place exige autant de dextérité, je le vois un peu embarrassé de la conduite qu'il doit tenir, ce qui me surprend beaucoup. » Le lieutenant de police ne peut-il se rendre à la Bastille en cachette des ministres ? Quoi de plus simple que de briser les scellés et d'en remettre d'autres à la place après examen des papiers ? « Sans avoir été lieutenant de police, j'ai été souvent dans le cas de faire des choses plus difficiles pour cacher le secret de V.M., au risque même de me priver de la bienveillance des personnes de qui je pouvais le plus attendre, et je n'ai pas balancé à m'y déterminer. » Louis XV, du coup, retrouve le ton royal : « Il n'est pas surprenant qu'un homme dans la position de M. de Sartine serait embarrassé ; mais il ne peut manquer à ce que j'ai exigé de lui sans se perdre pour jamais. »

L'énergique obstination de Charles de Broglie viendra à bout des réticences de Sartine et de l'inertie de Louis XV. Le lieutenant de police refusait de briser les scellés et d'interroger les prisonniers hors la présence de Praslin. Il finit par y consentir. Mais Broglie juge indispensable l'intervention de Tercier. Le 15 janvier, il demande pour lui l'autorisation d'entrer à la Bastille afin de trier les documents saisis. Le lendemain, réponse du roi à Tercier : « Il n'est pas possible que vous puissiez aller à la Bastille examiner les papiers avec M. le lieutenant de police ; ce serait tout découvrir. » Le 19, Charles renouvelle sa demande, en y ajoutant que Tercier doit pouvoir rencontrer les prisonniers. Le 21, réponse du roi : « Il ne sera pas possible, je pense, que Tercier aille à la Bastille sans que quelqu'un ne le sache, et par conséquent ne le dise au ministre. » Le 23, Charles revient à la charge. Le 24, Louis XV à Tercier : « J'ai autorisé M. de Jumilhac [gouverneur de la Bastille] à vous faire voir les prisonniers, et M. de Sartine à vous y laisser entrer. »

Le duc de Praslin, qui montrait pour l'affaire un intérêt très prévisible, examina les papiers saisis et n'y trouva rien de compromettant, puisque le tri était intervenu entre-temps. Il interrogea un Drouet dûment chapitré. « M. de Praslin m'a dit qu'il se moquait d'eux », rapporte le roi. Mais tout se jouera lors des confrontations avec Hugonet, suivies d'interrogatoires approfondis. Charles à Louis XV, le 25 janvier : « J'ai travaillé hier pendant quinze heures de suite à arranger des plans d'interrogatoire, de réponse, de mémoires à donner par le S. Drouet et de dépositions à faire par Hugonet, dont l'ensemble puisse cadrer avec ce qui a été déjà dit et vu, et j'y ai joint une espèce d'instruction pour M. de Sartine... J'ai été, Sire, dans le cas de faire alternativement le lieutenant de police, l'interrogateur, le juge, le coupable. Tous ces rôles-là me sont bien nouveaux et m'ont beaucoup embarrassé, mais si V.M. veut bien en être satisfaite, je me trouverai bien récompensé. » La farce se déroule selon ce scénario très au point. En présence de Praslin, Sartine pose les questions rédigées par Broglie, auxquelles Hugonet et Drouet fournissent la réplique agencée par le même, et les interventions du secrétaire d'État des Affaires étrangères, anticipées elles aussi par Broglie, reçoivent des réponses appropriées. Le 6 février, après la réunion du Conseil, le roi écrit à Tercier :

« M. de Praslin a rapporté dimanche l'affaire du sieur Drouet. Il persiste toujours à croire qu'il n'a pas dit tout à fait la vérité, et cela est un peu vrai. » C'est avoir le sens de l'euphémisme. Louis XV poursuit : « Il subira encore un interrogatoire, et puis il sera mis hors de prison à la fin de cette semaine. Hugonet y restera un peu plus, mais j'espère que voilà cette affaire-là finie. Tout s'est très bien passé au Conseil, et l'on ne s'y est douté de rien. Je n'ai pas cru devoir ordonner sur-le-champ l'élargissement de Drouet, afin de détourner tout soupçon. »

On l'a échappé belle.

*
* *

À Londres, la plainte déposée par d'Éon contre Guerchy suivait son cours avec l'audition des témoins cités par le chevalier. Le principal était naturellement Vergy, dont Horace Walpole disait avec bon sens que, si on lui avait offert de l'argent pour assassiner quelqu'un, il était inconcevable qu'il ne l'eût point accepté.

Versailles n'en revenait pas. L'affaire n'aurait pas plus ahuri si elle s'était déroulée au fin fond de la Patagonie. Les Anglais de passage ou en poste étaient pressés de questions sur les mœurs étranges de leur pays. Charles de Broglie, après un souper chez le prince de Beauvau avec le célèbre philosophe David Hume, secrétaire d'ambassade, s'ouvre de son étonnement au roi : « Nous nous sommes égosillés, M. de Beauvau et moi, pour lui faire sentir qu'outre l'espèce des accusateurs et le peu de vraisemblance de leurs dépositions, il n'était pas imaginable qu'un ambassadeur pût être soumis à d'autre justice qu'à celle de son maître. Il nous a dit que les lois d'Angleterre étaient invariables à cet égard et que l'autorité de S.M. Britannique ne suffisait pas pour y rien changer. » La jurisprudence indiquait en effet que l'immunité diplomatique ne valait que pour les crimes et délits commis par des diplomates accrédités dans l'exercice de leurs fonctions. Impossible, par exemple, de les poursuivre pour espionnage ou conspiration. En revanche, l'immunité ne couvrait pas les infractions de droit commun. Ainsi Cromwell avait-il fait pendre un diplomate portugais coupable d'assassinat. Pour couronner le tout, d'éminents jurisconsultes britanniques soutenaient que le jugement rendu contre d'Éon par le tribunal du banc du roi serait certainement infirmé en appel, car aucune loi n'interdisait à un étranger d'attaquer un ambassadeur...

Le comte de Guerchy fut cité à comparaître devant le grand jury, siégeant à Old Bailey, sous la double prévention de tentative d'empoisonnement et d'assassinat. Le grand jury tenait à peu près le rôle de notre chambre d'accusation, mais avec beaucoup plus d'éclat, puisqu'il s'agissait d'une juridiction populaire. Sans juger au fond ni prononcer de condamnation, il décidait s'il y avait preuves suffisantes pour faire son procès à l'accusé.

Le 1er mars, les douze jurés, bons bourgeois de Londres, rendirent leur verdict. Voici un bref extrait de la traduction officielle du long jugement qui stupéfia l'Europe :

« Les jurés pour notre souverain seigneur le Roi ici présents, font à savoir sur la foi de leur serment que Claude-Louis-François Régnier, comte de Guerchy, étant une personne d'un esprit et d'une disposition cruels, n'ayant point la crainte de Dieu devant les yeux, mais mue et séduite par l'instigation du diable, et ayant conçu la malice la plus noire contre Charles-Geneviève [1]-Louis-Auguste-André-Timothée d'Éon de Beaumont, et sans respecter les lois de ce royaume, aurait le 31e jour d'octobre [1763], dans la quatrième année du règne de notre souverain seigneur George III, par la grâce de Dieu Roi de la Grande-Bretagne, France [*sic*] et Irlande, défenseur de la foi, etc., à Londres susdit dans la paroisse de Sainte-Marie le Bow, quartier du Marché, méchamment, illégalement et malicieusement sollicité et tâché de persuader et de décider le nommé Pierre-Henri Treyssac de Vergy à assassiner le susdit Charles-Geneviève, etc., d'Éon de Beaumont, avec intention que le susdit Pierre-Henri Treyssac de Vergy tuerait et assassinerait le susdit Charles-Geneviève, etc., au mépris de notre susdit seigneur le Roi et de ses lois, au mauvais et pernicieux exemple de tous autres qui tomberaient en pareil cas, et contre la paix de notre susdit seigneur le Roi, sa couronne et dignité, etc. »

1. À l'époque, il était assez banal d'inscrire parmi les prénoms d'un garçon celui de sa marraine. Geneviève Maison était l'épouse d'un marchand de vin à Paris.

Le grand jury, estimant que les preuves étaient substantielles, renvoyait l'ambassadeur de France au banc des criminels.

Guerchy ne possédait point la fermeté d'âme d'un Broglie ou d'un d'Éon. Sa panique gagne toute l'ambassade. Son écuyer, Chazal, accusé de complicité dans la tentative d'empoisonnement, prend la fuite dès le prononcé du verdict, abandonnant à Londres la jeune femme qu'il vient d'épouser. Un certain Lescallier, secrétaire à l'ambassade, également mis en cause, disparaît à son tour. L'opinion publique ne manque pas d'y voir autant d'aveux de culpabilité.

Avant même de connaître la décision du grand jury, Charles avait fait observer au roi « la manière méthodique avec laquelle marche le S. d'Éon, sans que rien puisse l'écarter de son chemin ». Son objectif principal est « de se venger de ses ennemis ». Cet objectif, « il ne l'a que trop rempli déjà, et les derniers coups qu'il vient de leur porter, tout atroces qu'ils peuvent être, n'en sont pas pour cela moins terribles ». Le verdict donne à d'Éon une victoire totale, un triomphe dépassant ses plus folles espérances. Grisé, il écrit au comte de Broglie une lettre en forme d'ultimatum : « Dans la position où sont les choses, il faut absolument que l'arrangement que vous m'avez fait proposer soit fini incessamment. » Il fixe comme date limite à l'arrivée du comte à Londres le 20 mars. « Ceci est la dernière lettre que j'ai l'honneur de vous écrire au sujet de l'empoisonneur et du scélérat Guerchy, qui serait rompu vif en France s'il y avait de la justice... Je vous donne ma parole d'honneur que, sous peu, le Guerchy sera arrêté au sortir de la cour et conduit dans la prison des criminels à la Cité de Londres. Son ami Praslin viendra l'en tirer, s'il le peut. Vraisemblablement, l'ami qui l'en tirera sera le bourreau. »

Ce fut le roi d'Angleterre qui le sortit de ce pas fâcheux. Si les douze jurés londoniens n'étaient pas indemnes du soupçon de francophobie, la cour et le gouvernement n'entendaient pas courir le risque d'une crise gravissime au cas où le jury de jugement trouverait Guerchy coupable. Comment la France pourrait-elle accepter que son ambassadeur se balançât au bout d'une corde ? George III prend un *writ d'acertoriari* évoquant l'affaire au banc du roi. Guerchy demande à ce tribunal, présidé par son ami le *lord-chief justice* Mitchell, de rendre une ordonnance de *noli prosequi*, équivalent de notre non-lieu. L'attorney général proteste contre cette procédure extraordinaire, qui exaspère l'opinion publique. Lord Chesterfield écrit à son fils : « De savoir si la loi peut accorder un *noli prosequi*, et si le droit des gens s'étend aux cas de crime ordinaire, sont deux points qui occupent tous nos politiciens et tout le corps diplomatique. En un mot, pour se servir d'une expression très grossière : il y a de la merde au bout du bâton. »

Le populaire s'enflamme. Une foule entoure le carrosse de l'ambassadeur, prête à lui faire un mauvais parti. Guerchy, qui fut si brave à la bataille de Fontenoy, cède à l'affolement. Il dissimule son cordon bleu et crie qu'il n'est pas l'ambassadeur, mais son secrétaire. La foule suit le carrosse. Il s'engouffre dans la cour de l'ambassade dont on referme de justesse les grilles au nez des manifestants. Elles tiennent jusqu'à l'arrivée des forces de l'ordre. Les furieux se vengent en cassant à coups de pierres les carreaux des fenêtres donnant sur la rue.

Les jours suivants, Guerchy et les siens restent terrés chez eux, tandis que la presse d'opposition se déchaîne contre l'assassin qui échappe injustement au châtiment.

Cette année-là, l'ambassadeur de France prit ses vacances tôt et les prolongea tard.

*
* *

Si l'affaire Hugonet-Drouet n'avait pas tué le Secret, elle laissait un blessé grave : Jean-Pierre Tercier. Entré dans sa soixante et unième année, l'ancien premier commis, clef de voûte du service, était prématurément usé par un labeur surhumain. Il gérait les finances du Secret, versant leur pension aux agents en activité ou en retraite par l'intermédiaire de notaires faisant écran, et réglait par lettres de change ceux qui opéraient à l'étranger ; il chiffrait ou déchiffrait chaque semaine cinq à six cents pages de dépêches ; établissait les codes pour tout le service ; entretenait une correspondance continue avec Charles de Broglie et Durand (sans parler de ses lettres à Louis XV) ; préparait avec eux les instructions à adresser aux agents ; tirait des rapports reçus de l'étranger les extraits à mettre sous les yeux du roi. À cette besogne harassante s'ajoutaient les travaux commandés par Choiseul (quarante volumes sur les affaires d'Espagne !) et les contributions qu'il donnait sur les sujets les plus divers, peut-être pour se délasser l'esprit, à l'Académie des inscriptions et belles-lettres, dont il était un membre distingué.

Ses qualités intellectuelles restaient intactes, mais les derniers événements avaient soumis ses nerfs à trop rude épreuve. La Pologne était sa seconde patrie. L'élection de Poniatowski et l'écrasement du parti patriote, auquel il avait consacré tant de soins, signifiaient pour lui l'écroulement du rêve de toute une vie. Le chantage de d'Éon le maintenait dans une constante angoisse. Le Secret, chargé de préparer la revanche de la France, allait-il devenir l'instrument de sa perte par la faute d'un transfuge ? À son retour de Ruffec, au mois de novembre précédent, Charles de Broglie avait été frappé de la détérioration de son état de santé. En jouant avec ses enfants, Tercier avait fait naguère une mauvaise chute dont il était resté boiteux. Non seulement sa claudication augmentait, mais la jambe atteinte se couvrait d'ulcères de vilaine apparence que les médecins n'osaient refermer. Chaque nuit, une douleur le réveillait à trois heures et l'empêchait de refermer l'œil. L'accumulation récente de coups durs achevait de ruiner sa résistance nerveuse. Décembre : Vergy rallie d'Éon ; janvier : arrestations d'Hugonet et de Drouet, suivies des manœuvres acrobatiques pour les tirer de la Bastille ; mars : verdict contre Guerchy...

Le 1er avril, Tercier est victime d'une attaque d'apoplexie à son domicile, cul-de-sac Saint-Hyacinthe. Conformément à l'usage, on le saigne à deux reprises. Une soudaine et forte transpiration fait baisser la fièvre et lui épargne une troisième saignée. Charles est chez lui plusieurs fois par jour. Le 4, inquiet de l'état de son ami, il le laisse à la garde de Hennin, de retour de Vienne, et se rend à Versailles : la situation exige qu'il communique avec le roi sans passer par le système de transmission de Tercier, plaque tournante de la correspondance secrète avec Louis XV.

Sa lettre impute la maladie de Tercier à des causes plus psychologiques que physiques : « Sa tête et son âme sont fort agitées, et ce n'est qu'avec beaucoup de peine que je parviens de temps en temps à le tranquilliser pour des moments, mais je prévois avec regret que le pauvre homme y succombera incessamment, et tout ce qui le voit et s'intéresse à lui en porte le même jugement. » L'une des raisons essentielles de ce délabrement nerveux : « Les événements arrivés à Drouet, dont il ne cesse de craindre un second exemple sur lui. » Après un hommage ému aux qualités de son ami, Charles, échaudé par l'affaire Drouet, demande au roi, en cas de malheur, la permission de charger le beau-père de Tercier, qui vit chez lui, de mettre en sûreté les papiers du Secret. Claude Baizé, ancien avocat, « homme sage », ignore le Secret mais sait que son gendre « est chargé d'un travail inconnu et important ». S'il convient, hélas, de prévoir à terme le remplacement de Tercier, il faut lui donner d'urgence un secrétaire pour le décharger d'une partie de son labeur. « En effet, glisse le comte de Broglie, quoique le résultat de ce travail, ainsi que du mien, ne soit presque d'aucune utilité, il n'en est pas moins très fatigant pour quelqu'un de son âge... »

Le roi répond : « Je suis fâché[1] de l'état de Tercier, mais j'espère qu'il en reviendra. Il m'a encore été impossible jusqu'à présent de répondre à rien de ce que j'ai. Qui proposez-vous de donner pour secours à Tercier ? » Ce pourrait être un ami de La Rozière, Jacques Chrétien, dont Broglie a vérifié les tenants et aboutissants. Louis XV demande à Charles de procéder à des investigations supplémentaires sur son compte. Il sera initié le 20 avril par un ordre royal rédigé avec l'insistance habituelle sur les règles de sécurité.

Tercier se remet lentement de son attaque quand, au mois de septembre, une nouvelle péripétie le replonge dans les angoisses.

*

* *

Lors de sa séparation ostensible d'avec d'Éon, Hugonet s'était associé avec un certain Lefèvre, négociant en tissus. Après l'arrestation du courrier à Calais, Lefèvre s'était présenté au comte de Broglie, à qui il avait dit sa grande amitié pour Hugonet et d'Éon. Il savait beaucoup de choses. Il

1. À l'époque, le mot est fort.

révéla notamment au comte que d'Éon échappait aux poursuites de la police en se travestissant. Lefèvre se proposait pour rétablir avec le chevalier le contact interrompu par la capture de son ami Hugonet. Cet homme d'âge mûr, honorablement connu sur la place de Paris, avait fait bonne impression à Charles de Broglie, qui avait obtenu du roi l'autorisation de l'utiliser. Le commerçant avait assuré une première liaison à la satisfaction générale.

La Dufour vint tout perturber. Cette Française tenait un garni à Londres et réjouissait par sa grande facilité la colonie d'aventuriers séjournant dans la capitale anglaise. Maîtresse d'Hugonet, entre autres, elle avait caché plusieurs jours le chevalier à qui elle avait probablement fourni ses habits de femme. Lefèvre la connaissait et lui avait prêté de l'argent, qu'elle avait omis de rembourser. Aussi le commerçant parla-t-il de la faire arrêter lorsqu'elle débarqua à Calais au mois de septembre. Il avait dans son entourage un autre amant de la Dufour. Alertée par ce dernier, elle s'en fut trouver le comte de Guerchy, en congé en France, et lui laissa entendre qu'elle pouvait en dire long sur l'affaire d'Éon. L'ambassadeur lui donna une lettre d'introduction pour Praslin. Celui-ci, qui gardait le sentiment désagréable d'avoir été mené par le bout du nez lors de la comédie de la Bastille, y vit la double occasion de prendre sa revanche et de découvrir enfin le pot aux roses. La Dufour lui affirma, parmi beaucoup de futilités, que d'Éon, officiellement sans ressources, subsistait grâce à des fonds fournis par les frères Broglie, avec qui il était en correspondance suivie. Le secrétaire d'État sentit qu'il touchait au but. Il donna au gouverneur de Calais l'ordre d'arrêter Lefèvre à son prochain passage.

Louis XV accueillit ce nouveau coup du sort avec une désinvolture déconcertante de la part d'un homme toujours inquiet sur la sécurité. Le 27 septembre, il interroge Tercier sur le point de savoir si Lefèvre ne projette pas un nouveau voyage en Angleterre, pour lequel était prévu, par prudence, un détour par la Hollande, ajoutant : « Il fera bien, et peut-être même ferait-il mieux de ne pas aller par la route d'Hollande. » Questionné par un Tercier anxieux, il explique le lendemain que s'il a conseillé un grand détour, c'est qu'un ordre d'arrestation a peut-être été envoyé à Lille, qui se trouve sur la route de la Hollande, « quoique je ne le croie pas ». Le roi conclut (ce roi qui n'est même pas fichu de s'informer avec exactitude sur une affaire évidemment sérieuse !) : « C'est tout ce que j'ai le temps de vous mander en ce moment, que je pars pour Choisy. Vous pouvez, s'il est besoin, en parler à M. de Sartine. »

Charles de Broglie séjournait dans sa tour phallique de Ruffec. Averti par Tercier, il explose. On ne va quand même pas recommencer, pour une Dufour, les acrobaties de la Bastille ! « Il faut avouer, répond-il, que nous éprouvons, dans l'exécution des ordres qu'il plaît au Roi de nous envoyer, les contrariétés les plus imprévues et les plus embarrassantes. Au surplus, ce secret que nous gardons est celui de Sa Majesté. Si elle désire qu'il soit connu, rien de plus facile. Un mot de sa bouche finira l'inquisition de ses ministres, inquisition dont elle connaît non seulement le détail, mais les motifs. Eh bien ! quand M. de Choiseul saurait demain que nous entretenons une correspondance avec d'Éon ! quand il saurait que j'ai rédigé, par ordre du Roi, un projet de descente en Angleterre, qu'arriverait-il autre chose, sinon que Sa Majesté leur défendrait d'en parler ? Ils seraient, à la vérité, jaloux et inquiets de la confiance dont elle a l'air de nous honorer, mais je ne vois pas le mal que cela pourrait faire. » Après une nouvelle lettre de Tercier lui annonçant que rien n'est réglé, le comte va encore plus loin dans la contestation : « Je vois bien, écrit-il, l'enchaînement de tout ce qui se fait en connaissance de ce projet. Je suis sûr que le Roi le voit encore mieux que moi. Il lui plaît de le souffrir, et comme je vous l'ai déjà mandé, je le soupçonne fort de s'en divertir. » Le Secret, qui devrait constituer l'un des instruments de la politique française, ne serait-il au bout du compte qu'un jouet dont Louis XV s'amuse pour tromper son ennui ?

Tercier a obtenu du roi qu'il donne à Sartine l'ordre de rechercher Lefèvre sans le trouver (le malheureux négociant vivra plusieurs mois caché à Paris, tandis que ses affaires iront à vau-l'eau...). Mais Praslin pousse son avantage. Il organise une confrontation entre la Dufour et Hugonet, toujours embastillé. « Ils ont pleuré, rapporte Tercier, et se sont dit des injures. » Hugonet, décidément doué, soutient avec aplomb qu'il ne connaît pas son ancienne maîtresse. Ce qui sauva la situation, c'est que la Dufour ne savait rien, ou si peu, que Sartine put remontrer qu'il en fallait davantage pour incriminer des personnalités aussi considérables que les frères Broglie, ce à quoi il ne consentirait que sur ordre écrit du roi. Praslin n'osa franchir le pas. Les renseignements recueillis sur la Dufour, que Sartine exploita comme il convenait, en faisaient un piètre témoin à charge. Praslin dut admettre qu'elle était « une salope et une malheureuse ». Il sortit de ce second échec par une pirouette : « Je ne suis pas dupe de tout cela, mais, au fond, cela ne m'embarrasse guère : ce n'est pas d'Éon qui perdra l'État. »

Avec cette dernière phrase, le secrétaire d'État des Affaires étrangères démontrait qu'il ignorait toujours le fond de l'affaire d'Éon. Broglie et Tercier, eux, ne savaient que trop que le chevalier avait peut-être tenu dans ses mains le sort de la France.

VIII

Au terme d'une représentation qui a captivé l'Europe, le rideau retombe sur la scène londonienne.

D'Éon rentre en coulisses. Sa vengeance accomplie, il est apaisé. Ses menaces, son chantage ne visaient qu'à renforcer une position fort précaire face à un écrasant appareil d'État. Il n'a rien livré du Secret, ni même des « papiers ministériaux ». L'argent l'intéresse beaucoup mais ne l'obsède pas. Ce qui compte, c'est que l'homme qu'on voulait mettre à la taille a détruit celui qui l'avait humilié.

Charles de Broglie n'ira pas à Londres. Louis XV, écœuré par l'affaire, ne veut plus entendre parler du voyage. Point de jury d'honneur pour Guerchy : le grand jury de Londres en a agréablement tenu lieu. Point de réintégration du chevalier dans son grade de capitaine. (Pour le cousin d'Éon de Mouloize, la question ne se pose plus : il vient de mourir de la petite vérole.) Oubliée aussi la somme fabuleuse proposée pour récupérer les dossiers de l'ambassade. D'Éon se contentera de la pension mensuelle de mille livres déjà allouée, mais il la veut bien assurée, et comme il reste d'Éon, la négociation n'ira pas sans cahots. Il souhaiterait une pension constituée par le revenu d'un capital déposé en Angleterre ou en Suisse (déjà !). Louis XV refuse. Charles propose alors au chevalier de lui assurer par contrat une rente viagère de douze mille livres par an sur ses propres terres. L'autre, intraitable, exige que la comtesse de Broglie, plus riche que son époux, et qui peut lui survivre, garantisse le contrat. Les négociations traînent...

Qu'importent ces épines quand le chef du Secret est en train de reprendre son agent sous contrôle ? Courageusement, il a osé, moins de deux mois après le verdict flétrissant Guerchy, en proposer la tentative à un Louis XV au comble de l'exaspération : « Cet homme, constate Broglie, a des liaisons intimes avec des personnages qui deviennent de jour en jour plus considérables en Angleterre. Je pense que cela est fort heureux et qu'il faut en tirer parti. » Qui sont ces personnages ? Les chefs de l'opposition, ceux-là mêmes qui soutiennent d'Éon depuis le début. Et Charles d'expliquer au roi qu'en le remettant au travail, non seulement on obtiendra des renseignements précieux, mais on reprendra barre sur d'Éon « lorsqu'on aura de lui des lettres qui dévoileront les secrets de ceux sur la protection desquels il compte... ». Un grand patron de service secret est toujours un Janus.

Les informations fournies par le chevalier seront naturellement excellentes : quel Anglais pourrait se méfier d'un homme renié et condamné par la France ? Sa grande querelle a fait à d'Éon la plus étanche des couvertures. Ainsi le service dispose-t-il en peu de mois d'un dossier susceptible de le griller auprès de ses amis anglais et de lui valoir, de même qu'à ses sources, un sort funeste s'il venait à être divulgué.

Charles n'aura pas à en faire usage. Après tant d'événements contraires, voici enfin une embellie : l'été 1766, Choiseul désigne Durand, avec le titre de ministre plénipotentiaire, pour suppléer Guerchy, en congé en France. Durand — *le Prudent* « dans notre style énigmatique », comme l'écrit Broglie au roi —, n'est ni un La Rozière ni un de Nort, officiers recrutés pour des opérations ponctuelles ; d'Éon retrouve en lui un vétéran du Secret. Il ne fait aucune difficulté à lui remettre l'ordre autographe, source de tant d'angoisses. Le Prudent donne quittance : « Je certifie que ledit ordre m'a été remis en bon état, couvert d'un double parchemin à l'adresse de Sa Majesté, et qu'il m'a été représenté renfermé et mastiqué, dans une brique cousue à cet effet, prise dans les fondements des murailles de la cave et remise ensuite à sa place. » En échange de l'ordre autographe, le sujet déclaré rebelle et coupable de lèse-majesté reçoit cette lettre de son roi : « En récompense des services que le sieur d'Éon m'a rendus, tant en Russie que dans mes armées et d'autres commissions que je lui ai données, je veux bien lui assurer un traitement annuel de douze mille livres, que je lui ferai payer exactement tous les six mois, dans quelque pays qu'il soit, hormis en temps de guerre chez mes ennemis, et ce jusqu'à ce que je juge à propos de lui donner quelque poste dont les appointements soient plus considérables que le présent traitement. » Le Prudent, qui connaît son homme, rédige l'attestation suivante : « Je, soussigné, ministre plénipotentiaire du Roi en cette cour, certifie sur mon honneur que la promesse ci-dessus est véritablement écrite et signée de la propre main du Roi mon maître, et qu'il m'a donné l'ordre de la remettre à M. d'Éon. »

Si ce n'est pas encore la paix, c'est déjà plus qu'un armistice. Broglie, qui a vigoureusement poussé à la roue, ne songe qu'à l'intérêt du service. « Conduisez-vous avec modestie et sagesse, écrit-il au chevalier, ramenez les esprits les plus prévenus, ne soyez plus ministre, ni capitaine de dragons ; abandonnez le romanesque ; prenez l'attitude et le propos d'un homme tranquille et sensé ; avec cela et un peu de temps, on se ressouviendra de vos talents : vos anciens amis pourront se rapprocher de vous, vos ennemis vous oublieront et votre maître retrouvera un sujet digne de le servir et des grâces dont il l'a comblé. »

C'est aller vite en besogne. Louis XV n'a cédé qu'à contre-cœur. Rien ne pouvait l'irriter davantage que les extravagances du chevalier. Sept mois après avoir récupéré son ordre autographe, il écrira à Broglie : « Vous savez que d'Éon est fol et peut-être dangereux. Mais avec les fols il n'y a rien de bon à faire que de les enfermer... Il faut observer exactement tout ce que je lui ai fait promettre, mais rien de plus. Je hais les fols mortellement. » La plume royale n'exprimera jamais un rejet aussi catégorique que pour d'Éon.

Il y aura encore des soubresauts. Le chevalier dépense comme il respire. Il insiste un peu trop sur les tentantes propositions émanant de ses amis de le faire naturaliser anglais, avec les conséquences aisément imaginables. Il menacera longtemps de poursuivre Guerchy à outrance si l'on n'assoupit pas le procès que l'ambassadeur a diligenté contre lui pour diffamation ; mais la machine judiciaire, une fois lancée, n'est pas facile à arrêter, et des mois s'écouleront avant que les juges ne laissent tomber le dossier aux oubliettes.

À propos de dossier, d'Éon conserve celui des « papiers ministériaux ». Il en remettra une partie — mais une partie seulement — à Breteuil, autre vétéran du Secret, à l'occasion d'un passage du baron à Londres. Il conserve surtout des documents du Secret : instructions à La Rozière, grilles de chiffres, etc. Il a confié le paquet, soigneusement cacheté, à un membre éminent de l'opposition anglaise, pour parer à toute entreprise déplaisante qu'on pourrait concocter en France, pays « où personne n'est jamais sûr de coucher dans son lit ». On n'en a donc pas fini avec le tracassin de d'Éon, mais au moins n'agite-t-il plus les cours de ses turlupinades.

*

*   *

Le comte de Guerchy est mort. Professionnellement, sa position d'ambassadeur et d'accusé dans un procès criminel n'était pas tenable. Socialement, il n'a pas survécu à la publication par d'Éon des lettres de ses bons amis Praslin et Nivernais, et ceux-là mêmes qui le jugeaient bien incapable de recourir à l'assassinat savent désormais qu'il a déclenché la pitoyable guerre de pamphlets dans laquelle il a été battu à plate couture. Physiquement, il décède en septembre 1767, deux mois après sa demande de rappel et son retour en France. Il était rentré à peu près ruiné, car, pour se défendre des attaques incessantes de d'Éon sur sa prétendue ladrerie, il avait mené un train fort excessif. Tous les Mémoires contemporains attribuent son décès prématuré aux chagrins de son ambassade, qui avait été en vérité peu commune.

Le triste sire de Vergy, sachant ce qui l'attend en France,

reste en Angleterre, aux crochets de d'Éon, jusqu'à sa mort en 1774. Pendant dix ans, il soutiendra mordicus la véracité de sa déposition devant le grand jury. Il y était bien un peu contraint : la loi anglaise réprime avec vigueur le faux témoignage. Mais un moribond se soucie-t-il encore des tribunaux de ce bas monde ? À l'agonie, Treyssac de Vergy prendra pourtant la peine de convoquer à son chevet deux magistrats anglais pour leur répéter sa déposition, et, à l'ouverture de son testament, on en trouvera une troisième confirmation, avec des excuses à d'Éon pour tout le mal qu'il lui a fait...

Ange Goudar, qui a gagné au jeu mille guinées, mais en « corrigeant la fortune », selon la pudique expression en usage chez ses confrères en aventure, quitte précipitamment Londres avant le terme de l'affaire d'Éon. Contrairement à Vergy, dont elle a fixé le sort, cette affaire n'a été pour lui qu'une péripétie accessoire, le moyen de gagner quelque argent en louant sa plume à Guerchy, et la volée de coups de canne administrée par d'Éon ne lui laisse aucun bleu à l'âme : son honneur ne se situe pas à fleur de peau. Il part d'Angleterre nanti de deux trésors : son œuvre maîtresse, *L'Espion chinois*, menée à bien en dépit des tribulations, et sa très jeune compagne, la délicieuse Sarah. Le couple s'installe à Vienne, où les « commissaires de chasteté » de la bigote Marie-Thérèse, cauchemar des amants, font irruption dans sa chambre et demandent à Goudar la preuve que Sarah est bien sa légitime épouse. Il les prie de sortir, le temps qu'il retrouve ses documents, les rappelle, et les commissaires de le découvrir en train de besogner Sarah : « Voilà ma preuve », déclare-t-il sobrement. Aussitôt expulsé, le couple passe à Naples, où Goudar, tout en rédigeant un intéressant *Naples, ce qu'il faut faire pour rendre ce royaume florissant*, constatera avec satisfaction que la location de sa femme est infiniment plus rémunératrice que celle de sa plume.

Le Vénitien Giacomo Casanova, que nous avons connu agent secret pour le compte du gouvernement français, n'a fait, lui aussi, que côtoyer l'affaire d'Éon. Ses rapports avec le chevalier avaient été assez bons pour lui valoir une présentation au roi et à la reine d'Angleterre, au beau temps de l'intérim. Les deux hommes ont au moins une passion en commun : le poète latin Horace. Casanova le connaît par cœur et assomme ses amis de citations. D'Éon se vante de posséder une collection de huit cents volumes rassemblant toutes les éditions du poète depuis l'invention de l'imprimerie. Le Vénitien est venu à Londres avec le projet d'y établir une loterie semblable à celle qui lui a valu à Paris une fortune vite dissipée. Espoir déçu. Son séjour de neuf mois lui restera cependant inoubliable. Il commence par une liaison romanesque avec Pauline, jeune et belle Portugaise réfugiée en Angleterre pour échapper à un mariage forcé. Casanova, qui n'est certes pas don Juan ni Valmont (il est exactement leur contraire, aimant avec tendresse, ne quittant ses maîtresses que pour obéir à son impérieuse vocation d'aventurier, et conservant avec presque toutes des liens affectueux qui réchaufferont son vieil âge), mais qu'on présente souvent comme un glouton du sexe, s'ennuie à Londres, car il ne parle pas l'anglais ; or il considère depuis toujours que le plaisir de la parole est le sel des jouissances de l'amour, et récuse les Anglaises les plus belles et les plus faciles au motif que la barrière de la langue limiterait leurs ébats au contact de deux épidermes. Ce séducteur en est réduit à publier dans un journal londonien une annonce proposant à une personne susceptible de lui procurer l'agrément de sa conversation, ce qui sera le cas de Pauline, l'usage d'un entresol dans l'appartement qu'il occupe. Mais Pauline s'en retourne bientôt dans son pays et Casanova rencontre alors Marianne Charpillon, ravissante catin de dix-sept ans, judicieusement maquerellée par une grand-mère, deux grand-tantes et une mère qui ont fait dans leur temps carrière dans le putanat, quoique issues d'un respectable pasteur helvétique. Un rapport de la police parisienne les décrit ainsi : « Dangereuses femelles, tissu abominable de calomnies et de mensonge. » La Charpillon, belle comme le diable, précoce génie du mal, va transformer, comme d'un mauvais coup de sa baguette magique, un prince de l'Europe amoureuse en bouffon pathétique[1]. Avec une maîtrise rare à cet âge, elle annonce son projet : s'amuser de Casanova. Comment ? « En vous rendant amoureux de moi, et vous faisant souffrir après des peines infernales. » Pari tenu. Elle excite le Vénitien, se montre

1. Pierre Louÿs s'inspirera de l'aventure pour écrire son célèbre *La Femme et le pantin.*

nue dans son bain, lui soutire force argent, promet de se vendre, passe une nuit avec lui sans desserrer les jambes, exige quinze jours de cour assidue et dispendieuse, lui ouvre derechef son lit, mais non son corps. Casanova, qui de sa vie n'a frappé une femme, la roue de coups et rentre chez lui malade. L'ami Goudar, compatissant, lui fait livrer un fauteuil ingénieux : dès qu'on s'y assoit, quatre ressorts saisissent bras et jambes, et les écartent, tandis qu'un cinquième ressort, soulevant le siège, place la personne dans une posture cambrée adéquate. Casanova refuse, de peur que sa belle ne meure de frayeur. Versements supplémentaires à la mère, qui tient les comptes. Nouvelle nuit avec la Charpillon, qui s'obstine à croiser les jambes. Les coups pleuvent. Casanova, ruisselant de larmes, est méconnaissable. Un fou. Des pistolets dans ses poches, il se rend chez la Charpillon, décidé à en finir, mais la trouve en train de faire la bête à deux dos avec son coiffeur. Il rosse le garçon, brise le mobilier et s'enfuit. On lui annonce que la fille est mourante. L'homme le moins suicidaire du monde remplace les pistolets par du plomb et marche jusqu'au pont de Westminster pour se jeter dans la Tamise. Un ami rencontré par miracle le détourne de son funeste projet et l'entraîne au bal. La Charpillon y danse le menuet. Sueurs froides, tremblements convulsifs, palpitations cardiaques. La crise dure plus d'une heure, mais « n'ayant pas pu me mener à la mort, elle me donna une nouvelle vie ». Le voici guéri de la Charpillon. Il l'a aimée, c'est sûr. Aucune autre femme n'a exercé ni n'exercera sur lui un tel pouvoir. Il la sait putain héréditaire, ses amis de l'aristocratie anglaise lui disent en riant à quel prix ils l'ont eue, mais il était amoureux : « Sa physionomie douce et ouverte indiquait une âme que la délicatesse des sentiments distinguait, et cet air de noblesse qui ordinairement dépend de la naissance. »

Cent femmes ont fait son bonheur ; une seule suffit pour précipiter son malheur : « Ce fut dans ce fatal jour, au commencement de septembre 1763, que j'ai commencé à mourir. » Quelque chose s'est brisé en lui, irrémédiablement. L'aventure sera à l'avenir moins revendiquée que subie. Lui qui allait comme porté par la vie, il devra désormais s'y frayer un chemin. Il quitte Londres ruiné, malade, vieilli. Il a trente-huit ans.

Son départ est aussi précipité que celui de Goudar. Casanova, qui vient de dépenser en neuf mois l'équivalent de trois cent mille livres de France, a reçu d'un douteux baron, qu'il a plumé au jeu, une lettre de change en règlement de sa dette. Présentée à la banque, elle se révèle fausse. En Angleterre, il faut payer ou être pendu. Casanova choisit de s'enfuir. Sur le chemin de Berlin, escale à Brunswick, où il entame une traduction de *L'Iliade* d'Homère, qu'il publiera dix ans plus tard. À Berlin, il a la surprise de retrouver Jean-Antoine Calzabigi, son ancien associé dans la loterie parisienne créée à l'instigation de Pâris-Duverney pour financer l'École militaire. Calzabigi sort d'une banqueroute à Bruxelles. Il s'efforce de monter à Berlin une nouvelle loterie, mais se heurte aux réticences de Frédéric II, qui l'a pourtant engagé comme conseiller technique. Il demande à Casanova de plaider sa cause. Comment se procure-t-on le privilège d'une rencontre avec le roi de Prusse ? Rien de plus simple : le Vénitien rédige une demande d'audience et reçoit le lendemain un billet, signé Frédéric, lui fixant rendez-vous le jour même dans les jardins de Sans-Souci. Frédéric soumet son visiteur au crépitant interrogatoire qui lui est coutumier, exprime de sérieuses réserves sur la loterie, mais conclut la rencontre par une appréciation prometteuse : « Vous êtes un très bel homme. » Deux jours plus tard, en effet, proposition d'emploi. Il s'agit d'un poste d'éducateur dans le corps des cadets de Poméranie. Mais le salaire est médiocre, le logement misérable ; la physionomie des cadets, peu engageante. Même si Casanova cherche désormais à se caser, il ne se résigne pas à finir dans une pareille niche. Frédéric ne se formalise pas de son refus et, apprenant qu'il part pour Saint-Pétersbourg, lui souhaite bon voyage : « Mais qu'est-ce que vous espérez dans ce pays-là ? — Ce que j'espérais ici, Sire : de plaire au maître. — Êtes-vous recommandé à l'impératrice ? — Non, Sire, je ne suis recommandé qu'à un banquier. — En vérité, cela vaut beaucoup mieux. »

Casanova arrive en Russie la bourse plate. Règle impérative pour un aventurier : c'est surtout quand on est pauvre qu'il faut avoir l'air riche. Juste avant la frontière, il descend donc de la patache publique et loue une voiture à quatre places tirée par six chevaux. Superbe entrée dans Mittau. Il lui reste trois ducats en poche. La servante qui lui sert le chocolat est belle. Il lui donne en pourboire ses trois derniers ducats. Il rumine son triste sort dans sa chambre d'auberge quand on frappe à la porte. C'est un banquier qui, alerté par le pourboire somptueux, se met volontiers à la disposition d'un si riche voyageur.

Trois entrevues avec Catherine de Russie. On parle musique, jardins, et, intarissablement, réforme du calendrier ; mais point d'offre d'emploi.

Nous retrouverons Casanova à Varsovie, à la cour de Stanislas Poniatowski.

Siècle unique qui voit un aventurier, charlatan, joueur professionnel, escroc de haut vol, parcourir le monde, récitant Horace, traduisant Homère, introduit partout, et, entre deux fuites précipitées pour éviter ici le cachot, là la potence, disputant avec les têtes couronnées d'Europe si les jardins de Sans-Souci ou de Saint-Pétersbourg se peuvent comparer à ceux de Versailles...

*
* *

La Lorraine ne fut jamais giboyeuse aux aventuriers, alors que Stanislas pouvait en remontrer à plus d'un avec sa biographie mouvementée qui l'avait si souvent lancé au hasard d'équipées périlleuses. L'Europe tant de fois traversée sous des pseudonymes divers, les multiples tentatives d'assassinat déjouées de justesse, la ruine alternant avec les coups de fortune : une pareille destinée seyait davantage à un seigneur de l'aventure qu'au prince débonnaire qui faisait semblant de régner sur la Lorraine. Prudence de Stanislas ? Police sourcilleuse du chancelier La Galaizière ? La troupe haute en couleur qui écumait les cités européennes ne considéra jamais Lunéville et Nancy que comme des villes étapes entre Paris et l'Allemagne.

Avec le grand âge était venu le temps des chagrins. Ses jambes ne portaient plus Stanislas, devenu obèse à force de mangeries. Sa fille Marie lui offrit un fauteuil roulant que poussait un valet. Presque aveugle, il avait renoncé à la chasse, mais s'obstinait à pêcher, sa mauvaise vue le préservant de remarquer le nageur préposé à l'accrochage des poissons à son hameçon. Une surdité grandissante l'empêchait désormais de jouir des plaisirs de la musique. Il continuait à se donner machinalement des indigestions.

Le 20 décembre 1765, il eut la douleur de perdre son petit-fils, le dauphin, qu'il aimait tendrement. Louis de France mourait à l'âge de trente-six ans. Sa corpulence, dont on disait qu'il la tenait de Stanislas, son peu de goût pour les exercices physiques, une espèce de mollesse qui émanait de sa grosse personne formaient un contraste pénible avec le rayonnement physique de son père ; on s'en moquait à la cour. Mais il lisait beaucoup, raisonnait bien, écrivait d'une plume vigoureuse. Il faisait figure de chef du parti dévot, et, avec ses sœurs, avait contribué à détourner Louis XV de la réforme fiscale qui eût pu sauver la monarchie ; l'imposition du richissime clergé de France lui paraissait sacrilège. Il s'était opposé à l'expulsion des jésuites, ce qui lui avait valu la haine de Choiseul (celui-ci s'oubliant jusqu'à lui lancer — c'est aussi son côté sympathique : « Je dois vous dire que je puis avoir le malheur d'être votre sujet, mais je ne serai jamais votre serviteur. »). L'attentat de Damiens lui avait valu d'entrer au Conseil. Il y tenait le rôle forcément discret de celui qui doit faire oublier qu'il sera un jour le successeur. Au reste, son père l'intimidait beaucoup. Depuis trois ans, il fondait littéralement, flottant dans des habits qu'il fallait sans cesse rétrécir. Les médecins soignaient son foie ; il était rongé par la tuberculose. Sa fin fut difficile et édifiante. La dernière semaine, le roi, qui aimait son fils, quoiqu'il le cachât bien, s'enferma, pour tromper son angoisse, avec l'astronome Cassendi et se livra avec lui à de savants calculs, ajoutant un épisode supplémentaire à l'interminable liste des malentendus qui le brouillaient avec l'opinion commune et contribueront à lui donner devant l'Histoire l'image d'un homme insensible. Les courtisans conclurent qu'un père n'avait pas de cœur, qui s'amusait d'astronomie quand son fils agonisait. Toutes les lettres du roi, avant et après la mort, crient au contraire une douleur presque insupportable.

Avec le dauphin, qui s'était vaillamment entremis pour les tirer de l'exil, les Broglie perdaient leur plus sûr appui à la cour.

Le 5 février 1766, six semaines après ce deuil qui l'avait durement éprouvé, Stanislas se leva à son ordinaire vers six heures. L'un de ses valets l'aida à enfiler la robe de chambre ouatée que Marie lui avait offerte. Son bonnet de nuit sur la tête, il s'assit dans un fauteuil placé devant la cheminée et, le valet s'étant retiré, récita ses prières, ce à quoi il ne manquait jamais, étant fort dévot, puis il alluma sa longue pipe allemande. On suppose — car la scène n'eut pas de témoins — qu'il se pencha sur le feu pour vider sa pipe ou la poser sur le rebord de la cheminée. Toujours est-il que la robe de chambre prit feu, se consumant sans produire de flammes. Si le vieil homme appela, personne n'entendit ses cris ; les pièces contiguës étaient vides. Ses domestiques le découvrirent gisant inanimé devant la cheminée, gravement brûlé sur le côté gauche, de la main à la cuisse, et surtout au ventre. Il mit trois semaines à mourir, et l'on sait ce qu'endurent les grands brûlés. Sur la fin, il sombra heureusement dans l'inconscience. Il rendit l'âme le 23 février, dans sa quatre-vingt-neuvième année.

Ainsi la violence avait-elle fini par rattraper celui qui, depuis vingt-neuf ans, menait la plus préservée des existences. Il avait échappé aux bombes incendiaires qui ravageaient Dantzig, mais le feu l'attendait au coin de sa cheminée, et l'instrument de son supplice devait être le vêtement douillet offert par l'être entre tous chéri...

Il repose dans l'église Notre-Dame-de-Bon-Secours, à Nancy, près du coffret contenant le cœur de sa fille Marie.

Stanislas n'avait pas la mâchoire carnassière de l'homme de pouvoir ; aussi la couronne de Pologne lui avait-elle été par deux fois arrachée. Les circonstances, à dire vrai, étaient rien moins que favorables. Sa souveraineté sur la Lorraine restait de principe, la réalité du pouvoir étant exercée d'une poigne implacable par La Galaizière. Pendant trois décennies, le chancelier avait rudement imposé la loi française aux Lorrains : lourds impôts, corvées exténuantes. La population broncha plus d'une fois sous le joug. Le talent de Stanislas fut de mettre de l'huile dans les rouages. Son pittoresque ne doit pas occulter ses vertus. Il était bon. Son assistance aux pauvres gens, constante, intelligente, efficace, relevait plus d'une véritable politique sociale que des charités de bon ton en usage à l'époque. Il savait innover, inventant par exemple les consultations gratuites d'avocats pour les justiciables démunis. Est-il besoin de rappeler son œuvre de bâtisseur ? Nancy lui doit d'être ce qu'elle est.

Avec son décès, la Lorraine passait sous la souveraineté directe du roi de France. Mais les Lorrains, qui avaient accueilli avec tant de dépit et d'affliction le sexagénaire polonais que les chancelleries leur imposaient pour maître, ne l'oublièrent jamais. Grimm l'avait prévu, qui écrivait dès 1764 : « Ce prince aura laissé en Lorraine des monuments de toute espèce : aucun n'y sera aussi durable que sa mémoire. » En 1831, de sa propre initiative, la population lui érigea par souscription la statue placée aujourd'hui encore au centre de la place qui porte son nom. Sur le socle est inscrit : « À Stanislas le Bienfaisant, la Lorraine reconnaissante. »

Un adieu à Stanislas, en compagnie de qui nous avons commencé notre histoire au temps lointain où il partait, sous le pseudonyme d'Ernst Bramback, commis, à la reconquête hasardeuse de sa couronne perdue.

IX

Tandis que l'élection de Poniatowski au trône de Pologne anéantissait dix ans d'efforts et que l'affaire d'Éon faisait sombrer le Secret dans le roman-feuilleton, le comte de Broglie n'en poursuivait pas moins son dernier projet avec ténacité.

Les dangers que lui avait fait courir d'Éon n'avaient pas ébranlé La Rozière. Broglie avait écrit à Tercier, le 8 décembre 1763 : « M. de La Rozière est revenu, tout froid qu'il est, enthousiasmé de la beauté, de la nécessité et presque de la facilité du projet. Le ton de supériorité qu'il a trouvé aux Anglais lui en fait vivement souhaiter l'exécution. » Exploitant son butin, l'officier avait dressé deux cartes d'une précision inconnue jusqu'alors. L'une, reprenant et approfondissant les premiers relevés, donne la topographie des secteurs de débarquement. L'autre indique les itinéraires menant à Londres. Charles les a adressées au roi « dans une boîte en fer-blanc, avec un cadenas », car elles n'étaient que pour ses yeux, comme disent les Anglais. Louis XV les aura sans doute rangées dans son sanctuaire des Petits Appartements nichés sous les toits de Versailles, où une armoire est spécialement conçue pour recevoir les cartes, montées sur des rouleaux.

Après l'Angleterre, la France. Il convient de dresser l'inventaire des moyens disponibles pour embarquer et transporter le corps expéditionnaire qu'on jettera sur les plages anglaises. La guerre de Sept Ans a été cruelle à la marine royale. Combien de vaisseaux en mesure de prendre la mer ? Combien de matelots mobilisables ? Dans quel état se trouvent les ports ? La Rozière, quoique officier du génie, paraît le plus apte à procéder aux investigations nécessaires. Charles apprécie son sérieux et sa discrétion. Louis XV, consulté, donne son approbation, non sans les inquiétudes habituelles sur la sécurité : « Qu'on recommande bien au sieur de La Rozière de prendre bien garde dans les reconnaissances qu'il fera de nos côtes qu'on ne le découvre pas, car il est bien connu dans ce pays-ci, et M. de Choiseul sait que c'est lui qui a levé la carte de Hesse par ordre du comte de Broglie. » C'est considérer Choiseul comme un niais. Le Premier ministre de fait, recevant La Rozière à son retour d'Angleterre, lui a déclaré brutalement « qu'il savait qu'il y avait été par ordre secret et qu'il y avait levé des cartes ». L'officier a nié avec aplomb, mais Choiseul est trop fin pour avoir été abusé par ses dénégations. La sagesse consisterait donc à choisir pour la nouvelle mission un agent moins soupçonné. Broglie ne l'envisage même pas. Il écarte avec désinvolture la mise en garde royale, répondant à Louis XV que si La Rozière était arrêté, le mieux « serait qu'il avouât que, pour s'occuper et suivre son goût, il s'amuse à reconnaître les côtes du royaume », d'autant qu'il croit probable une reprise de la guerre. La légèreté du prétexte recouvre un raisonnement plus solide : Charles sait bien qu'un projet de si vaste ampleur ne peut être mis en œuvre par les seules forces du Secret. Tôt ou tard — et le plus tôt sera le mieux — les ministres devront être informés d'une entreprise exigeant la mobilisation des énergies nationales. Quelle importance, si Choiseul perce à jour la mission ? Le Secret n'est pas une fin en soi, mais un moyen.

La Rozière part en juillet 1764, accompagné de son ami Georges Nardin, officier comme lui, qui l'a déjà assisté dans ses reconnaissances en Angleterre et s'est sorti sans se faire repérer des remous de l'affaire d'Éon. En six mois, les deux hommes parcourent les côtes de France de Dunkerque à Antibes. Dunkerque : épine fichée dans tous les cœurs. Avec le recul, il est aisé d'appréhender les conséquences du traité de Paris, qui balayait l'influence française en Amérique du Nord et aux Indes — ce monde perdu évoqué par Michelet. Les contemporains étaient plus sensibles aux contingences. On n'oubliait pas l'acte de piraterie par lequel Londres avait ouvert les hostilités, les trois cents vaisseaux français capturés en trois mois sur toutes les mers du globe, avec à leur bord six mille officiers et matelots dont certains avaient dû, sous peine de mort, servir dans la marine ennemie ; car si l'Angleterre possède des navires en suffisance, ce sont les marins qui lui font défaut. Les hostilités terminées, non seulement l'Angleterre avait refusé de restituer les bateaux, mais le traité de paix imposait à la France de payer l'entretien pendant sept ans des marins prisonniers : seize millions de livres ! Une autre humiliation délibérée figurait dans le traité : les défenses du port de Dunkerque devaient être nivelées, et cela, sous la surveillance d'un commissaire anglais résidant sur place et rémunéré par la France. La guerre, commencée par une violence inouïe faite au droit international, se terminait avec ce commissaire dont la présence exécrée ne permettait pas d'oublier l'abaissement de la nation française.

La communauté du Secret partageait ce sentiment d'humiliation, mais la gloriole chauvine avait peu de prise sur un Tercier ou un Durand, et Broglie lui-même écrira bientôt à Louis XV : « Je consens que la France renonce de bonne foi à une affectation de supériorité qui lui a fait tant de mal. » Si le trio dirigeant du Secret s'engage à fond dans la préparation d'un débarquement sur les côtes anglaises, c'est pour prévenir l'attaque que le bellicisme britannique rend à ses yeux inévitable. Durand, homme placide par excellence, en était convaincu depuis les négociations de paix auxquelles il avait participé, et les passions francophobes déchaînées en Angleterre par l'affaire d'Éon ne pouvaient que confirmer son jugement.

Au point où nous sommes arrivés, Charles de Broglie a

écrit au roi, depuis son recrutement, un courrier dont cent soixante-six lettres nous sont parvenues. Nous n'en avons donné ici et là que de trop brèves citations. Offrir au lecteur l'opportunité de découvrir une de ces lettres dans son intégralité, c'est lui permettre d'entrer dans la pensée d'un homme inaccessible au découragement, lucide, apte aux vastes synthèses, et dont la hauteur de vues ne se laissait pas distraire par les péripéties. Voici donc la cent soixante-septième lettre au roi. Elle est écrite quinze jours après le retour à Paris de La Rozière et de Nardin, et alors que les périls nés de l'arrestation d'Hugonet et de Drouet viennent tout juste d'être conjurés grâce à l'intense activité du comte[1].

À Paris, le 21 février 1765

« Sire, j'ai eu l'honneur d'annoncer à V.M., dans une de mes dernières lettres, le tableau que j'ai celui de lui adresser aujourd'hui, où elle verra d'un coup d'œil toutes les ressources de la France et les moyens qui existent pour exécuter le projet glorieux que V.M. a conçu il y a deux ans et dont, malgré les incidents survenus qui auraient pu le déranger, il lui a plu de s'en occuper [*sic*] jusqu'à ce jour[2].

« Malgré ces incidents, Sire, et la nécessité de marcher à pas lents et secrets pour cacher les vues de V.M., nous sommes cependant parvenus à remplir deux objets dont il était

1. Comme pour toutes les lettres ou extraits de lettres ici cités, on a ramené l'orthographe et la ponctuation aux usages modernes. En ce qui concerne les majuscules de rigueur à l'époque lorsqu'on écrivait au roi (par exemple : « Votre Majesté voudra bien se ressouvenir qu'Elle m'avait envoyé Ses ordres, etc. »), l'habitude s'est prise en général de les supprimer pour ne pas imposer au lecteur un texte hérissé de majuscules dont il a perdu depuis longtemps la familiarité. On s'est conformé à cet usage, sauf dans quelques cas où le sens du texte aurait pu devenir obscur.

2. Le tableau joint à la lettre, somme des renseignements recueillis par La Rozière et Nardin, est intitulé : « État des ports, baies et rades du royaume de France depuis Dunkerque jusqu'à Bayonne et depuis Port-Vendres jusqu'à Antibes, où l'on voit le nombre de vaisseaux et autres bâtiments qui appartiennent à chaque port, ce qu'on pourrait y rassembler, ainsi que dans les baies et rades ; les sondes, les distances par terre et par mer d'un lieu à un autre, la qualité de matelots classés dans chaque endroit ; les intendances, les départements, les garnisons, avec des remarques générales sur tous ces détails ».

préalablement nécessaire de s'assurer. Le premier était de reconnaître la possibilité de faire une descente sur les côtes d'Angleterre et d'examiner dans quelle partie cette descente éprouverait le moins d'obstacles. Le voyage que le S. de La Rozière a fait en 1763 sur les côtes méridionales de la Grande-Bretagne, depuis le Sud-Foreland dans le comté de Kent jusqu'à Beachy-Head dans le comté de Sussex, paraît n'avoir laissé aucun doute à cet égard. J'ai eu l'honneur d'en rendre compte avec détail à V.M. l'année dernière et j'y ai joint une carte dont j'ose me flatter qu'elle aura été contente.

« La reconnaissance que cet officier vient de faire de toutes les côtes du Royaume, depuis Dunkerque jusqu'à Saint-Jean-de-Luz sur l'Océan, et de Port-Vendres à Antibes sur la Méditerranée, nous donne un résultat encore bien plus satisfaisant. V.M. verra peut-être avec étonnement dans le tableau explicatif de cette reconnaissance que sa marine militaire et marchande n'est pas dans l'anéantissement où ses ennemis la désirent et la croient et où toute l'Europe et les Français même la supposent. Heureuse erreur, qu'il est bien important d'entretenir et même d'augmenter, en s'occupant sans cesse de se préparer les moyens d'en faire connaître la fausseté lorsque le moment en sera arrivé.

« Je viens de dire, Sire, que la marine militaire et marchande de V.M. n'est point dans l'anéantissement où tous les bruits généraux l'annoncent. J'ajouterai qu'elle est même en aussi bon état, ou pour parler plus exactement, aussi nombreuse qu'elle l'était en 1756, car il me semble qu'à cette époque V.M. n'avait que 52 vaisseaux de guerre, et elle en a aujourd'hui 61, dont 50 [possédant] depuis 64 jusqu'à 116 pièces de canon, sans compter 14 frégates, 19 flûtes, 10 corvettes, 11 prames, 8 chébecs et une quarantaine d'autres bâtiments de différents genres.

« Le nombre de matelots classés, qui monte à 48 190 sur les côtes de l'Océan et à 9 130 sur celles de la Méditerranée, pourrait paraître incroyable si l'état n'en avait pas été pris avec attention et avec le plus d'exactitude possible, les bureaux des classes n'ayant point encore fait de recensement depuis la paix.

« Mais il ne faut pas, Sire, se laisser aveugler par un appareil si brillant. Il est indispensable de considérer le revers de ce tableau, et l'on ne saurait se dissimuler qu'il y manque bien des nuances pour le rendre parfait. En effet, les magasins sont presque entièrement vides, les chantiers sont dénués de bois de construction, les ateliers sont déserts. Le mécontentement est général parmi les ouvriers et les matelots, faute de paiement. Les plaintes se font également entendre, et par la même raison, de la part des officiers. Enfin, le dégoût gagne insensiblement et peut rendre inutiles, si l'on n'y remédie, les ressources qu'aucune autre puissance n'a dans la même abondance. Ce qu'il y a de consolant, c'est qu'il ne faudrait que des soins, de l'économie et de l'attention pour remédier à ces inconvénients. Et quoique les Anglais, nos rivaux et nos ennemis, aient plus de vaisseaux que nous, comme ils n'ont pas la même quantité de matelots et que, d'ailleurs, pour conserver leurs établissements anciens et nouveaux, et pour favoriser un commerce prodigieux qui fait toute leur force et qu'ils ne cessent d'étendre, ils ont besoin d'une beaucoup plus grande quantité d'escadres que nous, il en résulte qu'il ne faut pas s'en laisser imposer par la liste de leurs vaisseaux innombrables. Et, pourvu qu'on veuille bien s'occuper sérieusement de remplir les magasins de tous les agrès nécessaires, de se fournir de bois et de payer ce qui est dû aux ouvriers, il sera facile, en moins de deux ans, de mettre la marine de V.M. en état de remplir les vues que sa sagesse, sa prévoyance et sa dignité pourraient lui dicter.

« Quant à la marine marchande, il ne s'agit, pour l'augmenter, que de seconder l'industrie et le zèle des habitants des provinces maritimes. Il n'est aucune autre nation au monde de qui on soit en droit d'attendre de plus grands efforts et, pourvu qu'on ôte la gêne et les entraves multipliées qu'on met au commerce, il s'augmentera de lui-même et prendra une vigueur inespérée.

« Je supplie V.M. de vouloir bien se rappeler que la reconnaissance que le S. de La Rozière a été chargé de faire en dernier lieu sur les côtes avait pour objet d'examiner : 1° S'il existait ou pouvait exister incessamment un assez grand nombre de vaisseaux de guerre pour protéger avec succès un débarquement. 2° S'il y avait dans la marine marchande assez de navires pour transporter une armée de 60 000 hommes en Angleterre, avec tous les approvisionnements nécessaires. 3° La position où ces navires se trouvaient et s'il y avait moyen de les rassembler en peu de temps et de manière à ne pas éventer le projet qu'on se proposerait d'exécuter. 4° S'il faudrait recourir à de nouvelles constructions, et, en ce cas, quelles ressources on trouverait pour les effectuer.

« Par le rapport du S. de La Rozière, il est évident :

1° Que le nombre des vaisseaux de guerre actuellement existants, et lors même qu'il ne serait pas porté à 80, comme on assure que c'est le projet, est plus que suffisant pour barrer la Manche et même pour livrer un combat naval avec supériorité, puisqu'en supposant qu'on fût agresseur dans un cas de rupture on est bien sûr que les Anglais ne pourraient pas se présenter dans les trois premiers mois avec plus de 30 vaisseaux de guerre, étant obligés d'en avoir toujours un grand nombre aux Indes, en Amérique et la plus grande partie désarmés dans leurs ports.

2° Il est encore plus incontestable qu'en ne comptant même que les 1 625 navires marchands qui sont dispersés sur les côtes de l'Océan, et laissant à part ceux de la Méditerranée pour un autre usage, il y en a le double de ce qu'il en faudrait pour le transport projeté de 60 000 hommes pour un trajet aussi court que celui dont il s'agit. On évalue un homme par chaque tonneau qu'un navire peut porter. Ainsi, en supposant tous ces 1 625 navires du port de 150 tonneaux, l'un portant l'autre, puisqu'ils sont depuis 25 jusqu'à 500, on trouverait qu'ils pourraient transporter plus de 200 000 hommes. Voilà donc la certitude bien établie que, lors même qu'il s'en trouverait moitié à la mer dans le moment où l'embarquement devrait avoir lieu, il resterait encore dans les ports un tiers de plus qu'il n'en faudrait pour cette opération.

3° On ne peut pas désirer un emplacement plus convenable que celui où ces navires se trouvent, puisqu'ils sont placés dans la partie ou à portée de nos côtes qui regardent celles où l'on devrait débarquer et, conséquemment, où les débarquements devraient se faire. Il ne faudrait qu'un ordre pour les arrêter tous dans leurs différents ports par la forme de l'embargo, fort usitée dans le moment de rupture, souvent même en temps de paix. Et quant à la célérité qu'on peut mettre dans un pareil embarquement, lorsque le soin en est confié à des personnes actives et pleines de zèle et d'intelligence, on n'a, pour s'en assurer, qu'à se rappeler qu'en 1756, en huit jours, M. le maréchal de Richelieu fit dans le même port son embarquement de Minorque pour lequel il fallut 200 bâtiments dont on fut même obligé de décharger la plupart des marchandises qui y étaient déjà placées, ce qui employa les premiers jours de cette huitaine[1].

4° Puisqu'on a le double de navires de plus qu'il est nécessaire, il est inutile de dire qu'on n'aurait point à en construire de nouveaux, d'où il résulte l'avantage d'être dispensé de la dépense énorme qu'a occasionnée la construction de simples bateaux plats, qui ont même été inutiles, et celui de ne pas annoncer par ces constructions des projets dont elles retardent l'exécution, et auxquels il deviendrait, par ce délai, bien plus facile de s'opposer.

« Je me suis pressé, Sire, d'envoyer à V.M. les détails qui m'ont paru faits pour lui être agréable, mais je ne dois pas lui cacher, et d'ailleurs elle est bien plus en état que moi de le sentir, que nous ne sommes encore qu'au commencement de notre ouvrage et, quoique nous soyons assurés de la possibilité de réussir dans une entreprise aussi immense relativement aux moyens qui nous sont propres, pourvu qu'on ne perde pas un moment à les rassembler, il en est d'autres qui ne sont pas moins indispensables et qu'il est nécessaire de concerter avec nos alliés.

« Nous allons travailler au plan général qui comprendra l'ensemble de ces moyens. C'est un travail qui exige plusieurs mois, étant à propos de faire un mémoire sur chaque objet particulier, mais, en attendant, je dois en présenter le prospectus à V.M. et je vais avoir l'honneur de le lui exposer avec le plus de clarté et de brièveté qu'il me sera possible.

« Je commencerai, Sire, par établir, comme une maxime reconnue pour incontestable, que tout État qui se réduit à une simple défensive commence dès lors à déchoir, qu'il perd chaque jour de sa considération, tandis que ses rivaux en acquièrent à ses dépens, et s'il reste quelque temps sans projets déterminés et sans point de vue, n'ayant pas prévu les événements qui se succèdent et n'ayant pris, par conséquent, aucune mesure pour les prévenir, il en reçoit nécessairement la loi. Cet État est, de plus, obligé de multiplier

1. Cf. *Le Secret du Roi*, tome I, p. 372-373.

ses forces pour parer de tous côtés, puisque l'opinion que ses ennemis conçoivent alors de sa faiblesse et de son équipement les enhardit à augmenter de prétentions et les détermine même à l'attaque, pour peu qu'on veuille y mettre le moindre obstacle.

« La conséquence naturelle de ce principe est que le seul moyen de sortir de la position où se trouve la France vis-à-vis de l'Angleterre, si peu proportionnée à la dignité de sa couronne et à la force réelle de sa puissance, est de former un plan général bien réfléchi, dont le but soit d'abaisser son arrogance, soit qu'elle rompe une seconde fois les nouveaux traités qu'on vient de conclure avec elle, soit que l'injustice de ses prétentions et de sa conduite rendent nécessaire de la prévenir. C'est à ce projet, médité dans le silence et conduit avec sagesse, que doivent se rapporter tous nos soins, toutes nos négociations et tous nos efforts.

« Il me semble que j'ai déjà eu l'honneur de représenter à V.M. dans quelques-unes de mes lettres qu'il serait indispensable de concerter avec l'Espagne les moyens à employer pour s'opposer au despotisme des Anglais [1]. Les Espagnols sont encore plus intéressés que nous à y mettre des bornes et les plus à portée de le faire avec succès. Ils doivent sentir, ainsi que la France, que la durée de la paix ne dépend pas des dispositions de S.M. Britannique et de son ministère, que l'Angleterre se conduit toujours suivant l'intérêt des diverses factions et que celle opposée à la cour, aidée par la haine implacable de la nation, l'emportera toujours pour la guerre, lorsque cette résolution sera nécessaire pour accabler son ennemi. L'Espagne doit aussi observer que les richesses que les Anglais ont acquises dans la dernière guerre en Amérique, le désir de s'emparer à demeure de La Havane et de conquérir le Mexique leur font attendre avec impatience une nouvelle occasion de la leur déclarer, espérant toujours de trouver les deux couronnes aussi mal préparées qu'elles l'étaient précédemment. Le ministère d'Espagne a prouvé en 1762 son peu de prévoyance lors de l'invasion en Portugal [2], et cela doit donner une juste

1. L'idée première venait de Durand, puis Tercier avait développé un plan d'action dans une lettre au comte de Broglie dont celui-ci va reprendre presque textuellement les termes.

2. Entrée tardivement dans la guerre, l'Espagne avait lancé contre le Portugal, allié traditionnel de l'Angleterre, une offensive qui s'était lamentablement enlisée.

méfiance du concert qu'on pourrait former avec lui et engager à prendre de sages mesures pour y remédier. Pour y parvenir, il paraît que le plus sûr moyen serait de traiter cet objet directement avec S.M. Catholique, et d'entamer une négociation secrète entre V.M. et ce prince. Cette tournure aurait encore l'avantage de conserver plus facilement le secret que si la matière était traitée en plein Conseil, et elle paraît même plus propre à attirer toute l'attention du roi d'Espagne, qui se trouverait très flatté d'avoir une correspondance directe avec V.M. et de pouvoir, par le canal de M. d'Ossun, concerter avec elle un projet également avantageux pour les deux couronnes.

« Je compte pour beaucoup, Sire, d'avoir à Madrid un ambassadeur aussi capable, aussi accrédité et aussi bien voulu que l'est M. le marquis d'Ossun. Sa probité et son zèle assurent que nul autre ne serait plus propre que lui à conduire une pareille négociation dont, dans le temps, j'aurai l'honneur de proposer la forme à V.M.

« La base en doit être de préparer les moyens d'attaquer avec succès, avantage et rapidité l'Angleterre dans toutes ses possessions, afin de diviser ses forces et de la trouver faible dans le point où l'on aura résolu de porter la plus grande partie de celles de France.

« On ne doit pas s'effaroucher des difficultés qu'entraînent ordinairement des opérations combinées avec des alliés parce que, dans cette circonstance-ci, ce sont plutôt de fausses attaques qu'on a à demander aux Espagnols que des opérations décisives. Il ne s'agit pour eux que de faire des démonstrations contre la Nouvelle-Angleterre et la Jamaïque avec les troupes et les vaisseaux qu'ils peuvent rassembler successivement à La Havane, afin d'obliger les Anglais à y envoyer des renforts considérables. Si ces renforts arrivent trop tard et que les Espagnols, n'ayant trouvé que de légers obstacles, comme cela est assez apparent, viennent à réussir, ce sera un bonheur de plus ; mais comme ils ne peuvent manquer d'attirer un grand nombre de vaisseaux et de troupes anglaises dans cette partie de l'Amérique, qui est la possession la plus précieuse qu'ils aient, cela nous est suffisant. Il se trouve encore une circonstance heureuse pour cet objet particulier : c'est d'avoir à La Havane un maréchal de camp au service d'Espagne, nommé O'Reilly[1], qui est un excellent officier, d'une activité, d'une intelligence et d'un courage sans pareil, et je regarde toujours le choix des personnes, et surtout des chefs, comme la chose la plus essentielle. Je suis persuadé que ce maréchal de camp, avec 12 000 hommes seulement, ferait trembler toutes les possessions méridionales des Anglais, et qu'avec une escadre de 12 à 15 vaisseaux on obligerait les Anglais d'y avoir une flotte considérable. Il ne paraît pas que cette diversion soit difficile à préparer, sans même que le ministère britannique en ait la moindre connaissance. On pourrait, dans le même temps, rassembler dans les ports d'Espagne une autre escadre et un armement d'embarquement pour la Méditerranée. Cet armement serait destiné à menacer Gibraltar. Je ne demanderais encore pour cette seconde diversion que de fortes démonstrations, dans lesquelles même la lenteur des Espagnols et le manque d'habileté de leur chef ne serait pas d'un dommage irréparable, puisqu'il ne s'agirait, de même qu'à la Jamaïque, que d'attirer une flotte anglaise dans la Méditerranée et un renfort considérable pour la garnison de Gibraltar.

« C'est à ces deux objets, pour lesquels, lorsque le moment du secret serait passé, il faudrait un grand étalage, que je bornerais les diversions des Espagnols. C'est à les préparer avec soin et sans nulle ostentation que devrait se fixer, dès aujourd'hui, [l'attention] de S.M. Catholique. Il n'y a rien en cela qui soit au-dessus des forces de l'Espagne, rien qui ne soit très relatif à ses intérêts. On doit donc espérer que cette puissance se chargerait de ce soin et remplirait avec fidélité et empressement les engagements qu'elle prendrait à cet égard.

« Quant à la France, les objets dont elle se chargerait se réduisent également à deux points : le premier, qui ne serait, ainsi que les opérations espagnoles, qu'une diversion, regarderait Minorque ; c'est pour faire une seconde invasion dans cette île et s'emparer de Mahon que j'ai conservé toutes les forces de la Méditerranée. Si l'on y réussissait avec autant de bonheur qu'en 1756, on aurait porté un coup assez sensible aux Anglais, mais pourvu qu'on les obligeât de courir au secours de cette possession et d'y employer

1. Alexander O'Reilly, Irlandais, avait combattu deux ans dans l'armée du maréchal de Broglie.

des forces considérables de terre et de mer, on n'aurait pas à regretter les frais de ces démonstrations qui n'occuperaient qu'une partie des vaisseaux de la Méditerranée, dont le surplus devrait être envoyé aux îles de Bourbon pour y exécuter un ancien projet de M. de La Bourdonnais[1] qui consiste à aller croiser vers le détroit de la Sonde, dans les mers des Indes, pour y enlever tous les navires anglais qui s'y trouveraient, opération qui se ferait également au moment de la rupture dans toutes les mers et dans tous les ports des deux couronnes.

« Il est facile de se rappeler l'avantage énorme que pareille conduite a procuré aux Anglais au commencement de la guerre qui vient de finir, et cela suffirait seul pour se déterminer à ne pas le négliger lorsqu'on sera obligé de renoncer à la paix. La France serait même alors exempte de l'odieux que cet acte de mauvaise foi répandit sur les résolutions de l'Angleterre, puisque ce ne serait qu'une juste représaille de l'injustice avec laquelle cette puissance en a usé, au moment de la déclaration de guerre, en manquant nommément par là aux stipulations du traité d'Utrecht, et qu'elle a soutenu, avec non moins de scandale, à la paix, en refusant de restituer les vaisseaux dont elle s'était uniquement [*sic*] emparée.

« Il faut cacher le parti de déclarer la guerre, que cette démarche décèlerait, en disant que c'est une représaille de ce qui fut fait en 1756 et que, si l'Angleterre veut rendre justice à cet égard, on fera une compensation avec elle.

« On peut regarder comme un bonheur inestimable d'avoir un prétexte si légitime de devenir les agresseurs, dès que le despotisme de l'Angleterre rendra une rupture inévitable, puisque c'est du début des opérations militaires que dépend ordinairement tout le succès d'une guerre. En s'emparant des navires marchands de l'ennemi, on y gagne de le priver d'un nombre immense de matelots qu'il ne saurait employer sur ses flottes et, de plus, on jette la confusion dans la nation qui, étant toute commerçante et ayant d'un autre côté voix active dans les délibérations du gouvernement, ressent également les plaies qu'elle endure

1. La Bourdonnais avait été gouverneur des îles de Bourbon et de France, aujourd'hui appelées Réunion et Maurice.

comme citoyen et les embarras attachés à l'administration dans des circonstances si délicates.

« Le plan d'opérations que j'ai tracé jusqu'ici, Sire, tant pour l'Espagne que pour la France, ne consiste qu'en diversions indépendantes les unes des autres, qui n'ont donc pas besoin d'être combinées et dont le succès n'est pas absolument nécessaire pour avoir rempli le but principal qu'on se serait proposé et avoir porté à l'Angleterre le coup irrémédiable qu'on s'occupe ici de lui préparer. Enfin, elles auront procuré suffisamment d'avantages, si, comme cela est inévitable, elles ont fait sortir des ports et de l'intérieur de la Grande-Bretagne une partie des forces de cette puissance. C'est alors, Sire, qu'il s'agira d'exécuter le grand projet qui fera la gloire du règne de V.M., le salut de son État, et la mettra à portée de ne plus songer qu'à faire le bonheur de ses peuples.

« V.M. a vu qu'elle avait entre ses mains les moyens de l'exécuter. Il lui a été possible de les faire reconnaître en secret ; il [le] lui est encore de former directement et sans le secours de son ministère un concert avec S.M. Catholique ; cela est peut-être même préférable à employer à la forme ordinaire quand il s'agit de resserrer des nœuds formés par le sang et fondés sur une estime et une amitié réciproques. Mais pour rassembler les moyens déjà reconnus, pour faire placer imperceptiblement les troupes, les magasins de tout genre, les dépôts d'armes et d'artillerie, enfin les vaisseaux de guerre et de débarquement qui doivent être employés à l'invasion de l'Angleterre, ce ne peut être, Sire, que l'ouvrage de V.M., dans lequel les instruments cachés et non autorisés à donner des ordres ne peuvent lui servir. Il faut donc qu'il lui plaise de prendre la peine de les donner elle-même à chacun de ses ministres, suivant les départements dont ils sont chargés, ou de choisir parmi eux ceux à qui elle voudra confier la direction de cette affaire. Il paraît suffisant que les ministres de la Guerre, de la Marine et des Affaires étrangères en soient instruits, puisqu'ils sont les seuls qui aient à préparer des moyens. Ce dernier doit particulièrement en être informé, pour diriger toutes les négociations vers ce grand objet, car, quoique l'Espagne soit la seule qui doive être instruite des vues de V.M., il n'en est pas moins nécessaire de prendre avec toutes les autres puissances de l'Europe des arrangements qui y sont relatifs. Il en est surtout, comme la Hollande, la Suède et le Danemark, avec lesquels il serait bien utile de former des liaisons propres à défendre leur commerce réciproque contre le despotisme et l'arbitraire de l'Angleterre. Il ne doit pas être difficile de leur faire sentir que les avantages que la nation anglaise a remportés pendant la guerre dernière la rendent indépendante, pour le commerce, de toutes les autres puissances, pendant que celles-ci ne pourront plus participer aux profits qu'elles partageaient précédemment avec cette nouvelle reine des mers. Quoi de plus facile que de rendre odieux un ascendant aussi contraire à l'équilibre que toutes les puissances maritimes doivent désirer de rétablir ! On ne doit pas avoir de peine à persuader que, pour y parvenir, il est nécessaire de former de ces associations maritimes semblables à celle qui a uni dans la dernière guerre la Suède et le Danemark [1]. Rien ne serait plus propre à faire respecter les pavillons respectifs de toutes les puissances qui y auraient part. Et en stipulant dans ces actes d'association des secours en vaisseaux de guerre en temps de guerre, de refuge et d'asile pour les armateurs, assurés dans les différents ports [de] la préférence pour l'importation et l'exportation des marchandises de la puissance qui aurait la guerre avec l'Angleterre, on présenterait un appât capable de séduire toutes les nations qui ont quelque intérêt à s'opposer au despotisme de la marine anglaise, ainsi qu'à l'avidité et au brigandage de ses corsaires, et l'on préparerait par ces associations un nouveau genre de diversion, puisque les Anglais seraient par là obligés d'employer une partie de leurs forces au maintien et au soutien de leur commerce. C'est par des insinuations semblables qu'on peut adroitement et sourdement soulever toutes les puissances et leur ouvrir les yeux sur un système aussi préjudiciable que celui dont les écrits anglais parlent chaque jour, et il suffirait peut-être pour cela de traduire leurs ouvrages dans les langues de tous les pays où il nous importerait qu'ils fussent lus et entendus, ou même simplement en français.

« En même temps, Sire, que le ministre des Affaires

1. Dès la première année de la guerre, Suède et Danemark avaient armé en commun une escadre pour protéger leurs navires de commerce.

étrangères de V.M. aurait à diriger avec soin et habileté les négociations vis-à-vis des puissances maritimes de l'Europe, il devrait également s'occuper de resserrer de plus en plus les nœuds qui unissent aujourd'hui la France avec la cour de Vienne. Son alliance nous serait très utile pour maintenir l'établissement fragile de deux princes de la maison de Bourbon en Italie, pour entretenir la tranquillité dans l'Empire et dans le reste de l'Europe, et surtout pour priver l'Angleterre d'une alliée qui, avec l'argent de cette puissance, pourrait nous être très nuisible. Une des utilités à tirer des liaisons avec la cour de Vienne et la Suède, c'est de prévenir une guerre de religion, qui se prépare par l'union de l'Angleterre avec toutes les puissances protestantes qu'elle soutiendra de son argent. Donc, en détruisant cette puissance, nous prévenons une guerre qui serait bien longue. L'essentiel est d'avoir la paix avec tout le reste de l'Europe, pour pouvoir tourner tous nos efforts contre l'Angleterre et lui porter un coup dont elle ne puisse jamais se relever.

« Je ne saurais m'empêcher, Sire, d'ajouter ici une observation bien essentielle. Le projet qui fait le sujet de cette lettre est en même temps le plus grand et le plus facile de tous ceux qu'on pourrait se proposer. Il est grand en ce qu'il concentre toutes les vues politiques qu'un gouvernement sage peut former, qui est la destruction d'un ennemi irréconciliable dont la puissance s'accroît chaque jour par l'opinion et par la réalité. Il est facile en ce qu'il ne dépend que de la seule volonté de V.M., avec le concours, à la vérité, du roi d'Espagne, dont le consentement est assuré par l'intérêt inestimable qu'il trouvera dans son exécution. Il est facile encore en ce que cette opération n'exige qu'un effort momentané ; elle ne peut durer qu'une année pendant laquelle le succès doit en être décidé. Enfin, elle exige peut-être moins de dépense que les projets de défendre et soutenir vos colonies en y envoyant des flottes et des troupes ou d'aller attaquer celles des ennemis. Il faut faire courir à l'Angleterre des hasards plus capables de lui en imposer et faire voir de près aux citoyens de Londres — que la guerre éloignée enrichit — les malheurs de la guerre et faire essuyer à leur commerce une perte considérable. Si l'entreprise réussit, comme on aurait lieu de s'en flatter, elle porte sur le crédit, qui fait toute la force de l'Angleterre, sur le papier, enfin sur la banque, l'Échiquier et toutes les compagnies de commerce, qui donneraient alors la loi au roi et à tout le ministère britannique[1].

« Je terminerai, Sire, cette volumineuse dépêche par une réflexion qui me paraît décisive. Non seulement le projet de faire une invasion en Angleterre est grand, facile et le seul qui soit propre à rendre à la nation française son ancienne splendeur ; j'oserai ajouter encore qu'il est nécessaire, puisque, sans cela, les Anglais ne cesseront d'en user avec nous avec une supériorité qu'on ne saurait soutenir, jusqu'à ce qu'ils trouvent le moment favorable de nous déclarer la guerre pour s'emparer de nos colonies à sucre qu'ils nous ont restituées avec tant de peine. Puisque donc la guerre est inévitable, ne vaut-il pas mieux s'y préparer avec soin et nous procurer l'avantage de l'offensive, que de rester dans l'humiliante position où nous nous trouvons et dans l'incertitude de la défense que nous aurons à opposer ?

« Il ne me reste qu'à supplier V.M. d'excuser la longueur de cette lettre. La quantité de matières qui y sont traitées n'a pas permis de la rendre plus courte, quoique je n'aie fait qu'effleurer, pour ainsi dire, chaque objet. Je ne perdrai pas un moment à les détailler par des mémoires séparés auxquels le S. de La Rozière et moi nous ne cesserons de travailler. Je désire que V.M. daigne être contente de son ouvrage, qui est fait avec une intelligence et une netteté peu communes, et j'ose espérer qu'elle trouvera qu'il justifie l'opinion que j'ai de lui et de ses talents, et dont j'ai eu l'honneur de lui rendre compte. Je doute qu'il y ait beaucoup d'autres officiers qui en réunissent de pareils et qui puissent être aussi utiles au service de V.M. Quant à moi, Sire, je continuerai à rassembler tous les matériaux dont V.M. peut avoir besoin pour perfectionner son ouvrage et je prendrai, si elle le trouve bon, la liberté de lui exposer successivement les ordres qu'il conviendra de donner à ses

1. Le comte de Broglie estimait indispensable d'affaiblir l'économie britannique — banque et crédit notamment — en portant la guerre sur le sol anglais, afin de faire comprendre aux compagnies de commerce, sorties fort enrichies de la guerre de Sept Ans, qu'un conflit pouvait ne pas être une bonne affaire. Après cette leçon, les marchands de Londres, quittant leur bellicisme traditionnel, exigeraient du roi et du gouvernement un prompt retour à la paix.

différents ministres, dès qu'elle aura daigné prendre un parti décisif à cet égard. Je suis, etc. »

Quatre lettres suivront, du 16 au 27 juin 1765, accompagnées de mémoires ampliatifs et de cartes. Il faudrait les citer toutes les quatre. Le comte de Broglie est comme porté par un enthousiasme patriotique. Il évoque le passé, les grandes heures du royaume, la politique du cardinal de Richelieu, et, au risque de déplaire, donne sans fard le tableau d'une France abaissée dont la nullité diplomatique est patente depuis tantôt dix ans. Son exaltation n'empêche pas la lucidité. Il dit les finances exsangues et la nécessité pour l'État de rembourser ses dettes. Mais il martèle inlassablement son argument : puisque la guerre est inévitable, il faut se donner l'avantage de l'offensive et agir la main dans la main avec l'Espagne. À elle les diversions sur Gibraltar et la Jamaïque, à quoi s'ajoutera une descente en Irlande, toujours prête à se dresser contre le joug anglais, tandis que la France, de son côté, aidera le prétendant Stuart à soulever l'Écosse. Le débarquement en Angleterre est minutieusement organisé. Les troupes marcheront sans équipages, pour préserver le secret de l'opération et accélérer leur rassemblement dans les ports d'embarquement, lequel devra être bouclé en six semaines. Protégés par des escadres franco-espagnoles, les transports lâcheront soixante mille hommes sur les plages de Rye, Winchelsea, Hastings et Pevensey. Ses forces éparpillées par les diversions préalables, privée de matelots, pauvre en soldats, comment l'Angleterre résisterait-elle à un tel assaut ? Il suffit de vouloir. Tout repose sur la seule volonté de Louis XV et de son cousin germain Charles III. Si les rois de France et d'Espagne conjuguent leurs efforts, « de quoi ne peuvent-ils point venir à bout ! Faudrait-il une autre base pour mouvoir l'univers ? ».

L'avant-dernière lettre, qu'accompagne une « Conclusion des différents mémoires envoyés à S.M. », laisse percer de l'inquiétude. Charles exprime le souhait « qu'il plaise [à V.M.] de me faire connaître si ce travail a pu mériter quelque approbation de sa part. Comme je ne désire que de me conformer à ses vues et que je ne cherche qu'à les suivre, à les développer et à en préparer l'exécution, il m'est bien essentiel qu'elle daigne m'apprendre si mon zèle ne m'égare pas et si je ne vais pas au-delà de sa volonté. »

Dans sa dernière lettre, Broglie insiste sur la nécessité de soumettre la totalité des plans au marquis d'Ossun, qui jouit de « la confiance sans bornes du Roi d'Espagne ». Il propose d'envoyer La Rozière ou de se déplacer en personne : « Je me trouverai très heureux de remettre à M. le marquis d'Ossun tout mon travail. Je lui servirai très volontiers de secrétaire et je serai aussi comblé que la négociation, passant par ses mains, réussisse comme si l'honneur pouvait m'en revenir. » Cet accès d'humilité, rare chez notre homme, indique assez à quel point la grandeur et la nécessité du projet, dont le concert avec l'Espagne doit être l'axe secret, enflamment sa passion.

Dégoût de l'affaire d'Éon ? Apathie dont nous n'avons déjà eu que trop de preuves ? Louis XV, qui, au commencement, avait si vivement approuvé le projet, reste silencieux. Aucune réaction, positive ou négative. Ni lettre à Broglie ni billet à Tercier, fût-il de trois lignes. Rien.

X

Jean-Pierre Tercier mourut subitement le 21 janvier 1767 vers six heures de l'après-midi.

Le comte de Broglie était à Ruffec. Il gagna Paris en deux jours. L'habitude du ministère des Affaires étrangères, quand l'un de ses agents décédait, était de mettre chez lui les scellés et de saisir ses correspondances politiques. Tercier avait été premier commis et, s'il n'appartenait plus au ministère, Choiseul, puis Praslin lui avaient confié des travaux justifiant l'application de la procédure ordinaire. Durand, chef du dépôt, c'est-à-dire des archives, était par fonction chargé de cette besogne. Le lendemain du décès, il écrivit à Choiseul : « Monseigneur, j'appris hier sur les neuf heures du soir la mort de M. Tercier. Je ne tarderai pas à prendre les mesures convenables pour la sûreté des papiers du dépôt. »

Dès le 24 janvier, Charles organisa le transfert à son hôtel de la rue Saint-Dominique des dossiers du service conservés cul-de-sac Saint-Hyacinthe. Il avait écrit au roi dès réception de la nouvelle du décès. Sa lettre est malheureusement perdue. On eût aimé lire ce que lui inspirait la disparition de celui qui était depuis si longtemps son complice, son confident, à la fin un ami. Le roi lui avait répondu : « Madame Tercier doit se tranquilliser, car je ferai tout ce qui me sera possible pour elle et sa famille. »

Charles est rien moins que tranquille. Il loge à Versailles chez Durand, au dépôt des Affaires étrangères. Le 26, Durand, convoqué par Choiseul, revient avec de sinistres nouvelles. Le ministre a déblatéré contre Tercier, « occupé d'autres objets que ceux qui paraissaient, qu'il y avait quelque chose là-dessous, que bien des personnes y étaient mêlées... ». Son indignation contre « l'inconduite et l'infidélité » de l'ancien premier commis le porte à des représailles contre sa famille : la veuve et les deux filles recevront les pensions prévues, mais le fils, né après le renvoi de Tercier, n'aura rien. Choiseul a chargé Durand de saisir les papiers du défunt. De ce côté, aucun danger. Mais Charles redoute des inquisitions plus poussées. Marie-Marthe Tercier sait l'existence du Secret. Ses parents, qui habitent avec elle, ont vu maintes fois le trio dirigeant du service conférer dans le cabinet de Tercier. Les secrétaires affiliés fréquentaient évidemment la maison. Si tout ce monde est fourré à la Bastille, comme l'ont été Drouet et Hugonet (lequel s'y trouve encore, se montrant « discret et courageux »), ou au moins soumis à des interrogatoires poussés, comment ne pas prévoir des affaissements ? Charles expédie aussitôt au roi une lettre écrite à la diable, en tête de laquelle il met cette phrase : « Je supplie Sa Majesté de la lire sur-le-champ et tout entière, quoique longue et mal écrite, dont je fais mes très humbles excuses. » Il sollicite l'autorisation de rencontrer Sartine, dont les commissaires conduiront les éventuels interrogatoires, et demande des secours pour les Tercier. Pour ce qui le concerne, il prévoit bien que « les accusations de plat et bas intrigant reparaîtront », mais il se sacrifiera de bon cœur au service du roi.

Louis XV répond le jour même : « Le comte de Broglie dira de ma part à madame Tercier que la satisfaction que j'ai des services et de la fidélité de feu son mari m'engage à donner à son fils deux mille livres de gratification annuelle pour son éducation, lequel ni personne ne doit en avoir de connaissance. J'exige donc d'elle qu'elle en garde un profond secret, ainsi que sur tout ce dont elle a pu avoir connaissance des relations que le sieur Tercier, par mes ordres, entretenait avec moi. Mon intention est que le comte de Broglie prenne chez lui le sieur Sévin pour porter des paquets de la correspondance secrète, et qu'il lui donne soixante livres par mois qu'il portera sur les dépenses secrètes dont il a connaissance. Le comte de Broglie ira chez M. de Sartine et lui remettra la lettre ci-jointe, après quoi il se concertera avec lui sur les moyens à prendre de prévenir et de parer aux éclats que les soupçons contre le sieur Tercier pourraient occasionner, et il me rendra compte exactement de tout ce qui se passera à cet égard, par la voie de Le Bel ou de Guimard, lesquels suivront la même route du feu sieur Tercier, tant pour recevoir que pour faire lever les paquets. »

François Sévin, que Broglie doit prendre à son service, était le domestique de confiance de Tercier. Il transmettait la correspondance du service et recevait les réponses portées par Le Bel, premier valet de chambre du roi, ou Guimard, garçon du château, préposé aux Petits Appartements. Détail significatif de la faculté de dissimulation de Louis XV : lorsque Sévin, après la mort de son patron, a remis la première lettre de Broglie à Le Bel, celui-ci, étonné, a d'abord refusé de s'en charger, et n'a fini par y consentir que sur l'affirmation du courrier que le comte avait accoutumé de travailler avec Tercier ; ainsi Le Bel lui-même, confident des plaisirs érotiques du roi, son principal entremetteur, fournisseur attitré du Parc-aux-Cerfs, ignorait-il tout du rôle occulte de Charles de Broglie[1].

Le même jour, 26 janvier, second billet du roi : « M. le duc de Choiseul m'a dit hier au soir qu'on lui avait dit que Tercier pouvait avoir de mes lettres ; je lui ai répondu que je ne le croyais pas, mais que comme ayant été commis,

1. Ordinairement, et pour éviter des allées et venues à Versailles, où mille paires d'yeux étaient aux aguets, les paquets, comme on disait alors, étaient portés par Sévin au Louvre sous double enveloppe au nom de Le Bel, et reçus sans qu'un mot fût échangé par Michel Duc, commandant inspecteur du Louvre. La correspondance dans l'autre sens s'effectuait de même manière.

apparemment qu'il y enverrait quelqu'un, et il me dit que ce serait Durand. Je suis donc tranquille, puisque vous m'assurez devoir l'être, et de plus Durand m'est bien sûr. »

Choix surprenant que celui du Premier ministre de fait : désigner Durand, que ses soupçons n'ont pas épargné, c'est envoyer le Secret perquisitionner le Secret. Il est possible que la suspicion de Choiseul, qui remontait à l'époque où Durand servait à Varsovie, se soit émoussée au fil des années. Plus vraisemblablement, il n'aura pas voulu, en désignant un homme à lui, susciter une épreuve de force avec le roi. De toute façon, le ménage ayant été fait, la moisson de M. le Prudent fut maigre. L'inventaire des papiers saisis indique bien « un mémoire sur l'Angleterre, pour les dispositions d'une descente », mais il s'agit d'un plan élaboré au cours de la dernière guerre. La liste se poursuit avec les minutes des copieux mémoires sur l'Espagne rédigés par Tercier, des liasses de lettres écrites trente-cinq ans plus tôt par différents ministres au marquis de Monti, ambassadeur en Pologne, un carton blanc contenant des pièces relatives au traité d'Aix-la-Chapelle, vieux de dix-huit ans, un carton brun recelant « des mémoires relatifs à la politique », un mémoire sur les méthodistes, un autre sur le commerce de la Russie, un troisième sur les droits de la France sur la Toscane, des « anecdotes sur l'expédition de M. Champeaux », et un grand nombre de « dissertations académiques ». Choiseul, point dupe, reçut le tout avec ce commentaire : « On s'est levé avant nous. »

*

* *

Tercier avait paru se rétablir heureusement de sa première attaque d'apoplexie. Son beau-père, Jean-Baptiste Baizé, fils de ce célèbre avocat qui, en 1733, l'avait présenté à l'ambassadeur Conti, en partance pour la Pologne, déterminant ainsi son destin — Baizé s'était entretenu avec lui quelques heures avant sa mort. L'attaque fatale le frappa dans la solitude de ce cabinet où il passait l'essentiel de sa vie laborieuse. Ses seules joies étaient familiales. Ses collègues de l'Académie des inscriptions et belles-lettres le diront dans le style convenu de l'éloge funèbre : « La vie domestique de M. Tercier fut un beau jour sans nuages. Le calme de son âme répandait autour de lui une joie douce et toujours égale. Civil, obligeant, fidèle à tous les devoirs de la société, il en évitait le tumulte ; il savait se renfermer dans un petit cercle d'amis et prêter le moins de surface qu'il était possible à la malignité humaine... Jamais il n'était plus à son aise qu'au milieu de ses enfants, qu'il chérissait sans faiblesse. »

Il mourait à soixante-trois ans, prématurément usé par un travail écrasant (« Plus laborieux qu'aucun homme que j'aie vu », écrira de lui Charles de Broglie, qui n'avait rien d'un fainéant), et à coup sûr miné par la tension où le maintenaient depuis trois ans les incartades de d'Éon, aggravées par l'arrestation de Drouet et d'Hugonet (« Je crois bien, écrit Charles au roi, que les inquiétudes que lui ont causées les affaires de d'Éon et de Drouet, que j'avais bien de la peine à calmer, n'ont pas peu contribué à sa fin. »)

Il était irremplaçable. Où chercher un homme possédant une pareille connaissance de l'Europe, formée d'abord par l'action sur le terrain, puis nourrie au fil de tant d'années passées au sommet de la diplomatie officielle et au cœur de la secrète ? Où trouver une telle capacité de travail jointe à autant de discrétion ? Plus que Broglie lui-même, il jouissait de la confiance du roi, qui le savait dépourvu d'ambition mondaine et à l'écart des clans. Il fallait néanmoins tenter de remplacer cet homme irremplaçable.

Charles de Broglie possédait la réputation d'un homme entier, portant haines et amitiés à toute extrémité. Claude Rulhière, secrétaire et ami du baron de Breteuil, écrira de lui après sa mort, dans l'un de ces portraits contrastés comme on les aimait à l'époque : « Ami et protecteur ardent et fidèle, ennemi implacable, opiniâtre, livré sans relâche et sans trêve à la fureur de ses animosités... Inspirant au petit nombre de ceux qui l'approchaient un attachement qui allait jusqu'au fanatisme, ne pardonnant rien à ceux qui ne lui étaient pas dévoués, etc. » Tout cela n'était sans doute pas faux, mais Charles savait surmonter ses rancunes, au moins dans l'exercice de ses fonctions de chef du Secret, puisqu'il proposa Jean-Antoine Monet pour succéder à Tercier.

Lorsque le général Monet était rentré de Varsovie après y avoir tenu le rôle que l'on sait, Charles, fort irrité contre lui, lui avait fait malgré tout bon visage. Monet conseillait plus que jamais de miser sur Poniatowski, qui devrait fatalement s'appuyer sur la France pour contrebalancer l'influence de ceux qui le faisaient roi. Sachant l'inféodation du général aux Czartoryski, Broglie restait sceptique. Quant aux avances de Poniatowski, il considérait qu'il faudrait « beaucoup d'examen de notre part avant de se livrer à la franchise qu'il affecte ». Louis XV montrait une même méfiance. Après avoir conféré avec Tercier et Durand, Charles écrivit cependant que, faute d'avoir pu se procurer les avantages d'un roi élu avec le soutien de la France, « si on les obtient également par celui que la Russie aura porté, ce sera un de ces événements que la fortune aura amené et dont il sera bien important de profiter ». En attendant, Monet, installé à Vaugirard, entretenait une correspondance suivie avec Stanislas, dont il montrait toutes les lettres à Broglie. Celui-ci suggéra à Louis XV, mais en vain, de l'envoyer à Varsovie pour commencer de rabibocher la France avec le nouveau roi de Pologne, le trouvant « plus propre qu'aucun autre à préparer les voies de l'ambassadeur de V.M. ». Monet, modeste, continuait quant à lui de solliciter un emploi « pour les places du second ordre ».

Il eut la place de Tercier, laquelle, quoique occulte, n'était pas du second ordre. Connaissant son roi, Broglie le proposa en soulignant que sa nomination présenterait l'avantage de ne pas élargir le cercle des initiés, puisqu'il était déjà affilié au Secret, tout comme sa femme (Charles avait envisagé un moment de choisir un abbé pour s'épargner les risques inhérents à la conjugalité). Au surplus, « il a une connaissance parfaite des affaires du Nord, il aime le travail, est fort retiré et est hors de toute autre carrière ». Trait de caractère bien vu par Rulhière : dès lors que Broglie prend un homme sous son aile, cet homme n'a plus que des qualités ; ainsi écrit-il de Monet, dont il avait si rudement critiqué la conduite à Varsovie : « Il s'est parfaitement bien conduit en Pologne et, si on l'eût laissé faire, il aurait sûrement rapproché le Roi de Pologne de l'alliance de la France... »

Ordre de Louis XV du 2 avril 1767 : « Les bons témoignages qui m'ont été rendus par le comte de Broglie de la probité et de la capacité du général Monet, et de son attachement à mon service et à ma personne, m'ont déterminé à le choisir pour remplacer le feu S. Tercier et à le charger du travail auquel il était occupé sous la direction du comte de Broglie, à qui il m'a plu d'accorder ma confiance à cet égard. Mon intention est que le général Monet se conforme à tout ce qui lui sera prescrit pour ce travail par ledit comte de Broglie, qu'il garde le secret le plus inviolable de tout ce qui lui sera confié et de tout ce qui, dans la suite, pourrait venir à sa connaissance par les différentes correspondances dont il aura communication, etc. » Monet recevra six mille livres par an.

Hommage posthume à la formidable capacité de travail de Tercier : même le laborieux Monet ne pouvant assumer la totalité de l'héritage, ils seront trois à se partager les tâches du défunt. Au général la gestion des correspondances et le rôle de plaque tournante. Dubois-Martin, secrétaire de Broglie, tiendra les finances du service. Jacques Chrétien, l'ami de La Rozière récemment recruté, s'occupera du chiffrement et du déchiffrement des dépêches. Pour limiter ses déplacements, qui pourraient éveiller les soupçons, Monet quitte Vaugirard et vient s'installer à proximité de l'hôtel de Broglie.

Il ne sera jamais Tercier. Les billets du roi se feront beaucoup plus rares et ne témoigneront pas de la confiante familiarité dont bénéficiait son prédécesseur. Il ne le remplacera pas dans son rôle de confident de Charles de Broglie, réduit désormais à se reposer sur les conseils de Durand. Mais il fera tourner la machine avec dévouement, compétence et discrétion.

*
* *

Jean-Pierre Tercier, que nous suivions et aimions depuis sa vingt-cinquième année...

Un adieu.

*
* *

Il laissait une veuve et trois enfants : deux filles âgées de seize et quatorze ans, un garçon de cinq ans. Marie-Marthe Tercier recevrait du ministère une pension de deux mille livres, augmentée de mille livres pour chaque fille. Louis XV, grâce à Charles, venait d'accorder au fils, sur la caisse secrète, une pension de deux mille livres. La famille disposait donc pour vivre de six mille livres par an. Mais

Marie-Marthe avait à sa charge deux neveux et une nièce, enfants d'un frère de son mari décédé en 1759.

C'est l'affolement devant la misère prochaine. Son mari à peine enterré, Marie-Marthe adresse un mémoire en forme de supplique à la reine Marie, qui n'a jamais oublié les services rendus par Tercier à son père Stanislas : « Indépendamment de la perte immense que le feu S. Tercier a fait en quittant sa place de premier commis, il en a supporté encore une très considérable par la suppression des croupes dans les postes où il avait un intérêt qui lui produisait plus de vingt-cinq mille livres de rente, ce qui a totalement ruiné sa fortune propre. Mais la perte que sa veuve fait actuellement par la mort de son mari est irréparable, si Sa Majesté ne daigne pas l'honorer de sa protection auprès de M. le duc de Choiseul pour lui faire obtenir du Roi la pension en entier de six mille livres sur le trésor royal et celle de six mille livres sur la poste à partager par portions égales entre les trois enfants. » Les supplications n'auront pas de cesse. Inlassablement, la malheureuse femme s'efforcera de grappiller quelques miettes pour nourrir sa nichée, appuyée comme bien on pense par un Charles de Broglie toujours ardent à soutenir les siens. À lire les mémoires conservés aux archives des Affaires étrangères, et qui forment l'essentiel du dossier Tercier, le cœur se serre au spectacle d'une famille si estimable précipitée dans la misère par la mort du père et l'ingratitude des puissants.

Temps heureux où le fisc avait un bandeau sur les yeux ! L'archiviste-paléographe Jean-Pierre Samoyault, qui a eu entre les mains le testament de Tercier, nous révèle qu'il laissait un capital supérieur à quatre cent cinquante mille livres, essentiellement placé en rentes [1]. Ses dettes ne montaient qu'à huit mille livres. L'éminent archiviste, après avoir étudié les ressources de Tercier, s'avoue incapable d'expliquer comment il a pu accumuler pareille fortune. Bussy, son collègue aux Affaires étrangères, laissera lui aussi un capital considérable, mais nous savons à présent qu'il s'était vendu aux Anglais, et ceci peut expliquer cela. Tercier se situant de ce point de vue au-dessus de tout soupçon, il nous faut nous borner à prendre acte d'une richesse

1. *Les Bureaux du secrétariat des Affaires étrangères sous Louis XV*, par Jean-Pierre Samoyault, Paris, 1971.

acquise par des voies certainement fort honnêtes mais à jamais mystérieuses. Richesse au demeurant relative. Quatre cent cinquante mille livres représentent un capital considérable pour un Tercier. Casanova en a dilapidé trois cent mille pendant son séjour de neuf mois à Londres : l'argent est pour lui le bélier capable d'enfoncer les barrières sociales les plus solides. Il demeure que Marie-Marthe possédait largement de quoi assurer le présent et l'avenir des six enfants à sa charge [1].

Pauvres gens ! Du haut en bas de l'échelle sociale, le siècle n'est qu'un long sanglot sur la ruine imminente, la misère angoissante, la famine menaçante. Cette ambiance catastrophique ne s'explique pas seulement par l'hypocrisie ordinaire qui enveloppe de guenilles le sacro-saint égoïsme. Les Français croient de bonne foi que le royaume se dépeuple et s'appauvrit, alors que la réalité est inverse. Moins sincères, les parlements multiplient les descriptions lugubres ; leurs remontrances donnent le sentiment que le peuple sera bientôt réduit à l'anthropophagie pour survivre. Quant à Marie-Marthe Tercier et à ses innombrables pareils, qui doivent quand même bien savoir compter ce qu'ils possèdent, ils pleurent misère pour obtenir encore davantage.

Les Broglie n'échappent pas à la règle. Lorsque le maréchal s'en retourne dans son château après l'accueil pour le moins réservé reçu à Versailles au sortir de la disgrâce, son frère écrit froidement au roi qu'il y est contraint, « la situation de sa fortune, qui est on ne saurait plus mauvaise, ne lui permettant pas de rester à Paris, où il ne saurait avoir un établissement même médiocre », et, avec sa tendance habituelle à donner une dimension internationale aux affaires de famille, Charles va jusqu'à déplorer qu'un tel homme « reste aux yeux de toute l'Europe dans une misère presque honteuse ». Nous possédons le budget du maréchal pour cette année 1767 qui voit disparaître Tercier. Ses terres lui rapportent plus de quarante mille livres. Le maréchalat vaut

1. Il serait vain de tenter d'établir une équivalence avec nos francs actuels, car le coût des produits et des services a évolué de manière à rendre toute comparaison fallacieuse ; ainsi un domestique impliquait-il à l'époque une dépense beaucoup plus modeste qu'aujourd'hui. Rappelons, à titre indicatif, qu'un revenu de huit mille livres par an autorisait un train de vie assez large, avec deux valets, deux servantes, trois chevaux, un cabriolet.

soixante mille livres par an. Le gouvernement de Béthune, que la disgrâce ne lui a pas retiré, en représente près de douze mille, à quoi s'ajoutent les trois mille livres du cordon bleu. De son côté, la maréchale, petite-fille du richissime financier Crozat, apporte au ménage un écot annuel de près de cent mille livres de rente. Les rentrées représentent donc plus de deux cent mille livres, contre des dépenses, charges fiscales incluses, inférieures à cent mille. La « misère », même « presque honteuse », restait supportable. Mais il est vrai que le maréchal, qui avait hérité de sa mère son célèbre sens de l'économie, menait petit train pour un personnage de sa distinction ; on s'ébaubissait de ce qu'il n'employât à Broglie que vingt-sept domestiques, quand on en trouvait cent ou plus dans des châteaux dont le propriétaire n'était ni duc ni maréchal ; Choiseul, toujours magnifique, en avait quatre cents à son service.

Charles, qui ne manque pas de se lamenter sur sa propre indigence, a reçu de ses parents l'hôtel de la rue Saint-Dominique et le terrain environnant, qui permet un fructueux lotissement. La dot de sa femme l'a mis en état d'acheter Ruffec six cent soixante mille livres, dont deux cent mille comptant. La comtesse vient encore d'acquérir pour trois cent mille livres la terre et le château de Canchy, près d'Isigny. Mais les recettes réunies de Ruffec et de Canchy culminent à vingt-cinq mille livres par an, de sorte que Charles, bien pourvu en capital, peut se plaindre de revenus étriqués.

Pour des indigents de cette qualité, un seul recours : la manne royale sous la forme d'une charge, honorifique ou non, mais lucrative ; ainsi de Choiseul, passé du néant financier à la plus grande richesse, et qui, comblé par Louis XV, reçoit, grâce à ses charges aussi nombreuses que juteuses, huit cent mille livres par an. Il faut supplier inlassablement, et les plus grands seigneurs du royaume s'adonnent à l'exercice avec autant d'acharnement, et pas plus de bonne foi, que Marie-Marthe Tercier. Charles de Broglie s'y livre comme les autres, avec cet avantage que la correspondance secrète lui donne accès direct à la source de toutes les grâces. Depuis le retour d'exil, au milieu des convulsions de l'affaire d'Éon et des désastres polonais, ses lettres reviennent sans cesse sur la misère des Broglie. En compensation de son gouvernement de Kassel[1], dont la disgrâce l'a privé, il sollicite celui de Port-Louis et Lorient, devenu vacant ; Port-Louis sera donné au chevalier du Châtelet. Il implore pour son frère le gouvernement de Normandie, ou la place de capitaine des gardes du corps, également vacants, et souligne à juste titre que les siens ont eu, depuis quatre générations, l'honneur de commander les armées royales sans obtenir « de ces grâces héréditaires qui fixent la fortune dans une famille ». Le duc d'Harcourt aura le gouvernement de Normandie et le prince de Tingry la place de capitaine des gardes. Il demande pour lui-même le gouvernement de Saint-Malo, ville dont sa mère était originaire, et le verra donner au comte de Montazet. Faute d'obtenir un gouvernement, il supplie le roi de lui accorder les douze mille livres par an que lui valait celui de Kassel, et n'aura même pas une réponse. Nîmes et Saint-Omer étant devenus vacants, il sollicite l'un ou l'autre gouvernement, qui échoiront au prince de Rochefort, un Rohan, et au chevalier de Beauteville. Charles, sans se rebuter, revient à la charge pour ses douze mille livres, invoquant « la dépense qu'exige une nombreuse famille qui augmente tous les jours », affirmation bien un peu fanfaronne, et cite plusieurs exemples de courtisans à qui pareille grâce a été accordée en attendant qu'un gouvernement fût devenu vacant ; ainsi du prince de Beauvau (cinquante mille livres par an), ou du marquis des Salles (huit mille livres). Point de réponse.

La noblesse, deuxième ordre du royaume après le clergé, en était assurément le premier ordre mendiant.

Le vieux abbé n'est plus là pour intercéder en faveur de ses neveux, trottant dans les galeries de Versailles, se faufilant dans tous les salons, même les plus hostiles à la famille, forçant l'antichambre des ministres. Il est mort neuf mois avant Tercier. Dépourvu d'ambition personnelle,

1. Cf. *Le Secret du Roi*, tome 1, p. 563. La superbe défense de Kassel par le comte de Broglie avait été l'une des rares pages glorieuses de la guerre de Sept Ans. On a dit le dépit qu'elle avait donné à Frédéric II. Voltaire, voulant démontrer la richesse de la langue française à un correspondant italien, lui écrivait : « Verrez-vous encore, Monsieur, que le *courage*, la *valeur*, la *fermeté* de celui qui a gardé Cassel et Göttingen malgré les efforts de soixante mille ennemis très valeureux, est un courage composé d'*activité*, de *prévoyance* et d'*audace...* »

il avait mis tous ses talents au service des siens, spécialement Victor-François et Charles, vantant tout haut leurs éminentes qualités et gémissant tout bas sur leur incurable inaptitude au métier de courtisan. Il leur avait procuré l'amitié du dauphin, dont il disait : « Je fais de ce prince et de madame la Dauphine à peu près ce que je veux. » La cour s'effarait de la correspondance qu'entretenait avec le roi cet ecclésiastique peu ordinaire, attifé à la diable, aussi souple et insinuant que ses neveux étaient raides. Pierre-Étienne Bourgeois de Boynes, conseiller d'État, qui vit plusieurs de ses lettres (l'abbé en montrait les copies avec une insouciance rare), commente : « J'ai été on ne peut plus étonné de cette correspondance et surtout du style des lettres. Elles sont écrites avec tout l'esprit possible, mais je n'aurais jamais pensé qu'il y eût quelqu'un qui osât écrire au Roi avec autant de fermeté et surtout de liberté sur tous les désordres des affaires, sur les plaintes de tous les états, et lui mettre sous les yeux un tableau aussi vif de l'état actuel des affaires. » Les citations qu'il donne attestent la merveilleuse méchanceté du vieux abbé, surtout dans la critique des mœurs de ses éminents confrères ecclésiastiques, une animosité féroce contre Choiseul, accusé de malversations, et une constante exhortation à briser la rébellion parlementaire : « La rigueur, voilà le seul remède aux maux dont nous souffrons... Mais il y a tant de gens qui sont entièrement dévoués aux parlements... », et ce, jusque dans le Conseil du roi : nouvelle allusion à Choiseul, qui ménageait en effet la chèvre et le chou. Le vieux abbé, que nous avons vu recourir en faveur de ses neveux à des stratagèmes peu dignes de son état, va jusqu'à écrire que la dauphine, que Louis XV aimait beaucoup, lui est apparue en rêve, qu'elle lui a donné un fouet « pour chasser ceux qui trahissent les intérêts du Roi », et lui fait dire « les choses les plus fortes » contre Choiseul...

Il savait pourtant manier l'éloge. Comme Louis XV lui avait demandé, selon Boynes, « de lui envoyer promptement une liste de tous les sujets que le public désigne pour le ministère et d'y joindre ses notes sur chacun », il répondit sans ambages que Victor-François et Charles possédaient toutes les qualités requises pour devenir, le premier, ministre de la Guerre, le second, ministre des Affaires étrangères. Mais le manque de discrétion de l'oncle lui valut de se faire tirer les oreilles : « M. l'abbé de Broglie, le tança Louis XV, peut monter à cheval tant qu'il voudra pour sa santé ; mais il devrait savoir se taire. Sa langue aurait dû être cousue. On m'a rapporté une partie des choses qu'il m'a mandées, surtout par une de ses lettres dans laquelle il ne s'épargne pas sur les éloges qu'il fait de ses neveux. Ce n'est assurément pas moi qui l'ai dit. Il faut donc que ce soit lui. Je n'ai montré ses lettres à qui que ce soit, et on n'aurait pu les voir qu'avec une double clef de l'armoire où je les ai serrées. Que M. l'abbé de Broglie soit plus discret à l'avenir et qu'il continue à me mander ses services. » Les derniers mots valaient absolution. Louis XV, que les bavardages du vieillard auraient dû exaspérer, comme auraient pu le lasser ses perpétuelles exhortations à faire le roi, ne se résignait pas à renoncer au plaisir de lire ses diatribes incendiaires. D'après Boynes, lorsqu'il n'avait pas reçu son courrier au jour habituel, il relançait l'intermédiaire : « Est-ce que vous n'avez pas de lettre de l'abbé ? »

Choiseul était au courant, comme tout le monde, et affectait plus de mépris que d'irritation. Au terme d'un long mémoire justificatif, il se plaignit au roi de son manque de confiance envers ses ministres, précisant : « La méfiance de Votre Majesté provient des délations qu'elle laisse approcher d'elle. De bonne foi, Sire, pouvez-vous croire qu'un maréchal de Richelieu, une d'Esparbès, un Bertin, un d'Anécourt, un vieil abbé de Broglie soient des sujets dont les opinions puissent altérer la confiance que vos ministres méritent ? N'est-ce pas à vous seul à juger de nos travaux ? Vous êtes on ne peut plus capable d'en juger. Mais, quand nous savons que ces espèces méprisables ont la liberté de vous écrire sur nous, le dégoût s'empare de nos esprits ; vous n'avez plus de confiance en nous et de même nous n'en avons plus en vos bontés et votre estime... » Boynes se trompait : l'abbé de Broglie n'était pas le seul sujet capable de la plus rude franchise avec le roi.

Sa mort privait-elle ses neveux d'un appui à la cour ? C'est selon. Le dauphin, son atout essentiel, avait lui-même disparu. Il avait l'oreille du roi, mais non pas le pouvoir d'infléchir sa volonté. Et ses incessantes et trop ostensibles agressions contre les Choiseul ne pouvaient que renforcer leur animosité envers ses neveux, qu'il finissait par desservir à force de les vouloir trop bien servir.

*
* *

Charles de Broglie a plus que des états d'âme. Le voici parvenu au bord de la cinquantaine. Qu'a-t-il fait de sa vie ? Des débuts prometteurs dans une carrière militaire interrompue par son passage à la diplomatie. Six ans ambassadeur en Pologne. C'est tout. Depuis la fin de la guerre, ni charge ni emploi officiel. Le Secret ? Il doit se ressouvenir de sa réticence à se laisser recruter en 1752 (quinze ans déjà...). Il prévoyait plus de périls que de satisfactions. Louis XV avait dû ordonner. Charles, maintes fois, avait écrit à Conti et à Tercier que son appartenance au service sonnerait tôt ou tard le glas de sa carrière officielle. Prévision tristement justifiée. Il est convaincu que le Secret a déterminé sa disgrâce. Du moins ne l'a-t-il pas empêchée. Il jouit « de la confiance particulière de Sa Majesté ». C'est un privilège rare, et il use abondamment de l'argument pour donner du cœur à ses agents. Mais la très particulière confiance du roi n'a pas épargné à Tercier d'être chassé des Affaires étrangères, ni de mourir usé par les angoisses, tel un malfaiteur sur le point d'être pris. À quoi bon cette confiance si ce sont toujours les autres qui reçoivent grâces, charges et emplois ? Quand Charles compare son parcours à celui de tant de ses contemporains, comment n'en conclurait-il pas qu'il a fait le mauvais choix ? Choiseul, né la même année que lui, se passe aisément d'être dans l'intime confidence royale : il a le pouvoir et la fortune. Et quelle réalité cette fameuse confiance recouvre-t-elle au bout du compte ? Tercier, pour le réconforter dans les moments de doute, lui répétait qu'il était le ministre occulte des Affaires étrangères de Sa Majesté. Mots vides de sens. Il n'a rien pu empêcher en Pologne. L'Angleterre ? Il faut se représenter la somme de labeur — sans parler des risques — investie dans l'affaire : conférences avec Tercier, Durand, La Rozière ; exploitation des renseignements ; mise à jour des cartes ; définition des objectifs et inventaire des moyens ; rédaction des mémoires ampliatifs. Aucune réaction du roi, comme si cet énorme travail était tombé dans un puits sans fond. Ministre occulte ? Brasseur de vent !

L'existence même du Secret se justifie-t-elle encore ? L'affaire polonaise l'exigeait, puisque les chefs du parti patriote qui avaient proposé la couronne à Conti ne voulaient et ne pouvaient agir que dans une stricte clandestinité. La préparation d'une guerre préventive contre l'Angleterre implique à coup sûr beaucoup de discrétion, mais elle ne peut s'opérer qu'avec le concours des ministres, et d'abord du premier d'entre eux, Choiseul, faute de quoi les plans établis par le service resteront lettre morte. La clandestinité n'est pas une fin en soi, mais un moyen. Ne touche-t-on pas au moment où elle va se révéler plus carcan que bouclier ?

Choiseul : l'homme clef. Ses mœurs, son cynisme, ses amitiés avec les philosophes, Voltaire en tête, sa complaisance envers les parlements, en font le contraire de Charles de Broglie. La politique qu'il mène à hue et à dia dans le Nord, et dont on commence de voir les affligeants résultats, consterne la communauté du Secret. Socialement, son clan est à couteaux tirés avec les Broglie. Mais il partage avec Charles un patriotisme humilié et aspire autant que lui à la revanche. Même s'il s'est vanté, après la signature du traité de paix, d'avoir « bien attrapé » les Anglais en obtenant la restitution des précieuses « îles à sucre », il est trop lucide pour ne pas voir l'abaissement des positions françaises en Europe et dans le monde. Venu à l'armée plus tard que Victor-François et Charles, qui y sont entrés encore enfants, d'un courage exemplaire au feu, vétéran de la fameuse retraite de Prague en 1741, escaladant l'échelle hiérarchique avec une vélocité à désespérer un Broglie, puisqu'il devint maréchal de camp à vingt-neuf ans, Choiseul, deux décennies plus tard, conserve en lui assez du militaire pour ne pas supporter le pitoyable spectacle offert par les troupes françaises, à de rares exceptions près, pendant la dernière guerre. On répète à l'envi que les officiers et soldats français témoignaient individuellement d'autant de vaillance que leurs adversaires. Belle consolation ! Une armée est autre chose que la somme des individus qui la composent, et celle du roi de France, corps d'élite compris, a trop souvent fui devant l'ennemi.

Avant même la signature du traité de paix, Choiseul donne le grand coup de balai nécessité par l'état des finances. Les effectifs subissent des coupes claires. Les officiers roturiers, que la guerre avait contraint de multiplier, sont bien entendu sacrifiés les premiers, quelle qu'ait été leur conduite au feu. L'un d'eux, Lantier, fils d'un riche commerçant marseillais, se fait puissamment recommander auprès de Choiseul, mais son colonel, inflexible, écrit au ministre : « Le plus réel privilège qui reste à la noblesse est l'état militaire ; il est fait pour elle ; lorsque des sujets, faits pour un autre état, occupent la place des gentilshommes, c'est une contravention à la règle établie par le souverain... Le militaire doit être composé de la partie la plus pure de la nation, des gens faits pour avoir des sentiments. » Des sentiments ? Le sens de l'honneur, l'esprit de sacrifice, qui ne se trouveraient que dans le sang bleu. Morgue toujours insupportable mais particulièrement grotesque quand elle s'incarne dans ceux qui ont si piteusement tourné le cul à Rossbach, Krefeld, Minden, Fillingshausen, pour ne citer que les plus franches raclées essuyées sous le commandement de « la partie la plus pure de la nation ». Murée dans son orgueil de caste, l'aristocratie ne voit pas à quel point la dernière guerre a ruiné son prestige militaire, qui fonde ses privilèges. Ils sont en train de naître, les fils de palefreniers, chaudronniers, cabaretiers, forgerons, qui, sortis de « la lie du peuple », balaieront l'Europe à la tête des armées révolutionnaires et impériales, faisant trotter les fiers seigneurs d'en face à la pointe de leur sabre, jouant aux quilles avec les trônes ; et, la sanglante aventure épuisée, les rois pourront bien revenir en France, tenter de rapetasser le décor, ranimer les vieilles institutions : ils échoueront à ressusciter l'ordre ancien dans l'esprit public qui seul pouvait le légitimer, car vingt années épiques auront à jamais ruiné la croyance — principe même de l'Ancien Régime — qu'il existait dans la nation une classe possédant par naissance l'exclusivité des « sentiments ».

Charles de Broglie, pourtant si peu morgueux (le métier du service secret, tout individuel, interdit de raisonner par catégories), n'échappe pas complètement au siècle de la distinction. Harcelant Louis XV pour obtenir la libération d'Hugonet, qui moisit toujours à la Bastille (il y restera détenu près de deux ans et demi), Charles a cette phrase : « Qu'il me soit permis d'espérer, Sire, qu'elle [V.M.] daignera être sensible à l'infortune d'un malheureux qui m'intéresse d'autant plus qu'il me paraît très honnête homme, et la probité n'en est pas moins respectable quoique dans un sujet d'un état si peu relevé. » Confondante perversion intellectuelle ! L'esprit de caste devrait conduire à admirer qu'un Hugonet témoignât de qualités au-dessus de sa condition, mais notre comte demande en somme au roi de vouloir bien oublier cette sorte d'incongruité sociale que représente un domestique honnête et probe, pour ne retenir que les vertus qui ont eu la fantaisie de venir se nicher chez un pareil sujet. À moins que Broglie n'ait choisi de tenir à Louis XV le seul langage que celui-ci pouvait entendre...

Laissons cela.

Léger jusqu'à la frivolité dans sa politique extérieure, Choiseul, aidé de son cousin Praslin, réussit une réforme de l'armée et de la marine qui restera le meilleur de son passage aux affaires. Des centaines d'ordonnances, promises à une longue vie, rétablissent ordre et discipline. Chaque régiment portera un nom de province, et non plus, comme souvent, celui du colonel. Les unités comporteront le même nombre de soldats. L'uniforme, réglementé, ne variera plus au gré des fantaisies de chaque chef de corps. Le recrutement est ôté aux capitaines : le roi s'en chargera. Aucun volontaire de moins de seize ans en temps de paix, de dix-huit en temps de guerre, et pas de recrues de plus de cinquante ans. La troupe, au lieu d'être logée chez l'habitant, sera encasernée et soumise par roulement, au camp de Compiègne, à des exercices copiés sur ceux de l'armée prussienne. On en termine enfin avec ces « colonels à la bavette » que la bourse bien garnie de leur papa propulsait, encore adolescents, à la tête d'un régiment. Le colonel devra résider auprès de ses hommes. Les soldes sont fixées et des règles strictes imposées aux officiers comptables. Le régiment cesse d'ailleurs d'être une sorte d'entreprise privée gérée par son chef — système qui a entraîné beaucoup d'abus — pour devenir la chose du roi, qui assure désormais les dépenses de nourriture, d'armement et d'équipement.

Ces mesures sont soutenues par des réformes en profondeur. Choiseul installe au collège de La Flèche, d'où les jésuites ont été chassés, une école préparatoire destinée à sélectionner les élèves officiers dignes d'entrer à l'École militaire créée par Pâris-Duverney. Un officier d'exception, Gribeauval, dote la France d'une artillerie qui s'imposera à toute l'Europe jusqu'à Waterloo. Les arsenaux anciens et nouveaux s'ouvrent aux progrès scientifiques et techniques.

Le corps des ingénieurs est augmenté. Frédéric le Grand ne vient-il pas de démontrer que la guerre est chose trop sérieuse pour qu'on la confie aux seuls hommes « faits pour avoir des sentiments » ?

Si La Rozière, dans son expédition sur les côtes de France, a eu la bonne surprise de trouver plus de vaisseaux que ne le laissait espérer l'issue d'une guerre si désastreuse pour la marine royale, c'est encore l'œuvre des Choiseul. Maintes ordonnances réforment et réorganisent. Sans doute Choiseul échoue-t-il à entamer l'orgueilleuse autonomie de ce qu'on nomme « le grand corps », composé exclusivement de nobles, parmi eux beaucoup d'incapables, et que les autres officiers de marine, par exemple les artilleurs, presque tous roturiers, ne pouvaient en aucun cas rejoindre. Un « soulèvement de la noblesse », soutenu par le roi, fit reculer le ministre qui eût voulu ouvrir le grand corps aux officiers d'artillerie de marine, aux officiers de ports, aux corsaires valeureux et même aux officiers de la marine marchande qui s'étaient illustrés pendant la guerre. Il n'empêche : là encore, la discipline est restaurée ; la chaîne de commandement, simplifiée ; la technique de construction navale, modernisée ; la stratégie, repensée. L'argent ? Choiseul avait demandé aux états du Languedoc de contribuer à la reconstitution de la marine. Le Languedoc vota la construction d'un vaisseau. Une émulation aussi belle qu'inattendue souleva alors la nation. Successivement, les états de Bourgogne, de Flandre, d'Artois, le parlement de Bordeaux, la ville de Paris, la chambre de commerce de Marseille, les fermiers généraux, les régisseurs des postes, les receveurs généraux, les chevaliers de l'ordre du Saint-Esprit cotisent pour un vaisseau ; même le clergé verse un million ; des particuliers envoient des dons : au total, selon Choiseul, quatorze millions de livres qui permettent de construire quinze vaisseaux de ligne. Battue et humiliée, la France gardait de la ressource.

Dans le même temps, Choiseul prépare les colonies à la guerre contre l'Angleterre, qu'il juge plus que probable. Il propose au roi de faire passer vingt-quatre bataillons en Martinique et en Guadeloupe, qui leur serviront de bases opérationnelles. N'est-ce pas l'une de ces diversions envisagées par Broglie pour préparer, en le masquant, le débarquement sur la côte anglaise ? Puisque la passion avec laquelle le Premier ministre de fait conduit le redressement des armes françaises rejoint l'ardeur visionnaire du chef du Secret, puisque les deux hommes vivent, pensent et agissent à l'unisson, pourquoi ne travailleraient-ils pas ensemble ? Choiseul est capable de faire passer l'intérêt du royaume avant ses rancunes. Sachant comme tout le monde les compétences du maréchal de Broglie, il lui a demandé de collaborer à la réforme du règlement sur le service de l'infanterie et de la cavalerie en campagne. Le maréchal, reclus dans son château, a travaillé six mois à la rédaction de copieux mémoires qui lui ont valu les remerciements chaleureux du ministre. Mais Victor-François, contrairement à son cadet, échappe au soupçon d'appartenir au Secret...

*

* *

Son ambition personnelle contrariée et l'évidence que le grand projet d'Angleterre exige le concours des ministres ne sont pas les seules raisons qui poussent Charles de Broglie à remettre en cause, sinon l'existence du service, du moins son mode de fonctionnement. Le Secret n'est-il pas devenu celui de Polichinelle ? Depuis vingt et un ans, les alertes se sont succédé. Les brèches creusées dans la sécurité ont été tant bien que mal colmatées, mais le service ressemble à un vieux rafiot percé de toutes parts. La voie d'eau ouverte par d'Éon n'est pas de celles qu'on peut boucher : à moins de posséder la foi naïve du charbonnier, qui peut croire qu'après ses incartades, l'arrestation d'Hugonet, celle de Drouet, les ministres ignorent encore l'existence du Secret ? Il est vrai que les Choiseul n'ont pas exploité jusqu'au bout leur avantage. Ils savent ce qu'ils font. Le danger consisterait pour eux à mettre le roi le nez dans sa petite affaire clandestine. Louis XV ne pardonnerait pas cette mauvaise manière. Ils sauteraient en même temps que le Secret. Leur tactique consiste donc à neutraliser plus qu'à détruire, à couper les branches sans s'attaquer au tronc royal. De ce point de vue, l'opération menée par la Pompadour contre Tercier avait été exemplaire : la cheville ouvrière du service se trouvait expulsée d'une position stratégique, mais, grâce au prétexte invoqué, on ménageait la susceptibilité du roi.

Charles de Broglie utilise le levier d'une sécurité quasi naufragée pour tenter de mouvoir le roi. Le 1er février 1767, onze jours après la mort de Tercier, il lui rapporte en quels termes Choiseul a ordonné à Durand de lever les scellés apposés sur les dossiers de l'ancien premier commis : « Quoique la correspondance volumineuse de M. le comte de Broglie et de Tercier avec le Roi ait été enlevée dès le premier jour, allez lever les scellés et rapportez-moi les papiers du dépôt et tout ce que vous trouverez. » On ne pouvait être plus clair. Charles peut donc s'attendre à une algarade de la part d'un ministre qui n'a pas sa langue dans sa poche. Que faudra-t-il répondre ? « Dois-je simplement lui soutenir que ce sont de ses chimères et de ses soupçons ordinaires, et m'en tenir à une négation absolue ? Dois-je, au contraire, lui avouer la vérité et, sans entrer en détail, convenir qu'il y avait une correspondance, que j'y avais part et que j'en avais reçu l'ordre de Votre Majesté ? »

Réponse de Louis XV, le 6 : « M. le duc de Choiseul est fin et a beaucoup d'esprit ; il peut en savoir beaucoup trop, mais tout ce qu'il dit est pour en être encore plus sûr. Moi, je pense qu'il faut rester comme nous sommes, et ne pas lui en dire davantage. Soutenez-lui que ce sont des soupçons de sa part, retranchez le mot de chimère, mais que vous êtes bien éloigné de rien faire contre lui personnellement. Cela a pu ne pas avoir toujours été peut-être ; enfin, il faut que vous soyez bien avec lui. »

On continue. Le Secret fait eau de toutes parts, Choiseul ne se gêne même plus pour exprimer bien davantage que des soupçons, mais Louis XV choisit de faire comme si de rien n'était. Politique de l'autruche ? Caprice de vieil enfant pour le jouet qui le distrait depuis deux décennies ? Désintérêt, au contraire, à la suite des dégoûts donnés par l'affaire d'Éon ? C'est, pour le coup, le secret du roi.

Une ouverture, cependant : « Enfin, il faut que vous soyez bien avec lui. » Par tempérament et par tradition familiale, Charles préférerait sans nul doute écraser l'adversaire plutôt que de composer avec lui, et il doit se marcher sur le cœur pour demander la paix à Choiseul, mais le souci de sa position personnelle et la volonté de faire aboutir le projet d'Angleterre se conjuguent pour l'incliner au compromis. Victor-François a montré la voie. Son exemple inspire au cadet une technique d'approche. Avec La Rozière, il avait occupé son été 1766, passé à Ruffec, à inspecter les défenses des côtes de la région, spécialement celles de Rochefort. Le port, dont les arsenaux sont essentiels pour la marine française, avait été, en septembre 1757, menacé d'une attaque anglaise, et n'en avait été sauvé que par la pusillanimité du chef de l'escadre, qui, après s'être emparé de l'île d'Aix, avait croisé au large sans oser débarquer, alors que le commandement de la place tenait tout prêt un drapeau blanc, puis avait remis à la voile pour l'Angleterre où seuls de puissants appuis lui avaient épargné d'être jugé pour trahison. Rochefort, sans défenses sérieuses, était au surplus menacé d'envasement. Avec son efficacité coutumière, Charles avait adressé au roi trois mémoires et deux cartes relatifs aux côtes d'Aunis et de Saintonge, trois autres mémoires sur Rochefort et La Rochelle. Il propose de montrer ce travail à Choiseul. L'idée est d'autant plus judicieuse que le ministre, conscient de la vulnérabilité de Rochefort, a, dès la paix signée, envoyé un ingénieur de l'armée, Filley, étudier les moyens de renforcer les défenses. Les propositions de Filley coûteraient si cher — vingt et un millions de livres — que le Conseil a refusé de suivre. Or, La Rozière assure qu'on peut mettre le port à l'abri de toute attaque moyennant moins de trois millions de travaux.

La première rencontre entre Broglie et Choiseul se déroule le 11 mars. Le ministre écoute « avec attention ». Rochefort le préoccupe beaucoup. Il examinera avec le plus vif intérêt les mémoires que Charles s'engage à rédiger avec d'autant plus de diligence... qu'ils sont déjà entre les mains du roi ! L'affaire s'engage bien.

Trois semaines plus tard, sévère déconvenue. Le baron de Thiers, beau-père de Charles, qui sort beaucoup dans le monde et en rapporte rarement de bonnes nouvelles, est pris à partie par Choiseul : « Le comte de Broglie, lui déclare le ministre, a succédé [*sic*] à son oncle et entretient une correspondance avec le Roi. Il croit que je n'en suis pas instruit, mais je le sais positivement, et je sais de plus qu'il est question de politique. C'est une petite intrigue dont je me soucie et que je méprise comme celle du vieux abbé de Broglie. » Thiers, aux cent coups, a la fâcheuse idée de rapporter la conversation à Victor-François. Celui-ci, qui ignore tout du Secret, lève les bras au ciel, non sans morigéner son cadet sur la nécessité d'éviter de donner prise aux soupçons, même les plus farfelus. Charles, c'est sûr, souffre mille rages : quoi de pire que le ton méprisant adopté par le ministre ? Le Secret ramené à une ridicule intrigue dont s'amusent les puissants !

L'accusation explicite de Choiseul intervient au moment où la sécurité du courrier secret apparaît compromise à Versailles même. Les incidents n'avaient pas manqué : lettres égarées ou remises ouvertes. Le roi trouvait toujours une explication rassurante et promettait, un peu penaud : « Je vais prendre des mesures pour que cela n'arrive plus. » Cette fois, le doute n'est plus permis. Charles voit dans les révélations agressives de Choiseul à Thiers la preuve que « les lettres du vieux abbé étaient ouvertes ». Et il poursuit : « J'ajouterai, sans crainte de passer à ses yeux [de V.M.] pour un délateur, que M. Le Bel, la seule fois que je l'ai vu par ses ordres en dernier lieu à Versailles, me parla de l'indiscrétion, pour ne pas dire plus, de M. Jannel avec indignation, au point que je lui dis qu'il était de son devoir d'en avertir Votre Majesté. » Jannel, le très vieux (quatre-vingt-quatre ans) et très puissant intendant des postes, maître du Cabinet noir, déjà soupçonné d'avoir informé sur le Secret la marquise de Pompadour... Louis XV répond par des considérations philosophiques sur la nature humaine : « Le Bel est brouillé avec Jannel parce que ce dernier a cru qu'il voulait me proposer un successeur [audit Jannel], et l'homme n'aime pas cela, ce qui produit dans l'humanité de vilaines choses. Je réponds de Le Bel, il répond des autres [Guimard et Duc], je ne sais si quelqu'un a trahi. » Mais les accusations de Choiseul ? Louis XV s'obstinera-t-il à nier l'évidence ? Il n'est pire aveugle que celui qui ne veut pas voir : « Au demeurant, répond le roi, les grands aiment à tout savoir. Un ministre comme M. de Choiseul est plus à portée [de savoir] qu'un autre. Les grands se vantent aussi plus que d'autres. Moi, je vais mon chemin, sans me servir des petites intrigues et tracasseries. »

Plus tard, Charles apprend par son frère, le jeune abbé devenu évêque de Noyon, que Choiseul a confié au maréchal de Contades « qu'ayant découvert que je suivais avec V.M. la correspondance du feu S. Tercier, il [Choiseul] avait pris la liberté de lui en parler à Elle-même et qu'Elle avait jugé à propos non seulement d'en convenir, mais d'ajouter que s'il était venu le même matin lui en parler, il l'aurait trouvée occupée à brûler un nombre infini de mes lettres. M. le duc de Choiseul ajoutait qu'il avait jugé par cette réponse le peu de cas que V.M. en faisait et le peu d'intérêt qu'elle y mettait. » Le roi persévère en haussant le ton : « M. le duc de Choiseul peut avoir des notions, et il doit en chercher la certitude ; mais il ne m'a rien dit du tout sur votre correspondance avec moi, ni ne m'en a parlé, et de là vous pouvez être très sûr qu'on vous a menti grossièrement ou que vous avez voulu me sonder. »

Abrégeons la farce. Car c'est bien d'une farce qu'il s'agit. Broglie, de nouveau reçu le 24 avril 1767 par Choiseul, lui présente les mémoires sur Rochefort. Le ministre les approuve et promet de les transmettre... au roi ! Broglie suggère ensuite d'étendre à l'ensemble des côtes de France le travail effectué pour celles d'Aunis et de Saintonge. Le veto royal lui interdit de révéler que La Rozière et son camarade Nardin ont déjà accompli cette mission. Choiseul approuve. Quatre officiers, dont La Rozière lui-même, sont sélectionnés ; tous ont servi sous les Broglie pendant la dernière guerre. Charles attribue à chacun sa zone géographique et rédige les instructions, approuvées par Choiseul. Les quatre emploient l'été 1768 à refaire le travail exécuté très consciencieusement par La Rozière et Nardin pendant celui de 1765. Charles passe des mois à exploiter les renseignements qu'ils rapportent. Choiseul est enchanté ; aussi renvoie-t-on les quatre officiers approfondir encore leurs recherches l'été suivant. Ce même été, Broglie obtient l'accord du ministre pour expédier un agent reconnaître la possibilité d'un débarquement en Angleterre. L'entêtement imbécile de Louis XV bloque toujours la solution si simple qui consisterait à remettre à Choiseul les cartes et mémoires établis au terme de la mission de La Rozière. Le lieutenant-colonel Béville, l'un des quatre, est choisi. Il rentre en décembre 1768. Broglie remet à Choiseul, au mois d'avril 1769, le mémoire récapitulant ses observations. Le chef du Secret s'est risqué à mentionner la première mission de La Rozière, vieille de six ans. « Nous l'avions bien su dans le temps, lui déclare alors froidement Choiseul en tête-à-tête. Je n'en ai cependant jamais parlé à cet officier. Je savais bien aussi qu'il y avait du d'Éon dans tout cela et que cela faisait partie d'un secret, car M. de Guerchy nous a dit qu'il avait reçu des ordres particuliers du Roi à cet égard, mais qu'il ne les avait pas exécutés. » Ainsi, à en croire Choiseul, Guerchy avait trahi la confiance du roi et violé ses instructions... Charles commente pour Louis XV : « Tout cela a été dit en me fixant et en ayant l'air de ne dire qu'une partie de ce qu'il savait. Mais, Sire, ni ces propos, ni la forme, ni le ton avec lequel ils ont été tenus ne m'ont imposé. » On s'en serait douté.

Le bilan n'en reste pas moins désespérément négatif. Pour obéir au caprice du roi, quatre excellents officiers ont perdu leur temps à refaire ce qui avait déjà été très bien fait. Le Secret, éventé, est la risée du clan au pouvoir. Choiseul, inébranlable dans son hostilité, fourre cartes et mémoires dans son tiroir, et annonce à Broglie qu'il ne sait pas du tout si Sa Majesté souhaite qu'il continue de s'occuper de cette besogne. Les sollicitations de Charles, qui voudrait se caser — ou, à défaut, sa femme — dans la maison du nouveau dauphin (le futur Louis XVI), ne reçoivent pas de réponse. Même les entrées de la chambre, distinction purement honorifique permettant d'assister au lever et au coucher du roi, lui seront refusées. Navré mais soumis, il se borne à réaffirmer son dévouement : « L'inutilité de mon travail et son obscurité n'ont jamais pu l'altérer. »

Rude métier que celui de chef du Secret sous Louis XV !

XI

Contrairement à toutes les autres, l'armée parlementaire n'avait pas déposé les armes. Nul besoin de réformes pour lui inspirer pugnacité et discipline ; sa stratégie faisait chaque jour la preuve de sa supériorité ; ses chefs témoignaient d'une audace stupéfiante ; sa propagande savait enfin dérober la défense des intérêts privilégiés sous les apparences d'une sollicitude hypocrite pour le peuple.

Choiseul, admirable de sérieux et d'efficacité dans le redressement du militaire, fut ici aussi frivole que dans sa politique extérieure. Il avait abordé un domaine complexe avec des idées simples, voire simplistes : « Le Roi, disait-il, ne doit pas y sacrifier plus de cent hommes de ses troupes ; ils seront suffisants pour anéantir avec une pièce de quatre livres de balle le grand feu parlementaire. » C'était reprendre le raisonnement sommaire de d'Argenson le père, demandant naguère à l'un de ses fils de combien de troupes disposaient les parlements. On vit bientôt que Choiseul témoignait envers la rébellion des magistrats d'une indulgence touchant à la complicité.

Un impôt équitable ne pouvait porter que sur des propriétés cadastrées avec exactitude. Un édit ordonna l'établissement du cadastre. Choiseul abandonna la surveillance des opérations aux parlements : ainsi les grands propriétaires fonciers seraient-ils assurés d'échapper, une fois encore, à une juste imposition. Se voyant trahi, Bertin, contrôleur général des finances, préféra démissionner. Choiseul fit nommer à sa place le magistrat parisien L'Averdy, janséniste à tous crins, l'un des héros de la guerre contre les jésuites. Grande victoire pour les parlementaires : jamais l'un des leurs n'avait été appelé au contrôle général, poste évidemment capital. L'Averdy, honnête homme, mais de très petite envergure, ne résista pas à son passage de l'autre côté de la barricade. Il découvrit en même temps que le roi n'était pas un Néron et que ses anciens collègues bloquaient pour de mauvaises raisons des réformes justifiées. Il eût fallu au contrôle général un homme à poigne, tel Machault : on avait le malheureux L'Averdy, toujours éploré, toujours débordé, qui gémissait sur sa totale inexpérience en matière de finances et donnait à rire en répétant d'une voix lamentable : « Il faut donc que tout pète... »

Le roi enchaîne les capitulations. Dans le Dauphiné, les parlementaires exilés sont rappelés, tandis que l'intendant Bourgeois de Boynes — celui-là même qu'effarera la correspondance du vieux abbé — doit donner sa démission. On le nommera conseiller d'État en guise de consolation. À Rouen, le duc d'Harcourt, gouverneur de Normandie, est publiquement humilié, et le Parlement, démissionnaire, revient triomphant au milieu d'une liesse populaire qui dure plus d'une semaine. À Grenoble, les magistrats n'acceptent de rentrer dans le rang que si le lieutenant général du Mesnil est désavoué par le pouvoir. Même le timide L'Averdy écrit : « Cet homme ne peut pas être condamné, avec les ordres qu'il avait, sans le déshonneur du maître. » Choiseul arrache au roi le rappel de du Mesnil, qui ne survit pas à son désaveu immérité. À Toulouse, le duc de Fitz-James, commandant en chef de la province, doit s'entourer de gardes du corps, comme y avait été obligé du Mesnil à Grenoble, pour ne pas être arrêté par les argousins du Parlement, qui a eu l'audace de lancer contre lui un mandat d'amener... Le comte de Broglie n'était pas le seul serviteur à pouvoir se plaindre des procédés du maître.

L'épreuve de force allait se jouer en Bretagne.

*
* *

Cette province était l'une des rares à conserver des états dont l'accord restait nécessaire pour lever les impôts. Ils se réunissaient tous les deux ans. Chaque noble y possédant accès, les états bretons avaient quelque chose de polonais, avec leurs traditionnelles turbulences et beuveries, leurs esclandres à répétition, le grand air affecté par le plus petit hobereau qui trouvait là revanche à ses misères. Par son nombre, la noblesse y dominait les deux autres ordres. Le parlement de Bretagne, nid de frelons comme ses homologues, se distinguait par son arrogante prétention ; nul ne pouvait y entrer s'il n'était noble. États et parlement avaient mené contre les édits royaux la guerre ordinaire, mais le choc de deux personnalités devait donner au conflit une violence et une portée exceptionnelles.

Le roi était représenté par le duc d'Aiguillon, commandant de Bretagne. Neveu du maréchal de Richelieu et du ministre Saint-Florentin, d'Aiguillon, le même âge, à un an près, que Choiseul et Broglie, a épousé la fille de l'héroïque comte de Plélo, tombé à Dantzig en 1734 en tentant de porter secours au roi Stanislas assiégé dans la ville. Travailleur, orgueilleux, d'Aiguillon aspire au ministère. Choiseul, qui voit en lui un rival potentiel, l'exécutera dans ses Mémoires (écrits — c'est important — après sa chute) en racontant qu'à la bataille de Coni, livrée en Italie en 1744 sous les ordres du prince de Conti, son camarade d'Aiguillon avait eu la précaution de se protéger d'une cuirasse (« cela n'avait nullement bon air »), puis s'était fait évacuer sur une civière dès le début du combat, la jambe prétendument cassée par une balle de canon à cartouche, alors que les soins aussitôt dispensés ne devaient révéler qu'une égratignure. Mais Conti lui-même portait une cuirasse et aucun autre témoignage ne corrobore celui de Choiseul sur la fausse blessure. Malgré les protestations de Voltaire, qui criait à l'injustice, la lâcheté de d'Aiguillon était la rumeur de la cour. La dernière guerre aurait dû la réduire à néant, puisque le lecteur se rappelle peut-être qu'en 1758 d'Aiguillon, mobilisant les milices bretonnes, avait contraint au rembarquement, à Saint-Cast, un corps expéditionnaire anglais. Las ! on disait qu'il avait assisté à la bataille caché dans un moulin avec la meunière... Tant d'orgueil exposé à tant de calomnie donnait au commandant de Bretagne un caractère ombrageux, aigri, mesquin, et développait en lui un autoritarisme auquel il n'avait déjà que trop tendance.

En face, Louis-René de La Chalotais, procureur général au Parlement, sexagénaire, violent, haineux même, talentueux, courageux, couvert de dettes. Ses brillants réquisitoires contre les jésuites lui ont donné l'illustration espérée depuis si longtemps. Il fait désormais figure de personnage politique. Lui aussi veut devenir ministre. Il porte à d'Aiguillon une haine inexpiable : dans le but de pouvoir aller aisément intriguer à Paris sans lâcher pour autant Rennes, il avait voulu que son fils, « un idiot apoplectique », lui fût associé comme survivancier, ce à quoi s'était avec raison, mais sans succès, opposé d'Aiguillon. À propos de l'affaire de Saint-Cast, La Chalotais répète complaisamment : « Notre commandant a vu l'action d'un moulin où il s'est couvert de farine en guise de lauriers. »

D'Aiguillon et La Chalotais : chacun sait qu'il devra passer sur le corps de l'autre pour accéder au ministère.

Les remontrances du parlement de Bretagne aux timides édits de L'Averdy se signalent donc par la mise en cause systématique du commandant, taxé de despotisme. Une délégation est convoquée à Versailles. Louis XV la semonce, puis, retenant La Chalotais après le retrait de ses collègues, lui lance : « Conduisez-vous avec plus de modération, c'est moi qui vous le dis, ou vous vous en repentirez. » Cet avertissement tombé des lèvres royales aurait dû foudroyer. La Chalotais n'en fut qu'enragé. Un homme à la nuque raide. On épargnera au lecteur le détail de la guérilla qui s'ensuit, avec les rafales de remontrances cassées par le Conseil, l'alternance de sévérité et de mollesse du pouvoir, mais tous ces épisodes classiques marqués par une violence extraordinaire, tant des états que du parlement, tel cet arrêt des magistrats ordonnant la lacération d'un arrêt du Conseil affiché sur les murs de Rennes.

Le 22 mai 1765, toujours très classiquement, le parlement donne sa démission collective, à l'exception de douze magistrats aussitôt voués aux persécutions de leurs collègues, hués dans la rue, dénoncés comme lâches et traîtres jusque dans une gazette étrangère. Un adjoint de l'intendant, rendant compte de l'affaire à L'Averdy, a ce mot terrible : « Si c'est un déshonneur que de servir le Roi, le Roi n'aura plus de serviteurs. »

Des lettres anonymes, injurieuses pour les douze magistrats fidèles, les ministres et Louis XV lui-même, arrivent à Versailles. On s'émeut. L'attentat de Damiens avait été précédé d'un courrier semblable. Plusieurs graphologues croient identifier sur deux billets l'écriture de La Chalotais. Dans la nuit du 10 au 11 novembre, le procureur général et son fils sont arrêtés et écroués, ainsi que trois autres magistrats.

Nullement intimidés, les démissionnaires refusent de reprendre leurs fonctions. Un édit royal supprime leurs charges et met en place une chambre provisoire afin d'expédier les affaires. Pour assainir définitivement la situation du point de vue du pouvoir, il reste à reformer un parlement digne de ce nom et à juger La Chalotais, dont les papiers saisis à son domicile démontrent le vibrionnant activisme contre l'autorité royale.

Les douze magistrats fidèles, augmentés de quelques autres qui reprennent leur démission, acceptent de recomposer un parlement. Mais la haine qui redouble aussitôt contre eux les incline à une certaine prudence : ils refusent de juger leurs anciens collègues. On désigne pour ce faire les membres de la chambre provisoire. Puis, devant l'offensive des parlements de Paris et de Rouen, menée au nom de l'« union des classes », le procès est de nouveau confié au parlement de Rennes. Éternelles palinodies du pouvoir... Là-dessus, une découverte fort inattendue chamboule la difficultueuse procédure.

Un complice de La Chalotais, Dereine, arrêté à Versailles, avait été transféré à Saint-Malo, où étaient détenus le procureur général, son fils et les trois magistrats écroués avec eux. On avait identifié ce Dereine comme l'auteur de deux lettres anonymes trouvées chez La Chalotais. Il exerce au château de Versailles les fonctions de lavandier pannetier-bouche de la cuisine-commun du roi. C'est beaucoup plus qu'un employé des cuisines. Il a noué à la cour des relations profitables, par exemple avec le maréchal de Soubise. À Saint-Malo, les deux commissaires instructeurs ouvrent devant lui les papiers saisis à son domicile versaillais. Beaucoup concernent l'affaire bretonne. Quand on en arrive à deux paquets de lettres, ceints de bandes de papier, dont les enveloppes portent l'énigmatique suscription « Correspondance LMS », Dereine crie que cela ne peut être vu que par le roi ou Soubise. Les paquets sont portés à Versailles. Louis XV, les ouvrant, découvre ses lettres à Anne de Romans, sa maîtresse tombée en défaveur six mois plus tôt, en août 1765, et contrainte d'entrer au couvent en se séparant du fils qu'elle avait eu de lui...

Comment une correspondance aussi intime peut-elle circuler alors que le roi, maniaque du secret, ne manque jamais de redemander ses lettres lorsqu'il interrompt une correspondance, et que la Romans, en partance surveillée pour le couvent, n'avait en principe aucun moyen de s'y dérober ? Le fait est que le compromettant courrier se retrouvait en la possession de la faction La Chalotais, et que le procureur général, qui aimait à jouer les Caton devant le public, les gardait sous la main pour faire chanter le roi[1].

*

* *

Sans la prudence de Dereine et l'intelligente discrétion des deux commissaires (l'un s'appelle Calonne, et l'épisode

1. Cf. *Louis XV* de Michel Antoine (Fayard), qui démonte dans le détail cet épisode resté longtemps ignoré des historiens.

servira de tremplin à sa carrière fulgurante, l'autre, Le Noir, succédera à Sartine comme lieutenant de police), l'incident aurait pu devenir affaire d'État — l'équivalent de l'affaire du collier de la reine qui éclaboussera le prochain règne. Louis XV, quoique soulagé, dut en être exaspéré. Au même moment, une impudence le choque infiniment. Des remontrances du parlement de Rouen, lues au Conseil, évoquent, s'adressant au roi, « le serment que vous avez fait à la nation en prenant la couronne ». Louis XV interrompt la lecture. Il n'a prêté serment qu'à Dieu. Comment des hauts magistrats du royaume pourraient-ils l'ignorer ? L'insolence ne passe pas. C'est la goutte d'eau qui fait déborder le vase de l'indignation royale. La rébellion de la magistrature bloque les affaires, et pas seulement celles de la justice. Les incessantes suspensions de service entravent le commerce. Les impôts, âprement et savamment combattus, rentrent tard et mal, quand ils rentrent. Épuisé par la guerre, le trésor reste vide. La dette publique monte à près de deux milliards de livres. Plus grave encore : le trône, toujours sur la reculade, y perd peu à peu son prestige. De son observatoire de Ferney, Voltaire annonce : « Tout ce que je vois jette les semences d'une révolution qui arrivera immanquablement, et dont je n'aurai pas le plaisir d'être le témoin. »

Résolu à frapper un grand coup, Louis XV se rend au parlement de Paris, le 3 mars 1766, dans l'appareil habituel aux lits de justice. Mais il ne vient, cette fois, que pour une déclaration à laquelle ses meilleurs juristes ont beaucoup travaillé. Le roi apparaît à tous radieux, comme soulagé par sa décision. Abasourdis, les magistrats s'entendent délivrer un cours de droit constitutionnel. « Je ne souffrirai pas qu'il s'introduise dans la monarchie un corps imaginaire qui ne pourrait qu'en troubler l'harmonie ; la magistrature ne forme point un corps, ni un ordre séparé des trois ordres du royaume... » Le roi, citant des extraits de remontrances, enchaîne : « Entreprendre d'ériger en principes des nouveautés si pernicieuses, c'est faire injure à la magistrature, démentir son institution, trahir ses intérêts et méconnaître les véritables lois fondamentales de l'État. Comme s'il était permis d'oublier que c'est en ma personne seule que réside la puissance souveraine, dont le caractère propre est l'esprit de conseil, de justice et de raison ; que c'est de moi seul que mes cours tiennent leur existence et leur autorité ; que la plénitude de cette autorité, qu'elles n'exercent qu'en mon nom, demeure toujours en moi, et que l'usage n'en peut jamais être tourné contre moi ; que c'est à moi seul qu'appartient le pouvoir législatif, sans dépendance et sans partage ; que c'est par ma seule autorité que les officiers de mes cours procèdent, non à la formation, mais à l'enregistrement, à la publication, à l'exécution de la loi, et qu'il leur est permis de me remontrer ce qui est du devoir de bons et utiles conseillers ; que l'ordre public tout entier émane de moi et que les droits et les intérêts de *la nation*, dont on ose faire un corps séparé du monarque, sont nécessairement unis avec les miens et ne reposent qu'en mes mains... »

Diffusé dans toute la France, le discours est aussitôt appelé « Discours de la Flagellation ». Devant des magistrats médusés qui, invoquant un fatras historique fallacieux, prétendaient partager le pouvoir entre le monarque et une nation dont ils s'autoproclamaient les représentants légitimes, le roi, en moins d'une heure, a rappelé les principes fondamentaux de la monarchie française, qui est absolue. Il faut le redire : on peut la vouloir changer, mais cela s'appelle une révolution.

Pour prendre tout son effet, le discours devait être suivi d'actes. On n'en vit aucun. D'Aiguillon démissionne, au triomphe de ses adversaires. Le duc de Duras, qui lui succède, passe tous les compromis pour avoir la paix. L'intendant de la province, écœuré, obtient à son tour sa mutation. L'ancien parlement de Bretagne, réintégré, règle aussitôt leur compte à tous ceux — avocats, procureurs, magistrats — qui ne l'ont pas suivi dans l'opposition. Quant à La Chalotais, dont il eût été aisé de faire un exemple, les lettres à Anne de Romans, même récupérées par leur auteur, lui sont un bouclier. Après de nouvelles et pénibles tergiversations, seule est évoquée au Conseil privé du roi l'affaire des lettres anonymes trouvées chez le procureur général, ce qui déclenche de la part de plusieurs parlements une salve nourrie de remontrances. À l'audience du Conseil privé, Louis XV fourre dans sa poche les billets anonymes et éteint les procédures : « Je ne veux pas trouver de coupables. » La Chalotais et son fils se retrouvent simplement exilés à Saintes. La Bretagne voit en eux les victimes des jésuites et du despotisme ministériel. Le parlement de Rennes, arguant du fait qu'ils n'ont été jugés ni condamnés, demande leur réintégration. Réduit à des explications embarrassées, Louis XV a la faiblesse de faire approcher La Chalotais pour lui proposer, contre sa démission, un titre de marquis, le remboursement de ses dettes, des indemnités, un honorariat flatteur, une charge de président pour son idiot de fils. Erreur de jugement : l'exilé, dès la première phrase, met à la porte l'émissaire, son ami l'académicien Duclos. Une si fière attitude, à la vérité bien rare, enthousiasme la Bretagne, et le parlement exige de plus belle sa réintégration.

L'audace n'était décidément que dans un seul camp. Tandis que le pouvoir se disqualifie en quémandant un armistice à son pire adversaire, le parlement de Bretagne va reprendre l'offensive en ouvrant carrément le procès de d'Aiguillon, duc et pair de France, accusé d'abus de pouvoir, de subornation de témoins, et même d'avoir comploté l'assassinat de La Chalotais...

*
* *

La revanche sur l'Angleterre ? Il en est bien question ! Dans sa grosse tour de Ruffec, Charles de Broglie peut dresser fiévreusement les plans de la guerre préventive : le roi a d'autres soucis en tête. Lors de la dernière guerre, l'opposition parlementaire a ouvert un front intérieur obsédant qui vouait les campagnes extérieures à l'insuccès par exténuation financière. La situation n'a fait qu'empirer. Le mot « anarchie » est-il trop fort pour qualifier l'état d'un pays où le représentant du roi dans une province doit s'entourer de gardes du corps pour échapper à l'arrestation, où un procureur général, en principe l'homme du roi au Parlement, ne craint pas de recourir contre lui au chantage ? L'apathie du monarque et les dégoûts de l'affaire d'Éon ne sont pas les seules explications au silence décevant que rencontrent les propositions du comte de Broglie : Louis XV ne veut pas faire courir à une France si mal rassemblée les hasards d'un nouveau conflit.

*
* *

Un homme seul fit plus contre les parlements que tous les gens du roi. Cet homme, nous l'avons vu longtemps arriviste, insinuant, souple devant les puissants, plat courtisan chez les rois, prêt à tout pour devenir enfin quelque chose. Fortune faite, sa gloire intellectuelle rayonnant à travers l'Europe, il règne à présent sur sa principauté de Ferney. Il y tient table ouverte pour les visiteurs, illustres ou anonymes, qui s'empressent au pèlerinage, gère ses domaines, travaille comme un fou, continue de ferrailler contre ses ennemis littéraires, au premier rang desquels se place désormais l'autre géant du siècle, Jean-Jacques Rousseau.

Il y avait à Toulouse une famille très ordinaire, avec l'extraordinaire inséparable à l'époque de la condition protestante. Le père, Jean Calas, tenait boutique d'indiennes. Sa femme, Anne-Rose, présentait la singularité d'une origine noble. Le deuxième des six enfants, Louis, converti au catholicisme, en partie par une dévote servante, extorquait à ses parents une bonne pension, comme l'y autorisait la loi, et requérait l'intendant, toujours conformément aux ordonnances, de faire enlever ses deux sœurs et le plus jeune frère, Donat, pour qu'ils fussent élevés dans la foi catholique. L'aîné, Marc-Antoine, protestant zélé, avait fait des études de droit pour devenir avocat. Il lui fallait un certificat de catholicité. La plupart des candidats protestants l'obtenaient au prix d'un peu d'hypocrisie : on devenait « catholique de certificat ». Marc-Antoine avait refusé cette facilité. Écarté du barreau, il travaillait avec son père, qui, le jugeant peu apte aux affaires, renâclait à l'associer à son commerce ; d'où amertume. Le garçon parlait de devenir pasteur, avec la corde pour perspective, et lisait les auteurs qui ont écrit sur la mort et le suicide.

Un soir, la famille reçut la visite du jeune Lavaysse, fils d'un avocat protestant mais lui-même élevé chez les jésuites et « catholique de certificat ». Lavaysse, aimable et gai, était en partance pour Saint-Domingue, où un oncle lui promettait la fortune. Marc-Antoine fut-il frappé du contraste entre le sort heureux de son ami et sa triste situation personnelle ? Il quitta la table avant la fin du souper. On le retrouva pendu à une poutre de la boutique. À l'époque, le suicide était un crime. Après jugement et condamnation, le cadavre était traîné sur une claie à travers la ville, exposé nu aux avanies de la populace. Le pauvre père, pour éviter cette indignité, interdit d'abord à la famille de parler de suicide. Erreur fatale : si Marc-Antoine ne s'était pas donné la mort, c'est donc qu'on l'avait tué.

À l'origine de toute erreur judiciaire, un brutal convaincu dès la première minute et foulant les précautions au nom de ses certitudes ; il s'appelle ici David de Beaudrigue, capitoul. La foule aussi, toujours ignoble, qui n'est pas le peuple. Tandis que les badauds amassés devant la boutique crient à l'assassinat, Beaudrigue fait incarcérer les Calas, leur servante et Lavaysse.

Tout fanatisme est par principe démentiel. Alors que Marc-Antoine avait sacrifié son avenir à sa foi protestante, les prêtres décidèrent qu'il s'était converti au catholicisme, ce qui lui avait valu d'être tué par les siens. Les églises de Toulouse se disputèrent âprement sa dépouille. Les pénitents blancs l'emportèrent et offrirent des funérailles grandioses à cet inattendu martyr de la foi catholique. Au premier rang, Louis Calas, le fils converti. Trois ou quatre miracles s'accomplirent opportunément sur la tombe du défunt.

Beaudrigue n'avait pas fait fouiller la maison, ni recueilli le moindre indice. À un collègue capitoul qui l'exhorte à la circonspection, il répond : « C'est ici la cause de la religion. » Elle enflammait Toulouse. Tandis que les Calas attendent leur sort en prison, une foule enthousiaste assiste à la pendaison de l'admirable pasteur François Rochette. Rousseau, « le plus vertueux et le meilleur des hommes », sollicité d'intervenir en sa faveur, s'était prudemment dérobé. Trois jeunes gentilshommes protestants qui avaient tenté de délivrer le pasteur, l'épée à la main, sont décapités.

Le parlement de Toulouse jugea d'abord Jean Calas, le père. Il y eut sept voix sur treize pour la mort ; ce n'était pas majorité suffisante ; l'un des juges qui avait voté contre céda aux pressions, se ravisa et donna la voix qui manquait.

Mis à la torture, conformément à la règle, pour qu'il dénonçât ses complices, Jean Calas se borna à répéter qu'il n'y avait pas de complices puisqu'il n'y avait pas de crime. Il criait toujours son innocence sur l'échafaud. Le bourreau lui brisa les bras, les jambes et les reins à coups de barre de fer. Les prêtres et Beaudrigue harcelaient le malheureux pour qu'il avouât. Il répétait : « Je suis innocent. » Il agonisa deux heures sur la roue. Beaudrigue, lui montrant le bûcher qui attendait sa dépouille martyrisée, criait : « Dans un moment, tu n'es que cendre... Allons, dis, malheureux, avoue ! » Calas expira en demandant à Dieu de pardonner à ses juges. C'était le 10 mars 1762, année du bicentenaire de la Saint-Barthélemy.

Pierre Calas, l'un des fils, fut seulement condamné au bannissement, sa participation au prétendu assassinat n'ayant pas été retenue. Mme Calas et la servante, mises hors de cause, furent libérées. Il fallait donc croire qu'un père sexagénaire, de santé chétive, avait étranglé de ses mains un fils de vingt-sept ans beaucoup plus vigoureux que lui. Et comment expliquer que la servante, catholique très dévote, qui avait trouvé le cadavre, eût couvert un crime de religion ?

*
* *

Voltaire sut l'affaire par un commerçant marseillais qui arrivait de Toulouse. Sa première réaction fut toute de légèreté : « Nous ne valons pas grand-chose, mais les huguenots sont pires que nous ; et, de plus, ils déclament contre la Comédie. » Un homme dont la religion condamnait le théâtre pouvait bien être capable d'assassiner son fils. On dirait que c'est à son insu, contre son gré, que le crime judiciaire fait son travail en lui. Il reste l'homme qui, chaque année, abîmé dans la dépression, s'alite aux approches de la Saint-Barthélemy.

Le jeune Donat Calas s'était réfugié à Genève. Voltaire le convoque, l'interroge, lui tend des pièges. Il fait surveiller Pierre, le banni, pendant quatre mois avant de le mettre à son tour sur le gril. L'affaire est obscure, et des zones d'ombre persistent après deux siècles. Pourquoi ce suicide inopiné, un étage au-dessous de la famille rassemblée, au risque d'être surpris avant d'en avoir fini et avec la certitude d'imposer à une mère aimée un épouvantable spectacle ? Pourquoi n'être pas sorti pour aller se pendre tranquillement ailleurs ? La famille a trouvé la porte de la boutique ouverte : quelqu'un est-il entré ? Beaudrigue n'a rien fait pour le savoir. Une enquête bousillée au départ ne se redresse jamais. Mais si l'innocence de Calas ne peut être démontrée, le dossier de l'accusation paraît à Voltaire d'une faiblesse inadmissible : « Jugement d'autant plus chrétien, écrit-il, qu'il n'y avait aucune preuve. » Il s'enquiert de tous côtés. Les plus obscurs Toulousains passant par Genève reçoivent de l'illustre vieillard une lettre leur proposant une rencontre où ils voudront, quand ils voudront. Le 13 février 1763 : « Il n'y a rien que je n'aie fait pour m'éclaircir de la vérité : j'ai employé plusieurs personnes auprès des Calas pour m'instruire de leurs mœurs et de leur conduite. Je les ai interrogés moi-même très souvent. J'ose être sûr de l'innocence de cette famille comme de mon existence. »

Il décide d'entrer en campagne pour la justice. Parti périlleux. Il ignore le dossier officiel, déposé au greffe de Toulouse. Il est seul, vulnérable. Quand il informe de sa décision son ami le maréchal de Richelieu, celui-ci lui demande s'il n'est pas devenu fou. Réhabiliter Calas, ce serait déshonorer ce parlement de Toulouse qui a eu l'audace de décréter d'arrestation le commandant de la province. Son médecin, le grand Tronchin, l'avertit qu'à s'en prendre à un parlement il court le risque de les avoir tous sur le dos. Il veut affronter un pouvoir judiciaire qui impose reculade sur reculade au roi lui-même.

L'exigence de justice est la plus forte. Il s'engage contre les bœufs-tigres (« bêtes comme des bœufs, féroces comme le tigre »), animé de la froide violence indispensable dans un pareil combat, et dont seuls quelques magistrats, hier et toujours, ont l'intelligence d'admettre qu'elle est le nécessaire contrepoids à leur pouvoir de trancher les vies, de disposer de l'honneur et de la liberté d'autrui. « Y a-t-il une plus exécrable tyrannie, écrit Voltaire, que de verser le sang à son gré sans en rendre la moindre raison ? “Ce n'est pas l'usage !” disent les juges. Eh ! monstres, il faut que cela devienne l'usage. Vous devez compte aux hommes du sang des hommes. »

Rien de donquichottesque dans sa démarche. Il est le fils du notaire Arouet. Il actionne l'immense réseau de ses relations, plus étonnées les unes que les autres qu'un si grand homme perde son temps à une si petite cause. Il enrôle ducs et marquises, harcèle les ministres. Seule Anne-Rose Calas lui résiste. La malheureuse veuve, anéantie, se terre à Toulouse. Voltaire, qui l'assiste financièrement, évoque ses deux filles, cloîtrées de force dans un couvent ; seule la réhabilitation du père peut leur rendre la liberté. Elle accepte de monter à Paris. Voltaire, faiseur d'opinion, comme on dirait aujourd'hui, et de ce point de vue aussi sans égal dans son siècle, sait qu'il n'est qu'une mobilisation de l'opinion publique pour venir à bout du corporatisme judiciaire et de l'inertie ministérielle. Tirant les ficelles depuis Ferney, il prépare à la pauvre femme une réception adéquate. Elle impressionne Paris et Versailles par sa dignité. La reine Marie la reçoit avec bonté. Souscription ouverte en sa faveur ; les dons affluent de toute l'Europe. Voltaire, cependant, use de son arme la plus efficace : sa plume. Deux textes, exposés limpides de l'affaire, suivis de l'admirable *Traité de la tolérance*. L'opinion bascule. Faut-il dire le reste, dont tant d'affaires répéteront l'exténuant parcours ? Le jugement de condamnation cassé par le Conseil d'État, l'opiniâtre combat retardataire du parlement de Toulouse ; les frais démesurés, tous réglés par Voltaire et ses amis ; les prudences et les défaillances (aucun huissier n'osa aller rayer les noms des Calas au greffe de Toulouse, comme l'exigeait la loi, tant les bœufs-tigres faisaient peur) ; mais enfin, le 7 mars 1765, Jean Calas était solennellement réhabilité. « La pièce est dans les règles, écrivit Voltaire, c'est à mon avis le plus beau cinquième acte qui soit au monde. »

L'affaire Calas n'était pas terminée que la famille Sirven débarquait à Ferney. Le père, commissaire à terriers à Castres (il établissait le montant des redevances dues aux seigneurs locaux), la mère, trois filles. La quatrième fille, Élisabeth, avait été retrouvée au fond d'un puits. Elle passait depuis sa naissance pour simple d'esprit. Un jour, elle avait disparu. L'évêque avait convoqué le protestant Sirven pour lui annoncer qu'Élisabeth était entrée au couvent des Dames Noires. Enlèvement ? Vocation ? Sirven s'était incliné. Au couvent, la folle réclamait le fouet, puis hurlait qu'on la martyrisait. Les Dames Noires, embarrassées, l'avaient mise dehors. Rentrée dans sa famille, elle avait des crises si fortes qu'il fallait l'attacher. Elle s'échappe ; on la repêche dans le puits. Ce seront ses parents qui l'auront tuée pour l'empêcher de se faire catholique. À Mazamet, la brute judiciaire s'appelle Trinquier, nom promis à la récidive. Ce Trinquier-là modifia le rapport d'autopsie pour lui faire dire que la malheureuse était morte avant que de tomber dans le puits. Sur le point d'être arrêtés, les Sirven fuient à travers les Cévennes enneigées, manquant périr de froid, atteignent enfin le havre de Ferney. Le père est condamné par contumace à être rompu sur la roue et brûlé vif, la mère à être pendue.

Bon stratège, Voltaire attendit l'épilogue de l'affaire Calas avant d'engager le fer pour les Sirven. Avec le grain de cynisme dont il faut se prémunir en pareil cas, tant les pressions émotionnelles sont fortes, il écrit : « L'affaire Sirven me tient à cœur ; elle n'aura pas l'éclat de celle de Calas, il n'y a malheureusement personne de roué. Ainsi nous avons besoin que Beaumont [l'avocat] répare par son éloquence ce qui manque à la catastrophe. » Même tocsin que pour Calas. Ses amis, excédés, n'en peuvent plus, d'autant que le grand homme les a mobilisés entre-temps pour arracher un protestant aux galères. « Voilà trop de procès de parricides [*sic*], convient Voltaire, mais, mes divins anges, à qui en est la faute ? » Mobilisation de l'opinion publique ; enrôlement des rois de Prusse, de Pologne, de Danemark et de la Grande Catherine ; manœuvres dilatoires du parlement de Toulouse, qui fait traîner neuf ans la procédure d'appel ; acquittement final des Sirven. Enfin, du père, car la mère était morte de chagrin pendant le parcours d'obstacles. Sirven se vit refuser des dommages-intérêts. Pour Calas, on n'avait même pas osé en demander aux bœufs-tigres.

*

* *

Le Sud protestant avait beaucoup donné. Le Nord offrit au fanatisme son martyr catholique, François-Jean Lefebvre, chevalier de La Barre, à peine vingt ans.

Dans la nuit du 8 au 9 août 1765 (Calas réhabilité depuis cinq mois, Voltaire lance alors l'affaire Sirven), un crucifix placé sur le Pont-Neuf d'Abbeville est tailladé ; un autre, placé dans un cimetière, sera trouvé couvert d'excréments. Le double sacrilège suscite une violente émotion. L'évêque d'Amiens, La Motte, pieds nus et la corde au cou, conduit la population en procession expiatoire. Évoquant les profanateurs, il lance qu'« ils se sont rendus dignes des derniers supplices en ce monde et des peines éternelles en l'autre ». Il invoque ensuite la miséricorde divine, mais la foule, profondément remuée, risque de ne retenir que l'appel aux supplices.

Les premiers témoignages recueillis déçoivent les enquêteurs par leur flou, quand un maître d'armes se présente et raconte que trois jeunes gens, dont La Barre, se sont vantés dans sa salle de ne s'être ni découverts ni agenouillés au passage de la procession de la Fête-Dieu, le 6 juin précédent. Aucun rapport avec la profanation des crucifix, mais puisqu'il s'agit encore d'impiété, c'est suffisant pour que Duval de Soicourt, qui fait fonction de lieutenant criminel, exploite la piste. Dans le style chafouin et manœuvrier, il sera la brute judiciaire de l'affaire. Roturier malgré son nom, il aspire férocement à l'anoblissement. Un aussi beau dossier lui donne l'occasion de s'illustrer, comme il lui permettra de se venger des humiliations essuyées dans sa ville. Nous ne sommes ni à Toulouse ni à Mazamet, où les protestants Calas et Sirven étaient condamnés d'avance à cause de leur foi. L'affaire se joue à Abbeville, entre catholiques d'une bonne société traversée par les rivalités et mesquineries inhérentes au vase clos provincial. Ainsi le chevalier de La Barre, orphelin de père et de mère, est-il venu s'installer dans la ville à dix-sept ans pour bénéficier de la protection de sa cousine, Anne-Marguerite Feydeau, la quarantaine, abbesse de l'abbaye de Willancourt. Liée à de puissantes familles parlementaires, religieuse de métier plus que de vocation, possédant le grand ton, l'abbesse recevait beaucoup et l'on tenait à sa table des propos assez libres. Peut-être sage, elle savait à merveille entretenir l'espérance. Duval de Soicourt avait vainement tenté d'être invité, et il imputait l'ostracisme au jeune cousin de l'abbesse. Ainsi de suite. Le dossier La Barre est simple, mais l'affaire se complique inextricablement des règlements de comptes qu'elle déchaîne[1].

François-Jean de La Barre a mauvais esprit, comme souvent à vingt ans. Il lit *Le Portier des Chartreux*, *Thérèse philosophe*, *La Religieuse en chemise*, ouvrages « horribles pour l'obscénité ». Il ne va pourtant pas, comme Choiseul, jusqu'à les emporter à la messe, déguisés en missel. Il

1. Max Gallo les a parfaitement analysés dans *Que passe la justice du roi : vie, procès et supplice du chevalier de La Barre*, éditions Robert Laffont.

chante aussi des couplets paillards et se moque des bigots. Plus grave, il possède le *Dictionnaire philosophique portatif* de Voltaire et *De l'Esprit* d'Helvétius qu'il prête volontiers à ses amis. Un garçon capable de telles impiétés doit bien être coupable de sacrilège.

La Barre, interrogé par Duval de Soicourt, ne bronche pas. Son ami Moinel, dénoncé lui aussi par le maître d'armes, avoue tout ce qu'on veut. Il a dix-sept ans. Duval le terrorise. Il se rétractera, mais ses aveux permettent de lancer la machine. Elle va son chemin, indifférente aux témoins qui reviennent l'un après l'autre sur des dépositions remplies de contradictions et honteusement sollicitées, insensible aussi aux démarches des parents des accusés, l'abbesse au premier rang, qui font intervenir leurs relations.

Lorsque le procès s'ouvre à Abbeville, le 27 février 1766, la seule accusation qui tienne est l'irrévérence envers la procession de la Fête-Dieu, que les jeunes gens, pressés d'aller à un rendez-vous, ont négligé de saluer. La fragilité du dossier n'intimide pas les juges. Ils condamnent le jeune Étallonde, qui a sagement pris la fuite, à être exécuté en effigie. La Barre fera amende honorable sous le porche de la principale église d'Abbeville, où on lui coupera ensuite la langue, puis il sera conduit à l'échafaud dressé sur la place du Marché pour y avoir la tête tranchée, et son « corps mort » jeté au feu.

Au commencement de l'affaire, le procureur du roi avait proposé au parlement de Paris, dans le ressort duquel se trouvait Abbeville, d'obtenir des lettres de cachet pour placer les jeunes gens dans une maison d'arrêt où ils auraient médité un temps raisonnable sur les dangers de l'irrévérence envers la religion. Les rancœurs et l'ambition d'un homme — Duval de Soicourt — avaient tout emporté. Mais, au-delà de La Barre, c'est Voltaire qui est visé — ce Voltaire qui mobilise contre les magistrats l'opinion publique, jusqu'alors leur plus sûr soutien. Le jugement précise : « Ordonnons que le *Dictionnaire philosophique portatif* faisant partie des dix livres qui ont été déposés en notre greffe, sera jeté par l'exécuteur de haute justice dans le même bûcher où sera jeté le corps dudit Lefebvre de La Barre et en même temps. »

Rares étaient à Abbeville ceux qui croyaient qu'un jugement si atroce serait confirmé en appel par le parlement de Paris. Son procureur général est toujours ce Joly de Fleury, adversaire acharné des philosophes, que nous avons vu requérir contre le livre d'Helvétius[1]. Dans un réquisitoire fameux prononcé en 1757, il a fixé la doctrine de la magistrature face à ceux qui ont l'insolence de lui demander des comptes, et des générations de bœufs-tigres bredouilleront après lui, avec moins de style, ces phrases où s'exprime l'éternelle arrogance de la canaille en robe : « Par quelle autorité ces écrivains s'érigent-ils en arbitres d'un procès dont la connaissance appartient à la Cour ? Quelle est leur qualité pour vous donner des conseils ? De quel droit prétendent-ils soumettre l'examen des procédures et des instructions différentes que vous avez cru devoir admettre ou rejeter au jugement du public ? Quelle témérité de s'ériger en censeurs de ses juges mêmes ! Il n'appartient qu'à l'esprit de vertige et d'iniquité de secouer avec tant d'audace le joug d'une subordination légitime, de chercher à rendre suspects les soins et l'intégrité des premiers magistrats, et de citer au tribunal du public ceux qui, par état, sont établis ses juges... »

« Vous devez compte aux hommes du sang des hommes. »

Le rapport sur le dossier La Barre est confié au conseiller Pasquier, déjà rapporteur au procès Damiens. D'Alembert dit de lui qu'il « ressemble à une tête de veau dont la langue est bonne à griller », ce qui sent son potache. Voltaire, le maître, va plus profond quand il décrit ses « deux gros yeux bleus où la férocité prête de l'âme à la stupidité ». Le bœuf-tigre par excellence. Il vient de rapporter au procès de Lally-Tollendal. (Encore une abomination que ce procès ! Maladroit aux Indes, où il commandait, brutal autant qu'on voudra, infatué de lui-même, mais courageux et honnête homme, Lally, condamné à mort au terme d'une procédure honteuse de partialité, a servi de bouc émissaire aux malheurs de la guerre.)

L'appel est rejeté par quinze voix contre dix. Dans son rapport, Pasquier a cité Voltaire, dont le *Dictionnaire philo-*

1. Cf. *Le Secret du Roi*, tome 1, pp. 485-493.

sophique saisi chez La Barre fut renvoyé à Abbeville pour y être brûlé avec lui.

Louis XV refusa la grâce. Une supplique de l'évêque d'Amiens, La Motte, n'ébranla pas le roi.

Le 1er juillet 1766, on appliqua au chevalier la torture des coins pour qu'il dénonçât ses complices. Au premier procès, le jugement contre le jeune Moinel et deux autres comparses avait été suspendu dans l'espoir que La Barre les accablerait dans les supplices. Il fut admirable de fermeté. En chemise, pieds nus, la corde au cou, on le mena jusqu'à l'église Saint-Wulfram, avec, pendue à son cou, une pancarte sur laquelle étaient écrits les mots : « Impie, blasphémateur, sacrilège exécrable et abominable ». Les rues étaient noires de monde. Il lui fut douloureux de reconnaître aux fenêtres des amis, une fille aussi avec laquelle il avait couché et qui le regardait d'un air gai. « Ce qui me fait le plus de peine en ce jour, dit-il au prêtre monté avec lui dans le tombereau, c'est de voir aux croisées tant de gens que je croyais mes amis. » On criait des insultes. Sous le porche, il ne fit pas l'amende honorable attendue, se bornant à dire qu'il n'avait « jamais offensé l'Être suprême ». Quand le bourreau s'approcha, couteau à la main, pour lui couper la langue, il se débattit tant que l'autre renonça, se contentant d'un simulacre. Sanson, exécuteur des hautes œuvres, l'attendait sur l'échafaud dressé place du Marché. Ce n'était que Charles-Henri Sanson, fils de celui que nous avons vu faire un si affreux gâchis de l'écartèlement de Damiens[1]. Le père, pour le roder, lui confiait de temps en temps une exécution. Charles-Henri était maladroit. Deux mois plus tôt, son coup de coutelas n'avait pas suffi à trancher la tête de Lally-Tollendal ; saisissant alors le malheureux par les oreilles, il l'avait maintenu sur le billot tandis que ses aides lui sciaient le cou. Il expliqua à La Barre que tout était de la faute de Lally, qui avait mal placé sa tête. « Ne crains rien, lui répondit le garçon de vingt ans, je me placerai bien et ne ferai pas l'enfant. » Il se banda lui-même les yeux. La tête tomba au premier coup. Sanson la montra à la foule, qui applaudit. Elle fut placée sur le bûcher, le corps sur elle, comme si elle avait été un oreiller, et le *Dictionnaire*

1. Cf. *Le Secret du Roi*, tome 1, pp. 414-416.

philosophique par-dessus. Les flammes ne laissèrent que des ossements que les bourreaux et ses aides pilèrent avec conscience.

*
* *

Voltaire trembla. On lui avait rapporté que le conseiller Pasquier avait déclaré au Parlement « qu'il ne fallait pas s'amuser à brûler les livres, c'étaient les auteurs que Dieu demandait en sacrifice ». Le *Dictionnaire philosophique* était au centre du procès, et La Barre, si peu coupable, n'avait été tué que pour l'intimidation des philosophes en général et de Voltaire en particulier. Voltaire conseilla à Diderot, lui-même fort inquiet, de quitter la France sans délai ; puis il demanda asile à Frédéric II dans sa principauté de Clèves. « Cet asile vous sera ouvert en tout temps, répondit le roi de Prusse. Comment le refuserais-je à un homme qui a tant fait honneur aux lettres, à sa patrie, à l'humanité, enfin à son siècle ? »

La première crise passée, que son imagination morbide pousse jusqu'au délire (il est hanté par les supplices), il plonge dans la dépression. Écœurement devant l'abjection française. « Je ne conçois pas comment un cœur sensible et un esprit juste peut habiter le pays des singes devenus tigres. » Toujours cette manie de calomnier des animaux bien incapables de la cruauté d'un magistrat. « L'atrocité de cette aventure me saisit d'horreur et de colère... Arlequins anthropophages, je ne veux plus entendre parler de vous... Je ne veux pas respirer le même air que vous. » Mais l'ardeur du combattant finit par reprendre le dessus. En quelques mois ? Quelques jours. Phénoménale vitalité de ce vieillard qui agonise depuis quarante ans ! La Barre a été exécuté le 1er juillet. Le 15, Voltaire publie sous pseudonyme une *Relation de la mort du chevalier de La Barre*, premier compte rendu de l'affaire. « Dites-moi, demande-t-il, quel est le plus coupable, ou un enfant qui chante deux chansons réputées impies dans sa seule secte et innocentes dans tout le reste de la terre, ou un juge qui ameute ses confrères pour faire périr cet enfant indiscret par une mort affreuse ? » Surtout, par des dizaines de lettres, il alerte son réseau d'un bout de l'Europe à l'autre. Grands principes, grands sentiments, et petites astuces de propagandiste sachant qu'il faut faire image pour impressionner. Ainsi invente-t-il une parenté entre La Barre et le fameux cardinal Le Camus : « Ce cardinal avait commis des profanations bien plus grandes, car il avait communié un cochon avec une hostie. Il ne fut qu'exilé. Il revint ensuite cardinal et mourut en odeur de sainteté. Son parent est mort dans les plus horribles supplices pour avoir chanté des chansons et pour n'avoir pas ôté son chapeau. » Bien après, il publiera encore un appel à la justice sous ce titre magnifique : *Le Cri du sang innocent au Roi Très-Chrétien en son Conseil.*

La bataille de l'opinion publique, une fois de plus, est gagnée. La France, l'Europe savent l'inique martyre de La Barre. Les jeunes gens poursuivis avec lui sont mis hors de cause. Duval de Soicourt, qui demandait la noblesse, se voit éconduit et tombe dans la disgrâce. Mais les rois refuseront toujours la réhabilitation du chevalier. Il y faudra un décret de la Convention, le 25 novembre 1794.

Au plus fort du combat pour Calas, un grand magistrat, imbécile comme ils sont presque tous dans ces occasions, crispant les mâchoires pour qu'on ne leur arrache pas leur cadavre de la gueule, répétait avec une suffisance réjouie que l'affaire n'était pas grave parce qu'il y avait en France beaucoup plus de magistrats que de Calas. Mais il y avait un Voltaire. Seul, immense, il a attaqué les parlements dans leur attribution première — rendre la justice —, qu'on avait un peu oubliée à force de les voir envahir le champ constitutionnel. Grâce à lui, l'opinion publique a pour la première fois demandé compte aux juges du sang des hommes ; elle ne l'oubliera plus. Et à Voltaire, pour salaire : l'immortalité.

*
* *

Les cendres de La Barre volaient encore au vent du Nord que le Roi Très-Chrétien installait au pied du trône une fille qu'on aurait pu croire sortie d'un de ces romans « horribles pour l'obscénité », *Le Portier des Chartreux* ou *La Religieuse en chemise*, dont la possession avait coûté si cher au chevalier. Jeanne Bécu avait commencé par l'inconvenance de naître à Vaucouleurs, patrie de Jeanne d'Arc. Son père,

Vaubernier, moine du couvent de Picpus, portait en religion le nom de frère l'Ange ; de cet ange-là le sexe ne prêtait pas à dispute. Sa mère, jolie femme, jouissait de la protection de riches amateurs. Grâce à eux, elle put faire élever l'enfant chez les dames du Sacré-Cœur. Jeanne entre ensuite comme lectrice chez la veuve d'un fermier général. On la chasse après qu'elle a séduit les deux fils de la maison. Elle devient demoiselle de magasin chez Labille, marchand de modes rue Neuve-des-Petits-Champs. Piété filiale ou pied de nez aux dévots ? Elle se fait appeler Mlle l'Ange, comme son papa. Elle avait le paradis accueillant. Jean du Barry, dit « le Roué », la remarque et l'enlève. Pauvre enfant de chœur que La Barre auprès de ce Barry ! Comte improbable, enrichi dans les fournitures aux armées, joueur effréné, noceur invétéré, fournisseur de filles attitré de maints grands seigneurs, Jean du Barry revient fréquemment dans les rapports de police du temps. Il installe Jeanne dans son hôtel de la rue Jussienne et la maquereaute avec efficacité : le maréchal de Richelieu, qui n'est plus une jeunesse, et dont du Barry s'est fait « le courtier des plaisirs », le comte de Fitz-James, le financier Sainte-Foy, le vicomte de Boisgelin, etc. Demoiselle de magasin, elle était déjà connue, selon le comte d'Espinchal, « par les grands amateurs de la capitale ». La voici qui se frotte au beau monde. Elle lui donne du plaisir et en apprend les manières. Mais le Roué vise beaucoup plus haut. Il veut refaire le coup de la Pompadour. Il l'a déjà tenté en vain avec la fille d'un porteur d'eau de Strasbourg, « et plusieurs autres ». De concert avec son client Richelieu, il place le bel appât dans la galerie de Versailles où doit passer le roi. Voltaire et ses amis avaient procédé de même manière pour présenter la veuve Calas, mais quelqu'un s'était évanoui et le roi, son attention distraite, était passé sans la voir. On prétendait que des courtisans, soucieux de lui épargner une rencontre attristante avec la pauvre femme, avaient organisé la chose. La vision de Mlle l'Ange ne risquait pas de le porter à la morosité.

Elle est belle à ne pas croire. Ses yeux bleus, mi-clos, promettent ce que la bouche ravissante s'annonce prête à tenir ; des cheveux blond cendré ; un corps parfait, des seins absolument admirables. Le roi s'embrase. Il a cinquante-huit ans. Un tableau peint dans ces années-là le montre guetté par l'embonpoint, la joue molle et couperosée, le cou fripé maintenu par une cravate. Son regard, sous les paupières lourdes, exprime tristesse et ennui. La bouche marque du mépris. Toute l'expression n'est que désabusement. La vie a pris son tribut sur « le plus bel homme du royaume », avec la guerre perdue, l'harassante guérilla parlementaire, les deuils aussi : disparition de la Pompadour, sa seule amie, morts du dauphin et de la dauphine. Sa vieillesse verra-t-elle se renouveler l'hécatombe qui a dépeuplé son enfance ? Sans doute commence-t-il enfin de se blaser des plaisirs un peu crapuleux du Parc-aux-Cerfs. Jeanne, dans la gloire de ses vingt-cinq ans, est fontaine de jouvence pour cet homme crépusculaire.

Il n'ignorait pas qu'elle était parvenue jusqu'à lui en sautant de lit en lit. « On conte, dit-il au duc de Noailles, que je succède à Sainte-Foy... — Oui, Sire, répondit le duc, comme Votre Majesté succède à Pharamond. » Selon la légende, Pharamond était le premier roi des Francs. Si populeux qu'ait été son parcours, Jeanne, contrairement à la Pompadour, aimait l'amour, et le pratiquait, au dire des usagers, avec une science instinctive à laquelle l'expérience ne devait ajouter que ses piments. Elle étonna le roi, riche pourtant d'un palmarès amoureux laissant peu de place à l'inédit. On prétend que, comme il s'ouvrait avec candeur devant un courtisan de ses surprises, l'autre lui répondit : « Sire, c'est que Votre Majesté ne va pas au bordel. » Anecdote certainement apocryphe. La rumeur courait déjà que Jeanne avait été placée un temps dans la célèbre maison tenue par la Gourdan.

Sans rapport de cause à effet (elle en avait tant vu !), la reine Marie mourut quelques semaines après la rencontre entre son mari barbon et Mlle l'Ange. Elle avait soixante-cinq ans. La mort de son fils, celle de son père, deux mois plus tard, la laissaient désolée. Comment survivre à ce père tant aimé qui lui écrivait à la veille de disparaître : « Vous êtes un autre moi-même, et mes pensées sont autant unies aux vôtres que mon cœur, puisque je ne vis que pour vous... » ? Il savait l'amertume de sa vie et la consolait. « Je baise les larmes que vous versez, ces petites perles qui sont d'un prix infini pour moi. » Retirée dans son oratoire, elle priait pour ses défunts. « Pour moi, écrivait-elle, je suis triste et le serai toute ma vie. Je n'ai de consolation que de penser que ceux que je pleure ne voudraient pas revenir dans cette vallée de larmes. » Au moins la grande délaissée eut-elle le réconfort de voir son époux lui revenir quelque peu après la mort du dauphin : la douleur les rapprochait. Mais elle dépérissait, minée par des maux d'estomac, atteinte aux poumons. Elle s'éteignit le 24 juin 1768, au terme d'une longue agonie. « Cette respectable princesse, qui n'avait jamais fait que du bien, écrit le duc de Croÿ, méritait les regrets de la nation. » Sa mort passa inaperçue. Le roi, tout à ses nouvelles amours, afficha une tristesse de convenance.

Il avait installé sa facile conquête à Versailles, dans l'appartement laissé libre par Le Bel. Car Le Bel, son principal pourvoyeur en filles, était mort tout à point, comme pour marquer par sa disparition l'avènement d'un nouveau règne amoureux. Y avait-il pris sa part ? C'est une autre version, selon laquelle il aurait eu Jeanne le premier, et le roi, la découvrant par hasard chez lui, la lui aurait empruntée. Dans ce domaine, il est bien difficile de démêler le vrai du faux. Toujours est-il que d'aucuns prétendirent que Le Bel vit d'un mauvais œil que son maître s'amourachât de Jeanne, au lieu d'en user comme d'une putain, et le bruit courut qu'elle s'était débarrassée de lui en le faisant empoisonner. Tant de rumeurs à Versailles ! Ne murmurait-on pas que Choiseul avait empoisonné le dauphin, auquel il vouait une haine viscérale ?...

Pour l'établir à la cour, il fallait à la belle un époux. Le Roué ne pouvait y pourvoir, étant lui-même marié. Il avait un cadet, capitaine à la retraite, qui vivait de son petit bien en Languedoc. On le fit monter à Paris. Il donna son nom à Jeanne, reçut une belle gratification, retourna dare-dare en jouir dans son Languedoc sans avoir tiré d'autre satisfaction de sa femme légitime. Roi très singulièrement chrétien qui laisse supplicier un jeune homme coupable de ne s'être pas découvert devant une procession, mais bafoue à la face de son peuple le sacrement de mariage.

L'indispensable présentation à la cour renouvela les comédies pompadouriennes. Après bien des rebuffades, on avait trouvé une marraine à la marquise : la princesse de Conti. Pour présenter la du Barry, on dégota une vieille comtesse de Béarn, elle aussi percluse de dettes, avec deux fils officiers qui estimaient mériter de l'avancement. La présentation fut retardée par la visite du roi de Danemark, puis par une chute que fit Louis XV à la chasse, dans laquelle il se luxa l'épaule. Lorsqu'elle eut enfin lieu, aucune femme de la cour n'y assista. C'était un signe. Vingt-quatre ans plus tôt, pour la présentation de la Pompadour, personne n'eût osé infliger au roi pareil affront. Afin de bien lui signifier son mépris, Choiseul donna le lendemain une fête somptueuse à laquelle la cour se bouscula.

Choiseul, hissé au pouvoir par la Pompadour, menant la plus libre des vies, n'était guère en posture de jouer les père La Vertu, fût-ce avec une du Barry. Il lui voue une aversion immédiate et définitive. Dans ses Mémoires, il dira sa stupeur de retrouver dans le lit du roi cette Mlle l'Ange qui était venue à deux reprises dans son cabinet solliciter un marché de fournitures pour son maquereau, s'offrant sans façon la seconde fois, « mais je ne la trouvais pas du tout à mon gré ; d'ailleurs les craintes assez naturelles sur sa santé m'empêchèrent de songer à remplir l'objet de sa visite ». Il se rassure pourtant : « L'on croyait que le sort de cette fille serait comme celui de vingt autres plus honnêtes, que l'on avait renfermées au Parc-aux-Cerfs, à Versailles, lesquelles étaient destinées à employer leurs soins aux plaisirs que cherchait le Roi et qu'il trouvait difficilement. » La présentation change tout : du Barry sera ce que fut Pompadour.

En vérité, Béatrice de Gramont, sœur de Choiseul, et couchant avec lui selon le bruit général, avait espéré la place. Son frère menant le ministère et elle-même tenant le roi, c'était le pouvoir pérennisé dans le clan familial. Mais elle avait trente-huit ans, l'âge de Mme de Maintenon quand elle intéresse Louis XIV. L'arrière-petit-fils du Roi-Soleil n'est pas en quête d'une Maintenon. Il le confie à son ministre, dont l'hostilité le navre, dans une lettre un peu pitoyable où il prend la défense de sa maîtresse : « Le déchaînement contre elle a été affreux, à tort pour la plus grande partie. L'on serait à ses pieds si... Ainsi va le monde. Elle est jolie, elle me plaît ; cela doit suffire. Veut-on que je prenne une fille de condition ? Si l'archiduchesse était telle que je la désirerais, je la prendrais pour femme avec grand plaisir, car il faudra bien faire une fin et le beau sexe autrement me troublerait toujours ; car très certainement vous ne verrez pas une dame de Maintenon de ma part. En voilà, je pense, assez pour cette fois-ci. »

Si Choiseul redoute que la du Barry suive les brisées d'une Pompadour et batte en brèche son pouvoir, il en recevra très vite le démenti. Jeanne n'est pas politique pour deux sols. Elle n'ambitionne aucune influence. Il lui suffit d'être aimée du roi. Un rien lui est bonheur : les fêtes que Louis multiplie avec une ardeur de jeune homme, les bijoux dont il la couvre, le château de Louveciennes qu'il lui offre, et qu'elle fait agrandir et embellir à grands frais, les trois cent mille livres que lui remet chaque mois le banquier de la cour (ô finances misérables du Secret !), ses chevaux achetés à Londres, les robes, les meubles, les tableaux : pourquoi s'encombrerait-elle de politique ? Elle est bonne fille, sans malice, trouvant le monde très bien fait et n'en voulant à personne. Mais les agressions de Choiseul l'obligeront à se défendre, voire à contre-attaquer. Or, ces agressions ne cessent pas. Les couplets contre la Pompadour — les « poissonnades » — s'en prenaient à sa basse extraction sociale ; ceux qui foisonnent contre la du Barry attaquent sa personne, et avec quelle violence !... Ils sortent presque tous de la boutique Choiseul, qui avait à ses gages un chansonnier féroce chargé d'exécuter la nouvelle maîtresse. Ainsi :

Tous nos laquais l'avaient eue
Lorsque, trottant dans la rue,
Vingt sous offerts à sa vue
La déterminaient d'abord...

Et encore :

Vous distinguez, je crois, celle qu'à notre cour
On soutenait n'avoir jamais été cruelle...
Du laquais au marquis, chacun se souvient d'elle.

C'est déjà raide, mais des fabriques de pamphlets installées à Londres, que l'affaire d'Éon nous a fait connaître, sortiront des productions carrément ordurières, vendues sous le manteau à travers la France : *L'Apprentissage d'une fille de mode, L'Apothéose du roi Pétaud, Anecdotes secrè-*

tes sur la comtesse du Barry, La Belle Bourbonnaise — un fleuve de boue !

Mais des couplets prémonitoires courent aussi les rues, où l'on fait dire à Choiseul :

Jadis, je dus ma fortune aux catins,
Je leur devrai donc ma disgrâce...

*
* *

Elle a probablement sauvé le roi d'une vieillesse sordide en l'arrachant aux machinales débauches du Parc-aux-Cerfs, qu'elle fit fermer. Il aimait son entrain et riait de s'entendre appeler « la France » dans l'intimité. Elle avait pris sans difficulté le ton de la cour. D'Espinchal : « Elle est chez elle et dans le public de la plus grande décence. » Bouillé : « Son ton n'avait rien de commun, encore moins de vulgaire. » Talleyrand la trouve supérieure pour les manières à la marquise de Pompadour, dont le vocabulaire laissait à désirer : « Moins bien élevée, Mme du Barry était parvenue à avoir un langage assez pur... Elle aimait à parler et elle avait attrapé l'art de conter assez gaiement. » Apprenant vite son monde, elle s'attacha Voltaire, puissance lointaine et détestée par son amant, mais puissance tout de même, en lui envoyant deux coussins d'or brodés de sa main, son portrait et deux baisers. Elle reçut en retour ce joli quatrain :

Quoi, deux baisers sur la fin de ma vie !
Quel passeport vous daignez m'envoyer !
Deux ? C'est un de trop, adorable Égérie !
Je serai mort de plaisir au premier.

La haine que lui porta d'emblée la cour, atténuée ensuite par des ralliements opportunistes, visait sans doute, comme pour la Pompadour, son origine sociale : personne n'eût trouvé à redire si le roi avait élu une femme de grande famille. Mais la première favorite était arrivée à la cour avec une vie privée irréprochable, quand celle de la seconde ne pouvait qu'être méprisée. Même s'il n'était pas vrai que tous leurs laquais l'avaient eue, combien de maîtres, jeunes et vieux, la voyant aux côtés du roi, devaient se ressouvenir avec émotion de ses agréables spécialités ? Il eût été aisé à Louis XV d'en jouir à son tour en gardant à leurs relations la discrétion convenable, mais son bon plaisir ne souffrait pas d'être tenu en lisière par les convenances les plus élémentaires : « Elle est jolie, elle me plaît, cela doit suffire. » Caprice de barbon amoureux, indigne du personnage sacré qu'est le roi de France. Il suscite un dégoût qui ne finira qu'avec lui. « La passion l'emporte sur la honte », écrit à Vienne Mercy-Argenteau, ambassadeur d'Autriche. En plaçant Mlle l'Ange quasiment sur le trône, Louis XV jetait un air de mépris sur ce trône au moment où la rébellion parlementaire en menaçait l'assise et où la politique extérieure de la France s'engageait dans une passe pour le moins délicate.

XII

Au contraire des Polonais, Casanova voyait en Poniatowski, qui se faisait appeler Stanislas-Auguste depuis son couronnement, un excellent roi de Pologne.

Il avait quitté Saint-Pétersbourg sans obtenir l'emploi désiré. Il y laissait une adolescente russe de treize ans, achetée, pucelle, cent roubles à son père en vertu d'un contrat en bonne et due forme, comme l'y autorisaient les mœurs locales. Elle avait réjoui ses nuits, puis il en était devenu amoureux. À celles qu'il avait aimées mais que sa vocation aventureuse l'obligeait à quitter, Casanova s'efforçait, souvent avec succès, d'assurer la sécurité matérielle. Il casa la jeune fille auprès d'un septuagénaire qui, faute de faire son bonheur, garantit en effet son avenir par un décès précipité qui la laissait à l'abri du besoin. Quant à Casanova, il prit la route de Varsovie en compagnie d'une belle actrice française lassée des frimas. Un matelas installé dans la voiture, vins fins, victuailles en suffisance : le voyage fut un enchantement.

Les lettres de recommandation dont il s'est muni à Pétersbourg lui ouvrent les portes d'Adam Czartoryski, cousin de Stanislas-Auguste. Dès le premier jour, Adam l'invite à souper. Il se retrouve assis à la droite du roi, dont la figure le charme et à qui il trouve une culture rare et beaucoup d'humour. Stanislas-Auguste accable le visiteur de tant de questions sur sa chère Catherine que l'un et l'autre en oublient de manger. On se revoit avec plaisir. Mais la bourse de l'aventurier, déjà mincelotte, tend vers l'exténuation. À un dîner auquel assiste Stanislas-Auguste et où l'on fait assaut d'érudition, il cite adroitement ce vers d'Horace, son poète vénéré : « Celui qui tait sa pauvreté devant le roi en obtient plus que celui qui demande. » À quelques jours de là, Stanislas-Auguste lui glisse deux cents ducats. Casanova ne manque plus le lever du roi et bavarde avec lui tandis qu'on le coiffe. Il ambitionne de devenir son secrétaire. Pourquoi pas ?

La coiffure tenait une grande place dans la vie du roi de Pologne, si amoureux de ses cheveux qu'il avait préféré un scandale politique à leur sacrifice. Le protocole exigeait que le monarque fût couronné en habit polonais, tête rasée. Pour préserver sa chevelure, Stanislas-Auguste s'affubla d'un déguisement d'opéra-comique, avec casque et brodequins. Une moitié de la nation s'indigna ; l'autre ricana. Ses audiences les plus longues étaient réservées à son miroir. « Je me crois la physionomie noble et très significative, écrira-t-il, et un air de qualité dans le geste et dans tout mon maintien, assez distingué pour me faire remarquer partout. » Il se fût néanmoins souhaité « la jambe mieux faite, le nez moins aquilin, moins de hanche, la vue meilleure et que mes dents paraissent davantage ». Des nombreux portraits de sa personne qu'il fit exécuter, il préféra toujours celui dont le peintre s'était souvenu avec insistance du Roi-Soleil.

En paraphrasant la phrase de Frédéric sur Louis XV, on pourrait écrire de Stanislas-Auguste qu'il avait beaucoup de défauts, dont celui d'être roi. L'ambition de régner n'était pas chez lui spontanée. Elle lui avait été insufflée avec énergie par Charles Williams, ambassadeur de Grande-Bretagne, qui aimait les garçons. Il paraît néanmoins que sa passion pour Stanislas-Auguste resta chaste et qu'il se contenta d'être son mentor. Les amours du Polonais avec

Catherine, encouragées par Williams, ouvraient de grandes perspectives politiques. Elles furent un événement d'une autre sorte pour Stanislas, qui, jeune, beau et riche, rentrant au surplus d'un long voyage à travers l'Europe où ses galanteries avaient trompé le monde, avouera tout uniment : « Par une singularité remarquable, j'eus à lui offrir, quoique à l'âge de vingt-deux ans, ce que personne n'avait eu. » Catherine et Williams décidèrent d'en faire un roi. Quant à lui, amoureux romanesque, il croyait qu'un mariage scellerait la passion et que Russie et Pologne ne feraient plus qu'un. Las ! à peine fut-il couronné par la volonté des baïonnettes russes que Catherine cessa de répondre à ses lettres, et même de les ouvrir...

Il savait pourtant que l'État a ses raisons que le cœur ignore, sans quoi Hennin n'aurait pas reçu, avant même l'élection, ses confidences sur la nécessité qu'il prévoyait de s'appuyer sur la France pour contenir les envahissements russes. De ce côté-là aussi, il avait dû déchanter : Louis XV ne pardonnait pas l'insulte faite à son ambassadeur Paulmy. Une réconciliation de façade était bien intervenue, mais, malgré les instances de Charles de Broglie, un simple chargé d'affaires, Jean-Claude Gérault, par ailleurs vétéran du Secret, représentait la France à Varsovie.

Pour suppléer à cette carence, Stanislas-Auguste imagina d'inviter celle qu'il appelait « Maman » et qui avait si maternellement payé ses dettes parisiennes : Mme Geoffrin. Elle tenait salon, recevant les artistes le lundi et les gens de lettres le mercredi ; ses invités sont aujourd'hui dans tous les manuels de littérature. Âgée de soixante-sept ans, son plus long déplacement avait été pour Fontainebleau. Elle prit vaillamment la route et son voyage fut un événement dont toutes les gazettes parlèrent. De Pétersbourg, avances gracieuses de la czarine Catherine. À Vienne, accueil flatteur de l'impératrice-reine Marie-Thérèse, qui, devenue veuve, avait fait élire son fils empereur sous le nom de Joseph II. À Varsovie enfin, Stanislas-Auguste tomba dans ses bras et la traita comme une reine. Il avait eu la délicatesse de lui faire aménager dans son palais un appartement exactement identique à celui qu'elle avait à Paris, afin que la bonne personne, retrouvant les mêmes meubles à la même place, ne fût pas dérangée dans ses habitudes. Parmi d'autres publications récentes, Mme Geoffrin lui apportait, de la part de Voltaire, la collection complète de ses plaidoyers pour Calas et Sirven.

Son arrivée fut fatale à Casanova.

Il croyait s'être tiré par miracle d'un des pas les plus périlleux de sa vie. Stanislas-Auguste avait pour ami intime et âme damnée un comte François-Xavier Branicki, de naissance discutée, qui, à l'indignation du grand-général Branicki, se prétendait son parent. Beau, courageux (servant dans l'armée française, il avait brillamment combattu pendant la dernière guerre sous les ordres de Charles de Broglie, dont il était l'aide de camp), parfaitement amoral, capable d'une cruauté sans bornes, il se prit de querelle avec Casanova à propos d'une actrice, et lui concéda un duel. Le Vénitien fut sensible à l'honneur qui lui était fait, Branicki se contentant d'habitude d'ordonner à son majordome de gifler les roturiers qui l'agaçaient, mais conçut quelque perplexité de ce que l'offenseur refusât un combat à l'épée et imposât le pistolet. François-Xavier Branicki, tirant sur le fil d'une lame de couteau, séparait sa balle en deux. Le comte arriva sur le pré entouré d'un appareil militaire considérable : aides de camp, ordonnances, hussards ; Casanova était seul. Sa balle transperça le ventre du Polonais tandis que lui-même était touché à la main gauche. Il s'apprêtait à aller secourir son adversaire quand, à sa considérable surprise, il vit aides de camp, ordonnances et hussards tirer leur sabre du fourreau et foncer sur lui avec des intentions dénuées d'équivoque. Un « Canailles, respectez cet honnête homme ! » lancé par Branicki empêcha l'assassinat. Le blessé, que chacun voyait perdu, eut l'élégance de donner sa bourse au Vénitien, ainsi que son cordon de l'Aigle Blanc pour sauvegarde. La fougue polonaise justifiait ces précautions : Casanova, lui-même si sérieusement atteint que cinq chirurgiens voulurent l'amputer du bras, n'échappa que de justesse aux représailles des amis de Branicki. Les deux blessés se rétablissent enfin et se raccommodent ; Stanislas-Auguste pardonne l'infraction à la loi interdisant le duel ; Casanova fait figure de personnage et apprend avec plaisir que la nouvelle de son duel, sidérant par la différence de condition des deux adversaires, fait le tour de l'Europe, quand il voit tout à coup les mines s'allonger sur son passage et le roi le regarder sans le voir : la bonne Mme Geoffrin est passée par là, riche d'anecdotes sur quelques péripéties judiciaires traversées par Casanova à Paris...

Bon prince, Stanislas-Auguste lui fait porter mille ducats, avec ordre de sortir du pays. Il faut reprendre la route, qui, pour l'aventurier vieillissant, n'est plus tapis magique, mais chemin de croix.

Tel est le roi de Pologne : facile d'accès, aimable, généreux. Il déborde d'excellentes intentions, veut réformer son pays, le tirer de l'anarchie, faire ruisseler sur lui les Lumières. Il est cultivé, artiste. Mais à quoi sert la bonne volonté sans volonté ? Les nerfs fragiles, l'âme sensible, il évoque sans cesse son *spleen*, mot appris au cours de son séjour en Angleterre et qui agace prodigieusement les Polonais. En même temps, il se jette sur toute femme passant à sa portée, sans trier, avec une insatiable boulimie sexuelle ; le nombre « presque prodigieux » de ses maîtresses décourage l'inventaire. Détesté de son peuple, pour lequel il n'est que la marionnette des Russes, méprisé par ses deux oncles Czartoryski, il se distrait, gaiement malheureux, à des futilités. Tout aventurier débarquant à Varsovie se voit par lui fêté ; les comédiennes italiennes ou françaises passent par son lit ; il dessine avec application, pour le corps des cadets polonais, des casques emplumés si haut que les coups de vent renversent les malheureux gamins. Il épaule cependant ses deux oncles dans leurs tentatives de réformes.

*
* *

Un roi de Pologne librement élu, soutenu par des nations sans visées sur son pays, telle la France, débarrassé par cet appui des pressions extérieures, ce roi dont avait rêvé Charles de Broglie aurait eu beaucoup de peine à convaincre la noblesse polonaise de renoncer à une anarchie qu'elle nommait liberté et où elle trouvait tant d'avantages. Un roi imposé par Saint-Pétersbourg, encadré par deux vieillards dirigeant le parti russe depuis plus de trente ans, n'avait aucune chance d'y parvenir. Les Polonais auraient-ils, par extraordinaire, consenti aux réformes que ni Frédéric ni Catherine ne l'auraient permis : un article secret du traité de Saint-Pétersbourg excluait tout changement dans les règles constitutionnelles polonaises.

La diète de 1764, tenue dans le sillage de l'élection, permit pourtant aux deux Czartoryski de faire passer d'utiles réformes, notamment la création de quatre conseils de gouvernement et l'imposition d'un droit de douane aux frontières. Le budget s'en trouva rééquilibré ; l'administration, réorganisée. La Russie voulait un traité d'alliance défensive et offensive ; on se borna au défensif. Les Czartoryski ne s'oublièrent pas et s'attribuèrent l'héritage d'Ostrog, dont les efficaces diligences de Charles de Broglie les avaient frustrés dix ans plus tôt. Ils eurent aussi la vanité de faire voter l'érection en leur honneur de deux statues ; on afficha nuitamment dans les rues de Varsovie cet avis : « Élevez deux gibets : c'est leur vrai monument. »

Les chefs de ce qu'on avait appelé le parti patriote, battus et dispersés, s'étaient réfugiés à l'étranger. Le prince Radziwill, dont les domaines avaient été saisis et distribués, resta en exil. Le grand-général Branicki, se voyant abandonné de tous, notamment de la France, demanda la paix. Il avait près de quatre-vingts ans, et sa jeune femme, Isabelle, était la sœur de Stanislas-Auguste. André Mokronowski, revenu avec lui, dut aller faire sa soumission au roi. Comme il entrait dans la salle remplie de courtisans, quelqu'un lui lança : « Vous venez trop tard. » Mokronowski répondit : « On ne vient point trop tard quand on ne demande rien. » Stanislas, qui n'avait pas de rancune et désarmait bien des adversaires par sa gentillesse, l'embrassa en pleurant : « Mokronowski, ne vous séparez pas de moi ; vous voyez tout ce qu'il m'a fallu employer de moyens pour tromper les Russes. » Le géant se borna à demander au roi s'il croyait vraiment les avoir trompés. Il resta peu de temps à Varsovie, qu'il quitta pour rejoindre Branicki et sa femme Isabelle, dont il était l'amant.

La diète de 1766, deux ans après l'élection, s'annonçait mouvementée.

Catherine avait pour ambassadeur à Varsovie un prince Repnine, trente-deux ans, neveu du puissant ministre russe Panine, qui porterait aisément au péché d'anachronisme : on a envie d'écrire qu'il se conduisait plus en *gauleiter* qu'en diplomate. Instrument d'une politique d'oppression, il l'aggravait par une morgue infinie et une violence suffocante, comme s'il ne lui suffisait pas d'ordonner mais qu'il eût voulu être obéi dans la plus complète humiliation. Il posa ses exigences avant la réunion de la diète : adhésion de la Pologne à un traité défensif *et* offensif ; rectifications de frontières, à la vérité mineures ; égalité complète des droits entre catholiques et ceux qu'on nommait les « dissidents », calvinistes et luthériens d'une part, orthodoxes d'autre part. Sur le dernier point, il lut une déclaration de la czarine indiquant que « s'il se trouvait, contre son attente, des oppositions que les réflexions ne pussent vaincre, elle serait contrainte d'employer la force, et qu'elle déclarait y être résolue ». Pour plus de sûreté, Repnine exigea des évêques polonais membres de la diète un silence total sur le problème des dissidents, qui les concernait au premier chef.

Stanislas-Auguste en fut désespéré, prévoyant à juste titre que l'affaire pourrait mettre son royaume à feu et à sang. Il annonça à Repnine, en audience publique : « Je n'entrevois que des périls dans les résolutions que j'ai à prendre ; mais j'aime mieux m'exposer à celui que l'honneur et le devoir m'engagent à choisir, et, dès à présent, je m'unis à ma nation pour la défense de notre sainte religion. »

Comme la précédente, la diète était acquise aux Czartoryski, maîtres de toutes les grâces. Ils firent passer l'abolition du *liberum veto* dans les diétines. Forts de ce succès, ils proposèrent sa suppression à la diète pour tout ce qui concernait les impôts et l'armée. C'était donner à l'exécutif les moyens de gouverner. Une opposition inattendue se manifesta avec tant de force que Stanislas-Auguste s'évanouit sur son trône au beau milieu de la séance. Repnine annonça qu'un tel vote équivaudrait à une déclaration de guerre à sa souveraine, et fit marcher six mille hommes sur Varsovie. Comme les Czartoryski s'employaient efficacement à reprendre leur monde en main, l'ambassadeur les contra en embrasant la diète avec l'affaire des dissidents, qu'il évoqua avec sa brutalité habituelle, tandis que son collègue prussien avertissait sans ambages que Frédéric était prêt à faire entrer douze mille hommes en Pologne. Le tumulte fut tel que Stanislas-Auguste s'enfuit de la diète, où quelques dizaines de députés voulaient l'assassiner.

À la séance suivante, les Czartoryski renoncèrent à l'abolition du *liberum veto* pour les impôts et l'armée. Cette abdication marquait la défaite de deux hommes rompus depuis plus de trente ans aux détours de la politique, mais qui avaient eu la candeur de croire qu'ils pourraient sauver la Pologne grâce à la protection de ses pires ennemis.

Gaétan Soltyk, prince-évêque de Cracovie, avait bravé l'interdiction de Repnine en se prononçant avec une éloquence redoutable contre toute concession aux dissidents. Issu d'une famille illustre, il avait naguère suivi Stanislas Leszczynski à Dantzig et subi, après la défaite, une dure détention aux mains des Russes. Il était attaché au grand-général Branicki. Orgueilleux, intraitable, inaccessible, comme beaucoup d'autres, aux menaces contre sa personne, il voyait sans sourciller, contrairement à la plupart, ses domaines régulièrement ravagés par la soldatesque russe en représailles de son refus de plier. Repnine portera la provocation jusqu'à parader dans une voiture tirée par des chevaux volés dans ses écuries.

Mais cet homme rugueux n'était pas imbécile. Après des conférences avec leurs représentants, il fit accorder aux dissidents quelques satisfactions, de sorte que la diète se sépara sans que l'irréparable eût été consommé.

Pour Catherine et Frédéric, ce n'était que partie remise.

*

* *

L'âme des peuples : vieille lune dont s'enchantèrent tant d'historiens, philosophes, essayistes ! Si vaines que nous paraissent aujourd'hui leurs dissertations, comment ne pas être saisi par la permanence du mépris haineux voué aux Polonais par leurs voisins russes et allemands ? Frédéric, grand prédateur du siècle, ne se départit pas d'un cynisme de bon aloi qui le tient à l'écart des trivialités chauvines : un propriétaire arrondissant son domaine. Avec la Pologne, le ton change : « C'est de la plus fine canaille, la dernière nation de l'Europe et la plus avilie. » Il écrira bientôt un poème en six chants ruisselant de vulgarité. Pour lui, la déesse Sottise règne sur la Pologne :

Avec plaisir elle vit la Pologne
La même encor qu'à la Création
Brute, stupide et sans instruction,
Staroste, juif, serf, palatin, ivrogne,

Tous végétaux qui vivaient sans vergogne...
Un peuple abject, dans la crasse abruti
Qui de penser n'eut garde de sa vie.

Catherine ne savait pas rimer, mais son ambassadeur Repnine exprimait parfaitement son opinion sur la Pologne[1].

Que deux souverains animés uniquement par la volonté de conquête, imprégnés d'un mépris si répugnant pour la nation à subjuguer, soient parvenus à rallier à leur entreprise tout ce que l'Europe comptait de noble, de généreux, d'humaniste — les Lumières enfin ! — constitue à coup sûr l'une des opérations de désinformation les plus réussies de tous les temps.

Depuis une trentaine d'années, la situation des dissidents s'était dégradée. On leur refusait désormais l'accès aux dignités publiques, et ils étaient privés de leurs droits politiques. L'exclusion pouvait s'expliquer par le souci d'écarter des leviers de commande ce qu'on n'appelait pas encore une « cinquième colonne », les orthodoxes regardant naturellement du côté de Pétersbourg et les protestants tendant l'oreille vers Berlin. Dans les faits, elle ne brimait pas grand monde, puisque les charges publiques étaient réservées à la noblesse, que les protestants nobles, lorsqu'ils se comptèrent, parvinrent avec difficulté au chiffre de cinq cent soixante-treize, et que les orthodoxes, pratiquement tous marchands, artisans ou paysans, ne pouvaient aspirer aux dignités et ne s'en souciaient nullement. Mais la liberté des cultes était absolue et les dissidents jouissaient, pour leurs personnes et pour leurs biens, des mêmes droits que la majorité catholique. Autant dire que la Pologne, bien loin de se situer à l'arrière-garde des nations éclairées, marchait de ce point de vue dans le peloton de tête, n'étant guère précédée que par la Prusse de Frédéric. Elle exceptée, aucun autre pays d'Europe, qu'il fût catholique ou protestant, n'accordait une pareille liberté de culte aux religions

1. Écho lointain mais immuable de ces sentiments : les messages de congratulations échangés entre Moscou et Berlin en 1939, après qu'ils ont fait une fois de plus main basse sur la Pologne, et traitant un pays millénaire d'« État-croupion » ou d'« avorton du traité de Versailles ».

minoritaires. L'Angleterre, modèle de libéralisme, refusait les droits civiques aux catholiques. Les protestants français attendront Louis XVI pour recouvrer un état civil. Point de Calas ni de Sirven en Pologne, ni de pasteur Rochette mis à la potence, ni d'enfants enlevés de force à leurs parents pour être fourrés au couvent, ni d'adolescent finissant vieillard à ramer sur les galères du roi. En exigeant l'égalité politique pour les dissidents, Frédéric et Catherine imposaient à la Pologne ce que la quasi-totalité des gouvernements européens auraient refusé avec indignation.

Tout frotté de philosophie qu'il fût, Stanislas-Auguste savait bien que l'égalité complète ne pourrait être atteinte qu'au prix d'un patient travail sur l'opinion publique. Il écrivit à Catherine : « La protection que vous apportez aux dissidents est digne de votre humanité et de votre philosophie. La tolérance établie dans mon royaume sera un très bel événement de votre règne... Mais laissez-moi un peu de temps. Il faut, avant que je puisse amener les esprits de ma nation à de tels changements, que j'aie pu gagner leur confiance. Je n'ai pas besoin de vous dire avec Racine :

Gardons-nous de réduire un peuple furieux,
Madame, à prononcer entre nous et les Dieux. »

C'était intelligent et raisonnable, aussi n'avait-il aucune chance d'être entendu par les deux prédateurs, pour qui l'affaire des dissidents n'était que le levier apte à renverser la Pologne. Afin de dissiper toute équivoque, indiquons dès à présent que lorsqu'ils seront parvenus à réaliser leurs sinistres desseins et qu'ils voudront se concilier ce qu'il restera — provisoirement — de ce pays, Frédéric et Catherine laisseront tomber sans un battement de cils les dissidents et renonceront à soutenir les droits qu'ils leur avaient obtenus avec tant d'hypocrite emphase.

Les philosophes donnèrent droit dans le panneau. En matière de tolérance, Frédéric était leur modèle — « le chef » du parti, comme le répétait d'Alembert. Il l'avait mérité par la liberté religieuse introduite dans son royaume. Catherine, grimpée sur le trône des czars avec le cadavre de son piètre mari pour marchepied, maîtresse d'un empire où l'idée de liberté ne se trouvait que dans les livres venus d'ailleurs, eut tôt fait de se donner l'image d'une princesse régnant selon les Lumières. Grande liseuse, elle connaissait les textes : Bayle, Voltaire, Diderot, d'Alembert, Montesquieu, l'*Encyclopédie*, devenue son livre de chevet. Elle est précisément en train de traduire *Bélisaire*, roman de Marmontel condamné en France. Mais, tel Frédéric, les philosophes l'intéressent au moins autant pour leur capacité à modeler l'opinion que pour leurs œuvres, et, comme le roi de Prusse, elle investit beaucoup de temps (et plus d'argent) dans leur conquête. Seul d'Alembert lui résista, qui vivait d'une pension annuelle de dix-huit cents livres et refusa les cent mille livres proposées pour qu'il devînt le précepteur de son fils, le czarévitch Paul. Diderot, dont elle a acheté la bibliothèque cinq fois sa valeur, lui laissant d'ailleurs ses livres et l'instituant son bibliothécaire rémunéré, Diderot rembourse en dithyrambes sur « la plus grande femme qui se fût encore assise sur un trône » ; cette année 1766, il professe que Catherine est sa « Divinité ».

Nous connaissons trop notre Voltaire pour imaginer qu'il se laissera gagner à la main par ses confrères. Au début, et comme eux, une réserve discrète due à l'assassinat de Pierre III, suivi de la liquidation d'un Ivan qui prétendait non sans raison avoir des droits sur le trône et qu'Élisabeth s'était contentée de garder reclus. Mais comment résister aux avances de Catherine ? Voltaire est dans une période de froid avec Frédéric, donc « il ne me reste que cette tête couronnée, il me la faut absolument » ; les cadavres sont escamotés : « Je conviens avec vous que la philosophie ne doit pas trop se vanter de pareils élèves, mais que voulez-vous ? Il faut aimer ses amis avec leurs défauts » ; et à Mme du Deffand, rivale de Mme Geoffrin : « Je sais bien qu'on lui reproche quelques bagatelles au sujet de son mari, mais ce sont des affaires de famille dont je ne me mêle pas... Et son vilain mari [encensé par Voltaire à son avènement] n'aurait fait aucune des grandes choses que ma Catherine fait chaque jour. » Ma Catherine ? Ce n'est pas assez. Elle devient vite *ma Catau*... Frédéric avait été le « Salomon du Nord » : elle sera la « Sémiramis[1] du Nord ». Catau souscrit naturellement pour les Calas, pour les Sirven, encense « l'avocat du genre humain », « le défenseur

1. Reine légendaire d'Assyrie et de Babylonie. On lui attribuait la création des célèbres jardins suspendus de Babylone.

de l'innocence opprimée » dont elle reçoit en retour cet acte d'allégeance : « Nous ne demandons que l'honneur de placer votre auguste nom à la tête de ceux qui nous aident à écraser le fanatisme. »

Aussi, quand la Catau fait marcher ses régiments contre ce que Frédéric appelle la « superstition christicole » régnant en Pologne, royaume où perdurent, toujours selon Frédéric, « la crasse ignorance et l'engourdissement des esprits », Voltaire commet ces lignes dignes d'entrer dans le livre noir de la trahison des clercs : « C'est une chose assez plaisante et qui a l'air de la contradiction de soutenir l'indulgence et la tolérance les armes à la main ; mais aussi l'intolérance est si odieuse qu'elle mérite qu'on lui donne sur les oreilles. Si la superstition a fait si longtemps la guerre, pourquoi ne feraiton pas la guerre à la superstition ? »

Il écrit cela dans le moment où il mène son combat historique contre une intolérance qui assassine des innocents en France, alors que la « superstition christicole » polonaise ne fait aucun cadavre. Nul doute qu'il est alors obsédé par « l'Infâme ». Ses illustres confrères, aussi enthousiastes à marcher derrière le prince Repnine, singulier porte-drapeau de la philosophie, ne possèdent pas la même justification. Le mécénat intéressé de Catherine et la fascination ordinaire des intellectuels pour le pouvoir n'expliquent pas tout. C'est bien la myopie politique qui est ici en cause. Abusés par deux monarques qu'ils considèrent comme des leurs et qu'ils admirent sincèrement, ignorants des réalités polonaises, ils n'ont pas vu que, si la Pologne résistait aux oukases russes et aux diktats prussiens, c'était autant comme nation que par religion. Aveugles pour le présent, ils pouvaient encore moins deviner l'avenir, pourtant assez prévisible : la realpolitik russo-prussienne, en faisant de l'Église catholique polonaise l'incarnation substantielle de la résistance nationale, ouvrait à cette Église une carrière temporelle qui est loin d'être close à l'heure où ces lignes sont écrites. Voltaire à leur tête, les philosophes auront bien travaillé pour « l'Infâme »...

*
* *

Ils avaient au moins l'excuse d'être éloignés d'une action dont ils n'étaient que spectateurs. Les patriotes polonais, engagés dans le combat qui déciderait de l'existence de leur pays, se laissèrent eux aussi rouler dans la farine par la Sémiramis du Nord.

Elle avait, dès la dissolution de la diète, donné consigne aux orthodoxes polonais de se former en confédération ; Frédéric fit de même avec les protestants. Les rassemblements ainsi opérés n'étaient redoutables que par l'appui ostensible apporté par les troupes d'occupation russes. Parallèlement, Catherine travaille les patriotes pour qu'ils se constituent à leur tour en confédération. Elle multiplie les apaisements, assure qu'elle n'a aucune visée d'aucune sorte et que l'intégrité de la Pologne est pour elle sacrée. Ses émissaires insinuent qu'il ne s'agit que de détrôner Stanislas-Auguste et de chasser du pouvoir le clan Czartoryski. La haine qu'on leur porte est si intense qu'elle opère l'alliage de l'eau et du feu. Le prince Radziwill, réfugié en Saxe, accepte de prendre la tête de la confédération, qui choisit pour siège la ville de Radom. Le grand-général Branicki, méfiant, refuse son adhésion mais s'installe en observateur près de Varsovie. Réserve justifiée : l'armée russe investit Radom et les confédérés délibèrent sous la gueule des canons. On présente à leurs suffrages des textes rédigés dans un polonais si mauvais qu'il prête à rire, mais le fond est moins comique que la forme ; un projet prévoit, par exemple, que la czarine devra à l'avenir « garantir » toutes les lois. Branicki, désabusé, rentre chez lui.

Puis l'ambassadeur Repnine fait transférer à Varsovie les vingt-quatre conseillers formant le conseil de la diète sous la direction de Radziwill. Douce revanche pour ce prince qui, longtemps, n'avait trouvé consolation à ses malheurs que dans l'alcool. Reçu en audience par Stanislas-Auguste, il lui lance : « La même main qui vous a couronné, et qui m'a fait déclarer ennemi de la patrie, m'y ramène aujourd'hui : ce sera, je l'espère, un moyen de me rendre agréable à Votre Majesté. » L'imbécile ! Il ne comprend pas que les Polonais ne retiendront qu'une chose : les patriotes, comme les autres, sont dans la main de Catherine. La confédération de Radom, en les compromettant avec les Russes, n'a fait que les discréditer. Radziwill se croit maître de la Pologne, mais, lorsqu'il veut quitter Varsovie, Repnine l'en empêche et le place sous surveillance. Dégrisé, il se considère comme prisonnier.

Convocation d'une nouvelle diète, à laquelle l'ambassadeur dicte d'avance son programme : abrogation de toutes les lois Czartoryski et complète satisfaction pour les dissidents. L'armée russe participe activement à l'élection dans les diétines des députés désignés par Repnine ; les assemblées récalcitrantes sont encerclées, vivres coupés, jusqu'à parfaite résipiscence. On fait néanmoins jurer secrètement aux députés repniniens de s'opposer à tout ce qui porterait atteinte à la « religion sacrée ». L'évêque de Cracovie adresse aux élus une exhortation qui vaut à ses domaines d'être une fois de plus pillés et ravagés. Décidé à en finir, Repnine fait signer à nombre de députés une déclaration bien peu philosophique : « Je ne converserai, à moins d'en avoir obtenu la permission dudit ambassadeur, avec aucun sénateur, ministre ou nonce, avec aucun ambassadeur ou autre ministre étranger, ni avec qui que ce soit dont le sentiment soit contraire aux projets proposés par ledit ambassadeur pour être reçus et passés en loi à la diète ; de plus, je lui promets que je ne porterai à la diète rien de ce qui m'a été enjoint et recommandé dans l'instruction à moi donnée par la noblesse de mon district ; et qu'en un mot je ne m'opposerai d'aucune manière aux volontés de cet ambassadeur ; et au cas de contravention à cet engagement, je me soumets aux peines de dégradation de la noblesse, de confiscation de mes biens, de mort, ou telle autre peine qu'il plaira audit ambassadeur de m'infliger. » S'agissant de la Pologne, la Sémiramis du Nord avait de la liberté une définition introuvable dans l'*Encyclopédie*.

Repnine avertit les évêques polonais qu'ils ne devront faire aucune résistance sur les dissidents. Pour parvenir à ses fins, il entend que la diète désigne une commission dotée des pleins pouvoirs. Les lois qu'elle votera seront considérées comme partie intégrante d'un traité entre la Pologne et la Russie, de sorte qu'elles ne pourront plus être modifiées sans l'accord de Pétersbourg. Les régiments russes d'occupation prendront la dénomination de « troupes auxiliaires », ce qui leur donnera un bail indéfini dans le pays.

L'évêque de Cracovie, sentant monter l'orage, cherche un compromis avec les dissidents, dont il reçoit les représentants à sa table. Repnine y met le holà, assurant les dissidents que l'évêque a dessein de les empoisonner.

La diète s'ouvre le 5 octobre 1767 et retentit de discours véhéments contre l'oppression. Repnine décide de faire enlever les principaux opposants, l'évêque de Cracovie en tête. Stanislas-Auguste y prête les deux mains. Isolé depuis Radom, il s'est livré derechef à l'ambassadeur de Russie et déteste l'évêque de Cracovie, qui a voulu le détrôner. Il concocte avec Repnine un enlèvement à l'issue de la représentation donnée par une troupe de comédiens français, à laquelle il invitera l'évêque. Les mœurs polonaises acceptent qu'un homme d'Église se rende au théâtre, mais Stanislas-Auguste connaît assez l'Europe pour savoir qu'une arrestation opérée dans ces conditions jettera du ridicule sur l'évêque. Celui-ci, prévenu, décline l'invitation. Il est appréhendé dans la nuit du 13 au 14 octobre chez le comte Mniszech, son condisciple au collège, dont Paulmy avait courtisé la femme avec tant de grotesque qu'il était devenu la fable de la cour. L'évêque, averti de l'irruption des soldats russes, aurait la possibilité de quitter le palais. Il refuse. Puisque tout est perdu, il veut faire assumer par les Russes, à la face du monde, l'opprobre du despotisme. Il brûle quelques papiers et offre à l'officier venu l'arrêter une boîte en or. Avec lui sont pris, la même nuit, l'évêque de Kiovie, un staroste, le petit-général de la couronne et son fils. Encadrés par deux cents soldats, les cinq prisonniers prennent le chemin de la Sibérie. Humiliations, brimades : rien ne fut épargné à ces hommes considérables, traités comme des criminels de droit commun. À un banquier polonais en affaires avec certains d'entre eux et qui s'inquiétait de leur sort, Repnine fait répondre « qu'il n'avait qu'à agir comme s'ils étaient morts ou du moins comme s'ils ne devaient jamais reparaître en Pologne ».

Varsovie grouille de soldats russes. Repnine craint un soulèvement. Vaine inquiétude : tout n'est que deuil et accablement.

Matée, la diète se couche. Elle délègue à soixante commissaires le pouvoir de légiférer. Aucun d'eux n'a le droit de quitter Varsovie sans la permission de l'ambassadeur russe. Pour plus de sûreté, celui-ci fait décider que quatorze commissaires présents suffiront pour délibérer. Ainsi, au pays du *liberum veto* maintenu par la volonté de la czarine, huit voix suffiront pour soumettre la Pologne à cette volonté.

Tout est accordé aux dissidents au cours d'une séance tenue dans une salle où le portrait de Catherine est posé sur un trône. On leur donne même des privilèges refusés à l'Église catholique, comme celui d'acquérir des biens sans droit de regard du pouvoir. Voltaire écrit à la czarine : « Vos soins généreux pour rétablir la liberté de conscience sont un bienfait que l'humanité doit célébrer. » La Pologne, par traité, place sa Constitution sous la « protection » de la Russie.

Stanislas-Auguste a cédé à Repnine la nomination à la moitié des grâces réservées au roi de Pologne ; on ne l'appelle plus que Stanislas-Augustule.

Gonflé par son triomphe, l'ambassadeur se pavane et accable les Polonais des marques de son mépris. Le comte Martian Potocki, issu d'une famille qui forma toujours le noyau du parti patriote, adversaire acharnée du clan Czartoryski, dit à Repnine : « Vous en faites trop et vous ne connaissez pas notre nation. Nous avons un ancien proverbe qui dit : on ôte aisément à un Polonais son habit et même sa veste ; mais dès qu'on veut lui ôter sa chemise, il reprend tout. »

*
* *

Charles de Broglie suivait de loin le drame qu'il ne pouvait conjurer. Au fil de ses lettres, pendant cette période cruciale, quelques phrases ou paragraphes pour sonner tristement le tocsin, telle une Cassandre lassée d'annoncer toujours le pire. Le 30 mars 1767 : « Il paraît que l'orage se prépare dans cette partie et je ne vois pas ce qui pourra préserver la Pologne d'un démembrement assez prochain. Il serait cependant sans exemple qu'un pareil événement eût lieu sans qu'aucune des puissances auxquelles il doit donner de l'ombrage fît la moindre démarche pour le prévenir. » Le rapprochement contre nature, à Radom, entre les patriotes et Repnine le plonge dans la perplexité et il en perd ses marques. Le détrônement annoncé de Stanislas-Auguste ne le satisfait pas, car il croit que le salut ne peut venir que d'une alliance des patriotes et du roi de Pologne contre l'ennemi commun : « J'ai de la peine à concevoir la tranquillité avec laquelle l'Europe regarde un spectacle aussi nouveau que celui de voir une puissance disposer ainsi à son gré des couronnes. » (Quand Catherine avait fait de Stanislas un roi, Charles avait écrit à Mme du Deffand : « Elle ne regarde pas qu'une couronne puisse être mieux placée que sur la tête de celui qui a eu le bonheur de lui plaire. Si elle se croit obligée de traiter de même tous ceux qui ont eu ou auront le même avantage, il n'y en aura pas assez en Europe pour remplir cet objet. ») À quelques jours de l'ouverture de la diète qui verra l'enlèvement de l'évêque de Cracovie et de ses compagnons d'infortune : « Il me paraît que la perte et le démembrement de ce royaume sont décidés, à moins que l'excès de l'injustice et du despotisme de la Russie ne réveille la Turquie et les autres puissances voisines. » Il prévoit qu'une guerre de religion va embraser la Pologne. Quand Jean-Claude Gérault, chargé d'affaires à Varsovie et agent du Secret, rapporte la phrase de Repnine au banquier varsovien : « Si la réponse faite sur le sort des enlevés est vraie, la postérité aura peine à croire que dans le XVIIIe siècle on voie des exemples de barbarie plus violents que dans les temps reculés. »

Constats désabusés, sans la moindre proposition d'action de la part de cet homme si rarement accessible au découragement. C'est que Tercier est mort, son alter ego pour les affaires polonaises. C'est aussi que sa disparition a fait retomber sur Broglie un fardeau de besognes. Certes, Dubois-Martin tient désormais les comptes du service, mais la règle exigeant que la plus infime dépense soit approuvée de la main du roi, Charles doit soumettre à sa signature nombre de pièces portant sur des augmentations de traitement, pensions, etc., sans parler des continuelles relances pour obtenir le déblocage des fonds nécessaires ; ses lettres de cette époque traitent beaucoup plus d'argent que de la Pologne. Son attention est enfin monopolisée par l'affaire d'Angleterre. Tandis que Repnine met les Polonais à sa botte, Broglie perd son temps, de par la volonté de Louis XV, à organiser sur les côtes de France et d'Angleterre les reconnaissances qui ont déjà été exécutées par La Rozière.

Au reste, que pourrait-il faire pour la Pologne ? Les positions du Secret dans le Nord sont démantelées, à l'image de la diplomatie officielle française. Tableau à peine croyable, accablant pour Choiseul : alors que des événements si considérables se déroulent à Varsovie, dont les fils sont tirés à Pétersbourg et Berlin, la France n'est représentée auprès de Catherine que par un modeste chargé d'affaires, Jean-Baptiste Rossignol, affilié au Secret, auprès de Frédéric par un simple secrétaire de légation, et n'a toujours à Varsovie que le chargé d'affaires Gérault. Capitulation diplomatique en rase campagne ! C'est au fond Voltaire qui, depuis Ferney, représente la France à Saint-Pétersbourg, et cet ambassadeur-là ne risque pas de retenir le bras de la czarine.

Choiseul touchait les dividendes de sa politique polonaise. Ses pétaradantes instructions ministérielles de 1760 prescrivaient à Paulmy de maintenir le pays dans son état d'anarchie, puisque « cette anarchie convient aux intérêts de la France » : on s'apercevait en 1768 qu'elle profitait surtout à la Russie. En 1763, son cousin Praslin avait décidé pompeusement que les voisins de la Pologne seraient les gardiens de son intégrité : on découvrait cinq ans plus tard que deux d'entre eux au moins, Prusse et Russie, se faisaient du gardiennage une conception digestive. Confronté à l'écroulement des positions françaises dans le Nord, Choiseul reprit à son cousin Praslin le secrétariat d'État des Affaires étrangères, lui passant en échange la Guerre et la Marine. Le sémillant ministre découvrait avec stupeur ce que Charles de Broglie annonçait depuis si longtemps sans être écouté, notamment ce démembrement prévisible de la Pologne dont Praslin écrivait en 1763 qu'il ne pouvait être envisagé que par des « spéculateurs oisifs ». Le nouveau Choiseul : « La conduite des Russes fait frémir d'indignation et d'horreur. La tyrannie est portée à son comble. L'ambition et l'orgueil, dans leur délire le plus violent, n'ont jamais inspiré de semblables excès. » Le Choiseul nouveau encore : « C'est un sophisme bien insultant et une dérision bien cruelle que de vouloir persuader à une nation entière que c'est pour son bien qu'on envahit son territoire et qu'on anéantit ses lois. »

En catimini, s'avançant à l'hypocrite derrière le paravent d'un traité en bonne et due forme, la France de Louis XV n'agissait pourtant pas autrement dans le Sud que la Russie de Catherine II dans le Nord.

XIII

Charles-François Dumouriez faisait partie des capitaines réformés à la suite des coupes claires opérées dans l'armée. Il partait avec « une stérile décoration », une pension de six cents livres qui, comme beaucoup d'autres, ne sera jamais payée, et des dettes.

Au sortir d'une longue guerre qui lui avait fait plus d'une fois frôler la mort (vingt-deux blessures), il commença par concevoir l'idée bizarre de se suicider. Il était amoureux d'une cousine de dix-sept ans, fille de la sœur de son père, et en était aimé. Mais le père Dumouriez détestait sa sœur, qui le lui rendait bien. Ils s'étaient brouillés pour une affaire de succession. Le père, furieux du projet de mariage de son fils, reprocha à sa sœur de vouloir à tout prix caser sa fille. Du coup, la mère fourre ladite fille au couvent. Désespéré, Charles-François partit pour Dieppe et acheta quinze grains d'opium chez un apothicaire. Il pensait que sa disparition délierait la cousine de tout engagement envers lui. Il écrit à son père une lettre l'assurant de sa tendresse mais indiquant qu'il « meurt sa victime », la met à la poste, rentre dans sa chambre, se couche et avale les grains d'opium avec un verre d'eau. La sottise de son geste lui apparaît aussitôt. Son père risque d'en mourir. Sa cousine ne lui survivra pas. Il se lève, passe dans le couloir, empoigne une lampe dont il avale l'huile à grands traits, vomit son opium, reste évanoui deux heures, est malade toute la nuit. Le lendemain, il écrit à son père « une lettre pleine de repentir et de vraie philosophie ». Par malheur, mais logiquement, le père reçoit la première lettre avant la seconde, de sorte que les retrouvailles sont difficiles. Les relations entre le père et le fils étaient de toute façon chaotiques, relevant de cette catégorie où l'on se prouve énergiquement l'affection en se disant sans cesse ses quatre vérités. En revanche, le fait que Dumouriez père, commissaire des guerres, se fût violemment opposé, au point de démissionner, à Charles de Broglie, chef d'état-major, ne doit pas forcément être inscrit au passif de son humeur, car la vérité oblige à reconnaître que le meilleur caractère du monde pouvait fort bien se fâcher avec Charles.

Dumouriez avait vingt-quatre ans et ne savait rien faire d'autre que la guerre. Plutôt que de rester à la charge de son père, il décide de voyager, emprunte cent louis et va demander un passeport à Choiseul en lui promettant de lui écrire des lettres qu'il trouvera peut-être intéressantes. Le ministre accepte. Dumouriez quitte Paris en laissant sur la table de la maison une lettre affectueuse expliquant les raisons de son départ. Le père, emporté par son amour ombrageux, se précipite chez Choiseul en réclamant une lettre de cachet pour loger son grand garçon à la Bastille. Choiseul réussit à l'apaiser.

Voici donc Dumouriez marchant gaiement sur la route poudreuse, sautant à l'occasion dans une voiture hospitalière, oubliant ses soucis : « Ô heureux âge, où tout rit, tout se peint en beau ! où la vigueur du corps, la pureté d'une âme neuve ne permettent, même au milieu des contradictions et des malheurs, que des espérances douces, des idées grandes et courageuses ! » C'est du Rousseau. Mais où ses pieds agiles conduisent-ils ce Rousseau-là ? À Gênes, bruissante de mille intrigues qui intéressent Versailles. La république de Gênes possède la Corse depuis trois siècles, mais ses forces décadentes ne lui permettent plus de la tenir. La France, soucieuse de ne pas laisser une position stratégique exposée aux entreprises anglaises, a mis garnison dans quelques ports, avec l'accord des Génois. Pascal Paoli, chef du mouvement de libération nationale, s'est fait reconnaître par la plus grande partie des Corses. Ses opposants, regroupés à Gênes, travaillent à sa perte. Dumouriez s'abouche avec eux, devient le cavalier servant d'une belle émigrée, et propose aux Génois ses services contre Paoli. Il est éconduit. Il écrit alors à Paoli pour lui offrir de combattre à ses côtés. Il est refusé. Curieuses rebuffades de la part de deux partis pour lesquels un officier, dont maintes cicatrices attestent la valeur, ne serait assurément pas de trop. Dumouriez et son zèle à toutes mains doivent inquiéter.

Paoli a déjà sur les bras un agent secret négociant pour le compte de Choiseul. Son nom ? Il nous ramène au commencement de notre histoire. Le lecteur garde-t-il souvenir du chevalier de Valcroissant, que nous avons trop brièvement évoqué[1] ? Un peu voyou mais grand agent, Joseph de Valcroissant avait débuté à Turin comme copiste de l'ambassadeur de France, La Chétardie, qui s'y remettait de ses émotions pétersbourgeoises. Il passa en Saxe avec un emploi de précepteur et fit la connaissance de Charles Williams, ambassadeur d'Angleterre et mentor de Stanislas Poniatowski. Dans la fleur de ses vingt-quatre ans, Valcroissant a dû séduire Williams, qui, nommé à Pétersbourg, l'invite à l'y suivre. Durand et Linau, agents du Secret, l'exhortent à accepter : Williams partant pour négocier avec la Russie un traité très nuisible aux intérêts français, il serait excellent qu'il emportât une taupe dans ses bagages. L'intelligent Williams mit deux mois à démasquer son secrétaire. De retour à Varsovie, Valcroissant y retrouve Durand et, sur ses instances, accepte courageusement de repartir pour une mission secrète en Russie. Il est pris, fourré au cachot. C'est sa disparition qui détermine l'envoi à Saint-Pétersbourg du chevalier Douglas, qui sera plus heureux que lui et dont les diligences, une fois les relations diplomatiques rétablies, obtiendront sa libération. Rentré en France, Valcroissant sert dans l'armée, est blessé et capturé à Bergen, où Victor-François de Broglie remporte sa plus belle victoire, et reste prisonnier jusqu'à la fin des hostilités. Il est lieutenant-colonel. Choiseul l'a envoyé en Corse avec mission d'amadouer Paoli. Les pourparlers n'en finissent pas. On ne sait trop lequel des deux manipule l'autre.

Dumouriez s'embarque pour la Corse. Il a un plan : rassembler les clans opposés à Paoli, balayer celui-ci, ouvrir ensuite des négociations avec la France. Il se réserve le commandement de l'armée de la nouvelle république. Son bref séjour le convainc que le projet est réalisable. Il débarque à Marseille pour y apprendre que la France et Gênes ont signé quinze jours plus tôt un traité prévoyant un renfort de six bataillons français pour la Corse. C'est l'écroulement de ses espérances. Il se précipite à Paris pour y découvrir, grâce à un ami, les peu ragoûtantes combines prospérant sur l'affaire corse. Au centre, Jean du Barry et sa belle maîtresse, qui n'est encore que Mlle l'Ange. Du Barry,

1. Cf. *Le Secret du Roi*, tome 1, p. 328-329.

fournisseur des armées, veut faire doubler le renfort de troupes accordé à Gênes, ce qui doublerait son bénéfice. De mèche avec l'ambassadeur de Gênes, il a acheté la femme de chambre de la duchesse de Gramont, une certaine Julie, maîtresse de sa maîtresse. La duchesse est, comme on sait, la sœur très affectionnée de Choiseul. Dumouriez, reçu deux fois par le ministre, lui révèle les manœuvres auxquelles se livrent ses entours. La troisième audience se passe mal. Choiseul, repris en main par sa sœur, cherche des yeux Dumouriez parmi les nombreux courtisans qui attendent et l'apostrophe violemment. Dumouriez, lui aussi soupe au lait, a l'audace de répliquer, ce qui lui vaut cet ordre furieux : « Sortez d'ici ! Vous vous êtes conduit comme un aventurier ! » Dumouriez, non moins enragé : « Les aventuriers sont ceux qui vous jouent ! Je ne suis point un aventurier : je suis un officier plein d'honneur. Avec ma tête et mon épée, je trouverai du pain partout. » Il tourne les talons et sort en écartant les courtisans médusés.

Son père, cette fois, risque de ne pas avoir à intervenir pour lui ouvrir les portes de la Bastille. Il quitte derechef Paris à pied, l'épée au côté, les poches vides, marche jusqu'à Reims, s'y repose deux jours chez un camarade de régiment, repart pour Mons. De Mons, il écrit à Choiseul une lettre « soumise mais très noble ». Il lui demande permission d'aller servir en Espagne et des lettres de recommandation. Il les reçoit, accompagnées d'une lettre de change de cinquante louis. Besenval écrira de Choiseul : « Ce n'est pas qu'il ne s'emportât facilement, mais il revenait de même ; et le désir de réparer ses torts de vivacité devenait très utile à ceux contre lesquels il avait exercé sa colère. »

« Je me suis mis en voyage pour étudier les langues et les mœurs des peuples, car la morale a toujours été ma principale étude. » Les lettres de Dumouriez à Choiseul traitaient-elles d'épineuses questions de morale ? Deux ans en Espagne, puis un an au Portugal, allié indéfectible de l'Angleterre. Il part pour Lisbonne sous le prétexte d'y chercher un emploi. En fait, il cherche l'explication de l'énigme qui préoccupe tous les états-majors : comment l'Espagne, au cours de la dernière guerre, a-t-elle pu échouer à vaincre la petite armée portugaise ? Dumouriez tire de ses notes prises sur le terrain un *Système d'attaque et défense du Portugal,* qu'il communique à Choiseul et à l'ambassadeur de France à Madrid, d'Ossun.

Mauvaises nouvelles de France. La cousine a sombré dans le mysticisme et veut prendre le voile. Elle a eu la petite vérole, dont elle reste défigurée et souffreteuse.

En décembre 1767, Dumouriez rentre à Paris, rappelé par Choiseul pour servir dans le corps expéditionnaire en partance pour la Corse.

*
* *

Dix fois conquise, la Corse n'a jamais été soumise. Son histoire n'est qu'une perpétuelle rébellion contre des oppressions presque toujours féroces ; les moments de paix et de prospérité ouvrent de trop brèves parenthèses dans cette succession de malheurs. La France, souvent, servait de recours contre l'oppresseur. Ainsi, Sampiero d'Ornano (ou Corso), héros de la lutte contre Gênes, avait-il commandé un régiment corse pour François Ier, puis Henri II. Il avait même demandé le rattachement de l'île à la France. Mais les traités de paix finissaient par la restituer à Gênes. La poigne génoise était si rude que le XVIIe siècle restera pour l'île le « siècle de fer » : misère, famine, exécutions. Les grandes insurrections commencent en 1729. Par deux fois, les troupes françaises débarquent pour le compte de Gênes, mais en tentant de ménager une conciliation entre la république et les insurgés. Il existe dans l'île un parti français. Pendant la guerre de Sept Ans, on vient de le dire, la France, d'accord avec Gênes, installe des garnisons à Calvi, Saint-Florent et Ajaccio, pour les mettre à l'abri d'un coup de main anglais.

Pascal Paoli tient le reste de l'île.

Fils d'un des trois chefs de la révolte de 1729, Paoli est l'un des grands hommes du siècle. Il s'ennuie sous l'uniforme de sous-lieutenant du régiment Royal-Farnèse à Naples quand ses compatriotes l'appellent, en 1755, pour diriger l'insurrection qui doit les conduire à l'indépendance. Il a trente ans. Adepte des Lumières, sa philosophie ne se borne pas, au contraire de Catherine, à lire les bons livres : il entend les mettre en pratique. Sa capitale sera Corte, facile à défendre, dont la position centrale favorise les communications. Il balaie les Génois, les contraignant à se rencogner dans quelques ports. Sept mois après son retour dans l'île, il fait adopter une Constitution qui est la plus démocratique d'Europe. La Consulte, assemblée élue au suffrage universel (les femmes votent), exerce le pouvoir législatif et contrôle l'exécutif, coiffé par le général Paoli. Le système judiciaire est réformé. Paoli lance une politique de grands travaux : assèchement des marais, construction de routes, exploitation des mines et carrières. Il développe la marine de commerce et commence de créer une marine de guerre. La Corse bat sa propre monnaie. Une université accueille à Corte les étudiants boursiers. Grâce à ce train d'intelligentes réformes, agriculture et commerce connaissent un essor prometteur.

Rousseau était en correspondance avec Paoli. Voltaire écrit du Corse : « L'Europe le regarda comme le législateur et le vengeur de sa patrie. »

C'est donc une nation constituée en État, dotée d'institutions qui font l'admiration des esprits les plus éclairés du temps, marchant vers la prospérité, que la France décide de s'assujettir. Elle va le faire avec une hypocrisie bien digne de celle de la czarine de Russie ou du roi de Prusse déguisant leur appétit de conquête sous les apparences d'une passion pour la tolérance. Le sacro-saint principe de légitimité sera respecté : puisque Gênes possède la Corse, c'est d'elle que la France doit la recevoir. Mais le traité signé à Versailles le 15 mai 1768 ne stipule même pas la vente explicite de l'île. La France s'engage à la pacifier pour le compte des Génois, légitimes propriétaires, et la conservera en gage jusqu'au moment où Gênes sera en mesure de lui rembourser ses dettes. Le passif, déjà considérable, devant s'aggraver des dépenses nécessaires à la prochaine intervention, chacun sait parfaitement que le débiteur sera incapable de s'acquitter. Un peuple se voit condamné à perdre sa liberté par une combine de maquignons.

Choiseul est convaincu que quelques bataillons enlèveront l'île la fleur au fusil. Paoli ne dispose que de deux régiments réguliers, renforcés par les milices équipées par les communes. Le lieutenant général Marbeuf, sur place depuis quatre ans, engage les hostilités dès la signature du traité de Versailles. Il bat Paoli à Nonza, fait quatre cents prisonniers, se soumet le cap Corse. Le marquis de Chauvelin débarque quatre jours après cette victoire, porteur d'un édit aussitôt répandu dans l'île et dont on se flatte qu'il ralliera les indigènes. Paoli réplique avec une série de succès locaux couronnés par la reddition, le 10 octobre 1768, de la garnison française de Borgo. C'est dans l'euphorie de cette grande victoire que Charles Bonaparte, aide de camp de Paoli, et sa femme Letizia fabriquent le futur Napoléon. Choiseul rappelle Chauvelin et donne l'ordre de faire prendre aux troupes leurs quartiers d'hiver. Mais Paoli ne respecte pas les usages. Le 14 février 1769, reprenant l'offensive, il contraint la garnison de Barbaggio à la capitulation. Marbeuf reconquiert le bourg le surlendemain au prix de pertes sévères de part et d'autre. Cette fois, les opérations s'arrêtent jusqu'au printemps.

Une vraie guerre, décidément, et non pas la promenade militaire que se promettait un Choiseul qui avait oublié d'intégrer dans ses calculs la bravoure corse et la valeur de Paoli, que le Grand Frédéric tenait pour « le premier capitaine de l'Europe ». Le comte de Vaux, nommé commandant en chef, débarque dans l'île au mois d'avril avec des renforts. Il a vingt-cinq mille hommes pour en finir avec Paoli. À cette formidable supériorité en hommes et en matériel, les Corses ne peuvent opposer que la vaillance de leurs milices. Voltaire : « Leur arme principale était leur courage. » Les baïonnettes, surtout, faisaient défaut, et Louis XV s'en réjouit dans un billet à Monet : « À la dernière affaire, les Corses n'avaient pas encore de baïonnettes. » Submergé, définitivement écrasé le 8 mai à Ponte-Novo, Paoli s'embarque sur un vaisseau anglais et s'exile à Londres, où d'Éon exercera sur lui une vigilante surveillance. De Vaux, habile et modéré, pacifie l'île en accordant l'amnistie aux rescapés de Ponte-Novo égaillés dans le maquis.

Une fois de plus, la Corse a provisoirement perdu sa liberté.

*
* *

Pour Dumouriez, l'aventure avait commencé par une belle satisfaction d'amour-propre. Choiseul, le recevant à son retour d'Espagne un jour de grande audience, l'avait pris par la main en s'adressant aux courtisans rassemblés : « Messieurs, voici un officier avec qui j'ai eu un tort de vivacité il y a quatre ans. Le Roi vient de le nommer aide-maréchal des logis de l'armée de Corse ; il connaît bien ce pays-là, et il y servira bien. » Dumouriez commente : « Acte bien rare, ou plutôt héroïque de la part d'un ministre tout-puissant. » Choiseul, malgré tous ses défauts, s'attachait plus d'un cœur par une spontanéité restée intacte au sommet du pouvoir. Il donna au voyageur dix-huit mille livres qui le remirent à flot.

Au feu, conduite impeccable de Dumouriez, comme d'habitude. Mais il n'a pas aimé cette guerre — ou du moins prétendra-t-il ne plus l'aimer quand il rédigera ses Mémoires, bien longtemps après. « La conquête de la Corse, écrit-il, est une injustice inexcusable de la cour de France. » Estimant que l'île coûterait au demeurant plus qu'elle ne rapporterait, il conclut : « Il n'y avait donc qu'un parti sage à prendre, c'était d'abandonner ce peuple à son amour pour la liberté. » Quant à Paoli, « ce qu'il a fait sera toujours un monument historique glorieux pour lui et pour cette nation extraordinaire ».

Il rentre de Corse avec le grade de colonel et la réputation d'un officier apte aux missions délicates. Ces hommes-là trouvent toujours de l'emploi.

*

*   *

Les deux frères Broglie avaient suivi l'affaire d'un œil également passionné mais, si l'on ose dire, divergent.

L'odeur de la poudre faisait piaffer le maréchal, reclus dans le château familial où il trompait l'ennui en jouant aux échecs. Il voulait tout connaître des opérations. Une ribambelle d'officiers lui écrivait des lettres descendant jusqu'aux détails. Si le maréchal découvrait par une autre missive que tel correspondant avait mal rapporté la manœuvre d'une compagnie, le coupable se voyait vertement rappelé à l'ordre. Les correspondances trahissent l'irritation de militaires orthodoxes face à une guérilla qu'ils tiennent pour une faute de goût, admettant mal que les miliciens ne viennent pas se faire hacher par leurs canons, conformément aux règles de l'art. Dumouriez note que les fiers conquérants ne s'attendaient nullement à rencontrer pareille opposition : « M. de Chauvelin avait amené avec lui quantité de jeunes gens de la cour, pleins d'ardeur, qui prétendaient conquérir bien vite la Corse pour retourner au bal de l'Opéra. Cette *canaille*, ces paysans armés de fusils de chasse sans baïonnette, habillés de brun, ne devaient faire aucune résistance. » Les lettres au maréchal de Broglie ressassent aussi l'éternel mépris du colonisateur pour l'indigène : les soldats corses ne sont que coquins, bandits, brigands, « une espèce d'hommes vivant en vrais sauvages sans même suivre les lois naturelles ». On rit quand même un peu lorsqu'un officier, annonçant que le vicomte de Broglie, très lointain parent du maréchal, a eu la mâchoire transpercée par une balle, ajoute avec optimisme : « J'espère que sa belle figure n'en sera que plus remarquable. »

Charles de Broglie réagit, lui, en chef d'un service secret possédant vocation à renseigner tous azimuts. Le 18 août 1768 : « Les affaires de Corse prenant, Sire, une tournure très sérieuse, il serait possible que V.M. désirât de voir différents rapports sur les événements qui s'y passent et qui attirent l'attention publique. » Louis XV répond avec nonchalance : « Vous pourrez m'écrire ce que vous aurez de curieux de Corse. » Il recevra des rapports d'un maréchal de camp[1] et d'un colonel servant dans le corps expéditionnaire, ainsi que d'un major du port de Toulon « qui apprend de la première main tout ce qui vient de ce pays-là et qui est un homme très véridique ».

La Corse nous vaut surtout de vérifier la profondeur de la vision politique du comte de Broglie, cette intuition prophétique dont il a déjà donné tant de preuves. Le 8 septembre 1768, alors que les premiers succès de Marbeuf semblent annoncer une conquête facile, il annonce au roi « encore bien des obstacles » et observe que « dans tous les cas, la réduction et la conservation d'un pays dont le revenu est nul et le peuple si inquiet coûtera beaucoup ». Il adresse donc à Louis XV un projet de traité avec « cette nation », préservant ses intérêts comme ceux de la France, empreint « de modération et de sagesse ». Il ne s'agit pas seulement de la Corse. Si l'on traitait sur ces bases avec elle, « les

1. Général de brigade.

suites pourraient tirer à des conséquences d'autant plus importantes que la Nouvelle-Angleterre, dans les dispositions où on la voit, pourrait se trouver heureuse d'acquérir la liberté au même prix ». Autrement dit, en négociant avec Paoli une solution préservant les libertés corses, on fournirait aux colonies américaines de l'Angleterre un modèle dont elles pourraient s'inspirer utilement pour rompre leurs liens avec la mère patrie. Louis XV, bien sûr, ne répondit pas.

Charles de Broglie était très exactement informé par d'Éon des premières difficultés entre Londres et ses colonies — difficultés encore si mineures qu'elles ne suscitaient guère l'attention. Cinq mois après avoir envoyé son projet de traité — et regretté qu'on n'en tienne pas compte, alors qu'il s'inspire « des principes de modération, de prévoyance et d'équité qui doivent faire la base du système politique de V.M. » —, il adresse au roi trois rapports de d'Éon sur les « résolutions prises par le ministère et le Parlement britanniques pour en imposer aux colonies de l'Amérique », ajoutant qu'il attend avec le plus vif intérêt « de savoir les suites qu'elles auront et si leur exécution n'entraînera pas une révolution dans ce pays ».

Le premier, le chef du Secret entend se lever le vent d'Amérique.

XIV

Puisque Russie et Prusse imposaient à la Pologne une guerre de religion, les évêques devaient y tenir les premiers rôles. La Sibérie ayant absorbé Gaétan Soltyk, évêque de Cracovie, le flambeau passa dans les mains d'Adam Krasinski, évêque de Kaminieck.

Comme Soltyk, Krasinski avait naguère rallié Stanislas Leszczynski, mais seulement après la chute de Dantzig et l'évasion du roi. Les deux évêques partageaient les mêmes sentiments sur le sort imposé à leur pays par l'étranger. Pour le reste, deux personnalités bien différentes. Autant Soltyk incarnait la fierté habituelle aux dignitaires de l'Église polonaise, autant Krasinski restait discret et effacé. Il était entré dans les ordres sans vocation, sur instructions de ses parents. Sa timidité physique était célèbre. On racontait qu'un coup de canon le faisait trembler et qu'il s'était évanoui à la vue d'une épée nue. Il avait accoutumé de s'éclipser d'une assemblée quand le débat se durcissait. C'est dire si l'évêque de Kaminieck présentait peu le profil d'un chef de parti.

La confédération de Radom, manipulée par les Russes, lui ouvrit les yeux. Il dit à son confrère de Cracovie sa conviction que la Pologne ne se libérerait que par la force des armes. Sans doute était-il disposé, comme Soltyk, à aller au martyre, mais il préférait l'efficacité à la beauté du geste. Il se retira dans son diocèse de Kaminieck, qui présentait l'avantage de border la frontière avec l'Empire ottoman[1]. Il envoya à Constantinople un émissaire chargé d'alerter le sultan sur la situation de la Pologne, alliée traditionnelle de la Porte, et sur l'intention de Catherine de soulever les Grecs. L'émissaire revint avec la promesse d'un secours de cent mille ducats si les patriotes se soulevaient, et l'avertissement que la Turquie ne bougerait pas avant d'avoir reçu de Vienne l'assurance que l'Autriche ne chercherait pas à tirer profit d'un conflit russo-turc.

Lorsque Krasinski se mit en route pour participer à la fatale diète d'octobre 1767, l'ambassadeur russe Repnine, qui connaissait ses sentiments, lui donna un escadron en guise de « garde d'honneur ». L'évêque de Kaminieck s'échappa, déguisé en chasseur, se cacha dans un faubourg de Varsovie et prit langue avec Soltyk. Celui-ci l'exhorta à rejoindre la diète pour opposer aux Russes un front unanime. Krasinski plaida pour son propre projet : formation d'une conjuration secrète, avec pour devise « la liberté ou la mort », qui prendrait les armes sitôt que les Turcs auraient décidé une intervention qu'il comptait rendre possible en allant d'abord à Vienne obtenir l'assurance de la

1. Pour comprendre la suite des événements, il convient de se rappeler que la Moldavie et la Valachie, qui forment une bonne part de la Roumanie d'aujourd'hui, étaient alors sous domination turque, de même que la totalité de l'actuelle Bulgarie, une partie de l'ex-Yougoslavie, et bien entendu la Grèce. Le lecteur se reportera à la carte figurant dans le premier tome.

neutralité autrichienne. L'évêque de Cracovie proposa un partage des rôles : à lui la symbolique de la résistance ostensible pour édifier l'Europe, à Krasinski la tâche pratique de forger les armes de la victoire — la vieille doctrine du bouclier et de l'épée.

Après le coup de force de Repnine, Krasinski réussit à rejoindre Kaminieck, déguisé cette fois en médecin ; il s'offrit même le luxe de soigner l'un des officiers russes lancés à sa poursuite. Cet homme timide témoignait tout soudain d'une réelle aptitude à l'action clandestine. Kaminieck présentant l'inconvénient de son avantage — sa position excentrée —, il décida bientôt de regagner Varsovie. Périlleux voyage ! Serré de près, il s'échappa, caché dans le coffre du traîneau d'un paysan. Pour franchir les cordons de surveillance placés par Repnine autour de Varsovie, il se déguisa en officier prussien, son entourage revêtant des uniformes de soldats de la même armée, et la petite troupe traversa sans encombre les lignes russes. Caché, Krasinski travailla à nouer les fils de sa conjuration avant de se rendre à Vienne. Repnine, triomphant, annonçait déjà le retrait prochain des troupes d'occupation. L'évêque voulait attendre cette évacuation et les premiers mouvements turcs avant de lancer l'appel à l'insurrection. Il se trouva pris de court par la naissance inopinée de la confédération de Bar, qui jetait à bas tout son plan.

De mémoire de Polonais, on n'avait jamais vu confédération aussi chétive. Huit gentilshommes en tout et pour tout, dont cinq appartenant à la même famille Pulawski — le père, ses trois fils, un neveu —, se réunissent à Bar, en Podolie [1], le 29 février 1768, et jurent de « mourir pour la défense de la religion et de la liberté ». De tradition, les confédérations étaient créées et dirigées par les plus grands noms du pays. Pulawski père, initiateur de celle de Bar, offrait un personnage de modeste stature. Il avait naguère commandé une troupe de quatre cents hommes pour le compte de Stanislas Leszczynski, puis était passé au service des Czartoryski. Avocat, il souffrait de la réputation controversée qui s'attache souvent à cette profession ; on lui reprochait de s'enrichir en rachetant des causes qu'il

1. Province polonaise aujourd'hui partie intégrante de l'Ukraine.

gagnait ensuite pour son propre compte. Il avait donné comme beaucoup d'autres dans le panneau de Radom, mais bénéficiait de l'entière confiance de l'évêque de Cracovie, dont il assurait les contacts avec celui de Kaminieck. Il ne croyait pas à la politique temporisatrice de Krasinski, étant convaincu que les troupes russes n'évacueraient la Pologne que le sabre dans les reins. Pourquoi lanterner puisque la nation unanime n'attendait que l'appel à l'insurrection ? Il fit cependant nommer le frère de l'évêque maréchal de la confédération, se réservant la fonction de maréchal des troupes.

Il ouvrit les hostilités avec trois cents hommes. Ils furent bientôt plusieurs milliers. Pulawski leur expliqua sa stratégie : « Commençons une guerre où tous les avantages des Russes, leurs magasins, leur artillerie, leur nombreuse armée, leur sévère discipline deviennent pour eux autant d'embarras, autant d'obstacles... Dispersons-nous assez tôt pour éluder tous ces prétendus avantages, et qu'en marchant ainsi de fausse victoire en fausse victoire, affaiblis, épuisés et détruits, ils retrouvent partout la même guerre et partout les mêmes ennemis. » Ainsi la guérilla s'allumait-elle au même instant en Corse et en Pologne.

Bar avait surpris tout le monde, y compris les chefs historiques du parti patriote, quelque peu discrédités par le faux pas de Radom. Repnine, pour qui la confédération représentait un échec susceptible d'entraîner son rappel, autorisa Stanislas-Auguste — si même il ne l'y encouragea pas — à envoyer André Mokronowski en mission de conciliation auprès des insurgés. Mokronowski accepta. Il considérait que Bar était voué au désastre et, comme son ami Broglie, qu'il admirait « avec enthousiasme » depuis si longtemps, il pensait que la seule chance d'éviter la catastrophe résidait dans un rapprochement entre les patriotes et Stanislas-Auguste. Il fallait du courage pour se rendre auprès des furieux de Bar sous de tels auspices. Le respect unanime dont il était entouré lui évita le lynchage. Mais la haine portée au roi de Pologne était trop violente pour qu'un accommodement fût envisageable. Repnine profita des pourparlers pour lancer contre les confédérés sept régiments et cinq mille Cosaques, compromettant un peu plus la position de Mokronowski. Celui-ci rentra à Varsovie et déclara à Stanislas-Auguste : « Sire, ou on vous trompe, ou vous m'avez trompé. Mais dans l'un ou l'autre cas, il ne me convient plus de vous servir. »

*
* *

Guerre atroce, comme toutes les guerres de religion. Sous prétexte de lui apprendre la tolérance, Catherine livrait la Pologne au pire des fanatismes. Le patriotisme confondu désormais avec la foi, les confédérés marchent sous des étendards représentant la Vierge et l'Enfant Jésus, portent la croix sur leur habit, tels les croisés, vont au combat en chantant des cantiques, ont pour devise « Vaincre ou mourir pour la religion et la liberté ». Leur cruauté est sans limites. En face, on n'est pas en reste. Les Cosaques russes, machinaux, commencent par brûler vifs les Juifs, qui ne demandaient rien à personne. Leur jeu favori consiste à pendre à la même potence un gentilhomme polonais, un moine, un Juif et un chien, avec cette pancarte : « C'est tout un ». On éventre des femmes enceintes et, leur arrachant leur fœtus, on met à la place un chat. Des troupes de prisonniers relâchés errent dans la campagne, les deux mains coupées. Au moins ont-ils eu la vie sauve : beaucoup d'autres sont écorchés vifs, ou bien enterrés debout avec, émergeant du sol, les têtes que les Russes moissonnent ensuite à la faux. François-Xavier Branicki, qui combat aux côtés des occupants, se distingue par sa férocité ; il aime à découper au sabre ses prisonniers.

Les Russes tiennent les villes et les grands carrefours de communication. Ils gardent sous surveillance étroite les grandes familles polonaises, les empêchant de rallier la confédération en lui apportant le lustre de leur nom. Toute demeure ayant servi d'asile aux partisans est incendiée. De mois en mois, le quadrillage se renforce. Des unités d'intervention rapide fondent sur les détachements de Pulawski dès qu'ils sont signalés.

Une guérilla, comme le dira Mao Zedong, ne peut triompher, et même survivre, que si elle est dans le peuple comme un poisson dans l'eau. Les confédérés n'ont pas cet avantage. Les paysans polonais, propriété de leur maître, traités le plus souvent comme des esclaves, ne s'éprouvent pas toujours assez ardemment catholiques pour risquer leur vie au service d'un seigneur détesté. En Podolie, Lituanie, Ukraine polonaise, régions peuplées d'orthodoxes, le commandement russe ne manque pas de renseignements, ni ne se prive d'intimider la noblesse en menaçant de lancer les chaumières contre les châteaux. La terreur qu'inspire la répression conduit aussi beaucoup de sympathisants à refuser vivres et fourrage aux confédérés, de sorte que ceux-ci doivent s'en saisir de force, et, la réquisition dégénérant en pillage, on en vient parfois à les redouter autant que les occupants. Des bandes de brigands, se parant du titre de confédérés, accroissent encore la confusion. Ces histoires sont de tous temps et de tous lieux. Mais l'addition de circonstances si contraires aboutit à ce paradoxe que les confédérés, obligés de traîner des chariots contenant victuailles, bagages et munitions, sont moins mobiles que les colonnes légères lancées à leur poursuite.

Éternelle faiblesse des armées irrégulières, aggravée par l'individualisme polonais qui entretient querelles de chefs et dissensions internes. On préfère être vaincu séparément que d'avoir une chance de victoire en se subordonnant à un autre. Les confédérations locales poussent comme champignons sous une pluie d'orage. Les crises sont incessantes. Une figure survole cette foire d'empoigne pour la suprématie : le jeune Casimir Pulawski, tacticien habile, intrépide dans l'action, indifférent à la gloriole des préséances. Le père mort en captivité, deux autres tués, le quatrième prisonnier, il restera bientôt le seul Pulawski à se battre.

Aux premières neiges, les Russes contrôlent toujours la Pologne.

L'évêque de Kaminieck, après avoir demandé à Vienne l'assurance souhaitée par les Turcs, qui ne bougent toujours pas, arrive secrètement à Versailles pour solliciter de Choiseul l'aide de la France.

*

*   *

Charles de Broglie est bien renseigné sur les affaires de Pologne. Gérault, chargé d'affaires à Varsovie, appartient au Secret depuis quatorze ans. Jakubowski, ancien compagnon d'armes de Stanislas Leszczynski, travaille pour le service depuis sa création. Ses grandes qualités ont pour contrepartie un insatiable appétit d'argent et de promotions dans l'armée française — filet de sécurité classique pour un patriote polonais toujours menacé de l'exil ; il vient d'être nommé brigadier et d'obtenir une pension supplémentaire... pour sa femme. La princesse Radziwill, nièce du grand-général Branicki, toujours en liaison avec son ex-mari, introduite partout, entretient une correspondance suivie avec Broglie et lui envoie de précieuses informations.

Mais Bar a surpris la princesse comme tout le monde : elle est à Paris depuis un mois lorsque l'obscur Pulawski fait son coup d'éclat. A-t-elle profité de son séjour pour renouer sa liaison amoureuse avec Durand ? On l'ignore. Elle lui avait fait au moins une infidélité, dont l'heureux bénéficiaire s'appelle Bernardin de Saint-Pierre. Roturier en dépit de son joli nom, le jeune homme avait débarqué à Varsovie avec le projet d'attacher son char à l'étoile montante de Stanislas Poniatowski, dont se préparait l'élection. Il ne tarissait pas d'éloges sur le prochain roi avant même de l'avoir vu, mais tomba follement amoureux de la belle Marie Radziwill dès leur première rencontre. Proprement retourné, Bernardin s'engage alors avec les patriotes au point de se faire capturer lors d'un affrontement avec les partisans de Poniatowski ; on le tire de sa geôle après dix jours de captivité. À son retour, Marie eut l'esprit de se donner dans un décor propre à enchanter le futur auteur de *Paul et Virginie* : rendez-vous dans un parc bruissant de chants d'oiseaux, orage qui contraint à se réfugier dans une cabane, extase scandée par les roulements du tonnerre, zébrée par les éclairs... Mais l'idylle est brève. Désespéré (il n'oubliera jamais la Polonaise), l'amant éconduit envisage le suicide, puis repart tristement pour la France, où il écrit sur la Pologne. Soucieux d'avoir l'avis d'un expert, il va porter sa copie à... Durand !

Bar ? Broglie commence par le scepticisme : « Ce que vous me mandez, écrit-il à Gérault, de la confédération commencée sur les frontières de Moldavie et de l'Ukraine, ne promet pas de grands effets. Si cette confédération était réellement formée avec quelque puissance, elle aurait choisi des chefs accrédités par leur sagesse, par leurs dignités ou par leurs richesses. Mais puisqu'il n'y a rien dans ce goût-là, il est naturel de prévoir qu'elle ne servira qu'à augmenter les malheurs des mécontents, et à les priver de quelques ressources dont ils auraient pu faire un meilleur usage en prenant mieux leur temps... Quoique réunis sous l'étendard de la religion dominante, les confédérés n'auront probablement pas meilleur sort que les croisés dont les fastes des siècles passés nous ont transmis les pertes et les malheurs. »

Ainsi, le comte de Broglie partage l'opinion de son ami André Mokronowski. Les hommes importants ont toujours du mal à croire aux insurrections populaires : ils leur reprochent d'être populaires. Mais, les semaines passant, Charles s'incline devant l'évidence : la Pologne décidée à se battre se trouve dans la confédération. Il est donc urgent de lui envoyer quelqu'un. « C'est la commission la plus délicate, écrit-il au roi le 19 mai 1768, qu'un ambassadeur de France puisse avoir à remplir. Il faut qu'il soit capable de jouer en beau et avec la prudence et la modération la plus exacte le rôle que le prince Repnine joue depuis quatre ans avec autant d'indécence et d'iniquité. Il faut qu'il soit en état de former des liaisons entre la Pologne et la Turquie, de diriger une nation pour son bonheur et son intérêt, et de l'éclairer sur les pièges que lui tendront presque tous les ministres des autres puissances. Il est essentiel qu'il connaisse le véritable intérêt que la France a au bonheur et à l'agrandissement de l'influence de la Pologne sur le reste de l'Europe. Je ne connais, Sire, personne plus propre que M. Durand à remplir cette place... »

Louis XV, désabusé, répond le 24 mai : « Durand ne peut que bien faire à Varsovie, mais nous sommes bien loin de ce pays pour pouvoir surpasser et même égaliser ce qu'a joué le prince Repnine, tant que nous ne serons pas aidés de Vienne et de la Porte. » Charles ne peut se retenir de remontrer au roi que « si nous y avions entretenu le parti que j'y avais formé et dont la direction aurait toujours dû rester entre les mains de vos ministres, on serait aujourd'hui à portée d'y faire agir ce parti avec la force et la prudence convenables, et de l'engager de s'adresser avec la décence requise à la Porte et même à la cour de Vienne ».

Durand, que ses fonctions amènent à rencontrer régulièrement Choiseul, a rapporté à Broglie que le ministre « regrettait que l'abandon eût prévalu » ; il veut à présent sauver du naufrage le bateau dont il a percé la coque. « M. de Choiseul prend le mors aux dents », ironise amèrement Broglie. Il est bien temps ! C'est dans son style coutumier, tout feu tout flammes, mais brouillon, que Choiseul vole au secours de ces patriotes qui n'ont eu droit jusqu'ici qu'à son mépris agacé. En avril, deux mois après la formation de la confédération, il lui envoie un émissaire, Pierre de Taulès. Charles n'attend rien de bon de cette mission. Le jeune Taulès sort d'un secrétariat d'ambassade auprès du ministre de France en Suisse. « Il n'a pas été à portée de prendre d'idées sur les sentiments à inspirer à une assemblée de gens libres, non plus que sur la conduite d'une espèce d'armée nationale. » Taulès part avec deux cent mille livres en espèces et des lettres de crédit sur la Hollande et Venise. Ses instructions officielles précisent : « Le sieur Taulès n'a d'autre règle à observer pour la remise de cette somme que de voir si elle peut aider [les confédérés] dans leurs projets et avancer leurs affaires. » Il doit aussi les engager à rechercher à tout prix l'appui de la Porte. S'ils demandent des officiers français pour les encadrer, on les leur enverra. Mais les instructions secrètes renchérissent sur les officielles : « Il n'exécutera les ordres qui viennent d'être détaillés que dans le cas où il croira qu'en effet cette marque de protection et d'intérêt pourra animer et soutenir les confédérés ; mais si leur mécontentement n'était qu'un de ces mouvements éphémères auxquels la légèreté polonaise est sujette, le sieur Taulès ne se découvrirait pas et éviterait de compromettre la dignité du Roi. »

Le sieur Taulès, découvrant avec étonnement une Pologne qui ne ressemble pas du tout à la Suisse, rentrera en France avec son magot intact : le désordre régnant dans la confédération l'a convaincu qu'il gaspillerait l'argent du roi en le distribuant à des gens si peu disciplinés.

Krasinski, évêque de Kaminieck, reçoit évidemment le meilleur accueil du nouveau Choiseul lorsqu'il arrive à Versailles au mois de septembre. Son plan, fondé sur la déchéance de Stanislas-Auguste et la proclamation de l'interrègne, est accepté sans discussion. La France aidera la confédération de ses subsides, qu'un nouvel émissaire portera à Teschen, localité de souveraineté autrichienne toute proche de la frontière polonaise, où Krasinski, avec l'accord tacite de Vienne, s'est installé à l'abri des raids des Cosaques. L'évêque aura la libre disposition des fonds alloués par la France. Broglie, informé, se scandalise de la désinvolture ministérielle : « Je n'aurais jamais osé conseiller d'avoir même une confiance aussi aveugle dans M. le comte Branicki, grand-général de Pologne, quoique le premier personnage et le meilleur patriote de sa nation. » Peut-on en dire autant de ce Krasinski, « simple particulier de peu de considération », « homme peu scrupuleux, absorbé de dettes et dont le mérite est de se trouver aujourd'hui dans le parti de la bonne cause, mais sans doute plus par des vues d'intérêt personnel que par attachement à sa patrie et au bien public » ? Le portrait valait peut-être autrefois ; il est injuste depuis Bar, qui a non seulement renouvelé le personnel politique polonais, mais intimement modifié certains acteurs en scène depuis longtemps.

Toujours convaincu que seul un rapprochement entre Stanislas-Auguste et les patriotes peut sauver la Pologne, Broglie s'inquiète du zèle de nouveau converti déployé par Choiseul. Tout céder aux confédérés, leur inspirer une confiance excessive dans leurs maigres forces, ce n'est pas leur rendre service. « Les Polonais, écrit-il au roi, ont besoin d'être presque toujours guidés, souvent retenus et jamais excités. De toutes les qualités nécessaires dans une grande administration et dans la direction d'affaires délicates et importantes, la prévoyance est celle qui leur manque le plus. Ils ne connaissent nullement la marche prudente et mesurée, n'ont aucune idée des autres cours d'Europe et veulent ramener tout à leurs intrigues intérieures. Ils ont donc besoin d'être dirigés par un ministre prudent et expérimenté, etc. » Conclusion : c'est Gérault qu'il faut envoyer à Teschen, et non pas un autre Taulès, et Durand doit repartir pour Varsovie, faute de quoi l'on perdrait « le fruit des peines que V.M. s'est données depuis plus de vingt ans pour conserver une influence que mille circonstances ont pensé faire perdre totalement et dont l'utilité, trop souvent disputée et négligée, paraît être actuellement sentie de tout le monde ».

Charles est ici candide. Il fait la part trop belle à la pétulance désordonnée de Choiseul et sous-estime son cynisme. Tandis que lui-même parle *pour* la Pologne, l'autre ne songe à agir que *contre* la Russie, dont l'impérialisme l'obsède. Le ministre n'a qu'indifférence pour les confédérés, trop faibles pour pouvoir l'emporter, tout juste bons à harceler les troupes russes avant l'intervention qui décidera du sort de la partie : celle de la Turquie.

Elle tarde trop pour un Choiseul piaffant d'impatience, gagné au fil des mois par une irritation grandissante contre son ambassadeur à Constantinople. Que fait donc le pompeux, le solennel, l'incapable M. de Vergennes ?

*
* *

Charles Gravier, chevalier de Vergennes, cinquante ans en 1769, comme Charles de Broglie et Choiseul, entrera dans la postérité avec la réputation justifiée d'un grand ministre et le profil personnel incolore, inodore et sans saveur d'un serviteur de l'État assurément laborieux, indubitablement consciencieux, mais profondément ennuyeux. Il y a pourtant du romanesque dans cet homme massif, au visage neutre, qui parle sans brio et écrit avec une plume en plomb.

S'il entre dans la diplomatie, c'est grâce à Anne-Théodore de Chavigny, dont la nièce était sa belle-sœur. Chacun savait que ce Chavigny portait un nom usurpé. L'affaire avait été l'un des grands scandales du règne de Louis XIV et les chroniqueurs, Saint-Simon en tête, avaient fait leurs choux gras de cet extraordinaire roman-feuilleton. Il était une fois un très noble vieillard, nommé Chavigny, qui s'était retiré dans ses terres de Bourgogne après avoir rendu de grands services dans la diplomatie. Il mourut solitaire, ayant eu le malheur de perdre sa femme et ses deux fils. L'un de ses voisins avait lui-même deux pupilles orphelins à sa charge. Ils s'appelaient Chevignard. Est-ce la ressemblance des noms qui lui souffla l'idée ? Il imagina de substituer ses pupilles aux enfants décédés du défunt et les poussa dans le monde. Les parents et relations de feu Chavigny, dont le prince de Soubise, qui était son cousin, intercédèrent pour eux auprès de Louis XIV. L'un des pupilles était devenu abbé ; l'autre, militaire. Le roi donna au premier une abbaye, au second un brevet d'officier dans la gendarmerie, corps d'élite. Un Bourguignon, candidat déçu à l'abbaye, enquêta et révéla la supercherie. Louis XIV ne plaisantait pas avec ces choses. Les deux Chavigny, retombés Chevignard, furent bannis du royaume. L'histoire devrait finir ici ; elle va merveilleusement rebondir.

L'abbé mourut dans l'auberge de La Haye où il logeait

avec son frère. Celui-ci se consola de son triste destin dans les bras d'une servante. Un jour qu'ils s'ébattaient dans une chambre, la patronne de l'auberge survint de manière si inattendue que le galant n'eut que le temps de disparaître dans un placard. Il entendit la patronne ordonner à la servante de préparer la chambre pour deux diplomates étrangers qui y déjeuneraient. Anne-Théodore, coincé dans son placard, écouta la conversation des deux hommes. Elle roulait sur la destitution du duc d'Orléans, régent depuis la mort de Louis XIV. Le cardinal Alberoni, Premier ministre de fait en Espagne, ourdissait une conspiration visant à installer sur le trône de France le Bourbon régnant à Madrid. Grâce à sa maîtresse, Anne-Théodore put surprendre plusieurs conversations dont il rendit compte à Paris dans trois lettres qui restèrent sans réponse. Il se résolut à rentrer en France. Non sans peine, il obtint une audience du Régent, qui, ayant écouté son histoire à dormir debout, lui ordonna sans ménagements de prendre la porte. Anne-Théodore proposa qu'on le mît à la Bastille, où il resterait enfermé toute sa vie si ce qu'il annonçait ne se réalisait pas. Il n'était pas au cachot depuis trois semaines que la conspiration dite de Cellamare, du nom de l'ambassadeur d'Espagne en France, était découverte. Anne-Théodore sortit de la Bastille, entra dans la diplomatie, et personne ne protesta lorsqu'il reprit le nom de Chavigny.

Charles de Vergennes débuta sous l'aile de ce personnage pittoresque, au demeurant excellent diplomate. Lui-même sortait d'une famille de petite noblesse de robe ; son père était conseiller à la cour des comptes de Dijon ; la seigneurie de Vergennes se résumait au départ à un bois. Il fut, en qualité de secrétaire, des deux ambassades de Chavigny à Lisbonne — six ans en tout —, puis l'accompagna dans sa mission auprès de Charles VII, l'Électeur de Bohême que la France avait fait élire en 1741. L'ambassade suivit les tribulations mouvementées de ce très provisoire empereur. Vergennes quitte l'aile de Chavigny en 1750 avec une nomination à Trèves, puis à Hanovre, postes du second rang où il ne commet pas de faute. En décembre 1754 meurt à Constantinople l'ambassadeur de France Roland des Alleurs, initié au Secret. Il laisse des dettes énormes et une veuve, d'origine polonaise, dont le prince de Conti, alors chef du Secret, redoute le tempérament exubérant. Chavigny pousse son neveu auprès de Rouillé, secrétaire d'État des Affaires étrangères. Il fait observer au ministre que, en l'expédiant à Constantinople avec un simple caractère de chargé d'affaires, on épargnerait les finances du roi, mises à mal par la folle prodigalité de des Alleurs. Vergennes est nommé le 5 janvier 1755, reçoit à Marseille la lettre de Louis XV l'affiliant au Secret, débarque à Constantinople le 21 mai dans un appareil plus modeste que celui de des Alleurs, qui était arrivé avec une suite de cent personnes. Il a trente-quatre ans. Chavigny, grâce à son ascendant sur Rouillé, lui obtiendra rapidement le titre d'ambassadeur.

Une ambassade auprès du Grand Seigneur de l'Empire ottoman est à la fois simple et complexe. Sa facilité découle des relations excellentes existant depuis deux siècles entre cet empire et la France, qui jouit d'importants privilèges commerciaux. Faut-il le redire ? Suède, Pologne et Turquie constituent le trépied sur lequel a longtemps reposé le système diplomatique français. Mais les mœurs politiques locales compliquent le rôle de l'ambassadeur de France. Le sultan, maître absolu, reste pratiquement invisible. Ses héritiers présomptifs vivent, si l'on peut dire, dans une claustration rigoureuse, avec pour seule consolation les joies d'un harem. (Les sœurs et filles du sultan ont loisir de se marier, mais si elles donnent le jour à un enfant mâle, il est aussitôt étranglé.) Cette procédure, agréable en ce qu'elle procure au sultan un règne exempt de tracas familiaux, présente à sa mort de sérieux inconvénients, car elle propulse sur le trône un pauvre être hébété, aussi peu préparé que possible à diriger l'un des plus vastes empires du monde. C'est ainsi que Vergennes trouve en place un sultan Osman, parvenu au trône cinq mois plus tôt, qu'il décrit comme « encore dans les brassières de l'enfance ». Osman est vieux de cinquante-trois années passées tout entières dans une stricte captivité. Il n'est pas aisé d'expliquer le monde à un homme qui n'en a rien su pendant plus d'un demi-siècle.

Le grand vizir gouverne. Nommé à la fantaisie du sultan, il peut avoir été jardinier, soldat ou dignitaire de l'empire. Son pouvoir se termine le plus souvent, pour l'édification des populations, par l'exposition de sa tête tranchée sur le mur du sérail.

Opacité de Sa Hautesse le sultan, intrigues de harem

presque impossibles à démêler du dehors, nécessité de communiquer par le biais d'interprètes plus ou moins fiables : une ambassade simple dans son principe peut être compliquée dans ses détails.

Les dettes et la veuve de son prédécesseur occupèrent les premiers mois de Vergennes. Il versa quatre-vingt-dix mille écus aux créanciers et mit avec soulagement sur le bateau Mme des Alleurs et son jeune fils. Arrivée à Versailles, l'ingrate se répandit en plaintes contre Vergennes, taxé de ladrerie et accusé de mener un train indigne d'un ambassadeur du roi de France. Quoique Rouillé sût mieux que personne ce que le train de son mari avait coûté au trésor, Vergennes eut la faiblesse de se justifier dans une dépêche qui sent son bourgeois : « Mon domestique est propre et nombreux : j'ai cinquante personnes dans ma maison. Pour ce qui est de ma table, elle est servie tous les jours et délicatement pour quatorze personnes, et tout honnête homme y est bien reçu. »

La guerre commençante allait lui donner d'autres soucis. Le renversement d'alliance et le rapprochement entre Versailles et Vienne ne pouvaient que déconcerter les Turcs, adversaires traditionnels de l'Autriche, qui étaient « accoutumés depuis deux siècles, écrivit Vergennes, à considérer l'amitié de la France, principalement en raison de son opposition constante, et qu'ils supposaient invincible, aux intérêts de la maison d'Autriche ». L'accession de la Russie au traité de Versailles devait davantage encore alarmer la Porte, car ses conflits avec Pétersbourg étaient incessants. Le bonhomme Rouillé répondit à son ambassadeur : « Je juge sans peine de la surprise des Turcs en voyant arriver à si peu de distance l'un de l'autre deux événements auxquels ils n'avaient pas lieu de s'attendre. Ils ne pourront comprendre comment, après avoir excité sans cesse depuis plusieurs années leur attention sur les entreprises de l'impératrice de Russie, Sa Majesté se réunit tout à coup avec elle. Il vous sera très facile de leur expliquer ce fait. » Une démonstration suivait, selon laquelle l'alliance avec la Russie, étant bonne pour la France, ne pouvait pas être mauvaise pour la Porte. Comme l'écrivait Charles de Broglie : « Il faut avouer que c'est une belle chose d'être ministre. » Encore les Turcs ignoraient-ils la convention secrétissime signée par le chevalier Douglas, annulée par la suite, aux termes de laquelle la France s'engageait à fournir à la czarine vingt-quatre mille hommes, ou un subside proportionné, dans le cas d'une guerre contre Constantinople !...

Vergennes sut apaiser les esprits, aidé en cela par la nullité du sultan Osman, qui, découvrant avec ravissement les choses de la vie, n'était pas homme à se jeter aux aventures. Mais Osman mourut en 1757 et son successeur, Mustapha, était un homme d'une autre étoffe, flanqué au surplus d'un grand vizir belliqueux. Comment un tel duo n'aurait-il pas regardé avec intérêt du côté d'un roi de Prusse qui taillait chaque printemps des croupières aux armées autrichiennes ? Comment Frédéric, chaque automne au bord de l'abîme, n'aurait-il pas cherché à lancer les Turcs sur les arrières de l'Autriche ? L'ambassadeur de France n'empêcha pas la signature d'un traité de commerce entre Berlin et Constantinople, mais les choses n'allèrent pas plus loin. La crise la plus violente survient avec la mort d'Élisabeth et l'accession au trône des czars du débile et tout prussien Pierre III. Grande émotion à Versailles, qui imagine déjà Prussiens, Russes et Turcs fondant de concert sur l'allié autrichien. Le sultan et son vizir se préparaient de fait à l'offensive quand le décès prématuré de Pierre III change les perspectives.

On avait su gré à Vergennes d'avoir maintenu les Turcs l'arme au pied tout au long de la guerre de Sept Ans ; on ne lui pardonne plus son impuissance à les lancer contre les Russes.

*
* *

Charles de Vergennes révère Choiseul, puisque celui-ci est secrétaire d'État. C'est plus fort que lui : il ne peut pas réprimer l'élan qui le jette vers ses ministres, ni mesurer l'expression de l'adoration qu'il leur porte. Le siècle use d'une politesse qu'on ne reverra plus, mais personne n'est si sot que de croire aux formules passe-partout par lesquelles un puissant s'affirme au bas d'une lettre le « très humble, très obéissant et très dévoué serviteur » d'un personnage de moindre envergure. Pour exprimer l'authenticité et la force de son attachement, Vergennes sait trouver des formules qui échappent à la banalité. Lorsque Choiseul, qui a le même âge que lui, prend pour la première fois le secrétariat d'État des Affaires étrangères : « J'ose me flatter que vous ne douterez pas du vif intérêt avec lequel je participe à une distinction qui vous est un témoignage de la confiance du Roi et de la justice que Sa Majesté rend à vos talents supérieurs. L'espoir que vous m'avez permis de fonder sur vos bontés et la respectueuse reconnaissance que je vous ai vouée sont les plus sûrs garants que je puisse vous offrir de mon empressement pour mériter que vous daigniez prendre quelque opinion de mon zèle pour le service de Sa Majesté et du désir que j'ai de vous plaire et de me rendre digne de votre estime et de votre protection, etc. » Quand Praslin reçoit de son cousin Choiseul les Affaires étrangères : « L'époque qui me fait dépendre de vos ordres étant l'une des plus flatteuses de ma vie, etc. » Problème, toutefois, lorsque Choiseul, en avril 1766, passe à son cousin la Guerre et la Marine, et reprend la politique extérieure ; mais un Vergennes sait enjamber l'obstacle : « Je dois trop aux bontés de M. le duc de Praslin pour n'être point vivement touché des motifs qui l'ont mis dans la nécessité de se séparer d'un département qu'il a dirigé avec tant de réputation et de gloire ; mais ma sensibilité ne diminue point la parfaite satisfaction que je prends de me trouver sous vos ordres. »

Choiseul, on le sait, use d'un style plus nerveux. Le 21 avril 1766, quinze jours après son retour aux Affaires étrangères : « Il n'est plus question de vous occuper uniquement des petites affaires courantes de l'ambassade, c'est la guerre par les Turcs qui doit être l'unique objet de votre travail et de vos méditations... Mettez plus de chaleur et d'activité dans votre conduite ; justifiez la bonne opinion que le Roi a de vos talents dans une occasion aussi délicate. » Et comme les dépêches de Vergennes ne cessent de répéter la décrépitude de l'empire, le désordre des affaires intérieures, la déchéance de son armée, naguère terreur de l'Europe, mais qui n'a plus combattu depuis trente ans, Choiseul de trancher avec sa désinvolture coutumière : « Je n'ignore pas l'état de faiblesse et de décadence de l'Empire ottoman, la faiblesse encore plus grande, s'il est possible, de son administration ; mais serait-il de toute impossibilité de proposer et de suivre les moyens qui portassent le Divan à une guerre dont, d'ailleurs, le succès définitif ne nous intéressera pas vivement, mais dont la déclaration et le sort nous mettront à portée de détruire les mauvaises intentions de Catherine ? » Merveilleux Choiseul ! « C'est le cocher de l'Europe », dira de lui la czarine, et le mot fera florès. Singulier cocher qui mène l'attelage les yeux bandés, mais toujours au galop, et prétend soumettre l'événement à son caprice. Puisqu'il veut une guerre (« dont, d'ailleurs, le succès définitif ne nous intéressera pas vivement »), son ambassadeur doit la lui procurer, et le sultan y consentir — ce sultan dont Choiseul n'envisage pas un seul instant qu'il puisse être plus vivement intéressé que lui au succès ou à l'échec de l'entreprise où il jouera le sort de son empire. Cette phrase aussi, extraite d'une dépêche rédigée de la main fiévreuse du ministre, alors que la Pologne se cabre contre Repnine : « La nation n'a cependant pas encore plié ni montré la docilité que la Russie en attendait, et la résistance qu'elle a faite jusqu'ici montre de quels efforts les Polonais eussent été capables s'ils eussent vu une puissance disposée à les protéger. » C'est bien à lui d'écrire cela !

Vergennes, froissé par la brutalité de Choiseul, répond avec le bon sens qui le caractérise. L'influence de la France sur les Turcs n'est plus ce qu'elle était : on les a traités avec trop de désinvolture pendant la dernière guerre. (Charles de Broglie écrit de son côté au roi son regret « qu'on n'ait pu allier notre union avec la cour de Vienne, que j'ai été le premier à proposer de Dresde en 1755, avec la conservation de nos plus anciens alliés, je veux dire les Turcs... ». Le lecteur se souvient de ses innombrables protestations contre le désintérêt affiché pour la Porte par les négociateurs des deux traités signés avec l'Autriche. On ne l'a pas écouté. On en recueille aujourd'hui les fruits amers.) La querelle sur les dissidents reste énigmatique pour les Ottomans, qui comprennent mal que des infidèles s'égorgent à propos de différences de doctrines si minimes qu'insaisissables ; tant qu'à choisir entre les mécréants, leur sympathie irait plutôt aux dissidents brimés. Ils ne veulent certes pas d'une absorption de la Pologne par la Russie, mais, comme Catherine ne cesse de répéter qu'elle évacuera le pays dès que l'ordre y sera rétabli, ils se satisfont de la promesse. Une circonstance donne pourtant de l'aigreur au sultan. Par une foucade assez inexplicable, il s'était opposé à la volonté russe de porter Stanislas Poniatowski sur le trône, au prétexte bizarre que le candidat sortait d'une famille obscure, et il avait donné l'exclusion contre lui. L'élection fut reçue comme un camouflet par la Porte, sans la pousser cependant aux extrémités. Vergennes le répète à Choiseul : « Les Turcs amollis, plus avilis encore, répugnent à la guerre... » Choiseul se soucie peu de l'issue de cette guerre ? « Je ne me flatte pas que le Conseil ottoman puisse être amené, par des ressorts d'intrigues et par des motifs de séduction, à déclarer une guerre à laquelle il ne serait pas déterminé par la conviction de l'intérêt fondamental de l'empire. » À Louis XV, enfin, par la filière du Secret : « Il serait sans contredit très avantageux que la Porte se décidât brusquement à la guerre contre la Russie, mais il ne serait peut-être pas sans inconvénient de vouloir être l'auteur du conseil que les Turcs ne prendront certainement que d'eux-mêmes et qu'ils pourront bien se reprocher. » Remarquable perspicacité : à quoi bon jeter le plus vieil allié de la France dans un conflit si celui-ci doit se terminer par une catastrophe ?

Vergennes écrit juste, mais son tort est d'avoir interminablement raison. Ses profuses dépêches font trente, cinquante pages, sans le moindre bonheur de style à se reprocher. Chaque arrivée du courrier de Constantinople plonge les commis du ministère dans l'accablement. Charles de Broglie lui-même, pourtant gros travailleur, et qui estime hautement les qualités de l'ambassadeur, ne peut retenir de temps en temps un gémissement : « Voilà enfin, Sire, l'extrait de cinq ou six cents pages de déchiffrement des dépêches de M. le chevalier de Vergennes. Je crains qu'elle [V.M.] ne le trouve encore bien volumineux, mais je n'ai pas pu le raccourcir » ; « Sire, je suis enfin en état de mettre sous les yeux de V.M. l'extrait des trois dernières expéditions de M. le chevalier de Vergennes, dont le déchiffrement est de quinze cents pages » ; « J'ai trouvé ici [en rentrant de Ruffec] deux ou trois mille pages de déchiffrement de Constantinople... Volume effrayant [1]... » Si le labo-

1. Pour saisissante que soit cette incontinence, il convient de rappeler que les ambassades n'épargnaient pas sur le papier. Au départ de la dépêche, le chiffreur alignait ses chiffres en laissant un large intervalle entre les lignes et c'est dans cet intervalle que le déchiffreur, à l'arrivée, écrivait le texte décodé. Une page ne comportait pas plus de dix à quinze lignes.

rieux Broglie lui-même demande grâce, on imagine l'exaspération de Choiseul. Il n'aime que la concision nerveuse, lui qui, trouvant vide l'encrier de son bureau, dit en riant : « Bah ! Il y aura toujours assez d'encre pour que je puisse signer mon nom ! » Aussi mobile que Vergennes est pesant, il refuse de s'ensevelir sous les besognes. Apprenant qu'on s'est plaint au roi de son manque d'assiduité, il lui écrit aussitôt qu'il consacre huit heures par jour à son ministère et n'entend pas allonger ses horaires : « Si je travaillais davantage, je m'appesantirais et je travaillerais mal. » Pour un tel homme, la lecture d'une dépêche de trente pages est exténuante, et il ne supporte pas, lorsqu'il écrit à son ambassadeur : « Nous sommes serrés par le temps et il ne nous reste que peu de marge pour courir aux remèdes », de recevoir en réponse une dissertation diplomatique : « La méthode la plus sûre pour faire réussir une négociation étant d'entrer, autant qu'il est possible, dans le génie et l'inclination de ceux avec lesquels on négocie, il semble que notre soin le plus fort doit être de masquer aux Turcs le but vers lequel nous voulons les conduire, etc. »

Est-ce méfiance envers les pouvoirs soporifiques de la plume de Vergennes ? Celui-ci reçoit l'ordre de ne plus communiquer qu'oralement avec les responsables ottomans. Comme c'est commode ! Un ambassadeur peut à tout instant adresser une note écrite au grand vizir ; en obtenir audience est une autre affaire. Vergennes se trouve réduit à faire apprendre par cœur à son interprète ce qu'il souhaite transmettre et à l'envoyer réciter sa leçon au vizir, sans aucune garantie que le premier n'oubliera rien et que le second retiendra tout. La gageure se révélant intenable, il enfreindra la consigne ministérielle en faisant passer des notes écrites rebaptisées pudiquement « bulletins de renseignement ».

Un an de ce régime, avec un Choiseul dont l'impatience croît au rythme des défaites essuyées par les confédérés. La correspondance secrète de Charles de Broglie demande la même chose que l'officielle — la guerre ! —, mais du moins le fait-elle sur un autre ton. Vergennes s'exténue à expliquer que la Porte ne bougera pas avant d'avoir pris conscience de la volonté russe de s'incruster en Pologne. Harcelé, houspillé, il s'épanche, par la filière du Secret, auprès du Roi : « Je ne dois pas fatiguer Sa Majesté du récit des peines que me cause une position aussi ingrate que la mienne ; il n'y a que mon zèle ardent pour son service qui m'empêche de succomber sous le poids du dégoût et du découragement. » Comment les Turcs songeraient-ils à la guerre alors que les tremblements de terre secouent Constantinople trois mois durant, ruinant la moitié de la ville et déclenchant une épidémie de peste qui fera cent cinquante mille morts ?

Au mois d'avril 1767, Choiseul reçoit une dépêche qui, pour le coup, ne l'endort pas : Charles de Vergennes, que tout le monde sait célibataire, lui révèle qu'il est marié et père de deux enfants.

*
* *

Un mariage est alors rarement romanesque : rien de plus époustouflant que celui de Vergennes. Voilà un homme rassis, soucieux de sa carrière au point de répandre aux pieds des ministres des jonchées de flatteries d'une platitude inégalée dans le corps diplomatique, et qui prend le risque de ruiner cette carrière pour une affaire de cœur... Qu'il ait eu à Constantinople une ou plusieurs habitudes, voire un petit harem, qui ne l'eût compris ? Mais un mariage ! Et un mariage en catimini ! Faute gravissime, car un ambassadeur ne peut convoler qu'avec l'autorisation du roi.

Choiseul, indulgent aux élans du cœur et aux faiblesses de la chair, répond par une lettre sermonneuse mais accordant absolution : « Je ne me suis occupé que du soin d'obtenir du Roi la grâce dont vous avez besoin. Sa Majesté, voulant bien ne consulter que son indulgence et sa bonté naturelle, vous l'accorde, Monsieur, et vous permet de rendre public le mariage que vous avez contracté... » *In cauda venenum*, la dernière phrase de la lettre signale : « Vous avez oublié, Monsieur, de me mander le nom de votre femme et son état. »

C'est bien là que le bât blesse. Anne, trente-sept ans quand elle émerge de la villa où Vergennes la tenait cachée, est fille d'un tout petit gentilhomme de Chambéry ; elle est surtout la veuve Testa, et feu son mari exerçait à Pera, faubourg de Constantinople, la profession peu reluisante de médecin. Charles de Vergennes l'a rencontrée aux alentours de 1760 et lui a voué une passion qui durera jusqu'à sa mort. Mais à quoi bon demander une autorisation de mariage qui serait à coup sûr refusée ? Un ambassadeur de France n'épouse pas une veuve Testa. La liaison reste donc clandestine. Un premier fils naît en 1761, un second en 1766. À leur baptême, ils sont déclarés légitimes, nés de parents mariés. Le mariage n'intervient pourtant que le 9 mars 1767, avec reconnaissance des deux enfants par leur père. « C'est un phénomène rare dans ce siècle, écrira Vergennes à un ami, qu'une femme et un mari qui s'aiment et, qui plus est, qui osent l'avouer. » Le phénomène est encore plus rare, au siècle de la distinction, d'un diplomate pouvant aspirer à une union flatteuse, dont il aurait bien besoin, étant lui-même de médiocre origine, et qui sacrifie son ambition à son amour. Vergennes écrit au baron de Tott, attaché à son ambassade mais en voyage en France : « Mon épouse, qui a l'honneur d'être connue de vous, m'est plus chère qu'elle ne l'a jamais été, et je raffole de mes enfants. » Anne lui apportera autant de bonheurs domestiques qu'elle lui vaudra d'humiliations sociales.

Rédigée le 31 décembre 1767 à Versailles, une dépêche l'ébahit tout autant que la révélation de son mariage avait stupéfié Choiseul : après lui avoir mis l'épée dans les reins pendant vingt et un mois, le ministre vire cap sur cap et lui ordonne d'interrompre ses démarches auprès du grand vizir ; puisque les Turcs ne veulent pas bouger, « laissons-les attendre nonchalamment le sort qui les menace ».

Vergennes entendit-il sonner le glas[1] ?

Le 22 avril, Choiseul, recevant le chevalier de Saint-

1. Cette dépêche, évidemment postérieure à la mort de Jean-Pierre Tercier, nous permet néanmoins de mesurer *a posteriori* la gravité du coup porté au Secret par son éviction du poste de premier commis des Affaires étrangères. Aussi longtemps qu'il a exercé cet emploi, le service recevait sans délai copie des dépêches ministérielles adressées de Versailles aux diplomates en poste. À cause de sa disgrâce, il a fallu demander aux ambassadeurs initiés d'envoyer copie du courrier qu'ils recevaient. Cela va encore pour les capitales proches de la France ; s'agissant de la lointaine Constantinople, les délais sont infinis. Six mois s'écouleront avant que Charles de Broglie ait connaissance de l'étonnante dépêche de Choiseul, rédigée le 31 décembre 1767. Il en demande l'explication au roi le 8 juin 1768. Louis XV répond : « C'est le rappel prochain du sieur de Vergennes qui a fait écrire M. de Choiseul tel qu'il l'a fait. » Ce rappel est alors officiel depuis six semaines.

Priest, lui lance : « Savez-vous que Gérard [premier commis des Affaires étrangères] m'a proposé de vous nommer à l'ambassade de Constantinople ? Nous avons là M. de Vergennes, dont les dépêches ne sont que des amplifications de rhétorique ; il nous faut un ambassadeur qui ait plus d'activité, et nous pensons à vous. » Saint-Priest ne se fait pas prier. Avec Choiseul, les choses ne traînent jamais. Il obtient le soir même l'accord de Louis XV et rédige trois jours après la lettre de rappel de Vergennes. D'une sécheresse prévisible, elle prend le prétexte d'une mission « qui a déjà dépassé de beaucoup le terme ordinaire » et de prétendus embarras de santé de l'ambassadeur. Mais il est vrai que Vergennes sert à Constantinople depuis quatorze ans, ce qui est long.

*

* *

Emmanuel de Saint-Priest[1] sort de quatre ans d'ambassade à Lisbonne, où il avait été nommé à vingt-huit ans. Il n'est pas un Vergennes. Sa naissance lui vaudra viatique toute sa vie. Sûr de soi, satisfait d'entamer une carrière diplomatique par le sommet à un âge si tendre, il n'a éprouvé aucune inquiétude sur ses capacités : « Je n'avais d'autre connaissance en ce genre qu'un fond d'histoire et de géographie, et j'ai vu, par mon expérience, que c'est à peu près tout ce qu'il faut en fait d'études préliminaires pour la diplomatie, la politique n'étant autre chose que la juste application du jugement sur les personnes et les circonstances ; le reste est une routine qu'on ne peut manquer d'acquérir promptement. » Désigné à son retour pour aller à Stockholm, il se préparait avec une sage lenteur — un an — à cette nouvelle mission quand intervient sa nomination à Constantinople. Il avouera dans ses Mémoires que sa préférence pour cette dernière capitale l'avait amené à faire

1. M. Marc de Saint-Priest nous a fait observer — et nous l'en remercions — que dans le premier tome nous donnions alternativement du comte et du marquis à Emmanuel de Saint-Priest, ce qui était évidemment de notre part une étourderie. Le nouvel ambassadeur de France à Constantinople, qui sera comte à la mort de son père, n'est encore que le chevalier de Saint-Priest.

« quelques démarches » pour l'obtenir ; l'idée de le nommer auprès du Grand Seigneur n'est sans doute pas venue spontanément au premier commis Gérard.

Il plonge dans l'océan des dépêches de Vergennes et s'étonne du « mépris » manifesté par Choiseul : « Il faut être juste : cet ambassadeur était, en effet, un peu phrasier mais ses arguments, qui avaient déplu au duc de Choiseul, étaient cependant très fondés. » Il est frappé par l'insistance avec laquelle Vergennes revient sur les faiblesses du gouvernement ottoman et sur son « ineptie militaire », étonné aussi de « la haine particulière » que porte Choiseul à la czarine. Les instructions que lui donne le ministre consistent à pousser les Turcs à la guerre contre la Russie, sans toutefois s'impliquer au point que, les choses venant à tourner mal sur le terrain, la France puisse être tenue pour responsable de la rupture. Vergennes, quoique rappelé, serait-il enfin écouté ? À une question sur l'attitude à tenir vis-à-vis des confédérés, Choiseul s'est borné à répondre : « Tous ces Polonais sont des gens impossibles à mener. »

Trois semaines après sa nomination, Saint-Priest est convoqué par le comte de Broglie.

Pour une fois, le choix du ministre a enchanté Charles. Il apprécie Saint-Priest, qui a servi sous ses ordres pendant la dernière guerre et qu'il a séduit par une qualité que ce récit ne donne guère l'occasion de montrer à l'œuvre, mais qui était bien réelle : sa convivialité. « C'était, témoignera Saint-Priest, un des hommes les plus aimables que j'aie jamais rencontrés dans ma vie, malgré tout son feu... » (Mlle de Lespinasse, lieutenante de Mme du Deffand avant de lancer un salon rival du sien, écrit pour sa part de Charles : « Ah ! pour un homme d'esprit, en voilà un ! ») Saint-Priest doit sa carrière au prince de Beauvau, ami des Broglie et proche du dauphin jusqu'à sa mort. Le chef du Secret et le nouvel ambassadeur à Constantinople appartiennent donc à la même mouvance. Le premier, qui trouve au second « beaucoup de zèle et de lumières », avait bien entendu demandé au roi l'autorisation de le recruter alors qu'il était en partance pour Stockholm. Toujours obsédé de sécurité, Louis XV avait répondu : « Si absolument l'on peut se passer de mettre le chevalier de Saint-Priest dans le secret, c'est mon avis. » Incompréhensible entêtement alors que le service prend eau de toutes parts ! Mais les événements de Pologne font de la Porte une pièce trop essentielle de l'échiquier diplomatique pour qu'il soit envisageable de se priver du nouvel ambassadeur. Saint-Priest, dont Broglie répond « de la probité et de la fidélité », reçoit de ses mains une lettre d'initiation conforme au modèle qui nous est devenu familier. Il tique à la lecture de la phrase finale : « Je vous ordonne le plus inviolable secret et sous les plus grandes peines envers qui que ce soit au monde, excepté les trois personnes ci-dessus nommées [Broglie, Durand, Monet], et je compte sur votre fidélité et sur votre obéissance. » « Les plus grandes peines » ? À un homme comme lui ? Charles doit l'obliger à retirer de sa réponse au roi quelques phrases « sur des menaces qui, commente le nouvel initié, ne m'étaient nullement nécessaires ». Saint-Priest a loisir de vérifier avant son départ l'étanchéité du Secret. Il reçoit une lettre du premier commis Gérard lui demandant, de la part de Choiseul, de découvrir « certaine correspondance secrète » fonctionnant entre Constantinople et la France. « J'avais alors la lettre du Roi, écrira Saint-Priest, et n'étais pas maître de disposer de son secret. » Loyal, il avertit Broglie de la tentative ministérielle de retournement. Le comte, qui sait trop bien ce que le roi fera de l'avertissement, lui communique copie de la lettre de Gérard avec ce commentaire : « Votre Majesté verra que ce n'est pas sans raison que je soupçonne depuis longtemps que M. le duc de Choiseul a plus que des notions sur la correspondance secrète dont V.M. a daigné me charger, et qu'il voudrait fort en trouver les traces. »

Le temps presse. Si Choiseul a donné consigne à Vergennes de cesser ses instances auprès du grand vizir, c'est uniquement parce qu'il s'était convaincu de son incapacité et qu'une totale léthargie de l'ambassadeur provisoirement en poste lui semblait préparer les voies à son plus actif successeur. Pour aller à Constantinople, le moyen le plus rapide et le plus commode est le bateau, aussi tous les ambassadeurs de France empruntaient-ils la voie maritime. Mais Saint-Priest emmène avec lui un ami très cher, le baron de Pontécoulant, qui souffre du mal de mer : on ira donc en voiture.

À quoi tiennent les choses ! Parti de Paris au début d'août, Saint-Priest arrive à Constantinople le 13 novembre pour y apprendre que le sultan a déclaré la guerre à la Russie le 6 octobre précédent. « Il est pourtant vrai, écrira-t-il, qu'en arrivant un mois plus tôt à Constantinople par la voie de mer j'aurais eu, aux yeux du ministère et du public, le mérite d'avoir opéré la rupture, avantage qui resta à mon prédécesseur. » Pas de chance...

Avec sa spontanéité désarmante, Choiseul s'écria en apprenant la déclaration de guerre : « M. de Vergennes éprouve le sort du maréchal d'Estrées, qui fut rappelé après une bataille gagnée. » Le lecteur se rappelle peut-être qu'en 1757 d'Estrées avait été sacrifié à des intrigues de cour au lendemain même de sa brillante victoire d'Hastenbeck[1].

Saint-Priest trouva la famille Vergennes dans une compréhensible nervosité. L'ambassadeur disgracié avait eu pourtant la consolation de recevoir une lettre personnelle de Louis XV, obtenue comme de coutume grâce aux diligences du chef du Secret. Broglie n'a encore jamais rencontré Vergennes, lequel — cloisonnement oblige — n'a su son rôle à la tête du service qu'à la mort de Tercier, lorsqu'il a fallu annoncer à tous les agents la réorganisation rendue nécessaire. Cela n'empêche pas Charles de solliciter du roi « une marque de bonté propre à le consoler par un seul mot du désagrément qu'il éprouve », ajoutant non sans malice : « Je conçois mieux qu'un autre la douleur où il peut être de se croire soupçonné de n'avoir pas servi aussi utilement que cela était possible et qu'il l'aurait souhaité. » Louis XV voulut bien exprimer sa satisfaction au disgracié.

La famille s'embarqua pour la France, attristée par une récente fausse couche d'Anne de Vergennes. Le voyage fut affreux, avec des tempêtes et la foudre sur la frégate. À Versailles, accueil glacial. Ce n'était pas à l'ambassadeur qu'on faisait mauvais visage, puisqu'il avait rempli sa mission, mais à sa femme, et l'on disait à la cour que le mariage, s'il n'expliquait qu'en partie la disgrâce, la rendrait en tout cas définitive. Anne était de petite naissance : on affirma qu'elle sortait de la lie du peuple — « fille d'un ouvrier savoyard nommé Vivier », écrit Saint-Priest. Elle avait l'infortune d'être la veuve Testa : on répandit qu'elle avait eu la cuisse légère. « Il y avait dans ce temps-là, à Constantinople, écrit Besenval, la veuve d'un marchand

1. Cf. *Le Secret du Roi*, tome 1, p. 448.

[*sic*], assez jolie pour inspirer des désirs, assez traitable pour les satisfaire. Beaucoup de ministres étrangers en avaient eu la fantaisie. Le tour de M. de Vergennes vint : d'abord ce ne fut qu'un caprice, qui devint bientôt un goût, et très vite une passion. »

Charles de Vergennes se retira avec les siens en Bourgogne.

Choiseul, convaincu qu'une guerre s'achète comme un carrosse, lui avait envoyé trois millions de livres pour corrompre le sérail. Vergennes s'y était refusé, estimant qu'une telle démarche n'aboutirait à rien et risquerait même d'avoir les conséquences les plus fâcheuses. Il avait restitué les trois millions, seul ambassadeur français de ce siècle à rapporter autre chose que des dettes. Sa réputation de ladrerie s'en trouva renforcée.

Saint-Priest sut que son prédécesseur lui en voulait beaucoup. Le grand vizir l'avait couvert d'éloges à son départ, et c'était au successeur de transmettre ces compliments à Versailles. Saint-Priest s'en abstint, « soit que cela m'eût échappé, soit que j'eusse regardé le propos comme chose de forme ». Mais qu'importe le ressentiment d'un Vergennes condamné à végéter en Bourgogne ? Son oncle Chavigny, à la retraite, proche de la mort, ne peut plus l'aider. Son mariage grotesque en fait la risée générale et lui ferme les portes de la cour. Il n'a plus pour appui que ce comte de Broglie qui s'agite dans les coulisses du Secret.

*

* *

Comme Vergennes l'avait prévu, le pouvoir ottoman s'était résolu à la guerre quand il avait enfin compris que les Russes l'amusaient avec leurs fallacieuses promesses d'évacuer la Pologne. Un incident de frontière servit de détonateur. Des confédérés réfugiés en Moldavie étaient allés attaquer des troupes russes — provocation sans doute délibérée. Les Cosaques, s'arrogeant un droit de suite, franchirent à leur tour la frontière et saccagèrent la ville de Balta, où ils sabrèrent dans la confusion quelques musulmans. Le 6 octobre, le grand vizir convoqua l'ambassadeur russe, Obreskov, lui rappela les promesses toujours démenties, le traita de parjure et de traître, puis on offrit le café à

Obreskov avant de le conduire dans une cellule du château des Sept-Tours. La pittoresque coutume locale voulait qu'on signifiât une déclaration de guerre en incarcérant l'ambassadeur du pays concerné.

Un grand empire finissant est comme ces étoiles dont la lumière nous parvient alors qu'elles sont mortes depuis longtemps. Le prestige ottoman restait si grand que les Russes se crurent perdus. Saint-Pétersbourg connut une sorte de panique. On vit Catherine pleurer. Elle tirait impunément sur la ficelle turque depuis si longtemps qu'elle s'était persuadée qu'elle ne casserait jamais.

L'année était trop avancée pour permettre des opérations d'envergure. Une armée russe attaqua cependant la ville de Khotine, sur le Dniestr. On sut assez vite que cette guerre n'entrerait pas dans les anthologies de l'art militaire. Après des opérations lamentables de part et d'autre, les Russes repassèrent le Dniestr.

L'hiver s'installe. Réfugié à Teschen, l'évêque de Kaminieck s'efforce d'unir les confédérés. Ceux-ci se tiennent cois, attendant l'offensive de printemps des Turcs pour reprendre leurs opérations. Stanislas-Auguste refuse à Repnine d'engager la petite armée polonaise contre les forces ottomanes. Mais la guerre enterre définitivement l'espoir de Charles de Broglie de réconcilier le roi de Pologne avec les patriotes : la Porte exige la destitution de cette « personne qui ne compte aucun roi dans sa famille ».

XV

Frédéric de Prusse ne respecte qu'un seul roi : « Sa Sacrée Majesté le Hasard ».

S'il planifie sans cesse dans le secret de son cabinet, il se garde bien de passer à l'exécution avant d'apercevoir une ouverture. Tapi au centre de sa toile, il attend l'occasion. La Russie lui fait peur depuis toujours. Elle est trop immense pour qu'une armée, fût-elle la plus puissante d'Europe, l'atteigne dans ses œuvres vives. Les Russes sont pour lui « les oursomanes », « les sauvages du Nord », « les barbares sur la mer glaciale ». Il laisse néanmoins les mains libres à Catherine en Pologne. Mieux : il l'aide en mobilisant pour elle la troupe des philosophes. La czarine fait marcher pour la tolérance « des arguments munis de canons et de baïonnettes ». Les confédérés de Bar, « esprits abrutis par la plus stupide superstition », sont seulement « capables du genre de crimes que les lâches peuvent se permettre ». Il écrit contre eux un crasseux poème en six chants, *La Guerre des Confédérés*, dont se délectent les salons parisiens. Mais il n'entend certes pas offrir la Pologne aux oursomanes. Il guette le moment propice à son entrée en scène. La déclaration de guerre de la Porte frappe pour lui les trois coups : « Une nouvelle carrière venant à s'ouvrir, il fallait être sans adresse ou enseveli dans un engourdissement stupide pour ne point profiter d'une occasion aussi avantageuse. » Si les Turcs et les confédérés marquent des points, Catherine aura besoin de la Prusse. Si les Russes gagnent en Moldavie, l'Autriche, inquiète de les voir border sa frontière, voudra s'appuyer sur Berlin. Il sera l'arbitre. À moins que Pétersbourg et Vienne ne s'allient contre la Turquie, ce qui le mettrait hors jeu et le rendrait plus vulnérable que jamais. Autre hypothèse fâcheuse : l'Autriche, animée par la France, épaule les Turcs et soutient les confédérés, ce qui obligerait la Prusse à marcher avec son allié russe contre les Autrichiens et les Français. Aucune partie sans risque.

En novembre 1768, un mois après la déclaration de guerre des Ottomans, l'ambassadeur d'Autriche à Berlin propose à Frédéric d'ouvrir des conversations visant à la proclamation de la neutralité de l'Allemagne. « Nous ne pourrions rien faire de plus sensé, approuve chaudement Frédéric. Nous sommes allemands : que nous importe que les Anglais et les Français se battent pour les îles d'Amérique ? Que Paoli occupe les Français à pleines mains en Corse ? Que les Turcs et les Russes se prennent aux cheveux ?... »

On convient d'une rencontre avec l'empereur Joseph II, fils de Marie-Thérèse.

Tout va bien.

*
* *

Charles de Broglie exulte : sa chère Pologne est en passe d'être sauvée. Il y faut pourtant deux conditions : les Turcs doivent attaquer « avec vigueur », mais « principalement vers le centre des États de l'Impératrice de Russie », c'est-à-dire en préservant le territoire polonais de leur désastreuse solidarité. Les troupes confédérées, qui recrutent force volontaires, « ne doivent exactement servir qu'à harceler les convois et les communications des armées russes, à les priver de toute subsistance, à leur enlever leur trésor, leurs courriers, leurs hôpitaux, etc., et le premier ordre à leur donner est de ne point combattre, de reculer toujours quand elles trouveront des ennemis et de ne jamais se compromettre : rien n'est plus capable de ruiner l'armée russe qu'une pareille conduite, d'autant que leurs généraux n'ont pas la capacité nécessaire pour en prévenir la suite et les dangers. » C'était rappeler les principes de la guérilla tels que les avait définis Pulawski aux premiers jours de la confédération de Bar — principes toujours oubliés, en Pologne comme ailleurs, après que quelques succès initiaux ont enflé la tête des chefs guérilleros. Autre motif de satisfaction pour Broglie : Vergennes écrit au roi qu'il doit son succès final aux sages directives envoyées par le Secret.

Choiseul a tôt fait de doucher l'enthousiasme. Il se soucie comme d'une guigne de préserver la Pologne d'un déferlement de troupes ottomanes peu enclines à distinguer entre bons et mauvais infidèles. (Voltaire, bien sûr, ne se prive pas d'ironiser sur le Croissant qui vole au secours des croisés confédérés marchant sous les bannières de la Sainte Vierge...) Dépêche du ministre à Saint-Priest : « Nous n'avons qu'un seul objet dans cette guerre, qui est de tenir puissamment la Russie en échec. Tous les autres objets, tels que celui de la Pologne, ne sont que des prétextes pour parvenir à notre but ; ainsi, en mettant dans les détails les formes les plus spécieuses, en faisant valoir l'intérêt du Roi pour la gloire de la Porte, M. de Saint-Priest s'appliquera particulièrement, sans que rien l'en détourne, à la fomentation de la guerre, et pourvu qu'elle existe avec force, tous les théâtres sont bons. Nous plaindrons les Polonais et nous profiterons de l'événement seul de la guerre. »

Après le fiasco éprouvé par Taulès, Choiseul dépêche un nouvel émissaire, le chevalier de Châteaufort, auprès de l'évêque de Kaminieck, toujours installé à Teschen, où l'Autriche ne tolère sa présence que pour s'en servir comme d'une monnaie d'échange, le cas échéant, avec la Russie.

Qui est ce Châteaufort ? Un officier de vingt-six ans dépourvu de toute expérience diplomatique. Broglie s'inquiète : « J'ignore qui est ce capitaine français, écrit-il au roi, mais je crains fort qu'il ne soit pas en état de remplir une mission dont, au surplus, par ce moyen, nous n'aurons d'autre connaissance que celle qu'il plaira à V.M. de nous communiquer. » Il ne plaira point à Sa Majesté de communiquer les instructions secrètes données par Choiseul à Châteaufort. Elles désespéreraient Charles. Que l'émissaire reçoive l'ordre de pousser à la destitution du roi de Pologne, c'est inévitable depuis l'entrée en jeu de la Porte, hostile à Stanislas-Auguste. Mais Choiseul entend mettre les Polonais à la disposition des Turcs aussi complètement qu'il les avait voulus, pendant la guerre de Sept Ans, à la soumission des Russes. Châteaufort doit convaincre les confédérés de s'emparer de la ville de Kaminieck... pour la remettre aux Turcs ! Ses instructions officielles précisent : « Peut-être quelques fanatiques marqueront-ils de l'éloignement pour cet arrangement : leurs préjugés doivent être combattus avec ménagement... » La livraison de Kaminieck deviendra une véritable obsession pour Choiseul, qui harcèlera Saint-Priest de dépêches à son sujet. Ne voit-il donc pas qu'il touche à un double symbole ? Kaminieck est la seule ville polonaise à faire figure de place forte, et elle a pour évêque ce Krasinski qui tient tous les fils de la confédération... « Attirer les Turcs pour chasser les Russes, commentera l'évêque, ce serait mettre le feu à la maison pour en chasser les insectes[1]. »

Les instructions secrètes de Châteaufort ne peuvent être taxées d'hypocrisie. Après avoir déblatéré sur les confédérés, leurs divisions et leurs éternelles querelles, elles tranchent : « Dans cette position, ils ne mériteraient que du mépris et d'être oubliés si l'intérêt de la Pologne et la nécessité de s'opposer aux progrès de l'ambition russe ne se trouvaient pas essentiellement liés à leur cause. » Que

1. Lointain écho à cet état d'esprit : en 1939, lorsque la France demandera à la Pologne, en cas d'agression nazie, de consentir à ouvrir sa frontière à l'Armée rouge pour être secourue par elle, le Premier ministre polonais refusera au motif qu'avec l'Allemagne son pays risquait de perdre son corps, tandis qu'avec les Soviétiques c'était son âme qu'il mettrait en jeu.

fera donc la France pour cette cause ? « Le Roi, en désirant de vouloir entretenir la confiance de tous les patriotes polonais, et de ne pas détruire la persuasion où ils sont que c'est aux soins de la France qu'ils doivent les événements qui ont ranimé leurs espérances, est bien résolu de ne leur accorder aucun secours, ni pécuniaire, ni autre. »

Pour un homme d'État, il n'y a pas grand risque à épouser le cynisme ; mais le cynisme, souvent, n'est que l'intelligence des imbéciles. Choiseul, qui ne se soucie ni des Turcs, ni des Polonais, ni de personne, gesticule pour masquer le désastre auquel aboutit son inertie dans le Nord, et prétend remuer les nations comme un enfant fait de ses soldats de plomb. On n'est pas un grand politique sans avoir égard aux hommes, à leurs convictions, à leurs intérêts propres. Et puis, tant qu'à se vouloir machiavélien, il faut l'être jusqu'au bout, même et surtout avec ceux que l'on charge d'appliquer sa froide politique. Frédéric pourrait lui donner là-dessus d'utiles leçons. En tenant à un Saint-Priest, à un Châteaufort encore plus, le langage du cynisme sans apprêt, comment le ministre ne voit-il pas qu'il diminue leur efficacité sur le terrain ? Quel besoin de révéler à Châteaufort, jeune et brave garçon, puceau diplomatique, qu'on se contrefiche de ces confédérés pour lesquels il éprouvera forcément la fraternité d'armes naturelle chez un officier ? Machiavel aurait longuement entretenu le capitaine de son amour pour la Pologne, unique objet de ses pensées, puis aurait sollicité au nom de cet amour le sacrifice temporaire de Kaminieck. Peut-être Châteaufort ne l'eût-il pas obtenu ; du moins l'aurait-il demandé avec une vraie conviction.

*
* *

Charles de Broglie s'inquiète : « Toutes les raisons d'une saine politique se joignent à celles que l'humanité et la générosité inspirent à Votre Majesté pour lui faire désirer de voir augmenter la consistance et l'importance des Polonais, bien loin de concourir à leur anéantissement. » Et lorsque la princesse Radziwill lui fait part des réactions indignées des confédérés au plan apporté par Châteaufort, Charles se refuse à admettre que l'émissaire parle au nom de la France : « Je suppose que M. de Châteaufort, qui, sans doute, n'aura eu que des instructions verbales, les aura mal comprises et encore plus mal rendues, car, malgré le peu de ménagements que M. le duc de Choiseul croit devoir observer pour les Polonais, il n'est pas possible qu'il veuille prescrire un plan d'opérations aussi peu avantageux pour la cause commune, et le seul peut-être qui soit propre à tirer les Russes des embarras où ils se trouvent. »

Louis XV, désabusé, avait écrit à Monet au lendemain de la déclaration de guerre : « Les Turcs vont décider dans l'année prochaine le sort de la Pologne, mais je crains que ne [*sic*] ruinée de toutes façons. »

Tout au long de cette année 1769 où se joue en effet le sort de la Pologne, le chef du Secret se trouve ainsi réduit à une sorte de ministère de la parole. Il n'a personne à Berlin ni à Vienne. À Pétersbourg, un simple chargé d'affaires, Rossignol, que Choiseul rappelle cette même année et dont le successeur, Sabatier, ne sera pas initié. Saint-Priest se révèle à Constantinople une bonne recrue. (Il n'est décidément pas Vergennes ! Comme Choiseul l'agace par son ton pète-sec et sa prétention à l'omniscience, il lui rabat vertement le caquet : « Je prends la liberté de vous assurer qu'on ne connaît pas la Porte sans être venu à Constantinople et sans s'être scrupuleusement appliqué à en démêler la manière. » Il s'ensuit un échange de dépêches furibondes entre les deux hommes, avec menace de démission de l'ambassadeur.) À Varsovie, Jean-Claude Gérault excelle dans le renseignement mais n'a pas l'envergure indispensable pour peser sur l'événement. Hennin, vétéran du Secret, et résident à Genève, fréquente Voltaire et s'enthousiasme pour la fondation d'une nouvelle ville où chacun serait libre de prier Dieu à sa façon, ce qui ne manque pas d'inquiéter son chef : « Votre Majesté sait bien mieux que moi tout ce qui a trait à cet article de liberté, si désiré par ce qu'on appelle les philosophes, et qui serait en même temps si désirable si on en pouvait séparer les conséquences peut-être dangereuses pour le maintien de la religion et de la tranquillité du Royaume » ; en tout cas, ce n'est pas à Genève que se décide le sort de la Pologne. Le baron de Breteuil, autre vétéran du service, est ambassadeur en Hollande après l'avoir été en Suède ; La Haye, bon poste d'observation, ne joue aucun rôle dans la crise du Nord. Broglie a aussi deux agents à Saint-Domingue, colonie française. Pourquoi

Saint-Domingue ? Pure opportunité : de Nort, qui avait été dépêché auprès de d'Éon, et le baron de Saint-Victor, lui aussi ancien officier des frères Broglie pendant la guerre, ont reçu affectation dans l'île. Va donc pour des rapports dénonçant la gabegie régnant dans une colonie qui, bien dirigée, pourrait assurer à la France des rentrées substantielles ! Broutilles que tout cela... Autre île et autre agent : l'Irlande, que va reconnaître Thomas Brown, officier irlandais au service de la France, dans le cadre du grand projet de débarquement en Angleterre, et qui rapporte d'utiles renseignements d'ordre militaire sur un pays dont l'insurrection, si facile à provoquer, pourrait servir à la réussite du plan français. Mais verra-t-on un jour l'exécution de ce plan ? Louis XV ne l'évoque plus et Choiseul l'enterre, puisqu'il sait le rôle qu'y tient Broglie.

On hésite, s'agissant du chef du Secret, à parler de découragement, tant l'espérance est chez lui prompte à renaître de ses cendres. Il n'empêche qu'une morne résignation empâte son activité. À relire ses lettres de la décennie précédente, on mesure le changement. Où est-il, le fougueux diplomate qui demandait — et sur quel ton ! — l'importantissime ambassade de Vienne en 1757 ? Convaincu de l'inutilité de son travail, il l'accomplit sans faillir, mais comme machinalement. Un signe ne trompe pas : il passe désormais six mois par an à Ruffec, qui sert d'exutoire à son trop-plein d'énergie. Il y crée une minoterie, puis devient maître de forges, à l'instar du chevalier de Solages (Carmaux) ou du marquis de Montalembert (Ruelle), car un noble peut sans déroger s'adonner à la métallurgie. Son usine, après une tentative manquée de fabriquer des pièces d'artillerie, se spécialise dans la production de fonte. Grâce à sa mère, Malouine d'origine, Charles est en relation avec plusieurs armateurs de Saint-Malo : sa fonte sert de lest à leurs vaisseaux, dont l'un sera baptisé *Maréchal-de-Broglie.*

Il se sait condamné à rester sous le boisseau aussi longtemps que Choiseul sera en place. Choiseul, né la même année que lui, menant une carrière d'abord parallèle à la sienne, même s'il a toujours eu un échelon d'avance, et puis qui s'est envolé vers les sommets grâce à la Pompadour, tandis que lui-même, à cause de la même Pompadour, s'enfonçait dans l'obscurité des coulisses ; Choiseul qui a offensé le feu dauphin, qui humilie quotidiennement la du Barry et s'en tire indemne ; Choiseul et son refus de « s'appesantir » en travaillant trop, sa gaieté, la virtuosité avec laquelle il traite les dossiers les plus épineux, et l'on dit que le roi l'aime pour cette facilité qui lui laisse loisir de se consacrer à la chasse et à ses amours ; Choiseul qui, au moindre soupçon de défaveur, offre sa démission, aussitôt refusée ; Choiseul et le mépris qu'il affiche pour le Secret, son assiduité à émettre des signaux indiquant qu'il sait tout, mais qu'il s'en moque, car ce Secret ne compte pas, qui n'est qu'un divertissement pour un roi amateur de petits jeux clandestins : quoi de plus insolent pour Louis XV, de plus méprisant pour Broglie que cette lettre qu'il fait rédiger par son premier commis, Gérard, pour demander à Saint-Priest, en partance pour Constantinople, d'enquêter sur la correspondance secrète ? C'est montrer que la chose lui importe peu, puisqu'il fait écrire par un subordonné, et c'est s'affirmer bien sûr de l'impunité, car une lettre ne peut être démentie comme une conversation, et Saint-Priest la transmettra à Broglie, qui en informera le roi, s'il a été, comme c'est le cas, recruté par le Secret.

Charles a aimé Louis XV. Dix ans plus tôt, ses lettres vibraient d'une passion qui n'était pas que courtisane. À présent, un homme désillusionné se borne à assurer le roi que la meilleure preuve de son dévouement réside dans la poursuite d'une activité qu'il sait inutile.

*
* *

Broglie avait bien raison : il ne faut jamais désespérer d'un agent. Voyez d'Éon, rentré dans le devoir, sage comme une image et travaillant comme un ange. Il conserve beaucoup de vivacité sur les questions d'argent, mais la vie est si chère en Angleterre (« C'est, dit-il, le pays de milord Sterling et de milady Guinée ») et sa pension de douze mille livres payée avec tant de retard... Toujours installé dans sa belle maison du 38, Brewer Street, il enrichit régulièrement sa bibliothèque, qui, de trois mille volumes, passera à huit mille. Dans ce cadre apaisant, il mène, écrit-il à Stanislas-Auguste, qu'il a bien connu à Pétersbourg, « l'existence d'un philosophe exilé au sein de la liberté ».

Et il écrit. Il écrit du matin au soir, comme ils sont si nombreux à le faire en ce siècle. À la belle saison, il transporte ses papiers chez son ami l'amiral lord Ferrers, qui lui offre l'hospitalité de son château de Stouton Harold, dans le Leicestershire ; et il continue d'écrire. Après quelques galops d'essai, il s'est lancé dans l'œuvre de sa vie, qui sera publiée — en treize volumes, s'il vous plaît — sous le titre *Les Loisirs du chevalier d'Éon de Beaumont sur divers sujets d'administration*. Le dernier mot du titre nous pousse au crime d'anachronisme : l'énorme ouvrage est fait pour une École nationale d'administration qui n'existe pas encore, puisqu'il vise à enseigner les candidats aux hautes fonctions publiques. Politique intérieure et extérieure, justice, finances, guerre, administration : aucun domaine n'échappe à la science de l'auteur. Ses titres à écrire une telle encyclopédie ? Point de cuistrerie ! La mode n'est pas aux spécialistes. Et la sentence de Diogène Laërce qui ouvre l'ouvrage n'est-elle pas adaptée à un auteur qui a connu tant de violentes tribulations avant d'accéder à la philosophie ? « Le travail est la joie des jours prospères et le refuge dans le temps malheureux. » À leur parution, les treize volumes auront grand succès à Londres, et — comble de la gloire — un journal anglais, le *London Evening Post*, annoncera que Frédéric de Prusse, emballé, a ordonné à son administration d'adopter certaines des réformes préconisées par d'Éon.

Même l'écrivain le plus laborieux doit se nourrir, et, tant qu'à perdre du temps à manger, autant le faire en société. Le chevalier voit donc du monde, et du meilleur. Il a gardé ses contacts avec l'opposition de Sa Majesté Britannique. John Wilkes est un intime. Mais le trublion d'Éon, assagi, signe la paix avec le gouvernement britannique. Quand éclate le scandale qui couvait depuis si longtemps et qu'un docteur Musgrave dénonce en plein Parlement trois personnes, non désignées nommément, qu'il accuse d'avoir été achetées par la France lors des négociations de paix, c'est d'Éon, imprudemment appelé à la rescousse par Musgrave lui-même, qui sauve le cabinet en grand péril par son témoignage formel qu'aucun négociateur anglais n'a été, à sa connaissance, corrompu. Belle chose en vérité que la philosophie...

Qui se méfierait de lui ?

Sous divers noms de code, le plus usité étant William Wolff, il transmet à Charles de Broglie des renseignements d'une étendue aussi encyclopédique que ses *Loisirs*. Il se fait à la fois journaliste parlementaire et chroniqueur mondain ; il sait les ambitions de celui-ci, les amours clandestines de celui-là ; cour de Saint-James, armée, marine : aucun milieu ne lui est hermétique ; il rédige avec la plume d'un Voltaire des rapports aussi bien informés que ceux d'un Vergennes.

Ce flot de renseignements roule des pépites que seul un très grand agent pouvait détecter.

Le chevalier, introduit dans les cercles les plus huppés, gardait une dilection pour les aventuriers. Il avait pour secrétaire un moine défroqué, Jean Vignoles, qui s'était enfui de France avec une fille, bientôt son épouse. Les services anglais l'avaient soupçonné d'espionner pour le compte de Vienne. Vignoles rencontre à Londres un marquis d'Aubarède qui, après avoir atteint dans l'armée française le grade de colonel et exercé à Belfort les fonctions très honorables de lieutenant du roi, a entendu dans la quarante-cinquième année de son âge l'appel des sirènes de l'aventure. Un an de Bastille pour des affaires de chantage. Il est à Londres, après un séjour en Espagne, pour tenter d'intéresser le gouvernement britannique à son projet de soulever le Mexique contre la domination espagnole. Lord Shelburn, secrétaire d'État du département du Sud, charge son adjoint d'écouter d'Aubarède sans prendre le moindre engagement. La négociation n'avançant pas, d'Aubarède décide d'enrôler dans la conspiration ce d'Éon si bien introduit à Londres. Vignoles sert d'intermédiaire. D'Éon rend compte sans tarder. Broglie lui ordonne d'informer l'ambassadeur d'Espagne à Londres, le prince de Masserano. L'affaire est évidemment d'importance pour l'Espagne, alliée de la France, partenaire essentielle dans le plan d'opération conçu par le Secret contre l'Angleterre. D'Aubarède, découvrant le double jeu du chevalier, rompt avec lui, mais trop tard pour la réussite de son complot, et il devra rentrer bredouille en France, où il finira conseiller militaire du Comité de salut public en 1793.

Le 27 juin 1769, alors que l'armée turque, enfin mobilisée, entre en campagne, une dépêche de d'Éon suscite stupéfaction et incrédulité chez Broglie. Elle annonce qu'un officier de la marine royale britannique, John Elphinstone, est entré au service de Catherine de Russie avec le grade de contre-amiral et la mission de mener une escadre russe jusqu'à Constantinople. D'Éon a obtenu l'information d'un ami d'Elphinstone, Humphrey Cotes, cousin de lord Ferrers. Cotes s'est montré l'un des plus fidèles soutiens du chevalier quand la police anglaise le recherchait. Il reste une source inestimable. L'un de ses frères est général, l'autre amiral. Mais comment croire à une information aussi invraisemblable ? La marine de combat russe ne sort pas de la Baltique. Les spécialistes la tiennent pour rien. Peut-on seulement imaginer qu'elle se montre en Méditerranée, où jamais on n'a vu flotter le pavillon russe ? La familière Baltique derrière elle, il lui faudrait passer en mer du Nord, enfiler le pas de Calais, descendre le long des côtes de France, franchir le détroit de Gibraltar, traverser la Méditerranée dans toute sa longueur. Survivrait-elle aux tempêtes océaniques que ses marins affronteraient pour la première fois ? Où seraient ses bases d'avitaillement ?

Charles de Broglie est trop vieux dans le métier pour classer sans suite une information transmise par un agent éprouvé. « On mandera à M. le chevalier de Saint-Priest, annonce-t-il au roi, que, quoiqu'on n'ajoute aucune foi au projet dont le S. d'Éon fait part dans la lettre que je crois devoir mettre sous les yeux de Votre Majesté, ce projet pouvant avec raison être traité de chimérique, il n'est pas sans exemple d'en voir former de pareils et réussir. »

En septembre, une première escadre russe quitte Cronstadt. Elle comprend sept vaisseaux de ligne, quatre frégates et des transports de troupe, avec à leur bord un corps de débarquement de douze cents hommes. En octobre, Elphinstone appareille à son tour avec quatre vaisseaux, deux frégates et deux corvettes. Les ministres russes, unanimes, ont averti la czarine que cette folle équipée navale se terminerait par une catastrophe. Alexis Orlov, ancien amant de Catherine, a emporté la décision. L'Écossais Elphinstone, célèbre pour avoir réussi le débarquement à La Havane, concluant par ce coup d'éclat une guerre si lucrative pour l'Angleterre, est un homme sûr de soi, brutal, mais efficace. Il a promis à la czarine de forcer les Dardanelles « pourvu que vos misérables vaisseaux puissent arriver dans les mers de l'Archipel [grec] ». L'affaire s'engage mal : la simple traversée de la Baltique met à l'épreuve les navires russes.

En tout cas, ils sont partis.

Broglie au roi : « J'ai cru, Sire, devoir donner quelque marque d'approbation au S. d'Éon, tant sur l'attention qu'il a de nous faire passer les découvertes qu'il peut faire, telles que l'équipement d'une escadre russe et sa destination, dont il nous a instruit le premier, que sur la modération actuelle de sa conduite. » L'ambassadeur de France à Londres n'avait fourni l'information que deux mois après le chevalier, et sous toutes réserves.

Le travail de d'Éon sur la flotte ne s'arrête pas là, puisqu'elle fait escale en Angleterre, où son arrivée soulève une franche hilarité dans la marine anglaise : navires paraissant sortis du musée, canons antédiluviens, matelots inaptes à la manœuvre. Impavide, Elphinstone répète : « Nous passerons ces Dardanelles aussi facilement que je bois ce pot de bière. » Il donne du nerf aux exercices en tirant à boulets sur les vaisseaux maladroits. Surtout, il enrôle des marins anglais et quelques officiers pour encadrer ses lamentables équipages. Puis il met à la voile, cap au sud.

*

* *

La France a-t-elle jamais fourni au monde autant d'aventuriers ? Voici que le chevalier de Valcroissant refait surface pour le chagrin du comte de Broglie. Après sa mission malheureuse auprès de Paoli, Valcroissant, lâché par Choiseul, a monté une escroquerie réussie aux dépens du marquis de Puységur, compromettant dans l'affaire le nom d'Adélaïde, fille du roi. On l'enferme à la Bastille. Choiseul ne manque pas l'occasion de dénigrer le comte de Broglie et — on se demande pourquoi — son frère : « Il a dit, se plaint Charles au roi, que c'était un émissaire de MM. de Broglie, ce qui est d'autant moins fondé que, depuis 1755 où je l'ai envoyé pour des affaires secrètes en Russie, je ne l'ai employé à quoi que ce soit. » Inquiet de ce harcèlement continuel, Charles pose la question : le roi ne va-t-il pas finir par croire que le chef de son Secret, dénoncé comme un « esprit inquiet et remuant », prend des initiatives incontrôlées, alors même que « tous les détails » du travail passent « sous les yeux » du maître ? Hélas, le funeste pressentiment ne se révélera que trop justifié...

Quant à Valcroissant, libéré au bout d'un mois, assigné à résidence en Provence, il préfère s'enfuir à Londres, d'où il exerce un chantage efficace, menaçant Choiseul de révéler ses négociations secrètes avec Paoli, lui-même réfugié en Angleterre. Le ministre fut probablement plus sensible au danger de voir la fille du roi de France compromise dans l'un de ces scandales publics que savent si bien machiner les libellistes et pamphlétaires à gages grouillant dans la capitale anglaise. Il rappelle Valcroissant, lui donne une gratification de vingt-quatre mille livres, le promeut au grade de colonel, lui décerne la croix de Saint-Louis, et l'expédie en Turquie avec mission de le renseigner sur le comportement au combat de l'armée ottomane. Nouveau rebondissement d'une carrière aventureuse ? Dans l'esprit du ministre, ce sera le dernier. Classiquement, Saint-Priest reçoit avis que Valcroissant est « une espèce de casse-cou à hasarder sans aucun scrupule ». L'ambassadeur — qui s'est rabiboché avec Choiseul — trouve l'observation « singulière », mais non pas énigmatique : il s'agit d'une « mauvaise tête dont on avait envie de se défaire ».

Choiseul ignore que Valcroissant travaille aussi pour Broglie, qui lui a remis un code et une liste d'adresses parisiennes fictives où envoyer ses rapports. « Ce Valcroissant, écrit Charles au roi, m'a toujours confié ses aventures ; j'ai cherché quelquefois à le détourner de plans trop hasardeux, mais je lui ai toujours reconnu de la fidélité, du zèle et des talents qu'une trop grande ambition pourrait lui faire mal employer. » Charles, en bon chef de service secret, sait bien qu'on ne fait pas du renseignement ou de l'action clandestine avec des évêques (encore que les évêques de ce temps-là...), et il juge expédient de se servir d'« un sujet qui, avec tous ses défauts, peut cependant être employé avec beaucoup d'utilité ». Démarche imprudente : comment peut-il trouver de la « fidélité » à Valcroissant ? L'aventurier a commis le crime inexpiable dans ce métier : menacer son chef, Choiseul, de révéler ses secrets. Mais trahir Choiseul, c'est peut-être un mérite de plus aux yeux de Broglie.

Sur la demande de Saint-Priest, le colonel de Valcroissant part prendre la tête d'un corps de confédérés réfugié en Moldavie. Soupçonné d'espionnage par le pacha local, il est traîné devant le grand vizir, et, le quiproquo éclairci, sollicite l'honneur de servir dans un avant-poste. Choiseul, s'il savait, approuverait tant de bonne volonté. Mais le grand vizir refuse. Ses soldats touchant une prime pour chaque tête d'infidèle rapportée et ne faisant pas trop le tri entre les infidèles, « nos gens, explique-t-il, seraient capables de te tuer et de demander quelques sequins pour ta tête ; cela me ferait une querelle avec l'ambassadeur ». Saint-Priest, s'il savait, prendrait le ferme engagement de contempler sans frémir la tête tranchée de son compatriote. Mais quand les choses ne veulent pas s'arranger... Valcroissant quittera la Turquie sa mauvaise tête sur les épaules, non sans l'avoir un peu perdue pourtant, puisqu'il ne repart qu'après avoir écrit à Saint-Priest une lettre par laquelle il suggère à l'ambassadeur de le faire nommer prince de Valachie, province qu'il offrirait ensuite à l'Autriche, laquelle donnerait à Louis XV des compensations en Flandre ! « On juge bien, croit devoir préciser Saint-Priest, que je ne fis aucun usage d'une proposition aussi folle. » C'est avec soulagement qu'il voit l'énergumène tourner enfin les talons.

Il fit meilleur usage de la proposition d'un officier polonais confédéré. L'homme était venu lui demander des fonds et des armes. Saint-Priest ne put lui donner satisfaction. À quelque temps de là, le Polonais revient avec l'offre de procurer à Saint-Priest la correspondance de l'ambassadeur d'Angleterre. C'est important, car ledit ambassadeur multiplie les efforts pour réconcilier la Porte avec la Russie. Sir John Murray était un personnage haut en couleur. Résident à Venise de 1754 à 1766, il avait perdu contre Casanova un pari de cinq cents sequins dont l'enjeu était cette belle religieuse, maîtresse de l'ambassadeur de France, l'abbé de Bernis, qui avait entraîné le Vénitien dans de mémorables parties carrées. Murray affirmait qu'il couchait avec elle moyennant cent sequins la passe. Casanova, quoique sa flamme pour la religieuse fût un peu diminuée par sa passion pour une joyeuse Tonine, jeune servante de seize ans, refusa de croire qu'elle se livrait pour de l'argent et conduisit l'Anglais à son couvent, où elle les reçut à la grille, tandis que la fausse religieuse attendait dans le lit de l'ambassadeur. Celui-ci, pour éviter un scandale, se contenta de faire condamner le maquereau qui lui livrait une putain sous l'habit de religieuse[1]. L'épisode assombrit si peu les relations entre Casanova et Murray que le premier, conformément à son souci de caser ses amoureuses en assurant leur avenir, céda au second la jeune Tonine, pourvue aussitôt d'un contrat de rente viagère de deux cents ducats et d'un logement dont le mobilier lui resterait acquis. (Casanova se consola de la séparation en couchant avec Barberine, jeune sœur de Tonine.) Que Murray ait représenté ce que ses compatriotes appellent aujourd'hui un *security risk*, maints témoignages l'attestent. Lady Wortley Montagu, l'ayant vu en activité à Venise, écrit de lui qu'il est « un type scandaleux dans tous les sens du mot ; on ne lui confierait pas un sequin à changer. Il est méprisé par le gouvernement d'ici parce que la contrebande est sa première occupation. Il est toujours entouré de proxénètes et d'entremetteurs qui sont ses conseillers privés ». Sa conduite n'avait pas empêché sa nomination à la Porte. Il y partit, quoique marié, avec sa maîtresse, qui n'était plus Tonine, et en eut quatre enfants. Si son lit semble avoir été plus calme à Constantinople qu'à Venise (« Ses mœurs se ressentent, écrit cependant Saint-Priest, d'avoir été dans sa jeunesse ce qu'on appelle un bon compagnon »), sa table restait homérique. « Il avait l'air, écrit Casanova, d'un beau Bacchus peint par Rubens », et vidait aisément ses six bouteilles par repas. Ses interminables dîners furent son talon d'Achille. Il avait engagé comme domestique un gentilhomme polonais dans la dèche, qui avait pour tâche de faire le ménage dans son cabinet pendant qu'il était à table — une table, indique Saint-Priest, « qu'il n'aurait pas quittée pour l'affaire la plus importante ». Le Polonais, dont la physionomie niaise écartait les soupçons, ouvrait avec une fausse clef le tiroir où l'ambassadeur serrait sa correspondance, remettait celle-ci à son compatriote officier, lequel l'apportait ventre à terre à Saint-Priest. « Comme je sais la langue anglaise, écrit Saint-Priest, je faisais rapidement l'extrait de toutes les pièces. Ensuite, l'homme allait les replacer dans le tiroir avant la fin du dîner de l'ambassadeur. Ces extraits partaient à chaque courrier, et on lisait à

1. Les archives des Inquisiteurs d'État mentionnent en effet la condamnation du comte Capocefalo, entremetteur notoire, à trois ans de prison et au bannissement à vie dans les îles Ioniennes.

Versailles les dépêches de Londres et les réponses de Constantinople avant que ces dernières parvinssent en Angleterre. » Grâce à sa taupe polonaise, Saint-Priest obtient aussi la correspondance de Murray avec ses collègues de Pétersbourg, Vienne et Stockholm. Charles de Broglie se réjouit de ce coup de fortune « qui va nous procurer, annonce-t-il à Louis XV, des lumières dont on doit tirer beaucoup d'utilité ». Saint-Priest, dans ses Mémoires, évalue moins haut le butin : « À la vérité, les objets intéressants étaient rares, mais c'était déjà quelque chose de savoir qu'il n'y avait rien d'important sur le tapis. » Coût de l'opération ? Nul, car le domestique n'est mû que par son patriotisme, « dans la persuasion que l'Angleterre agissait contre la Pologne ». Il demande simplement qu'on lui offre, quand son travail sera terminé, le pèlerinage de Jérusalem. Non seulement Saint-Priest s'exécutera au départ de Murray, qui n'interviendra qu'en 1775, mais il obtiendra une pension pour le Polonais[1].

Les Mémoires de Saint-Priest feront silence sur une source beaucoup plus précieuse, obtenue par recrutement direct, pour la raison évidente que le recruté avait poursuivi longtemps après une brillante carrière officielle. Le baron Thugut était entré dans la diplomatie par la petite porte : ancien élève de l'Académie orientale de Vienne, il avait été

1. En 1943, la Grande-Bretagne avait pour ambassadeur extraordinaire et plénipotentiaire en Turquie sir Hugue Montgomery Knatchbull-Hugessen, archétype du diplomate de la vieille école, dont la dignité offrait un parfait contraste avec le comportement débridé de son lointain prédécesseur Murray. Son amitié avec Anthony Eden, chef du Foreign Office, lui valait d'être informé bien au-delà des nécessités de sa mission : il était tenu au courant des initiatives diplomatiques alliées et des décisions prises aux conférences réunissant Churchill, Roosevelt et Staline. Son valet de chambre albanais, Bazna, photographia les documents qu'il avait l'imprudence d'apporter à sa résidence pour les étudier à l'aise, et les vendit à l'ambassade d'Allemagne. L'opération, qui aurait dû figurer en bonne place au palmarès des grandes affaires de renseignement, se solda par un fiasco général. Comme les documents fournis annonçaient la détermination des Alliés d'éradiquer le Troisième Reich, les dirigeants nazis refusèrent d'y ajouter foi. Bazna, alias Cicéron, se fit payer des sommes colossales... mais en fausse monnaie. Les Anglais affirmèrent après coup que, bien loin d'avoir été bernés par Cicéron, ils s'étaient servis de lui pour une manœuvre d'intoxication. C'est l'explication classique qu'on donne en pareil cas.

employé à la Porte comme interprète, « emploi, note Saint-Priest, fort au-dessous de ses talents ». De fait, on le nomma ambassadeur d'Autriche trois ans après, en 1769. Son recrutement, payé en monnaie authentique, enchante encore plus Charles de Broglie que l'opération Murray : « Ce M. Thugut, écrit-il à Louis XV, paraît un homme bien délié et rend un grand service en nous révélant tous les secrets de la cour de Vienne, au moins relativement à la pacification de la Turquie ; avec un peu d'adresse, on peut tirer grand parti de l'infidélité de ce ministre autrichien. » Plus tard : « J'observerai à son sujet que cet internonce impérial [titre officiel de l'ambassadeur] continue de nous servir avec beaucoup de zèle et que c'est un instrument dont il me semble qu'il faut tirer tout le parti possible, etc[1]. »

*
* *

En août 1769, André Mokronowski arrive en France et l'ardeur succède aussitôt chez Charles de Broglie à la morosité. Plaisir de retrouver l'ami indéfectible auquel il doit les succès de ses débuts et qu'il n'a pas vu depuis onze ans ; soulagement de pouvoir le compter désormais parmi les dirigeants d'une confédération qui a fait surgir de l'obscurité tant d'inconnus ou de méconnus avec lesquels le Secret n'avait aucune liaison. Mokronowski, écrit-il au roi, « est envoyé de Pologne par M. le comte Branicki [le grand-général] et les autres chefs de la confédération pour implorer les secours généreux de Votre Majesté dans les affreuses circonstances où se trouve leur patrie. Il est chargé de s'adresser à M. le duc de Choiseul et au S. Gérard, pour qui il a des lettres ».

Affaire rondement menée. Quatre jours après son arrivée à Paris, Mokronowski est longuement reçu par Choiseul à Compiègne, où réside la cour. Le ministre acquiesce à toutes ses requêtes : destitution de Stanislas-Auguste, qu'on

1. Thugut prendra sa retraite en 1800, après avoir exercé pendant sept ans les fonctions de directeur général des Affaires étrangères, en fait « ministre des Affaires étrangères, constate Saint-Priest, et influent sur les autres départements ».

remplacera par l'Électeur de Saxe ; versement de subsides ; fourniture d'armes et de munitions ; envoi comme représentant de la France auprès de la confédération de Durand (« sur lequel je lui avais surtout recommandé d'insister », indique Broglie au roi). Praslin, présent à une partie de l'entretien, juge le choix de Durand excellent. Le premier commis Gérard, chez lequel passe ensuite le Polonais, confirme les engagements de son ministre et assure qu'il fait son affaire de l'envoi de Durand. Est-ce le bout du tunnel ? Charles, dont l'optimisme se nourrit de la moindre pâture, veut le croire : « J'espère donc que cet envoi réussira et qu'à force de soins nous parviendrons à donner aux affaires de Pologne la marche que Votre Majesté avait tracée il y a plus de vingt ans et qu'on a souvent dérangée depuis. » Il travaille fiévreusement avec Monet et Mokronowski au mémoire que ce dernier doit remettre à Choiseul. Par mesure de précaution, il demande au lieutenant de police Sartine de ne pas rendre compte de ses entretiens avec Mokronowski, qui est évidemment surveillé : si Choiseul « venait à découvrir la moindre intelligence entre nous, l'envoi de M. Durand, peut-être même tout concert avec les Polonais pourrait être dérangé, car tout cède à son éloignement et à ses soupçons sur mon compte... ».

Les circonstances sont graves. L'hostilité de la Porte à Stanislas-Auguste dissimule mal un désir de pillage et de conquête. « Il est donc infiniment pressé de prendre les mesures convenables pour arrêter le torrent qui est prêt à se répandre en Pologne, ou du moins pour en diriger le cours de la manière la moins ruineuse pour ce malheureux pays. »

Mais le rythme versaillais est rien moins que torrentiel. Mokronowski sollicite vainement une nouvelle audience de Choiseul. Son séjour à Paris met ses finances à mal. À Charles qui demande pour lui un secours de cent louis, le roi oppose un refus assorti de ce commentaire assez aigre : « Si les services du sieur Mokronowski étaient rendus, à la bonne heure. » Charles s'enflamme : son ami sert la France « depuis près de quarante ans, c'est-à-dire depuis la seconde élection du feu roi Stanislas », en conciliant ce service avec les intérêts de sa patrie. Zèle infatigable, désintéressement, etc. Rien n'y fait. Et Choiseul continue d'éluder les demandes d'audience. Harcelé par les confédérés, Mokronowski ne sait que leur répondre. Charles, découragé, part pour Ruffec à la fin du mois de septembre, laissant à Monet le soin de cornaquer le Polonais au cas où le ministre changerait d'attitude. D'octobre 1769 à janvier 1770, pas une seule lettre au roi : c'est dire si le chef du Secret a conscience de ne compter pour rien. Il se croit même nuisible. S'il abandonne le champ de bataille, c'est, écrit-il au roi, parce que « ma présence est inutile ici et qu'il est même possible qu'elle retarde la réponse que demandent les Polonais ».

Cette fois, il se trompe. Le revirement de Choiseul ne résulte pas de son inconstance, ni des liens de Mokronowski avec le Secret, mais des doutes qui l'assaillent sur la fidélité de l'Autriche, pivot de la politique étrangère de la France depuis onze ans.

*

* *

Frédéric reçut Joseph II le 25 août 1769, c'est-à-dire au moment précis où Mokronowski arrivait à Paris. L'entrevue eut lieu à Neisse, en Silésie. C'était, de la part du fils de Marie-Thérèse, reconnaître spectaculairement la souveraineté du roi de Prusse sur une province si longtemps disputée. Mais Frédéric n'avait pas l'esprit à l'arrogance. L'eut-il jamais ? Ce prince qui a fait la Prusse est aussi peu prussien que possible, si l'on nomme ainsi l'affectation de la force et le goût de faire sonner ses éperons. Hors le champ de bataille, il n'aime que séduire. Voici donc Machiavel à l'ouvrage. Joseph est par lui caressé et charmé. Il ne demandait qu'à l'être. À vingt-huit ans, il est fasciné, comme tous les hommes de sa génération, par le héros de la dernière guerre. Empereur, cogérant avec sa mère des États autrichiens, mais tenu en lisière, il admire en Frédéric l'incarnation du despotisme éclairé et un exemple dont il compte bien s'inspirer lorsqu'il exercera réellement le pouvoir. Comment résister lorsque le roi de Prusse, nimbé de sa gloire, lui déclare : « Il est impossible à mon cœur d'être l'ennemi d'un grand homme » ? En matière de flatterie, Frédéric sait qu'il faut savoir aller toujours trop loin. L'armée autrichienne ? Tout simplement admirable. Ses généraux, dont Frédéric a vu si souvent le derrière ? Des maîtres dont il étudie avec profit la stratégie. L'armée française et ses chefs sont en comparaison bien peu de chose. Le chancelier Kaunitz ? « La première tête de l'Europe. » Et une franchise désarmante : « Vous me croyez rempli de mauvaise foi, je le sais, je l'ai un peu mérité ; les circonstances l'exigeaient, mais cela a changé. » Au reste, lui aussi a changé : « Quand j'étais jeune, j'étais ambitieux ; à cette heure, je ne suis plus le même. » En somme, recru d'épreuves, un pied déjà dans l'immortalité, il passe le témoin au jeune empereur avide de gloire. Joseph est autrichien et non prussien ? Peu importe. On parle beaucoup de « patriotisme allemand », notion appelée à un bel avenir. Avant de se séparer, Frédéric et Joseph convinrent que : « Foi de roi et parole d'honnête homme, si jamais le feu de la guerre se rallume entre l'Angleterre et la maison de Bourbon, ils maintiendront la paix heureusement rétablie entre eux, et même qu'en cas qu'une autre survienne, dont actuellement il est impossible de prévoir la cause, ils observeront la plus exacte neutralité pour leurs possessions actuelles ».

Choiseul avait raison de se faire du souci.

*
* *

S'il avait exalté l'armée autrichienne devant Joseph II, quitte d'ailleurs à rappeler devant ses visiteurs venus de Paris que les Français, « vrais fondateurs de la grande tactique », avaient inventé l'art de la guerre, Frédéric se montre sévère pour les généraux turcs et russes aux prises sur le Dniestr. Les experts militaires partagent son jugement. Pour eux, une armée russe de vingt mille hommes, bien conduite, aurait pu investir Constantinople, tandis que trente mille Turcs, convenablement armés et commandés par des chefs intelligents, eussent été en mesure de pénétrer profondément en Russie. On ne vit que nullité de part et d'autre, « de sorte, écrit Frédéric, que pour se faire une idée juste de cette guerre, il faut se représenter des borgnes qui, après avoir bien battu des aveugles, gagnent sur eux un ascendant complet ». Pour le malheur de la Pologne, dont le salut tenait à une victoire ottomane, les borgnes étaient les Russes, et les aveugles, les Turcs.

L'armée du Grand Seigneur alignait près de trois cent mille hommes contre les trente mille soldats russes. C'était plus une cohue qu'une armée. Corps indépendants, incapables d'une manœuvre concertée ; armement disparate ; une artillerie, surtout, équipée de canons comme on n'en trouvait plus nulle part en Europe, énormes, aussi peu maniables que possible. Sur les trois cent mille hommes, nombre de gueux venus pour le pillage. Même les corps d'élite, tels les janissaires, avaient dégénéré. L'intendance était si mal organisée que la famine marchait avec les troupes.

L'artillerie légère des Russes épouvanta leurs adversaires, qui ne concevaient pas que des canons pussent se déplacer si vélocement et tirer à un rythme si rapide. Les soldats ottomans croyaient que ces canons étaient ensorcelés. La baïonnette russe fut une autre mauvaise surprise. Les vagues de cavaliers tartares autrefois terreur de l'infanterie, se brisèrent sur les carrés russes présentant la baïonnette au bout du fusil, comme on disait alors.

Le 5 septembre 1769, débâcle à Khotine. Mal commandée, coupée en deux par une crue inopinée du Dniestr, écrasée par l'artillerie russe, l'armée turque explose. Ce n'est pas une défaite, mais l'une de ces mémorables déroutes qui achèvent un chapitre de l'histoire pour en ouvrir un autre. La Moldavie découverte, n'est provisoirement sauvée que par l'incompétence des généraux vainqueurs. En Pologne, les confédérés se retrouvent seuls face aux régiments russes.

Vergennes l'avait dit et répété : à quoi bon lancer les Turcs dans la guerre, au motif raisonnable de contenir l'impérialisme de Pétersbourg, si c'était pour les condamner, du fait de leur nullité militaire, à des désastres susceptibles d'aiguiser encore davantage l'appétit russe ?

XVI

Est-ce le silence observé par Charles de Broglie pendant plus de trois mois ? Louis XV a-t-il craint de lasser à force de rebuffades le chef de son Secret ? L'an 1770 s'ouvre par deux grâces. Le 5 janvier, les entrées de la chambre, sollicitées depuis longtemps, sont enfin accordées. Charles remercie en six lignes — ce qui est peu — à la fin de la première lettre qu'il écrit à son retour de Ruffec. Il souhaitait un gouvernement, et s'attristait de voir lui passer sous le nez toutes les places vacantes : on lui propose le gouvernement d'Arras, avec la lieutenance générale d'Artois. Le précédent titulaire, qui vient de décéder, avait épousé la sœur aînée de la maréchale de Broglie. Pour entrer en possession, Charles doit payer à la veuve, belle-sœur de son frère, un brevet de retenue de cent mille livres et lui servir une pension annuelle de six mille livres. Mais Choiseul a été formel : Arras et l'Artois n'ôteront pas à Broglie sa pension de douze mille livres. Il l'avait obtenue pendant la guerre, en récompense de sa magnifique défense de Kassel. L'exil la lui avait ôtée, et le retour en grâce, au mois de février 1764, ne la lui avait pas rendue, malgré ses plaintes amères. Ce n'est que trois ans et demi plus tard, en août 1767, que le roi avait consenti à la lui restituer, mais précisément dans l'attente de l'attribution d'un gouvernement. Choiseul a tôt fait de revenir sur sa promesse : la pension sera supprimée. Charles calcule que l'opération aura pour résultat final de diminuer ses revenus annuels de deux mille livres. Grâce empoisonnée ! L'époque est aux économies radicales pour tenter de combler un déficit budgétaire vertigineux. Les mesures fiscales ont amputé le capital de la comtesse de Broglie de vingt mille écus, et diminué les revenus du couple de huit à neuf mille livres. Charles, dans ces conditions, préférerait renoncer à Arras. Réaction de Choiseul à sa décision : « Il finit par me dire que je devrais me ressouvenir qu'il me conseillait d'accepter le gouvernement d'Arras, me faisant entendre, par ce qu'il y ajouta et par le ton qu'il y mit, que j'aurais à me repentir de ne pas l'avoir fait. » En désespoir de cause, Charles décide de solliciter l'intercession de la comtesse du Barry.

Qu'un Broglie se retrouve dans le boudoir d'une favorite — et quelle ! — ne doit pas étonner : la guerre d'intrigues qui ne cesse d'agiter la cour détermine les renversements de front les plus inattendus. Jeanne du Barry, qui ne souhaitait que vivre et laisser vivre, se souciant comme d'une guigne des affaires publiques, était devenue politique malgré elle, par la seule vertu de l'hostilité insultante du clan Choiseul. Puisque Choiseul soutenait les parlements, des courtisans antiparlementaires s'étaient ralliés à la favorite ; puisque Choiseul protégeait les philosophes et expulsait les jésuites, des représentants du parti dévot se rangeaient derrière elle.

Pour Charles de Broglie, la surprise n'est pas dans son face à face avec l'ex-Mlle l'Ange, mais dans les propos renversants qu'elle lui tient.

« J'avais été, Sire, chez cette dame pour lui parler de ce qui se passait entre M. le duc de Choiseul et moi au sujet du gouvernement d'Arras. Après avoir traité cet objet de la manière la plus obligeante pour moi, ainsi que je prendrai la liberté de le détailler à la fin de cette lettre à V.M., elle me dit : "Vous avez écrit une lettre au Roi, il y a quelques jours." Je lui répondis qu'elle m'avait déjà dit qu'elle avait vu ma lettre à V.M. contenant mes respectueuses représentations sur le gouvernement d'Arras. Elle me répliqua que ce n'était pas celle-là, mais une autre accompagnée de paquets. Je continuai de ne pas paraître comprendre ce qu'elle voulait dire, et elle, de son côté, à me soutenir que c'était une lettre d'affaires, qu'elle l'avait vue et que c'étaient des papiers que V.M. faisait passer par mon canal, de sorte que, ne pouvant plus douter que V.M. la lui avait montrée, m'étant de plus rappelé qu'Elle lui avait, une autre fois, communiqué la lettre que j'ai eu l'honneur de lui écrire par la voie secrète au sujet de la place de madame de Boufflers, je crus, Sire, qu'il y aurait eu de la dissimulation inutile pour le secret de V.M., et seulement propre à me faire passer pour un intrigant clandestin si je persistais à ne pas convenir de la vérité. Je crus cependant devoir faire observer à madame du Barry combien elle m'embarrassait, puisque j'avais ordre de V.M. de ne faire part à qui que ce fût de cette correspondance. J'ajoutai que ni madame de Pompadour ni M. le duc de Choiseul n'en avaient jamais eu connaissance depuis dix-huit ans qu'elle durait, quoique, sur quelques soupçons, l'une et l'autre eussent cherché à la pénétrer et m'eussent su très mauvais gré de ne m'être pas fait un mérite auprès d'eux en le leur confiant, ce qui a été vraisemblablement la cause de la persécution que j'éprouve encore de sa [*sic*] part. Je lui ai observé de plus que jamais aucun motif ne m'aurait engagé à en user différemment avec elle, et que je croyais devoir lui représenter qu'il était convenable qu'elle gardât envers tout le monde le silence le plus exact à cet égard. Sans entrer dans aucun détail sur l'objet de cette correspondance, dont il me parut cependant qu'elle avait quelque connaissance, je me contentai ensuite de lui témoigner la satisfaction que j'avais de la voir jouir d'un degré de confiance que V.M. n'avait jusqu'ici accordé à personne.

« Tel a été, Sire, le résultat d'une conversation qui m'a extrêmement embarrassé, jusqu'à ce que j'aie vu avec certitude que V.M. avait jugé à propos de laisser connaître à madame du Barry les ordres secrets qu'il lui a plu de me donner. Je la supplie très humblement de ne pas me laisser ignorer si Elle daigne approuver la conduite que j'ai tenue et de me prescrire celle que je dois tenir à l'avenir sur le même objet, afin que je puisse m'y conformer. Je ne dois pas oublier d'ajouter encore à V.M. que, dans la conversation, madame du Barry me dit que la correspondance dont j'étais honoré me mettait à portée d'écrire bien des choses au Roi, et que je lui ai répondu que je ne prenais jamais la liberté de l'entretenir que de ce qui faisait l'objet de ses ordres, et qu'il ne m'était pas arrivé de lui rendre aucun compte qui y fût étranger. Je finis par la prier de faire le rapport de tout ce qui venait de se passer à V.M. et de savoir si elle pouvait dans la suite me parler de la même matière, sur laquelle je lui représentai de nouveau la nécessité d'observer le secret le plus absolu. »

Louis XV répond le surlendemain : « Madame du Barry avait vu votre lettre sur le gouvernement ; ce n'était pas un secret. À l'égard du gros paquet, elle le trouva sur ma table, elle voulut voir ce que c'était. Je ne voulus pas le lui montrer. Le lendemain, elle revint à la charge. Je lui dis que c'était sur des affaires de Pologne, que comme vous y aviez été ambassadeur, vous y aviez encore quelques relations dont vous me rendiez compte. Voilà tout ce que j'ai dit et fait. Je vois que vous avez été plus loin que moi. Je ne crois pas qu'elle le divulgue à M. de Choiseul. Il n'y a pas de mal à ce que vous avez fait. »

Le Secret compte une recrue de plus, la plus adorable assurément, mais aussi la moins aisée à traiter.

Elle est mise au fait « en partie par l'imprudence, ou plutôt l'ingénuité du comte de Broglie », écrivent Didier Ozanam et Michel Antoine[1]. En dépit de notre déférence

1. *Correspondance secrète du comte de Broglie avec Louis XV*, tome I, p. XCI.

pour ces deux éminents historiens qui connaissent mieux que personne les arcanes du Secret, nous nous permettrons de douter, pour une fois, de leur sagacité. Imprudence ? C'est le roi qui est imprudent en laissant traîner ses papiers à portée de la main d'une maîtresse trop curieuse. Ingénuité ? Les célèbres yeux mi-clos n'ont pas pu troubler à ce point un homme en charge du service secret depuis tant d'années. Le comte, jusqu'ici, n'a jamais transgressé les règles de sécurité. Son frère le maréchal, son quasi-jumeau, ignore son rôle clandestin. Même l'exil n'a pas déterminé Charles à lui faire une confidence qui eût été consolante. Comment croire que la préservation du secret ne l'ait pas rompu à la pratique de l'esquive ? Pendant l'exil justement, quand il a dû assumer la direction du service sous le nez de la tribu Broglie rassemblée au château familial, est-il concevable que quelques chaudes alertes ne l'aient pas exercé à tromper son monde ? La favorite a vu un paquet ? La belle affaire ! Il suffit de lui donner une explication ponctuelle préservant l'essentiel. C'est exactement ce que fait le roi : affaires de Pologne, où le comte a été ambassadeur. Et on n'en parle plus. Charles, que nous avons vu résister bec et ongles à la Pompadour et à Choiseul, baisserait-il si ingénument sa garde devant une du Barry ?

Il est une autre hypothèse. Cet homme a éprouvé la puissance et la fragilité des maîtresses royales. La Pompadour s'est acharnée à détruire le Secret parce que, toujours inquiète sur la solidité de sa place, elle voyait en lui une menace d'autant plus préoccupante qu'indéterminée. Plutôt que de revivre la même expérience avec la du Barry, pourquoi ne pas placer le service sous sa protection en la mettant au fait ? L'intérêt personnel porte au même choix. Charles sait qu'il ne deviendra rien aussi longtemps que Choiseul restera quelque chose ; l'affaire du gouvernement d'Arras le confirme encore, s'il en était besoin. Un ennemi commun, c'est déjà une alliance : pourquoi ne pas miser sur la favorite dans son duel avec le ministre ?

L'initiative ne vient pas de Broglie. Seule l'imprudence du roi donne à la dame l'occasion d'ouvrir la partie. Notre cavalier se borne à s'engouffrer dans la brèche. Personne ne peut lui nier vivacité et présence d'esprit. Il parle, selon toute vraisemblance, parce qu'il a décidé de le faire. C'est trahir le Secret du Roi ? Oui, de Sa Majesté Polichinelle !

De feu la Pompadour à Choiseul en passant par le premier commis Gérard et quelques autres, faut-il donc que seuls les ennemis de Charles sachent son activité occulte ? Pourquoi ne serait-ce pas le tour de cette alliée potentielle, capable, puisque le roi est fou d'elle, de tenir tous les autres en échec ?

« Je ne crois pas, écrit avec humour Louis XV, qu'elle le divulgue à M. de Choiseul. » L'hypothèse apparaît en effet peu plausible. Mais il n'est pas que M. de Choiseul à la cour. Effet de son ingénuité ou résultat d'un calcul délibéré, l'aveu de Charles met le Secret sur une langue connue pour son agilité.

Le roi l'autorisera à refuser le gouvernement d'Arras, cadeau empoisonné. En guise de consolation, il recevra celui de Saumur et du Saumurois, amputé d'une pension de quatre mille livres à verser à la veuve de son prédécesseur. Revenu net : trois mille livres par an. Cela ne valait pas la peine de faire tant d'histoires.

*
* *

Broglie retrouve les affaires dans le triste état où il les avait laissées. On est encore sous le choc des désastres turcs. Il y voit le résultat de la paralysie de la diplomatie française en Pologne. Si l'on avait détrôné Stanislas-Auguste, rassemblé la nation autour de la maison de Saxe, épaulé les confédérés, la Russie aurait-elle eu les mains libres en Moldavie ? « Environnée de toutes parts de ses ennemis, elle n'aurait même pas pu courir les risques d'événements aussi miraculeux que ceux qui, à Khotine, ont occasionné la défaite ou, pour mieux dire, la déroute incroyable de l'armée turque. » La Pologne n'est pas un pion secondaire. « On ne peut se dissimuler que cette république était le véritable boulevard à opposer aux entreprises de la Russie et qu'en lui donnant la consistance dont elle est susceptible, elle n'eût fait connaître aux Turcs l'utilité qu'ils pourraient tirer de leur liaison avec elle. Je supplie Votre Majesté de se rappeler que je n'ai cessé depuis dix-huit ans de représenter les avantages qu'on en pouvait retirer. » Vergennes pense comme lui : « Il croit encore que c'est par la Pologne seule qu'on peut en même temps aider les Turcs et les relever de l'abattement où on les suppose. » On parle d'une médiation du roi de Prusse. N'est-ce pas à la France de jouer ce rôle ? « Il serait encore plus malheureux d'être témoin d'un partage arbitraire de cette république entre les puissances voisines, et les conséquences en sont trop funestes à prévoir et trop évidentes pour qu'il soit nécessaire de les exposer à Votre Majesté. »

André Mokronowski « sèche sur pied et ne cesse de s'affliger de voir perdre des moments si précieux et si difficiles à réparer ». Choiseul, qui persévère dans l'inconstance, avait organisé la venue du comte Wielhorski à Versailles, où il devait représenter la confédération auprès du roi de France. À son arrivée, le ministre refuse de reconnaître son caractère officiel et n'accepte de le présenter à Louis XV que comme un simple particulier... Comment les confédérés ne se sentiraient-ils pas abandonnés ?

Broglie tente un dernier effort. Au terme de plusieurs séances de travail auxquelles participent avec lui Durand, Monet et Vergennes — qui s'intègre de plus en plus à la cellule de direction du Secret —, un mémoire est remis au roi le 16 février. Il propose la conclusion d'un traité d'alliance défensive entre la France et la Porte, et l'envoi aux confédérés d'un « secours modéré mais suffisant ». Charles commente dans sa lettre d'accompagnement : « Il y a déjà près de deux ans qu'un pareil plan aurait dû être formé et rien n'eût été plus propre à faire échouer les dangereux desseins de la Russie, à rétablir la tranquillité en Pologne et à préserver le reste de l'Europe de l'incendie dont elle est menacée. »

Le roi fait attendre sa réponse jusqu'au 21 mars. Elle est parfaitement décevante : « À l'égard de la Porte, un traité avec cette puissance est bien scabreux. Un secours pourrait amener la guerre, ce que je ne veux pas. » Quant aux Polonais, « les secours d'hommes sont impossibles, ceux d'argent bien difficiles, et l'emploi un peu douteux ».

Pour Charles de Broglie, la tristesse de voir abandonner la Pologne se double d'une profonde amertume devant le traitement inadmissible infligé à celui des Polonais qu'il aime entre tous. Honte de voir traiter de la sorte un homme qui prend tous les risques pour le parti patriote depuis quarante ans. En avril, Mokronowski avoue à Charles que ses amis confédérés, découragés par l'attitude de la France, le pressent de se rendre à Berlin « pour remettre entre les mains du roi de Prusse le sort de ses compatriotes et le sien ». Le malheureux, s'il savait !... Il vit dans la médiocrité, sa bourse épuisée, couvert de dettes — neuf mois déjà qu'il est à Paris.

Choiseul reste évasif. Il invoque devant Mokronowski les restrictions budgétaires, effectivement très sévères. Il avoue surtout, sans s'étendre, l'embarras où le met l'attitude de l'Autriche. Les motifs d'inquiétude ne manquent pas. Dès 1769, l'impératrice-reine a fait occuper un district polonais, le comté de Zips, sur lequel elle prétend avoir des droits anciens. Kaunitz, à qui Choiseul répète qu'il faut profiter, pour affaiblir la Russie, de son conflit avec les Turcs, se borne à répondre que seule une paix rapide peut sauver la Porte de nouveaux désastres. L'Europe de la guerre de Sept Ans et son système d'alliances n'existent plus. Des rapprochements hier inconcevables deviennent possibles. Marie-Thérèse qui envoie son fils se faire cajoler par Frédéric dans cette Silésie pour laquelle elle a mené deux guerres ruineuses... Vienne encore, qui se rapproche de Pétersbourg au point que Choiseul prévoit que la « réunion » des deux cours peut « s'effectuer d'un moment à l'autre »... Or, toute la politique étrangère de la France se fonde sur son alliance avec l'Autriche.

Un mariage peut-il ressouder ce que la politique tend à séparer ?

*

*   *

Le dauphin, petit-fils de Louis XV, épouse Marie-Antoinette, fille de Marie-Thérèse, le 16 mai de cette année 1770. Louis a seize ans. Physiquement, il tient de son grand-père Auguste, Électeur de Saxe et roi de Pologne. Grand, sanguin, il aura une tendance à l'embonpoint, mais, contrairement à son père, il ne se laissera pas envahir par la graisse : il aime la chasse et les travaux manuels. À seize ans, il est encore d'une maigreur adolescente. Marie-Antoinette a un an de moins que lui. Elle n'est pas franchement belle : les yeux un peu globuleux, le front bombé, la lippe Habsbourg ; mais un teint éblouissant, une silhouette élancée, beaucoup de grâce dans la démarche, la vivacité enjouée de son âge.

En dépit de ses finances exténuées (le contrôleur général des finances, l'abbé Terray, lui a annoncé pour 1770 un déficit de soixante-trois millions de livres, avec une dette exigible de cent dix millions), Louis XV avait exigé de la somptuosité et réglé lui-même dans le détail le déroulement des fastes. On dit toujours, en pareil cas, qu'il convient d'impressionner l'étranger en masquant la faillite par l'éclat de la dépense. Après le mariage par procuration à Vienne, réception de la dauphine à Strasbourg, puis à Nancy, avec fêtes et cérémonies, et apothéose finale à Versailles. De l'avis général, jamais la cour n'avait vu tant de splendeurs depuis le début du règne. Seul le dauphin fait la tête : tout ce tralala l'empêche de chasser. Cérémonie religieuse à la chapelle ; jeu du roi en fin d'après-midi, dans la grande galerie, sous l'œil du millier d'invités et des innombrables badauds qui défilent derrière les balustrades ; feu d'artifice annulé à cause d'un violent orage ; le souper, enfin, qui est le clou de la journée. Il a lieu dans la nouvelle salle d'opéra, dont c'est l'inauguration. À la table du roi, ses trois petits-fils, les futurs Louis XVI, Louis XVIII et Charles X ; le duc d'Orléans, qui votera un jour la mort du premier de ses trois cousins ; Marie-Antoinette, promise au couperet ; la princesse de Lamballe, qui finira déchiquetée... Voyant le jeune époux dévorer avec son appétit habituel les mets servis dans la vaisselle d'or, Louis XV, grand-père chargé d'expérience, se penche vers lui et lui glisse à mi-voix : « Ne vous chargez pas trop l'estomac pour cette nuit. » L'autre le regarde, étonné : « Pourquoi donc ? Je dors toujours mieux quand j'ai bien soupé. » Le roi regarde Marie-Antoinette, qui feint de n'avoir rien entendu. Le lendemain de la nuit de noces, le dauphin écrira sur son carnet le même mot qu'à la date du 14 juillet 1789 : « Rien. » Cela signifie qu'il n'a pas chassé.

Feu d'artifice, opéras, bals se succèdent jusqu'au 20 juin. Le coût monte à neuf millions. Il paraît que le roi, demandant au contrôleur général comment il avait trouvé les fêtes, reçut cette réponse : « Sire, je les trouve impayables. » De fait, des fournisseurs exaspérés présentaient encore leurs factures à la veille de la Révolution.

Or gaspillé à Versailles ; vies saccagées à Paris. À la fin

du feu d'artifice offert par la ville, la panique s'empare de l'énorme foule rassemblée sur la place où finiront Louis et Marie-Antoinette. On relève plus de cent trente cadavres.

Le mariage était l'ouvrage de Choiseul. Il y songeait depuis son ambassade à Vienne, en 1757. C'était alors le frère aîné du jeune Louis qu'il voulait marier à Marie-Antoinette. Ce prince était mort en 1761, mais Choiseul avait persévéré dans son projet. Il s'agit, bien sûr, d'amarrer l'Autriche à la France. Il s'agit aussi de conforter à la cour la position du ministre, menacée par l'ascendant qu'exerce Jeanne du Barry sur le roi. Opération réussie : la dauphine enchante le monarque par sa gaieté, affiche beaucoup de morgue envers la favorite, voue à Choiseul la reconnaissance due à l'homme qui a fait sa fortune.

Un second projet d'amarrage, conçu cette fois par Louis XV, va transformer le Secret en agence matrimoniale.

*

* *

L'aventure n'aime que l'avenir et Casanova traîne son passé comme un boulet. Depuis le temps qu'il tourne en Europe, tel un cheval de cirque autour de la piste, les dossiers de police s'épaississent, la rumeur le rattrape : ainsi de la bonne Mme Geoffrin informant Stanislas-Auguste des antécédents judiciaires de celui dont il envisageait de faire son secrétaire. Il a quarante-cinq ans. Les maris des femmes qu'il trouve agréables ont l'âge d'être ses fils. Les demoiselles à qui il rend service en voyage lui déclarent qu'elles l'aiment comme un père. À Turin, ses amis le trouvent « prodigieusement vieilli ». Son apparence était jusque-là son meilleur passeport : elle devient, elle aussi, casier judiciaire. « Cruelle fortune, tu abandonnes la vieillesse ! »

Après la déconvenue de Varsovie, Vienne. Il en est expulsé. Les archives l'attestent : Marie-Thérèse, que ses hautes responsabilités n'empêchaient pas de consacrer un soin vétilleux à la morale publique et privée, a rédigé de sa propre main l'ordre d'expulsion. Une intervention du chancelier Kaunitz, amusé par l'aventurier, n'aboutit qu'à obtenir quelques jours de délai. Après un circuit en Allemagne, il est à Paris. Une lettre de cachet de Louis XV l'en expulse, avec injonction d'avoir à quitter la France dans les trois semaines. Il passe en Espagne, muni comme de bien entendu de lettres de recommandation pour le Premier ministre, d'Aranda, et autres grands personnages. Deux séjours en prison, l'un pour détention d'armes, l'autre pour avoir séduit la maîtresse du capitaine général de Catalogne, lequel profite d'une dénonciation venue de France pour enfermer son rival. Ces intermèdes mis à part, il fréquente le meilleur monde, s'introduit dans la sphère du pouvoir, et s'intéresse — il faut bien se caser — à un projet de colonisation de la Sierra Morena, région aride et montagneuse située en Andalousie. On a tenté d'y implanter des Suisses, mais la greffe ne prend pas. Casanova assure que seuls des colons espagnols peuvent réussir. Il convainc le président du Conseil de Castille d'Aranda, avec lequel il a plusieurs séances de travail. Mais, une fois de plus, le passé revient en boomerang. Un aventurier français rencontré à Spa, joueur professionnel, débarque à Madrid et lui fait une vilaine querelle avec l'amant de l'ambassadeur de Venise. Toutes les portes se ferment. La fortune s'obstine décidément à lui tourner le dos. Les puissants lui refusent une sinécure et ses tentatives de gagner honnêtement sa vie n'aboutissent pas. À Moscou, il avait soumis en vain un projet d'introduction du mûrier en Russie, première étape pour y créer une industrie de la soie. À Varsovie, son plan d'établissement d'une savonnerie a été refusé. Il ne sera pas, comme d'Aranda le lui avait promis, gouverneur de la Sierra Morena.

En ce mois de mai 1770 qui voit Versailles resplendir des fastes du mariage du dauphin, nous retrouvons Casanova à Livourne, en Italie, rongeant son frein dans l'antichambre d'Alexis Orlov, qu'il a connu à Moscou. Il attend d'être reçu depuis deux heures, alors que le Russe ne lui avait demandé qu'une minute de patience, et voit avec indignation les visiteurs se succéder dans le cabinet. La politesse est décidément qualité française. À Vienne, expulsion brutale, désagréable. À Paris, au contraire, le policier qui lui a délivré la lettre de cachet ordonnant de quitter Paris dans les vingt-quatre heures : « Monsieur, les vingt-quatre heures ne vous sont assignées que par formalité ; souscrivez à l'ordre, donnez-moi quittance de la lettre de cachet et vous partirez à votre commodité. Je vous demande seulement votre parole d'honneur que vous n'irez ni aux spectacles, ni aux promenades publiques à pied. » Et le marquis d'Argens, membre honoraire de la très pittoresque cour du roi de Prusse, savait vivre aussi, avec qui Casanova vient de passer des moments délicieux à Aix-en-Provence. Bientôt trois heures qu'il attend le bon plaisir du Russe. S'il avait dix ans de moins... Mais nécessité fait loi. Casanova, au bout du rouleau, espère embarquer comme officier sur l'escadre russe qui s'apprête à quitter Livourne pour Constantinople.

Charles de Broglie avait encore raison : un projet tenu pour chimérique par les esprits raisonnables peut néanmoins réussir. À l'étonnement de l'Europe, l'Écossais Elphinstone est en voie de tenir son pari. Rafistolés à Londres, leurs équipages encadrés par des officiers et matelots britanniques, ses « misérables vaisseaux » sont parvenus, non sans mal, à passer en Méditerranée. Alexis Orlov, promoteur d'une expédition qu'il a imposée contre l'avis unanime des ministres russes, nommé par Catherine « ministre plénipotentiaire et commandant en chef des forces navales russes au Levant », ignore tout des choses de la mer. Aussi bien n'a-t-il pas jugé expédient d'embarquer. Son rôle, essentiel, consiste dans un travail de renseignement et d'action clandestine.

Les cinq frères Orlov devaient d'exister à un coup de pied donné au bon moment, ou au pire. Leur grand-père avait pris part à une rébellion militaire contre Pierre le Grand, qui fit supplicier plus de quatre mille des révoltés. Lorsque ce fut le tour de l'aïeul Orlov, condamné avec les chefs, d'aller poser son cou sur le billot, les têtes tranchées encombraient le sol, car on exécutait là-bas à la bonne franquette. Trouvant sur son passage la tête exsangue d'un de ses camarades, Orlov l'écarta d'un coup de pied et poursuivit sa marche vers le billot. Pierre le Grand, présent au supplice, fut si charmé par cette désinvolture face à la mort qu'il accorda sa grâce.

Les petits-fils avaient hérité l'impavidité de l'aïeul. À eux cinq, unis comme les doigts d'une main, ils ont jeté Pierre III à bas du trône des czars pour y asseoir sa femme Catherine, dont Grigori Orlov était alors l'amant. Le magnifique Alexis, dit « le Balafré » à cause de la cicatrice gagnée dans une bagarre de cabaret, tenu cependant pour

« le plus bel homme du Nord », d'une force prodigieuse, hôte lui aussi du lit de Catherine, avait parachevé la besogne en donnant du poison au mari déchu, puis en l'étranglant de ses propres mains, car le pauvre diable ne se décidait pas à finir son verre.

Alexis et son frère Théodore, le plus jeune des cinq, le plus intelligent aussi, voyagent depuis dix-huit mois en Italie. Ils ont commencé par Venise, où la communauté grecque est nombreuse et le culte orthodoxe, toléré. Ils se montrent dans les églises, distribuent beaucoup d'argent. Leurs agents secrets passent en Grèce, où ils annoncent que la czarine, mère de tous les orthodoxes, va les libérer du joug ottoman : n'est-elle pas en train de combattre en Pologne pour leurs frères dissidents ? Des officiers russes, eux aussi en prétendu voyage d'agrément, rejoignent les Orlov. Venise, embarrassée, finit par demander aux deux frères de bien vouloir aller faire du tourisme ailleurs. Ils vont de port en port, achetant ici des victuailles, là des munitions, ailleurs les frégates qui porteront les unes et les autres à l'escadre. Cinq jeunes Russes ont été envoyés à Malte sous prétexte de s'initier à la construction et à la manœuvre des galères ; ils font auprès des chevaliers de l'Ordre ample moisson de renseignements sur la tactique navale des Turcs. Des pilotes sont recrutés en Grèce et amenés en Italie pour guider la flotte dans l'archipel. Les Orlov s'assurent que Mahon, à Minorque, puis des ports en Sicile et en Toscane, s'ouvriront aux vaisseaux russes. Ainsi, tout en préparant le soulèvement des Grecs, balisent-ils la progression de l'escadre, qui trouvera à chaque escale renforts et ravitaillement.

Malgré cette intense activité, Alexis trouve le temps de coucher avec la belle Sarah, dont son mari maquereau, Ange Goudar, qui ferrailla naguère de la plume contre le chevalier d'Éon, gère avec zèle la carrière galante.

Constantinople dort sur ses deux oreilles. L'annonce que les cinq premiers vaisseaux d'Elphinstone ont franchi le détroit de Gibraltar, les 20 et 22 novembre 1769, n'a pas troublé la sérénité du Divan. Un ministre turc, prenant une carte de géographie et montrant Saint-Pétersbourg, a demandé, goguenard, à l'interprète de l'ambassade de France : « Enseignez-nous comment une flotte peut arriver de là jusqu'ici... »

Quatre heures que Casanova attend. Orlov sort enfin de son cabinet et l'invite à dîner avec son état-major. Après le café, aparté dans une embrasure de fenêtre. Orlov veut bien emmener Casanova, mais à titre d'ami. Cela ne fait pas l'affaire du Vénitien : « On ne me regarderait que comme un homme bon pour vous faire rire, et je tuerais peut-être le premier qui oserait me donner la moindre marque de mépris. Il me faut un emploi qui m'impose le devoir de vous servir en endossant votre même uniforme. Je peux vous être bon à tout. Je connais le pays où vous allez, je parle la langue, je me porte bien et je ne manque pas de courage. Je ne veux point de votre précieuse amitié gratis, je préfère l'honneur de la gagner. » Orlov regrette : il n'a pas d'emploi à offrir. Alors Casanova, superbe et ridicule : « Je désire que vous ne vous repentiez jamais de ne m'avoir pas pris avec vous. Sans moi vous ne passerez jamais les Dardanelles. »

Il faut reprendre la route. Naples, où il retrouve Ange Goudar. Goudar tient table ouverte à trente couverts, plume au jeu les seigneurs locaux, et loue alors sa Sarah à Ferdinand, roi de Naples. (L'idylle finira quand la reine Marie-Caroline, sœur de Marie-Antoinette, découvrira dans la poche de son époux un billet de Sarah qu'on peut juger dénué de poésie : « Je vous attends demain, au même endroit, à la même heure, et avec la même impatience que la vache attend le taureau. ») Et puis Rome, où Casanova retrouve le cardinal de Bernis, revenu en grâce en même temps que les Broglie et nommé ambassadeur de France, avec mission — de Choiseul, évidemment — d'obtenir du pape la suppression des jésuites, ce à quoi il parviendra. Bernis éblouit Rome par sa dépense et a pour maîtresse la jeune princesse Santa Croce. On évoque le bon temps de Venise et des parties carrées. Et puis Florence, où Casanova espère trouver un emploi auprès du grand-duc de Toscane, mais dont il est expulsé au bout de cinq mois. La vie devient dure.

Seul rayon de soleil dans ce lugubre crépuscule : les femmes qu'il a aimées quand il courait gaiement l'aventure, couvertes de bijoux, confiées au moment de la séparation à des mains généreuses, et qui, le voyant revenir dix ou vingt ans après, las et sans le sou, ouvrent leur bourse pour rendre au meilleur des amants un peu de ses présents d'antan.

*
* *

Mouvement diplomatique. Le baron de Breteuil quitte La Haye pour Vienne. En attendant qu'il rejoigne son nouveau poste, Durand le suppléera avec le titre de ministre plénipotentiaire, puis passera, selon les circonstances, à Varsovie ou auprès des confédérés. Choiseul n'a pas caché à Durand « l'extrême embarras » où le met l'attitude énigmatique de l'Autriche. Le ministre plénipotentiaire devra remontrer à Kaunitz la nécessité de « maintenir l'indépendance de la Pologne et contenir l'ambition de la Russie ». Si le ministre autrichien s'obstine dans son pacifisme, Durand pourra ouvrir des conversations en vue de parvenir à un règlement honorable.

« J'ai été fort aise, Sire, écrit Broglie, du parti que prend M. le duc de Choiseul. Il ne pouvait charger personne plus capable que M. Durand de traiter à Vienne les affaires de Pologne et de faire adopter à la cour impériale les vrais principes à suivre dans les circonstances actuelles. » Mais il ajoute : « Je supplie aussi V.M. de vouloir bien décider quelque chose au sujet du général Mokronowski, dont la situation devient chaque jour plus triste et plus embarrassante. » C'est Choiseul qui décide. Il annonce froidement au Polonais que, puisque Durand est nommé à Vienne, les affaires des confédérés se traiteront désormais là-bas. « Je ne saurais, Sire, exprimer à V.M. la consternation et le mécontentement dont cette réponse a affecté le général Mokronowski. Il est accouru sur-le-champ chez moi pour m'en faire part et me demander si c'était là le fruit d'un séjour de onze mois... Il était vivement pénétré de se voir, ainsi que sa nation, traité avec un pareil mépris. » Broglie lui fait obtenir une gratification de douze mille livres sur la caisse du Secret. Piètre consolation pour un homme qui ne méritait pas la désinvolture insultante de Choiseul.

Le 6 juin, à la veille du départ de Durand, billet du roi à Broglie : « Comme l'on ne sait ce qui peut arriver, si Durand n'est pas parti, montrez-lui ce billet, sinon envoyez-lui-en la copie bien chiffrée. Qu'il examine bien la figure de la tête aux pieds, sans rien excepter de ce qu'il sera possible de voir de l'archiduchesse Élisabeth, et qu'il s'informe de même de son caractère, le tout sous le plus grand secret et sans trop donner de suspicion à Vienne, et il en rendra compte, sans se presser, par une occasion sûre. »

Le mariage du dauphin a été célébré trois semaines plus tôt. Son grand-père en a-t-il eu la tête tournée ? Est-ce un symptôme avant-coureur de cet affaissement mental qu'on lui verra dans trois ans ? Louis XV envisage d'épouser Marie-Élisabeth, vingt-huit ans, sœur aînée de Marie-Antoinette ! Même si l'on sait que la raison d'État a plus de part dans le mariage des princes que les élans du cœur, quoi de plus grotesque que cet extravagant projet ? Le roi, dans sa soixante et unième année, deviendrait le beau-frère de son petit-fils, âgé de seize ans. S'agit-il de ressouder l'alliance autrichienne ? Mais comment l'altière et dévote impératrice-reine accepterait-elle de donner sa fille au roi de France alors que la du Barry règne sur son cœur et sur Versailles ?

Le malheureux Durand enverra un rapport rédigé d'une plume maquignonne : « La personne dont il s'agit était, avant la petite vérole, la plus belle de sa famille ; elle n'est pas grande, mais très bien prise dans sa taille, sans tache ni difformité sur son corps, du moins à ce que dit une femme qui pénètre jusque dans l'intérieur le plus intime. Ce n'est que depuis peu que les cils de ses paupières, que la petite vérole avait fait tomber, commencent à reparaître. Cette maladie a grossi les traits de son visage ; le nez et le teint en ont souffert, le bas du visage est effilé, la bouche assez bien garnie sans être à l'intérieur d'une forme parfaite ; sa chevelure est blonde tirant sur le châtain, le front n'a rien d'irrégulier, les yeux sont bleus, le regard a de la douceur et de la vivacité. Il n'y a rien de choquant dans cet assemblage, la figure est gracieuse et la démarche est fort noble. » Quant au caractère, il est trouvé bon, avec pourtant un penchant pour la moquerie. Louis XV avait indiqué que Durand pourrait rendre compte « sans se presser ». Il fait si grande diligence que le général Monet observera que « ce ministre avait oublié les bras, les mains, la gorge et les pieds », et proposera de lui demander un supplément d'enquête sur ces points importants, ce que le roi approuvera par un billet du 6 octobre 1770[1].

Le ridicule projet n'aura pas de suite.

1. C'est donc par erreur que Michel Antoine indique, dans son monumental *Louis XV* (éditions Fayard), que Durand « ne se pressa

*
* *

À son retour de Corse, le colonel Dumouriez avait rejoint la cour à Compiègne, où des troupes manœuvraient pour l'éducation militaire du dauphin. Parlant de lui à la troisième personne, tel le Grand Frédéric, il écrit dans ses Mémoires : « C'est là qu'il vit avec douleur le vieux roi de France se dégrader lui-même, en se tenant chapeau bas et à pied, aux yeux de son armée, à côté d'un phaéton magnifique dans lequel était étalée la du Barry. Il avait soupé vingt fois à Paris avec cette créature qu'il aurait possédée alors s'il avait eu de quoi la payer, et que toute la France avait eue. Rougissant pour son roi, gémissant pour sa patrie, il en parla au duc de Choiseul, qui, lui ayant fait donner des chevaux, lui faisait faire le service d'aide de camp. "Que veux-tu, lui répondit gaiement le ministre, le Roi a besoin de maîtresse ; mais cette coquine-là me donne bien de l'embarras : d'Aiguillon et Maupeou sont derrière." »

Dumouriez avait eu la douleur de perdre son père et la satisfaction de recevoir un héritage de soixante-dix mille livres. Choiseul lui accorde une pension de trois mille livres. Il reçoit toujours sa solde d'officier du corps expéditionnaire en Corse. Après avoir si longtemps tiré le diable par la queue, c'est connaître une honnête aisance. Et Choiseul lui propose une nouvelle mission : partir pour Epéries, ville de souveraineté autrichienne où siège à présent la direction de la confédération polonaise, et rendre compte

point » et attendit « le début de février 1772 » pour faire parvenir son morphologique rapport. Il a été trompé par une lettre de Charles de Broglie au roi, en date du 9 février 1772, accompagnée d'un certain nombre de pièces, dont « la réponse de M. Durand à l'ordre du 6 juin 1770 ». Mais cette « réponse » venait d'être demandée à Durand par Broglie lui-même, comme si le comte avait oublié ou ignoré le premier rapport, non daté, de son agent. La lettre de Broglie au roi du 7 juin 1772 dissipe d'ailleurs toute équivoque, puisqu'elle rappelle que Durand, revu entre-temps par Charles, avait envoyé la description demandée « quelque temps après son arrivée à Vienne », indication peu compatible avec un délai de deux ans. Comme M. Antoine a probablement relevé beaucoup de fautes dans notre ouvrage, et que celle-ci est en revanche la seule que nous trouvions à lui reprocher, il aura l'indulgence de comprendre que nous ne laissions pas passer l'occasion unique de faire une effronterie à un maître.

de l'état réel de ses forces. Dumouriez fait observer que, ignorant tout de la Pologne, il serait un charlatan s'il acceptait de partir sans s'informer. Choiseul lui accorde un délai de trois mois et toutes facilités pour se procurer la documentation nécessaire au secrétariat des Affaires étrangères. Dumouriez, qui sait que le ministre déteste le comte de Broglie, se hasarde à lui demander « s'il ne croirait pas utile qu'il prît de ce seigneur des renseignements sur la Pologne, où il avait été ambassadeur : il en reçut la permission, quoique avec un air de répugnance ».

Si Dumouriez le connaît depuis la guerre, « c'est à cette époque que commença sa grande liaison avec le comte de Broglie ; elle a eu de grandes conséquences ». Est-il besoin de rapporter le portrait qu'il en trace ? Le lecteur connaît Charles mieux que lui. « Ce grand seigneur avait infiniment d'esprit ; et il l'avait très juste sur les affaires publiques, mais jamais sur les siennes propres, parce qu'il se laissait alors aveugler par l'ambition, l'intérêt ou la colère, trois passions qui l'ont toujours dominé. » Hélas, nous ne connaissons que trop le caractère crêté du comte... Ah, une touche nouvelle — la pingrerie : « Il se regardait comme pauvre avec deux cent mille livres de rente, parce que son avarice en souhaitait davantage. » Puis ce constat que nous avons fait cent fois : « Il possédait la confiance secrète de Louis XV, et en recevait continuellement des rebuffades publiques. » Jugement final : « Cependant, ses passions et son inquiétude d'esprit ne travaillaient que contre lui-même, et étaient compensées par une grande vertu. Il était brave, austère dans ses mœurs, bon mari, bon père, bon frère, bon ami et bon citoyen. » Franchement, que demander de plus ? Pour Dumouriez, l'obscurité où végète Broglie tient moins à ses défauts qu'à ceux du roi : « Louis XV, le plus dissimulé et le plus faible des rois, n'avait appris dans un long règne qu'à mépriser tout ce qui l'entourait, et à s'en méfier. Le caractère du comte de Broglie était trop fort pour qu'il l'appelât auprès de lui, mais il en tirait un parti mystérieux qui a fait longtemps la terreur et le désespoir des ministres... »

Charles, qui avait protesté contre l'envoi auprès de la confédération du chevalier de Taulès et du capitaine de Châteaufort, officiers dénués d'expérience politique ou diplomatique, ne souffle mot dans ses lettres au roi de ses conférences avec le nouvel émissaire.

Dumouriez, pour ne pas être distrait par les fêtes du mariage du dauphin, loue une maison à Meudon et s'y enferme avec Taulès, son ami, de qui il reçoit un premier aperçu de la confédération. Il lit toutes les dépêches diplomatiques envoyées de Varsovie depuis le couronnement de Stanislas-Auguste. Il étudie surtout, d'un œil militaire, les cartes de Pologne. Les trois mois écoulés, un mémoire de vingt pages résume ses propositions : imposer d'abord aux confédérés, qui se battent dans la dispersion, quand ce n'est pas la dissension, l'union de leurs forces contre l'ennemi commun ; ce préalable obtenu, les soutenir financièrement et les renforcer par l'envoi d'officiers et d'ingénieurs militaires. Il suggère un « système de guerre régulier » — le contraire de la guérilla — coordonnant les opérations des confédérés avec celles des armées turques. Choiseul approuve, de même que le comte Wielhorski, représentant officieux de la confédération à Versailles.

Avant de partir pour la Pologne, Dumouriez tente une dernière démarche auprès de sa cousine, pour laquelle il a voulu autrefois se suicider et qui se trouve toujours dans son couvent. Rien ne s'oppose plus à leur mariage. Sa mission comporte des risques. En cas de malheur, il lui laisserait au moins un état et quelque argent. Il reçoit en réponse une lettre commençant par « C'est du pied de mon crucifix que je vous écris », et finissant par une exhortation à renoncer lui aussi au monde. Dumouriez, que son père a dégoûté de la dévotion par des lectures appropriées, décide de tourner la page.

Sa dernière entrevue avec Choiseul est passionnante. Spontané comme à l'accoutumée, le ministre se livre sans réticence. Il veut la guerre avec l'Angleterre. La confédération polonaise n'est pour lui qu'« un moyen d'allumer un incendie dans le Nord ». Elle doit aider les Turcs à contrebalancer la supériorité russe. Pour peu que le roi de Prusse s'en mêle, Choiseul espère lancer l'Autriche et la Saxe dans la partie. Les puissances continentales ainsi occupées à en découdre, il aura les mains libres pour attaquer l'an prochain l'Angleterre, dont les relations avec l'Espagne se détériorent à vue d'œil. Enthousiasmé (quel officier français ne rêve-t-il pas de la revanche ?), Dumouriez promet son entier concours : « Je vais me rendre à Epéries, je travaillerai en grand, en très grand ; s'il y a une bonne diversion à tirer de ces gens-là, je resterai : alors ne balancez pas à m'envoyer tout ce que je vous demanderai ; s'il n'y a aucun parti à en tirer, je vous jure d'être de retour dans un mois. Promettez-moi, dans ce cas, de m'employer à l'expédition d'Angleterre. » Choiseul, qui, à la mode des grands seigneurs, voussoie ou tutoie à sa fantaisie le colonel : « Partez donc tout de suite ; je ne vous donne point d'instructions — Je vous défie bien de m'en donner, rétorque l'autre, vous ne savez pas plus que moi ce qu'il y a à faire ! » Le ministre éclate de rire.

Parti au début de juillet, Dumouriez prouve sans délai sa détermination à travailler « en grand, en très grand ». De Strasbourg, il écrit à Charles de Saxe, duc de Courlande, troisième fils d'Auguste III, pour le convoquer à Munich, sa prochaine étape. Duc de Courlande ? Titre sans substance, puisque l'ours russe a depuis longtemps posé sa lourde patte sur le duché. Charles de Saxe, qui a brillamment servi dans l'armée française pendant la guerre de Sept Ans, répond avec empressement à la convocation. Dumouriez lui propose de lui restituer la Courlande, moyennant la fourniture immédiate d'un contingent de huit mille cinq cents hommes, dont la solde sera réglée par la France. Charles, ébloui, veut signer sans tarder un accord. « N'en faites rien, répond superbement Dumouriez : tout cela n'est encore que dans ma tête. » Plus sérieusement, le distributeur de duchés achète à l'arsenal de Munich vingt-deux mille fusils qu'on acheminera par le Danube.

À Vienne, il se présente à Durand, qui vient d'arriver et auquel il est en théorie subordonné. Il le trouve « très honnête homme, mais très froid et très maladroit ». Le ministre plénipotentiaire le présente à l'impératrice-reine, à son fils, l'empereur Joseph, et au chancelier Kaunitz. Malgré cela, le courant ne passe pas entre les deux Français. Durand n'est point ce « diplomate fort empesé » que croit découvrir Dumouriez : ses activités au sein du Secret l'ont depuis longtemps dégourdi. Mais s'il ne travaille pas « en très grand », il procède avec sérieux. Un agent, tout comme un ambassadeur, doit avoir des instructions. Dumouriez lui répond qu'il n'en a pas — c'est la méthode Choiseul. « Le bon Durand » montre tant de stupéfaction que l'autre lui suggère de rédiger ces indispensables instructions. La note de Durand commençant par cette phrase un peu lourde : « La saison qui suit la moisson étant celle qui est la plus favorable, etc. », Dumouriez refuse de lire la suite, fourre la note dans sa poche et décampe — toujours le style Choiseul. Ils ne peuvent pas s'entendre. Dans un service moderne, Dumouriez appartiendrait au service action ; Durand, à la cellule d'évaluation du renseignement.

Vienne, où Durand va connaître le seul échec de sa carrière diplomatique, sera pour lui ensoleillée par la visite de la princesse Marie Radziwill, venue y défendre auprès de l'impératrice-reine la cause des confédérés. On aime à croire que les feux de la passion reflambèrent entre les deux amants, mais il ne faut pas compter sur notre *Prudent* pour nous en faire la confidence.

Après avoir acheté encore quelques centaines de fusils, de pistolets et de sabres, Dumouriez s'embarque sur le Danube en compagnie de deux émissaires polonais envoyés à sa rencontre et avec lesquels il converse en latin, comme il le fera tout au long de sa mission avec beaucoup de confédérés [1]. À Epéries, sur la frontière hungaro-polonaise où il arrive à la fin août, il est abasourdi, malgré les avertissements de son ami Taulès, par le spectacle qu'offrent les chefs de la confédération : « Leurs mœurs étaient asiatiques. Un luxe étonnant, des dépenses folles, des repas prolongés pendant une partie du jour et poussés à l'excès, le pharaon [2] et la danse étaient toutes leurs occupations... » (Au même moment, Jean-Claude Gérault écrit de Varsovie : « Les confédérés n'ont pour eux que la bonté de leur cause, mais leur conduite est pitoyable, pour ne rien dire de plus. ») Si grande est l'indignation de ces seigneurs, en apprenant qu'il arrive les poches vides, que Dumouriez redoute d'être réexpédié dare-dare en France. Les choses finissent par s'apaiser.

La guerre, elle, prenait un tour dramatique.

1. Dans cette Europe, quand on ne parle pas le français, le latin sert d'espéranto à ceux qui sont passés par le collège. Presque tous les grands aventuriers, tel Casanova, le pratiquaient couramment.
2. Jeu de cartes fort en vogue à l'époque.

XVII

Lorsque le Grand Seigneur se fut enfin rendu à l'évidence, on avisa aux moyens de repousser la flotte russe. Deux douzaines de vieux vaisseaux, armés à la hâte, franchirent les Dardanelles et se portèrent à la rencontre de la tout aussi poussive escadre commandée par l'amiral Elphinstone.

En dépit du travail d'agitation opéré par les agents des Orlov, la Grèce ne s'était pas soulevée. Le jeune Théodore Orlov avait débarqué un contingent trop faible pour convaincre la population de courir les risques d'une répression dont elle savait par expérience l'impitoyable cruauté. Tout se jouerait donc sur mer.

Après un premier engagement perdu, l'escadre ottomane embouqua le canal séparant l'île de Chio de la Turquie. Elle comptait quinze vaisseaux de ligne, trois frégates, sept vaisseaux armés et quelques galères. La flotte russe la suivit à distance. Alexis Orlov, cette fois, avait embarqué. Comme on savait l'extraordinaire fermeté d'âme qu'il avait montrée à Saint-Pétersbourg dans une conspiration où il risquait, en cas d'échec, de périr dans les pires supplices, l'état-major fut stupéfait de le voir s'évanouir au premier échange de boulets ; le courage n'existe pas : il n'y a que des courages. Elphinstone dirigeait les opérations sous le commandement nominal de l'amiral russe Spiritov. Mais l'Écossais, doté d'un caractère de chien, et qui traitait les officiers russes comme autant de moujiks abrutis, suscitait des réactions de rejet si violentes qu'Orlov trancha pour Spiritov. Cela n'empêcha pas Elphinstone de garder le premier rôle dans la bataille. Le 5 juillet 1770, alors que le flamboyant Dumouriez se met en route pour Epéries, cinq vaisseaux russes et quelques frégates embouquent à leur tour le canal. L'engagement, très rude, se termine par la fuite des Turcs, qui s'entassent flanc contre flanc dans le chenal de Tchesmé.

Le 7 juillet, les brûlots russes couvrirent la mer des cendres de ce qui avait été la flotte ottomane.

Elphinstone proposa de foncer sans délai sur le détroit des Dardanelles, verrou de Constantinople, redoutable par les deux forteresses qui le flanquaient dans sa partie la plus étroite. Alexis Orlov argua, pour refuser, du très réel épuisement de la flotte. John Elphinstone décida alors de montrer aux peuplades russe et turque ce qu'était un officier de marine de Sa Majesté Britannique. Il quitta la flotte sur son vaisseau, qu'aucun autre ne voulut suivre, entra dans les Dardanelles, jeta l'ancre au milieu du détroit, fit battre tambours et sonner trompettes, et, installé sur la dunette, ordonna qu'on lui servît son thé, qu'il dégusta lentement avant de faire relever l'ancre et remettre à la voile. Les deux citadelles étaient délabrées ; une seule mauvaise batterie restait en place, les autres ayant été transférées à l'armée de terre.

Sur terre, même sort funeste. Déroute à Cagoul et chute de Bender. De même que la pusillanimité d'Orlov a sauvé Constantinople d'un raid naval, seules la timidité et l'incompétence des généraux russes préservent les Ottomans d'un total effondrement.

Le Grand Seigneur, accablé, contraint son orgueil à demander à Berlin et à Vienne leurs bons offices pour parvenir à une paix honorable.

*
*   *

Voilà qui tombe bien : Frédéric et Joseph sont justement en conversation, le premier rendant au second sa visite de l'an passé. La rencontre a lieu cette fois à Neustadt, en Moravie. Le roi de Prusse a apporté une hotte de compliments. Comme le jeune empereur fait défiler devant lui ses grenadiers hongrois, prunelle de ses yeux, il s'exclame : « Quels soldats ! On croirait voir des enfants de Mars ! » Un soir, au souper, le général autrichien Lacy étant en retard, Frédéric, qui devait l'avoir en vis-à-vis, demande qu'on change son couvert de place : « C'est un homme que j'aime mieux avoir à mes côtés qu'en face de moi. » Et toujours cette merveilleuse humilité : « Je vous demande pardon de vous avoir si souvent tourmentés. J'en suis fâché pour toute l'humanité, mais quelle belle guerre d'apprentissage ! J'ai fait assez de fautes pour vous apprendre à vous tous, jeunes gens, à valoir bien mieux que moi. » Il pousse la complaisance jusqu'à apparaître revêtu de l'uniforme autrichien.

Mais Marie-Thérèse avait cette fois envoyé son chancelier Kaunitz, chargé d'expérience, dont la tête chenue ne risquait pas d'être aussi facilement tournée par les cajoleries. Frédéric, réservant l'argent de la parole à l'empereur, paya le chancelier de l'or du silence. Il écouta avec patience ses longues tirades, la lecture de mémoires qui n'en finissaient pas, et lorsque Kaunitz eut enfin terminé d'exposer ses vues, qui tendaient à la paix, il conclut sobrement : « C'est parler comme un sage : voilà mon catéchisme politique. » Le chancelier, ravi, fit savoir à Vienne qu'il avait tenu sous son charme le grand charmeur de l'Europe. Marie-Thérèse, pour qui Frédéric était un peu le diable, gardait de l'inquiétude : « Tout s'est bien passé, écrivait-elle, et mon digne Kaunitz est satisfait... Pourvu qu'il n'ait pas été ridicule ! »

La paix, par conséquent. Comme Frédéric aurait ri s'il avait pu entendre Choiseul, qu'il appelle « le petit maître », exposer au colonel Dumouriez son projet mirobolant de mettre l'Europe à feu et à sang en lançant les unes contre les autres Prusse, Autriche, Saxe et Russie !...

La Pologne ? Officiellement, il n'en est pas question. Mais la consigne tacite n'est-elle pas la même que dans la France d'après 1870, s'agissant de l'Alsace-Lorraine : « Y penser toujours ; n'en parler jamais » ?

Puisque la Porte aspire à la paix, on convient de suggérer à Catherine une médiation austro-prussienne. Le prince Henri, frère de Frédéric, part en faire la proposition à Saint-Pétersbourg.

*
* *

Joseph Pâris-Duverney meurt le 17 juillet, dix jours après l'anéantissement de la flotte ottomane. Il avait quatre-vingt-six ans. Michelet écrira de lui : « Avec ses trois frères, il remplit tout un siècle[1]. » Il avait pourvu au

1. Sur Pâris-Duverney et ses frères, cf. *Le Secret du Roi*, tome 1, p. 211 et suiv.

ravitaillement des armées toujours en campagne de Louis XIV ; torpillé le système de Law à la tête d'un syndicat de financiers ; exercé une véritable dictature financière lors des opérations du Visa ; joui d'un tel pouvoir, sous le ministère de M. le Duc, pendant la minorité de Louis XV, qu'on l'appelait « le second Premier ministre » ; et puis les disgrâces brutales, bien sûr, la Bastille, la potence toujours possible, tant les haines lui faisaient cortège. Chaque fois qu'ils avaient cru avoir sa peau, ses ennemis avaient dû déchanter : les vérifications les plus pointilleuses échouaient à confirmer les pilleries qu'on lui imputait. Assurément riche, il l'était beaucoup moins que ne le disait la rumeur[1]. Son plus bel ouvrage, et le plus néfaste, avait été la Pompadour, sélectionnée, formée, bichonnée, poussée par lui dans les bras du roi. Grâce à elle, son rôle avait été essentiel tout au long de la guerre de Sept Ans. « Général des farines », se moquaient les nobles courtisans. Ils assiégeaient sa porte pour quémander une promotion. La défaite n'était pas son fait. Avec des accents romains, il fustigeait les gabegies et l'indiscipline généralisée. Ce grand citoyen eût accédé à la stature de grand homme si l'on avait adopté, au temps de M. le Duc, ses justes et révolutionnaires — révolutionnaires parce que justes — propositions de réforme fiscale, avec notamment la création d'un impôt s'appliquant à l'ensemble de la nation, privilégiés compris.

Il avait fait la fortune de Pierre-Augustin Caron de Beaumarchais.

Deux siècles après, nul ne peut dire avec certitude ce qui lia le financier, alors âgé de soixante-treize ans, au jeune ambitieux qui en avait vingt-huit. Sans doute Pâris-Duverney avait-il besoin pour ses affaires d'hommes à la ressemblance de Beaumarchais : vifs, débrouillards, introduits

1. Une rumeur qui aura la vie dure. Dans son remarquable ouvrage, encore inédit, sur les Pâris, M. Pierre Vergnes indique que, longtemps après la disparition des quatre frères, des chercheurs de trésors fouillèrent les propriétés qui leur avaient appartenu, à la recherche de l'énorme magot qu'ils n'avaient pu manquer d'y enterrer. « Au début du XXe siècle, écrit-il, des travaux exécutés dans la crypte de l'École militaire permirent de retrouver le cercueil de Duverney : il avait été ouvert et fouillé. »

partout, point ralentis par les scrupules. Voltaire, également mis sur le chemin de la fortune par Pâris, lui avait servi de rabatteur dans le beau monde. Mais Voltaire n'était qu'un collaborateur, au mieux un associé, tandis que Beaumarchais fut aimé. Avec Voltaire, échange de services. Beaumarchais est le Rastignac du Vautrin de la finance. Au départ, l'École militaire, passion à tous les sens du terme de Pâris, car elle végète faute de fonds. Beaumarchais lui procure la visite de Mesdames, filles de France, puis, à travers elles, de Louis XV en personne. L'École est sauvée. Pâris inscrit Beaumarchais sur ses comptes pour une pension de six mille livres : service rendu, service payé. Mais les libéralités continuent. Cinquante-six mille livres pour une charge anoblissante de secrétaire du roi. Cinq cent mille livres pour une maîtrise des eaux et forêts — même si la réaction des autres maîtres, qui trouvent que le candidat pue la roture, oblige Beaumarchais à renoncer, la rage au ventre. Une charge de lieutenant général des chasses aux bailliages et capitainerie de la Varenne du Louvre. L'achat de l'hôtel particulier du 26, rue de Condé, où la pittoresque tribu Caron mène joyeuse vie. S'il y eut réciprocité de la part de Beaumarchais sous forme de prestations quelconques, le mystère en demeure. Casanova et Beaumarchais : deux êtres frénétiquement voués aux femmes, et qui doivent leur fortune à deux vieillards. Pour le Vénitien, c'est le patricien Bragadin, qui le tira de la misère et l'assista financièrement pendant vingt ans, jusqu'à sa propre mort en 1767, date à partir de laquelle s'accuse l'irrésistible déclin de l'aventurier.

La paix interrompant les juteuses fournitures aux armées en campagne, Pâris-Duverney regarda vers la Louisiane. Cette prospère colonie, mise en valeur par Antoine Crozat, grand-père de la maréchale de Broglie, avait été donnée avec une générosité vraiment royale par Louis XV au roi d'Espagne, Charles III, pour le consoler des grandes pertes qu'il avait subies dans la guerre où la France l'avait entraîné sur le tard. Les colons français de Louisiane concevaient beaucoup d'amertume de cette bonne manière qui les livrait à une administration tatillonne et inefficace. L'Espagne, au jugement de Pâris, n'avait ni la volonté ni les moyens de développer la colonie. Pourquoi ne pas en demander la concession à une compagnie française, moyennant un pourcentage respectable sur les bénéfices pour le gouvernement espagnol ?

Beaumarchais part pour Madrid le 20 avril 1764, après avoir obtenu un congé du duc de La Vallière, son supérieur hiérarchique au Louvre, et reçu permission de Mesdames, dont il reste le dévoué factotum. Voltaire lui a écrit de Ferney pour le charger de régler pour lui une affaire en Espagne. Il a trente-deux ans. Ses voyages ne l'ont jamais mené au-delà de Versailles. Comme il n'aime rien tant que courir deux lièvres à la fois, c'est aussi en frère vengeur de l'honneur familial qu'il roule vers les Pyrénées. L'affaire est complexe — avec lui, rien n'est jamais simple. Deux de ses sœurs vivaient à Madrid ; l'une, mariée ; l'autre, Lisette, encore célibataire à trente-trois ans. Lisette devait épouser un certain Clavijo, archiviste au ministère de la Guerre. Mais, par deux fois, l'Espagnol a refusé d'honorer sa promesse de mariage. Honte et déshonneur pour l'esseulée. Esseulée ? Point tellement, car un honnête commerçant français nommé Durand propose de prendre le relais. Mais, pour le frérot, Caron devenu M. de Beaumarchais, un commerçant n'est plus un parti convenable. Il faut en tout cas demander raison au Clavijo. Beaumarchais écrira dans dix ans le récit de la péripétie. Ah, c'est déjà le sinistre XIXe siècle qui point, la triomphante vulgarité bourgeoise, l'étalage répugnant des bons sentiments ! Au Clavijo : « J'ai tout quitté, patrie, devoir, famille, état, plaisirs, pour venir venger en Espagne une sœur innocente et malheureuse. C'est moi qui viens, armé du bon droit et de la fermeté, démasquer un traître, écrire en traits de sang son âme sur son visage, et ce traître, c'est vous ! » On se hâte de relire, pour se décrasser l'esprit, quelques pages du marquis de Sade, né dans l'hôtel qui fait face, rue de Condé, à celui des Caron. Bref, le Clavijo promet d'épouser, se dérobe encore, finit par porter plainte contre Beaumarchais qui l'aurait contraint, sous la menace, à signer une nouvelle promesse de mariage ; et le frère vengeur serait emprisonné si, reçu par Charles III, il n'obtenait à la fin gain de cause. Clavijo, révoqué, recouvrera ses fonctions dès que Beaumarchais aura tourné les talons. Et la pauvre Lisette restera sur le carreau, ayant perdu à la fois son archiviste et son commerçant.

L'honneur familial sert de couverture à la mission confiée par Pâris-Duverney : obtenir la concession de la Louisiane et le monopole pour la compagnie de la fourniture des nègres à la colonie. Les bons sentiments s'arrêtent là où commencent les bonnes affaires. Pâris-Duverney a fourni à son démarcheur deux cent mille livres. (Choiseul accorde aux confédérés polonais soixante mille livres par mois...) Il les dépense, pour le coup, très noblement. En quelques semaines, il fait partie du Tout-Madrid, fréquente ministres et ambassadeurs, accumule les conquêtes amoureuses. Ses biographes y verront la preuve de son entregent. Oui et non. Le siècle est ainsi. Casanova, qui arrivera après lui à Madrid, expulsé de trois ou quatre capitales d'Europe, réussira de même manière à être reçu partout. Mais le Vénitien, qui est tout ce qu'on veut sauf un maquereau, eût répugné à l'exploit de Beaumarchais : fourrer dans le lit de Charles III sa belle maîtresse, la marquise de La Croix, nièce de l'évêque d'Orléans, dont le mari, français comme elle, était entré au service de l'Espagne. Opération décevante, car c'est au mari que le roi, un peu bourgeois lui aussi, croit devoir témoigner sa reconnaissance par des diamants et une pension.

Pendant un an, il déploie à Madrid une activité frénétique. Lettres exultantes à sa famille. Il est grisé par ses succès mondains et l'importance des projets qu'il brasse : « En réalité, je ris sur l'oreiller quand je pense comme les choses s'égrènent, comme les chemins de la fortune sont en grand nombre et tous bizarres, et comme, surtout, l'âme supérieure aux événements peut toujours jouir d'elle, même au milieu des tourbillons d'affaires, de plaisirs, d'intérêts, de chagrins, d'espérance... » Ou encore, à son père : « Vous me connaissez ; ce qu'il y a de plus étendu, de plus élevé n'est point étranger à ma tête ; elle conçoit et embrasse avec beaucoup de facilité ce qui ferait reculer une douzaine d'esprits ordinaires et indolents. » Mais les choses n'avancent pas. L'orgueil espagnol répugne à abandonner l'exploitation de la Louisiane à des mains étrangères. Beaumarchais imagine des projets de substitution. Mise en valeur de la sierra Morena, comme Casanova[1]. Monopole de la

1. La sierra Morena sera finalement arrachée au désert grâce à un Espagnol, Pablo Olavide. Comme beaucoup de ses colons étaient protestants, l'Inquisition le condamna en décembre 1778 à huit ans de détention dans un couvent, les quatre premières années devant être consacrées à l'étude du catéchisme. Les inquisiteurs reprochaient aussi à Olavide de croiser les jambes en assistant à la messe, de prétendre que la Terre tournait autour du Soleil, d'entretenir une correspondance

fabrication des poudres et salpêtres. Fourniture de vivres à l'armée espagnole. Tout rate, sauf la fourniture de vivres. Il repart pour la France avec un contrat dont l'exécution exigerait la mobilisation d'importants capitaux. L'affaire n'intéressera ni Pâris-Duverney ni ses amis financiers. Beaumarchais a dépensé une fortune à Madrid pour en revenir les mains vides.

Il tente de réparer son échec commercial par une percée politique et sollicite de Choiseul un poste diplomatique — « être quelque chose », comme l'a tant souhaité Voltaire. Pendant son séjour à Madrid, il a correspondu avec le ministre, de qui il avait naturellement obtenu des lettres d'introduction, ne manquant pas de l'informer chaque fois que Charles III rendait hommage à la marquise de La Croix. Il appuie sa requête d'un long mémoire sur l'Espagne. Pour lui, Charles III est à peu près un nigaud ; le Premier ministre, nul et corrompu ; Grimaldi, ministre des Affaires étrangères, « paresseux et peu éclairé ». Conclusion : « Ceux qui connaissent bien l'Espagne savent assez quel peu de fonds on peut faire sur des secours réels de sa part. » L'étourdi ! Choiseul considère à juste titre le Pacte de famille avec Madrid comme son œuvre, entretient des relations personnelles très amicales avec Grimaldi et compte fort sur le concours de l'Espagne pour gagner la deuxième manche contre l'Angleterre. Le ministre écrit en marge du mémoire de Beaumarchais : « Ne jamais employer cet homme, surtout pas en Espagne. »

Pâris-Duverney reste fidèle au poste. Il achète pour son protégé les droits de coupe de la forêt de Chinon, mis en adjudication par l'archevêque de Tours. Une compagnie d'exploitation est constituée, dont le financier et Beaumarchais possèdent le tiers des parts. De ce tiers, Pâris garde pour lui les trois quarts, mais partagera par moitié les bénéfices. Un problème : le code forestier exclut des adjudications les officiers des Forêts et des Chasses royales, catégorie dont relève Beaumarchais, qui juge toujours au Louvre les délits de chasse. Il se sert donc d'un homme de paille, son laquais Lesueur. Mauvais choix : les papiers signés, Lesueur exige une « douceur » de deux mille livres, et, devant le refus de son patron, décide de se comporter

avec Voltaire et Rousseau, etc. Olavide s'évadera de son couvent-prison en 1781 et passera en France.

en véritable propriétaire. Après maintes filouteries de part et d'autre, et maints rebondissements spectaculaires, Beaumarchais doit en appeler au lieutenant de police Sartine pour arranger l'affaire en incarcérant le laquais, dénoncé par lui comme coupable de vol et de faux, accusé aussi... de tromper sa femme. Ces incidents, qui remontent jusqu'à Versailles, compromettent la réputation de Beaumarchais et n'arrangent pas des affaires déjà bien difficiles, car il faut verser à l'archevêque de Tours, quels que soient les résultats de l'exploitation, un peu plus de cent mille livres par an.

Cependant, Pâris-Duverney vieillissait. Il avait désigné comme légataire universel le comte de La Blache, son petit-neveu par l'une de ses sœurs. La Blache, maréchal de camp[1], homme d'une arrogance rare, quoique intelligent, haïssait Beaumarchais. La nature de l'aversion du petit-neveu est aussi mystérieuse que celle de l'affection du grand-oncle. « Je le hais, disait La Blache de Beaumarchais, comme un amant aime sa maîtresse. » Savait-il que Beaumarchais avait plaidé en vain pour que Pâris-Duverney laissât sa fortune à un autre de ses parents, Pâris de Meizieu ? En tout cas, il était légataire universel, mais montait bonne garde autour du vieillard dont les accès de faiblesse se multipliaient, obligeant Beaumarchais à des ruses de gamin amoureux pour communiquer avec Pâris. C'est à cette époque qu'il lui adresse des billets de ce style : « Comment se porte la chère petite ? Il y a longtemps que nous ne nous sommes embrassés. Nous sommes de drôles d'amants ! Nous n'osons nous voir parce que nous avons des parents qui font la mine : mais nous nous aimons toujours. » Il lui arrive aussi de regimber après réception d'une lettre anonyme insultante : « C'est ce chien de mystère qu'on veut que je mette à notre amitié qui m'attire ces horreurs. Mon ami, vous êtes la belle passion de mon âme, mais j'ai l'air de n'être que votre passion honteuse. Je ne veux plus de ces devoirs que si je m'en acquitte publiquement. » Et il ne cesse de demander la mise au net de leurs affaires.

Le règlement intervint le 1er avril 1770. Il liquidait dix années de collaboration. L'association pour l'exploitation de la forêt de Chinon était dissoute, Beaumarchais demeu-

1. Général de brigade.

rant seul dans l'affaire. Il remboursait au financier cent soixante mille livres, mais restait par ailleurs son créancier pour quinze mille livres. L'accord fut signé sous seing privé, chaque partenaire gardant un exemplaire. Pâris-Duverney s'était refusé à passer devant notaire ; Beaumarchais, qui le désirait fort, était malade et alité.

Le vieillard décéda le 17 juillet suivant.

La Blache, qui hérite plus d'un million de livres, refuse de rembourser à Beaumarchais sa créance de quinze mille livres. Il déclare que la signature de son grand-oncle a été contrefaite, en dépit des protestations des caissiers de Duverney qui l'affirment authentique. Beaumarchais eût volontiers renoncé à une somme aussi dérisoire. Il ne le peut plus : son honneur est en jeu. Procès devant l'Hôtel des Requêtes, juridiction de première instance compétente, s'agissant d'un homme exerçant les fonctions de juge au Louvre. La Blache demande l'annulation de l'acte sous seing privé « comme renfermant en lui-même preuves du dol ». Pour Beaumarchais, c'est un quitte ou double dont les termes ne se peuvent comparer. S'il gagne, il reçoit quinze mille malheureuses livres. S'il perd, il perd sa liberté, peut-être sa vie. Le prince de Conti va répétant dans les salons : « Beaumarchais payé ou pendu. » La cantatrice Sophie Arnould, bonne fille, et qui connaît son homme, ajoute : « S'il est pendu, la corde cassera. »

*
* *

Le soir du 23 décembre 1770, à la signature du contrat de mariage du duc de La Rochefoucauld, Choiseul présenta la plume à Louis XV. Le roi la lui arracha des mains avec, sur le visage, une expression si inhabituelle que le ministre se sut perdu.

Le lendemain matin, il reçut sa lettre d'exil : « J'ordonne à mon cousin le duc de Choiseul de remettre la démission de sa charge de secrétaire d'État et de surintendant des postes, et de se retirer à Chanteloup jusqu'à nouvel ordre de ma part. » Le duc de La Vrillière, chargé de délivrer la lettre au disgracié, avait reçu du roi ces instructions complémentaires : « Sans Mme de Choiseul, j'aurais envoyé son mari autre part, à cause que sa terre est dans son gouvernement ; mais il en usera comme s'il n'y était pas ; il ne verra que sa famille et que ceux que je permettrai d'y aller. » Le duc de Praslin était disgracié comme son cousin.

Versailles et Paris virent dans la chute de Choiseul le triomphe de la du Barry. Ce n'était pas faux. La favorite ne pouvait que souhaiter la perte d'un homme dont les entours l'abreuvaient d'humiliations publiques. Maintes fois, le roi avait demandé à son ministre de se modérer. Choiseul, pourtant d'une intelligence rare, et qui savait mieux que personne, depuis la Pompadour, l'empire que pouvait exercer une femme sur Louis XV, avait persévéré dans sa dangereuse guérilla. Quelque temps plus tôt, sa sœur, la duchesse de Gramont, enragée contre une favorite dont elle avait espéré la place, avait occupé avec ses amies tous les tabourets disponibles pour une représentation théâtrale au château de Choisy, où se tenait la cour ; la du Barry, ne trouvant où s'asseoir, s'était retirée. Le lendemain, Louis XV avait ordonné à la duchesse de quitter la cour.

Mais la favorite ne représentait que l'écume des choses, et Choiseul tombait pour des raisons plus substantielles, cristallisées par l'affaire des Malouines. L'archipel, reconnu par Bougainville en 1763, cédé en 1767 à l'Espagne, qui n'en fit rien, avait vu débarquer peu après des colons anglais. Ils fondèrent Port-Egmont. Les protestations de Madrid n'obtinrent qu'une réponse insolente des Anglais, qui se comportaient comme les propriétaires des îles nommées par eux Falkland. En juin 1770, le gouverneur espagnol de Buenos Aires envoya cinq frégates et des troupes. La garnison britannique de Port-Egmont fut capturée. Tension immédiate entre Londres et Madrid, qui entament des préparatifs de guerre. La France, en vertu du Pacte de famille, serait automatiquement entraînée dans le conflit.

Choiseul a tout au long de l'affaire une attitude équivoque. À ses débuts, quand le cabinet espagnol répugne à en découdre pour des îles si lointaines, il souffle sur le feu. Il est significatif que l'ambassadeur d'Espagne en France, Fuentes, lui répète qu'une guerre ne renforcerait pas, comme il le croit, sa position politique. Dumouriez, lorsque Choiseul lui avait exposé le plan qui devait conduire à l'embrasement européen, avait bien perçu lui aussi que le ministre, combattu au sein du cabinet par le contrôleur général Terray et le chancelier Maupeou, sentant poindre la disgrâce royale, espérait se rendre indispensable grâce à une guerre. Dans un second temps, Choiseul affecte de jouer les modérateurs, mais c'est que l'engrenage ne semble plus pouvoir être stoppé. À Madrid, le ministre des Affaires étrangères, Grimaldi, déclare à l'ambassadeur de France qu'il n'oserait conseiller à Charles III de céder sur les Malouines, « par crainte de se faire lapider par les Espagnols ». De Londres, d'Éon fait savoir que la guerre « est imminente » et propose de recruter de nouveaux informateurs, tant dans les cercles du pouvoir que dans ceux de l'opposition. En dépit de son attitude conciliatrice ostensible, Choiseul s'accommodait si bien de l'inéluctabilité de la guerre que, dans une lettre du 19 décembre à Grimaldi, il la prévoyait pour la fin du mois suivant et demandait à son collègue de lui préciser la date à laquelle l'Espagne saisirait les vaisseaux anglais relâchant dans ses ports, de manière à synchroniser la même opération en France. Il semble que c'est par l'abbé de La Ville, premier commis des Affaires étrangères, que Louis XV eut connaissance de la lettre à Grimaldi. Furieux, il lança à Choiseul : « Monsieur, je vous ai dit que je ne voulais pas la guerre. »

Le pacifisme viscéral du roi n'explique pas tout. En cas de conflit, quels seraient les soutiens de la France ? De ses alliées traditionnelles, l'une, la Turquie, va de désastre en déroute ; l'autre, la Pologne, est menacée dans son existence même ; la troisième, la Suède, se déchire en dissensions internes. L'Autriche ? Tout indique qu'elle regarde d'un autre côté. L'Espagne ? Entrée sur le tard dans la dernière guerre, elle y a perdu en un tournemain Cuba et les Philippines. Certes, les Choiseul ont réorganisé l'armée et la marine ; mais qui peut prétendre que la flotte de combat française se trouve en état d'affronter victorieusement celle d'Angleterre ? Même le comte de Broglie, qui ne pèche jamais par pessimisme, fait dépendre le succès de son grand projet d'une attaque prenant les Anglais par surprise, et non point mobilisés comme ils le sont depuis des mois à propos des Malouines. Quant à l'indispensable nerf de la guerre, est-il besoin de rappeler l'état des finances royales ?

Le renvoi de Choiseul marque une date dans l'histoire de France. Pour la première fois, la disgrâce d'un ministre déclenche un mouvement d'opinion. La rue de Richelieu, où il a son hôtel particulier, est embouteillée par les carrosses. On vend son portrait dans les rues, tandis que fleurissent de plus belle les chansons sur les seins de la du Barry, pour lesquels son amant affiche beaucoup de dévotion. Lorsque Choiseul quitte Paris pour sa terre de Chanteloup, en Touraine, les Parisiens l'acclament de leurs fenêtres et une foule accompagne son carrosse jusqu'à la barrière d'Enfer. Va-t-il disparaître comme tous les autres disgraciés dans le néant de l'exil, devenir ce pestiféré dont on ne prononce même plus le nom ? C'est le contraire. Puisque le roi a décidé qu'on ne le verrait pas sans sa permission, des courtisans, et des plus grands, sollicitent l'autorisation de se rendre à Chanteloup. Louis XV affecte de répondre avec dédain : « Faites comme vous voudrez. » Mais il sait que la fidélité témoignée au ministre déchu est en proportion inverse du respect porté à sa personne royale.

Choiseul, touché par un attachement où certains perdirent charges et emplois, fera construire à Chanteloup un édifice circulaire de sept étages, la Pagode, avec cette inscription gravée en lettres d'or : « Étienne François, duc de Choiseul, pénétré des témoignages d'amitié, de bonté, d'attention, dont il fut honoré pendant son exil par un grand nombre de personnes empressées à se rendre en ces lieux, a fait élever ce monument pour éterniser sa reconnaissance [1] ».

Charles de Broglie séjournait à Ruffec. Quatre jours après la disgrâce, le temps de recevoir la nouvelle et de brûler le pavé, il est à Paris. D'aucuns trouvèrent cet empressement un peu indécent, dont son amie Mme du Deffand, qui, choiseuliste de cœur, refusa de le recevoir. Mais quoi ! le départ des deux cousins libérait trois ministères — les Affaires étrangères, la Guerre et la Marine —, et l'antagonisme entre Choiseul et Broglie était à la fois si ancien et si évident que la chute du premier paraissait devoir entraîner automatiquement l'élévation du second. Dès septembre 1770, trois mois avant la disgrâce, mais la sentant venir, Marie-Thérèse avait écrit à son ambassadeur en France, le comte Mercy-Argenteau, une lettre recommandant à sa fille Marie-Antoinette et à lui-même de ména-

1. Ce monument à l'amitié est tout ce qui reste aujourd'hui du superbe Chanteloup.

ger les frères Broglie, dont elle prévoyait qu'ils pourraient bien succéder aux cousins Choiseul.

*

* *

Plus encore que la situation diplomatique de la France, compromise par la légèreté d'un Choiseul qui, après avoir voué la Pologne à l'anarchie quand il était encore possible de faire quelque chose pour elle, lui envoyait officiers, subsides et armes alors que tout semblait perdu, c'était l'état intérieur du royaume qui préoccupait Louis XV. Trois jours avant d'exiler Choiseul, il avait envoyé au roi d'Espagne une lettre confidentielle destinée à atténuer le choc que ne manquerait pas de produire le renvoi d'un ministre étroitement lié au cabinet espagnol : « Monsieur mon frère et cousin, Votre Majesté n'ignore pas combien l'esprit d'indépendance et de fanatisme s'est répandu dans mon royaume. La douceur et la patience m'ont conduit jusqu'à présent. Mais, poussé à bout, et les parlements s'oubliant jusqu'à oser me disputer l'autorité souveraine que nous ne tenons que de Dieu, je suis résolu à me faire obéir par toutes les voies possibles. Dans cette situation, la guerre serait un mal affreux pour moi et mes peuples, etc. » Charles III entendit l'appel et assoupit la querelle sur les Malouines.

La disgrâce de Choiseul tenait autant à la crise créée par la rébellion parlementaire qu'aux échecs de sa politique étrangère. Lié à la haute magistrature par connivence de caste, il avait systématiquement conseillé au roi la reculade à chaque épreuve de force avec les parlements. Or les choses en venaient au point où il ne serait plus possible de reculer sans tomber.

La machine infernale montée en Bretagne allait exploser. Pour tenter de la désamorcer, le roi avait interrompu les poursuites contre l'indomptable procureur général La Chalotais et ses amis : « Je ne veux pas trouver de coupables. » Mais, puisqu'ils n'étaient pas coupables, demandait le parlement de Rennes, au nom de quoi leur refusait-on leur réintégration ? Louis XV répondait qu'il avait ses raisons. Il ne pouvait pas expliquer que ces raisons consistaient dans le détournement par La Chalotais, à des fins évidentes de chantage, de ses lettres à son ancienne maîtresse, Mlle de Romans, mais son mutisme obligé permettait aux Bretons de crier au despotisme.

Après les péripéties procédurières habituelles, le parlement de Rennes attaqua en ouvrant le procès du duc d'Aiguillon, ancien commandant de Bretagne, accusé de subornation de témoins, et même soupçonné d'avoir tenté d'empoisonner La Chalotais. Un arrêt du Conseil interdit de procéder. Mais d'Aiguillon, outré par les calomnies qui le salissaient depuis cinq ans, désirait de son côté un procès dont il entendait tirer une justification éclatante. Le Conseil des Dépêches, compétent pour les affaires intérieures, le lui accorda, malgré l'avertissement de Louis XV : « Vous le voulez ? J'y consens, mais vous verrez ce qui en arrivera. » D'Aiguillon étant duc et pair, l'affaire serait vidée devant le parlement de Paris siégeant en cour des pairs.

Les dépositions des témoins à charge firent une impression déplorable : leçons apprises, contradictions, on-dit recueillis de troisième main. L'acquittement de d'Aiguillon devenait inévitable quand un jeune conseiller au parlement de Rennes fournit un témoignage aux conséquences ravageuses. Selon lui, l'un des deux commissaires chargés d'instruire contre La Chalotais — Calonne ou Le Noir — avait déclaré à d'Aiguillon que, quelle que fût l'issue de la procédure, le roi voulait la tête du magistrat breton. L'audace parlementaire pratiquait systématiquement la surenchère, mais c'était cette fois monter la barre très haut, et même au plus haut, puisque le roi en personne se trouvait impliqué. Il décida d'arrêter le procès, au grand dépit de d'Aiguillon et à la rage des magistrats. Le parlement de Paris répliqua en excluant l'ancien commandant de Bretagne de la pairie jusqu'à ce qu'il se fût « pleinement purgé des faits et soupçons qui entachent son honneur », arrêt repris, en vertu de l'« union des classes », par les parlements de Bordeaux, Toulouse, Metz, Rouen et Rennes. Parvenues à ce degré d'incandescence, les hostilités entre la Couronne et la magistrature devaient nécessairement se conclure par la défaite de l'une ou de l'autre.

René-Nicolas de Maupeou, fils de magistrat et magistrat lui-même, était chancelier depuis un an. Petit homme noir, très laid, le teint bilieux, avec des sourcils broussailleux et des yeux exorbités — « le visage le plus ingrat sur lequel il soit loisible de cracher » —, bœuf-tigre par excellence, car l'un des principaux responsables de l'assassinat légal de Lally-Tollendal et du chevalier de La Barre ; mais intelligent, travailleur infatigable, courageux, opiniâtre, et surtout possédant au plus haut degré le sens de l'État. Il avait fait nommer au contrôle général des finances l'abbé Terray, géant aussi laid que lui, la physionomie aussi sinistre — « Voilà l'abbé qui rit : est-il arrivé malheur à quelqu'un ? » —, prêtre scandaleux par ses débauches, mais les mêmes vertus que Maupeou : rigueur implacable et dévouement à la chose publique.

Le chancelier prit un édit interdisant aux parlements d'invoquer l'« union des classes », de se mettre en grève et de réitérer leurs remontrances après que le roi eut ordonné l'enregistrement. Le parlement de Paris refusa d'enregistrer. Au lit de justice subséquent, Louis XV, par la bouche de Maupeou, répéta les principes énoncés, quatre ans plus tôt, lors de la fameuse « séance de la Flagellation ». Le parlement interrompit son service. Par cinq fois, il refusa de le reprendre, ou n'y consentit qu'en marquant qu'il n'accepterait jamais l'édit de Maupeou. Dans la nuit du 19 au 20 janvier 1771, un peu plus de trois semaines après le renvoi de Choiseul, deux mousquetaires tirent chaque magistrat de son lit et lui demandent de répondre par « oui » ou par « non » à une sommation de reprendre le service. Trente-huit acceptent. Les autres sont dispersés à travers la France. Du coup, les trente-huit reviennent sur leur acceptation et sont à leur tour éloignés de Paris. Jusque-là, rien que de très classique : la France avait vu maintes fois la même représentation, dont l'épilogue immanquable était le retour triomphal des exilés.

Sans se laisser déconcerter par une unanimité à laquelle il ne s'attendait pas, Maupeou improvise un Parlement intérimaire avec les conseillers d'État et maîtres des requêtes. Mais la justice reste en panne, de manière toujours très classique, à cause de la grève de solidarité aussitôt déclenchée par les avocats. Les princes du sang, Conti en tête, s'agitent. Les parlements de province se mobilisent. Dès février, le chancelier, impavide, fait enregistrer par le Parlement intérimaire son édit et une série de réformes longuement mûries qui restructurent en profondeur l'institution judiciaire.

Premier point, évidemment capital : les juges cessent d'être propriétaires de leur charge. Ils ne l'achèteront plus, mais seront nommés et payés par le roi. En revanche, et pour préserver leur indépendance, ils seront inamovibles. La justice devient gratuite pour le justiciable, qui n'aura plus à payer ses juges en leur versant les cadeaux nommés *épices*. Le ressort du parlement de Paris, qui couvrait plus du tiers de la France, est démembré entre cinq Conseils supérieurs siégeant à Lyon, Poitiers, Châlons, Clermont-Ferrand et Blois. Enfin, une série de juridictions archaïques empiétant les unes sur les autres sont supprimées. Un délai de six mois est ouvert aux magistrats pour le remboursement de leur charge.

Les opposants espéraient que le chancelier ne trouverait pas assez de juges pour garnir ses nouvelles juridictions. Il éprouva de fait beaucoup de déconvenues. Mais le personnel judiciaire était en France pléthorique ; des récalcitrants s'adoucirent ; les avocats se lassèrent de leur grève : cahin-caha, la justice redémarra.

Le 13 avril 1771, Maupeou, dans un grand déploiement de forces militaires, intronisa le nouveau parlement de Paris. « Son visage était calme, note un témoin, l'abbé Georgel, ses regards annonçaient la plus grande confiance et une entière satisfaction. » Il indiqua aux magistrats leurs devoirs et surtout les limites de leurs droits. « Je me rappelle encore, écrit Georgel, la sensation vive et profonde que firent ces mots prononcés avec le ton de l'autorité : “Ici finit votre ministère.” » Victor-François de Broglie, présent en sa qualité de duc et pair, dit à Maupeou à la fin de la cérémonie : « Monsieur le chancelier, jamais je ne vous ai vu si radieux et si calme. — Comme vous, monsieur le maréchal, un jour de bataille », répondit Maupeou.

Alors que chaque victoire des parlementaires avait suscité la liesse populaire, leur défaite laissa l'opinion publique indifférente. Les explications ne manquent pas. Le caractère raisonnable des réformes du chancelier devait séduire toute personne sensée. Qui pouvait regretter les épices ? Quel justiciable résidant à Lyon ou à Poitiers eût regretté le long et coûteux voyage à Paris pour suivre son procès en appel ? Les philosophes avaient révélé le vrai visage d'une magistrature imbue de son esprit de caste, égoïste, injuste jusqu'à la cruauté. D'Alembert voyait les juges « abrutis par l'esprit intolérant et persécuteur » et les disait « ni magistrats ni même citoyens ». Si l'on ne peut mesurer avec exactitude l'effet produit dans l'opinion par les éclatantes campagnes de Voltaire pour Calas, Sirven et La Barre, victimes de la barbarie judiciaire, il ne fait aucun doute qu'elles avaient anéanti chez beaucoup le prestige des bœufs-tigres. Mais l'explication la plus évidente de l'inertie de l'opinion publique réside dans la conviction largement partagée que le trône, une fois de plus, finirait par reculer devant la basoche : on attendait le dernier acte.

Les plus sérieuses résistances vinrent de la haute noblesse. Les princes du sang refusaient en bloc la réforme, à l'unique exception du comte de La Marche, fils du prince de Conti ; mais c'est qu'il prenait systématiquement le contre-pied de son père. Louis XV interdit aux princes de paraître à la cour. Ils finirent par revenir l'un après l'autre, la queue basse. Conti, que Louis XV n'appelait plus que « mon cousin l'avocat », resta seul sous sa tente ; « il n'eut garde, écrit le fielleux Besenval, de ne pas se faire l'âme du parti de l'opposition : il n'en avait pas d'autre à prendre pour être cité ; et le reste de femmes qu'il tenait à sa pension, ainsi que celles à qui il donnait du thé le dimanche, l'appelèrent le défenseur de la patrie ». Maints seigneurs, par solidarité de caste avec la noblesse de robe, combattirent les juridictions nouvelles, dont les magistrats, accusés d'être fils de barbier ou de domestique, furent vilipendés par une campagne de libelles d'un volume et d'une violence rares : quatre cents pamphlets pour la seule Normandie. Beaucoup d'ex-magistrats restaient enfin sous les armes. Trois ans après la réforme, deux membres sur trois de l'ancien parlement de Paris avaient préféré perdre leur capital plutôt que de demander le remboursement de leur charge ; à Rouen, ils n'étaient que dix à s'être fait rembourser. Les irréductibles, certains de gagner, comme toujours, la dernière manche, attendaient de pied ferme leur inévitable rappel.

Cette fois, ils se trompent. Au cours d'un règne empâté de tant de léthargie et d'indécision, il est au moins deux choix sur lesquels Louis XV n'est jamais revenu : l'alliance autrichienne — « c'est mon ouvrage » — et le renvoi des parlements : « Je ne changerai jamais. »

XVIII

Le 26 janvier 1771, un mois après le renvoi des Choiseul, le marquis de Monteynard est nommé secrétaire d'État de la Guerre. Un duo Broglie ne succédera donc pas à la paire Choiseul-Praslin. Presque septuagénaire, militaire de carrière, Monteynard, personnage dénué de relief, doit son entrée dans le ministère au prince de Condé, qui a prêté la main à la chute des Choiseul à condition qu'on nommerait son protégé à la Guerre. Mauvais augure pour les Broglie que cette influence de Condé sur le roi. Le prince hait le maréchal, et son frère par voie de conséquence, depuis la fatale bataille de Fillingshausen. Le lecteur se rappelle que Victor-François, qui avait engagé prématurément le combat, se plaignait de ce que Soubise ne l'eût pas secouru. Condé, placé au centre du dispositif français, reprochait à Victor-François d'avoir « jeté du louche » sur sa conduite dans ses rapports. Avec la célèbre bénignité broglienne, le maréchal lui avait rétorqué que la chose était impossible puisqu'il n'avait pas une seule fois cité son nom, ce qui revenait à dire que Condé était quantité négligeable. Le prince ne pardonnera jamais.

En février pourtant, retour du balancier : Louis XV donne à Victor-François le gouvernement des Trois-Évêchés. Ce n'est pas rien. Appuyée sur Toul et Verdun, Metz est la capitale militaire de la France. Trente mille habitants, dont dix mille soldats, vivent serrés dans ses fortifications. Les plus belles casernes d'Europe. Son gouvernement, vaste camp de manœuvre, forme un cadre idéal pour le caractère spartiate du petit maréchal.

Les ministères des Affaires étrangères et de la Marine restent vacants. Le roi charge le duc de La Vrillière d'assurer l'intérim des Affaires étrangères. Ce La Vrillière, qui a porté avec plaisir sa lettre d'exil à Choiseul, n'est autre que le comte de Saint-Florentin, secrétaire d'État depuis exactement quarante-cinq ans, d'abord de la RPR (religion prétendue réformée — les protestants), puis de la Maison du Roi. Il vient d'être créé duc de La Vrillière parce qu'il est l'oncle du duc d'Aiguillon et que le roi a voulu marquer par cette faveur son soutien à l'ancien commandant de Bretagne poursuivi par la calomnie. À soixante-cinq ans, déjà surchargé de besognes, routinier depuis le temps qu'il gouverne la maison du roi, La Vrillière n'est pas homme à s'accrocher à un intérim écrasant.

Il faut imaginer l'état d'esprit de Charles de Broglie. La chance qu'il attend depuis si longtemps se trouve à portée de sa main. Après tant de travaux obscurs, projets avortés, couleuvres avalées, voici l'occasion de sortir des coulisses pour accéder au pouvoir. Ses talents vont trouver enfin à s'épanouir au lieu de végéter dans l'obscurité. Ses idées, ses réflexions, il ne les exposera plus dans des lettres que le roi lit sans presque jamais y répondre : elles deviendront dépêches officielles remuant jusqu'au fond de l'Europe les agents diplomatiques chargés d'exécuter sa politique. La Pologne sauvée — enfin, ce qui peut l'être. La préparation de la revanche sur l'Angleterre remise en chantier et menée à bien. L'influence de la France restaurée. Charles se croit mieux armé que quiconque pour accomplir la tâche. Il se consacre à la diplomatie depuis dix-huit ans. Il jouit depuis le même temps de la confiance particulière du roi. Quel autre candidat pourrait présenter des titres supérieurs aux siens ? Il doit songer à son ami Jean-Pierre Tercier, qui avait tant espéré pour lui ce fauteuil de secrétaire d'État. Le moment est venu.

Il fait feu des quatre fers. Proposition au roi de l'informer sur les affaires intérieures. Louis XV lui accorde cette insigne marque de confiance : « Je vous permets de m'écrire ce que vous croirez convenable pour le bien de mon service intérieur et extérieur. » Longues lettres sur l'évolution de la crise parlementaire. Charles se range fermement du côté de ceux qui félicitent Maupeou d'être allé reprendre, comme on dit alors, « la couronne consignée au greffe du Parlement ». Il incite le roi à faire connaître l'irrévocabilité de sa décision. Et, dès le 14 janvier, cette allusion entre deux développements sur les affaires parlementaires : « Si j'ose continuer, Sire, de mettre sous vos yeux les propos et les opinions publics, je dois vous dire combien on est impatient de voir sur qui tombera le choix de Votre Majesté pour les deux ministères qui restent à remplir. On désire ardemment qu'ils soient confiés à des sujets qui ne soient d'aucun parti, etc. » L'honneur des Broglie est de n'appartenir à aucun parti ; c'est aussi leur problème. Ils ont quelques fidèles et beaucoup d'ennemis. Parmi ces derniers, le prince de Condé, bien sûr, dont le puissant Maupeou passe pour être la créature. Mais Charles tremblerait s'il lisait la dépêche expédiée par Mercy-Argenteau à l'impératrice-reine, le 25 février. L'ambassadeur écrit de lui que l'hostilité du prince de Soubise « semble lui fermer absolument l'entrée dans le ministère et on tient pour certain qu'il n'y sera pas admis ». Soubise, le rival de son frère, l'homme le plus proche du roi, son ami dans la mesure où l'on peut être ami de Louis XV. Les haines recuites de la guerre de Sept Ans frappent par ricochet notre pauvre comte.

Charles informe même sur les affaires ecclésiastiques, approuvant la disgrâce du choiseuliste Jarente, évêque d'Orléans, homme de mauvaises mœurs, oncle de cette marquise de La Croix qui avait réjoui le séjour madrilène de Beaumarchais. Charles pousse le zèle jusqu'à proposer quelques dignes prélats de sa connaissance susceptibles de remplacer l'évêque sanctionné, qui tenait l'importante feuille des bénéfices.

Mais ses lettres réitèrent surtout cette évidence : la vacance du secrétariat des Affaires étrangères ne peut pas durer. L'Europe est grosse d'événements. Dès le 20 janvier : « On ne peut pas se dissimuler que le démembrement de la Pologne ne soit projeté et même concerté entre les cours de Vienne, de Berlin et de Pétersbourg. Il est même probable que c'est à cette condition qu'on a promis à Stanislas-Auguste de le maintenir sur le trône [1]. » Or « nous n'avons de ministre ni à Pétersbourg, ni à Berlin, ni à Stockholm, ni à Dresde, et seulement à Vienne un par intérim et dénué d'instructions. Comment, avec cela, serait-il possible que toute la machine politique ne fût pas entièrement dérangée ? Et Dieu veuille qu'il n'arrive pas des événements destructifs de tout le système actuel. En politique comme en amitié, il faut beaucoup de suite, et même ce qu'on appelle les petits soins, sans quoi les unions se refroidissent et finissent par se dissoudre entiè-

1. Broglie a écrit : « ... les cours de Vienne, de Berlin et de Varsovie ». Varsovie est évidemment un *lapsus calami.*

rement. » Tel est le risque à Vienne, où Durand demande à cor et à cri des instructions et un ambassadeur. Charles prophétise (il sera, hélas, justifié) : « Je crains que M. le prince de Kaunitz ne se prévale de cet air de négligence de notre part pour ne rien communiquer, et il excusera dans la suite son silence sur celui dont nous lui donnons l'exemple. » Charles a raison de dénoncer la paralysie totale de la diplomatie française. La Vrillière n'expédie pas même les affaires courantes. Saint-Priest, ambassadeur à Constantinople — capitale devenue essentielle depuis la guerre russo-turque —, écrira dans ses Mémoires qu'il n'a pas reçu la moindre instruction pendant les six mois de l'intérim de La Vrillière.

Le 17 mars, Mercy-Argenteau écrit à Marie-Thérèse : « Le choix du ministre des Affaires étrangères semble rouler maintenant sur le duc d'Aiguillon ou sur le comte de Broglie. »

*
* *

D'Aiguillon n'a aucune expérience diplomatique. Étant entendu que personne ne pouvait réussir en Bretagne, son caractère cassant et mesquin n'a fait qu'envenimer les choses. Le roi ne l'aime pas, peut-être parce qu'il est difficile d'aimer un sujet envers lequel on a le sentiment de s'être mal conduit. Trente ans plus tôt, il a soufflé à d'Aiguillon Marie de La Tournelle, future duchesse de Châteauroux. D'Aiguillon l'aimait passionnément. Choiseul, qui avait ensuite fait avec l'amant bafoué la campagne d'Italie, se souvenait encore dans son exil de « sa rage contre le Roi », de sa joie aussi quand Louis XV était tombé si malade à Metz qu'on l'avait cru perdu, ce qui aurait rendu à d'Aiguillon la femme qu'il continuait d'aimer tout en la traitant publiquement de putain. De pareils souvenirs peuvent mettre du froid dans les rapports humains. Plus récemment, Louis XV, par sa décision d'arrêter le procès devant la cour des pairs, avait privé d'Aiguillon de la justification qu'il en attendait, et le duc remâchait l'amertume de ce dénouement en queue de poisson qui, comme aurait dit le prince de Condé, jetait du louche sur sa conduite.

Mais d'Aiguillon dispose de puissants appuis à la cour. Son oncle La Vrillière, détenteur depuis si longtemps du poste clef qu'est la maison du roi ; Richelieu, son parent, décrépit mais toujours sur la brèche ; la comtesse du Barry surtout, avec laquelle il a noué une alliance fondée sur une haine partagée. Choiseul, qui voyait en d'Aiguillon un rival possible, avait en effet soutenu contre lui ses pires ennemis, y compris La Chalotais.

Charles de Broglie fréquente la favorite. Il lui arrive d'assister à ses soupers intimes. Il n'épouse cependant pas sa cause comme le fait d'Aiguillon ; or, dans ce genre d'affaires, ne point se donner totalement, c'est ne pas se donner du tout. Choiseul, cynique, mais sachant la cour et ses mœurs, avait suivi la Pompadour jusque dans ses aberrations, ne pipant mot quand elle poussait à la tête de l'armée des incapables, tel Soubise, avec pour conséquence la défaite assurée. Charles ne peut pas. Quelle maladresse aussi ! Si notre hypothèse est la bonne, s'il a délibérément avoué le Secret à la du Barry, admirez sa balourdise... Dans sa lettre au roi, il s'honore d'avoir intimé par deux fois à la maîtresse la consigne de garder bouche cousue : c'est deux fois de trop. Cette façon encore de souligner à la comtesse qu'elle jouit d'une confiance royale dont fut privée la Pompadour : une femme aimée imagine-t-elle qu'une autre ait pu l'être autant qu'elle ?

Cet homme est décidément inapte à un métier de courtisan qui s'accommode mal du sens de l'État. Il ne sait pas fermer les yeux, au moins se mettre des œillères. Trop de rigueur et de morale. En cette période cruciale où, dans l'attente de l'événement qui risque de changer sa vie en destin, il devrait brider ses indignations, faire patte de velours, il ne peut s'empêcher de prendre feu et flamme. Voyez l'affaire d'Amerval. Charles apprend que l'abbé Terray, ministre de la Marine par intérim, va créer un corps d'infanterie de marine de neuf mille hommes confié à un comte d'Amerval sans aucune expérience militaire et dont le seul mérite consiste à épouser la « nièce » de Terray. Nièce est un euphémisme : chacun sait que la demoiselle, âgée d'une douzaine d'années, est la fille de l'abbé et de sa maîtresse, Mme de La Garde. Détail piquant : elle épouse son oncle, d'Amerval étant le frère de Mme de La Garde. Ces arrangements familiaux ne changent rien au fait que Terray forme avec Maupeou l'équipe de combat dont a besoin le roi. Charles ne voit que le scandale de la prochaine nomination d'un d'Amerval incompétent : « Ce serait en vérité perdre tout et se jouer des affaires et du service de Votre Majesté d'en user ainsi. » Avec un tel Caton au gouvernement, la vie deviendrait impossible.

Il ne sait même pas utiliser convenablement ses atouts. Tout ce qui a été Choiseul se retrouve victime d'une manière de chasse aux sorcières. Charles, dont les titres antichoiseulistes ne le cèdent à personne, s'indigne quand l'épuration frappe des sujets de valeur. Ainsi lorsque Monteynard, nouveau ministre de la Guerre, limoge Gribeauval, nommé par les Choiseul : « L'artillerie, écrira Charles, qui commençait à être mise sur un bon pied par le meilleur officier d'artillerie de l'Europe, vient d'être ôtée récemment de ses mains pour être confiée à un homme qui s'empresse de détruire tout ce qu'a fait son prédécesseur... » C'est naturellement à propos du baron de Breteuil, son agent, qu'il regimbe le plus. Choiseul, ami de Breteuil, l'avait fait désigner, le 22 février 1770, pour l'ambassade de Vienne. Plus d'un an a passé et l'ambassade reste vide. Aux instances de Broglie, le roi répond sans fard que Breteuil ne partira pas pour Vienne si ce départ devait signifier « un triomphe pour le parti Choiseul ». L'avertissement n'empêche pas Charles de protester contre le sacrifice d'un homme de valeur « à des animosités personnelles ». Il ira jusqu'à plaider devant la du Barry en faveur de Breteuil, mais sans parvenir à ébranler le veto royal.

Le duc de Croÿ note dans son journal : « La comtesse [du Barry] faisait l'impossible pour faire nommer le duc d'Aiguillon ministre. On parlait aussi du comte de Broglie, qui était craint ; mais le Roi, voyant les partis aigris, ne put se déterminer et ne nomma à rien... »

Broglie ou d'Aiguillon ?

Broglie, puisque d'Aiguillon quitte la partie. Il vient l'annoncer lui-même à son compétiteur dans les premiers jours de mars. Les deux hommes se connaissent bien et ont de l'estime l'un pour l'autre. Grâce aux reconnaissances de La Rozière sur les côtes de France, Charles a pu apprécier l'excellent travail accompli par d'Aiguillon pour améliorer les routes bretonnes. Il écrivait en 1768 : « V.M. remarquera peut-être ce qu'à l'article de la défense de la Bretagne je dis des services rendus par M. le duc d'Aiguillon. J'aurais été, Sire, plus prolixe sur cet article, en lui rendant la justice qu'il mérite, si je n'avais pas craint que cette apologie ne parût affectée. »

Jouant cartes sur table, d'Aiguillon annonce à Charles qu'il n'espère plus obtenir les Affaires étrangères. Toutes les instances de la comtesse du Barry ont été rebutées par « la résistance invincible » du roi ; à sa dernière démarche, elle a même reçu « un refus formel ». D'Aiguillon croit qu'il doit son échec aux mauvais offices du prince de Condé. Mme du Barry, faute de pouvoir pousser son favori au ministère, serait en principe disposée à plaider pour la candidature de Charles, mais Condé lui propose une réconciliation complète à condition qu'elle s'abstienne de soutenir les frères Broglie, que le prince tient pour « ses plus cruels ennemis ». D'Aiguillon est venu informer Charles « par amitié » et pour le « mettre à portée d'agir vis-à-vis de madame du Barry et contre M. le prince de Condé autant qu'il serait possible ».

Cette bonne manière serait accueillie avec empressement par n'importe quel autre courtisan, ravi autant qu'étonné de voir son rival malheureux venir l'éclairer sur la stratégie à suivre. Mais, au lieu de se précipiter dans le boudoir de la favorite, le vertueux Charles, à qui d'Aiguillon a pourtant demandé le secret, rend compte sans tarder au roi : « Je lui ai répondu, Sire, que, dès le premier moment de la vacance des ministères, je m'étais résolu à attendre avec respect ce qu'il plairait à Votre Majesté de faire de moi ; que je serais au désespoir d'employer aucune recommandation pour obtenir des places qu'on ne doit accepter qu'en tremblant ; que je serais très flatté que madame du Barry eût assez bonne opinion pour le désirer, mais que jamais je ne lui témoignerais aucune prétention, ni ne lui ferais aucune sollicitation à cet égard. » Quant à Condé, animé par sa vindicte contre le maréchal de Broglie, « je n'ai rien à opposer à sa mauvaise volonté ».

Louis XV ne répond pas.

Le 6 avril, Bourgeois de Boynes est nommé au secrétariat d'État de la Marine. Signal de mauvais augure pour Charles, car cette nomination signifie que la compétence ne compte pas. On ignore si le nouveau ministre a jamais mis les pieds sur un bateau. Juriste éminent, son entrée dans le ministère récompense l'aide qu'il a apportée à Maupeou dans la préparation de son coup d'État contre les parlements.

L'intérim dure depuis quatre mois. La Vrillière renvoie les ambassadeurs étrangers à la nomination toujours imminente et sans cesse retardée d'un ministre titulaire. Les diplomates français en poste restent sans instructions. Charles multiplie les avertissements au roi : la situation ne peut s'éterniser ! Il faut à la France un secrétaire d'État des Affaires étrangères ! Et puis, tant qu'à faire, un homme qui appartienne uniquement à Sa Majesté, un homme « indépendant des princes qui, dans les temps de fermentation, sont encore mille fois plus dangereux », un homme imprégné des bons principes et capable d'épauler au sein du Conseil un Maupeou dont les réformes resteront fragiles « tant qu'on les regardera comme l'ouvrage d'un seul homme ». Est-ce assez clair, à la fin des fins ?

*
* *

Si Breteuil est en rade, Charles de Broglie parvient en revanche à caser Vergennes, que nul ne peut soupçonner de choiseulisme.

Gustave, prince royal de Suède, effectuait un séjour officieux en France depuis le 4 février. Il tombait mal : le coup d'État de Maupeou accaparait les esprits. Mais le prince, âgé de vingt-cinq ans, aima tant Paris et Versailles qu'on aurait eu mauvaise grâce à ne point l'apprécier. Petit, le visage asymétrique, les dents affreuses, l'épaule un peu étroite, la hanche un peu ronde, il rachetait son physique ingrat par beaucoup d'esprit et de séduction, à la manière de son oncle, Frédéric de Prusse, frère de la reine de Suède. Il devint en une semaine la coqueluche des salons. Il sut s'affliger du renvoi de Choiseul et fréquenter chez d'Aiguillon, offrir un collier de diamants au petit chien de la du Barry, dîner avec les ducs et souper avec les écrivains chez Mme du Deffand (elle écrit à la duchesse de Choiseul, en s'étonnant du retard mis à la nomination d'un nouveau ministre des Affaires étrangères : « On ne doute nullement que ce ne soit M. d'Aiguillon. De deviner pourquoi ces délais, cela est difficile ») ; mais Gustave réussit surtout à intéresser Louis XV, qui eut avec lui plusieurs entretiens.

Le 1er mars, à quelques jours de l'entrevue entre Broglie et d'Aiguillon, Gustave est à l'Opéra dans la loge de la comtesse d'Egmont, trente ans, fille du maréchal duc de Richelieu. Il n'est bruit que du coup de foudre entre le prince et la comtesse, dont le mari s'intéresse principalement à la stratégie. La porte de la loge s'ouvre sur un émissaire de l'ambassade de Suède au visage défait. Il vient annoncer au prince la mort de son père, le roi Adolphe-Frédéric, foudroyé par une attaque alors qu'il jouait aux cartes. On verse des larmes. Jeanne d'Egmont se ressaisit la première : « Sire, la liberté, le bonheur d'un peuple sont maintenant entre vos mains. Au nom de notre amitié, soyez clément et généreux. Régnez par la séduction, jamais par la force ou la violence. » Gustave, désormais Gustave III, lui baise les mains. C'est le ton de leurs amours.

Le nouveau roi de Suède resta encore trois semaines en France. Selon toute vraisemblance, il attendait que fût désigné le nouveau ministre des Affaires étrangères pour prendre langue avec lui. Il dut partir avant sa nomination. Les nouvelles inquiétantes venues de son royaume l'obligèrent aussi à renoncer au pèlerinage de Ferney, dont il se promettait beaucoup. Il nourrissait pour Voltaire une admiration sans bornes. Au cours d'un dîner parisien, il avait rompu des lances avec Victor-François de Broglie, qui tenait l'écrivain pour un homme dangereux exerçant la plus déplorable des influences. « Le maréchal, écrit le baron Grimm, commère de l'Europe, dut battre en retraite. » Voltaire s'affligea de ne pouvoir ajouter ce monarque à sa collection et le lui dit en très mauvais vers :

Gustave, jeune roi, digne de ton grand nom,
Je n'ai donc pu goûter le plaisir et la gloire
De voir dans mes déserts, en mon humble maison, etc.

Le morceau se terminait par un « jeune héros du Nord » qui, après Frédéric de Prusse et Catau de Russie, faisait de Gustave la troisième merveille issue des glaces nordiques aux yeux d'un homme qui avait toujours froid.

La séparation d'avec la comtesse d'Egmont fut douloureuse, mais les deux amants avaient au moins la certitude de ne pas se consumer dans la frustration de leurs sens inassouvis, car leur passion était restée platonique. Gustave, dont la mère déplorait « les vices cachés », respectait scrupuleusement la virginité de son épouse, une princesse de Danemark. Il la respecta onze ans. À la fin, pressé par ses conseillers d'assurer sa postérité, il mobilisa son écuyer, le major Munck, un très beau garçon, pour la difficile entreprise ; les historiens disputent sur le point de savoir si Munck fit le principal ou se borna au rôle de boute-en-train ; en reconnaissance du service rendu, Gustave fit sculpter un groupe en marbre de Castor et Pollux représentés sous ses traits et ceux de son camarade de combat. Quant à la malheureuse Jeanne d'Egmont, elle devait décéder, trois ans après la séparation, de la tuberculose qui la minait déjà. Elle avait eu entre-temps avec Beaumarchais une aventure certainement plus substantielle.

Si Gustave dut annuler sa visite au prince de l'Europe intellectuelle, il ne manqua pas de faire le détour de Berlin pour saluer le plus fameux des rois, son oncle Frédéric. Enveloppé de séductions, il garda la tête froide et réussit même à donner le change à son redoutable interlocuteur, qui écrivit après son départ à la czarine qu'il ne se passerait rien en Suède. Mais Gustave écrivait de son côté à Louis XV : « Je me suis aperçu, d'ailleurs, d'une liaison fort étroite entre ce prince et l'empereur [Joseph II]. Votre Majesté peut être persuadée qu'elle mérite la plus grande et la plus sérieuse attention. Aussitôt que je serai à Stockholm, je me flatte de trouver l'ambassadeur de Votre Majesté. Je lui confierai là-dessus des particularités que je ne puis faire entrer dans une lettre non chiffrée. » De la part d'un homme encore jeune et dénué d'expérience, c'était faire preuve d'une perspicacité supérieure à celle de diplomates blanchis sous le harnois, y compris le ministre de France par intérim à Vienne, notre très chevronné Durand.

Puis Gustave traversa la Baltique pour aller s'asseoir sur le trône le plus branlant d'Europe après celui de Stanislas-Auguste Poniatowski.

*

* *

Charles XII, fléau de son pays selon Saint-Simon, avait dégoûté la Suède des rois. Elle était sortie exsangue de son épopée militaire. Même les sujets les plus soumis devaient s'agacer des procédés du roi, qui, supplié de rentrer enfin dans son royaume, avait expédié l'une de ses bottes pour présider à sa place les séances du Sénat. À sa mort, la nation avait imposé des règles constitutionnelles réduisant à si peu de chose les pouvoirs du souverain qu'on aurait pu se croire en Pologne, y compris pour le vocabulaire. Une diète élue et réunie tous les trois ans. Mais, contrairement à la Pologne, où seule l'innombrable noblesse jouit d'une existence politique, la diète suédoise rassemble les états, c'est-à-dire les représentants des quatre ordres : noblesse, clergé, bourgeoisie, paysannerie. Dans l'intervalle des diètes, qui durent beaucoup plus que les trois mois réglementaires, un Sénat de seize membres gouverne de fait le pays. Les seize sénateurs sont choisis par le roi sur une liste votée par la diète. Voilà qui est simple et agréablement démocratique. Dans la pratique, les choses se compliquent. Chaque diète élit en son sein de puissants comités secrets chargés d'examiner les affaires dites ministérielles ; les paysans en sont exclus. On vote par ordre et non par tête. Si deux ordres s'opposent à deux autres, blocage. Quand il s'agit de modifier les droits appartenant à telle ou telle classe, l'unanimité est nécessaire, car trois ordres ne peuvent porter atteinte aux prérogatives du quatrième sans son assentiment. En l'absence d'unanimité, blocage. Tant et si bien qu'une Constitution sympathique sur le papier aboutissait, pour les observateurs les moins suspects de complaisance envers le despotisme, à une situation anarchique. L'anarchie suédoise était alors chose aussi convenue que la polonaise.

Pour compliquer le tout, la nation se partageait entre deux partis recrutant dans tous les ordres, mais de façon inégale. Le premier, dit des Chapeaux, voulait donner le pouvoir au Sénat ; ses soutiens se comptaient surtout dans la noblesse et le clergé. Le second, dit des Bonnets, voulait la diète souveraine ; il recrutait essentiellement dans la bourgeoisie et chez les paysans. L'un et l'autre prospéraient grâce aux subsides étrangers. La France finançait le parti des Chapeaux, appelé aussi, comme en Pologne, parti patriote, ou patriotique. La Russie, de concert avec l'Angleterre et la Prusse, soutenait les Bonnets avec une efficacité sans cesse grandissante. La conjonction du désordre intérieur et des manipulations extérieures pouvait laisser envisager le pire : un démembrement de la Suède [1]. Le lecteur se souvient du traité de 1764 [2] par lequel Frédéric et Catherine

1. Rappelons que la Suède possédait alors la Finlande, considérée avec intérêt par la Russie, et la Poméranie suédoise, que guignait Frédéric.

2. Cf. *supra* p. 99.

étaient convenus de mettre Poniatowski sur le trône de Pologne et dont une clause secrète prévoyait que les cosignataires n'admettraient aucune modification de la Constitution polonaise, dont le caractère anarchique servait si bien leurs desseins : une clause identique figurait pour les institutions suédoises. En 1766, une alliance défensive entre Russie et Danemark prévoyait de la part des deux contractants une action commune visant à entretenir le désordre dans la diète suédoise. En 1769, Frédéric et Catherine s'accordaient par un nouveau traité pour empêcher le rétablissement de la souveraineté royale à Stockholm. Toujours en 1769, Russie et Danemark décidaient que toute réforme, même partielle, de la Constitution suédoise serait considérée comme une agression. Le processus de déstabilisation qui avait mis la Pologne à genoux était donc appliqué à la Suède avec le même cynisme tranquille.

Quand les écailles lui tombèrent enfin des yeux, Choiseul vit qu'un désastre identique menaçait les deux alliées traditionnelles de la France. Sa volte-face fut aussi radicale pour la Suède que pour la Pologne. Il enjoignit au baron de Breteuil, ambassadeur à Stockholm, de s'employer à rétablir l'autorité royale et d'en finir avec une Constitution « métaphysique, démocratique et platonique » qui ne pouvait convenir qu'à « des peuples composés de véritables sages de la Grèce ». Le baron dépensa un million huit cent mille livres pour se gagner la diète de 1766. Catherine surenchérit et ce furent les Bonnets qui l'emportèrent. Adolphe-Frédéric, homme de peu d'énergie, subissait sans réagir. Sa femme, la reine Ulrique, montrait plus de caractère. Mais quand elle commença de remuer, Frédéric de Prusse, son frère, lui écrivit l'une de ces lettres dont on peut, deux siècles après l'événement, goûter l'humour grinçant, que les destinataires de l'époque devaient moins apprécier. Il fit savoir à sa sœur « que la fierté, qui était une vertu à la guerre, était un vice capital en politique, et que Leurs Majestés Suédoises, n'ayant pas d'armée à conduire au feu, devaient savoir se conformer aux circonstances ». Il terminait par un avertissement onctueux : « Vous comprenez combien il serait sensible à mon cœur et dur au vôtre de vous voir un jour réduite, à Berlin, avec toute votre famille, à me demander un asile, pour n'avoir pas voulu suivre les conseils que me dicte ma tendre amitié. » Ulrique n'insista pas. Lâché par la famille royale et tenu en lisière par les Bonnets triomphants, Breteuil demanda son rappel.

Charles de Broglie, comme toujours, plaida pour son agent et sollicita du roi une lettre le remerciant de son zèle. Il lui fallut insister par trois fois pour l'obtenir. Saint-Priest, qui devait remplacer Breteuil, partit finalement pour Constantinople. Le chevalier de Modène fut désigné pour Stockholm, au grand dam de Broglie, qui ne lui voyait aucune expérience diplomatique et le jugeait inintelligent. Charles proposa vainement Durand, « l'homme le plus instruit des affaires politiques de l'Europe ». Modène, qui ne fut pas initié au Secret, confirma entièrement la mauvaise opinion qu'on avait de lui. Il dépensa davantage encore que Breteuil, ne sut pas tirer profit de la victoire des Chapeaux à la diète de 1769, et mit les affaires dans le plus grand désordre.

Après la Turquie chancelante et la Pologne agonisante, la France allait-elle perdre la Suède, troisième et dernier pilier de son système diplomatique ? Tout reposait sur le jeune Gustave. Énergique, audacieux, il avait vu son père abdiquer en 1768, dégoûté par les avanies des Bonnets, puis recoiffer sans enthousiasme la couronne l'année suivante. Le fils, de concert avec sa mère, entendait bien restituer au pouvoir royal ses attributs anciens. Le voyage en France, décidé avec Ulrique, n'avait pas seulement pour but de séduire l'armée philosophique, à la manière de l'oncle Frédéric : il s'agissait d'obtenir le soutien de Versailles. Le coup d'État contre les parlements, s'il avait quelque peu ravi la vedette au prince royal, lui offrait la meilleure des leçons de choses. Louis XV promit son appui. Le choix du nouvel ambassadeur de France devenait capital.

Choiseul, avant son renvoi, avait fait nommer le comte d'Usson, qui n'avait encore servi qu'en sous-ordre. Le roi songea à renvoyer Breteuil en Suède. Le baron avait l'habitude des diètes, or tout changement de règne entraînait automatiquement la réunion des élus des états. Gustave, lui, préférait voir Breteuil ailleurs qu'à Stockholm. Billet de Louis XV à Broglie, au lendemain de l'annonce de la mort du roi de Suède : « Monsieur d'Usson sera-t-il assez délié pour cette diète orageuse ? » Réponse de Charles, le 6 mars : « Sire, je regarde comme une faveur signalée de la part de Votre Majesté d'avoir bien voulu me confier la crainte où elle est que M. d'Usson ne soit pas assez fort ni assez expérimenté pour remplir l'ambassade de Suède dans un moment aussi difficile que celui-ci et de me demander quel serait le sujet qu'il conviendrait d'y destiner. » (Broglie extrapole : le roi ne lui a nullement demandé de proposer un candidat.) Il connaît peu d'Usson, homme décent, instruit et avisé, « mais si Votre Majesté est décidée à ne pas l'envoyer en Suède pour le moment, je ne balance pas un instant à avoir l'honneur de lui proposer d'y placer M. de Vergennes, qui a toutes les qualités requises pour cette place. Sa réputation dans la carrière politique et son expérience lui donneront naturellement une grande influence sur un jeune roi qui doit avoir besoin de conseils... ». Et, comme l'obsession du ministère en suspens ne le quitte pas, Charles de glisser cette incise : « J'ajouterai, Sire, que ce choix, n'ayant été indiqué à Votre Majesté par aucun de ses ministres, prouvera à son Conseil qu'elle n'oublie pas les sujets de mérite et qui ont eu l'honneur de la servir avec succès, et c'est une opinion qu'il est désirable de confirmer et qui ne peut qu'être utile à ses intérêts. » Puis il reprend : « Il faut encore observer que le nouveau roi de Suède, qui annonce beaucoup de mérite, ne laissera pas, malgré cela, d'être embarrassant pour un ambassadeur de France. La chaleur de son âge et, plus encore, celle de son esprit rendent nécessaire de mettre vis-à-vis de lui un homme propre à le contenir et à le ramener, et M. de Vergennes sera vraisemblablement plus en état qu'un autre de lui en imposer. »

Depuis son retour de Constantinople, Charles de Vergennes coulait des jours tranquilles dans sa terre de Bourgogne, se consacrant à sa femme et à ses enfants. Choiseul n'avait pas donné suite à ses offres de service. Il ne demandait pourtant que l'ambassade de Suisse, à l'indignation de Broglie, qui jugeait que ses talents « y seraient enfouis ». On pensait qu'il voulait imiter son bienfaiteur Chavigny, qui avait pris ses Invalides de diplomate dans ce pays sans histoires où il avait vécu heureux. L'une de ses dernières négociations avait consisté à organiser, en 1760, le mariage de son majordome, Lebel, avec une belle veuve, Mme Dubois, que Casanova avait engagée comme gouvernante avant d'en tomber amoureux. Chavigny, qui témoignait beaucoup d'amitié à Casanova, n'avait pas eu trop de peine à le convaincre d'assurer le bonheur de son amie en lui faisant épouser un homme également amoureux et capable, au contraire de l'aventurier, de lui assurer une existence confortable. La belle Dubois, plus difficile à persuader, avait enfin cédé aux arguments de la raison. Chavigny et Casanova eurent la joie de constater la félicité d'un couple né sous le double auspice de l'aventure et de la diplomatie.

Vergennes est nommé à Stockholm le 21 mars, quinze jours après le plaidoyer de Charles. Il accueille cette rentrée en grâce avec un manque d'enthousiasme singulier chez un homme que nous avons connu si empressé à faire sa cour aux puissants.

L'écrivain Chamfort, renseigné par un certain Favier dont nous aurons à reparler, donne dans ses *Caractères et anecdotes* l'explication de cette réserve. Il écrit que le comte de Broglie avait dû beaucoup insister pour obtenir la nomination de Vergennes à Stockholm. Louis XV a fini par y consentir, mais Favier, informateur de Chamfort, affirmait avoir eu en main une lettre de Broglie en marge de laquelle le roi avait écrit : « Je n'approuve point le choix de M. de Vergennes, c'est vous qui m'y forcez ; mais je défends qu'il amène sa vilaine femme[1]. »

L'anecdote, reprise par tous les biographes de Vergennes, est évidemment controuvée. Charles n'a pas eu à insister pour faire envoyer Vergennes à Stockholm, puisque la nomination intervient quinze jours après sa seule et unique proposition. Sa lettre ne comporte en marge aucune réponse du roi. Contrairement à ce qu'affirme Favier, le comte n'avait d'ailleurs pas l'habitude d'« écrire au roi à mi-marge », afin de lui laisser de l'espace pour ses commentaires, et le roi ne lui renvoyait que les lettres dont il demandait expressément le retour, faute d'avoir eu le temps d'en dresser une minute ou une copie. Enfin, le lecteur connaît trop le style de Louis XV pour ne pas s'étonner de ce « c'est vous qui m'y forcez », aberrant sous sa plume.

1. « Vilaine », qui était à l'époque un mot très fort, ne s'appliquait pas au physique, mais au caractère ou aux mœurs. Ainsi, lorsqu'on apprit à Louis XV que, pour lui faire la cour, de grandes dames étaient allées assister en place de Grève à l'effroyable supplice de Damiens, il s'exclama : « Fi ! les vilaines... »

Mais, comme souvent, l'anecdote inventée se borne à habiller la réalité : Charles de Vergennes reçut l'ordre de laisser sa femme en Bourgogne.

Le fait d'être créé comte lui fut une piètre consolation. Il eût à coup sûr préféré rester chevalier et emmener son Annette à Stockholm. S'il avait demandé la Suisse, au risque d'y ensevelir sa carrière, c'est qu'il n'y avait là-bas pas de cour, ce qui supprimait le problème de la présentation de sa femme, dont Broglie admettait dans une lettre au roi « qu'elle ne saurait jouer le rôle d'ambassadrice de France dans aucune autre cour, son origine étant trop connue ».

Conséquence de l'épreuve de la disgrâce imposée par Choiseul ou de l'humiliation infligée à celle qu'il aime : c'est en tout cas un nouveau Vergennes qui partira pour la Suède. Il négocie âprement son traitement et ses indemnités. Surtout, il ne veut quitter Versailles qu'avec un trésor de guerre suffisant pour lui laisser espérer la victoire. Il a raison. Breteuil lui a enseigné qu'en Suède c'est l'or qui gagne les batailles. Faisant fi de ses anciennes platitudes aux ministres, il frappe à toutes les portes pour vaincre la rigueur de l'abbé Terray, occupé à tailler des coupes claires dans les dépenses, et met La Vrillière au pied du mur : « Si vous ne me donnez rien, vous devez vous attendre que je serai parfaitement inutile en Suède ; des conseils, isolés de tout appui, seront regardés tout au moins comme des hors-d'œuvre. Si vous me donnez peu, vous me mettez à la discrétion de nos amis ; le besoin de soutenir l'apparence d'une influence quelconque me réduira à la dure nécessité de n'être que l'instrument de leurs caprices, de leurs passions et de leurs misérables intérêts particuliers. Armez-moi de tout l'effort que le Roi peut être déterminé à faire. »

Il se met en route le 11 mai, sans sa femme, mais avec deux millions de livres.

Charles de Broglie lui a donné pour secrétaire Jacques Chrétien, attaché à Tercier avant de passer chez Monet. Chrétien emmène son fils, Marie-Nicolas, pour lui servir d'adjoint, « afin, écrit Charles au roi, qu'il n'y ait pas d'étranger dans toute la secrétairerie de l'ambassadeur en Suède ». Le Secret verrouille Stockholm.

*
* *

L'intérim perdure.

Le 20 mai, neuf jours après le départ de Vergennes, Charles de Broglie rencontre Mercy-Argenteau à une réception donnée par la comtesse de Noailles. L'ambassadeur d'Autriche est un diplomate de vieille roche, célèbre pour sa prudence. Il a été en poste à Turin, Pétersbourg et Varsovie avant de servir en France. Il invite Broglie à passer dans une pièce voisine, ayant une communication importante à lui faire. Charles le suit. Mercy commence par dire l'extrême irritation ressentie à Vienne devant l'attitude de la France, dont l'ambassade est sans titulaire depuis plus d'un an. Il a reçu l'ordre, si rien ne change, de quitter Paris sous quelque prétexte, par exemple pour aller prendre les eaux de Spa. Charles répond que si la France se tait, c'est qu'elle n'a rien à dire, au contraire de l'Autriche, qui, appelée comme médiatrice de la guerre russo-turque, aurait sans doute beaucoup à raconter. « Mais à qui voulez-vous que j'en parle ? s'exclame Mercy. M. de La Vrillière paraît excédé d'être chargé d'entendre les ministres étrangers. Toutes les conférences avec lui se passent à écouter ses plaintes de porter un pareil fardeau et les assurances du désir qu'il a d'en être débarrassé. Si on entame une affaire un peu sérieuse, il dit qu'il faut la remettre au temps où il y aura un ministre de nommé... » Mercy conclut ses doléances par un avertissement significatif : « En vérité, cela me désole, nous perdons un temps bien précieux. Il y aurait dans les circonstances actuelles mille bonnes choses à faire, et, faute de pouvoir se concerter, on en manquera l'occasion. Dieu veuille qu'il n'en résulte pas un éloignement dont l'idée seule me fait trembler. »

Charles fait observer que le défaut de ministre serait fâcheux si la France n'avait un roi plus capable qu'aucun ministre. Pourquoi ne pas s'adresser directement à lui ? Et s'il est vrai que les audiences royales sont difficiles à obtenir, pourquoi ne pas prendre des voies tout aussi propices ? N'est-ce pas avec la marquise de Pompadour que le prince de Kaunitz a préparé le renversement d'alliances ? Le nouveau roi de Suède a traité d'affaires importantes avec la comtesse du Barry : pourquoi l'ambassadeur d'Autriche n'utiliserait-il pas le même truchement ? Mercy saisit la balle au bond et confie le souci que donne la dauphine Marie-Antoinette à son auguste mère et à lui-même : « Cette princesse, douée d'un caractère excellent et de beaucoup de bonnes qualités, a été entraînée hors du chemin qu'elle eût toujours dû suivre. À quinze ans, on a besoin de conseils, et personne ne lui en a donné, excepté moi qui ne cesse de l'exhorter à ne pas borner ses respects à la seule personne du Roi mais à chercher à lui en donner des marques dans tout ce qui peut lui plaire. J'ai plus fait. J'ai engagé l'impératrice à lui en écrire par le dernier courrier, et j'espère qu'elle fermera l'oreille à des propos d'un autre genre. » C'est dire avec l'onction diplomatique que Marie-Antoinette devrait cesser de traiter la comtesse du Barry comme si elle était encore Mlle l'Ange.

Charles ne peut qu'exulter. L'ouverture franche et directe de Mercy-Argenteau ne signifie-t-elle pas que Vienne le tient pour le successeur probable de Choiseul aux Affaires étrangères ? Dans le compte rendu qu'il fera de l'entretien au roi, il soulignera l'urgence encore accrue d'en finir avec un intérim qui ulcère l'Autriche. Il n'omettra pas de rendre hommage à la maîtresse du roi en indiquant qu'on peut traiter avec elle d'« affaires importantes ». Et quant à l'animosité que témoigne la dauphine à la favorite, épine dans le cœur du roi, il écrira avec, pour le coup, une courtisanerie parfaite : « Je ne puis exprimer, Sire, à Votre Majesté combien j'ai été édifié de tout ce que M. le comte de Mercy m'a dit à ce sujet et la satisfaction que j'ai eue d'apprendre que l'Impératrice-Reine s'occupait de diminuer l'effet de quelques mauvais conseils. Cela me fait penser que, lorsqu'il lui aura plu de nommer un ministre des Affaires étrangères, il lui sera facile [au ministre], de concert avec l'ambassadeur de cette respectable mère, de faire fructifier les bons avis qu'elle envoie à la princesse sa fille, et de bannir de la cour l'esprit de parti qu'on y a introduit depuis quelques années. » Nous ne reconnaissons plus notre Charles ! « Il faut avouer que c'est une belle chose d'être ministre », écrivait-il voilà quelques années pour se plaindre de Choiseul. Il faut l'avouer en effet, puisqu'un homme comme lui fait, pour y parvenir, ce qui lui ressemble si peu. C'est que le temps presse, que la tension monte et que le suspense devient insupportable.

La fin de la conversation avec Mercy ouvre des perspectives plus troublantes. L'ambassadeur propose une nouvelle rencontre. Il veut informer Broglie des progrès de la négociation entre la Porte et la Russie. « Cet excès de confiance, rapporte Charles au roi, plus extraordinaire de la part d'un homme aussi froid et aussi réservé que cet ambassadeur qu'il ne le serait de tout autre, en m'étonnant beaucoup, me mit dans le cas de lui dire que, quoique j'en fusse très flatté, je devais lui faire connaître que je n'étais pas dans le cas de le reconnaître en lui étant d'aucune utilité. Sur quoi, l'ambassadeur, en me regardant avec un sourire un peu mystérieux, me dit : "Eh ! Pourquoi pas ? Ma cour a confiance en vous. Ne pouvez-vous pas écrire tout ce que j'ai dit au Roi et me faire connaître ses intentions ? Cela irait plus vite que par toute autre voie." » Abasourdi, Broglie proteste qu'il n'a aucune relation avec Louis XV. L'autre se borne à répondre que le rôle d'un ambassadeur est de tout savoir. Charles s'en tire du mieux qu'il peut par « quelques plaisanteries ».

Il est clair, écrit-il au roi, « que M. le comte de Mercy a quelque notion de la confiance secrète dont il plaît à Votre Majesté de m'honorer. Reste à savoir si la cour de Vienne l'a découvert par les lettres de cette correspondance qu'on a trouvé le moyen d'intercepter et de déchiffrer à la poste autrichienne, ou si M. de Choiseul, qui en avait vent, ne le lui aura pas confié ». Quoi qu'il en soit, doit-il donner suite aux avances de Mercy et accepter de le revoir ? Faut-il conseiller à l'ambassadeur de solliciter une audience du roi ? Convient-il au contraire de l'aiguiller sur la comtesse du Barry par le canal du duc d'Aiguillon ? Doit-il l'encourager à travailler au « rapprochement de madame la dauphine de personnes connues pour être agréables à Votre Majesté » ? D'importance inégale, les questions posées par Broglie soulèvent un problème politique majeur : face à l'exaspération affichée par la cour de Vienne, et après l'ouverture extraordinaire de son ambassadeur, est-il concevable de rester sans réaction ?

Louis XV ne répond pas.

*
* *

On a déjà dit que la confiance des chiffreurs de tous temps et de tous pays dans l'inviolabilité de leurs codes n'a d'égale que la constance avec laquelle les casseurs de code parviennent à les pénétrer. La trahison, souvent, réduit encore les délais — souvenons-nous de Bussy [1]. Le désordre régnant au secrétariat d'État permet bien des approches étrangères. Jean-Pierre Tercier avait tenté d'y remédier en regroupant toutes les opérations de chiffrement et de déchiffrement dans un service distinct dont l'étanchéité était mieux assurée qu'avec l'organisation antérieure, où chaque bureau assurait le travail selon sa compétence géographique. L'expérience, mal accueillie par le personnel, dérangé dans ses routines, avait duré cinq ans, puis l'on était revenu aux errements précédents pour apaiser les susceptibilités.

Jean-Baptiste Rossignol, chargé d'affaires à Saint-Pétersbourg, initié au Secret, suscita en novembre 1768 une violente émotion en répétant dépêche après dépêche sa certitude que les Russes possédaient son chiffre. Selon lui, ils l'avaient obtenu en achetant un commis du ministère. Il affirmait que le résident de Prusse à Paris recevait cinquante mille écus par an pour acheter des informateurs. Mis en demeure par Choiseul de fournir des preuves, Rossignol ne pouvait évidemment qu'avancer des présomptions. Or, sa quête personnelle de sources de renseignement le mettait en situation vulnérable. Il avait dépensé jusqu'à des fonds provenant de la succession du marquis de Bausset, ambassadeur décédé à Pétersbourg, qu'il avait remplacé dans la mesure où un simple résident peut remplacer un ambassadeur. Choiseul, furieux de l'éclat provoqué par Rossignol, le rappela à Paris et l'obligea à rembourser de sa poche les quinze mille livres prises sur la succession de Bausset. Comme à l'accoutumée, mobilisation immédiate de Broglie pour son agent, plaidoyer auprès du roi arguant du fait que Choiseul lui-même avait autorisé Rossignol à investir dans la recherche de renseignements ; mais le seul résultat fut que Rossignol conserva son traitement du Secret.

1. Cf. *Le Secret du Roi*, tome I, p. 310-311.

Le ministère avait néanmoins senti le vent du boulet. Le premier commis Gérard semble avoir été persuadé de la réalité de la fuite, comme d'ailleurs les successeurs de Rossignol à Pétersbourg. Il convoqua ses commis, leur fit des remontrances qu'ils jugèrent humiliantes, et prépara un nouveau règlement destiné à cloisonner au sein de chaque bureau le travail de chiffrement et de déchiffrement. Six commis, se tenant pour outragés dans leur honneur, rédigèrent un mémoire en défense qui leur valut un renvoi immédiat. Leur texte ne manque pourtant pas d'intérêt. Il révèle que le laisser-aller régnait aussi bien en amont qu'en aval des bureaux. Ainsi les paquets de la correspondance diplomatique étaient-ils déposés par les courriers sur une planche destinée à recevoir la correspondance ordinaire, au lieu d'être remis en main propre aux premiers commis, et les protestataires de citer l'exemple d'un paquet qui, « ayant été mis sur la planche en question, fut enlevé, on ne sait par qui, et fut ouvert ; les papiers qu'il contenait, répandus dans le parc [de Versailles], furent trouvés par un piqueur des bâtiments du Roi, qui les porta à M. l'écuyer contrôleur desdits bâtiments, et celui-ci les rendit au ministre ». Quant au projet de confier le chiffrement ou le déchiffrement d'une dépêche à un seul commis, sans aide aucune de ses collègues, les signataires l'accueillaient avec le scepticisme dû aux initiatives excellentes en théorie mais inapplicables dans la pratique... Lorsque des dépêches volumineuses arrivent, expliquaient-ils (et celles de Constantinople, où sévissait alors le prolixe Vergennes, étaient naturellement citées), il faut bien que tous les commis du bureau s'attellent au déchiffrement, sinon le ministre n'aurait son texte qu'avec un retard dommageable aux affaires. Mais, avec cette pratique, les grilles de chiffres traînaient sur toutes les tables, où on les laissait parfois le soir à la fin du travail, et le sentiment de responsabilité, à se trouver ainsi dilué, finissait par se perdre.

En aval, la situation n'était pas plus brillante. Nous avons rapporté en son temps la réponse du marquis de Hautefort, alors ambassadeur à Vienne, à Tercier qui lui demandait de changer son code périmé : le marquis se jugeait de trop haute naissance pour s'embarrasser de ces petites choses. « On peut dire en général, écrivaient les commis protestataires, que la plupart des ministres du Roi dans les pays étrangers ne se sont jamais beaucoup occupés de l'importance des chiffres, qu'ils regardent comme un mécanisme dont ils abandonnent la direction à leurs secrétaires, qui n'en connaissent pas les conséquences... On sait qu'il est quelquefois arrivé à des ambassadeurs ou ministres de laisser par oubli dans leurs poches des dépêches déchiffrées ; d'autres n'ont point assez de défiance des valets de chambre et autres domestiques qu'ils prennent à leur service dans les cours où ils résident, et qui sont pour la plupart des espions et des gens vendus. »

Saint-Priest, en route pour Constantinople, avait pu vérifier la navrante désinvolture des diplomates en poste. Faisant étape à l'ambassade de France à Vienne, il écrit : « J'eus une preuve curieuse du degré d'intelligence du premier secrétaire : il avait reçu pour moi de la cour un chiffre qu'il devait faire parvenir à Constantinople par quelque occasion ; il le mit tout simplement à la poste. » Or chacun sait que des cabinets noirs existent non seulement en Autriche, mais dans tous les relais de poste de l'empire : Eisenach, Francfort, Nuremberg, Augsbourg, Ratisbonne, ainsi que dans les villes hanséatiques et dans les capitales des Électeurs ecclésiastiques, en particulier à Mayence.

Sept mois avant la conversation avec Mercy-Argenteau, Saint-Priest avait écrit au comte de Broglie qu'il croyait ses rapports secrets interceptés et déchiffrés à Vienne. La réaction de Charles nous fait mesurer la perte subie par le Secret avec la mort de Tercier, intraitable sur la sûreté des codes : « Il n'y a aucune raison, écrit-il au roi, pour que les bureaux autrichiens soient venus à bout de les déchiffrer plus tôt que ceux de la correspondance directe, qui y sont également exposés. Je n'ai jamais été dans aucune cour où je n'aie vu former de pareils soupçons, que le ministère autorise même souvent pour gêner les correspondances, mais je pense qu'à moins d'en avoir d'autres preuves, cela ne doit pas arrêter. »

Le « sourire un peu mystérieux » de Mercy n'avait-il pas force de preuve ?

*
* *

À la fin mai, l'intérim, vieux de cinq mois, persiste toujours. Le colonel Dumouriez, et par voie de conséquence les confédérés polonais, en avaient été d'une certaine manière les victimes.

Dumouriez avait employé l'automne 1770 à mettre un peu d'ordre dans les affaires de la confédération, tant politiques que militaires. L'inaptitude d'une noblesse ivre de vanité à une discipline librement consentie rendait la tâche presque impossible. Il fut aidé par la comtesse Mniszech, fille du feu comte Brühl que nous avons vu ridiculiser l'ambassadeur de France Paulmy. Dumouriez, semble-t-il, sut trouver le chemin de son cœur. Il se heurta en revanche à André Mokronowski, qui s'obstinait à caresser l'espoir d'une réconciliation entre les confédérés et Stanislas-Auguste. Le conseil général, organe suprême de la confédération, proclama l'interrègne, à la satisfaction de Dumouriez, et trois gentilshommes polonais eurent l'audace de se glisser parmi les courtisans entourant le roi de Pologne pour donner à celui-ci, avant de disparaître dans la foule, sa citation à comparaître devant ledit conseil général.

Les subsides arrivaient, et aussi les officiers et ingénieurs promis par Choiseul — « la crème des aventuriers », selon Dumouriez. Cette petite cohorte devait servir de colonne vertébrale à une armée confédérée dépourvue de consistance. Pouvait-on même parler d'armée ? L'état des effectifs avait si fort découragé Dumouriez que, sans Marie-Amélie Mniszech, il aurait tout planté là. « Le tout formait seize à dix-sept mille hommes, écrit-il, sous huit à dix chefs indépendants, sans accord, se méfiant les uns des autres, quelquefois se battant entre eux, ou au moins se débauchant leurs troupes mutuellement. Cette cavalerie, toute composée de nobles égaux entre eux, sans discipline, sans obéissance, mal armée, mal montée, bien loin de pouvoir résister aux troupes réglées des Russes, était même bien inférieure aux Cosaques irréguliers. Pas une place, pas une pièce d'artillerie, pas un seul homme d'infanterie. »

Il voulait changer tout cela, car son plan tournait le dos à la guérilla prônée par Charles de Broglie. Il entendait imposer « un système de guerre régulier » en coordination avec les opérations de l'armée turque.

Nous avons vu tant de guérillas l'emporter sur des armées régulières que le choix de Dumouriez peut paraître aberrant. Ses raisons méritent pourtant considération. Les confédérés, observait-il, opéraient par groupes de cavalerie

— en *commandos*, comme il dit déjà. Mais les Russes ne faisaient pas autrement : « Ils étaient divisés en petits *commandos* qui couraient après les Polonais comme les oiseaux de proie après les pigeons. » Opposant la guérilla à la guérilla, les occupants l'emportaient grâce à leur rapidité : ils trouvaient dans leurs garnisons approvisionnement en vivres et en munitions, alors que les confédérés devaient traîner avec eux leur intendance. Le pari de Dumouriez reposait sur la relative faiblesse numérique de l'armée russe, qui devait tenir avec vingt à vingt-cinq mille hommes un pays d'une superficie double de celle de la France, et sur sa pénurie en artillerie. Il fallait occuper des places, s'y fortifier, réduire ainsi le rayon opérationnel des commandos russes. Aussi avait-il demandé à Choiseul de lui envoyer un fort contingent d'artilleurs et d'ingénieurs.

Pourquoi pas ?

Mais la mégalomanie du colonel venait gâcher le tableau. Les Russes, considérait-il, avaient deux impératifs stratégiques : conserver Varsovie et s'assurer de la Podolie, province polonaise contiguë à la Russie, essentielle pour la sécurité des arrières de leurs armées combattant en Moldavie. Dumouriez, les jugeant trop faibles pour tenir l'une et l'autre, se proposait soit d'enlever Varsovie pour y installer la confédération, soit de ravager les magasins russes de Podolie. En même temps, il ferait carrément marcher les confédérés de Lituanie, au nombre de huit mille, sur... Moscou, au motif que, la Russie étant vide de troupes, rien ne s'opposerait à leur avance victorieuse « jusqu'au centre de la Moscovie » ! Tout cela était bien un peu gigantesque. Le flamboyant colonel n'hésitait pas à aventurer ses hommes là où le Grand Frédéric ne voulait à aucun prix risquer son armée.

La chute de Choiseul ne modifia pas sa détermination. Durand l'exhortait à la modération. Il le convoqua même à Vienne, où Dumouriez se rendit. « Ce ministre honnête homme l'avertit de se tenir sur ses gardes et de rompre ses grands projets qui ne convenaient plus aux circonstances. » Les bureaux de Versailles l'invitaient aussi à réduire ses ambitions. Il considéra que si son plan était bon, le caprice d'une catin telle que la du Barry, responsable à ses yeux du renvoi de Choiseul, ne devait pas en déranger l'application. C'était penser noblement. Mais la prudence des bureaux lui ôta beaucoup de moyens. Peu soucieux de se compromettre dans une aventure que le nouveau ministre pourrait bien désavouer, ils bloquèrent la livraison des vingt-deux mille fusils achetés à Munich, et celle de treize mille autres commandés en Hongrie et sur lesquels un acompte avait déjà été versé. C'est en cela que l'intérim fut déplorable : un ministre eût ordonné à Dumouriez de renoncer à son plan, ou bien il lui aurait laissé les moyens de sa périlleuse entreprise. Livré à lui-même, le colonel n'en fit qu'à sa tête.

Il entra en Pologne le 7 avril. Préalablement, il avait fait prendre par Casimir Pulawski, le meilleur des chefs de partisans polonais, le monastère fortifié de Czestochowa. Une contre-attaque russe avait été repoussée à coups de canon. Même schéma au vieux château de Lançkorona, où trois cents Polonais commandés par deux officiers français avaient contenu l'assaut du général russe Souvorov. Le système des places fonctionnait : « Les Russes manquaient de moyens de faire des sièges, ils voyaient naître de l'infanterie et de l'artillerie, et ils allaient commencer une guerre moins vagabonde. »

Dans un premier temps, Dumouriez voulait rejeter les Russes sur la rive gauche de la Vistule et s'emparer de Cracovie. Il sut manœuvrer assez habilement pour bénéficier de l'effet de surprise et s'établit dans les faubourgs de la ville, qu'il comptait réduire par la famine. Laissant ses troupes au siège, il passa à Biela pour mener à bien sa grande affaire, qui était de donner une infanterie aux confédérés. Les gentilshommes avaient accueilli avec des grincements de dents sa proposition de recruter vingt-cinq à trente mille paysans : ils répugnaient à donner des armes à leurs serfs. Dumouriez avait réussi à leur en faire comprendre la nécessité. Encore les recrues devraient-elles être encadrées. Quand il proposa que mille nobles descendissent de cheval pour se faire officiers d'infanterie, ce fut comme s'il demandait à autant de rois de descendre du trône. On manqua de peu d'en venir aux mains. Sous Cracovie, les chefs confédérés vidaient déjà leurs querelles à coups de sabre. Le conseil général se déchirait derechef, ne retrouvant l'unanimité que pour reprocher à Dumouriez sa gestion avaricieuse des subsides de la France. Les Russes, revenus de leur surprise, réagissaient. Casimir Pulawski, trompé par de faux renseignements, fit défection au moment décisif.

Dumouriez fut battu à Lançkorona, où deux régiments russes mirent en déroute la cavalerie confédérée, inapte à la bataille rangée. Pulawski lui-même subit une défaite à Zamosc. Oginski, chef des confédérés lituaniens, entra en campagne à contretemps, et mille Russes suffirent pour disperser sans combat le corps qui était censé marcher « jusqu'au centre de la Moscovie ».

La position de Dumouriez devenait intenable. Certes, son rôle n'était point aisé. Mais Versailles, en se bornant à lui donner des conseils au lieu d'ordres, avait encouragé une tendance à l'autoritarisme qui ne lui était que trop naturelle. Dur, cassant, furieux de l'indiscipline des confédérés et des incessantes querelles qui divisaient leurs chefs au point de leur faire compromettre un succès qui n'aurait pas été le leur (« Quelqu'un qui connaîtrait mieux les hommes et les affaires, écrivait Charles de Broglie, se serait attendu à trouver de tout cela dans une multitude rassemblée au hasard... »), il eut la maladresse de vouloir faire passer Casimir Pulawski en conseil de guerre pour lâcheté. L'idée ne serait pas venue au pire ennemi du Polonais de le soupçonner de manquer de courage.

Dumouriez annonça aux confédérés « qu'il avouait qu'il avait eu tort de vouloir leur donner un système de guerre auquel ils ne pouvaient pas se plier, et que, n'entendant rien à leur manière de faire la guerre, il ne devait plus s'en mêler ». Sa faute était de n'avoir pas compris qu'on ne peut conduire une guerre régulière qu'avec des troupes régulières.

Au reste, sa stratégie reposait sur une campagne victorieuse des Turcs, et ceux-ci, encore battus, se trouvaient contraints d'évacuer la Crimée.

*
* *

Le 6 juin, le duc d'Aiguillon est nommé secrétaire d'État des Affaires étrangères.

*
* *

Le 3 novembre, Stanislas-Auguste soupe chez son oncle Czartoryski, grand-chancelier de Lituanie. Il sort du palais vers neuf heures et demie et monte dans son carrosse. Avec lui, l'un de ses parents et un adjudant-général. Un page à chaque portière ; deux valets de pied à l'arrière. Quelques hommes à cheval devant le carrosse, deux heiduques à l'arrière. La voiture s'est à peine ébranlée qu'une patrouille russe lui barre la rue. Les contrôles sont incessants à Varsovie. Le cocher s'arrête. Un deuxième groupe apparaît, qui n'est pas en uniforme russe. Échange de coups de feu. Les deux heiduques sont tués. Les agresseurs ouvrent les portes du carrosse. Ils n'y trouvent que le parent de Stanislas-Auguste. Un homme se cache sous la voiture ; on s'en saisit : c'est l'adjudant-général. Où est passé le roi ? Des coups sourds attirent l'attention. Stanislas-Auguste cogne en désespéré à la porte de son oncle pour se la faire ouvrir. On se précipite. Le roi, quelque peu rudoyé, car il tente de résister, est mis sur un cheval et entraîné par ses ravisseurs.

Le coup de commando a été imaginé et monté par le chef confédéré Strawinski, homme d'un courage polonais. Au même moment, François-Xavier Branicki, l'âme damnée du roi, médite d'enlever le conseil général de la confédération. Strawinski avait demandé à Casimir Pulawski l'autorisation de procéder à son raid. Pulawski s'était refusé à la donner, ajoutant qu'il désapprouverait l'opération si la vie de Stanislas-Auguste n'était pas préservée. C'était témoigner d'une ambiguïté certaine. Porter la main sur un roi ou sur un chef d'État, même détestés, inspire à beaucoup une sorte de terreur sacrée. Mais une expérience multiséculaire, renouvelée à plusieurs reprises dans la seconde moitié du XXe siècle, enseigne que ce genre d'entreprise ne souffre pas de demi-mesure : les hasards sont si grands qu'il faut ou se tenir prêt à tuer, ou bien rester chez soi.

Les Russes, pour se défendre d'un coup de main, avaient creusé des fossés autour de Varsovie. Le cheval de Stanislas-Auguste se casse une jambe en sautant l'un d'eux. On perd du temps. L'avant-garde, qui ne s'est aperçue de rien, se coupe du gros du commando et galope sur le chemin du monastère de Czestochowa, où l'on est convenu d'enfermer le roi. Stanislas remis en selle sur une autre monture, ses ravisseurs entament la traversée d'un marais. Ils s'égarent. On s'éparpille. Le roi n'a plus qu'un seul gardien, Kosinski. Ce Kosinski n'avait cessé de déclamer sa haine pour le roi-pantin des Russes. Il arrête son cheval, saute à terre, s'agenouille et se déclare prisonnier de Stanislas-Auguste. Celui-ci, ragaillardi, fait donner l'alerte. Sa garde vient le tirer du marais. Il rentre à Varsovie en triomphateur.

Catherine de Russie, qui avait fait tuer son mari et le jeune Ivan, en était sortie nimbée d'une aura shakespearienne. Quand on laisse intacte une tête couronnée qu'on tenait au bout de son pistolet, il ne faut pas s'attendre à ce que sonnent les trompettes de la renommée : on n'est plus qu'un misérable. Les cours d'Europe, solidaires, dénoncèrent l'attentat comme la plus lâche des abominations. L'opinion publique emboîta le pas. À Paris, Mme Geoffrin, la bonne « Maman », versa des torrents de larmes sur le flot de visiteurs venus lui apporter leurs condoléances tant qu'on crut le roi de Pologne mort, puis leurs félicitations lorsqu'on le sut indemne. Voltaire, parmi beaucoup d'autres, écrivit à Stanislas-Auguste une lettre affectueuse : « Il faut être barbare pour ne pas vous aimer ; il faut entendre bien mal ses intérêts pour ne vous pas servir ; mais la vraie vertu et la vraie bonté triomphent de tout à la fin. » Il écrivit aussi au roi de Prusse : « Je pense que l'assassinat[1] du roi de Pologne lui fera beaucoup de bien. Il est impossible que les confédérés, devenus en horreur au genre humain, persistent dans une faction si criminelle. Je ne sais si je me trompe, mais il me semble que la paix de la Pologne peut naître de cette exécrable aventure. »

Voltaire ne se trompait pas, encore que le mot « paix » ne fût point adéquat. Pour une confédération battue sur le terrain, désormais discréditée, l'attentat du 3 novembre 1771, suicidaire faute d'avoir été meurtrier, sera le chant du cygne.

1. Rappelons qu'à l'époque le mot « assassinat » s'appliquait aussi bien à la tentative.

XIX

Le plus étonnant, le moins acceptable, c'est que Louis XV ne prit même pas la peine d'adresser trois lignes au comte de Broglie, qui, avec tous ses défauts, se dévouait pour lui depuis vingt ans. Il avait écrit à Choiseul quand celui-ci s'éprouvait visé par la cabale pour l'assurer de son soutien et de la satisfaction qu'il avait de ses services. Pas un mot pour le chef du Secret. Ce mot fut-il prononcé, faute d'être écrit, puisque Broglie disposait des entrées de la chambre ? Si tel avait été le cas, Charles n'aurait pas manqué de l'évoquer dans ses propres lettres, lui qui, lors de son retour d'exil, avait décidé de lire dans le regard du roi ce que ses lèvres s'obstinaient à taire.

Sa déception est à la mesure de ce qu'avaient été ses espérances. D'Aiguillon venant lui avouer sa défaite et Mercy-Argenteau lui parlant comme au futur ministre, n'était-ce pas la quasi-certitude du succès ? Le roi ne l'aime pas. Charles a cinquante-deux ans. Il ne sera jamais le chef de la diplomatie française. Il est condamné à rester celui du Secret.

Le Secret ? Le mot prête à rire et la chose elle-même devient ridicule. Combien sont-ils désormais à connaître l'existence du service ? Louis XV s'obstine à refuser l'évidence. Charles, après le renvoi de Choiseul, a proposé de fermer boutique. C'était peut-être un coup de sonde : si le roi acceptait, cela pouvait signifier qu'il avait d'autres projets pour lui... Charles avait invoqué le fait que la comtesse du Barry, donc le duc d'Aiguillon, savait à quoi s'en tenir. Le roi avait répondu : « Madame du Barry n'en sait pas plus qu'elle savait, et je ne sache pas que M. d'Aiguillon soit instruit. Continuez avec eux sur le même pied. » La sotte réponse ! On sait ou on ne sait pas. La favorite sait l'existence du Secret. Que lui faut-il de plus ? Les noms des agents et leur traitement ? Peu lui chaut ! Et comment croire qu'elle n'a rien dit à son ami d'Aiguillon ?

Quatre jours après la nomination de celui-ci aux Affaires étrangères, Charles renouvelle sa proposition d'en finir. Le roi ordonne de continuer. Mais Broglie revoit Mercy-Argenteau, dîne avec son secrétaire Barré, et ces conversations ne lui laissent aucun doute sur la connaissance que Vienne a du Secret, grâce à l'interception des dépêches de Durand et de Saint-Priest. Imperturbable, Louis XV répond : « Vienne peut avoir déchiffré vos lettres, mais il faut toujours vous en tenir avec M. de Mercy comme ayant été ministre en Pologne. » De mieux en mieux ! Il y a quinze ans que Charles a quitté son ambassade ! Les choses sont claires : le roi s'intéresse si peu au Secret qu'il ne se soucie pas de savoir s'il reste opérationnel. Le service n'est plus qu'une habitude pour cet homme d'habitude.

Louis XV ne l'aime pas et d'Aiguillon, qui était plutôt un ami, va devenir par force son ennemi. Dans un système où tout dépend de la faveur du roi, quel ministre accepterait sans réagir qu'un rival jouissant de la confiance du maître suive dans l'ombre les affaires de son département, critique sa politique, propose des contre-projets ? Avec la du Barry derrière d'Aiguillon, Charles se retrouve dans la même configuration que face au tandem Pompadour-Choiseul, à cette différence près que les premiers savent de science certaine ce que les seconds, au moins dans les débuts, ne faisaient que soupçonner. Les misères ne sont pas finies.

Pourquoi d'Aiguillon ? La du Barry, bien sûr. Un sexagénaire amoureux n'a guère à refuser à la fille qui le tient sous son charme. Mais le choix du roi a sans doute une raison plus politique. Pacifiste par tempérament, il ne veut pas entendre parler de guerre avant que la situation intérieure de la France ne soit redressée. Ses ministres essentiels sont Maupeou, qui brise la caste parlementaire, et Terray, voué au rétablissement des finances. Choiseul a été exilé pour ne l'avoir pas voulu comprendre. Adversaire de Choiseul, Charles de Broglie raisonne-t-il au fond autrement que lui ? Il aspire tout autant à la revanche sur l'Angleterre. Il aime trop la Pologne pour accepter sa déchéance sans combattre. Passionné, ombrageux, il ne supporte pas la moindre atteinte à la fierté nationale. Un tel homme à la tête de la diplomatie française aurait tôt fait de remuer l'Europe.

Avec d'Aiguillon, rien de tel. Néophyte en matière diplomatique, il lui faudra d'abord apprendre son métier. Il manque d'envergure. Son intelligence est réelle, mais s'entend mieux à la gestion qu'à la conception. Il a parfaitement réussi la remise en état des routes bretonnes, même si les parlementaires de Rennes ont stigmatisé ce qu'ils appelaient un acte de despotisme. On nommera « le Triumvirat » le gouvernement post-choiseulien : Maupeou, Terray, d'Aiguillon. C'est faire beaucoup d'honneur au secrétaire d'État des Affaires étrangères. Les deux premiers ont du relief. D'Aiguillon ne sera jamais qu'un ministre en creux.

*
* *

Il commence par une nigauderie.

Convaincu à juste titre que la cour de Vienne est tout Choiseul, il imagine de se rapprocher de Frédéric. Pour un novice, c'était s'affronter à forte partie, ce que souligne Broglie au roi : « Quand on ne connaît pas de longue main le roi de Prusse, il est bien facile d'être sa dupe, surtout si on ne pose comme principe fondamental, dont il ne faut jamais se départir, que ce prince se joue de toute espèce d'engagement et qu'il n'a d'autre principe que son intérêt. » D'Aiguillon déclare tout de go à l'envoyé prussien que la France reste l'alliée de l'Autriche, « mais que si le roi de Prusse voulait prendre possession de quelques districts en Pologne et de la ville de Dantzig, et que Vienne, pour y mettre opposition, l'attaquât de son côté, alors la France est dégagée de ses promesses et restera parfaitement neutre ». Frédéric n'est pas homme à laisser passer une si mirifique occasion de brouiller les cartes. Il fait écrire par l'un de ses ministres à d'Aiguillon que si on lui donne Dantzig il s'attachera « pour jamais » à la France et quittera toutes ses autres alliances. En même temps, il fait savoir à Vienne les « agaceries » charmantes dont il est l'objet de la part de la France. Mercy-Argenteau se précipite chez d'Aiguillon, qui a la candeur de lui montrer les lettres reçues de Berlin. Mercy, affolé, ou feignant de l'être, supplie Broglie, qui n'en peut mais, de sauver l'alliance franco-autrichienne.

Tout cela en janvier 1772, le mois même où Prusse et Russie signent à Pétersbourg une première convention sur le partage de la Pologne, à laquelle l'Autriche accédera le

19 février suivant. L'une des clauses spécifiait que le secret le plus rigoureux envelopperait les démarches des trois contractants. L'Autriche, alliée de la France, la signe comme les autres, estimant sans doute que les « agaceries » lui en donnaient le droit.

Ce ne fut pas une curée : les trois prédateurs allèrent au démembrement par glissements progressifs. Ils surent se donner mutuellement de l'appétit.

L'Autriche avait commencé par s'emparer du district polonais de Zips. En 1771, tandis que Dumouriez concevait ses plans grandioses et échouait à les réaliser, une épidémie de peste ravagea la Pologne, faisant des dizaines de milliers de morts. Rien de plus naturel pour les voisins que de se protéger par des cordons sanitaires, ce qui obligeait à délimiter exactement les frontières. Les poteaux eurent alors une tendance peu naturelle à progresser en territoire polonais. Apprenant que l'Autriche s'était encore approprié deux starosties, Catherine constata : « Il semble que dans cette Pologne, il n'y ait qu'à se baisser pour en prendre. » Et au prince Henri, frère de Frédéric : « Mais pourquoi tout le monde ne prendrait-il pas aussi ? » Le prince Henri fit observer que la Prusse n'avait encore rien pris, ce qui était vrai, au détail près que son frère, désinvolte, avait fait rafler plusieurs milliers de jeunes Polonaises pour aider au peuplement de ses États. Le comte Tchernitchev suggéra à Henri : « Pourquoi ne pas s'emparer de l'évêché de Varmie, car il faut, après tout, que chacun ait quelque chose. » Informé, Frédéric fit la moue : « C'est une portion si mince qu'elle ne récompenserait pas les clameurs qu'elle exciterait... Quand on prend des bagatelles avec empressement, cela donne un caractère d'avidité et d'insatiabilité que je ne voudrais pas qu'on m'attribuât plus qu'on ne le fait déjà en Europe. » Mais « la Prusse polonaise en vaudrait la peine ». Son annexion eût réuni la Prusse royale au Brandebourg.

À Berlin comme à Vienne, les archivistes travaillaient à rechercher les droits antiques que l'Autriche et la Prusse pouvaient revendiquer sur quelques provinces polonaises. Quand ces Colomb-là hissent la voile sur leur mer de grimoires, on peut être assuré qu'ils trouveront leur Amérique.

Les désastres ottomans du printemps 1771 mirent un coup d'arrêt au processus. Vienne s'inquiéta de voir les troupes russes border ses frontières. Catherine, triomphante, exigeait pour prix de la paix la Moldavie et la Valachie — ou au moins un protectorat de vingt-cinq ans sur l'une et l'autre —, Azov, l'indépendance pour les Tartares, qui tomberaient aussitôt dans l'orbite russe, et la liberté de naviguer librement sur la mer Noire. C'était le rêve de Pierre le Grand réalisé. L'Autriche fit des préparatifs militaires et signa, le 6 juillet, un traité d'alliance avec le Grand Seigneur. Elle s'engageait à faire restituer les territoires conquis, moyennant le versement de subsides considérables, quelques territoires en Valachie et l'octroi pour son commerce de la clause de la nation la plus favorisée. Seule la guerre pouvait accomplir un si vaste programme. Ni l'impératrice-reine ni Kaunitz n'y étaient véritablement portés. L'évanescente Turquie mise à part, l'Autriche n'aurait pour alliée qu'une France dont la situation intérieure et la politique étrangère n'incitaient pas à miser beaucoup sur son concours.

Vienne négociant d'une main le partage de la Pologne avec Prusse et Russie, signant de l'autre un traité avec la Porte contre cette même Russie : la situation devenait inextricable et Kaunitz constatait qu'on était « plongé dans l'ornière des perfidies ».

Le diligent Frédéric sut clarifier l'embrouillamini. Il démontra à Vienne que le seul moyen d'amener Catherine à des sacrifices sur le Danube serait de lui offrir des compensations en Pologne. Plutôt que de se faire la guerre pour les Tartares, pourquoi ne pas s'accorder paisiblement sur le dos du voisin polonais ? « Et cela, écrivait Frédéric dans son style inimitable, réunira les trois religions..., car nous communierons du même corps eucharistique qui est la Pologne, et, si ce n'est pas pour le bien de l'âme, cela sera sûrement un grand objet pour le bien de nos États. »

*

* *

Depuis le début de l'année 1772, la France avait enfin un ambassadeur à Vienne. Ce n'était pas Breteuil, privé également de l'ambassade de Londres pour laquelle il avait été un moment désigné, et qu'on envoya en fin de compte végéter à Naples où il ne se passait jamais rien. Vienne échut à Louis de Rohan-Guéméné, évêque *in partibus* de

Canope et coadjuteur de Strasbourg, où il succéderait à son oncle le cardinal. La famille se transmettait le siège de Strasbourg depuis plus d'un siècle. Le feu dauphin disait de Louis de Rohan : « Un prince affable, un prélat aimable et un grand drôle bien découplé. » Besenval écrira : « Un homme qui joignait à beaucoup d'élégance extérieure beaucoup de grâces dans l'esprit, et même des connaissances, mais sans frein dans ses passions et dans sa conduite, libre dans ses mœurs, faisant une dépense outrée, plein d'inconsidération et de légèreté. » Il sera, sous Louis XVI, le triste héros de l'affaire du Collier.

Le coadjuteur de Strasbourg, comme on l'appelait dans le monde, appartenait à la puissante tribu Rohan qui affirmait descendre de la maison souveraine de Bretagne et dont Saint-Simon avait dénoncé d'une plume hystérique les immenses prétentions. Ils marchaient à la cour devant les ducs et pairs, privilège jugé exorbitant par ces derniers. Leur luxe était éblouissant. Dans leur château de Saverne, sept cents lits à la disposition des visiteurs et cent quatre-vingts chevaux dans les écuries. Louis de Rohan, beau quoique un peu rondouillard, le visage coloré, la démarche superbe, fut fidèle à la tradition familiale : il jugea qu'une ambassade était au-dessous de lui. On dut, pour fléchir sa morgue, faire intervenir l'archevêque de Paris et lui accorder le titre d'ambassadeur extraordinaire. Il avait trente-sept ans et ne s'était jamais occupé de diplomatie.

S'agissant d'un si haut personnage, Charles de Broglie brida sa plume : « Il ne m'appartient pas, écrivit-il au roi, de parler d'aucun choix qui puisse regarder quelqu'un de la maison de Rohan... » C'est aussi que son royal correspondant sait l'inimitié, pour ne pas dire plus, opposant les Broglie à ces Rohan auxquels appartient le maréchal de Soubise, rival malheureux de Victor-François de Broglie sur le terrain, mais qui avait su prendre sa revanche sur le tapis vert du Conseil du roi. Dès la lettre suivante, il ne peut cependant retenir un gémissement pour la Pologne : « Le nouveau ministère ne saurait connaître encore combien le sort de cette république est politiquement intéressant pour la France, et le nouvel ambassadeur qu'on nomme pour Vienne le connaîtra encore bien moins. C'est ainsi que la Providence réunit toutes les circonstances pour la destruction de nos intérêts et de notre système dans cette partie de l'Europe. » Appeler Louis XV « la Providence » ne saurait être en l'occurrence considéré comme une marque de courtisanerie.

Rohan fit à Vienne, le 11 janvier 1772, une entrée fracassante : deux carrosses de parade qui avaient coûté quarante mille livres, cinquante chevaux, une cohorte de gentilshommes, dont deux pour les honneurs de la chambre, une foule de domestiques aux livrées somptueuses (celles des quatre coureurs avaient coûté quatre mille livres pièce), et des dizaines de voitures surchargées de malles et de caisses. Tandis que les badauds s'ébaubissaient de la gloire de l'ambassadeur de France, les douaniers fronçaient le sourcil, étonnés par la surabondance des bagages. Ce fut le premier scandale de l'ambassade : on sut bientôt que des marchandises avaient été passées en contrebande. Marie-Thérèse fit intervenir son ministre chargé des douanes. Rohan demanda au ministre de venir assister à la fouille de son hôtel, qui se révéla vaine. Les marchandises avaient été déménagées la nuit précédente. Le trafic persistant, l'impératrice-reine supprima le droit de franchise à l'ensemble du corps diplomatique, qui protesta hautement et voua aux gémonies le mouton noir de la corporation. C'était mal débuter.

La suite ne fut pas meilleure. Rohan ne croyait pas que les plaisirs fussent incompatibles avec l'état ecclésiastique. Il donna chaque semaine des soupers de cent à cent cinquante personnes où régnait une facilité inconnue à Vienne et qui ne se terminaient que fort avant dans la nuit. La bigote Marie-Thérèse, intraitable sur la moralité, n'avait encore jamais vu un évêque de cette façon. Elle lui demanda de renoncer à ses soupers. Il refusa, arguant « qu'après les occupations de la journée, il avait besoin de se délasser ». On se choqua aussi de ce qu'il déguisât ses maîtresses en abbés pour les promener en carrosse ou leur procurer une entrée discrète dans son hôtel — entrée qui eût été encore plus discrète si elles avaient consenti à se débarbouiller de leur fard. « Nous ne savions pas, s'étonnait Kaunitz, qu'en France les femmes avaient accès au sacerdoce. » La correspondance entre Marie-Thérèse, sa fille Marie-Antoinette et son ambassadeur Mercy-Argenteau mentionne Rohan à quatre-vingt-trois reprises, presque toujours dans les termes les plus péjoratifs. Ainsi, deux mois après l'arrivée du coadjuteur : « Le prince de Rohan me déplaît de plus en plus... C'est un bien mauvais sujet, sans talent, sans prudence, sans mœurs : il soutient fort mal le caractère de ministre et d'ecclésiastique. L'Empereur aime à la vérité s'entretenir avec lui, mais c'est pour lui faire dire des inepties, bavardises et turlupinades. [Rohan le régalait d'histoires grivoises.] Kaunitz paraît aussi content de lui, parce qu'il ne l'incommode pas et lui montre toute sorte de soumission. Je ne veux pas (du moins dans ce moment) demander son rappel, mais je vous répète que je le verrai avec plaisir dénicher bientôt d'ici. » Alors que la nécessité s'imposait de se rapprocher à tout prix de Marie-Thérèse, dont la piété s'offusquait à l'idée de démembrer la catholique Pologne en compagnie de protestants et d'orthodoxes, Louis XV et d'Aiguillon, avec un aveuglement confinant à l'imbécillité, lui envoyaient l'ambassadeur le mieux fait pour la détourner de la France.

Pour guider le novice, on lui avait laissé Durand, qui abordait aux rivages de la soixantaine après avoir roulé sa bosse à travers l'Europe, et réussissait l'exploit d'être apprécié aussi bien du comte de Broglie que des secrétaires d'État successifs. L'invraisemblable arriva : ce fut le vieux briscard qui fut roulé dans la farine, tandis que le néophyte prenait au contraire soupçon du double jeu mené par Kaunitz. Certes, Durand a des excuses. L'« ornière des perfidies » était si profonde et si opaque que les perfides eux-mêmes pouvaient y perdre le fil de leur intrigue... La mobilisation autrichienne et le traité austro-ottoman devaient convaincre Durand qu'une entente entre Vienne et Pétersbourg n'était pas à l'ordre du jour. Mais les troupes autrichiennes restaient l'arme au pied, on évoquait un imminent armistice entre Russes et Turcs sous les auspices de Vienne, et Durand continuait d'annoncer imperturbablement l'entrée en guerre de Marie-Thérèse. Charles de Broglie avait grande confiance en Durand. « L'homme qui connaît le mieux les affaires de l'Europe », selon son expression, avait pris à ses côtés la place laissée par Tercier. Sa tranquillité finit néanmoins par le troubler. Rapportant au roi, le 22 janvier 1772, « l'opinion que ce ministre persiste à avoir sur le peu d'intelligence qu'il croit exister entre les cours de Vienne, de Russie et de Berlin », Charles ajoutait : « Je désire fort, Sire, que cette opinion soit bien fondée, mais des gens sont d'un avis différent, et en effet l'inaction des troupes autrichiennes, après d'aussi grands préparatifs que ceux que la cour de Vienne a faits l'année dernière, peut rendre un peu suspectes les vues de M. le prince de Kaunitz. » Le 4 mars : « M. Durand pense que M. de Kaunitz est décidé à des résolutions vigoureuses et qui ne tarderont pas à éclater. Cette opinion, Sire, n'est point conforme aux bruits qui se répandent qu'il y a un armistice de signé entre les Turcs et la Russie... » Jusqu'à la fin, Durand sera la dupe de Kaunitz.

Cette fois, l'échec de la diplomatie française est aussi celui du Secret.

*
* *

L'affaire du château de Cracovie dessilla les yeux de Louis de Rohan. Dumouriez rentré en France, on avait envoyé à sa place en Pologne le baron de Vioménil, quarante-quatre ans, maréchal de camp, accompagné d'une poignée d'officiers français ardents à en découdre mais ignorant tout de la guerre de partisans. D'un caractère plus souple que Dumouriez, Vioménil réussit mieux que lui auprès des confédérés. Sa patience fut cependant mise à l'épreuve par l'inévitable chevalier de Valcroissant, rescapé des funestes projets dirigés contre sa mauvaise tête et qui s'occupait activement à lever une légion auxiliaire pour les confédérés. Broglie, peu suspect de lésiner sur le soutien à la Pologne, regrettait l'envoi de Vioménil et de ses camarades, considérant qu'ils étaient trop peu nombreux pour modifier le rapport de forces, et suffisamment voyants pour donner prétexte aux chancelleries d'écarter la France des négociations au motif qu'elle était trop engagée dans le conflit — ce qui fut le cas.

Faute d'être efficaces, les Français surent avoir du panache. Dans la nuit du 2 au 3 février, ils s'introduisirent par le trou d'une latrine dans le château de Cracovie, dont ils se rendirent maîtres. Ce petit éclat irrita Catherine, qui dépêcha plusieurs milliers d'hommes pour reprendre la vieille bâtisse délabrée. Le lieutenant-colonel de Choisy, sa vingtaine d'officiers français et les quatre cents Polonais sous leurs ordres opposèrent une belle résistance. Ils disposaient en tout et pour tout de quatre canons de petit calibre.

La faim était plus redoutable que les assauts russes. Voltaire se déshonora en écrivant à sa Catau des lettres misérables où il tournait en ridicule ses compatriotes assiégés.

Rohan, à qui Vioménil demandait à cor et à cri du soutien, sollicita une audience de Kaunitz. Le vieux chancelier ne tarit pas d'éloges sur la bravoure française, mais les compliments ne nourrissent pas son assiégé. Pressé par l'ambassadeur, il finit par lui répondre sur le ton le plus apaisant : « Mon cher prince, soyez tranquille, tous nos arrangements sont pris. Assurez votre cour que l'impératrice, ma souveraine, ne souffrira jamais que l'équilibre soit rompu par un démembrement qui donnerait trop de prépondérance à des cours voisines et rivales. » Selon l'abbé Georgel, secrétaire de Rohan, cette déclaration confirma Durand dans ses certitudes. Rohan la trouvait au contraire inquiétante : « Je pense qu'il se trame, si cela n'est pas déjà fait, un concert entre les trois cours pour démembrer la Pologne, et que, de fait, l'équilibre entre elles ne sera pas rompu, parce qu'elles partageront également. » À sa dépêche du 2 mars — deux mois après son arrivée à Vienne —, d'Aiguillon répondit que « la conjecture étant incompatible avec les assurances positives de la cour de Vienne, et sans cesse renouvelées par le comte de Mercy, son ambassadeur, et par les réponses toutes récentes faites à M. Durand, il fallait abandonner ce fil qui ne pouvait qu'égarer, et s'en tenir à la marche indiquée par les instructions. »

Réduits par la famine, Choisy et ses camarades se rendirent après deux mois de siège. Catherine voulait les expédier en Sibérie. Voltaire s'honora en demandant, ainsi que d'Alembert, la grâce des malheureux. Ce fut Marie-Thérèse qui l'obtint, et Catherine écrivit à Voltaire : « Vos petits-maîtres parisiens retourneront chez eux débiter avec suffisance dans les ruelles de Paris que les Russes sont des barbares qui ne savent point faire la guerre. » Les « petits-maîtres » reçurent décorations et promotions, et des grandes dames polonaises voulurent se cotiser pour leur construire un château en France. Ils avaient au moins eu le mérite de ponctuer par un coup d'éclat la faillite de la politique française en Pologne.

Une suspension d'armes intervient entre Russes et Turcs. Pétersbourg, Berlin et Vienne annoncent que les confédérés, partout défaits, seront désormais traités comme des brigands et des assassins. Tout est en place pour le dernier acte.

L'ambassadeur de Russie à la Porte, incarcéré au château des Sept-Tours depuis le début de la guerre, conformément à la curieuse coutume locale, avait été libéré sur intervention de Vienne un mois avant la signature du traité austro-ottoman. Saint-Priest obtint de son côté l'élargissement du prince Repnine, ancien ambassadeur de Russie à Varsovie, où il s'était conduit en despote. Rappelé pour n'avoir point su empêcher la formation de la confédération de Bar, Repnine avait combattu les Ottomans et s'était fait capturer. Saint-Priest, voulant pérenniser l'événement, s'adressa au peintre Casanova, frère de l'aventurier, qui peignit la remise du prisonnier, revêtu pour la circonstance de l'habit que lui avait fait confectionner le grand vizir[1].

*

* *

Beaumarchais payé ou pendu ? L'affaire se plaide en première instance à Paris tandis que Choisy et ses camarades s'illustrent à Cracovie.

La Blache attaque tous azimuts. Beaumarchais a imité la signature de Pâris-Duverney. S'il ne l'a pas fait, alors c'est que le vieillard avait signé une feuille en blanc que l'escroc a remplie par la suite. Mais comment croire qu'un financier rompu aux affaires ait eu l'imprudence de signer un blanc-seing ? Peu importe à La Blache, qui ne songe qu'à assouvir sa haine. Il n'en fait pas mystère : « Dix ans, répète-t-il, il lui faudra dix ans pour avoir cet argent... Et pendant dix ans, je l'aurai vilipendé de toutes les manières. »

Beaumarchais a un problème : sa mauvaise réputation.

Ses débuts au théâtre permettent de vérifier la piètre opinion qu'on se fait de lui. Car il s'est mis au théâtre, au vrai, abandonnant les farces grivoises qu'il écrivait sur un coin de table — *Jean-Bête à la foire, Colin et Colette,* etc. — pour les faire jouer dans les salons. Il emboîte le pas à Diderot, qui a révolutionné la scène en y introduisant le drame bourgeois avec *Le Fils naturel* et *Le Père de famille*.

1. Ce tableau se trouve au musée de Versailles.

« Que me font à moi, écrit Beaumarchais, les révolutions d'Athènes et de Rome ? Quel intérêt puis-je prendre à la mort d'un tyran du Péloponnèse ? Au sacrifice d'une jeune princesse en Aulide ? Il n'y a dans tout cela rien à voir pour moi, aucune moralité qui me convienne. » Nous voilà loin de Voltaire. La bourgeoisie montante mérite de monter aussi sur la scène. Il écrit *Eugénie*, drame navrant où l'on voit un jeune lord déshonorer une honnête fille tout en machinant son mariage avec une riche héritière qui lui procurera une charge à la cour, le tout finissant par une réconciliation baignant dans les larmes. *Les Mémoires secrets de Bachaumont,* la plus lue et la plus méchante des gazettes parisiennes, précisent en annonçant la pièce : « Elle est d'un homme fort répandu sans avoir de considération. C'est un nommé Caron de Beaumarchais, peu connu dans la littérature... Il est parvenu à approcher la cour ; il a été assez heureux pour y plaire par ses talents et d'en profiter pour se ménager des grâces qui l'ont mis en état de faire une fortune considérable. Les morts successives du mari d'une femme qu'il aimait et qu'il a épousée ensuite, ainsi que celle de cette même femme, après lui avoir fait donation de tout son bien, jettent sur sa réputation un vernis peu favorable. Il a été refusé dans diverses charges dont il voulait se pourvoir. » Cela donne le ton général.

Eugénie, quoique lue et amendée par le duc de Nivernais, l'ancien patron de d'Éon à Londres, fut sifflée à la première, tolérée aux six représentations suivantes grâce au travail d'élagage et de correction effectué par l'auteur en une nuit et un jour. La critique est féroce. Grimm écrit : « Ce M. de Beaumarchais est, à ce qu'on dit, un homme de près de quarante ans, riche, propriétaire d'une petite charge à la cour, qui a fait jusqu'ici le petit-maître, et à qui il a pris fantaisie mal à propos de faire l'auteur. Je n'ai pas l'honneur de le connaître, mais on m'a assuré qu'il était d'une suffisance et d'une fatuité insignes. » Encore les attaques *ad hominem*. Quant à l'auteur : « Cet homme ne fera jamais rien, même de médiocre. »

Nullement découragé, Beaumarchais s'attaque derechef au genre noble avec *Les Deux Amis*, drame absolument consternant où le trio formé par un riche négociant, un receveur des fermes et un inspecteur des mêmes fermes fait assaut pendant cinq actes de délicatesse et de probité candide. Ce fut un four. Les spectateurs, tondus par les fermiers généraux, s'irritaient de les voir représentés en saints de vitrail. Dix représentations. Une critique encore plus cruelle. « Il valait bien mieux, conclut le baron Grimm, faire de bonnes montres qu'acheter une charge à la cour, faire le fendant et composer de mauvaises pièces. » Toujours les attaques personnelles.

Le remariage de Beaumarchais n'a rien arrangé. La deuxième épouse ressemble à la première en ce qu'elle est plus âgée que Beaumarchais, riche, et prompte à disparaître, sans doute de tuberculose. On ricana. Les rumeurs d'empoisonnement coururent de nouveau les salons. Pure calomnie. Beaumarchais n'avait pas profité du contrat de communauté établi avec sa première femme, puisque le notaire avait trop tardé à faire enregistrer l'acte. Encore pouvait-on penser que le veuf croyait le tabellion normalement diligent. Pour la deuxième, la fragile Geneviève Watebled, point d'équivoque : sa fortune, placée en viager, s'évanouit avec sa mort. Cela n'empêche pas la rumeur de prospérer.

Quelques jours après le décès de Geneviève, Beaumarchais, pressé par une échéance, propose ses bijoux au jeune marquis de La Rochefoucauld, en soulignant qu'il lui fera « un prix avantageux ». Le marquis examine les bijoux, les retourne au veuf éploré et montre sa lettre dans Paris. La rumeur enfle contre le goujat. Les biographes amoureux de Beaumarchais écriront qu'encore mal dégrossi il ignorait les usages du beau monde. Singulière absolution, qui fait de la simple décence l'apanage de l'aristocratie. Un paysan ne vendrait pas la broche en bois de sa défunte épouse alors que la terre est encore fraîche sur sa tombe. Beaumarchais goujat parce que parvenu ? Il faut renverser la proposition : dans toute société hiérarchisée (et laquelle ne l'est pas ?), ce sont les goujats qui parviennent le mieux. Il aggrave son cas en adressant au marquis une lettre où il fait valoir « la franchise et la noblesse » de sa démarche, puisqu'il a confié des bijoux valant quarante à cinquante mille livres à un homme inconnu de lui et sans exiger de reçu. Pour le coup, c'est la faute de goût ! Écrire cela à un La Rochefoucauld...

Pour couronner le tout, la gaffe avec Mesdames, ses protectrices. Il était déjà fâché avec leur père. Les seigneurs admis aux soupers de Louis XV et de la du Barry s'efforçaient de faire provision d'anecdotes et de mots d'esprit pour égayer le monarque morose. Un Vendredi saint, le duc de La Vallière, son supérieur hiérarchique au Louvre, s'étant fourni auprès de Beaumarchais, lança au souper : « Pendant que nous rions ici, n'avez-vous jamais rêvé, Sire, qu'en vertu de l'auguste droit que vous a transmis la couronne, Votre Majesté doit plus de livres de vingt sols qu'il ne s'est écoulé de minutes depuis la mort de Jésus-Christ dont nous fêtons l'anniversaire ? » Et l'excellent duc, qui a pris des notes pour ne rien oublier, de faire le compte des neuf cent vingt-neuf millions neuf cent quarante-huit mille quarante-huit minutes écoulées, inférieures en effet en nombre à l'endettement du trésor royal. Louis XV écoute, la mine sombre, puis laisse tomber : « Ce trait nous rappelle assez bien le squelette que l'on servait, dit-on, à travers les fruits et les fleurs des anciens banquets de l'Égypte pour tempérer utilement la bruyante joie des convives. Est-ce à vous, La Vallière, que cette pensée est venue ? » Le duc, trop heureux de se défausser : « Non, Sire, c'est à Beaumarchais, qui m'a farci la tête de son calcul. » On se récrie que c'est bien là une idée d'horloger[1].

Mesdames restent bien disposées envers leur dévoué factotum. Mais La Blache, qui fait son miel de tout ce qui entache la réputation de son adversaire et n'hésite pas à inventer pour faire bonne mesure, répand dans le public que Beaumarchais a été « banni de leur présence » par les filles du roi, Madame Victoire ayant expliqué que c'était à cause de « mille traits déshonorants ». Beaumarchais sollicite un démenti. Une dame d'honneur le lui donne : « J'ai fait part, Monsieur, de votre lettre à Madame Victoire, qui m'a assurée qu'elle n'avait jamais dit un mot à personne qui pût nuire à votre réputation, ne sachant rien de vous qui pût la mettre dans ce cas-là. Elle m'a autorisée à vous le mander. La princesse même a ajouté qu'elle savait bien que vous aviez un procès, mais que ses discours sur votre compte ne pourraient jamais vous faire aucun tort dans aucun cas, et particulièrement dans un procès, et que vous pouvez être tranquille à cet égard. » L'ouverture du procès est imminente. Beaumarchais décide d'inclure la lettre dans un

1. L'anecdote est racontée par Beaumarchais lui-même, qui a donc reconstitué le dialogue.

mémoire remis à ses juges. Procédé inadmissible ! Grossièreté d'autant plus impardonnable qu'il est récidiviste : déjà, quand il postulait pour une charge de grand maître des eaux et forêts, il avait imprudemment compromis Mesdames, ce que son mentor Pâris-Duverney lui avait vertement reproché.

Les filles du roi font aussitôt publier une déclaration : « Nous déclarons ne prendre aucun intérêt à M. Caron de Beaumarchais et à son affaire, et ne lui avons pas permis d'insérer dans un mémoire imprimé et public des assurances de notre protection. » La gifle, elle aussi, est imprimée et rendue publique par La Blache.

Beaumarchais payé ou pendu ? Le dossier est plus solide que le plaideur.

La Blache avait pour avocat Caillard, étoile du barreau parisien. Il fut pugnace, habile, retors, éloquent. Mais il attaquait sous trop d'angles à la fois pour ouvrir une brèche décisive, plaidant successivement que la signature de Pâris-Duverney était fausse, que si elle était authentique elle avait été apposée sur un blanc-seing, que si l'acte était lui-même authentique Pâris l'avait signé parce qu'il était devenu sénile, etc. Les débats rebondissent de semaine en semaine, suivis avec passion par le public parisien, quand un coup de théâtre fait tout basculer en faveur de La Blache.

Au dossier de Beaumarchais figurait une lettre qu'il avait écrite à Pâris pour résumer leur accord. Le vieillard avait inscrit au dos : « Voilà notre compte fait », et renvoyé la lettre à son protégé. La pièce confortait puissamment l'authenticité de l'acte sous seing privé, puisqu'elle reprenait les mêmes chiffres. Caillard déclare que le « voilà notre compte fait » de Pâris s'appliquait à une tout autre affaire, et que Beaumarchais, pour nourrir son dossier, a écrit ensuite sa lettre au verso. Faisant circuler le document parmi les juges, l'avocat triomphant leur fait observer que Pâris a tracé sous sa phrase la mention « monsieur de Beaumarchais » et que la position du cachet indique sans aucun doute possible que cette mention est *antérieure* à la lettre écrite au verso. Vif émoi dans le prétoire : la preuve de l'escroquerie est apportée.

Jonquière, le défenseur de Beaumarchais, se lève alors

et indique avec tranquillité que la mention « monsieur de Beaumarchais » n'est pas de la main de Pâris, mais de la sienne : il l'a écrite pour coter la pièce, comme font toujours les avocats. Prenant une feuille de papier, il écrit à plusieurs reprises le nom de Beaumarchais ; c'est la même écriture. La démonstration balaie l'effet d'audience de Caillard. Accessoirement, elle impliquait que l'avocat de La Blache, ou son client, ou les deux, avaient, en déplaçant le cachet, truqué la pièce qui leur avait été communiquée, car la mention de Jonquière était évidemment *postérieure* tant au texte de Beaumarchais qu'au « voilà notre compte fait » de Pâris-Duverney.

Le lendemain, 22 février, le tribunal déboute La Blache et le condamne à verser les quinze mille livres.

Beaumarchais payé ? Pas encore : son adversaire fait appel devant le Parlement, qui est désormais le Parlement Maupeou, et la médiocre procédure lancée par l'héritier millionnaire ne va pas tarder à devenir affaire d'État.

*

* *

Charles de Vergennes languissait à Stockholm. Il écrivait à sa femme des lettres désolées, persistait à solliciter la Suisse, paradis des félicités conjugales, et, à peine arrivé, demandait déjà un congé pour aller embrasser sa famille. Le comte de Broglie ne reconnaissait plus son agent. « J'avoue, écrivait-il au roi, que je trouve déplacé de quitter une ambassade aussi éloignée après six mois au plus de résidence... On lui a fait un très gros traitement, il ne peut qu'être content, il est juste qu'il serve. »

La découverte des mœurs politiques suédoises n'était pas de nature à revigorer Vergennes. Ses instructions lui en avaient dressé un tableau très sombre : « Deux factions ont concouru presque également à l'avilissement et à la décadence de leur patrie ; elles donnent le spectacle de la corruption la plus vénale et la plus honteuse. » La réalité confirmait amplement la description, et l'ambassadeur écrivait bientôt à Versailles : « Les Suédois de tous les ordres et de toutes les classes calculent en général le produit d'une diète comme un autre celui d'une terre. » Il faut donc évaluer au plus juste le coût de chaque ordre : tant pour la noblesse, tant pour le clergé, etc. « Telle est la condition de la Suède : la nation est divisée entre elle et ne s'accorde qu'en un seul point : c'est de se mettre à l'encan. » Il note que la noblesse est la plus gourmande : « Si la paye lui manque d'un côté, elle va la chercher de l'autre. »

La diète s'ouvrit le 24 juin 1771. Elle avait été précédée par de violents affrontements entre Chapeaux et Bonnets. Gustave III, excellent orateur, prononça un discours apaisant. Les bourgeois et les paysans, qui se définissaient comme « les classes nourrissantes du royaume », répondirent par des rebuffades. Défenseurs de la souveraineté populaire, ils n'admettaient qu'une monarchie constitutionnelle dont le prince, s'il déplaisait aux citoyens, pourrait être par eux déposé. Aussi admirables qu'elles puissent paraître, ces idées démocratiques n'étaient point compatibles avec un système politique fonctionnant par ordres. La noblesse et le clergé ne ménagèrent pas plus que les autres les avanies au roi.

Le 9 août, Vergennes a un premier entretien secret avec Gustave, qui lui a fixé rendez-vous dans un jardin hors de la ville. « Il m'a parlé fort à cœur ouvert de sa position, rapporte l'ambassadeur. Il ne s'en dissimule pas les difficultés, même les inconvénients ; mais il oppose à cette prévoyance les avantages qui peuvent lui revenir d'une conduite modérée, ferme et soutenue. » Une telle politique convient à Vergennes, dont le rôle consiste précisément à être le modérateur du jeune roi. Ses instructions lui prescrivent « d'avoir grande attention à le mettre en garde contre toute démarche qui annoncerait de sa part une ambition prématurée »... Gustave III doit borner ses prétentions, « du moins jusqu'à ce qu'il se présente, dans la suite, des circonstances naturelles d'ajouter quelque accroissement à son pouvoir et à son autorité ». L'ambassadeur n'a pas à se contraindre pour obéir. « Il serait certainement dangereux de brusquer les choses », écrit-il à d'Aiguillon. Au contraire, « en se tenant en panne, on se trouve prêt à saisir le vent ». Il préfère, « comme les rameurs, tourner le dos à l'endroit où il veut aborder ».

Mais les finances françaises ne peuvent s'offrir le luxe de la patience. Prévue en principe pour trois mois, la diète, ouverte en juin, siège toujours en novembre. Comme les députés achetés par Vergennes sont payés aussi longtemps que dure la session, leur coût devient exorbitant. Les Bonnets dominent, les Chapeaux sont divisés, le couronnement du roi est sans cesse repoussé. Le 27 novembre, d'Aiguillon écrit à Vergennes : « Nous nous trouvons, après avoir dépensé deux millions cinq cent mille livres, moins avancés que nous l'étions il y a six mois, et sans aucune espérance de voir terminer la diète de quelque façon que ce soit... Il nous paraît même que le Roi a absolument abandonné le projet, que nous avions cru qu'il avait, de réprimer par la force une résistance qui n'a aucun motif honnête et raisonnable, et qui ne peut avoir d'autre objet que de perpétuer l'anarchie et la corruption. » Si rien ne bouge, la France cessera le 1er janvier de verser ses subsides, tant officiels que secrets.

L'impulsion décisive vient de Versailles — Louis XV et d'Aiguillon —, non de Vergennes. Treize jours après sa lettre à l'ambassadeur, d'Aiguillon écrit directement à Gustave III : « Vous ne pouvez douter actuellement, Sire, qu'on ne veuille établir l'anarchie en Suède sous la protection de la Russie. » Quant à remédier à la situation : « Votre Majesté ne peut désormais y parvenir que par un coup de force, qui est devenu indispensablement nécessaire, et elle ne doit pas espérer de se tirer de la position critique dans laquelle elle se trouve par la persuasion et la temporisation. » Le ministre suggère que Gustave emploie « une partie de ses troupes, dans la fidélité desquelles [il] a le plus de confiance, pour rassurer et encourager les bons patriotes, contenir et intimider les factieux, en imposer aux uns et aux autres, et les obliger à se conformer aux anciennes institutions ». Le roi de France « concourra de tout son pouvoir » à l'entreprise. Après le bâton, la carotte : les subsides ne seront pas interrompus.

D'Aiguillon sait-il l'appartenance de Vergennes au Secret ? C'est probable. Tout se passe en effet comme s'il avait décidé de mener double jeu avec l'ambassadeur, après que tant d'agents diplomatiques initiés au Secret eurent fait de même avec le ministère. Vergennes ignore la lettre de d'Aiguillon incitant le roi de Suède au coup de force ; il ne connaîtra pas plus les suivantes. Son inquiétude devant le changement d'attitude de Gustave oblige néanmoins le ministre à vendre un bout de la mèche : « Les choses en sont venues à un point si critique qu'il n'y a peut-être que des moyens violents qui puissent y remédier. » D'Aiguillon conclut par une instruction trop contradictoire pour être aisée à suivre : « Vous devez continuer de donner au Roi, dans l'occasion, des conseils de modération, mais sans contredire les mesures que vous aurez lieu de juger qu'il se propose de suivre pour parvenir à son but. »

En mars, les âpres négociations menées depuis des mois sur le contenu de l'acte d'assurance aboutissent enfin, et Gustave peut être couronné. L'acte d'assurance est à la Suède ce que les *pacta conventa* sont à la Pologne : un contrat passé entre le roi et la nation. Dans les faits, il s'agit de poser des bornes au pouvoir royal. L'acte auquel Gustave finit par souscrire est d'inspiration purement démocratique. Il oblige le roi à cette déclaration, qu'il dut lire de mauvais gré : « Nous détestons aussi bien que les États et nous avons en horreur le despotisme, la souveraineté, et, afin qu'une Constitution si pernicieuse ne soit jamais introduite, nous déclarons, comme les États l'ont déjà fait, déchu du trône celui qui, par force ouverte ou machination secrète, tenterait de s'emparer du pouvoir arbitraire, et celui ou ceux qui voudraient introduire le despotisme ou tâcheraient d'en frayer le chemin. »

Dommage, encore une fois, que la pratique démentît si cruellement ces beaux principes. Dommage surtout que les Bonnets, défenseurs de la liberté, fussent payés et soutenus par une Catherine de Russie et un Frédéric de Prusse dont on voyait au même moment, en Pologne, la considération qu'ils avaient pour la liberté d'autrui !

*
* *

Le 21 mai, Gustave révèle à Vergennes son projet de soulever la garnison de Sweaborg, en Finlande, et de la faire marcher sur Stockholm. Sous prétexte de barrer la route aux mutins, il se portera à leur rencontre avec des troupes fidèles et se joindra à eux pour balayer l'opposition. Il a conscience que c'est un quitte ou double, mais l'exil et même la mort lui paraissent préférables à sa position humiliante de roi soliveau. Il demande à l'ambassadeur soixante-cinq mille livres pour monter l'opération.

Vergennes n'est pas La Chétardie, cet ambassadeur de

France à Pétersbourg que nous avons vu jouer, avec une audace sans pareille, un rôle décisif dans le coup d'État qui avait porté Élisabeth sur le trône des czars[1]. Il n'a qu'une confiance limitée en Gustave, dont la versatilité l'inquiète : « J'ai voulu sonder jusqu'où ce prince tient à ce projet et j'ai demandé s'il sentait qu'il s'agissait de jouer le tout pour le tout, sans aucune sûreté et peut-être avec peu de probabilités de succès. » Gustave affirme sa certitude qu'on veut le placer sous le joug de la Russie : « Plutôt périr que de souscrire à cette ignominie ! » Vergennes, mis au pied du mur : « Je me suis rendu, non sans beaucoup de répugnance, mais sous la condition expresse que je ne participerais en rien à la conduite de cette opération, que personne même ne saurait qu'il m'en a donné connaissance. Le roi de Suède doit m'écrire un billet qui fera ma décharge. Je remettrai directement l'argent qu'il me demande sans l'intervention d'aucun tiers ; et, ni de part ni d'autre, il ne sera fait mention de l'objet auquel il peut être destiné. » On dirait aujourd'hui que Vergennes ouvre le parapluie. Pusillanimité ? Prudence normale de la part d'un ambassadeur à qui son ministre prescrit un rôle de modérateur et qui ignore tout de la correspondance martiale échangée entre Versailles et Gustave. D'évidence, d'Aiguillon veut se réserver le beau rôle. Si le coup réussit, il en aura été l'inspirateur. S'il échoue, il lui sera loisible de faire porter la responsabilité de l'échec à un ambassadeur qui n'aura pas su forcer le succès. Vergennes, entré à reculons dans la conspiration, est d'ailleurs trop intelligent pour ne pas comprendre que, tant qu'à miser le trône sur un coup de dé, on doit le faire avec une détermination totale : il engagera le roi à ne pas s'arrêter au milieu du Rubicon. Il faut tout gagner ou tout perdre.

Gustave réunit cent cinquante officiers fidèles et les place sous le commandement du lieutenant-colonel Sprengtporten, l'un de ses favoris. Il envoie aussi son frère Charles faire la tournée des popotes. Le 1er août, soulèvement de la garnison de Christianstad. Des libelles proroyalistes sont répandus dans Stockholm. Les Bonnets, alarmés, commettent l'erreur de faire envoyer Sprengtpor-

1. Cf. *Le Secret du Roi*, tome 1, p. 325 et suiv.

ten en Finlande. Ils veulent éloigner un officier inquiétant. Il va en profiter pour soulever Sweaborg.

Une trahison compromet le coup, et cette trahison est française. Gustave avait écrit le 19 juin une lettre à Louis XV l'informant de sa décision, dont Vergennes, « instruit de tout », lui dirait le détail, et réclamant son soutien. Or, une taupe anglaise, peut-être mise en place par Bussy avant son départ en retraite, a subtilisé dans les bureaux de Versailles une copie de la lettre. La copie, transmise à l'ambassadeur d'Angleterre en France, a été envoyée à Londres d'où on l'a fait passer à Goodrich, ambassadeur de Sa Majesté Britannique à Stockholm, lequel l'a remise aux Bonnets. Le complot est éventé ; Vergennes lui-même, compromis. Unique recours : prendre de vitesse les Bonnets, qui s'interrogent sur l'authenticité de la lettre.

Dans l'après-midi du 18 août, le Sénat, inquiet, envoie au palais royal un général dont il est sûr. L'officier trouve Gustave occupé à des travaux de broderie. Il revient au Sénat et affirme : « Le bonhomme est incapable de mettre en danger qui que ce soit. » Soirée à l'Opéra, suivie d'un souper de quatre-vingts couverts au palais royal. Rentré dans ses appartements, Gustave rédige ses ordres, puis écrit quelques lettres dont une à Vergennes : « À la veille d'exécuter une entreprise aussi hardie que périlleuse..., je vous prie, monsieur le comte, de témoigner au Roi, votre maître, ma sensible reconnaissance pour l'amitié constante qu'il me témoigne, et de lui marquer que j'espère me montrer demain digne d'un ami aussi fidèle. »

Vergennes, dont nous connaissons l'attachement aux biens de ce monde, a prudemment fait déposer sa vaisselle plate chez l'ambassadeur d'Espagne.

Le lendemain matin, Gustave réunit deux cents officiers à l'issue de la parade de sa garde. Il les harangue avec son éloquence coutumière : « Je me vois obligé de défendre ma propre liberté et celle du royaume contre l'aristocratie qui nous opprime. Voulez-vous m'être fidèles comme vos ancêtres l'ont été à Gustave Vasa et à Gustave Adolphe ? Alors, je risquerai ma vie pour vous et pour la patrie. » Vivats unanimes. Enfin presque : il y a trois récalcitrants. Deux sont mis aux arrêts ; le troisième, émotif, s'évanouit.

Gustave envahit le Sénat à la tête de trente-six grenadiers, baïonnette au bout du fusil. Tous les régiments se rallient. « Ainsi, écrit Sheridan, secrétaire de la légation d'Angleterre, Gustave III, qui s'était levé le matin le prince le plus limité de l'Europe, devint dans l'espace de deux heures non moins absolu à Stockholm que le monarque français l'est à Versailles ou le Grand Seigneur à Constantinople. » Le lendemain, 20 août, l'adhésion populaire parachève le coup d'État. « Il est digne de remarquer, rapporte Vergennes à d'Aiguillon, qu'une révolution si peu préparée se soit accomplie sans la moindre confusion et sans la plus légère violence. On aurait pu dire que le concours des troupes et du peuple n'annonçait que la célébration d'une fête. » D'Aiguillon lui répondra par une lettre fort complimenteuse, l'assurant que Louis XV « a fait l'éloge de vos talents, de votre zèle et de votre attachement. Aucun événement ne lui a fait autant de plaisir et n'a causé dans le royaume de sensation aussi vive et aussi générale ». Vergennes sera nommé conseiller d'État.

Voltaire déclare : « Il y avait longtemps que j'étais Chapeau », et adresse au roi absolu une nouvelle giclée de mauvais vers :

On t'admire aujourd'hui, cher prince, autant qu'on t'aime,
Tu viens de ressaisir les droits du diadème
... Qu'un roi ferme et prudent en main prenne les rênes,
Le peuple avec plaisir reçoit ses douces chaînes.

Choiseul, qui s'adonnait lui aussi à la broderie dans son exil de Chanteloup, délaissé par un Voltaire qui l'avait courtisé avec enthousiasme jusqu'à la fin de son ministère, avait fait découper dans une pièce de tôle la silhouette caractéristique du grand homme et la montrait à ses visiteurs, tournant à tous les vents sur le toit du château.

Gustave III finira assassiné en 1792 par un noble fanatique après avoir versé dans l'autocratie, insupporté ses sujets par son faste versaillais, écrasé les paysans d'impôts. Il commence pourtant aussi bien que son oncle Frédéric. Abolition de la torture : « Il est contre toute justice et toute raison d'extorquer, par la force des tourments, à des citoyens libres, l'aveu des crimes dont ils peuvent être accusés. » On ferme la « chambre des roses », trou infect, rempli de vase nauséabonde, où les suppliciés étaient plongés jusqu'au cou, dévorés par des milliers d'insectes. Liberté de la presse, « qui ne devient dangereuse que par l'abus qu'on en fait ». Tolérance religieuse. Exemption d'impôt personnel pour les paysans et journaliers pères de quatre enfants. Mesures sociales, avec même un projet d'assistance médicale gratuite dans les campagnes. Mais le roi assure sa primauté : il se réserve l'initiative législative, ainsi que le pouvoir de convoquer ou de dissoudre la diète à son gré.

Pour la France, dont le souci premier n'était pas le bonheur ou le malheur des Suédois, mais l'équilibre européen, le coup d'État de Stockholm éclaircissait un coin du ciel enténébré. Le Secret avait pris une grande part au succès. La parenthèse Modène exceptée, qui n'avait pas duré deux ans, le service était actif à Stockholm depuis 1758, représenté successivement par trois de ses meilleurs agents : d'Havrincourt, Breteuil et Vergennes. Il avait eu le mérite de garder le cap et de maintenir le parti patriote quand le ministère français se désintéressait de la Suède. Politiques secrète et officielle avaient fini par coïncider, comme le comte de Broglie l'avait ardemment souhaité pour la Pologne, puis pour l'Angleterre, et le succès résultait de cette conjonction, incarnée par Vergennes, dont les conseils s'étaient révélés déterminants dans la dernière période.

Mais rien n'est encore joué. On guette avec angoisse la réaction des grands prédateurs, Russie et Prusse, qui ont perdu la première manche. Gustave croit la guerre inévitable. Broglie ne pense pas autrement. Comment l'épilogue du drame polonais ne renforcerait-il pas leurs sombres pressentiments ?

*
* *

Le 5 août 1772, quatorze jours avant le coup de Stockholm, le démembrement de la Pologne avait été signé à Pétersbourg. Saint-Priest l'avait annoncé le premier grâce à sa source Thugut, l'internonce impérial à Constantinople.

Des trois copartageants, Marie-Thérèse avait été la plus difficile à convaincre : le dépeçage la plongeait dans des états d'âme. La pieuse personne choisit d'apaiser sa conscience en mettant la main sur le meilleur morceau. « Elle pleurait et prenait toujours », écrit Frédéric. Et Rohan, de Vienne, dans une lettre personnelle à d'Aiguillon : « J'ai effectivement vu pleurer Marie-Thérèse sur les malheurs de la Pologne opprimée ; mais cette princesse, exercée dans l'art de ne point se laisser pénétrer, me paraît avoir les larmes à son commandement ; d'une main, elle a le mouchoir pour essuyer ses pleurs, et de l'autre elle saisit le glaive de la négociation pour être la troisième puissance copartageante. » Selon Georgel, secrétaire de Rohan, d'Aiguillon communiqua la lettre à la du Barry, qui fit devant ses courtisans des gorges chaudes de l'hypocrisie de la mère de Marie-Antoinette, son ennemie à la cour. La dauphine, déjà mal disposée à l'égard du prince-évêque par tout ce que lui en écrivait sa mère, ne pardonna pas la raillerie. Ainsi se mettaient déjà en place les ressorts psychologiques de cette affaire du Collier dans laquelle devait sombrer le prestige de la monarchie française, ou ce qu'il en restait.

Si la Russie empochait la plus grande superficie, l'Autriche s'adjugeait le meilleur, avec Lemberg et la Galicie, deux millions et demi d'habitants. Frédéric ne prenait que la Prusse polonaise, mais il réunissait ainsi sa Prusse et son Brandebourg, et contrôlait désormais le commerce polonais passant par la Vistule. Au total, la Pologne perdait à peu près le quart de son territoire.

L'exceptionnelle qualité des compétiteurs rend bien difficile de décerner la palme de l'hypocrisie. Chaque chancellerie avait sa provision de grimoires. Catherine se distingua par une justification inattendue : « Après les dépenses considérables en hommes et en argent qu'a coûtées à l'empire de la Russie son assistance à la Pologne pour la sauver de la fureur de ses propres citoyens, assistance qui, au lieu de reconnaissance, n'a produit qu'un renouvellement de cette même fureur, jusqu'à menacer de l'écroulement total de l'État, c'est un acte de générosité que, de concert avec les deux puissances voisines de la Pologne, la cour de Russie se soit prêtée à mettre fin à l'anarchie qui la désolait, à lui assurer une existence mieux réglée, plus heureuse et plus tranquille, etc. » Vienne expliqua à Versailles qu'il n'y avait pas eu dissimulation de sa part, simplement un intérim beaucoup trop long, puis des agaceries françaises en direction de Berlin qui incitaient à la circonspection, et qu'elle n'avait consenti au démembrement que pour réduire la part de la Prusse et de la Russie, ce en quoi elle s'était conduite en loyale alliée de la France. Frédéric fut sobre à son ordinaire : « C'est là le premier exemple que l'histoire fournisse d'un partage réglé et terminé paisiblement entre trois puissances. »

Il restait à faire entériner par les Polonais eux-mêmes le dépeçage de leur pays. Une diète fut réunie à cet effet l'année suivante. Épisode absurde et touchant : le comte Wielhorski apporta de France à cette assemblée funèbre le projet de Constitution — ou du moins les propositions de réforme — que la confédération avait demandé à Jean-Jacques Rousseau d'établir pour la Pologne. Le philosophe avançait des suggestions bien un peu déconcertantes, comme de tirer le roi au sort, ce qui eût assurément évité les tumultes de l'élection, ou encore de réduire au minimum la circulation de l'argent, source de tous les maux. Exaltant les vertus civiques, Rousseau voulait que les Polonais fussent des Romains, oubliant qu'ils avaient les défauts des Gaulois. À l'instar de Frédéric, Catherine et Marie-Thérèse, il jugeait la Pologne trop étendue — « Commencez par resserrer vos limites, si vous voulez réformer votre gouvernement » —, avec cette remarque qui dut faire grincer quelques dents polonaises : « Peut-être vos voisins songent-ils à vous rendre ce service. Ce serait un grand mal pour les parties démembrées ; mais ce serait un grand bien pour le corps de la nation. »

Rousseau avait pourtant compris ce qui était en jeu en Pologne. Comme l'écrit Jean Fabre, il avait pressenti dans l'insurrection des confédérés, au-delà du fanatisme religieux, « la première protestation des peuples contre le bon plaisir des rois, l'essai d'un droit nouveau fondé sur la personnalité morale et la dignité des nations ». Il définissait en quelques lignes ce que nous avons tenté de dire en près de mille pages : une nation par tant de côtés décevante, au point d'exaspérer jusqu'à un Broglie ou un Tercier, mais survivant à toutes les catastrophes qu'elle s'ingéniait à susciter. « En lisant l'histoire du gouvernement de Pologne, écrivait Rousseau, on a peine à comprendre comment un État si bizarrement constitué a pu subsister si longtemps. Un grand corps formé d'un grand nombre de corps morts, et d'un petit nombre de membres désunis, dont tous les mouvements, presque indépendants les uns des autres, loin d'avoir une fin commune, s'entre-détruisent mutuellement, qui s'agite beaucoup pour ne rien faire, qui ne peut faire aucune résistance à quiconque veut l'entamer, qui tombe en dissolution cinq ou six fois par siècle, qui tombe en paralysie à chaque effort qu'il veut faire, à chaque besoin auquel il veut pourvoir, et qui, malgré tout cela, vit et se conserve en vigueur : voilà, ce me semble, un des plus prodigieux spectacles qui puissent frapper un être pensant. »

Et ces phrases à la fois consolantes et prophétiques à propos de la puissance des voisins de la Pologne : « Vous ne sauriez empêcher qu'ils ne vous engloutissent ; faites au moins qu'ils ne puissent vous digérer... Si vous faites en sorte qu'un Polonais ne puisse jamais devenir un Russe, je vous réponds que la Russie ne subjuguera pas la Pologne. »

Peut-on, après Rousseau, citer sans inconvenance Casanova ? Comme le premier, le second a mis sa plume au service de la malheureuse nation. L'aventurier las de l'aventure est plongé dans la rédaction de son *Histoire des troubles de la Pologne* en sept volumes. Il l'a commencée en 1767, lors de son séjour à Varsovie, travaillant de longues heures à la bibliothèque Zaluski ; il la continue à Gorizia, près de Trieste, où il a provisoirement jeté l'ancre. Pourquoi Gorizia ? Parce que Venise est toute proche. Casanova, qui aspire à rentrer dans sa patrie pour y vieillir et mourir, a décidé de s'en rapprocher afin d'amadouer ceux qui pourraient encore lui tenir rigueur de sa fuite des Plombs. Le démembrement de la Pologne l'indigne au point qu'il en oublie ses résolutions de prudence : il publiera les trois premiers volumes de son ouvrage dans une Gorizia de souveraineté autrichienne (aussi bien les quatre suivants resteront-ils inédits...). Sans attendre, il rédige deux mémoires protestant contre le partage et offrant ses conseils aux Polonais. Hélas, comme dirait le comte de Broglie, ce n'était plus le moment des mots[1].

La diète fut tranquille. Le pays était occupé par les

1. L'historien polonais Chledowski souligne l'excellente qualité des trois premiers volumes de Casanova. Son collègue russe Bilbasov porte le même jugement. Cf. « Casanova in Polish Eyes », par Jan Reychman, *Casanova Gleanings*, vol. VII, Nice, 1964.

armées des copartageants. Leurs généraux avaient ordre « d'agir de concert et de sévir contre les seigneurs polonais qui voudront cabaler ou mettre des obstacles aux nouveautés qu'on a décidé d'introduire en Pologne ». Frédéric note : « Au commencement, les Polonais firent les revêches : ils répugnaient à tout ce qu'on leur proposait. » La possibilité d'un partage de la totalité de la Pologne fut alors évoquée. « À peine cette déclaration fut-elle publiée que tout s'arrangea comme de soi-même. »

Stanislas-Auguste n'avait pas trouvé le courage de se faire tuer à la tête de ses troupes. Il protesta contre le démembrement, tout en remerciant Catherine de ses bienfaits jusqu'au 5 août exclusivement. Il passera le reste de sa pauvre vie à tenter de justifier sa soumission. Elle avait permis, répétera-t-il, la création de la bienfaisante commission d'éducation, les premiers essais d'urbanisme, la levée de cartes exactes du pays, etc. On entend cette chanson depuis que les Vichy existent.

Entreprise atroce, écrit avec rage et douleur Charles de Broglie, despotisme, pillage, tyrannie... Il faut le comprendre : depuis sa jeunesse, la Pologne était sa seconde patrie.

XX

En juin 1772, à huit semaines du coup d'État de Stockholm et à dix de la signature du partage de la Pologne à Pétersbourg, le Secret est chamboulé par une nouvelle d'importance assurément peu comparable, mais tout de même bouleversante : d'Éon est une femme !

La rumeur en courait depuis longtemps. Le comte du Châtelet, ambassadeur à Londres, en avait dit un mot à Louis XV à l'occasion d'un congé en France, et le roi d'écrire au général Monet, le 28 octobre 1770 : « Savez-vous que M. du Châtelet est persuadé que d'Éon est une fille ? » Le 25 mars 1771, le chevalier se plaignit à Broglie : « J'ai le chagrin d'entendre et de lire même, jusque dans les papiers anglais, tous les rapports extraordinaires qui viennent de Paris, de Londres et même de Saint-Pétersbourg, sur l'incertitude de mon sexe, et qui se confirment dans un pays d'enthousiastes tel que celui-ci, à tel point que l'on a ouvert publiquement à la cour et à la Cité des polices d'assurances [1] sur une matière aussi indécente, pour des sommes considérables. » Le 7 mai de la même année, il annonçait au chef du Secret son départ pour l'Irlande, où il comptait voyager incognito un ou deux mois afin d'échapper à la vie infernale que lui faisaient à Londres les parieurs acharnés à vérifier s'il était homme ou femme. « Je suis assez mortifié, ajoutait le chevalier, d'être encore tel que la nature m'a fait, et que le calme de mon tempérament naturel ne m'ayant jamais porté aux plaisirs, cela a donné lieu à l'innocence de mes amis d'imaginer, tant en France qu'en Russie et en Angleterre, que j'étais du genre féminin. La malice de mes ennemis a fortifié le tout, depuis mes malheurs que je n'ai nullement mérités et dont je devrais être quitte depuis longtemps. » Consterné par ce rebondissement inattendu du feuilleton d'Éon, Charles de Broglie avait écrit au roi : « Il est fâcheux qu'un épisode aussi extravagant vienne encore le remettre sur la scène. »

Au mois de juin 1772, la rumeur devient certitude : d'Éon est une femme.

Le chevalier avait adressé à Broglie deux messages dignes de considération. Le premier rendait compte de la proposition qui lui était faite par François-Xavier Branicki, chambellan de Stanislas-Auguste, d'entrer au service de ce monarque en voie de démembrement. Le roi de Pologne était décidément en veine de recrutement. Il avait demandé au général Monet d'être son « ministre secret » auprès de d'Aiguillon, spécifiant : « Assurez-vous bien que ma correspondance avec vous ne sera connue de personne en France que du ministre, et tout au plus les Broglie s'il le faut. » Il le fallait, bien sûr, et Monet, ambassadeur officieux, se fit agent double officiel, donnant à lire au comte de Broglie les lettres par lesquelles Stanislas-Auguste tentait de justifier sa pitoyable collaboration avec l'occupant russe. D'Éon à Varsovie ? Charles le juge trop précieux à Londres pour envisager d'un bon œil son départ. Louis XV,

1. Des paris.

échaudé, tranche qu'« il ne faut envoyer d'Éon nulle part », signifiant par là que si l'homme par qui le scandale est arrivé décide de partir, ce ne sera pas comme agent du Secret ; quant à l'emploi offert : « Il me paraît libre de faire ce qu'il veut. » Le chevalier reçoit cependant l'autorisation d'entretenir avec le roi de Pologne une correspondance dont la teneur sera naturellement connue du service.

Son second message apportait une information capitale si elle était avérée : un complot s'ourdissait en Angleterre pour déposer le roi George III. D'Éon proposait soit de venir secrètement à Paris pour en parler, soit qu'on lui envoyât un agent de confiance. George III détrôné ? « Un projet de cette espèce, écrivit Charles, est d'une trop grande importance, Sire, pour qu'on n'eût pas à se reprocher de négliger d'en être instruit, et je suppose que Votre Majesté trouvera que la dépense d'envoyer le sieur Drouet en Angleterre est trop médiocre pour permettre de balancer à l'adresser au S. d'Éon avec toutes les instructions requises, mais seulement verbales. » S'agissant de d'Éon, le « seulement verbales » s'imposait. Le choix de Drouet, revenu à ses affaires personnelles après son séjour à la Bastille, mais toujours disponible pour des missions ponctuelles, était justifié autant par ses excellentes qualités que par la vieille amitié qui le liait au chevalier.

Drouet rentre donc de Londres en juin. Il est sceptique sur le complot. D'après d'Éon, lord Bute, l'homme le plus proche de George III, préparerait secrètement avec lord Mansfield sa déposition pour mettre sur le trône un Stuart, moyennant la conversion de celui-ci à l'anglicanisme. En revanche, Drouet prévoit que la paix sera assurée aussi longtemps que Bute restera le conseiller le plus écouté du roi d'Angleterre. À propos de d'Éon : « Je ne dois pas oublier, écrit le comte au roi, d'avoir l'honneur d'instruire Votre Majesté que les soupçons qui ont été élevés l'année dernière sur le sexe de ce personnage extraordinaire sont très fondés. Le S. Drouet, à qui j'avais recommandé de faire de son mieux pour les vérifier, m'a assuré à son retour qu'il y était en effet parvenu et qu'il pouvait me certifier, après avoir examiné et palpé avec beaucoup d'attention, que ledit sieur d'Éon était une fille et n'était qu'une fille, qu'il en avait tous les attributs et toutes les incommodités régulières. Ce qu'il a seulement de singulier, c'est qu'il assure n'avoir jamais eu le moindre désir ni le moindre attrait pour le plaisir, quoique dans la conversation il se permette toutes les libertés que ses habillements autorisent. Il faut convenir qu'il ne manquait plus que cette anecdote à son histoire. » Charles, toujours attentif à ses agents, concluait : « Il a prié le S. Drouet de lui garder le secret, observant avec raison que, s'il était découvert, son rôle serait entièrement fini. J'ose supplier Votre Majesté de vouloir bien permettre que sa confiance dans son ami ne soit pas trahie et qu'il n'ait pas à la regretter. »

Pour ne point s'attarder outre mesure sur l'énigme la moins énigmatique du siècle, voici le rapport d'autopsie établi après la mort du chevalier, décédé à Londres le 21 mai 1810 à l'âge de quatre-vingt-trois ans : « Je certifie par le présent que j'ai examiné et disséqué le corps du chevalier d'Éon en présence de M. Adlair, de M. Wilson, du père Élysée [médecin de Louis XVIII], et que j'ai trouvé les organes mâles de la génération parfaitement formés sous tous les rapports. » C'est signé Thomas Copeland, chirurgien. Onze personnalités anglaises, dont deux chirurgiens et un procureur, assistaient à l'opération. Pour faire bonne mesure, on avait présenté le cadavre au comte de Bréhague, qui avait servi dans les dragons en même temps que d'Éon, et à deux autres Français qui, eux aussi, le connaissaient bien : ils rédigèrent et signèrent l'attestation d'une virilité qu'ils purent vérifier *de visu.* William Bouning, chez qui d'Éon était mort, certifia de son côté : « Je déclare que le chevalier d'Éon a logé chez moi environ trois ans ; que je l'avais toujours cru une femme, et je déclare en outre qu'ayant vu son corps après le décès, il résulte que c'est un homme. Mon épouse fait la même déclaration. »

Mais Drouet, qui avait « examiné et palpé avec beaucoup d'attention » ? Beaumarchais, riche d'une vaste expérience en matière de palpation, se fera prendre comme lui. Il n'y fallait qu'un bout de ficelle, et surtout les mines d'une « demoiselle » quadragénaire trop malheureuse d'être forcée dans les retranchements de sa pudeur pour qu'il fût convenable de palper avec énergie. Ancien capitaine de dragons et ex-ministre plénipotentiaire, le chevalier d'Éon, comme presque tous les grands agents, était aussi un grand acteur.

*
* *

L'idée flottait dans l'air. L'abstinence sexuelle de d'Éon étonnait depuis longtemps. Guerchy s'était répandu dans Londres en l'affirmant hermaphrodite. On savait qu'il avait échappé à la police anglaise, en 1764, en se travestissant. Mais c'est lui qui, de propos délibéré, a nourri la rumeur. Dans quel but ? La réponse se trouve dans une charretée de livres et sur les écrans de cinéma et de télévision : plus de deux siècles après son coup de génie, et alors que tant de personnages de cette histoire ont sombré dans l'oubli, y compris Charles de Broglie, le chevalier continue de vivre dans l'imaginaire des hommes. Il n'avait certainement pas prévu qu'il atteindrait à une immortalité équivoque : il ne voulait que sortir des coulisses et remonter sur la scène — c'est l'expression même de Broglie, déplorant qu'« un épisode aussi extravagant vienne le remettre sur la scène ». Il savait ses carrières militaire et diplomatique terminées. On ne lui confierait plus jamais de responsabilité officielle. Son activité d'agent secret, obscure par définition, le laissait insatisfait. Livrons-nous au péché d'anachronisme : ses démêlés avec Guerchy avaient fait de lui la star des médias européens de l'époque — gazettes, correspondances, salons —, et il supportait mal d'être retombé dans l'anonymat. Les psychanalystes, de leur côté, ne manquent pas d'explications sur la démarche d'un homme que son atonie sexuelle, apparemment totale, tient à l'écart des catégories. Longtemps moqué pour « le calme de [son] tempérament naturel », d'Éon, par un retournement spectaculaire, faisait de son sexe l'énigme de l'Europe et contraignait les railleurs à s'interroger sur « cet animal amphibie », selon le mot de Voltaire. On ne se moque pas d'une énigme.

Il travailla trente-quatre ans — jusqu'à sa mort — à peaufiner la supercherie, profitant de ce que sa longévité le débarrassait au fil des ans des témoins susceptibles de contredire ses fables. Ces témoins appartenaient au Secret, car le chevalier choisit avec beaucoup de finesse de fonder sa mystification sur son activité d'agent. À l'en croire, il avait accompagné, revêtu d'habits de femme, le chevalier Douglas dans sa première mission exploratoire en Russie. C'était en 1755. Tandis que Douglas était tenu en lisière à

Saint-Pétersbourg, d'Éon aurait réussi à établir le contact avec la czarine Élisabeth en entrant à son service en qualité de lectrice sous le nom de Lia de Beaumont. L'année suivante, il revenait à Pétersbourg comme secrétaire de Douglas, vêtu en garçon et se prétendant le frère de Lia de Beaumont. Billevesées ! Les archives du Secret attestent que Douglas partit seul en 1755. Lorsque d'Éon le rejoint l'année suivante avec le caractère de secrétaire d'ambassade, ses lettres à Jean-Pierre Tercier sont celles d'un homme qui découvre à la fois la Russie et la cour d'Élisabeth. La charge de lectrice n'existait d'ailleurs pas à la cour impériale. Catherine II, qui, comme tout le monde, s'interrogeait sur le mystère d'Éon, demanda au baron Grimm de l'éclairer ; et comme Grimm (dont la lettre n'a pas été publiée) lui répondit probablement qu'elle devait savoir mieux que personne ce qu'il en était de Lia de Beaumont, Catherine mit les choses au point : « Jamais l'Impératrice Élisabeth n'eut de lectrice et M. ou Mlle d'Éon ne lui fut pas plus connue qu'à moi qui ne l'ai connue que comme une espèce de galopin politique attaché au marquis de L'Hôpital et au baron de Breteuil. » Comment croire, au surplus, que le service ait commis la folle imprudence de renvoyer à Pétersbourg sous des habits d'homme un agent qui, un an plus tôt, y aurait évolué vêtu en femme ? Le risque d'une identification eût été trop grand.

Si tant d'auteurs distingués sont tombés dans le panneau, c'est qu'ils ignoraient le Secret, dont les premiers documents, encore très fragmentaires, attendront un siècle pour sortir des archives. Même après des publications un peu plus complètes, beaucoup, dont le grand Michelet, continueront de se laisser abuser par un chevalier passé maître dans l'escroquerie intellectuelle et mêlant avec art le vrai et le faux. Ainsi, d'Éon publiera la copie d'une lettre que Tercier lui avait écrite en 1763 pour l'exhorter à assoupir son différend avec Guerchy ; elle comporte cette phrase : « Personne de votre sexe ne s'est jamais trouvé dans le cas où vous vous trouvez. » La lettre est authentique, mais la phrase a été rajoutée par d'Éon pour donner à croire que Tercier, décédé depuis longtemps, n'ignorait rien de sa vraie nature. (Si Tercier savait, comment expliquer la stupéfaction de Broglie, dix ans plus tard, en écoutant Drouet retour de Londres ?) Le chevalier poussera le culot jusqu'à inventer une lettre de Tercier — lettre dont, naturellement, il prétendait ne plus posséder qu'une copie — par laquelle l'ancien premier commis lui demandait pour la comtesse d'Ons-en-Bray « une robe de moire bleue à ramage blanc, pareille à celle que vous avez eue en couleur de rose blanc pour vous en aller en Russie ». C'était bien le genre de Tercier de s'intéresser aux fanfreluches ! D'Éon jouera aussi de son talent de faussaire pour justifier son attitude face à Guerchy et au ministère français. Lui reproche-t-on de ne pas avoir obéi à l'ordre de rappel de Praslin, contraignant ainsi le ministre à adresser à Londres une demande d'extradition ? C'était, assure-t-il, sur instruction du roi, dont il avait reçu ce billet, daté du 4 novembre 1763 : « Je vous préviens qu'une demande d'extradition concernant votre personne, et signée de ma griffe, a été adressée ce jourd'hui à Guerchy, pour être transmise par lui aux ministres de S.M. Britannique, ladite demande accompagnée d'exempts pour prêter main-forte à son exécution. Si vous ne pouvez vous sauver, sauvez du moins vos papiers, et défiez-vous du sieur Monin, secrétaire de Guerchy et votre ami. Il vous trahit. » Nous connaissons assez le style de Louis XV, emberlificoté au point d'en devenir parfois difficilement compréhensible, pour juger que ce billet d'une énergique clarté est du d'Éon tout pur. Preuve supplémentaire de la supercherie : une semaine après ce prétendu billet, le roi écrit à Tercier : « L'affaire du sieur d'Éon n'est pas au clair, attendons son arrivée. » Une semaine encore, et Louis XV exprime au même Tercier son regret que d'Éon tarde à rentrer : l'aurait-il fait s'il avait prescrit au chevalier de se dérober à la demande d'extradition ?

À partir d'un tremplin si ingénieusement machiné par l'intéressé, les imaginations s'élancent à des hauteurs vertigineuses. La palme revient à Frédéric Gaillardet, qui publia en 1836 un best-seller sur le chevalier. Sa nature masculine ne pouvant plus être mise en doute après l'autopsie, Gaillardet attribue à d'Éon, grâce à son travestissement qui lui permettait de se faufiler dans des lits où l'on ne croyait accueillir qu'une inoffensive compagne, la plus éblouissante série de conquêtes. Après avoir eu la Pompadour, et avant d'avoir Élisabeth, il aurait, pendant son prétendu premier voyage avec Douglas, séduit en chemin Sophie-Charlotte de Mecklembourg-Strelitz, appelée à devenir l'épouse de George III, roi d'Angleterre. Pourquoi la décision de se déclarer femme en Angleterre en 1772 ? Rien de plus simple : Sophie-Charlotte, devenue reine, avait eu un enfant de d'Éon. Surpris par George III en conversation intime avec sa femme, le chevaleresque chevalier avait fait le sacrifice de sa virilité pour sauver l'honneur de sa maîtresse et ne laisser aucun doute au roi sur le véritable géniteur de l'héritier du trône... La dernière édition de l'ouvrage de Gaillardet date de 1967. Une flopée de livres du même acabit continue de lui faire cortège [1].

D'Éon n'a quitté le statut d'énigme que pour atteindre à celui de mythe. Mythe et vérité font chambre à part. Accessoirement, rien de plus gai que la consternation des historiens authentiques, bien obligés d'évoquer d'Éon puisqu'il a été mêlé à des affaires d'État, et qui manient avec des pincettes l'abracadabrant personnage.

*

* *

Lot banal des stars : au purgatoire de l'effacement provisoire succède l'enfer de la célébrité reconquise. D'Éon avait-il oublié que l'Angleterre est la patrie des parieurs ? Les mises atteignent bientôt le montant prodigieux de cent mille livres sterling, soit deux millions cinq cent mille livres de France. Conséquence prévisible : « Je suis averti de toutes parts, rapporte d'Éon à Broglie, que bien des gens riches ont conçu le projet de me faire saisir par ruse, force ou adresse, pour *me visiter* malgré moi, ce que je ne veux pas souffrir, et ce qui pourrait me mettre dans la cruelle nécessité de tuer quelqu'un dans un pareil cas. » Le pire est qu'il est très capable de le faire. Revêtu de son uniforme de dragon, l'épée au côté, la canne à la main, l'« animal amphibie » au visage marqué de petite vérole, aux jambes couturées de cicatrices — souvenirs d'une charge de cavalerie au cours de laquelle, désarçonné, il avait été piétiné par quelques chevaux — fait le tour des cafés où se réunissent les parieurs et, avec le langage de corps de garde qui

1. Parmi tant d'ouvrages d'intérêt inégal, distinguons *Le Double Je* de Jean-Michel Royer, éditions Grasset (1986), étincelant d'imagination et de verve : d'Éon aurait adoré.

lui est habituel, défie qui voudra de se battre avec lui. On reste coi, le sachant — et, pour le coup, c'est vrai — l'une des plus fines lames du temps. Ici, il insulte un banquier qui a misé gros. Là, il casse sa canne sur le dos de deux Anglais impertinents. Le voyage en Irlande ? Il n'est pas allé plus loin que l'Écosse et a dû rentrer dare-dare à Londres, où sa disparition avait fait croire à un enlèvement.

Apprenti sorcier, il est dépassé par sa création. La vie en Angleterre devient insupportable. Des parieurs vont jusqu'à envoyer des émissaires à Tonnerre, sa ville natale, pour tenter de soudoyer sa vieille nourrice et apprendre d'elle la vérité. Il écrit à d'Aiguillon pour solliciter la permission de rentrer en France. Le général Monet intercède auprès de Louis XV. Le roi, mis au fait par Broglie des palpations de Drouet, mais tant de fois échaudé par le chevalier, s'en tient à une prudente réserve : « Le sexe de d'Éon est une chose bien étrange, répond-il à Monet. Prenez garde qu'il ne nous attrape encore dans ce changement. Je ne vois point d'inconvénient à en parler à M. d'Aiguillon, mais son retour en France, sous quelque forme qu'il soit, me paraît bien difficile. Mais le temps vient à bout de tout. » Le ministre consent au retour de l'exilé, tout en refusant de lui donner la moindre garantie sur l'accueil qu'il recevra. D'Éon, découragé, écrit à Charles de Broglie : « Si vous vouliez me permettre de vous ouvrir mon cœur, je vous dirais, Monsieur, que je quitterais avec plaisir l'Angleterre, séjour de mes malheurs, et que si Sa Majesté m'assurait seulement le paiement de la moitié des douze mille livres de pension qu'elle m'a accordées et voulût bien m'autoriser à me choisir moi-même une retraite en Suisse, je m'estimerais encore heureux. Car, à vous parler franchement, je n'aurai de confiance dans la probité des seigneurs, ou plutôt des ministres de Versailles, que lorsque vous serez vous-même ministre. »

Le comte de Broglie n'est pas près d'être ministre, ni le chevalier d'Éon de quitter l'Angleterre.

XXI

Rude journée que ce 11 février 1773.

« Un des plus grands torts que j'aie connus à Beaumarchais, écrit son ami Paul Gudin, c'était de paraître tellement aimable aux femmes qu'il était toujours préféré ; ce qui lui faisait autant d'ennemis qu'elles avaient d'aspirants à leur plaire. » L'observation définit Gudin, qui ne peut trouver à son grand homme un défaut qui ne soit aussi une qualité. Il avait d'abord hésité à faire la connaissance d'un individu de si douteuse réputation. À leur première rencontre, coup de foudre. Une amitié naît, à la vie à la mort. Gudin, qui se fait appeler Gudin de La Brenellerie, est lui aussi fils d'horloger. Ils posent le même regard sur la société. Mais tandis que Beaumarchais, propulsé par son énergie vitale, veut à toute force se frayer un chemin, Gudin, à l'aise grâce à l'héritage familial, se contente d'écrire de sombres tragédies jamais jouées ou si peu, et des opéras-ballets qu'aucun musicien ne veut mettre en musique. Il n'en conçoit point d'amertume : Beaumarchais suffit à remplir son existence. Il l'aime pour sa générosité de cœur, sa gaieté, son aspiration à faire le bien. Il voit en son ami un être moral. Il est fasciné par ce grand vivant.

Beaumarchais, non sans fatuité : « Si je rendais alors les femmes malheureuses, c'est que chacune voulait exclusivement être heureuse, et qu'il me paraissait que dans cet immense jardin qu'on appelle le monde, chaque fleur avait le droit au coup d'œil de l'amateur. »

Mlle Ménard ne prétendait pas à l'exclusivité, ni ne l'accordait non plus. C'était une petite actrice dont le grand talent trouvait à s'exprimer ailleurs que sur la scène. Elle moissonnait les cœurs littéraires — Chamfort, Sedaine, Marmontel —, mais son plus récent protecteur était un scientifique, le duc de Chaulnes, dont elle avait eu un enfant. Âgé de trente-deux ans, Chaulnes offrait un personnage à tous points de vue hors norme. Physiquement :

gigantesque, des épaules de portefaix, une force herculéenne. Son caractère très excessif, qui le faisait fréquemment sombrer dans des crises de folie furieuse, lui avait valu l'ordre de sortir du royaume. Il s'était fait égyptologue après un séjour sur les rives du Nil. Depuis son retour d'exil, il pratiquait les sciences naturelles avec bonheur et non sans risque ; ainsi, voulant expérimenter une préparation de son invention contre l'asphyxie, il s'était enfermé dans un cabinet vitré et avait inhalé du gaz carbonique en se reposant sur son valet de chambre pour intervenir à temps et lui appliquer le remède. Une personnalité riche de contradictions. Encore adolescent, il avait été convenu de le marier à la fille de la marquise de Pompadour, Alexandrine, qui lui aurait apporté une dot royale, mais la petite vérole avait emporté la jeune fille, lui épargnant une redoutable expérience conjugale.

On disait qu'il tenait ses folies de sa mère, tandis que son père lui avait légué son goût pour les sciences. À ce trait, le lecteur attentif aura identifié le personnage : le duc de Chaulnes n'est autre que l'imbécile, ou le traître, ou les deux, qui, à Londres, en 1763, étant l'hôte de l'ambassadeur Guerchy, racontait aux Anglais que La Rozière était venu chez eux « pour lever les côtes » et « faire des projets de descente [1] ». Il portait alors le titre de duc de Picquigny ; il est Chaulnes depuis la mort de son père, en 1769. Picquigny ou Chaulnes, vingt-deux ans ou dix de plus, il n'a pas changé. Grand buveur, joueur effréné, courant la gueuse, il avait accoutumé de battre comme plâtre la pauvre Ménard. Quand il découvrit que Beaumarchais avait posé sur elle l'œil de l'amateur, il infligea à l'infidèle une correction si forte qu'elle se réfugia dans un couvent avec sa fille, et il fit à Beaumarchais, à qui le liait une sorte d'amitié et qui lui avait prêté quelque argent, une scène violente couronnée par l'insulte suprême : « Fils d'horloger ! » Après ces tumultes, Beaumarchais écrivit au duc une lettre plaidant pour la Ménard (« Ah ! Monsieur le Duc, un cœur aussi généreux ne se conserve ni par des menaces, ni par des coups, ni par de l'argent... ») et lui donnant ce conseil : « Au lieu d'une vie d'enfer que nous lui faisons mener, joignons-nous tous pour lui procurer une société

1. Cf. *supra* p. 56.

douce et une vie agréable. » L'épître aurait eu sa place dans un drame bourgeois, mais les mœurs du temps réprouvaient qu'un fils d'horloger fît paternellement la leçon à un duc et pair, et même un homme moins inflammable que Chaulnes se fût irrité de ce que son heureux rival proposât en somme, sur un ton patelin, de vivre en paix et en ménage à trois.

*
* *

Le 11 février au matin, Chaulnes, l'épée à la main, fait irruption chez la Ménard. Il ne trouve que le petit Gudin assis dans un fauteuil au bord du lit où elle est couchée. Gudin, qui a brûlé en vain pour l'actrice, s'est consolé en voyant que son ami avait plus de bonheur. Chaulnes, déçu, demande : « Où est-il ? Je veux le tuer. — Mais qui donc cherchez-vous ? — Beaumarchais, que je dois tuer sur l'heure. » La dame sanglote. Chaulnes sort en vociférant... Dans ses crises, écrira Gudin, « il ressemblait à un sauvage ivre, pour ne pas dire à une bête féroce ». Gudin, épouvanté, court rue de Condé prévenir Beaumarchais. Il croise son carrosse rue Dauphine. Sautant sur le marchepied, il presse son ami de venir se réfugier chez lui. Mais Beaumarchais est en route pour le Louvre, où il doit présider le tribunal en sa qualité de lieutenant général des chasses aux bailliages et capitainerie de la Varenne du Louvre. Gudin insiste : « Chaulnes veut vous tuer ! » Beaumarchais éclate de rire : « Il ne tuera que ses puces. »

Gudin s'en retourne chez lui, place Dauphine, quand la malchance lui fait rencontrer sur le Pont-Neuf le carrosse de Chaulnes. La portière s'ouvre et la poigne athlétique du duc enlève le malheureux « comme un oiseau ». Gudin est petit, mincelot. Chaulnes hurle qu'il ne le lâchera plus avant d'avoir trouvé Beaumarchais pour lui plonger son épée à travers le corps et lui arracher le cœur avec les dents. Gudin, sommé de dire où se tient son ami, refuse avec véhémence. Menacé d'un soufflet, il prévient qu'il le rendra. Chaulnes, stupéfait : « Un soufflet, à moi duc et pair ? » Il tire sur les cheveux de Gudin, se retrouve avec une perruque dans la main, continue en griffant le visage du malheureux, fou de terreur, qu'il finit par jeter à demi étranglé hors du carrosse.

Renseigné par les domestiques de Beaumarchais, le furieux fait bientôt irruption dans la salle du Louvre où le lieutenant général siège en majesté. Il lui intime l'ordre de sortir : « Il faut que je vous tue sur-le-champ et que je vous déchire le cœur. — Ah ! ce n'est que cela... Permettez, monsieur le duc, que les affaires viennent avant le plaisir. » On abrège sur les vociférations de Chaulnes, à qui un huissier apporte un siège. Mais il ne tient pas en place, interrompt sans cesse les débats et hurle qu'il va égorger Beaumarchais. Celui-ci retient les gardes, disposés à intervenir.

L'audience enfin levée, Chaulnes exige un duel immédiat. Beaumarchais fait observer qu'il n'a sur lui qu'une épée de parade, impropre à un assaut. Retour rue de Condé pour prendre une arme convenable. Mais elle est chez le fourbisseur. On envoie un domestique la quérir. Beaumarchais, suivi de Chaulnes, monte dans son bureau, au deuxième étage. Il s'apprête à écrire une lettre quand l'autre lui arrache la plume des mains avant de sombrer dans la pure démence. Empoignant l'épée de parade posée sur un meuble, il marche sur Beaumarchais avec force moulinets, criant qu'il va l'assassiner. Beaumarchais ne trouve son salut qu'en se jetant contre lui et en le prenant à bras-le-corps. Ils se battent comme des chiffonniers, roulent à terre. Beaumarchais a les cheveux arrachés par poignées, le visage en sang. Il parvient à tirer le cordon de la sonnette. Les domestiques accourent. Le cuisinier, lui aussi colossal, prend une bûche dans la cheminée et s'apprête à assommer le duc ; Beaumarchais l'arrête. On arrache au moins l'épée de parade. Beaumarchais, que l'autre maltraite toujours, lui décoche un coup de poing sur le nez. De nouveau, le mot magnifique : « Misérable ! Tu frappes un duc et pair ! » Et le duc et pair d'entreprendre de ses mains musculeuses l'étranglement du misérable. Les domestiques s'élancent derechef à la rescousse. Chaulnes, herculéen, secoue la grappe humaine. On lutte, on tangue, on finit par tomber dans l'escalier, et tout le monde de dégringoler jusqu'au rez-de-chaussée. Chaulnes semble un peu calmé. Quelqu'un sonne à la porte. C'est le petit Gudin. Sa vue, on ne sait pourquoi, ranime le volcan. Chaulnes tire du fourreau son épée, que personne n'avait songé à lui ôter, et marche sur Beaumarchais. Ils sont huit à se jeter sur lui. Le cuisinier a la main percée de part en part ; un laquais, le front balafré ;

le cocher, le nez coupé. Mais Chaulnes est enfin désarmé. Il se rue à la cuisine. Les domestiques font main basse sur tout ce qui pourrait servir à trancher ou à assommer. Beaumarchais remonte l'escalier quatre à quatre pour chercher une arme. Il ne trouve qu'une pince de cheminée. Quand il redescend, il a la surprise de voir son déconcertant agresseur attablé et dévorant avec appétit des côtelettes.

Arrivée du commissaire Chenu, alerté par les voisins. Il calme respectueusement Chaulnes, qui arrache à présent ses propres cheveux, enragé qu'il est de n'avoir pu tuer Beaumarchais. Le commissaire terminera son rapport par cette remarque : « Je n'ai eu qu'à me louer des procédés de M. le duc, qui ne m'a même rien dit de désagréable. » Un policier sait mieux que quiconque la différence entre un Beaumarchais et un duc et pair.

Au soir de cette journée mouvementée, Beaumarchais arriva avec quelque retard chez le fermier général Lopez, où l'attendait une élégante société. Il raconta gaiement sa mésaventure et entama la lecture des cinq actes de sa nouvelle pièce, *Le Barbier de Séville* ; après quoi il soupa et joua de la harpe. « C'est ainsi, écrit Gudin, que, dans toutes les circonstances de la vie, il était entièrement à la chose dont il s'occupait, sans qu'il fût préoccupé ou par ce qui s'était passé ou par ce qui devait suivre, tant il était sûr de ses facultés et de la présence de son esprit. » Tel est le véritable aventurier : sans mémoire importune ni anxiété face à l'avenir incertain, tout entier au présent.

*
*   *

Le lendemain, Beaumarchais et Gudin demandent audience au lieutenant de police Sartine et lui donnent leur version de l'affaire, qu'il connaît déjà par le rapport prudent de son commissaire. Sartine éprouve pour Beaumarchais une sympathie fondée sans doute sur une espèce de solidarité de classe. Mais il dépend du ministre de la Maison du Roi, le duc de La Vrillière, enfin débarrassé de son intérim des Affaires étrangères. La Vrillière ordonne à Beaumarchais de partir à la campagne. Il refuse, ne voulant pas qu'on lui impute le déshonneur d'une fuite. Chaulnes court les théâtres, son terrain de chasse favori, et se répand en menaces de mort. Trouvant le malheureux Gudin au foyer de la Comédie-Française, il l'empoigne derechef : « Dites à votre ami que je l'assommerai partout où je le rencontrerai ! » La Vrillière commence par mettre Beaumarchais et Chaulnes aux arrêts à leur domicile.

Le tribunal des maréchaux de France, chargé de la police de la Comédie-Française, compétent au surplus pour purger les querelles entre gentilshommes, entend Beaumarchais, mais non pas Chaulnes, enfermé entre-temps au château de Vincennes par lettre de cachet du 19 février. Le tribunal, dont fait partie Victor-François de Broglie, décharge Beaumarchais et lève ses arrêts. Sartine lui confirme qu'il peut vaquer à ses affaires. Mais La Vrillière ne l'entend pas ainsi. Issu de la famille Phélypeaux, pépinière de secrétaires d'État, comte de Saint-Florentin, puis duc de La Vrillière, le personnage est à l'inverse de Sartine : d'autant plus haut qu'il se souvient d'être parti de peu. « Vilain petit manchot », au dire du prince de Ligne, joignant, selon Choiseul, un grand actif de friponnerie au passif des talents, Phélypeaux-Saint-Florentin-La Vrillière ne fera rire qu'après sa mort, quand cette épitaphe circulera dans Paris :

Ci-gît, malgré son rang, un homme assez commun :
Ayant porté trois noms, il n'en laissa aucun.

Apprenant que Beaumarchais, justifié par la décision des maréchaux, ne respecte plus sa mise aux arrêts, il le fait enfermer à la prison de For-l'Évêque, rue Saint-Germain-l'Auxerrois, où Casanova a eu l'infortune d'être lui aussi logé.

Ainsi l'agresseur et l'agressé se retrouvent-ils également incarcérés. Beaumarchais s'indigne. Il a refusé de poursuivre Chaulnes au criminel, comme c'eût été son droit. Il écrit force lettres et mémoires, en appelle aux maréchaux, à Sartine, à tous ses amis. Il remontre au ministre l'injustice de son procédé. Sartine intervient sans succès. « C'est un insolent ! » répète La Vrillière. La Blache, sautant sur l'occasion, pousse les feux afin que son procès en appel soit jugé pendant la détention de son adversaire. Beaumarchais s'affole : comment organiser sa défense de l'intérieur d'une prison ? Contraint par la nécessité, il s'humilie devant La Vrillière : « Le plus grand de tous mes malheurs est d'avoir encouru votre disgrâce, lui écrit-il le 21 mars. Mais si, malgré la pureté de mes intentions, la douleur qui me brise a emporté ma tête à des démarches qui aient pu vous déplaire, je les désavoue à vos pieds, Monseigneur, et vous supplie de m'accorder un généreux pardon. » La Vrillière, satisfait, lui octroie permission de sortir dans la journée, accompagné d'un policier, pour préparer sa défense. Mais les mauvaises nouvelles se sont accumulées. La Comédie-Française a interrompu les répétitions du *Barbier de Séville.* Ses collègues du tribunal du Louvre ont réduit ses émoluments. Une gazette écrit de lui : « En général, ce particulier, fort insolent, qui ne doute de rien, n'est point aimé, et, quoique dans cette rixe il ne paraît pas qu'on ait à lui reprocher aucun tort, on le plaint moins qu'un autre des vexations qu'il éprouve. » Le même ton que pour Voltaire, autrefois, après la bastonnade reçue des mains des valets de Rohan-Chabot, et dont le chroniqueur Marais écrivait : « Le pauvre battu se montre le plus souvent qu'il peut à la cour, à la ville, mais personne ne le plaint et ceux qu'il croyait ses amis lui ont tourné le dos. » Une société, toutes classes confondues, déteste ceux qui ne savent pas se tenir à leur place.

Mais tous ses amis ne tournent pas le dos à Beaumarchais. Au premier rang des fidèles, le prince de Conti. Ils se sont rencontrés à propos d'une minuscule affaire. Conti, chasseur acharné, avait fait démolir un mur de jardin qui gênait ses équipages. Le paysan ayant saisi le tribunal du Louvre, Beaumarchais avait rendu un jugement ordonnant la reconstruction du mur, au grand dépit du prince. Informé de son irritation, Beaumarchais l'alla voir et lui dit : « Certainement, Votre Altesse obtiendra tout ce qu'elle voudra ; son rang, sa puissance... — Non, coupa Conti, c'est comme avocat que je prétends avoir raison. — Si telle est votre volonté, je demande à Votre Altesse d'être l'avocat de sa partie adverse et de plaider devant elle. Je la prends pour juge. » Beaumarchais plaide si éloquemment le dossier du paysan que Conti reconnaît ses torts et se prend de « la plus grande affection » pour le président-avocat. « Ce prince avait beaucoup d'esprit, écrit Gudin, et, ce qui peut-être est plus rare dans un homme de ce rang et d'un caractère assez absolu, il avait des idées libérales... Il était difficile de le voir et de ne le pas aimer. » Le président Hénault confirme : « Il ne faisait point de distinction de rang dans la société. » Et Jean-Jacques Rousseau, d'habitude avare de compliments : « Grand prince, plein d'esprit et de lumière, et si digne de n'être pas adulé... » Rousseau déplorait cependant la frénésie cynégétique de Conti et sa politique de multiplication du gibier : il voyait les malheureux paysans passer des nuits entières dans les champs, avec tambours, sonnettes et chaudrons, pour protéger la récolte des ravages des sangliers. Il refusa du gibier offert par Conti et se fit pardonner cette grossièreté en ne poursuivant pas de ses assiduités la comtesse de Boufflers, l'Idole du Temple, dont il était tombé un peu amoureux.

Il n'empêche que l'amitié du prince est dans la circonstance bien compromettante pour Beaumarchais : Conti fait une guerre acharnée à ce Parlement Maupeou qui s'apprête à juger son procès avec La Blache.

*
* *

L'audience est fixée au 6 avril. Beaumarchais dispose de quinze jours pour organiser sa défense. La Blache mène campagne depuis des semaines, tant dans les salons qu'auprès des magistrats, dénonçant en son adversaire « un monstre achevé » et « une bête venimeuse dont on doit purger la société ». Beaumarchais veut avant tout rencontrer le conseiller Goëzman, nommé rapporteur de l'affaire. Presque toujours, les juges suivent l'avis du rapporteur. Ce Goëzman est un pur produit Maupeou. On est allé le pêcher en Alsace, où il siégeait au Conseil souverain, pour garnir le parlement de Paris. Il jouit de la protection du duc d'Aiguillon. Bon magistrat au demeurant, avec la réputation d'intégrité qui constitue le meilleur atout des gens de Maupeou pour s'imposer dans l'opinion.

Le 1er avril, Beaumarchais, suivi comme son ombre par le policier Santerre, ce qui ne fait pas bon effet quand on va voir des juges, se présente par trois fois chez Goëzman, quai Saint-Paul. Le juge doit rendre son rapport le 5. Par trois fois, on lui répond que le magistrat est absent. Il laisse à la portière une lettre sollicitant une audience.

Le 2 avril au matin, il court au domicile du rapporteur. La portière lui annonce qu'on ne veut pas le recevoir et qu'il est inutile d'insister. Se retirant, Beaumarchais voit un rideau se soulever à l'étage et l'œil ironique de Goëzman se poser sur lui.

Désespéré, il passe chez sa sœur Fanchon, épouse Lépine. Il trouve chez elle un galant, marchand d'anchois et Dairolles à Marseille, prêteur d'argent et d'Airolles à Paris, qui, miraculeusement, connaît le libraire Lejay, éditeur d'un savant ouvrage écrit par Goëzman, *Traité du droit commun des fiefs*. Ce Lejay reçoit souvent la visite de la jolie Gabrielle Goëzman, épouse en secondes noces du magistrat, beaucoup plus jeune que lui, et qui n'a pas le genre Maupeou. « S'il se présentait un client généreux, dit-elle volontiers, dont la cause fût juste et qui ne demandât que des choses honnêtes, je ne croirais pas offenser ma délicatesse en recevant un présent. » À d'autres, elle a déclaré plus crûment : « Quand mon mari sera rapporteur, je saurai bien plumer la poule sans la faire crier. »

La plumeuse de volaille demanda deux cents louis, somme considérable pour une simple audience, raisonnable s'il s'agissait de corrompre[1]. Beaumarchais s'indigna, tenta de faire baisser le prix, échoua, se résigna enfin à écouter sa maisonnée — son vieux père, sa ribambelle de sœurs, les amis fidèles — qui lui remontrait qu'il serait bien avancé s'il perdait son procès pour avoir voulu épargner deux cents louis. Il ne les possédait pas. Son ami La Châtaigneraie, écuyer de Mesdames, lui en avance cent, que la dame acceptera en acompte. Véritable ami que ce garçon, qui oublie une fâcherie à propos d'une maîtresse que Beaumarchais venait de lui souffler.

Beaumarchais se rend quai Saint-Paul en compagnie de son avocat, Falconnet, et de l'inévitable Santerre. Rencontre plus que décevante : inquiétante. D'évidence, le siège de Goëzman est fait. Il écarte sans même les discuter les arguments de Beaumarchais. Celui-ci osant lui déclarer qu'il le trouve trop mal informé pour être en état de remettre son rapport, il répond que l'affaire est au contraire toute simple, et lève la séance. Beaumarchais croit voir sur le visage du magistrat les traces d'un rire équivoque. Sa femme précisera que c'était le caractère ordinaire de sa physionomie. Goëzman avait en effet, outre l'épaule déformée par une bosse, un sourire en forme de rictus.

Le lendemain, conseil de guerre rue de Condé. Perdu

1. Un louis valait vingt-cinq livres.

pour perdu, on décide de livrer un dernier assaut. Il faut à tout prix revoir le conseiller. Le tarif n'a pas changé : deux cents louis. Où trouver pareille somme un dimanche ? L'époux de Fanchon, Lépine, qui a repris la boutique du père Beaumarchais, donne une montre sertie de diamants. Gabrielle Goëzman l'accepte avec empressement, mais exige un supplément de quinze louis pour le secrétaire de son mari. Va pour les quinze louis. La dame plumeuse promet de tout restituer si Beaumarchais n'a pas son audience.

Il trouve porte close quai Saint-Paul. Son ami La Châtaigneraie, fort de sa qualité d'écuyer de Mesdames, réussit à se faire recevoir. Il n'est pas juriste, mais quand Goëzman lui explique que l'arrêté de compte ne vaut rien, puisque les sommes sont écrites en chiffres et non en lettres, comme l'exige la loi, La Châtaigneraie retourne la feuille et montre au magistrat que les sommes figurent en lettres au recto, en chiffres au verso, procédé parfaitement légal. Moment difficile pour Goëzman. Connaît-il si peu son dossier ou se moque-t-il du monde ? Il déclare sans ambages à l'écuyer sa conviction que le vieux Pâris-Duverney laissait traîner des blancs-seings et que Beaumarchais en a profité pour établir un compte à son avantage.

*

* *

Le 6 avril, le Parlement rend son arrêt. Conformément aux conclusions de Goëzman, l'arrêté de compte est déclaré nul et non avenu. Au lieu de recevoir quinze mille livres, Beaumarchais doit en payer cinquante-six mille trois cents à La Blache, plus les intérêts courant depuis cinq ans. Il est également condamné à payer les frais du procès.

Ruine financière. La Blache se lance à la curée. Il fait saisir la maison de campagne de Pantin et placer sous séquestre judiciaire l'hôtel de la rue de Condé. Beaumarchais doit assumer les frais, soit trois cents livres par jour. Son vieux père demande asile à des amis, sa sœur Julie se réfugie dans un couvent. La forêt de Chinon est elle aussi menacée de saisie pour le compte du roi, faute de règlement des sommes dues à l'État. Cent créanciers sortent du bois. Beaumarchais, toujours enfermé à For-l'Évêque, dont il ne peut plus sortir depuis le jugement, touche le fond du désespoir. Le 9 avril, il écrit à Sartine, dont l'appui ne lui a jamais manqué : « Je suis au bout de mon courage. Le bruit public est que je suis entièrement sacrifié. Mon crédit est tombé, mes affaires dépérissent ; ma famille, dont je suis le père et le soutien, est dans la désolation... Toute l'activité de mon âme tourne aujourd'hui contre moi, ma situation me tue, je lutte contre une maladie aiguë dont je sens les avant-coureurs par la privation du sommeil et le dégoût de toute espèce d'aliment. L'air de ma prison est infect et détruit ma misérable santé. »

Ruine morale. Curieusement, le jugement n'est pas motivé. L'arrêté de compte a été déclaré sans explication nul et non avenu. Mais les raisons, quoique implicites, sautent aux yeux : ou bien Beaumarchais est un faussaire qui a abusé d'un blanc-seing, ou bien il a profité de la sénilité de Pâris-Duverney pour lui faire signer le compte. Si les juges l'avaient expressément déclaré faussaire, il ramerait jusqu'à la fin de sa vie sur les galères du roi. Dans tous les cas, il est déshonoré. Le jugement avère les rumeurs qu'il traînait derrière lui. Grimm va écrire dans sa *Correspondance littéraire* qu'il est « l'horreur de tout Paris » et que « chacun, sur la parole de son voisin, le croyait capable des plus grands crimes ».

Il peut accepter et subir. Plaie d'argent n'est pas mortelle. Le déshonneur ? Comme dit Louis XV : « Le temps vient à bout de tout. »

Sa devise : « Ma vie est un combat. » Voltaire avait écrit : « Le but de la vie est l'action. »

Il éprouve à coup sûr un profond sentiment d'injustice. Qui peut croire coupable d'une misérable escroquerie un homme qui a manié des sommes énormes pour le compte de Pâris ? Il y faut la haine énigmatique d'un comte de La Blache, maréchal de camp. Et puis ce fou de Chaulnes, duc et pair, hérissé à l'idée de partager une maîtresse avec un fils d'horloger. Et la morgue mesquine du duc de La Vrillière. À cause d'eux, il s'est présenté devant ses juges, lui l'agressé, en prisonnier, un policier sur ses talons. Il avait pourtant joué le jeu. « Ne pouvant changer le préjugé, écrivait-il à son père en 1761, il faut donc que je m'y soumette, puisque je n'ai pas d'autre voie ouverte à l'avancement que je désire pour notre bonheur commun et celui de toute la famille. » Des fautes de goût, bien sûr, et même des goujateries, mais qui n'en commet quand il s'agit de bousculer les hiérarchies sociales ? Il a joué le jeu et perdu la partie. Son énergie, jusqu'ici canalisée par l'ambition de parvenir, nourrit à présent sa révolte. Ils l'ont ruiné, déshonoré, poussé à bout. S'il faut couler, il ne coulera pas seul.

Conformément à sa promesse, Gabrielle Goëzman avait fait restituer par le libraire Lejay les cent louis et la montre ornée de diamants. Mais non pas les quinze louis destinés au secrétaire. Celui-ci, approché par un ami de Beaumarchais, avait contesté avec indignation avoir reçu la somme. On le savait assez honnête homme. Sans doute la dame avait-elle empoché les quinze louis à l'insu de son mari, et, les ayant déjà dépensés, ne pouvait-elle plus les rendre. Quinze louis... Rarement une aussi petite cause aura-t-elle eu d'aussi grands effets [1].

Beaumarchais écrit à Gabrielle Goëzman une lettre fort honnête lui demandant restitution de la somme. Point de réponse. Il se répand alors dans les salons en contant l'anecdote. Son but est de contraindre Goëzman à l'attaquer en justice. Quitte ou double ? Même pas : conduite suicidaire. Le corrompu suppose un corrupteur. Si la plumeuse a eu tort de recevoir, Beaumarchais n'est-il pas coupable d'avoir offert ? Le procès sera jugé par les collègues du magistrat. Une condamnation pour calomnie peut valoir les galères, le pilori, le bannissement. Lancer un brûlot contre un vaisseau de haut bord laisse quelque chance au second, mais aucune au premier. Contre l'avis de tous les siens, Beaumarchais s'obstine. Ne pas couler seul.

Il attaque le Parlement Maupeou au point le plus sensible : sa prétention à l'intégrité. À quoi bon avoir solennellement supprimé les épices si les épouses de magistrats reçoivent des pots-de-vin à la subreptice ? Il ne s'agit plus de quinze louis, mais d'une affaire d'État. L'armée des opposants à la réforme de Maupeou se mobilise derrière Beaumarchais, Conti en tête.

Goëzman cherche à éviter le choc frontal. Il sollicite une lettre de cachet qui le débarrasserait de son adversaire. Sartine marque sa réticence. La Vrillière refuse. Le 21 juin, le magistrat porte plainte pour tentative de corruption.

Un mot court déjà Paris : « Louis XV a renversé l'ancien Parlement ; quinze louis renverseront le nouveau. »

1. Quinze louis valaient trois cent soixante-quinze livres.

XXII

Onze jours après l'arrêt du Parlement condamnant Beaumarchais, le comte de Broglie transmet à Louis XV le premier mémoire résultant du nouveau travail entrepris sous sa direction.

Pour le chef du Secret, la Pologne condamnée et la Suède menacée ne bornaient pas l'horizon des dangers. Leur appétit aiguisé, où s'arrêteraient les trois copartageants ? La décrépitude de l'Empire ottoman leur ouvrait de vastes perspectives. Les successions des Électeurs de Bavière et du Palatinat s'annonçaient délicates : Frédéric et Marie-Thérèse risquaient d'être tentés de donner leur avis à main armée. En Italie même, l'Autriche pouvait renverser d'une pichenette les trônes de la maison de Bourbon. Vienne, Berlin et Pétersbourg alignaient ensemble sept cent mille soldats.

Le 7 juin 1772, Broglie avait déjà remis au roi un mémoire rédigé de concert avec Durand. Après un lugubre état des lieux, ils y insistaient sur l'urgence de sortir la diplomatie française de sa léthargie. Il fallait s'employer à réactiver l'alliance autrichienne. Si cette alliance faisait décidément défaut, on devrait « s'occuper de ce qui se passe à Berlin » pour préparer les voies d'un rapprochement. Il importait enfin de mettre les rois de Naples et de Sardaigne, ainsi que la république de Gênes, en état de résister à une éventuelle agression autrichienne. Ce dernier thème va revenir en leitmotiv dans la correspondance de Charles. Édifié par la mauvaise foi de Vienne dans l'affaire polonaise, prévoyant que l'aversion personnelle de Louis XV pour Frédéric le retiendra de se réconcilier avec la Prusse, constatant enfin la parfaite entente qui continue de régner entre les copartageants, Broglie ne voit de salut que dans une coalition des nations méditerranéennes. Le 19 janvier 1773 : « Il est instant de réunir le Midi contre le Nord. » Le 15 février : « J'avoue que je ne serai pas tranquille contre les nouvelles liaisons du Nord tant que je ne verrai pas une forte alliance cimentée dans le Midi pour les contrebalancer. » Avec l'allègre opiniâtreté que nous lui connaissons, Charles enfonce le clou lettre après lettre : seule une ligue du Midi, organisée autour de la France et de l'Espagne, pourra contenir le torrent qui menace de submerger l'Europe.

En même temps, il s'efforce de convaincre le roi que son pacifisme ne le préservera pas de la guerre si quelque autre puissance est résolue à la lui faire ; simplement, il devra se battre dans les pires conditions : « L'axiome latin qui dit *Si vis pacem para bellum*[1] est si commun qu'on ose à peine le citer. Il est cependant si vrai et si applicable aux circonstances qu'on doit ne cesser de le répéter et d'y ajouter que ce sont des préparatifs puissants et faits pour en imposer auxquels il faut s'attacher. »

Louis XV ne réagit pas.

Charles s'obstine. Comment ne pas admirer sa pugnacité ? Ce pour quoi il a combattu pendant vingt ans n'est plus que champ de ruines. Ses ambitions personnelles restent sous l'étouffoir. Bien loin de s'abandonner au découragement, il rebondit. Le Midi contre le Nord. Rares sont les politiques capables de tirer un trait sur le désastre pour se projeter dans l'avenir avec une foi inentamée. Et puisque ses lettres ne suffisent pas à ébranler le roi, il va lui mettre sous les yeux le tableau de l'Europe. Le 18 mars 1773 : « C'est un ouvrage que peu de personnes seraient en état de faire et j'avouerai que, quoique je m'occupe sérieusement de ces objets depuis plus de vingt ans, je n'oserais l'entreprendre sans secours. Il m'est tombé sous la main depuis peu un des hommes de l'Europe les plus instruits de ces sortes de matières. C'est celui qui fit en 1756 les observations sur le traité de Versailles. Il a depuis été employé en différents pays, mais ses lumières ont toujours excité la jalousie des bureaux, de sorte qu'il a été continuellement éloigné et qu'on l'a laissé dans l'inutilité et presque dans la misère. Je lui ai proposé de me fournir les matériaux qu'il a en grande abondance et de travailler à tracer ce tableau général, sur lequel j'essaierai ensuite l'esquisse

1. Si tu veux la paix, prépare la guerre.

d'un plan de politique analogue aux circonstances présentes. Il m'a paru très disposé à s'occuper avec suite de cet ouvrage, et, pour l'y déterminer, je lui ai promis de lui donner cinq cents livres par mois comme si je les lui donnais de ma poche, ce qui a été accepté. Puis-je espérer, Sire, que Votre Majesté daignera approuver cette dépense et ordonner qu'elle soit ajoutée à la remise de chaque mois ? Je ne crois pas qu'on puisse en faire de plus utile et de plus pressée. »

Le roi renvoie la lettre avec cette apostille : « Approuvé du 1er avril prochain. »

L'homme « tombé sous la main » du chef du Secret s'appelle Jean-Louis Favier.

*

* *

Si Tercier vivait encore, laisserait-il Broglie employer Favier ? Si Durand n'était pas ministre plénipotentiaire à Saint-Pétersbourg depuis cinq mois, approuverait-il l'embauchage ? Charles est seul, abandonné à lui-même, livré surtout à sa sympathique mais dangereuse propension à ne plus trouver que des qualités chez ceux qu'il prend sous son aile. Il sait pourtant que le portrait qu'il trace de Favier — un homme de grand talent écarté des emplois par la jalousie des bureaux — pèche par plus d'une omission. La preuve : il n'indique pas son nom au roi. Il est singulier de prétendre avoir dégoté « un des hommes de l'Europe le plus instruit de ces sortes de matières » et de passer sous silence l'identité de la perle rare. Favier lui est « tombé sous la main depuis peu » ? Il l'a à l'œil depuis très longtemps.

Jean-Louis Favier est âgé de cinquante-six ans. Né à Toulouse, il a succédé à son père dans la charge considérable de syndic général des états du Languedoc. Ses orgies dilapident son héritage et l'obligent à démissionner. Il a vingt-deux ans. Les dix années suivantes sont consacrées à des voyages à travers l'Europe, sans qu'on sache ses moyens de subsistance. En 1749, il devient secrétaire de l'ambassadeur de France à Turin. Ce n'est pas le début de la sagesse, puisque cet ambassadeur s'appelle La Chétardie, sous lequel le chevalier de Valcroissant fait au même moment ses premières armes. Après Turin, nouveaux voyages. En mai 1754, il rencontre Charles de Broglie, alors ambassadeur en Pologne, mais résidant à Dresde, aux eaux de Radeberg, en Saxe. Rentré en France, il rédige, sur commande du comte d'Argenson, secrétaire d'État de la Guerre, un mémoire à propos du renversement d'alliances. Publié en juillet 1756, l'ouvrage, intitulé *Doutes et questions sur le traité de Versailles du 1er mai 1756*, lui vaut une célébrité immédiate et durable. C'est une critique implacable de la nouvelle alliance autrichienne. D'Argenson exilé, Favier travaille encore pour quelques ministres sans obtenir d'emploi fixe. En 1759, Broglie le recommande à Choiseul, qui le désigne pour accompagner en Espagne le comte Vorontsov, chargé par Saint-Pétersbourg du compliment protocolaire au roi Charles III, qui vient d'accéder au trône.

Le jeune comte est le fils du francophile vice-chancelier Vorontsov, dont le rôle a été capital dans le rétablissement des relations diplomatiques entre la France et la Russie. Le Secret ne peut se désintéresser de la personnalité du mentor chargé de l'accompagner. Quelle est la réaction du sage Tercier ? Il écrit à Broglie : « Je sais que M. Favier a beaucoup de talents, la connaissance des affaires, de l'esprit, qu'il est fort instruit, que de ce côté il ne lui manque rien pour répondre au choix que l'on paraît vouloir faire de lui, mais d'un autre côté la conduite qu'il a tenue à Turin, où il était fort dérangé, et beaucoup d'autres choses paraissent faire désirer qu'il ne soit pas auprès de ce ministre [Vorontsov]. » L'homme chargé d'accompagner Vorontsov en Espagne devrait pouvoir être initié au Secret, ce qui n'est pas le cas de Favier, dont la vie privée implique trop de risques de sécurité. Quelques semaines plus tard, Tercier revient à la charge : « Il a beaucoup de choses contre lui. Sa mauvaise conduite en Languedoc l'a, dit-on, obligé de vendre sa charge de syndic des états du Languedoc qu'il avait héritée de son père. Quand il a été à Turin avec M. de La Chétardie, et depuis le départ de cet ambassadeur, on assure qu'il y a vécu de manière très peu convenable. Je crois me rappeler qu'il y avait eu des affaires qui avaient pensé le compromettre ; il y était abîmé de dettes. Depuis son retour il était dans la misère, ce qui n'est qu'un malheur lorsqu'elle ne provient pas de dérangement... On dit qu'il aime le plaisir, le vin et les femmes ; j'ignore s'il joue. »

Broglie partage ce sentiment puisqu'il écrit à Tercier le 27 septembre 1760 : « Le départ de M. Favier est donc fixé. Il n'a pas dépendu de nous de l'empêcher. »

Choiseul confie encore à Favier une mission à Saint-Pétersbourg, où il séjourne trois mois. Mais Praslin, qui succède à son cousin aux Affaires étrangères, le laisse sans emploi. Nouveaux voyages de 1764 à 1770 : Angleterre, Hollande, Allemagne, Pays-Bas autrichiens. De quoi vit-il ? On l'ignore. L'opinion de Broglie n'a pas varié ; il écrit à Tercier, le 5 février 1764, que c'est un « homme de beaucoup d'esprit et de talents, mais... le plus ivrogne, le plus débauché et le plus dérangé de tous les hommes, sur lequel par conséquent il est bien difficile de se fier ». Contacté aux Pays-Bas autrichiens, en mars 1769, par des émissaires de la comtesse du Barry et du duc d'Aiguillon, Favier leur loue sa plume et rédige un *Précis de faits sur l'administration de MM. de Choiseul*, qui fait le procès du ministère des deux cousins. Après l'exil des Choiseul et sa propre nomination aux Affaires étrangères, d'Aiguillon l'emploie à la rédaction de quelques mémoires, puis l'abandonne, agacé par ses indiscrétions. Il traîne sa misère depuis un an quand Charles l'embauche pour son grand travail.

La plume à la main, l'homme est impeccable. Intelligence supérieure, nourrie par l'expérience et les voyages. Il sait son Europe sur le bout des doigts. Beaucoup de talent pour la synthèse, de la conviction, du style ; ainsi, après avoir montré le joug imposé à la Pologne, aura-t-il cette phrase : « Tel est, en effet, dans l'ordre politique, le sort d'une nation autrefois appelée illustre, qui avait fait proclamer czar le fils de son roi dans Moscou, reçu dans Varsovie l'hommage de la Prusse, et sauvé sous les murs de Vienne l'Autriche orgueilleuse et humiliée. » Sa critique du traité de Versailles organise avec force les arguments contre un renversement d'alliances par ailleurs inévitable. Comme Charles de Broglie, il voit loin. En décembre 1759, entre la prise de Québec et celle de Montréal, il envoie à Choiseul un mémoire annonçant qu'après la défaite des Français les colonies anglaises, débarrassées de cette menace et écrasées d'impôts, feront « une révolution plus funeste à l'Angleterre que ne l'aura été pour la France la perte totale du continent de l'Amérique », entraînant « une scission entre les colonies et la métropole ». Il paraît qu'après avoir entendu lecture du mémoire, Louis XV opina : « Chaque partie du monde a joué son rôle et eu son tour. Ce sera bientôt celui de l'Amérique[1]. »

Choix déroutant à plus d'un titre que celui de Charles. Favier demeure l'adversaire militant d'une alliance autrichienne que Louis XV défend contre vents et marées en répétant : « C'est mon ouvrage. » Avant le départ de Louis de Rohan pour Vienne, Favier lui a demandé audience pour lui remettre un exemplaire de ses *Doutes et réflexions*, assorti d'un réquisitoire verbal qui a emporté la conviction du prince-évêque sur la nocivité de l'alliance autrichienne. Le publiciste est tout prussien. Il a rencontré le prince Henri, frère de Frédéric, avec lequel il a longtemps entretenu une correspondance. Son travail s'ouvrira par un bilan des deux décennies écoulées, bilan forcément négatif et résultant, à ses yeux, du mauvais choix fait en 1756 : rien de plus propre à irriter le roi. Certes, Broglie prendra ses précautions, avertissant qu'« il a été impossible de parler des embarras où se trouve notre système politique sans remonter jusqu'aux causes, sans en faire remarquer les effets, et, par conséquent, sans avoir l'air de la censure presque continuelle ». Lorsque Favier en viendra au chapitre de l'Autriche, Broglie répétera ce qu'il a déjà dit à maintes reprises : personnellement favorable au principe de l'alliance autrichienne, il en critique l'application, qui a consisté à se mettre à la remorque de Vienne en lui faisant le sacrifice de nos plus anciennes alliances. Ces ménagements risquent d'être insuffisants pour calmer la mauvaise humeur d'un monarque à qui l'on impose, en somme, la condamnation en plusieurs centaines de pages de la politique qu'il a voulue et dans laquelle il entend persévérer. Ce n'est pas la première fois que nous voyons Charles de Broglie agir en citoyen et non en courtisan.

1. À cet exercice, on peut aussi se tromper. Informé par le comte de Broglie des propositions avancées par l'agent du Secret Saint-Victor pour une meilleure exploitation de Saint-Domingue, le roi répondait le 16 mai 1769 : « Prenons garde qu'en voulant faire trop fleurir nos îles, nous ne leur donnions les moyens un jour, et peut-être promptement, de se soustraire à la France, car cela arrivera sûrement un jour de toute cette partie du monde. » Louis XV aurait probablement refusé de croire que, plus de deux siècles après, Martinique et Guadeloupe seraient encore de souveraineté française.

Sa plume posée, Favier se retrouve le verre à la main. Il reste « le plus ivrogne, le plus débauché et le plus dérangé de tous les hommes ». Charles le trouvait peu fiable en 1764 : il est le même en 1773. Ce n'est pas qu'il trahisse délibérément les secrets, mais il bavarde, se vante, invente au besoin pour éblouir les galopins et les catins qui forment sa société. On a pu apprécier, à propos de l'interdiction faite à Vergennes d'emmener sa femme à Stockholm, sa propension à broder sur la vérité. Il y a pire. Favier évolue dans un monde d'affairistes et de combinards. Comme Dumouriez, son ami depuis dix ans, il avait table ouverte chez Jean du Barry, le Roué, au beau temps de Mlle l'Ange. Lorsque Dumouriez, à son premier retour de Corse, la tête pleine de projets grandioses, découvre le misérable grouillement d'intérêts autour des fournitures de vivres aux bataillons envoyés en renfort dans l'île, il a aussi la surprise de constater que Favier se trouve au centre des tripatouillages. L'épisode n'entame d'ailleurs nullement leur amitié. Dumouriez, qui professe avoir appris de Favier « tout ce qu'il sait en politique », montre de la compréhension pour « les énormes besoins de ses fougueuses passions ».

Tel est l'homme qu'engage Charles de Broglie. Sans doute n'envisage-t-il pas un seul instant de l'initier au Secret. Mais l'autre est assez malin pour deviner à qui sont destinés ses mémoires. Broglie ne dépenserait pas cinq cents livres par mois à des leçons de diplomatie. Ses liaisons avec le roi sont trop connues pour avoir échappé à un Favier qui a une oreille partout.

De d'Éon, nul ne pouvait prévoir l'extravagant dérapage. Avec Favier, le chef du Secret n'aura pas d'excuse.

*

*   *

Chaque semaine ou presque, la plume prolixe du publiciste ajoute un nouveau chapitre à ses *Conjectures raisonnées sur la situation actuelle de la France dans le système de l'Europe, et réciproquement sur la position respective de l'Europe à l'égard de la France, enfin sur les nouvelles combinaisons qui doivent ou peuvent résulter de ces différents rapports dans le système politique de l'Europe* — titre adipeux pour un ouvrage tout en nerfs et en muscles. Chaque semaine ou presque, Broglie, informé par Vergennes, tremble de voir la Suède connaître le même sort que la Pologne.

Catherine et Frédéric soufflaient le chaud et le froid. La première, toujours hautement philosophique, écrit à Voltaire : « Que dites-vous de la révolution de Suède ? Voilà une nation qui perd en moins d'un quart d'heure sa Constitution et sa liberté. Je ne sais pas si cela peut s'appeler une douce violence, mais je vous garantis la Suède sans liberté et son roi aussi despotique que celui de France... » Réflexion plaisante de la part d'une czarine qui, en matière de despotisme, ne le cédait qu'au Grand Seigneur. Et Voltaire, toujours très disposé à fournir les renseignements qu'on ne lui demande pas, d'informer sa Catau : « Quant à la révolution de Suède, j'ai bien peur qu'elle ne cause quelque petit embarras. Mais la cour de France n'aura de longtemps assez d'argent pour seconder les bonnes intentions qu'on pourrait avoir avec le temps dans cette partie du Nord. » Frédéric reprochait à son neveu Gustave de lui placer le « poignard au cœur » en l'obligeant à se déclarer contre lui, qu'il aimait tant, et écrivait à sa sœur, la reine Ulrique : « Voilà ce qui me met de mauvaise humeur : de voir que, par l'action la plus téméraire et la plus étourdie, vos fils me forcent de m'armer contre eux. Ne pensez pas que mon ambition soit tentée par ce petit bout de Poméranie [suédoise], qui certainement ne pourrait exciter au plus que la cupidité d'un cadet de famille ; mais le bien de mon État exige que je reste lié avec la Russie, et je serais justement blâmé par la postérité si mon penchant personnel l'emportait sur le bien des peuples auxquels je dois tous mes soins. » Devoir oblige : le vertueux roi de Prusse marchera contre la Suède, fût-ce en se marchant sur le cœur.

La surprise venait de l'Autriche, *a priori* peu intéressée par le coup d'État de Gustave puisqu'elle n'avait aucun morceau à attraper en Suède, et qui protestait encore plus fort que la Russie. Louis XV avouait à Monet ne rien comprendre à l'attitude de sa fidèle alliée. Broglie y trouvait la confirmation des renseignements fournis par Thugut, l'internonce impérial recruté par Saint-Priest : Berlin et Pétersbourg s'employaient efficacement à détacher Vienne de son alliance avec Versailles.

Pour couronner le tout, Vergennes annonçait que les Anglais possédaient son code. Au même Monet, le roi écrit sans trop d'émotion : « Il y a déjà du temps que je savais que l'Angleterre avait découvert nos chiffres. Est-ce des bureaux ? Est-ce de notre correspondance secrète ? Pour de mon cabinet, cela n'est pas possible, car tout est serré sous ma clef et je ne la communique à personne au monde. Je veux croire que cela vient peut-être de Suède même ; peut-être de Prusse, chez qui tous les paquets passent, mais qu'on veille encore davantage sur l'expédition de nos paquets secrets. »

Le premier semestre 1773 fut douloureux à Charles de Broglie. Sans doute n'éprouvait-il pas pour la Suède la passion qu'il vouait à la Pologne depuis sa jeunesse, mais son patriotisme ombrageux eut beaucoup à souffrir. La France, son roi le premier, s'était trop engagée auprès de Gustave pour qu'il lui fût loisible sans déshonneur de l'abandonner à son sort. Comme en Pologne quelques années auparavant, ce n'était plus le moment des mots. Or, Charles ne voyait qu'hésitations, palinodies, reculades.

Le roi ne l'informe plus. Il en est donc réduit aux rumeurs. Le 15 février 1773 : « Le bruit court que M. le duc d'Aiguillon a déclaré aux ministres étrangers que Votre Majesté voulait au contraire la soutenir [la Suède]. On ajoute que la résolution est prise d'envoyer douze mille hommes par mer en Finlande pour se joindre aux troupes suédoises. » Vergennes l'éclaire : les douze mille hommes ne sont plus que dix mille et la difficulté consiste à les faire passer en Suède, car l'Angleterre déclare ne pouvoir souffrir une escadre française dans la Baltique. Broglie fait observer qu'un contingent aussi dérisoire sera détruit sans profit pour personne ; quant au veto anglais : « Il résulte de cette déclaration, quelque adoucie qu'elle puisse avoir été, que nous n'avons pas le droit d'envoyer des flottes au secours de nos alliés sans la permission des Anglais, qui ne sont pas disposés à la donner, pendant que nous avons eu la complaisance de laisser passer devant tous nos ports des escadres russes allant attaquer nos alliés [les Turcs], et que cette complaisance outrée et peu honorable a été fondée sur la certitude qu'on prétendait avoir que l'Angleterre prendrait parti pour la Russie si nous nous opposions à l'entreprise de cette puissance. Votre Majesté sent certainement bien plus fortement que je ne puis l'exprimer combien la dignité de sa couronne a à perdre dans l'établissement de pareils principes et combien il est dangereux de les admettre. » En avril, Durand annonce à Vergennes que les Russes n'attendent que le dégel pour attaquer la Suède. Que fait la France ? L'armistice ayant été rompu entre Pétersbourg et Constantinople, elle arme une escadre à Toulon pour aller attaquer la flotte russe en mer Égée. Charles s'exaspère : c'était deux ans plus tôt, quand les vaisseaux d'Elphinstone défilaient le long des côtes de France, qu'il fallait leur barrer le passage ! En quoi une victoire navale française au fin fond de la mer Égée pourrait-elle à présent soulager la Suède ? Privé d'informations, le chef du Secret demande au roi de l'éclairer au moins sur deux points : peut-on encore faire fond sur l'alliance autrichienne, et l'Angleterre interdit-elle réellement l'entrée d'une escadre française dans la Baltique ? Réponse de Louis XV : « Dans la Baltique, si nous y paraissions, l'Angleterre y paraîtrait aussitôt. Dans la Méditerranée, cela n'est pas si sûr mais pourrait l'être. Dans quelques jours nous en serons éclaircis. »

Les éclaircissements, en effet, ne tardent pas : Londres, apprenant les préparatifs de Toulon, arme aussitôt quinze vaisseaux. D'Éon rend compte sans tarder, indiquant que les ministres Sandwich et Rochford, pour mieux marquer le coup, sont allés inspecter les arsenaux de Plymouth et de Portsmouth [1]. D'Aiguillon capitule aussitôt et annonce que la France suspend ses armements. Cette reculade intervient dans le moment même où la rumeur se répand qu'une escadre russo-danoise s'apprête à mettre à la voile pour aller donner le coup de grâce aux Turcs. Charles de Broglie, le 22 mai : « Que Votre Majesté me pardonne la force des expressions que m'arrache la douleur d'être témoin de pareils événements. Mais est-il possible de résister au regret de se voir donner la loi sur terre et sur mer à tous les coins de l'Europe ? Il n'y a pas un bon Français, un fidèle sujet de Votre Majesté à qui le cœur ne saigne lorsqu'il entend dire publiquement : *les Anglais ne permettent pas que la France aille porter des*

1. Un service efficace fonctionne à partir de renseignements bien recoupés. Encore qu'en l'occurrence l'information sur les préparatifs navals anglais ne prêtait pas à discussion (l'ambassadeur de France à Londres l'avait de son côté confirmée), il n'est pas sans intérêt de noter que, de la lointaine Constantinople, Saint-Priest en rendra compte à son tour grâce à la lecture que lui procure son agent polonais des dépêches adressées à l'ambassadeur britannique Murray.

secours aux Suédois ; ils ne permettent pas davantage que nous nous opposions à l'envoi des escadres russes et danoises pour aller culbuter l'Empire ottoman ; ils ne veulent même pas consentir à la neutralité de ces mers et ils exigent que nous y laissions réunir toutes les forces maritimes du Nord pour exercer au Levant le même despotisme que leurs armées de terre ont établi en Pologne. Je veux espérer, Sire, qu'on ne dissimule pas à Votre Majesté les conséquences funestes qui résulteront de notre silence et de notre inaction : la perte du commerce du Levant, qui fait l'existence et même la richesse de nos provinces méridionales, en sera la suite inévitable, et il est impossible qu'il n'en résulte aussi de grands affronts pour notre pavillon, ce qui doit amener un désordre et un embrasement général. »

Que serait-ce si le roi avait daigné informer le chef du Secret de la mission Martange ?...

*

* *

L'Angleterre, dont le commerce en mer Baltique était florissant, ne pouvait voir sans inquiétude la Prusse accéder au rang de puissance maritime. Frédéric contrôlait déjà la Vistule, par où s'écoulait l'essentiel du commerce extérieur de la Pologne. Il développait Stettin pour supplanter Dantzig. Si Prussiens et Russes mettaient la main sur la Suède, les positions commerciales anglaises dans la Baltique s'en trouveraient compromises. Le pragmatisme du cabinet de Londres ne devait-il pas le conduire à s'associer à la France pour contenir des ambitions préjudiciables à ses intérêts ? Cette négociation raisonnable aurait pu passer sans inconvénient par la voie officielle si l'ambassadeur de France à Londres n'avait été le comte de Guines.

Âgé de quarante-huit ans, Adrien-Louis de Guines, maréchal de camp, était le beau-frère de Charles, ayant épousé la sœur aînée de la comtesse de Broglie. Les deux hommes ne s'aimaient pas. Affaires de famille ? On l'ignore. Mais Guines était choiseuliste. Cette caractéristique lui aurait valu son rappel s'il n'avait été sauvé par un scandale. En 1771, son secrétaire, Tort, quittant l'ambassade avec une pleine cassette de papiers, l'avait accusé de ce qu'on appellerait aujourd'hui un délit d'initié : l'ambassadeur, profitant des informations confidentielles que lui procurait sa fonction, spéculait en utilisant son secrétaire comme homme de paille. On étouffa le scandale et Guines, dont le remplacement eût paru avérer les imputations de Tort, demeura en poste. Les ambassadeurs de France à Londres n'avaient décidément pas de chance avec leurs secrétaires. Au moment précis où d'Aiguillon recherche une entente avec le cabinet britannique pour préserver la Suède, Guines défraie de nouveau la chronique avec une aventure galante assez poivrée. Il avait pour maîtresse lady Crewen. Le mari, découvrant la chose, enferma l'infidèle dans son château et annonça à Guines qu'il se battrait avec lui dès la fin de son ambassade. Guines fit le sacrifice de s'infliger une maladie vénérienne, récoltée délibérément dans un bordel londonien, la repassa à la maîtresse de lord Crewen, et permit ainsi à sa belle recluse de contre-attaquer victorieusement en proclamant que son mari la tenait enfermée pour lui imposer silence sur le mal dont il était atteint. Scandale pour le coup énorme, au terme duquel, écrit d'Éon à Broglie, « le pauvre mari, ébahi, y perdant la tête et son latin, se retira cocu, battu, poivré... mais pas du tout content ». Rapportant l'affaire au roi, Charles conclut plus sobrement : « Quant à l'anecdote qui regarde M. de Guines, elle est peu digne de remarque relativement aux affaires générales, mais elle pourra mettre fin à son ambassade, si M. le duc d'Aiguillon est aussi mal disposé pour lui que le public le suppose. » En tout cas, ces péripéties, dont Londres faisait des gorges chaudes, ne désignaient pas Guines comme l'instrument idéal d'une négociation importante.

L'émissaire fut le vicomte de Martange, que Charles connaissait fort bien car il avait été pendant plus de vingt ans au service du prince Xavier de Saxe, et avait combattu avec ce prince dans l'armée commandée par Victor-François de Broglie. Seuls le roi et d'Aiguillon savent sa mission. Il arrive à Londres le 26 mars, à l'insu de Guines, porteur d'une simple lettre de recommandation de la comtesse de Forcalquier, intime de d'Aiguillon, à l'adresse de lord Rochford, secrétaire d'État du département du Sud.

Déconcertante négociation ! Rochford acquiesce à tous les arguments de Martange. Il est aussi convaincu que lui de l'intérêt commun de la France et de l'Angleterre à protéger la Suède. Ses collègues ne pensent pas autrement. Mais l'opinion publique anglaise, toujours enragée de francophobie, ne supporterait pas la moindre complaisance envers la nation détestée. Le cabinet qui s'y risquerait serait aussitôt renversé. Toute irruption française en Baltique s'exposerait donc à une réaction armée — et Rochford d'avouer qu'il souhaite, dans ce cas, une défaite anglaise... Cette louable franchise n'avance pas les affaires. On envisage divers expédients, comme de convaincre Gustave de renoncer à certaines de ses prérogatives, ou de retarder les armements anglais de manière à laisser la France prendre une avance suffisante. Aucun n'est satisfaisant. Martange s'en retourne avec la seule assurance officieuse que le ministère britannique observera une « conduite sourdement amicale » à l'égard de la politique française en Suède. Quelques semaines plus tard, la réaction anglaise aux armements de Toulon confirme l'aveu de Rochford : le cabinet est prisonnier de son opinion publique.

Selon Dumouriez, Martange rapportait de Londres une proposition si insolite qu'il n'avait pas voulu la confier à une dépêche. Rochford lui avait suggéré de faire embarquer le corps expéditionnaire français sur des navires marchands que la marine de Sa Majesté britannique escorterait jusqu'en Suède. Cette solution humilierait suffisamment la dignité de la France pour que le peuple anglais la trouvât acceptable.

*
* *

À son retour de Pologne, et contrairement aux officiers qui avaient servi sous ses ordres, le colonel Dumouriez n'avait reçu ni promotion ni décoration. Cela nous vaut, dans ses Mémoires, l'une de ces scènes où il se campe dans son rôle favori : l'officier intraitable rivant son clou au ministre, en l'espèce d'Aiguillon, et le contraignant par sa fière attitude à un silence pétrifié. Les choses allèrent mieux avec le marquis de Monteynard, secrétaire d'État de la Guerre, pour la raison suffisante que Monteynard détestait d'Aiguillon, qu'il soupçonnait à juste titre de vouloir lui prendre son ministère tout en conservant celui des Affaires étrangères. Monteynard affecta le colonel à la légion de Lorraine et lui confia divers travaux, notamment une étude sur les hôpitaux militaires.

Nul ne sait comment Dumouriez fut mis au fait de la mission de Martange et de l'extraordinaire solution proposée, à l'en croire, par Rochford. Il écrit dans son autobiographie que le comte de Broglie lui en fit la confidence. C'est invraisemblable. Charles, informé, n'aurait pas manqué de bondir sur sa plume la plus incendiaire pour signifier au roi son indignation. Peut-être le colonel, qui rédigea ses souvenirs longtemps après, de sorte que sa mémoire était sujette à défaillances, l'apprit-il directement de Martange, qui fréquentait comme lui les Polonais émigrés à Paris. Toujours est-il qu'il s'en ouvrit à Monteynard. Le ministre, réagissant en brave militaire qu'il était, tonna qu'il ne permettrait jamais que des soldats français fussent envoyés en Suède de manière si honteuse. Dumouriez lui suggéra une ingénieuse solution de rechange. Pendant son séjour à Madrid, il avait connu un colonel dont la tâche consistait à fournir l'armée espagnole en volontaires étrangers. Ce colonel avait à Hambourg un dépôt qui lui fournissait de six à douze cents recrues par an. Dumouriez proposa d'ouvrir deux autres centres de recrutement, l'un à Liège, l'autre à Dantzig, moyennant la promesse, pour les nombreux déserteurs français servant à l'étranger, d'une complète amnistie s'ils se présentaient à l'un des trois centres. Ainsi réunirait-on sur les côtes de la Baltique un corps d'intervention dont le transport ne soulèverait aucune difficulté diplomatique puisque la marine suédoise ou les navires marchands allemands seraient en mesure de le faire passer en Suède.

Monteynard en parla au roi, qui approuva le projet et ordonna le départ de Dumouriez pour Hambourg afin d'apprécier sur place les possibilités de réalisation. Quand il sut que Louis XV voulait que d'Aiguillon restât à l'écart, Dumouriez broncha : « L'affaire, expliqua-t-il à Monteynard, est du ressort du ministre des Affaires étrangères. Le duc d'Aiguillon la saura quoi que vous fassiez. Il est plus puissant que vous : le Roi vous abandonnera, vous ne serez plus ministre et je serai pendu. Il faut au moins que le Roi m'en donne l'ordre lui-même. » L'entrevue fut brève. À peine introduit, Dumouriez s'entendit signifier par un Louis XV impatient : « Partez pour Hambourg, monsieur, et exécutez les ordres de M. de Monteynard. »

Si Charles de Broglie pèche par imprudence en engageant un Favier, que dire du roi de France qui embrouille à plaisir ses démarches ? D'accord avec d'Aiguillon, il a envoyé Martange en Angleterre à l'insu de Monteynard pour une affaire ressortissant au militaire. De mèche avec Monteynard, il expédie Dumouriez à Hambourg, à l'insu de d'Aiguillon, alors que la mission du colonel risque de susciter des problèmes diplomatiques. Quant à Broglie, responsable de son Secret, le roi ne l'informe de rien.

Bon militaire autant qu'on voudra, Dumouriez appartient trop au siècle de la distinction pour être un bon agent. Il a sans cesse à la bouche le mot « honneur », dont les officiers habillent volontiers leur vanité. Il veut puissamment exister. Il possède l'intime conviction de sa supériorité et ne supporte pas qu'elle soit méconnue. Entre faire l'important et faire l'agent, il faut pourtant choisir. La jouissance qu'on trouve dans le service secret consiste à paraître autre que ce qu'on est ; quelquefois plus brillant, souvent plus terne. Souvenons-nous de Voltaire endossant sa couverture d'écrivain disgracié, rejeté par son pays, pour faciliter sa mission de renseignement en Hollande et en Prusse. Depuis dix ans, d'Éon joue à Londres son rôle de proscrit qui le met à l'abri des soupçons du contre-espionnage anglais (et s'il compense du côté de l'ego en se transmutant en énigme sexuelle, cela, bien loin de nuire au service, renforce encore sa couverture). Dumouriez n'a pas l'intelligence du métier. Nous l'avons vu à l'œuvre en Pologne : imbu de lui-même, pète-sec, prétendant traîner devant un conseil de guerre Casimir Pulawski, héros de la résistance. Broglie, qui n'entretient pourtant aucun doute sur sa propre valeur, a su manipuler des diètes sans jamais blesser les susceptibilités polonaises.

On demande à Dumouriez de faire avec célérité et discrétion le sergent recruteur.

Qu'il s'ouvre de sa mission au vieil ami chez qui il loge à Versailles, cela peut à la rigueur se comprendre. Mais cet ami s'appelle Favier, lequel ne s'interroge plus sur le véritable destinataire de ses *Conjectures raisonnées.* Échange de confidences. Favier donne à Dumouriez une lettre d'introduction pour le prince Henri. Quel intérêt ? En quoi le frère de Frédéric pourrait-il faciliter une mission destinée à contrecarrer les entreprises de la Prusse ? Favier conseille à son ami de séjourner quelque temps à Bruxelles et lui remet une seconde lettre de recommandation pour le baron de

Bon, ministre plénipotentiaire français dans cette ville. Pourquoi Bruxelles, puisque c'est à Liège que Dumouriez a l'intention d'ouvrir un centre de recrutement ? Louis de Bon a servi sous les Broglie pendant la guerre et, sans être initié en forme au Secret, a été employé par Charles à la correspondance secrète dans le temps qu'il était chef d'état-major de son frère Victor-François ; les deux hommes sont restés très liés. Dumouriez demande aussi audience au comte de Creutz, ambassadeur de Suède en France, à qui il se présente comme un officier disposant de loisirs qu'il va employer à voyager dans le Nord en poussant peut-être jusqu'à Stockholm. Pourquoi cette démarche d'une imbécillité grandiose ? On l'a chargé d'une mission secrète : il la compromet en se frottant imprudemment aux officiels. De fait, Creutz, trouvant bizarre qu'un officier français se promène en Suède dans cette période de tension, avertit d'Aiguillon. Le ministre des Affaires étrangères semonce son collègue de la Guerre. Monteynard convient que la présence d'un colonel français à Stockholm prêterait à des suspicions ennuyeuses et promet d'ordonner à Dumouriez de limiter ses excursions à l'Allemagne.

Charles de Broglie, à qui l'agent si peu secret ne manqua pas d'aller demander des lettres de recommandation, le reçut froidement. La conduite de Dumouriez en Pologne avait beaucoup diminué son estime pour lui. Il le jugeait bon officier, mais impropre aux actions exigeant tact et subtilité. Il ne lui donna que des lettres insignifiantes pour des personnages de second ordre. Quand Dumouriez voulut entrer avec lui dans une discussion de fond, Charles coupa net : « Je suis un invalide politique, résolu à ne plus me mêler d'affaires. » Et, découvrant un peu tard les liens étroits entre Dumouriez et Favier, il bat froid au second, qu'il rappelle à son devoir de réserve.

Dumouriez quitte Paris dans les premiers jours de mai. Il est convenu avec Monteynard de lui envoyer ses rapports chiffrés par l'intermédiaire d'une boîte à lettres, Jean Ségur, qui se fait appeler le comte de Ségur.

Un mois à Bruxelles, qui est loin de Hambourg. Dumouriez y fréquente la colonie française, composée d'officiers en demi-solde et de magistrats bretons et normands privés de leur office par la réforme de Maupeou. Hambourg enfin, et les mêmes mondanités. Dumouriez sort beaucoup, bavarde énormément et ne recrute personne. C'est que la situation a changé. Pour la première fois depuis le début de la guerre, l'armée russe éprouve des déboires face aux Ottomans. Catherine n'est plus en état de s'en prendre à la Suède.

XXIII

De Compiègne, où se tient la cour en juillet, Charles de Broglie écrit au roi, le 29 : « Sire, il y a un peu plus de trois semaines que M. des Cars, me menant à Versailles, me dit en confidence qu'il était fort inquiet d'un ouvrage scandaleux plein des plus atroces calomnies qu'on était près de publier en Angleterre, qu'il cherchait quel moyen on pourrait employer pour en prévenir l'impression et que, comme il avait vu le sieur d'Éon mon aide de camp à l'armée, il avait imaginé que je pourrais avoir du crédit sur son esprit et être par là à portée de le charger de cette commission. Il m'ajouta que, connaissant mon inviolable attachement pour Votre Majesté, il avait pensé que je serais bien aise de contribuer à prévenir la publicité d'écrits infâmes et qui, plus ils sont calomnieux, plus ils sont accueillis avec avidité par le public.

« Je répondis, Sire, au marquis des Cars, que j'avais autrefois beaucoup de crédit sur d'Éon, que je recevais quelquefois de ses nouvelles, que je le croyais en effet très propre à se bien acquitter de la commission dont il s'agissait, mais qu'il fallait commencer par savoir s'il y avait lieu à s'en occuper et que j'allais lui écrire par une voie sûre pour tâcher d'y parvenir. »

L'héroïne de l'« ouvrage scandaleux plein des plus atroces calomnies » ? Jeanne du Barry. L'auteur se nomme Charles Théveneau et se fait appeler chevalier de Morande. C'est un joyeux coquin de trente-deux ans, perdu de vices, riche d'escroqueries en tout genre, qui a eu les honneurs de la prison de For-l'Évêque, comme Casanova et Beaumarchais, avant de filer en Angleterre pour s'y établir maître chanteur et libelliste, le libelle paraissant si la victime ne se résolvait pas à cracher au bassinet, de sorte que Morande gagnait bien davantage avec ce qu'il jetait au panier qu'avec ce qu'il publiait. On peut le regretter, morale mise à part, car le drôle met dans la diffamation une alacrité de style tout à fait réjouissante. Il publie depuis trois ans *Le Gazetier cuirassé, ou anecdotes scandaleuses de la cour de France,* « imprimé à cent lieues de la Bastille, à l'enseigne de la Liberté », où il traîne dans la boue Louis XV, la du Barry, les ministres, mais avec des accents qui annoncent parfois les temps révolutionnaires. Ainsi : « Il y a un moyen d'encaisser trois millions sans frais, c'est de dresser une potence sur la place des Sablons, d'y pendre Maupeou et de prendre un écu par spectateur. » Il venait de connaître un échec avec le comte de Lauraguais. Soumis à l'habituel chantage, Lauraguais, excellente lame, avait réagi comme d'Éon naguère avec Vergy : menaçant Morande de lui passer son épée à travers le corps, il lui avait fait signer l'aveu de sa coquinerie, aussitôt publié dans les gazettes anglaises. À chaque métier ses épines. Le marquis de Villette, jeune et grand ami de Voltaire, avait été l'occasion d'une autre déception ; invité par Morande à verser son obole, il lui avait répondu : « Monsieur le gueux, vous me demandez cinquante louis pour ne pas publier certaines anecdotes qui me concernent. Si vous voulez m'en donner cent, je vous fournirai beaucoup d'autres anecdotes encore plus curieuses et secrètes que vous pourrez joindre à votre manuscrit. J'attends la réponse. » Heureusement, tout le monde n'est pas Villette.

Le manuscrit en instance d'impression s'intitule *Mémoires secrets d'une femme publique, ou recherches sur les aventures de Mme la comtesse du B**** depuis son berceau jusqu'au lit d'honneur.*

D'Éon, pressenti par Broglie, lui a répondu le 13 juillet : « Monsieur, vous ne pouviez guère vous adresser ici à personne plus en état de seconder, et même terminer au gré de vos désirs, l'affaire dont vous me parlez, parce que M. Morande est de mon pays, qu'il se fait gloire d'avoir été lié avec une partie de ma famille en Bourgogne, et dès son arrivée à Londres, il y a trois ans, son premier soin fut de m'écrire qu'il était mon compatriote, qu'il désirait me voir et se lier avec moi. Je refusai pendant deux mois sa connaissance, et pour cause. Depuis, il a si souvent frappé à ma porte que je l'ai laissé entrer chez moi de temps en temps, pour ne point me mettre à dos un jeune homme dont l'esprit est des plus turbulents et des plus impétueux, qui ne connaît ni bornes ni mesures, ne respecte ni le sacré ni le profane. Voilà quel est l'individu. » Après avoir expliqué au comte le genre d'activité auquel s'adonne ledit individu, d'Éon poursuit : « Je ne suis pas instruit que Morande travaille à l'histoire scandaleuse de la famille du Barry ; mais j'en ai de violents soupçons. Si l'ouvrage est réellement entrepris, personne n'est plus en état que moi de négocier sa remise avec le sieur Morande. Il aime beaucoup sa femme, et je me charge de faire faire à celle-ci tout ce que je voudrai. Je pourrais même lui faire enlever le manuscrit, mais cela pourrait faire du tapage entre eux : je serais compromis, et il en résulterait un autre tapage plus terrible. Je pense que si on lui offrait huit cents guinées, il serait fort content ; je sais qu'il a besoin d'argent à présent. Je ferai tous mes efforts pour négocier à une moindre somme, mais, à vous dire vrai, Monsieur, je serais charmé que l'argent lui fût remis par une autre main que la mienne, afin que d'un côté ou d'un autre on n'imagine pas que j'aie gagné une seule guinée sur un pareil marché. »

Broglie, qui joint la réponse de d'Éon à sa lettre au roi du 29 juillet, termine celle-ci en indiquant que des Cars, qui a vu la comtesse du Barry, l'a trouvée fort tranquille. Elle lui a laissé entendre qu'on s'occupait de régler l'affaire. Charles demande ses instructions à Louis XV en soulignant que, si méprisable que soit le libelle, il convient absolument d'en empêcher la publication : « Eh ! quel scandale ne serait-ce pas que d'y voir Votre Majesté elle-même compromise ! Malgré cette opinion, je n'ai pas voulu paraître en rien vis-à-vis de madame du Barry dans cette affaire ; je ne cherche pas à me faire valoir auprès d'elle et je serais trop content de pouvoir la servir, mais à son insu. »

Louis XV répond : « Ce n'est pas la première fois qu'on a dit du mal de moi dans ce genre ; ils sont les maîtres : je ne me cache pas. L'on ne peut sûrement que répéter ce que l'on a dit de la famille du Barry ; c'est à eux [les du Barry] à voir ce qu'ils veulent faire, et je les seconderai. Je vous renvoie tous vos papiers. »

Réponse touchante d'humilité, mais qui pèche par inexactitude. « Je ne me cache pas » : il a trop longtemps enfoui ses amours dans le secret du Parc-aux-Cerfs, devenu pour l'opinion un harem fantasmatique. Quant à la du Barry, qui ne souhaiterait, à Versailles comme à Paris, qu'il la cachât au lieu de la traiter en reine de France ?

La dame fait en tout cas son affaire du problème Morande.

*
* *

Si le comte de Broglie, entré dans le Secret pour asseoir un prince français sur le trône de Pologne, en vient à proposer ses services pour acheter les libellistes occupés à fouiner sous les draps de la du Barry, s'il pose sa plume de citoyen pour saisir celle de courtisan et affirmer son zèle à servir la favorite, fût-ce à son insu, mais non point à celui du roi, c'est assurément un signe de la dégradation où sombre cette fin de règne ; c'est aussi que la configuration politique évolue dans un sens favorable à ses ambitions.

Détail sans doute, mais significatif après tant de rebuffades financières : le roi lui accorde, le 20 juillet, une augmentation de six mille livres sur son traitement de chef du Secret. Charles, toujours sur la brèche pour obtenir quelque avantage à ses agents, n'avait jamais rien demandé pour lui-même. Il avait fallu que Tercier, en 1766, fît observer au roi que les frais généraux assumés par Broglie (voyages, location de maisons, frais de bureaux) exigeaient une compensation. Comme le palatin de Belz, patriote polonais doté d'une voracité financière exceptionnelle, venait de mourir, on transféra sur Charles sa pension de neuf mille livres. En accordant sans barguigner une augmentation de six mille livres, Louis XV porte le traitement annuel à quinze mille.

Autre signe, celui-ci spectaculaire : Broglie est nommé « commissaire plénipotentiaire pour aller recevoir au Pont-de-Beauvoisin madame la future comtesse d'Artois et pour conduire cette princesse auprès de Sa Majesté ». Après le dauphin et le comte de Provence (futur Louis XVIII), le comte d'Artois (futur Charles X) est le troisième et dernier petit-fils du roi à se marier. Il va épouser Marie-Thérèse de Savoie, seconde fille de Victor-Amédée, qui règne sur la

Sardaigne et le Piémont[1]. Les Broglie étant originaires du Piémont, ne serait-il pas à la fois émouvant et politique de faire accueillir la jeune princesse par l'un des membres de cette famille immigrée qui servait la France avec éclat depuis plus de deux siècles ? Charles avait soumis sa candidature à d'Aiguillon. Les ducs et pairs, estimant que la tradition leur réservait l'honneur d'une telle commission, avaient hautement protesté. Non seulement Louis XV passe outre, mais il autorise Charles à se rendre à Turin pour présenter ses hommages au roi de Sardaigne et régler quelques affaires de famille.

L'essentiel est pourtant ailleurs. D'Aiguillon vacille. Qu'un ministre des Affaires étrangères se trouve spécialement apprécié par l'étranger doit toujours inquiéter ; ainsi de d'Aiguillon, dont la médiocrité plaît beaucoup. « Il est

1. Mariés depuis trois ans, le dauphin et Marie-Antoinette n'ont toujours pas d'enfant, ce qui inquiète beaucoup. La correspondance entre Marie-Thérèse, d'une part, Marie-Antoinette et Mercy-Argenteau d'autre part, révèle à quel point l'impératrice-reine était obsédée par la fécondité de sa fille. Elle lui interdit l'équitation, peu propice à une maternité, et la morigène comme une gamine lorsque l'ambassadeur lui rapporte qu'elle a enfreint la consigne. Le comte de Provence et son épouse, mariés depuis deux ans, restent également sans progéniture. La feue dauphine Marie-Josèphe n'aurait-elle pas donné le jour à trois garçons stériles, condamnant la branche régnante à l'extinction ? C'est très certainement cette angoissante question qui a conduit Charles de Broglie, en 1772, à relancer le projet, alors vieux de deux ans, d'un remariage de Louis XV avec l'archiduchesse Marie-Élisabeth, sœur de Marie-Antoinette. Feignant d'oublier que Durand avait envoyé son rapport morphologique dès 1770, il le relance sans en avertir le roi, ce qui est rarissime de sa part (« Je dois encore, Sire, mettre plus particulièrement aux pieds de Votre Majesté mes très humbles excuses d'avoir osé rappeler à M. Durand les ordres portés dans Son billet du 6 juin 1770, dont je joins ici le propre original, sans en avoir reçu une nouvelle injonction de Sa part »). La raison de son initiative ? « Je ne m'aviserai pas, Sire, de chercher à pénétrer les secrets de mon maître, encore moins d'hasarder la moindre apparence de conseils : je dirai seulement que le retard des événements qui combleraient les vœux de tous ses fidèles sujets en assurant la plus nombreuse postérité aux jeunes princes qui sont les soutiens de la famille royale fait désirer au plus grand nombre que Votre Majesté jugeât devoir prendre tous les moyens pour bannir les craintes qui nous agitent. On ne cesse de répandre dans le public que les rapports des médecins de la cour autorisent ces inquiétudes ; cela ne contribue pas peu à la fermentation presque générale des esprits. » Le remariage du roi, qui avait fait la preuve de sa prolificité, aurait pu assurer l'avenir dynastique.

plutôt avantageux que contraire à nos intérêts, écrivait Marie-Thérèse à Mercy-Argenteau, que le duc d'Aiguillon reste à son poste, au moins jusqu'à l'arrangement final des affaires de Pologne. Doué de peu de génie, de talent et de crédit, harcelé sans cesse par les factions, il se trouve peu en mesure de nous susciter d'embarras. Notre besogne serait bien plus difficile si le duc de Choiseul, tout bien intentionné qu'il était jadis, se trouvait encore en place, et elle pourrait le devenir si Broglie venait à remplacer d'Aiguillon, ce qui serait un grand contretemps. » On ne saurait mieux dire. Au sein du ministère, l'ambition sournoise de d'Aiguillon fragilise sa position. Il est à couteaux tirés avec Monteynard, dont il guigne le ministère pour réunir dans ses mains autant de pouvoir que naguère Choiseul. À la cour, une coalition hétérogène réunit contre lui le parti dévot, Mesdames à sa tête, scandalisé par son association avec la du Barry ; les choiseulistes, toujours nombreux ; et — c'est nouveau — les puissants Rohan, animés par le prince-évêque-ambassadeur qui ne pardonne pas à d'Aiguillon de lui faire porter la responsabilité de la mauvaise surprise de la participation autrichienne au dépeçage de la Pologne.

Le 4 août, Mercy-Argenteau écrit à Marie-Thérèse : « Depuis quatre à cinq jours, la position du duc d'Aiguillon a considérablement empiré ; il perd à vue d'œil aux yeux de la favorite, tous les ennemis du duc ont repris accès auprès d'elle. Le chancelier [Maupeou] et une partie des ministres se joignent au maréchal de Soubise, et le duc d'Aiguillon est infailliblement perdu s'il ne trouve quelque ressource dans ses manœuvres pour rétablir son crédit auprès de madame la comtesse du Barry. Cette circonstance me donne beaucoup d'inquiétude par rapport au choix que l'on pourrait faire d'un nouveau ministre. Je craindrais fort qu'il ne tombât sur le comte de Broglie, qui remue avec assez de succès, et qui, au moyen de son raccommodement avec la comtesse de Marsan [une Rohan], pourrait bien fléchir l'inimitié du prince de Soubise. »

L'heure de Charles de Broglie va-t-elle enfin sonner ?

Le 21 août, Louis XV lui adresse ce billet : « M. d'Aiguillon a découvert une correspondance d'un nommé Dumouriez, qui est à Hambourg, avec M. de Monteynard ; il parle aussi du fils de Guibert, d'un nommé Favier en correspondance avec le prince de Prusse et la Russie ; il dit que vous êtes en commun avec M. de Monteynard. Éclaircissez-moi sur ce que vous pouvez savoir de tout cela, et de là il tomba fort sur le ministre et sur vous. » La dernière phrase, bizarrement décalée, signifie que d'Aiguillon a attaqué violemment Monteynard et Broglie.

Ce ne sont plus les portes du ministère qui risquent de s'ouvrir devant Charles, mais celles de la Bastille.

*

* *

Nul besoin d'être un génie pour avoir la puce à l'oreille quand on apprend, comme d'Aiguillon l'a su du comte de Creutz, qu'un colonel du style de Dumouriez veut se promener en Suède. La fréquentation assidue des parlementaires en exil à Bruxelles était une autre imprudence : la police française surveillait bien entendu ces opposants. Les bavardages de Hambourg avaient fait le reste. La correspondance de Dumouriez, interceptée, conduisait à Favier, Ségur et Guibert.

Mais il fallait posséder le génie de l'intrigue pour monter, avec le butin ainsi réuni, l'affaire dite du « complot de la Bastille ». Le duc d'Aiguillon, peut-être doué de naissance, rodé en tout cas par sa guerre bretonne contre des adversaires de l'acabit de La Chalotais, démontra dans la circonstance une maestria souveraine.

Le billet donnant l'alerte à Broglie trahit soit l'hypocrisie du roi, soit sa sénilité précoce — il n'a, après tout, que soixante-trois ans. « Un nommé Dumouriez » : Louis XV a-t-il oublié la mission en Pologne ? Pourquoi ne révèle-t-il pas au chef de son Secret qu'il a lui-même ordonné au colonel de partir pour Hambourg, et qu'après le veto opposé par d'Aiguillon à son passage en Suède, il lui a renouvelé (une lettre de Monteynard l'atteste) son instruction de se rendre en Allemagne ? « Un nommé Favier » : certes, Broglie avait omis de citer son nom en proposant son engagement, mais il l'avait donné par la suite, dans une lettre accompagnant l'un des mémoires, et Favier figurait pour cinq cents livres par mois sur les comptes du Secret, qui passaient sous les yeux du roi. Ségur, lui, n'a pas été mentionné par d'Aiguillon ; cela ne saurait tarder.

Qui est enfin le « fils de Guibert » ? « C'est un jeune homme, répond immédiatement Charles, que nous avons regardé, mon frère et moi, comme notre fils parce que nous aimons l'un et l'autre tendrement M. de Guibert père, qui est peut-être le plus digne homme et le plus respectable par ses vertus qu'il y ait dans le royaume. » Le comte de Guibert, de trois ans l'aîné de Victor-François, est le fidèle des fidèles. Il a servi à l'état-major du maréchal tout au long de la guerre de Sept Ans, avec une parenthèse de dix-huit mois de captivité en Prusse. Victor-François bataille pour lui obtenir le poste de gouverneur de l'École militaire, qu'on lui conteste au motif que son sang ne serait pas assez bleu. Le maréchal l'estime au point d'avoir prié la du Barry d'intercéder pour lui. Son fils Jacques, entré dans l'armée à treize ans, a été considéré par les Broglie comme l'enfant de la maison. Il était voué à devenir, tels La Rozière ou de Nort, l'un de ces officiers de confiance dont le maréchal promouvait la carrière et que le comte utilisait à l'occasion pour des missions spéciales. Guibert, âgé tout juste de trente ans en 1773, a préféré devenir l'homme à la mode, ce qui n'est pas une catégorie broglienne. Il l'est à un point difficilement imaginable aujourd'hui, puisqu'il eut le chagrin de voir mourir de son vivant sa fugace célébrité, n'ayant été au bout du compte qu'un de ces prodiges comme Paris en fournit chaque décennie ou presque, irrésistibles, éblouissants de dons, touche-à-tout, et qui, portés par la vague éphémère, disparaissent avec elle. Qui aurait cru, à l'époque de son foudroyant succès, que Guibert ne survivrait que dans la mémoire des amateurs de petite histoire littéraire pour avoir été l'unique amant de Julie de Lespinasse, grande amoureuse platonique, qu'il dépucela quand elle avait quarante et un ans [1] ? Il avait publié en 1770 un *Essai général de tactique* dont les femmes du monde raffolaient encore plus que les militaires et qui faisait la conversation des salons. Il s'y montrait idolâtre du roi de Prusse. Au moment où d'Aiguillon lance le « com-

1. Néanmoins : « Comment, vous ne connaissez pas Guibert ? C'est pourtant un des auteurs français qui mérite le plus d'être lu. Son style est clair, rapide, agréable. Sa pensée a quelque chose d'acide et d'aéré, comme il arrive souvent chez les meilleurs écrivains militaires. » *Le Secret*, par Philippe Sollers, éditions Gallimard, 1993.

plot de la Bastille », Guibert vient justement de faire le pèlerinage de Sans-Souci, conquis d'avance, subjugué à la vue du héros : « Une sorte de vapeur magique me semblait environner sa personne. » Las ! l'accueil fut mitigé et Frédéric murmurait que l'*Essai général de tactique* était « un ouvrage d'écolier ». Bien sûr, coup de froid avec les Broglie. Le maréchal estime inconvenant qu'un garçon de trente ans, qu'il a pour ainsi dire élevé, se hasarde à juger sa manière de faire la guerre. Charles au roi : « Nous avons été brouillés, mon frère et moi, avec lui près d'un an pour cette escapade ; il ne nous avait pas consultés, sachant bien que nous ne le lui aurions pas permis. » *Le Connétable de Bourbon* raccommoda un peu les choses. Guibert, désireux, selon le mot de Frédéric, « d'aller à la gloire par tous les chemins », était devenu « Corneille, Racine et Voltaire fondus ensemble et perfectionnés » pour avoir écrit cette sombre tragédie ; les lectures qu'il en donnait dans les salons opéraient des ravages. Mme Necker, raisonnable Suissesse : « Ce jeune homme lit à lui tout seul une pièce mieux que la meilleure troupe possible, et l'on emporte les femmes mortes ou mourantes au sortir de ce spectacle. » Il faut dire que le lecteur a de la séduction : la tête léonine, beaucoup de force dans la mâchoire et de sensualité sur les lèvres, une voix, surtout, incomparable. Victor-François, qui tient les gens de lettres pour une espèce nuisible au moral de la nation et à la discipline des armées, s'était fait tirer l'oreille. Charles au roi : « Cet hiver, [Guibert] a lu chez plusieurs personnes une tragédie intitulée *Le Connétable de Bourbon* qui est un chef-d'œuvre pour être l'ouvrage d'un homme du monde qui n'en a pas fait d'autres en ce genre ; elle a tourné la tête à tout Paris ; mon frère a résisté longtemps à consentir de l'entendre et, après y avoir cédé, il a été très content de cet ouvrage. » Mais, lorsque la pièce sera enfin jouée : sifflets, huées, four mémorable.

Dumouriez, Favier, Ségur et Guibert se connaissent de longue date, le premier jouant le rôle de plaque tournante. Guibert est le plus ancien ami de Dumouriez ; leurs pères étaient déjà intimes. La fulgurante ascension de Guibert n'a pas mis de jalousie entre eux : « Tu es le rat de ville, lui dit Dumouriez, je suis le rat des champs. » Ils ont servi ensemble en Corse. Dumouriez a rencontré Ségur à Madrid et l'a pris pour aide de camp en Pologne. On a dit l'ancienneté et la force des liens du colonel avec Favier, mentor politique de l'équipe. Détail qui n'est point secondaire : les quatre amis ont fréquenté assidûment chez le Roué et Mlle l'Ange.

Un complot ? Tout au plus une intrigue. On a voulu parfois en faire une intrigue de galopins ; mais si Guibert n'a que trente ans, Favier en a cinquante-sept, Ségur, quarante-cinq, Dumouriez, trente-quatre ; et tous ont beaucoup roulé leur bosse.

À lire leurs lettres, comment ne pas pressentir la grande secousse révolutionnaire ? La nullité française les accable. Ils s'éprouvent humiliés, citoyens d'une nation qui, après s'être ridiculisée sur le champ de bataille, s'enfonce année après année dans l'insignifiance. Après son pèlerinage à Berlin, Guibert, qui a déjà visité l'Angleterre, écrit de Vienne à Dumouriez : « J'ai vu maintenant les trois grandes puissances qui balancent les destinées de l'Europe. Nous, nous sommes morts. Mande-moi si le nom français est une parure là où tu es : je n'ai pas encore trouvé à m'en vanter depuis que je voyage. » Favier répète lettre après lettre sa souffrance de la décadence nationale. Amertume de ratés ? Ils n'ont au contraire aucun doute sur leur capacité individuelle à réussir. C'est le projet collectif qui manque, un grand dessein, et l'énergie pour l'accomplir. Broglie pense-t-il autrement ? Combien sont-ils à ressentir la même viduité, le même écœurement ? On peut bien, deux siècles après, dresser les bilans authentiques et positifs du règne de Louis XV, révéler une France féconde, industrieuse, marchant à la prospérité, avec un État multipliant par ses grands commis les initiatives heureuses : aucune statistique n'abolira cette dépression nationale. Des quatre, Dumouriez est celui qui en discerne le plus lucidement l'inévitable issue ; il annonce pour bientôt « la grande révolution du royaume ». Dans une autre lettre : « Il est temps que la léthargie cesse, sans quoi le réveil sera funeste autant à l'extérieur qu'à l'intérieur. » Et, après avoir stigmatisé le *laquaïsme* régnant en France : « Quand le temps des malheurs viendra, il faudra des hommes libres : la livrée n'est pas ordinairement brave, et ce n'est pas elle qu'il faudra choisir lorsqu'il faudra soutenir l'honneur national en décadence. »

*
* *

L'intrigue est simple. Il s'agit pour Favier d'en revenir aux « vrais principes », c'est-à-dire à l'alliance prussienne, que la France n'aurait jamais dû sacrifier à celle de l'Autriche. La mission officielle de Dumouriez ne l'intéresse pas, car, au contraire de Broglie, il tient la Suède pour quantité négligeable. En revanche, le colonel portera au prince Henri de Prusse, lui aussi nostalgique de la vieille alliance, l'assurance que les choses avancent dans le bon sens. La lettre de recommandation de Favier indique à Henri qu'il est désormais en mesure d'insinuer la vérité dans « un intérieur d'où on avait tout fait pour l'écarter », autrement dit auprès de Louis XV lui-même.

Sur le plan intérieur, il faut se débarrasser de d'Aiguillon, qui n'est bon à rien, pour mettre à sa place le comte de Broglie. Favier apprécie son employeur, même s'il continue de le juger faible sur la théorie, meilleur dans la pratique. Il écrit à Dumouriez, alors à Hambourg : « Je pense comme toi que les gens en question [les Broglie] sont fort dangereux et qu'il ne faut pas trop s'y livrer quand on peut faire mieux. Je t'avouerai cependant que j'en ai vu et que j'en vois tous les jours des traits de franchise, de fermeté et d'audace qui me rassurent un peu sur la frayeur qu'on m'avait faite de leur caractère. C'en est un au moins [un caractère], et fût-il atroce, je l'aimerais mieux qu'une négation absolue du genre nerveux, un tissu de faiblesse et de bassesse dont naissent toujours la perfidie et l'ingratitude. J'ai du moins la satisfaction de n'être pas obligé de déraisonner pour faire ma cour *al amigo pequeño* [*au petit ami*, sobriquet espagnol attribué à Charles par Favier et les trois autres]. Il a une judiciaire admirable, sans autre culture que l'usage et les affaires ; un tact, un instinct, si tu veux, tel que celui d'un bon chien après son gibier. » Nous constatons une fois de plus l'épouvantable réputation dont souffrent les frères Broglie, et la surprise de ceux qui les approchent à les découvrir bien différents de la caricature qu'on en donne. Favier, à propos *d'el amigo pequeño* : « Son front se déride souvent et la gaieté règne dans nos élucubrations. »

Pour culbuter d'Aiguillon, il convient de faire marcher

Charles de Broglie avec Monteynard, et surtout d'opérer la réconciliation décisive entre les Broglie et les Rohan. Le projet n'est pas si chimérique, puisque Versailles bruit de sa rumeur et que Mercy-Argenteau en renvoie l'écho à Marie-Thérèse. Dumouriez ne juge pas sa réalisation aisée : « La réunion que nous désirons sera bien difficile. Le parti Tarentin [les Rohan] est plein de sots. Les Émiliens [les Broglie] ont trop d'esprit et sont encore plus craints pour le caractère. » Plus que l'obtention de quelques lettres de recommandation, sa visite au comte de Broglie avait pour but de le sonder sur le projet. Échec complet, le comte refusant net d'entrer en conversation politique. (Incidemment, Favier écrit à Dumouriez : « J'ai cherché d'où venait le refroidissement dans les derniers temps de ton séjour ici... On m'avait fait espionner, et l'on avait su qu'à Versailles tu logeais chez moi et qu'à Paris nous ne nous quittions pas. Tu t'en fous, et moi aussi, nous avons pris notre parti et, une fois embarqués, vogue la galère. ») Puisque Broglie joue les mijaurées, on fera son bonheur sans lui : Guibert accepte de passer par Vienne, à son retour de Berlin, pour y proposer à Louis de Rohan l'alliance qui le vengera des mesquineries de d'Aiguillon.

Un complot ? Si l'on veut, mais alors la moitié au moins des courtisans de Versailles complote à longueur d'année. Le seul point délicat réside dans le projet de visite de Dumouriez au prince Henri. Un officier en activité n'a pas à prendre des initiatives diplomatiques en contradiction avec la politique officielle de son pays.

Ce qui gâche beaucoup le tableau, c'est le ton des lettres. Quatre camarades, dont trois sont militaires et le quatrième — Favier — militaire d'honneur pour ce qui est de la verdeur langagière, s'écrivent sans apprêt, avec pour seule précaution l'emploi de sobriquets si transparents qu'ils ne pouvaient tromper personne. La toute petite taille de Charles le désignait forcément comme *el amigo pequeño*. On savait trop l'affection portée par Louis de Rohan à sa belle chevelure pour ne pas identifier *le blondin.* Appeler Guibert *le Connétable* manquait d'opacité. La correspondance est raide, directe, remplie d'anecdotes grivoises ou scandaleuses, surtout de la part de Ségur, qui, resté à Paris, se charge de tenir Dumouriez au courant des derniers potins de la cour. Personne n'est épargné, et surtout pas le roi, appelé

« ce même Gribouille qui se met dans l'eau jusqu'au cou de peur de se mouiller », ou bien « le cocu qui est toujours le dernier à savoir ce qui se passe dans son ménage ». On mesure la chute vertigineuse du prestige du monarque. Mais comment auraient-ils respecté le roi barbon mené par le bout du nez, ces hommes qui avaient eu à portée de main Mlle l'Ange au temps qu'elle était encore tarifée ? Il demeure que la lecture des lettres interceptées, ou d'extraits judicieusement sélectionnés, ne sera pas de nature à enchanter Louis XV.

D'Aiguillon a du grain à moudre.

*
* *

Charles de Broglie reste serein. Aucune comparaison avec la panique déclenchée huit ans plus tôt par les arrestations d'Hugonet et de Drouet. Il se sait parfaitement innocent. Sa réponse au billet du roi le démontre avec une fermeté tranquille. Monteynard ? Il est plaisant de le soupçonner d'accointance occulte avec ce ministre. Monteynard a été poussé au ministère par le prince de Condé, ennemi des Broglie. Il tient le maréchal de Broglie en lisière et a toujours traité son cadet comme s'il n'était pas lieutenant général — attitude un peu étonnante, constate Charles, « de la part d'un ministre militaire qui nous a vus à la guerre et qui, j'ose le dire sans affectation, ne peut ignorer que nous avons quelque idée de ce métier ».

Guibert ? Il mène sa vie. Ses voyages en Allemagne se font avec la permission de d'Aiguillon et de Monteynard.

Dumouriez ? Charles rappelle ses contacts avec lui avant sa mission en Pologne, puis la visite du colonel avant son départ pour Hambourg. Il a appris par de Bon, ministre plénipotentiaire à Bruxelles, que Dumouriez voyageait sur ordre de Monteynard : « Cela me parut simple, surtout dans un temps où on disait qu'on allait envoyer un corps de douze mille hommes en Suède et où il me semblait naturel que le ministre de la Guerre envoyât quelqu'un d'avance pour connaître les moyens d'arrangements et de subsistances sur lesquels on pourrait compter pour ce corps de troupes. »

Le cas de Favier est plus épineux. C'est lui, Broglie, qui

l'a embauché. Il ne manque pas de rappeler au roi que celui-ci a donné son approbation. Il pourrait encore se défausser, souligner sa prudence, puisqu'il n'a pas proposé l'initiation du publiciste au Secret, faire observer qu'il l'a engagé pour un travail précis et ne saurait être tenu pour responsable de ses autres activités. On l'a constaté cent fois : ce n'est pas la manière de Charles. Un patron de service secret doit réagir en chef de bande. Même d'Éon, il l'a défendu bec et ongles au pire de ses folies. Cette attitude, qui ne va pas sans risques, vaut à sa personne, donc au service, la fidélité sans faille des agents. Que Favier n'appartienne pas au Secret n'est pas une raison suffisante pour l'abandonner à la meute : il suffit au contraire qu'il soit employé par un Broglie pour avoir droit à la protection du clan. Impavide, Charles prend la défense du publiciste : « Je crois le S. Favier, écrira-t-il le 28 août, un des meilleurs dictionnaires qu'un ministre des Affaires étrangères puisse avoir pour l'éclairer. Je pense même que s'il était employé continuellement et retiré par là de la dissipation et des amusements auxquels il se livre volontiers, on en pourrait tirer de grands secours. J'ajouterai, Sire, que vu le dérangement de ses affaires et la malaisance qui en a été la suite et qui l'a mis souvent dans de grands embarras, conséquemment dans de grandes tentations, il faut qu'il ait un fond d'honneur et de probité bien affermi pour ne pas l'avoir engagé de prêter l'oreille à des propositions étrangères, et cette opinion me fait regretter qu'on n'ait pas employé plus utilement des talents qui ne sont pas communs au point où il les possède. » Rien de plus rare chez un homme que l'alliage de la plus extrême rigueur pour lui-même et de l'indulgence pour les vices d'autrui ; ainsi de Charles, dont le style de vie est à l'opposé de celui de Favier. (À propos de d'Éon, n'a-t-il pas supplié le roi « de vouloir compatir au malheur inhérent à l'humanité : on trouve rarement des hommes exempts de toutes les faiblesses qui l'accompagnent... » ?) La cour, qui trouve Charles implacable, ne connaît de lui que sa facette mondaine. Et puis cette circonstance qui, à peine énoncée par lui, nous frappe par son évidence : Jean-Louis Favier, « l'un des meilleurs dictionnaires » de la diplomatie, traînant sa misère tapageuse dans toutes les capitales d'Europe, politiquant dans les cafés et les bordels, a été l'objet d'approches séduisantes de la part des services étrangers, mais n'a jamais cédé à la tentation...

Le service secret, probablement le plus immoral de tous les métiers, a sa morale particulière. Favier, fort prévenu contre les Broglie, leur avait découvert « franchise, fermeté et audace ». Coincé dans une sale affaire, il pourrait s'exonérer aisément en révélant à d'Aiguillon ce qu'il a appris du Secret. La solidarité du comte de Broglie, immédiate, sans marchandage, l'en détourne. Favier ne parlera pas.

Charles termine sa lettre en exprimant au roi son étonnement devant l'attaque inattendue de d'Aiguillon : « Je ne pouvais même supposer qu'il fût de mes ennemis après les assurances qu'il m'a souvent données de sa reconnaissance et de son amitié. » N'a-t-il pas soutenu le duc au plus fort de la tourmente, quand la cour des pairs lui faisait son procès pour subornation de témoin et même tentative d'assassinat sur la personne de La Chalotais ? « Changement de tableau », constate Charles. Il ajoute que ce n'est pas son genre. On l'avait déjà compris.

*

* *

D'Aiguillon frappe vite et fort : le 7 septembre, Favier est jeté à la Bastille, suivi de Ségur ; Dumouriez, arrêté à Hambourg, renonce à se mettre sous la protection des autorités de la ville libre, et rejoint ses amis le 13. Guibert, toujours à Vienne, échappe au coup de filet.

Divine surprise, pour un d'Aiguillon très menacé, que cette affaire qui place dans sa ligne de mire son adversaire dans le ministère — Monteynard ; le rival qui attend dans la coulisse de s'asseoir dans son fauteuil — Charles de Broglie ; l'ambassadeur qui agite contre lui sa puissante tribu familiale — Rohan ; et même Choiseul, dont Dumouriez passe toujours pour être la créature. Menées subreptices inadmissibles de Monteynard, qui a envoyé Dumouriez en mission sans prévenir aucun de ses collègues du ministère. Activités condamnables de Broglie, qui tire les fils d'un réseau clandestin. Tractations visant à bouleverser le système d'alliances de la France, avec approche d'un prince étranger, Henri de Prusse, laquelle relève de la haute trahison. Pour pimenter le ragoût, des plaisanteries obscènes sur le roi et sa maîtresse qu'on ne trouve d'ordinaire que dans des pamphlets anonymes circulant sous le manteau.

D'Aiguillon a appris en Bretagne l'air de la calomnie. Il l'entonne *mezza voce* et joue avec talent la partition du ministre épouvanté par la noirceur du complot et qui voudrait bien pouvoir laisser éclater son indignation, mais non, il se retient, c'est trop grave, des gens trempent là-dedans dont on n'aurait jamais imaginé le rôle, il n'en dira pas plus, les comploteurs mis à la Bastille ne sont évidemment que des subalternes agissant sur ordres, et quand on connaîtra les donneurs d'ordres, et puis tant pis, il explose, le duc d'Aiguillon, c'est plus fort que lui, on a eu tort d'oublier qu'il est l'arrière-petit-neveu du cardinal de Richelieu, qui faisait sans faiblesse décapiter les félons, ils vont voir, ces personnages qui se croient intouchables, si son bras tremble quand il s'agit de sauver l'État, mais le moment n'est pas encore venu, l'enquête doit aller jusqu'aux racines, on peut compter sur lui pour y tenir la main, et il passe, le ministre, roulant dans sa tête ses terribles secrets, laissant derrière lui un sillage de courtisans ébahis qui se demandent avec une excitation allègre quel grand seigneur va poser sa tête sur le billot...

Mais il commet une faute.

Se méfiant de Sartine, il fait arrêter Favier sur ordre direct du duc de La Vrillière, qui a Paris dans sa juridiction. Les agents, inexpérimentés, se saisissent bien du publiciste, mais oublient de mettre ses papiers sous scellés. Favier a chez lui une documentation fournie par Charles et relevant du service. Son domestique, Soulavier, court à l'hôtel de Broglie. Charles est absent, en visite chez son frère au château familial, mais le domestique trouve Dubois-Martin, secrétaire du chef du Secret depuis le départ de Drouet. Dubois-Martin et Soulavier transportent au domicile du premier les papiers compromettants. Informé par la police de l'escamotage, d'Aiguillon fait arrêter le domestique. Il n'ose pas donner l'ordre d'embastiller le secrétaire, qui touche de si près à Broglie, sans en demander l'autorisation au roi. Louis XV affirme à son ministre qu'il ne trouvera rien qui vaille la peine : Broglie l'accable de mémoires sans intérêt qu'il ne prend même pas la peine de lire. Et, ouvrant un tiroir, il en sort une liasse de papiers et la tend au duc :

« Voulez-vous en juger vous-même ? » Le roi ne dira rien de plus.

Conduite indigne ! Pitoyable dérobade ! Il lâche Monteynard à qui il a donné l'ordre d'utiliser Dumouriez. Il lâche Broglie, qu'il a autorisé à employer Favier. Il sait pourtant à quoi se résume le « complot » dénoncé par d'Aiguillon. Un nouveau renversement des alliances ? Il y a plus d'un an que Broglie et Durand lui ont demandé de tirer les conséquences de l'éloignement de l'Autriche et de « s'occuper de ce qui se passe à Berlin ». La démarche est d'autant moins clandestine que le chef de son Secret lui soumet semaine après semaine des mémoires rédigés par l'homme qui ferraille depuis dix-sept ans contre l'alliance autrichienne. La lettre de Favier au prince Henri ? Imprudente sans doute, mais rien de plus. Quand d'Aiguillon a été nommé aux Affaires étrangères, Favier lui a rendu compte de sa correspondance avec Henri et lui a même remis les lettres du prince. Cette correspondance est d'ailleurs interrompue depuis deux ans. Si c'est un crime que d'entretenir, comme Favier, la nostalgie de l'alliance franco-prussienne, quel châtiment mérite donc un ministre des Affaires étrangères qui annonçait tout uniment à Berlin que la France regarderait d'un œil paisible la Prusse avaler Dantzig et un bon morceau de Pologne ?

D'Aiguillon n'est pas Choiseul, qui disposait à la cour d'un parti puissant et dont la chute avait secoué l'Europe. Louis XV, qui ne l'aime ni ne l'estime, peut s'en débarrasser d'une pichenette. Un mot de lui suffirait en tout cas à dégonfler la baudruche du « complot ». Un seul mot, et d'Aiguillon remise son mauvais mélodrame. Le roi ne le prononce pas.

*
* *

Charles, toujours au château de Broglie, reçoit dès le 8 septembre, de Dubois-Martin, l'annonce des arrestations opérées le 7. Il écrit aussitôt à Louis XV. Égal à lui-même, il se soucie avant toute chose de Jean-Louis Favier, suppliant le roi « de ne pas perdre de vue le sort d'un de ses sujets qui me paraît injustement opprimé et qui ne l'est peut-être que parce qu'on a découvert qu'il avait l'honneur d'être employé secrètement pour son service ». Il annonce qu'il écrit par même courrier à Sartine pour l'avertir qu'il se trouve dans le même cas de figure que lors de l'affaire Hugonet-Drouet et doit traiter Favier, « un innocent auquel il n'y a rien à reprocher », avec « douceur et humanité ». Charles, informé de toutes parts que d'Aiguillon répand sur lui les pires rumeurs, communique au roi copie de la lettre qu'il adresse au duc, dont l'objectif véritable ne lui échappe pas : « Si j'ose ouvrir mon cœur à Votre Majesté, je lui avouerai que je soupçonne très fort que c'est beaucoup plus à moi qu'au S. Favier que M. d'Aiguillon en veut. Il a des indices, même des certitudes, du bonheur que j'ai d'être honoré de Sa confiance et il voudrait détruire cette correspondance en rendant suspect l'usage que j'en fais. » Charles indique qu'il a « employé toute la modération que je sais qu'elle [V.M.] désire qu'on emploie avec ses ministres ». Modération typiquement broglienne : « Je ne sais, écrit-il au duc, ce que signifient les bruits qu'on répand sur moi ; mais vous me rendrez la justice de croire que je n'ai jamais trempé et ne tremperai jamais dans de pareilles saloperies. Il est si noir et si atroce de m'en vouloir même soupçonner qu'il faudrait, en sus de cela, être insensé pour l'imaginer. Ce sont encore plus vos ennemis que les miens qui font courir de pareils bruits. Confondez-les en les décréditant par le désaveu le plus formel ! »

Le même 8 septembre, d'Aiguillon obtient du roi la création d'une commission d'enquête. Il y place Marville, vieux conseiller d'État, un homme à lui, et Vilevault, maître des requêtes. Louis XV leur adjoint le lieutenant de police : « Mons. de Sartine, ayant, par des considérations essentielles, jugé à propos de faire arrêter et conduire en mon château de la Bastille le comte de Ségur, le sieur Favier et le sieur Dumouriez, je vous fais cette lettre pour vous dire que mon intention est que notre amé et féal le sieur de Marville, conseiller d'État et en mon Conseil royal, et notre amé et féal le sieur de Vilevault, maître des requêtes ordinaires de mon hôtel, se transportent en mon château de la Bastille pour, avec vous conjointement ou séparément, procéder à la levée des scellés apposés sur les papiers des prisonniers ci-dessus nommés, et de tous autres qui pourraient par suite de la même affaire être conduits en mondit château de la Bastille, les interroger et dresser procès-verbaux nécessaires à ce sujet, pour du tout nous être par vous rendu compte, et la présente n'étant à autre fin, je prie Dieu qu'il vous ait, Mons. de Sartine, en sa sainte garde. Écrit à Versailles, le 8 septembre 1773. » Marville et Vilevault reçoivent un ordre rédigé dans des termes à peu près identiques.

Charles rentre à Paris. Le 19 septembre, sans réponse de d'Aiguillon, il va chez lui. Un domestique lui remet la lettre du ministre qu'on s'apprêtait à porter à l'hôtel de Broglie. C'est un beau monument de fourberie : « J'ai présenté au Roi la lettre que vous m'avez fait l'honneur de m'écrire le 8 de ce mois. Sa Majesté m'a ordonné de lui en faire la lecture ; elle l'a écoutée avec beaucoup d'attention [1]. M. le duc de La Vrillière a fait conduire M. Favier à la Bastille en exécution de l'ordre que le Roi lui a donné. On aurait de la peine à me persuader que vous avez eu une liaison avec un sujet aussi décrié, et encore plus que vous entreteniez des correspondances suspectes dans des pays étrangers. Je me flatte que vous me connaissez trop bien pour me croire capable de porter au Roi des accusations aussi graves sans être bien convaincu de leur vérité et avoir des preuves évidentes. C'est tout ce que je puis répondre à présent à l'explication que vous me demandez sur les rapports qui m'ont été faits. » Machiavélique d'Aiguillon ! Il laisse de côté l'horrifique complot et affecte d'absoudre le comte de ce qu'il sait pouvoir prouver contre lui : son travail avec Favier et ses correspondances à l'étranger. On admire au passage l'appréciation méprisante sur Favier, sujet si décrié qu'un Broglie ne saurait être en liaison avec lui : lorsque d'Aiguillon travaillait à la chute des Choiseul, n'avait-il pas commandé au publiciste son *Précis de faits sur l'administration de MM. de Choiseul* ?

Broglie, qui sent le piège, demande à être reçu par le ministre. Il lui explique en peu de mots ses relations avec le jeune Guibert, dont il répond absolument, Dumouriez, rencontré à trois ou quatre reprises, Ségur, croisé une seule fois, Favier, dont il revendique la collaboration. D'Aiguillon feint de n'être pas concerné par tout cela, mais lorsque Charles lui demande ses instructions officielles pour aller à Turin et recevoir ensuite à Pont-de-Beauvoisin la future

1. Rappelons que Louis XV connaissait déjà cette lettre, puisque le comte lui en avait adressé la copie le 8.

comtesse d'Artois, il lui répond que le roi, après réflexion, ne l'autorise plus à se rendre à Turin. Charles explique qu'il est trop tard : il a prévenu de son arrivée et le roi de Sardaigne lui a fait savoir qu'il le recevrait avec plaisir. Le ministre se couvre de l'autorité royale. Le ton monte, d'autant plus que d'Aiguillon affirme qu'il lui a fallu vaincre la résistance du roi pour arracher la désignation de Broglie, et même pour lui obtenir le gouvernement de Saumur — contrevérité évidente. Rien de plus propre à exaspérer Charles, qui a entendu si souvent cette chanson de la bouche de Choiseul. Après une algarade au cours de laquelle d'Aiguillon lui-même perd son sang-froid, la conversation se termine plus calmement et le ministre promet d'engager le roi à reconsidérer sa position.

Mauvais augure que cette affaire de Turin. Elle agace d'autant plus Charles qu'il n'est pas seul concerné. Son frère le maréchal lui a confié des lettres pour le roi de Sardaigne, et aussi quelques affaires à régler sur place. Son cadet, l'évêque de Noyon, doit l'accompagner. Âgé de quarante ans, le prélat, en qui semble s'être concentrée toute la capacité de douceur de la famille, attend Charles à Lausanne dans une maison mise à sa disposition par... Voltaire, qui versifie aussitôt la gentillesse et l'esprit de tolérance de son hôte :

Monsieur l'évêque de Noyon
Est à Lausanne en ma maison,
Avec d'honnêtes hérétiques,
Et fort aimé par eux, dit-on,
Ainsi que des bons catholiques.
Petits embryons fanatiques
De Loyola, de saint Médard,
Qui faites le mal de la France,
Apprenez donc, bien qu'un peu tard,
À pratiquer la tolérance.

Broglie ne sort de chez d'Aiguillon que pour se précipiter chez Sartine. L'accueil n'est pas de nature à le rasséréner. Charles avait demandé à Louis XV d'envoyer ses ordres au lieutenant de police : rien n'a été fait. Sartine constate la différence avec l'épisode Hugonet-Drouet, qui lui avait valu des instructions de la main du roi. Il montre beaucoup de réticence à se compromettre. Sa position est beaucoup plus fragile qu'au temps du feuilleton d'Éon. D'Aiguillon se méfie de lui, et d'Aiguillon, c'est la comtesse du Barry. Charles, rendant compte au roi de ses conversations avec le ministre et le lieutenant de police, écrit à propos du second : « Je ne dois pas, Sire, dissimuler à Votre Majesté que ce magistrat m'a paru un peu effarouché et qu'il a besoin d'être encouragé en connaissant la volonté de Votre Majesté... J'ai fini en plaisantant par lui dire que les coups de fusil étaient les dangers que les militaires ne devaient pas éviter lorsqu'il s'agissait du service de Votre Majesté, qu'il y avait aussi des coups de fusil à la cour, que j'avais essuyé fort honnêtement des uns et des autres, et que, Dieu merci, cela ne m'avait pas arrêté, que je lui conseillais de faire de même. Il a ri et m'a assuré qu'il pensait ainsi. »

Charles remontre au roi que la protection du Secret implique celle de Favier : « Avec l'esprit qu'a cet homme, il s'est bien douté sûrement qu'il ne travaillait pas pour moi seul et que les cinq cents livres qu'il recevait par mois ne pouvaient venir que d'elle [V.M.]... Enfin, se voyant abandonné, ou se le croyant, un caractère fort comme le sien peut être capable de compromettre le secret de Votre Majesté. » Charles se propose de lui faire passer un secours financier avec le conseil de réserver ses confidences au seul Sartine. Quant au voyage de Turin, il se borne à rappeler l'impossibilité de l'annuler depuis que le roi de Sardaigne a bien voulu l'agréer.

Pour finir, ces phrases d'une solennité émouvante que nous trouvons pour la première fois sous la plume du comte et qui donnent la mesure de son désarroi : « Ce dont je peux avoir l'honneur de l'assurer [V.M.], c'est qu'il n'y a pas un mot qui ne soit dans la plus exacte vérité. Je la supplie de regarder le premier mensonge que j'oserais lui avancer comme un crime de lèse-majesté et de me punir en conséquence. Il est bien juste et pas moins nécessaire que Dieu ait permis qu'il y ait encore un homme qui ose lui dire la vérité. »

Il est piégé. L'efficacité du service se retourne contre son chef. Si Dubois-Martin n'avait prestement évacué les papiers de Favier sous le nez de la police, qu'auraient trouvé les sbires de d'Aiguillon ? Les brouillons et les copies des mémoires de Favier, textes de haute tenue qu'on lira bien au-delà du siècle, puisque les spécialistes y verront longtemps le tableau le mieux informé de l'Europe diplomatique à la veille de la Révolution. On aurait surtout saisi, parmi la documentation fournie par le comte de Broglie, des dépêches de Vergennes, Saint-Priest, Breteuil ou Durand. Impossible de mêler ces gens-là à une intrigue vulgaire. Le Secret était dévoilé, certes, mais aussi révélé dans sa vraie nature, qui n'avait rien de louche ni de bas, et d'Aiguillon manquait alors son coup. En escamotant les papiers du Secret, comme c'était son devoir, Dubois-Martin a privé son chef de sa seule justification. Il ne reste que la correspondance politico-grivoise du quatuor subalterne. Et d'Aiguillon, avec un art consommé de l'intrigue, ne cherche pas, comme s'y était longtemps évertué Choiseul, à confondre en Broglie le chef d'un Secret bien éventé : il insinue que le comte, jouant une partie personnelle, a utilisé le service à ses propres fins, trompant ainsi la confiance du roi. Nul doute que Charles a perçu chez Sartine la perplexité insinuée par la calomnie. Lors de l'affame d'Éon, le lieutenant de police savait de science certaine qu'on lui demandait de protéger une organisation voulue par le roi. Pour le « complot de la Bastille », il se demande si Broglie n'a pas outrepassé son mandat. Mais comment Charles se justifierait-il d'un tel soupçon sans rendre un compte public de sa gestion du service ? Aussi cet homme d'honneur, qui n'avait jamais imaginé que celui qu'il appelle son maître pourrait le soupçonner de le tromper, se trouve-t-il réduit à réclamer, si le roi le surprend à mentir, les châtiments extrêmes punissant le crime de lèse-majesté...

Depuis vingt et un ans, c'est la première fois que sa loyauté est mise en cause. Une si longue collaboration mériterait bien une présomption d'innocence, voire un signe de solidarité. Le roi se mure dans le silence. Huit ans plus tôt, pour d'Éon, il avait multiplié les billets à Broglie et à Tercier. Cette fois, pas un mot. Pis encore : il ne renvoie plus les lettres de Charles, qui, depuis la découverte par la du Barry de paquets du Secret, demande ce retour sous prétexte qu'il n'a pas eu le temps d'en faire dresser copie.

Que signifie cette rétention ?

*
* *

Le 22 septembre, d'Aiguillon informe Broglie que le roi rendra sa décision sur le voyage de Turin au Conseil du lendemain.

Charles s'inquiète : « Je ne peux pas m'empêcher, Sire, de laisser apercevoir à Votre Majesté la méfiance que j'ai dans la manière dont cette petite affaire, qui n'était nullement faite pour aller au Conseil, y sera traitée. » D'Aiguillon, décidément tacticien hors pair, a su trouver le meilleur angle d'attaque. Le voyage de Turin offusque la tradition protocolaire et choque un peu le bon sens : Charles de Broglie devrait se rendre dans la capitale du roi de Sardaigne en simple particulier, puis, repassant la frontière, coiffer sa casquette de commissaire et attendre la princesse. D'Aiguillon aura beau jeu de rappeler que ni le comte de Noailles, qui a accueilli Marie-Antoinette, ni le duc de La Vauguyon, chargé de recevoir la future comtesse de Provence, elle aussi fille du roi de Sardaigne, ne sont allés à Vienne ni à Turin. Petite affaire assurément, mais Charles voit clair dans le jeu du ministre : une éventuelle interdiction de sortir du royaume sera reçue partout comme la preuve de son implication dans le « complot de la Bastille ».

Rompu aux tours et détours du service secret, Charles ne supporte pas la déloyauté dans les rapports personnels. Nous ne l'avons jamais vu trahir un ami, abandonner un agent. Rentré chez lui, il écrit à d'Aiguillon. C'est une imprudence. Nous l'aimerons aussi pour cette imprudence :

« Comme j'imagine, Monsieur le Duc, que ce sera demain au Conseil que vous traiterez l'affaire de mon voyage de Turin, qui, en vérité, n'était pas digne d'y être portée, je me presse de vous représenter de nouveau qu'il serait bien étonnant qu'après vous avoir annoncé, il y a près de deux mois, à Compiègne, le projet et le motif de ce voyage que vous avez approuvé ; après que, conséquemment à cette permission, j'en ai fait part à MM. les ambassadeurs de Sardaigne[1] pour les prier de témoigner à leur

1. Le comte de la Marmora, ambassadeur de Sardaigne, mettait au courant son successeur, le comte de Viry.

maître l'empressement que j'avais de lui porter l'hommage de toute ma famille ; après avoir reçu de M. de Viry la réponse de ce prince avec une espèce d'invitation de venir le voir et les assurances du plaisir qu'il aurait (ce sont ses propres termes) de me recevoir, combien, dis-je, il serait étonnant qu'au moment de mon départ Sa Majesté me le défendît.

« Je sais, Monsieur le Duc, et je vous l'ai déjà dit, que vous êtes le maître d'obtenir de Sa Majesté cette décision, et que le Conseil, ignorant toutes ces circonstances, adhérera à votre avis. Mais de quelque façon que cette défense me parvienne, vous ne devez pas douter que ce ne soit à vous que je doive l'attribuer, et je ne puis vous dissimuler que je vous en saurai mauvais gré. Je vous prie même d'observer que le désagrément que j'éprouverai sera partagé par toute ma famille. L'évêque de Noyon, ayant trouvé à Lausanne et à Chambéry M. le prince de Carignan et plusieurs autres personnes considérables de la cour de Turin, avait reçu les compliments les plus flatteurs sur le plaisir qu'il se faisait de m'y recevoir. Le maréchal a conservé pour la circonstance l'arrangement de plusieurs affaires qui le regardent, sur la décision desquelles ma présence et l'occasion pourront beaucoup influer. Il m'a donné des lettres pour le Roi de Sardaigne dans lesquelles il remercie ce prince de l'honneur qu'il fait d'être parrain d'un de ses enfants. Ils ne vous écrivent ni l'un ni l'autre à cette occasion, parce que ni eux ni moi n'avions pas imaginé que sous aucun prétexte la possibilité de faire ce voyage dût faire question. J'espère qu'avec un peu de réflexion vous sentirez, Monsieur le Duc, que non seulement nous aurions bien lieu de nous plaindre de vous, si vous en étiez la cause, mais que nous devons attendre que si, par impossible, il y avait des obstacles qui ne vinssent pas de vous, vous sauriez prendre les moyens de les lever, et que vous ne voudriez certainement pas que les personnes qui ont été le plus citées pour s'être occupées de vos intérêts dans des circonstances un peu plus importantes qu'une simple permission de voyager puissent l'être aujourd'hui pour recevoir des marques non équivoques de votre mauvaise volonté ; mais j'espère que cela n'arrivera pas, et que je serai toujours dans le cas de pouvoir vous assurer avec la même sincérité de l'inviolable et respectueux attachement avec lequel j'ai l'honneur d'être, etc. »

C'est carré, c'est Charles, c'est Broglie : si d'Aiguillon leur manque, il aura contre lui le clan familial, et ce sera la guerre. La lettre a le ton de l'ultimatum. Sur le fond, elle exprime l'amertume compréhensible d'un homme qui, avec son frère le maréchal, a soutenu le duc « dans des circonstances un peu plus importantes qu'une simple permission de voyager ».

Le Conseil se tient à Choisy. D'Aiguillon y donne lecture de la lettre du comte. Du débat qui s'ensuivit, on sait seulement que l'abbé Terray, contrôleur général des finances, s'emporta contre Broglie. « Il serait bien malheureux, lança-t-il, pour les personnes qui ont la confiance du Roi, d'être ainsi prises à partie lorsque les choses ne tourneraient pas au gré du grand seigneur qui solliciterait une grâce. » Louis XV conclut en déclarant qu'il se chargeait de la réponse.

Charles a été invité à Choisy — bon signe. Il a même le privilège d'être du souper du roi et de faire sa partie de trictrac. Mais, avant la représentation donnée au théâtre du château, d'Aiguillon lui a glissé qu'il avait lu sa lettre au Conseil et que le roi lui ferait connaître sa décision. Très mauvais signe. Charles n'avait pas imaginé un seul instant que sa missive au duc aurait les honneurs du Conseil. Il doit se sentir pris dans des sables mouvants : chacune de ses démarches l'enfonce un peu plus. D'Aiguillon, à l'offensive depuis le début, utilise chaque sursaut de sa victime pour la mieux perdre.

Rentré à Paris le 24, au lendemain du Conseil, Charles écrit au roi une lettre désemparée : « À la manière et au ton dont ce ministre m'a dit ce peu de mots, je n'ai pas eu de peine à m'apercevoir qu'il avait fait de ceci une affaire ministérielle, et je me suis contenté de répondre que j'attendrais les ordres de Votre Majesté. Dès qu'il m'est connu, Sire, qu'elle a connaissance de ces misères par son ministre, et qu'elle veut prendre la peine d'avoir une volonté dans cette discussion, je n'en dois plus avoir, ou, pour mieux dire, en cela comme en tout, je ne veux plus avoir que la sienne. Mon devoir est de lui obéir, mon désir est de lui plaire, et je n'aurai jamais d'autre regret que de ne pouvoir deviner ce qui lui est agréable afin de m'y conformer. »

Dans un ultime plaidoyer, il se décide enfin à montrer au roi l'enjeu véritable de cette minuscule affaire : « Mon voyage à Turin paraît actuellement lié avec les bruits répandus dans tout Paris sur mon compte au sujet de la détention des personnes mises à la Bastille. Je n'entre pas dans une seule maison qu'on ne me demande ce que c'est que cette affaire, s'il est vrai que j'entretenais correspondance avec des cours étrangères par le moyen d'émissaires que j'y avais envoyés, s'il est encore vrai qu'il a été aussi question de me mettre aussi à la Bastille avec M. de Monteynard. Votre Majesté peut juger combien ces questions sont embarrassantes et désagréables à soutenir, d'autant que je dois imaginer que, lorsque je n'y suis pas, on y ajoute des commentaires très défavorables pour moi. Cependant, jusqu'ici, je n'y ai répondu qu'en riant et haussant les épaules, et j'ai traité le tout de supposition. J'en ai usé ainsi même avec l'ambassadeur de Naples, que je rencontrai chez madame de La Vallière, où il me répéta tous ces propos et y ajouta : *Je ne crois pas, mon cher ami, un mot de tout ce que je vous dis là, mais cela n'empêche pas que cela ne se débite même avec plus d'étendue par tous les émissaires de mon ministre* [d'Aiguillon], *les La Noue, les Comarieu, les Montalembert, les Bastard, etc., qui disent même de plus que les soupçons qu'on a donnés contre vous sur cette intrigue sourde sont la cause qu'on vous empêchera d'aller à Turin.* Madame la duchesse de Villeroy, qui vint un moment après chez la même dame, lorsque j'en étais sorti, dit à peu près les mêmes choses en présence de d'Antragues, qui me l'a rendu hier à Choisy et m'a demandé avec intérêt ce que cela voulait dire. Ce sont, Sire, tous ces rapports, qui ne sont pas exagérés, qui m'ont obligé à presser M. le duc d'Aiguillon. Je n'ai pas voulu lui en parler dans ma lettre pour ne pas entamer de querelle et j'ai cru qu'en lui rappelant les services qu'il avait reçus de nous, c'était le meilleur moyen de l'éloigner du projet de me desservir. Je souhaite que Votre Majesté daigne approuver ce ménagement. »

Quant au voyage de Turin (« Je voudrais de tout mon cœur n'y avoir jamais songé... J'ai regardé ce voyage exactement comme celui de Ruffec, je comptais profiter de l'occasion pour y faire quelques affaires de famille qui regardent plus le maréchal que moi »), Charles se borne à rappeler les raisons qui rendraient son annulation fâcheuse vis-à-vis du roi de Sardaigne, avec cet argument supplémentaire et très raisonnable que la cour de Turin, informée par son ambassadeur des rumeurs qui courent Paris, établira un rapport de cause à effet entre ces mêmes rumeurs et l'annulation, de sorte que le commissaire désigné par le roi pour recevoir la princesse de Savoie s'en trouvera déconsidéré : « C'est à la haute sagesse de Votre Majesté de peser la valeur de ces considérations et à décider si elles doivent l'emporter sur les inconvénients qu'on a pu supposer à me laisser aller à Turin. »

Dans sa haute sagesse ou sa grande faiblesse, le roi avait déjà pesé. Sa lettre, délivrée à l'hôtel de Broglie par le duc de La Vrillière, chargé de ces besognes, se croisa avec celle de Charles : « M. le comte de Broglie. Après la lettre que j'ai vue hier de vous, vous devez bien vous douter que vous n'irez ni à Turin ni même au Pont-de-Beauvoisin, mais à Ruffec, où vous resterez jusqu'à nouvel ordre de ma part ou d'un de mes ministres autorisés par moi. Louis. À Choisy, ce 24e septembre 1773. Ne me faites point de réponse à cette lettre et partez le plus tôt possible. »

*
*   *

Le chemin de Ruffec passait par Amboise, proche de Chanteloup. Choiseul eut la malice de pousser une pointe jusqu'à la route, et, voyant les équipages du comte, feignit d'ignorer à qui ils appartenaient. Quand on l'eut éclairé : « Comment ! s'exclame-t-il. Je le croyais ambassadeur extraordinaire, ministre !... » On lui répond qu'il est exilé. Choiseul éclate de rire : « Ah ! je l'avais toujours bien connu pour une mauvaise tête, pour un homme qui faisait les choses à rebours... Il prend le ministère par la queue. » Le mot fit beaucoup rire à la cour.

Charles de Broglie avait commencé sa lettre du 19 septembre au roi par cette phrase : « Sire, je suis peut-être le seul sujet de votre royaume dont Votre Majesté soit le confident. » À cette époque, on n'en relève en effet aucun autre. Le caractère de Louis XV valait à l'homme de sa confiance un privilège unique dans les annales du règne : deux exils successifs.

Avant le départ du disgracié, le plus déroutant des rois lui fit savoir, très certainement par l'intermédiaire du général Monet, dont la correspondance de cette année 1773 est perdue, que le Secret devait continuer de fonctionner comme si de rien n'était.

XXIV

Immuable rituel de l'incarcération... Le 13 septembre vers neuf heures du soir, Dumouriez est délesté par le major de la Bastille de son argent, de son couteau et des boucles de ses souliers. Pourquoi les boucles ? Parce qu'un prisonnier s'est suicidé en avalant l'une des siennes. Mais le major oublie de lui prendre celles de ses jarretières. Dumouriez, qui a adopté la mentalité du détenu dès la porte de la prison franchie, se garde bien de le lui faire remarquer. Il a faim et demande qu'on envoie chercher un poulet chez un traiteur voisin. Le major s'offusque : « Un poulet ? Savez-vous que c'est aujourd'hui vendredi ? » Les jours maigres, en pays catholique, seuls les malades ont le droit de consommer de la viande. Dumouriez : « Vous êtes chargé de ma garde, et non pas de ma conscience. Je suis malade, car la Bastille est une maladie ; ne me refusez pas un poulet. » D'Hemery, le policier qui l'escorte depuis Hambourg, intervient en sa faveur : il aura son poulet. L'inspecteur d'Hemery, exemplaire de la police civilisée voulue par Sartine, est un homme peu enclin aux excès de zèle intempestifs. Dumouriez, qui a fait le voyage avec ses deux domestiques, courageux et tout dévoués, aurait pu se débarrasser aisément de l'inspecteur et de ses acolytes, puis disparaître en Allemagne. Il n'y a songé qu'une minute, résolu à vivre gaiement la nouvelle aventure que le destin lui fait courir. Il a connu pire à la guerre et en Pologne. Que peut-on lui reprocher ? Officier, il s'est rendu à Hambourg sur ordre du ministre de la Guerre. Et aussi du roi. Mais faut-il révéler la caution royale à la mission ? Il avisera. À chaque jour suffit sa peine. Pour l'heure, il a réussi à sauver ses boucles de jarretières et à obtenir un poulet.

L'existence d'un détenu s'illumine de ces minuscules victoires.

Les formalités d'écrou achevées, on l'enferme dans une grande pièce octogonale haute de près de dix mètres. Ameublement sommaire : un mauvais lit très sale, une chaise percée, une table, une chaise, une cruche. Le geôlier allume du feu dans la cheminée et laisse une bougie. Comme tous les prisonniers du monde, Dumouriez trouve accablant le fracas des verrous et déchiffre les graffiti laissés par ses prédécesseurs. Quelques inscriptions grossières lui donnent à penser que la chambre n'a pas toujours abrité des hôtes de bonne compagnie. La tour dans laquelle on l'a enfermé s'appelle plaisamment « tour de la Liberté ».

Le lendemain matin, il est conduit devant le comte de Jumilhac, gouverneur de la Bastille, aimable vieillard à qui son emploi procure soixante mille livres par an. Jumilhac exerce ses fonctions depuis trop longtemps pour ne pas avoir appris à faire le tri parmi sa clientèle. Quand Hugonet et Drouet étaient logés chez lui, il a reçu de Louis XV l'ordre d'introduire clandestinement Tercier auprès d'eux. Il a vu opérer Sartine. Et, de nouveau, il n'est bruit dans Paris que d'une sombre affaire d'agents secrets travaillant à l'insu des ministres et à laquelle serait mêlé le comte de Broglie. Terrain mouvant par excellence... Par ailleurs, Jumilhac est le beau-frère de Bertin, ministre sans interruption depuis 1759 ; il sait par lui que le « complot » baptisé du nom de son établissement recouvre une lutte pour le pouvoir au sein du ministère : raison de plus pour se montrer prudent.

Il fait à Dumouriez un accueil charmant, lui annonce qu'il restera au secret jusqu'à son premier interrogatoire, ce qui exclut la liberté d'écrire et de lire, fût-ce un recueil de prières, et lui glisse deux romans : « Emportez ces deux volumes et cachez-les quelque part. » Violant l'interdiction prononcée par lui-même de toute conversation avec qui que ce soit, il recevra Dumouriez chaque matin, lui contant « toutes les anecdotes des filles de Paris », et ne le laissera manquer ni de livres, ni des douceurs propres à améliorer son menu quotidien.

Le neuvième jour, Dumouriez est introduit devant les trois commissaires. Marville, qui préside (il a soixante-huit ans), lui apparaît comme un « homme d'esprit, mais grossier et goguenard » ; Vilevault, « homme très faux et grand chicaneur » ; Sartine, « fin et très poli ». On commence par lui demander s'il sait pourquoi il est à la Bastille. La réponse fuse :

« Je m'en doute, mais voilà une question qui sent l'inquisition. Allez, messieurs, je défends la place, c'est à vous à tirer les premiers.

— Pourquoi vouliez-vous aller en Prusse ?

— Pour voir un grand roi et de belles troupes.

— Pourquoi aviez-vous une lettre de Favier pour le prince Henri ?

— Parce que je l'ai demandée à Favier, pour qui ce prince a des bontés.

— N'alliez-vous pas pour faire à cette cour des propositions ?

— Quelles propositions, et de quelle part ?

— De la part du comte de Broglie ou du duc de Choiseul.

— Non, et si vous ne vous expliquez pas plus clairement, je ne vous entends pas.

— On sait, monsieur, que vous désirez la guerre, ainsi que le duc de Choiseul et le comte de Broglie, et vous pouvez avoir été chargé de leur part de chercher à troubler l'Europe.

— Je ne sais ce que désirent messieurs de Choiseul et de Broglie, mais dans tous les cas je les crois trop sages pour négocier en leur nom. D'ailleurs, connaissez-vous le roi de Prusse ? Comment a-t-on pu imaginer qu'en cas que deux seigneurs français fussent assez étourdis, et moi assez fou, pour aller entamer, sans mission, des négociations de quelque genre que ce fût, il aurait la complaisance de changer ou de plier sa politique sur les insinuations d'un simple colonel français ? Tout cela est absurde.

— Avez-vous jamais écrit au roi ?

— À quel roi ?

— Au roi de France.

— Jamais ; mais quand cela serait, qui oserait m'en faire un crime ?

— Lui avez-vous jamais parlé ?

— Jamais. »

Ce « jamais » est un beau mensonge. Dumouriez s'y est résolu en voyant la tournure prise par l'interrogatoire.

D'Hemery a saisi son passeport, la lettre d'instructions de Monteynard, le chiffre qui lui a été donné pour correspondre avec le ministre, et ces pièces se trouvent dans le dossier des commissaires. Aucune question sur sa mission. En revanche, la Prusse, Broglie, Choiseul. On vise plus haut que lui. Moins il en dira, mieux cela vaudra.

L'interrogatoire terminé, on bavarde de manière plus détendue. Dumouriez en profite pour demander la permission de lire et d'écrire. C'est l'affaire de Sartine, qui a dans ses attributions l'inspection de la Bastille. Dumouriez : « Monsieur, j'ai six mille volumes à Versailles ; permettez-moi de vous donner une liste des livres qu'on pourra me faire venir. » Sartine, glacial : « Vous ne vous rappelez pas qu'en partant vous avez prié madame votre tante de vendre vos meubles et vos livres ; vous n'y avez plus rien. » Dumouriez comprend qu'il a commis une bourde.

Après le départ des commissaires, Jumilhac l'interroge sur la séance, frétillant de curiosité, puis lui donne à son tour une brassée de précieuses informations. Favier et Ségur sont eux aussi à la Bastille, ainsi qu'une comtesse de Barnaval, vieille maîtresse de Ségur. Broglie est exilé à Ruffec. On veut arrêter le baron de Bon, ministre à Bruxelles, ainsi que Guibert. Le complot, selon la rumeur parisienne, avait pour but de convaincre Frédéric de Prusse de déclarer la guerre. Choiseul tirerait tous les fils. Louis XV aurait dit que « d'Aiguillon s'y casserait le nez et que tout cela n'était que des folies ». Enfin, toujours selon le vieux gouverneur, « des trois commissaires, Marville était neutre, Sartine pour lui, et Vilevault entièrement contre ».

Rentré dans sa chambre [1], Dumouriez utilise l'ardillon d'une boucle de jarretière pour résumer sur un coin de mur son interrogatoire, usant de plusieurs langues pour le cas où un geôlier se montrerait curieux. Ainsi ne se coupera-t-il pas si les commissaires venaient à lui reposer les mêmes questions.

Le lendemain matin, visite de Sartine, qui le tance sur son imprudence à propos de sa bibliothèque. Veut-il qu'on

1. Le mot « cellule » n'est pas employé, à cette époque, dans son actuelle acception carcérale, et « cachot », qui existe, ne saurait s'appliquer à une pièce relativement spacieuse. On avait donc sa « chambre » à la Bastille.

saisisse ses livres et ses papiers ? Le lieutenant de police lui recommande d'être *discret*. Il accorde la permission d'écrire et prend une liste d'ouvrages qu'il lui fera parvenir. Chaque semaine, Sartine rendra à son prisonnier une roborative visite. Jugé pusillanime par le fougueux Broglie, le lieutenant de police n'est qu'un peu long à se mettre en branle ; sa décision prise, il témoigne de son efficacité habituelle.

Dumouriez s'éprouve rasséréné. Comment ne le serait-il pas ? Histoire de fou que ce prétendu complot ! Choiseul, acquis à Vienne depuis toujours, conspirant avec Berlin main dans la main avec Broglie, son adversaire acharné... D'Aiguillon a voulu ratisser trop large.

Quinze jours passent sans nouvel interrogatoire.

*

* *

Sartine parvint à circonscrire l'enquête aux prisonniers de la Bastille. On laissa en paix le baron de Bon, qui s'était borné à recevoir Dumouriez à son passage à Bruxelles, comme il l'aurait fait pour tout officier français, et dont le seul crime était son amitié avec Charles de Broglie. On renonça à l'extradition d'un cousin de Dumouriez, Châteauneuf, qui l'avait accompagné en Pologne et travaillait à Madrid comme secrétaire du chargé des affaires de la marine et du commerce de France en Espagne. Il n'était mêlé à rien, mais Madrid, c'était pour d'Aiguillon une capitale de plus, et la dimension internationale du « complot » encore élargie. Le même objectif avait mis sur la liste noire Marbeau, ancien secrétaire du baron de Bon, devenu depuis trois mois celui de Durand à Saint-Pétersbourg, et que Charles avait fait initier au Secret ; il ignorait tout de l'affaire.

Guibert savait au moins qu'on l'avait chargé de réconcilier les Rohan et les Broglie. Même si cela pouvait difficilement lui être imputé à crime, il se rongeait les sangs à Vienne. « Avis redoublé de Paris, écrit-il dans son journal de voyage, qu'on me disait impliqué dans l'affaire de MM. Favier et Dumouriez, que je devais être arrêté en arrivant. Je savais bien que je n'y étais pour rien, j'avais la conscience tranquille : je pouvais arriver la tête haute.

Néanmoins, cela m'agitait quelquefois : je sentais les inquiétudes de mes amis, celles de ma famille, à laquelle ces bruits ne manquaient pas d'arriver. Je savais qu'un ministre despote fait arrêter sur de simples soupçons, quitte à relâcher quelques jours après ses victimes, et être enfermé deux jours seulement pour une affaire de cette nature, pour une intrigue ! passer aux yeux du public pour en être le correspondant ou l'émissaire ! j'en rougissais. D'un autre côté, si les avis étaient fondés, ne pas rentrer en France, errer autour de ses frontières sans oser y mettre le pied, rester séparé de tout ce que j'aimais ! J'étais attendri et effrayé. » À se désolidariser si prestement de ses camarades Favier et Dumouriez dans un journal intime qui ne serait publié que des années après sa mort, le lion des salons parisiens démontrait qu'il n'était pas taillé pour les épreuves.

Ses amis lui conseillèrent de quitter Vienne, séjour peu sûr pour un homme impliqué dans une affaire visant à rompre l'alliance franco-autrichienne, et de regagner Paris par le chemin des écoliers. Il passa en Suisse et rendit visite à Voltaire, qui écouta sans broncher la lecture des cinq actes du *Connétable de Bourbon*. Après son départ, le patriarche écrivit à son ami d'Argental : « S'il commande jamais une armée, il sera le premier général qui ait fait une tragédie. Il est déjà le premier en France qui soit l'auteur d'une *Tactique* et d'une pièce de théâtre ; je dis en France, car Machiavel en avait fait avant lui tout autant en Italie ; et par-dessus tout cela il avait fait une conspiration. » Il est permis de voir dans la dernière phrase un écho malicieux aux sinistres rumeurs qui avaient atteint Ferney.

Soulavier, le domestique de Favier, rapidement mis hors de cause, et la comtesse de Barnaval, maîtresse de Ségur, n'ayant à dire que des futilités, seuls restaient Dumouriez, Favier et Ségur.

Ségur était le moins coupable et le plus vulnérable. Officier, il avait servi de boîte aux lettres sur ordre du ministre de la Guerre. Mais ses obscénités sur les amours du roi et de la du Barry, à quoi s'ajoutait un paquet de pamphlets et de chansons du même tonneau saisi chez lui, fragilisaient beaucoup sa position. Il fut lamentable, sanglota, implora son pardon, promit de tout dire, et ne dit rien puisqu'il ne savait rien.

La vie difficile et tourmentée de Jean-Louis Favier le

préservait d'un tel effondrement. Il fut prudent, sagace, coriace. Sachant le rôle de Sartine, il cessait de parler lorsque le lieutenant de police était appelé hors de la pièce pour régler quelque urgence relevant de sa compétence, et, au grand dépit de Marville et de Vilevault, ne reprenait qu'après son retour. Questionné sur sa lettre à Henri de Prusse, il répondit que le duc d'Aiguillon ne pouvait ignorer sa correspondance avec ce prince puisqu'il lui en avait communiqué les lettres en 1771. En janvier 1773, un mémoire remis au ministre, et dont Favier possédait copie, évoquait encore cette correspondance, interrompue depuis deux ans. Ses liaisons avec Henri n'ayant aucun caractère clandestin, quoi de plus naturel que de donner une lettre d'introduction à un ami désirant visiter la Prusse ?

Le grand travail entrepris sous l'égide du comte de Broglie exigeait plus de dextérité dans sa présentation aux commissaires. Invité lui aussi à se montrer *discret,* Favier devait avouer sa collaboration avec Broglie tout en tenant le roi à l'écart ; or, dans ses lettres interceptées, il se vantait sans ambages de travailler pour Louis XV, et sur son ordre.

Le procès-verbal de ses déclarations aux commissaires n'a pas la vivacité du dialogue reconstitué par Dumouriez dans ses Mémoires (on a dit la tendance du colonel à se donner le beau rôle, même si les pièces officielles attestent l'authenticité de son récit, à quelques insolences près), mais il témoigne de l'habileté du publiciste :

« Dit, le répondant, qu'ayant été autrefois attaché à un travail particulier par M. le comte d'Argenson, il avait eu l'occasion d'entendre dire que le Roi était un prince éclairé, qu'il désirait d'être instruit par plus d'une voix, et que Sa Majesté avait quelquefois permis à quelqu'un de ses sujets d'avoir avec elle des correspondances particulières ;

« Que, de plus, lui, répondant, avait aussi entendu parler de la correspondance de feu l'abbé de Broglie avec Sa Majesté, pendant une longue suite d'années, et que depuis étant rempli de cette idée, il ne peut pas dissimuler celle qu'il s'était formée de lui-même que cette correspondance avait bien pu devenir héréditaire dans la même famille ;

« Qu'il a raisonné, spéculé, conjecturé en conséquence, mais toujours sans une certitude acquise, parce que M. le comte de Broglie ne lui a jamais donné à entendre rien de semblable et que le langage que ce seigneur a constamment tenu à lui, répondant, était celui d'un homme de la cour, instruit, versé dans les affaires, mais plus par la pratique que par la théorie ou par l'étude des faits et des principes (que ses occupations et sa vie militaire ne lui avaient pas permis de faire lui-même avec la même étendue et la même suite que lui, répondant), et qu'il désirait avoir sous les yeux des pièces ou tableaux historiques et politiques qui pussent lui présenter cet ensemble ;

« Que bien loin d'avoir engagé lui, répondant, à écrire contre qui que ce fût, il lui avait toujours expressément recommandé de s'abstenir de toute personnalité [attaque personnelle] quelconque et même de toute réflexion indirecte qui pourrait en avoir l'air ;

« Ajoute, le répondant, qu'en effet le travail en question peut être regardé comme purement historique jusqu'au point où il l'avait poursuivi, lorsqu'il a été interrompu par la détention de lui, répondant, et qu'à l'égard des systèmes ou moyens politiques à proposer peut-être à la suite de ce tableau, il n'en a pu être question jusqu'à présent attendu que, selon le plan et l'ordre des matières, cela n'aurait pu être traité que dans la suite et en conclusion. »

Cher vieux abbé ! Jusque dans la tombe, il aura été utile à celui qui fut si longtemps son neveu préféré, même si Marville et Vilevault durent trouver un peu difficile à avaler cette belle histoire de correspondance confidentielle présumée héréditaire dans la famille Broglie ! L'insistance finale de Favier sur le caractère strictement historique de son travail vise à écarter tout soupçon de conspiration. Elle est justifiée. Charles de Broglie, prévoyant l'effet fâcheux que produirait sur le roi la critique impitoyable de sa politique étrangère par un homme opposé à l'alliance autrichienne, avait annoncé qu'il proposerait, dans la seconde partie de l'ouvrage, des initiatives visant à rendre cette alliance « utile ».

Le rapprochement entre Broglie et Monteynard ? Ce n'est pas un crime, et Favier admet volontiers l'avoir souhaité, mais le fait est qu'il n'a pas eu lieu. À propos de d'Aiguillon, le publiciste ne cèle pas les griefs qu'il nourrit contre lui. Dumouriez aurait ajouté qu'aucune loi n'oblige à aimer les ministres.

Curieusement, le deuxième interrogatoire du colonel

porta lui aussi sur d'Aiguillon, après une brève passe d'armes à propos de sa mission à Hambourg dont il déclara n'avoir à rendre compte qu'à son ministre. « Haïssez-vous le duc d'Aiguillon ? » lui demanda Marville au terme d'un long conciliabule à voix basse avec Vilevault. La question était si étrange que Dumouriez exigea son inscription au procès-verbal. Celle-ci lui fut refusée. Après une violente prise de bec, on convint que le prisonnier s'expliquerait non pas sur ses sentiments personnels à l'égard du duc, mais sur les critiques formulées contre sa politique. Dumouriez annonça un réquisitoire en huit points et commença à les développer : abandon de la Pologne, Suède laissée sans secours, etc. On l'arrêta après le quatrième. À la reprise suivante, Sartine, tenu de jouer son rôle de commissaire, lui déclara d'un ton sévère qu'il s'était rendu coupable de lèse-majesté : attaquer un ministre, c'était critiquer le roi, puisque toutes les décisions passaient à son Conseil. « J'ai appris du Roi lui-même, rétorqua Dumouriez, à distinguer sa personne sacrée de celle de ses ministres, et à mettre sur leur propre compte leur bonne ou mauvaise administration, car depuis dix-sept ans que je suis au service, Sa Majesté a disgracié ou renvoyé vingt-six ministres. » Mais il connut un moment difficile lorsqu'on lui donna à lire les lettres interceptées que Ségur lui avait adressées à Hambourg. « Vous ne trouvez pas, lui demanda Marville, qu'un homme à qui on écrit de pareilles lettres doit être au moins soupçonné de manquer de respect pour le Roi ? » Attaque insidieuse, que Dumouriez contra habilement en menaçant d'un éclat sur un sujet trop délicat pour être ébruité : « Au commencement de la commission, vous aviez l'air de pouvoir me trouver des crimes d'État ; n'y pouvant point parvenir, on veut m'attaquer par des ordures, et on veut compromettre le Roi. Si on écrit un mot de ces sottises, je fais faire une protestation dont on se souviendra. » Un instant de réflexion convainquit Marville d'en rester là.

*
*   *

Le souci de son confort fit découvrir au colonel une autre Bastille.

Il n'était pas malheureux. Le gouverneur Jumilhac le

caressait beaucoup. Le major n'était pas mauvais bougre, au fond. L'aide-major s'ingéniait à adoucir sa détention. Certains sous-officiers invalides composant la garnison avaient servi à la guerre avec lui ; tous le traitaient avec une cordiale déférence. Dumouriez lisait énormément et rédigeait un ouvrage intitulé *Principes militaires,* suivi d'un *Traité des légions.* Mais sa chambre ne lui plaisait pas plus qu'au premier jour. Sartine n'y pouvait rien : le changement souhaité dépendait du duc de La Vrillière, oncle de d'Aiguillon. « Mais ma chambre est bien vieille, objecta Dumouriez. S'il y arrivait quelque accident qui la rendît inhabitable, que feriez-vous ? » Sartine s'engagea, dans ce cas, à lui donner le meilleur logement de la Bastille.

Le colonel avait remarqué que les deux grosses pierres formant l'âtre de la cheminée étaient quelque peu affaissées : elles se rejoignaient sur une poutre entamée par le rayonnement du feu. L'affaissement des pierres indiquait un vide sous l'âtre. Armé d'une bûche, Dumouriez commença de creuser, dégagea les gravats, toucha bientôt au plafond de la pièce située à l'étage inférieur, qu'il entreprit de défoncer. « Ce travail ne dura guère plus de quatre heures, mais lui procura un spectacle effrayant. C'était un homme d'environ cinquante ans, nu comme la main, avec une barbe grise très longue, des cheveux hérissés, qui, hurlant comme un enragé, lui lançait par le trou les gravois qu'il avait fait tomber. Il voulut parler à ce malheureux ; il était fou. Il a su depuis qu'il se nommait Eustache Farcy, gentilhomme picard, capitaine au régiment de Piémont, enfermé alors depuis vingt-deux ans à la Bastille pour avoir fait ou colporté une chanson contre la Pompadour. »

Près d'un quart de siècle de prison pour une chanson sur une femme morte depuis neuf ans. Ségur pouvait se faire du souci, et aussi ses correspondants.

Sartine tint parole : Dumouriez fut transféré dans la plus belle chambre de la Bastille. Le major tempéra sa satisfaction en lui signalant que la pièce portait malheur, plusieurs de ses hôtes l'ayant quittée pour porter leur tête sur le billot : le connétable de Saint-Pol, décapité par Louis XI ; le maréchal de Biron, exécuté après avoir trahi Henri IV ; le chevalier de Rohan, décapité sous Louis XIV pour conspiration ; Lally-Tollendal enfin, condamné au terme d'un procès atroce et si maladroitement mis à mort par le fils Sanson.

Sur les murs, Dumouriez trouva des pensées inscrites par l'infortuné La Bourdonnais, tenu au secret trois années durant avant de recouvrer sa liberté, mais presque aveugle et si malade qu'il mourut bientôt sous les yeux de son domestique, Damiens, révolté par l'injustice et qui en tira les conséquences que l'on sait. Lally avait gravé des sentences anglaises. Le procureur général La Chalotais, lui, avait laissé des paraphrases de psaumes. (Cruellement atteint par une série de deuils familiaux, La Chalotais, pour lequel nous éprouvons une envie de sympathie depuis que nous connaissons mieux les méthodes de son ennemi d'Aiguillon, va dans quelques semaines quitter sans permission sa résidence forcée de Saintes pour retourner chez lui. Louis XV, insensible à une lettre dans laquelle le malheureux lui expliquait les raisons de son geste, le fera réincarcérer à Loches.)

Dumouriez y alla de sa contribution et grava sur le mur ces quatre vers :

N'adresse point au ciel une plainte importune,
Et, quel que soit le cours de ton sort incertain,
Apprends de moi que l'infortune
Est le creuset du genre humain.

Tout cela n'était pas bien gai.

*
* *

Le duc d'Aiguillon se soucie peu de conférer de la substance à son fantomatique complot. Il a appris en Bretagne que la réalité compte moins que la représentation qu'on en donne. Après tout, on a fait de lui un poltron, un suborneur de témoins et un assassin potentiel sans plus de preuves qu'il n'en a contre Broglie et Monteynard. Laissant ses commissaires se colleter avec les prisonniers de la Bastille, il s'emploie efficacement à faire prospérer la rumeur. Il connaît le pacifisme viscéral du roi et son attachement à l'alliance autrichienne. Aussi enfonce-t-il le clou sans relâche : les affidés voulaient opérer un nouveau renversement d'alliances et mettre le feu à l'Europe.

L'une de ses démarches les plus efficaces consista à montrer à Mercy-Argenteau des lettres interceptées de Favier exprimant sans fard son sentiment sur Vienne. Puisque Favier travaillait avec Broglie, l'amalgame allait de soi. L'ambassadeur d'Autriche, qui se souvenait d'être intervenu auprès du comte, au temps de l'intérim, pour le presser de ne pas laisser se détériorer les relations franco-autrichiennes, s'indigna de la perfidie supposée de son interlocuteur et en fit part à Marie-Thérèse, dont il reçut l'ordre de porter les plaintes au roi de France.

L'exil fait sensation. Mme du Deffand, chez qui fréquentait Charles, écrit à la duchesse de Choiseul : « Je suis fâchée de l'exil de M. de Broglie ; sa société est aimable, et les gens de bonne compagnie sont trop rares pour qu'un de moins ne soit pas une perte. » La duchesse, dont la bonté attendrissait tous les cœurs, répond : « Je ne suis point étonnée que vous regrettiez le comte de Broglie ; pour moi, qui ne le connais ni ne l'aime, je le plains, et je trouve qu'il est injuste d'être exilé pour n'avoir qu'à peu près dit ce qu'on pense et ce qu'on était en droit de dire et de penser. » Mme de Choiseul offre même à sa correspondante de faire passer ses lettres au comte par Chanteloup : « Entre exilés, il faut être poli. » Son mari, lui, n'en ressentait pas la nécessité.

Si les courtisans dégustent avec délectation le poison distillé par d'Aiguillon, et si certains prédisent déjà que Broglie finira sur l'échafaud, l'affaire ne laisse pas d'en troubler beaucoup. Pour que Charles de Broglie ait abusé de la confiance du roi, il fallait bien qu'il bénéficiât de cette confiance. Qui aurait cru cela du tout petit homme sans emploi officiel depuis son premier exil ? Une correspondance secrète, un réseau d'agents jeté sur l'Europe : les imaginations s'emballent. Et si l'exil lui-même n'était qu'un leurre ? Une lettre, interceptée par le Cabinet noir et jointe au dossier de la Bastille, le proclame carrément : « On nous apprend et vous ne devez pas ignorer que le comte de Broglie est exilé. Mais auriez-vous jamais deviné que cet exil est une des plus profondes spéculations dont se soit jamais avisé un homme d'État ? Voici le raisonnement des politiques de Paris. Il y a gros à parier que M. de Broglie sera ministre. Sa présence à la cour devient une nécessité. Il prévoyait que dans peu de mois son ambassade à Turin l'aurait éloigné du grand foyer qui réchauffe ses idées : qu'a-t-il fait ? un coup de tête prémédité qui le renvoie dans ses terres et lui laisse tout son temps pour nourrir ses espérances et préparer le grand coup. Le Roi n'a pas paru plus mécontent. Il conserve à M. de Broglie toute son estime. Il a fort bien reçu le maréchal ; aussi tout va bien et sous peu nous verrons des prodiges. »

Folles spéculations d'une tête chaude ? Mercy-Argenteau, diplomate des plus posés, l'un des mieux informés aussi, pour qui la révélation d'une correspondance secrète entre Broglie et le roi n'a pas constitué une surprise — Mercy perd les fils de l'intrigue : « Les détails de la singulière aventure du comte de Broglie, écrit-il à Marie-Thérèse, et les mouvements continuels que je suis obligé de me donner pour tâcher d'éclaircir et vérifier des faits si mystérieux et presque incroyables, me laissent aujourd'hui moins de loisir au travail de mes dépêches. » Le même, au chancelier Kaunitz : « Malgré les communications de M. d'Aiguillon, je vous avoue, Monseigneur, que je ne crois pas, à beaucoup près, voir clair dans l'aventure du comte de Broglie ; il y a à tout cela tant de tortillage et d'obscurité que l'on est embarrassé à définir s'il s'agit réellement d'une affaire d'État ou de quelques intrigues personnelles. Ce qu'il y a au moins de plus décidé, c'est que nous sommes débarrassés de ce brouillon de comte de Broglie et que, de longtemps, il ne reparaîtra sur l'horizon politique. » Mercy-Argenteau, qui se méfie de d'Aiguillon (« Accoutumé aux détours du duc d'Aiguillon et à l'usage dangereux qu'il ne manque pas de faire de ce qu'on lui dit, etc. »), recommande néanmoins à la dauphine Marie-Antoinette, dont la mère l'a institué le mentor à la cour de France, d'observer la plus grande prudence sur l'affaire. Il redoute sa légèreté — elle est si jeune —, sa fâcheuse tendance à céder à ses humeurs. Mais, dans l'occasion, il lui trouve tant de bon sens qu'il s'empresse d'en informer l'impératrice-reine : « J'eus lieu ensuite de parler de l'état actuel des intrigues qui fermentent parmi les ministres, et auxquelles l'affaire du comte de Broglie a donné lieu. Mme l'Archiduchesse[1] fit à ce sujet quelques remarques qui me parurent

1. Mercy donne à Marie-Antoinette soit son titre autrichien d'archiduchesse, soit celui de dauphine.

d'une grande justesse. Elle suppose que le roi pouvait avoir une connaissance antérieure de la manœuvre en question, et qu'une défiance de ses ministres en place l'avait engagé à tolérer que le comte de Broglie entretînt des correspondances d'affaires, sans trop prévoir l'abus qu'il en ferait. S.A.R.[1] supposa encore que le comte de Broglie et ses émissaires étaient les seuls coupables, que le ministre de la Guerre s'était laissé entraîner dans cette intrigue sans en connaître ni le fond ni les conséquences, que le duc d'Aiguillon n'inculpait si grièvement le marquis de Monteynard que parce qu'il convoitait le ministère de la Guerre, et que le roi, qui apercevait les vues personnelles de toute cette querelle, n'en était que plus indécis sur la façon de la terminer. Je ne crois pas que, relativement à cet objet, on puisse porter un jugement plus lumineux que l'a été celui de Mme la Dauphine. »

Ainsi la culpabilité du chef du Secret est-elle tenue pour acquise même au sein de la famille royale. L'ambassadeur d'Autriche a raison : quelle que soit l'issue de l'affaire, Charles de Broglie est un mort politique.

*
* *

Le 13 octobre, à Fontainebleau où se tient la cour, d'Aiguillon présente au Conseil le rapport de la commission d'enquête. Deux commissaires sur trois lui étaient dévoués. Le greffier était sa créature. Aucune confrontation n'avait été organisée entre les prisonniers, malgré leurs demandes répétées. Aucune autre preuve que les lettres interceptées. Broglie, Monteynard, de Bon, mis en posture d'accusés, n'avaient même pas été entendus. La sentence serait rendue sans qu'un seul défenseur eût fait entendre sa voix.

On se demande quelle tête faisait au Conseil le marquis de Monteynard, brave bête militaire, en écoutant son collègue d'Aiguillon l'impliquer dans une affaire d'État à propos de laquelle personne ne lui avait jamais posé la moindre question et dont il pouvait s'exonérer d'une seule phrase en révélant qu'il n'avait agi que par ordre du roi. Dumouriez

1. Pour « Son Altesse Royale ».

disait du ministre de la Guerre qu'il était « comme un paysan qui danse sur la corde avec des sabots ».

Le rapport, pétri de mauvaise foi, mérite une espèce d'admiration pour l'énorme culot avec lequel il commence par le flou pour conclure au pire. Après le rappel des faits et des pièces jointes à la procédure, le document constatait : « Il ne nous appartient pas de faire des réflexions sur les inductions que Votre Majesté peut tirer de tous ces faits. Elle peut voir dans tout ce que nous avons eu l'honneur de lui exposer quelle est la correspondance du sieur Dumouriez avec M. de Monteynard. Elle peut l'apprécier, démêler les différentes branches et les conséquences qui peuvent en résulter. Cette correspondance est établie par les pièces et par les aveux des prisonniers. Votre Majesté voit également la matière et l'objet des correspondances entre Favier, Ségur et Dumouriez. Elles sont aussi prouvées par pièces authentiques et par les aveux des prisonniers. Les intelligences de Favier et du comte de Broglie sont constatées par les aveux de Favier. La correspondance du comte de Broglie en pays étranger à l'insu du ministre des Affaires étrangères est établie aussi par lettres précises. Toutes ces intelligences clandestines, parties d'un même foyer, semblent concourir au même but. Il y a des projets conçus, il y a un commencement d'exécution qui tend à déranger le système politique de l'État et à entraîner une guerre générale. Un secrétaire d'État [Monteynard], un des courtisans de Votre Majesté [Broglie], un de ses envoyés dans une cour étrangère [de Bon], sont directement impliqués, et les preuves sont aussi concluantes qu'il est possible de se les procurer par une instruction extrajudiciaire de la plus scrupuleuse exactitude. »

Inutile d'être conseiller d'État, comme Marville, ou maître des requêtes, comme Vilevault, pour savoir que des « intelligences clandestines » visant à « déranger le système politique de l'État et à entraîner une guerre générale » constituent le crime de haute trahison.

En attendant la décision du roi, le diligent d'Aiguillon fait répandre dans Paris et Versailles des copies du rapport de sa commission.

XXV

Il faudrait citer tout au long les lettres écrites au roi par Charles de Broglie dans sa solitude de Ruffec. Elles sont d'un homme brisé. Vingt et un ans de dévouement obscur pour en arriver là. Il avait déjà vécu son premier exil comme une injustice. Victor-François l'avait alors entraîné dans sa disgrâce. Le roi n'avait-il pas admis son innocence, expliquant qu'« il n'était pas possible de le séparer de son frère » ? Tant de gens affirmaient que le cadet avait tenu la plume pour l'aîné dans la rédaction des fameux mémoires sur la défaite de Fillingshausen qu'on avait sans doute voulu lui faire payer cette fraternelle complicité. Deux ans d'exil. Le Secret tenu à bouts de bras depuis les lointains châteaux de Broglie et de Ruffec. Le désastre polonais. Le travail sur l'Angleterre enterré. L'immense déception de se voir préférer d'Aiguillon pour les Affaires étrangères. Il pouvait estimer qu'il avait eu son compte d'amertumes et d'épreuves. Mais non. La catastrophe de son second exil le laisse anéanti parce qu'il ne comprend pas.

Nous ne trouvons que Favier à lui reprocher. Il était pour le moins maladroit d'employer un homme dont l'opposition farouche et ancienne à l'alliance autrichienne ne pouvait que heurter le roi. Surtout, les fréquentations du publiciste plaçaient le Secret dans une promiscuité dangereuse. Tous les services du monde subissent cette faune équivoque, vraie plaie du métier, qui gravite autour d'eux : mythomanes, besogneux mendiant une mission nourricière, ambitieux à la recherche d'un raccourci pour faire carrière. Charles a toujours réussi à tenir le Secret à l'écart, même si sa manipulation d'un Valcroissant frôlait la cote d'alerte. Mais Valcroissant n'appartenait pas au service. Et aucun des prisonniers de la Bastille n'en faisait partie. L'honneur et le devoir d'un agent consistent à accepter d'être agi. Dumouriez est trop orgueilleux pour y consentir ; Favier, trop sûr de lui ; Guibert, trop glorieux ; et Ségur n'est que folie. Ils ont souhaité le rapprochement avec la Prusse (pourquoi pas ?), la réconciliation entre les Rohan et les Broglie, l'alliance entre le comte et Monteynard. Un complot ? L'intrigue brouillonne d'une poignée de vieux camarades qui, entre deux histoires de filles et quelques bouteilles, se haussent du col et prétendent entrer dans le grand jeu.

Si Charles a été malgré tout imprudent en employant Favier, il ignorait ses manigances avec Dumouriez et consorts. Le roi le sait bien. Comment peut-il l'abandonner ?

Le plus incompréhensible : la décision de garder le service en activité sous la direction d'un homme disgracié et soupçonné de haute trahison... Il y avait vraiment de quoi devenir fou.

Discipliné, Charles prit la plume pour adresser une lettre circulaire à Durand, Vergennes, Breteuil et Saint-Priest. « Connaissant, comme vous le faites, M..., mon attachement et ma passion pour le service de Sa Majesté, vous aurez pu être surpris en apprenant la disgrâce que j'éprouve, surtout n'en sachant le motif que par le bruit public, qui est ordinairement fort éloigné de la vérité. Je crois en conséquence nécessaire de vous adresser la copie exacte de la lettre que j'ai écrite à M. le duc d'Aiguillon, avec qui vous savez que j'avais une sorte de liaison, antérieure à son ministère, que j'avais jugée propre à autoriser une lettre un peu plus pressante que si j'avais écrit à un autre ministre. Cette lettre a été portée par lui au Conseil. J'ignore comment elle y a été présentée. Mais il me suffit de savoir qu'elle a eu le malheur de déplaire au Roi, qui me l'a témoigné le lendemain par la lettre dont je joins ici copie. Il ne nous appartient pas d'examiner les raisons du jugement qu'il lui a plu d'en porter, et nous devons également les respecter ; mais il convient que vous soyez instruit, M..., que cette disgrâce ne change rien, ni pour le fond ni pour la forme, à la correspondance que vous avez à entretenir avec Sa Majesté et dont vous savez qu'Elle a daigné me donner la direction, et qu'elle sera suivie pendant mon séjour actuel à Ruffec comme elle l'était toutes les autres années pendant le temps que j'avais coutume de passer à ma terre. Il serait superflu que je vous observasse qu'il est même à propos que vous redoubliez de zèle et d'activité dans cette occasion pour que Sa Majesté voie que rien n'est capable de ralentir celui qui vous anime pour son service et pour l'exécution de ses ordres. Ce sont des sentiments que je sais que vous partagez avec moi, dont je me ferai toujours gloire de vous donner l'exemple et que nul événement ni circonstance ne pourront jamais changer. »

Belle abnégation, admirable sens du devoir, mais comment le traitement infligé au chef n'entamerait-il pas le moral des troupes ? À Pétersbourg, Durand, inquiet au surplus de voir son secrétaire Marbeau impliqué dans l'affaire par d'Aiguillon, réclame un ordre exprès du roi. Louis XV se fendra de quelques lignes : « Monsieur Durand, tout ce qui est arrivé au comte de Broglie ne doit pas vous effrayer : il m'a envoyé les lettres que vous lui avez écrites les 11 et 14 décembre derniers, contenant, comme par le passé, tout ce dont je vous ai chargé. Ce billet vous sera envoyé en chiffre par lui. Vos services me sont toujours agréables. »

Sinistre farce ! Le roi ignore-t-il que son Secret fait la conversation de tous les salons ?

Quant à Pierre-Michel Hennin, vétéran du service, toujours résident à Genève, son accablement se double de la tristesse de ne point revoir Charles de Broglie, qui avait promis de faire étape chez lui sur le chemin de Turin. « Je n'ai pas eu la force de vous écrire, confie-t-il le 13 octobre à l'évêque de Noyon, avec lequel il entretient une correspondance ancienne, depuis l'étonnante nouvelle que j'ai reçue. » Le cadet des Broglie, qui se soigne alors à Lausanne (mais les bouillons de vipères ordonnés par le médecin lui « picotent » les nerfs), lui répond par une réflexion rare sous la plume d'un évêque de ce temps : « Il faut, comme le sage, être préparé à tout événement dans un État monarchique ; il faut de plus savoir se taire. »

La première lettre de Charles à Louis XV, du 22 octobre 1773, évoque le « ridicule » jeté sur la correspondance secrète et juge qu'« il serait peut-être plus convenable de l'abandonner ». Elle n'a pas servi à grand-chose, puisque rien n'a été fait pour prévenir les périls annoncés. D'Aiguillon, au courant de son existence depuis longtemps, ne la supportera jamais. La comtesse du Barry connaît même les mémoires de Favier : son beau-frère, le Roué, en a parlé à de Bon. Malgré son désir d'en finir avec un travail qui ne lui a valu que des misères, Charles se déclare prêt à le continuer si c'est la volonté du roi : « Je braverai le ridicule dont on voudra le couvrir ou les soupçons d'intrigue, même de plus coupables encore, dont on n'a pas craint de le flétrir. Oui, Sire, le bonheur de vous obéir, de vous servir, de vous sacrifier tous les dégoûts que j'endure est la seule idée qui m'occupe dans la position où il vous a plu de me placer. »

Aucune réponse. Mais, le 16 octobre, six jours donc avant que Charles ne prenne la plume pour lui écrire, trois jours après le rapport de d'Aiguillon au Conseil, le roi a envoyé un billet à Dubois-Martin, resté courageusement à son poste alors qu'il risque à tout moment la Bastille. Dubois-Martin juge le message royal si important qu'il envoie son frère le porter à Ruffec. Nul doute que Charles de Broglie dut le relire plusieurs fois pour en croire ses yeux :

« Le secret est presque découvert ; il faut qu'il y ait eu un traître ou un canard privé. Le général Monet seul presque n'est point nommé, le comte de Broglie avait des émissaires partout : d'Éon en Angleterre, Bon à Bruxelles, Dumouriez à Hambourg, Chrétien à Stockholm, Marbeau à Pétersbourg, Guibert à Vienne, et le prince Louis [de Rohan] de moitié, Châteauneuf en Espagne. Par les lettres de Dumouriez à M. de Monteynard, c'est un fol qui voulait la guerre et rompre l'alliance avec Vienne. J'ai fait cette alliance, et elle subsistera sûrement tant que l'impératrice vivra, et l'Empereur, je n'ai que lieu de me louer de lui. Je ne veux point de guerre. Je m'en suis assez expliqué ; à cinq cents lieues il est difficile de secourir la Pologne. J'aurais désiré qu'elle fût restée intacte, mais je ne puis y rien faire que des vœux.

« Le comte de Broglie a eu une conversation bien indiscrète avec M. de Mercy. Il faut tenir une conduite bien sage et laisser dormir pendant quelque temps les choses, en continuant cependant les correspondances et prenant garde à tout. »

Pour le coup, on verse dans la pure démence.

*
* *

Peu d'affinités entre Louis XV et Charles de Broglie. L'eau et le feu. L'un léthargique, neurasthénique ; l'autre vif comme l'ambre, toujours allant, et un perpétuel tracassin portant aisément sur les nerfs. Certes, le roi avait parfaitement bien vécu avec Choiseul, qui était lui aussi son contraire. Mais la vie privée de Choiseul ne le mettait pas en posture de censurer les fredaines du roi, tandis que la vertueuse austérité des Broglie devait peser comme un reproche permanent. Louis XV pouvait s'en accommoder (« Je ne me cache pas »). Le pire, c'est que le chef du Secret est devenu au fil des ans l'homme en qui s'incarnent les remords politiques du roi, la Cassandre qu'on eût dû écouter et qui ne le fut jamais. Le billet du 16 octobre en apporte la démonstration presque naïve. Adressé à Dubois-Martin, mais évidemment destiné à Broglie, il nous donne le singulier spectacle d'un roi soucieux de se justifier devant le sujet qu'il vient de disgracier. L'alliance autrichienne, bien sûr — et l'on mesure à quel point le choix de Favier était malheureux. La Pologne surtout, pour laquelle Louis XV a témoigné tant d'intérêt avant de l'abandonner. La présence physique de Charles, ses lettres et ses mémoires vibrant de passion polonaise : tout rappelle au roi sa défaite. Il se justifie en rabâchant l'argument de l'éloignement géographique. Charles savait d'autant mieux compter jusqu'à cinq cents lieues qu'il les avait plus d'une fois parcourues. Mais il savait aussi que l'Autriche avait une frontière commune avec la Pologne, comme on avait malheureusement pu le vérifier récemment, et il avait plaidé maintes fois qu'une alliance digne de ce nom avec Vienne impliquait la sauvegarde de Varsovie. La géographie n'avait pas condamné la Pologne : le cocher de son fourgon mortuaire s'appelait Choiseul. Qu'avait-il fait du puissant parti patriote organisé par Broglie ? S'était-il un seul instant soucié de sauvegarder la Pologne en la faisant entrer dans le système d'alliances de la France ? Il l'avait voulue anarchique : on la retrouvait démembrée. Qui avait gardé Choiseul douze ans aux affaires ?

Le début du billet est consternant.

Louis XV mélange tout. À le lire, on a l'impression qu'il découvre avec stupeur que d'Éon (dix-sept ans de service) et Chrétien (huit ans) sont des « émissaires » de Broglie. Marbeau n'est initié que depuis quatre mois : comment le roi ne se souvient-il pas d'avoir signé un ordre si récent, et accordé une pension de deux mille livres ? Déjà, dans son billet du 21 août, il demandait à Broglie qui était Favier, dont il avait approuvé cinq mois plus tôt qu'il fût employé par le comte. Où est-il, le Louis XV vigilant, minutieux, qui ne manquait pas de relever une erreur de date sur une dépêche ? Il fourre dans le même sac des vétérans du Secret, tels d'Éon et Chrétien, et des hommes qui n'ont jamais appartenu au service. Que vient faire ici Dumouriez, qui était à Hambourg l'émissaire du roi et de Monteynard, point du tout celui de Broglie ? Pourquoi son cousin Châteauneuf, dont Charles ignore jusqu'à l'existence ? Pourquoi de Bon, impliqué par d'Aiguillon sans autre commencement de preuve que son amitié pour le comte ? Vienne se distingue avec deux « émissaires » : Guibert « et le prince Louis de moitié ». Le dernier laquais du château de Versailles accueillerait par un éclat de rire l'idée saugrenue que le très fier prince-évêque de Rohan consentît à se faire l'« émissaire » du comte de Broglie. Invraisemblable méli-mélo...

Louis XV est-il devenu fou ? « Il en perd », comme on dit en Cotentin. En langage diplomatique, cela s'appelle « affaiblissement d'esprit ». Mercy-Argenteau a eu la confidence du diagnostic quatre ans plus tôt, en 1769, par un ami de Sénac, premier médecin du roi. Sénac, « fort en peine », voyait alors son royal patient « sérieusement menacé » de tomber dans un tel « affaiblissement d'esprit ». En mai 1773, alors que se mettent en place les rouages de l'affaire de la Bastille, Mercy avertit Marie-Thérèse : « Il est visible que ce monarque s'affaisse depuis quelque temps et que son esprit en devient plus inquiet. » Un mois plus tard : « Le Roi devient toujours plus sujet aux vapeurs. » Le 14 août, sept jours avant le billet par lequel Louis XV demande à Broglie qui est Favier : « Le Roi vieillit et il paraît de temps en temps avoir des retours sur lui-même. Il se trouve isolé, sans secours, sans consolation de la part de ses enfants, sans zèle, sans attachement, sans fidélité de la part du bizarre assemblage qui forme son ministère, sa société, ses entours. »

« La vieillesse est un naufrage. » Précoce et lugubre engloutissement que celui du roi qu'on nommait autrefois le Bien-Aimé.

*
* *

Charles doit sentir le sol se dérober sous ses pieds. Vertigineuse sensation de perdre ses appuis les plus sûrs. Il se croyait disgracié pour une lettre un peu vive à un ministre. Le billet à Dubois-Martin, écrit trois jours après le Conseil consacré à l'affaire de la Bastille, atteste l'inimaginable : le roi lui-même gobe les calomnies de d'Aiguillon. Tout devient donc possible, surtout le pire.

Il répond le 14 novembre par une longue lettre accompagnée d'une note sur le prétendu complot. Son ton est digne, mesuré. L'outrance des attaques qu'on lui porte le dispense de se défendre. Un homme comme lui n'a pas à se justifier devant le roi d'accusations aussi basses et stupides. Il se borne à rappeler qu'aucun message du Secret n'est parti à l'étranger sans l'*approuvé* royal. Il fait observer que d'Aiguillon se garde bien d'évoquer les correspondances avec Vergennes, Saint-Priest, Breteuil ou Durand, personnages dont nul ne pourrait croire qu'ils fussent mêlés à une misérable intrigue. Le ministre s'acharne au contraire à lier son nom à celui d'individus subalternes, de manière à le présenter comme « un plat intrigant qui emploie de petits moyens et qui est encore plus vil que criminel ». À quoi bon insister ? « Il serait en effet bien malheureux pour moi que, depuis vingt et un ans que j'ai le bonheur et l'honneur de recevoir directement ses ordres et de les exécuter, je ne fusse pas parvenu à être connu d'elle [V.M.] pour un sujet fidèle et incapable de prévarication. »

Le problème est ailleurs : « Mon honneur et ma réputation sont étrangement compromis dans le public. Il est constant que l'un et l'autre sont violemment attaqués. Il n'y a pas un café, peut-être une maison de Paris, où je ne sois traduit comme un fol échauffé par une ambition effrénée, qui a fait tous ses efforts pour se mettre à la tête des affaires, qui est occupé de plans politiques séduisants et artificieux, qui entretient des émissaires dans toutes les cours et qui en envoie dans toute l'Allemagne pour tâcher de parvenir à culbuter et embarrasser les affaires. » De fait, les parents de Charles, ses amis, ses relations relaient avec anxiété jusqu'à Ruffec la rumeur parisienne. À cent vingt lieues de la capitale, Charles reçoit à chaque courrier son tombereau de calomnies sans qu'il lui soit possible de répondre à ses accusateurs. Crucifiante impuissance... Connaît-il la dernière trouvaille de l'infect d'Aiguillon ? Le ministre, l'œil patelin et la voix doucereuse, susurre qu'on a été bien heureux de saisir le prétexte de sa lettre insolente pour l'exiler, de manière à épargner à la méritante famille Broglie l'opprobre du châtiment extrême qui se fût abattu sur son mouton noir...

La comtesse de Broglie ne supporte pas cette situation. « Elle frémit en se représentant au milieu d'une nombreuse famille à qui je ne laisserai pour héritage qu'une réputation diffamée sans aucun ménagement. » Louise-Augustine et Charles ont cinq enfants. Dans un système où tout tient à la faveur royale, où le paraître est essentiel, l'avenir de cette progéniture semble en effet compromis. La comtesse veut s'aller jeter aux pieds du roi et lui demander la permission pour son mari de se constituer prisonnier à la Bastille afin d'y attendre le jugement qui le condamnera ou le justifiera. « Ce parti, opine Charles, serait en effet le seul qu'il y eût à prendre si je n'étais pas dans le cas de devoir cacher le secret de Votre Majesté, et c'est la seule chose qui m'arrête. » La solution de la Bastille se trouve-t-elle donc exclue ? Point du tout. Charles indique deux issues possibles : ou bien le roi met un terme à l'affaire en déclarant son innocence et en libérant les prisonniers, ou bien il lui permet de se rendre à la Bastille « avec la sûreté d'y être jugé par des juges intègres et naturels ». Mais, dans la deuxième hypothèse, le Secret sera-t-il préservé ? La lettre ne le précise pas. Chantage ? Si le mot est bien un peu fort, la chose y ressemble assez. Charles a le dos au mur. Couvert de boue, il lui suffirait de dire la vérité sur un travail de plus de vingt ans pour obtenir du public la réhabilitation la plus éclatante. Pourquoi se tairait-il quand le roi semble douter de lui et qu'il ne peut le convaincre de sa loyauté qu'en soumettant sa conduite à des juges intègres ? Par sénilité ou indifférence, Louis XV a placé le comte de Broglie dans le cas cornélien de ne pouvoir lui prouver sa fidélité qu'en trahissant son Secret.

Il joint à son envoi deux autres lettres, la première à d'Aiguillon pour le prier de transmettre au roi la seconde, laquelle ne fait que reprendre en termes pouvant être lus par le ministre ce que contient sa missive confidentielle, et notamment sa double suggestion pour sortir d'une situation intenable. Dubois-Martin soumettra le tout à Louis XV et ne fera porter qu'avec son accord les lettres à d'Aiguillon. Charles espère cet assentiment. « Si, au contraire, elle [V.M.] juge que je doive rester dans le silence et qu'elle veuille que je demeure livré sans défense aux traits dont je suis accablé, je vous ferai, Sire, le sacrifice le plus cruel auquel une âme honnête et sensible ait pu être condamnée, mais je ne cesserai de travailler à en adoucir l'amertume en me répétant continuellement que c'est à elle que je le fais et qu'elle me l'a ordonné. » Allons, même à toute extrémité, même lâché par celui qui devrait être son premier défenseur, Broglie n'est pas homme à s'abandonner à la tentation du chantage.

Après lecture, et sans le moindre commentaire, le roi fait réexpédier à Ruffec les deux lettres destinées à d'Aiguillon.

*
* *

La machine continue de tourner : dépêches de Naples, Stockholm, Pétersbourg (Catherine doit faire face à l'insurrection du Cosaque Pougatchev, un déserteur qui prétend être Pierre III, miraculeusement rescapé de la poigne d'Orlov, ou ressuscité, il n'entre pas dans les détails, mais sa promesse d'abolir le servage lui vaut des ralliements massifs, et il assiège avec plusieurs dizaines de milliers d'hommes et cinquante canons la ville d'Orenbourg, dans l'Oural), Constantinople (les Ottomans reprennent décidément du poil de la bête et contraignent les Russes à repasser le Danube). Trois mois plus tôt ces événements inattendus auraient enflammé l'enthousiasme de Charles ; obsédé par son drame personnel, il se borne à prendre acte brièvement, en observateur détaché, et abandonne la gestion du service au général Monet.

Une volumineuse expédition de d'Éon lui remet la plume à la main. Le désir grandissant du chevalier de rentrer en France ne diminue point son efficacité. Il est en relation avec Anthony Chamier, sous-secrétaire d'État de la Guerre, de qui il a reçu des renseignements sur les armements navals anglais opérés en réplique à ceux de Toulon. Il fournit des informations sur Philip Francis, ancien premier commis au War Office, ami de Wilkes et auteur, sous le pseudonyme de Junius, de libelles féroces contre le cabinet britannique. Son dernier courrier indique qu'il a établi le contact avec le secrétaire d'un ministre anglais disposé à vendre les secrets de son patron pour dix guinées par mois. Charles propose au roi de consentir ce « léger sacrifice », quitte à interrompre les versements si les fournitures ne les justifient pas.

Broglie réagit au courrier de Londres parce que d'Éon évoque les dernières péripéties de l'affaire Morande. L'expérience devrait pourtant avoir appris à Charles qu'il ne possède ni l'art ni la manière de faire le courtisan : chaque fois qu'il s'y est essayé, sa tentative lui est retombée sur le nez. Morande et ses *Mémoires secrets d'une femme publique* n'échappent pas à la règle. Des Cars, qui l'a informé en juillet des projets du maître chanteur, lui a appris depuis lors que son acceptation d'aider la favorite en faisant agir d'Éon s'était retournée contre ses intérêts. La du Barry, qui avait promis de n'en parler à personne, a prévenu d'Aiguillon. Le ministre, alors très menacé, a parfaitement compris que si Broglie, son concurrent désigné, se gagnait les faveurs de la maîtresse du roi, c'en était fait de lui : il a promis de régler l'affaire Morande et poussé les feux du « complot » salvateur.

Charles se dit sans doute qu'au point où il en est il ne risque rien à une nouvelle tentative. Le goût du travail bien fait le conduit aussi à intervenir. Car, à en croire d'Éon, les hommes de d'Aiguillon s'y prennent bien mal. Morande, avec qui ils négocient l'achat de son manuscrit, les soupçonne de tramer un enlèvement. Dans deux lettres successives au roi, Charles rappelle le précédent du chevalier : « On se flatta de venir à bout du S. d'Éon par la force et de le faire enlever avec ses papiers, projet ridicule et inexécutable ; il en a coûté beaucoup d'argent pour le tenter, et la querelle entre l'ambassadeur et le S. d'Éon est venue au dernier période et a éclaté de la manière la plus scandaleuse. Je crains, Sire, que le second tome de pareille histoire ne soit prêt à paraître. On en cachera les effets à Votre Majesté, mais il n'en sera pas moins vrai que son nom sacré se trouvera étrangement compromis et qu'une personne qu'elle honore de sa bienveillance sera injuriée et calomniée de la manière la plus atroce à la face de toute l'Angleterre. » Pourquoi ne pas utiliser d'Éon ? Il se fait fort d'avoir le manuscrit pour mille louis, peut-être huit cents, avec en prime un texte contre feu la marquise de Pompadour, délicatement intitulé *Le Pétangueule,* dont le frère de la marquise s'emploie à prévenir la publication.

Louis XV ne répond pas.

Il a tort. Ses ministres bornés n'ont toujours pas compris que l'Angleterre n'est pas la France. Point de Bastille là-bas, mais une presse libre, prompte à s'enflammer. Un certain Marie-Félix de Lormoy, spécialiste reconnu de l'élevage des chevaux et des bovins, réfugié à Londres pour échapper à ses créanciers, s'était entremis pour la du Barry. Il proposait à Morande la somme énorme de cinq mille livres sterling, second tome, comme dirait Charles, des cent cinquante mille livres de France proposées dix ans plus tôt par Praslin à d'Éon, car il ne s'agissait que d'endormir le maître chanteur. D'Aiguillon dépêche à Lormoy un commando de cinq hommes de la connétablie[1] placé sous le commandement du nommé Béranger, soi-disant capitaine d'infanterie, en réalité « espion de police ».

Morande ridiculise Béranger et ses argousins. Puisqu'ils se présentent en amis, il commence par leur emprunter trente louis à chacun, puis, rééditant la manœuvre de son compatriote bourguignon d'Éon, dénonce à la presse leurs sinistres desseins. Naguère, Goy et son commando, démasqués par d'Éon, avaient au moins pu s'esquiver sur la pointe des pieds. L'équipe Béranger n'a pas cette chance. Une foule furieuse assiège son hôtel. Le moins véloce de la bande est empoigné, enduit de poix, jeté dans la Tamise. On le repêche, mais il passera plusieurs semaines à l'asile de fous de Bedlam avant de récupérer du choc.

L'échec grotesque du ministre ne convainc pas Louis XV de confier l'affaire à son Secret. Le manuscrit des *Mémoires secrets d'une femme publique* part chez l'imprimeur.

*
* *

Alternance d'espoir et de désespérance.

En décembre, Victor-François de Broglie, ému par la dis-

1. Ils appartiendraient aujourd'hui à la police militaire.

grâce de son cadet, bouleversé par les bruits sinistres qu'on fait courir sur son compte, obtient du roi une audience. Louis XV le reçoit plus gracieusement que d'ordinaire, évoque l'affaire de la Bastille sans en faire un drame, déclare au maréchal que son frère n'y est pour rien, qu'il connaît sa loyauté et n'oubliera pas les services rendus, mais que le moment de mettre fin à son exil n'est pas encore venu.

Est-ce vraiment une consolation ? « Si j'étais assez malheureux, écrit aussitôt Charles, pour que les imputations calomnieuses mises sous les yeux de Votre Majesté eussent surpris sa religion et qu'elle y eût ajouté foi, j'espérerais trouver les moyens de lui faire parvenir la vérité et de voir cesser mes malheurs ; mais elle connaît mon innocence et cependant elle résiste au penchant qu'elle a naturellement de pardonner même à des torts réels et (qu'il me soit permis de m'en flatter) au désir de consoler un sujet dont elle connaît le zèle et l'attachement. Que me reste-t-il donc à espérer ? »

Le maréchal a aussi rencontré d'Aiguillon. Autre chanson. Le duc affirme qu'il a représenté au roi que le châtiment infligé à Charles était bien rigoureux et qu'il ne lui aurait jamais fait lire la lettre en forme d'ultimatum s'il avait pu prévoir les conséquences. Réponse du roi ? D'Aiguillon n'a pas le droit de la répéter. L'habile homme ! Le superbe fourbe ! Comme il sait retourner sa victime sur le gril ! Nous comprenons de mieux en mieux les Bretons... Le maréchal doit forcément conclure de l'entretien que son frère subit la disgrâce pour un motif autrement plus grave qu'une lettre un peu raide à un ministre.

Charles découvre la chiennerie qui se déchaîne immanquablement sur l'homme à terre. Elle lui avait été épargnée lors de son premier exil, subi dans l'ombre glorieuse d'un frère tenu par l'opinion unanime pour le meilleur général français. Cette fois, pas de quartier. Il a plusieurs procès en cours, gagnés successivement devant l'ancien et le nouveau Parlement. Ses adversaires se pourvoient en cassation devant le Conseil privé, composé de conseillers d'État et de maîtres des requêtes habiles, en bons magistrats, à détecter d'où souffle le vent. Les arrêts justifiant Charles sont systématiquement cassés. Il a acheté la terre de Balsac (toujours cette pauvreté galopante...). Un neveu du vendeur lui fait un mauvais procès, perd devant le Parlement, mais va en cassation devant le Conseil privé. L'affaire s'y engage si mal que Charles juge l'issue très compromise (il a raison : le Conseil cassera).

Livré à la curée, il touche le fond. L'éloignement aggrave ses angoisses. À Paris, il se remuerait, ferait face. Ruffec est comme une île battue par la marée nauséabonde des rumeurs venues d'ailleurs. Il croit qu'on prolonge son exil pour extorquer aux prisonniers de la Bastille, sous la menace, des aveux compromettants pour lui. Il imagine qu'on travaille la cour de Vienne pour qu'elle réclame son éloignement définitif. Le 25 décembre — triste Noël : « Je supplie Votre Majesté de me pardonner des soupçons qui me font à moi-même horreur, et surtout la liberté que je prends de les lui exposer, mais qu'elle daigne jeter ses regards sur ce qui a été fait et elle verra que j'ai tout à craindre, d'autant que rien ne m'est communiqué et que par conséquent je ne puis me défendre. Je ne peux que protester à Votre Majesté d'avance avec la plus grande vérité qu'il n'y aura pas un mot de vrai à ce qu'on pourra imaginer ; j'offre ma tête pour garant de l'assurance avec laquelle je me présente et je la supplie de me permettre de lui renouveler la demande que j'ai eu l'honneur de lui faire d'être jugé avec la dernière rigueur. Qu'elle ne craigne pas que l'instruction de mon procès dévoile le secret qu'elle voudrait cacher : si elle me l'ordonne, au péril même de ma vie, je garderai le silence sur les ordres particuliers qu'il lui a plu de me donner, mon innocence me suffira pour me défendre et comme je n'ai ni écrit, ni dit, ni en vérité pensé rien qui puisse m'être reproché, ni à titre d'imprudence et d'indiscrétion, je ne crains qui que ce soit. J'espère avoir assez de force pour soutenir les ennuis de la prison la plus dure, dans l'assurance de n'en sortir qu'avec les preuves les plus évidentes de la méchanceté de mes ennemis comme de mon innocence. Je ne m'occuperai dans ce triste séjour, à la vérité bien peu fait pour quelqu'un qui a servi Votre Majesté comme je l'ai fait, que de l'espérance d'être dédommagé de mes malheurs par l'avantage d'avoir prouvé à mon maître que je suis digne de son estime, et le souvenir des bontés dont il lui a plu précédemment de me combler suffira pour me soutenir. »

Il fallait avoir le cœur bien sec ou l'esprit bien affaibli

pour rester insensible à de pareils accents. Charles ne reçut pas de réponse.

Le 25 janvier 1774, le marquis de Monteynard fut contraint de donner sa démission. Il se tenait coi depuis le début de l'affaire. Le roi avait préféré lâcher son secrétaire d'État de la Guerre plutôt que de reconnaître qu'il lui avait donné l'ordre d'envoyer Dumouriez à Hambourg dans le cadre du soutien officiel à la Suède.

Le duc d'Aiguillon prit le ministère de la Guerre en sus des Affaires étrangères. Monteynard écarté, Broglie toujours exilé, il gagnait sur toute la ligne.

XXVI

Dans sa géhenne de Ruffec, Charles de Broglie croit qu'« il n'y a pas un café, peut-être une maison de Paris » où ne se débitent sur son compte les pires calomnies. Son drame personnel borne son horizon. Il est bien vrai que l'affaire de la Bastille passionne la cour, occupe les salons politico-littéraires, intrigue les ambassades, fournit de la copie aux gazettes étrangères, mais qu'est-ce que ce clapotis qui agite un petit monde d'initiés auprès du raz de marée déclenché par Beaumarchais ?

Broglie joue son existence sociale. S'il échoue à s'extraire de la toile d'araignée tissée par d'Aiguillon, il n'aura plus d'avenir. Beaumarchais joue sa liberté. Les galères lui sont un futur vraisemblable. Il s'attaque au Parlement Maupeou, voulu et soutenu par le roi. Il souffre d'une réputation exécrable, sort de prison, et vient d'être implicitement condamné comme faussaire. Contrairement à Charles de Broglie, il n'est pas fondé à se prévaloir d'une innocence qui peut à l'occasion constituer un atout dans un procès, car cent louis et une montre garnie de diamants font ensemble une assez convaincante tentative de corruption. Mais Charles traîne le boulet du Secret à préserver, tandis que Beaumarchais est provisoirement libre comme l'air. Il fait de tous ses handicaps son arme principale. En l'absence d'une espérance raisonnable de victoire, que reste-t-il à ménager ? Rien de plus dangereux qu'un homme qui n'a plus rien à perdre.

Quatre femmes vont épauler cet homme à femmes.

La première et la plus déterminante fut l'épouse du libraire-imprimeur Lejay, qui avait édité un savant ouvrage du conseiller Goëzman et servi d'intermédiaire dans les tractations financières avec Beaumarchais. Goëzman avait dicté et fait signer à Lejay un témoignage justifiant sa femme Gabrielle : « Je déclare que cette dame a rejeté hautement et avec indignation ma proposition en disant que non seulement elle offensait sa délicatesse, mais qu'elle était de nature à lui attirer les plus fâcheuses disgrâces de la part de son mari : en conséquence, j'ai gardé la montre et les rouleaux [de louis] jusqu'au moment où je les ai rendus. » Lejay pouvait estimer n'avoir point trop offensé la vérité, mais il dit en sortant à Mme Goëzman : « Nous sommes bien heureux que votre mari ne m'ait parlé des quinze louis. Je n'aurais pu dire que je les ai rendus, puisque vous les avez encore. — Vous feriez une foutue tête à perruque d'aller parler de ces quinze louis, répliqua la dame. Puisqu'il était convenu que je ne devais pas les rendre, on peut bien assurer que je ne les ai pas reçus. » Goëzman n'avait pas évoqué les quinze louis pour la raison évidente qu'il ignorait le maigre tribut prélevé par sa femme. Fort du témoignage de Lejay, il avait vainement sollicité de Sartine et de La Vrillière une lettre de cachet qui eût envoyé Beaumarchais partager avec Favier, Dumouriez et Ségur l'hospitalité de la Bastille.

Lorsqu'il comprend que l'affaire roulera sur les seuls quinze louis, le magistrat convoque derechef le timide Lejay et lui dicte un second témoignage indiquant que, si Beaumarchais prétendait qu'une somme quelconque avait été retenue « pour des secrétaires ou autrement », ce ne serait que propos de menteur et de calomniateur. Sa ligne de défense ainsi colmatée, Goëzman pouvait considérer son adversaire comme perdu. C'est alors qu'il porte plainte contre lui pour tentative de corruption et calomnie. Convoqué par le premier président du Parlement, Bertier de Sauvigny, Beaumarchais reste imperturbable : « Quant à la déclaration du sieur Lejay, elle tournera bientôt contre ceux qui l'ont fabriquée. Je n'ai jamais vu le sieur Lejay, mais on dit que c'est un honnête homme qui n'a contre lui que le défaut des âmes faibles... Il ne soutiendra jamais sa fausse déclaration devant un greffe... Ainsi, sans inquiétude à cet égard, et plein de confiance en l'équité de mes juges, je perdrais difficilement ma tranquillité... »

De fait, le libraire avait des remords. Un avocat qu'il consulta, et qui n'aimait pas le nouveau Parlement, lui détailla les peines sanctionnant le faux témoignage. Goëzman, informé de ces vacillements, convoqua une troisième fois Lejay, lequel se rendit quai Saint-Paul, accompagné de sa femme. Goëzman, lui-même assisté de sa Gabrielle, le prit de très haut. Il avait le Parlement rangé derrière lui, ses amitiés dans le ministère, la protection du puissant duc d'Aiguillon. Lejay baissait déjà la tête, mais son épouse, une femme forte, se rebiffa vertement et proclama que rien ni personne ne les empêcherait de dire la vérité. On en vint rapidement aux insultes. Goëzman, sentant le péril, apaisa la querelle et proposa au libraire une solution ingénieuse : il partirait pour la Hollande, muni d'un solide viatique fourni par le magistrat, et y attendrait la fin de l'affaire. Ainsi le témoignage subsisterait-il tandis que le témoin ne serait plus à portée de le rétracter. Mme Lejay jeta les hauts cris et, empoignant son mari, le poussa vers la porte. Lejay confirma devant le juge rapporteur que ses attestations écrites, dictées par Goëzman, ne correspondaient pas à la vérité.

Ce devrait être la fin de l'affaire si son enjeu ne dépassait infiniment la frivole Gabrielle Goëzman et ses quinze louis. Beaumarchais, qui le savait depuis le début, le sut encore mieux en apprenant les décisions prises au terme de cette première phase de la procédure : Lejay allait en prison (il y restera huit jours) ; lui-même se retrouvait inculpé ; Mme Goëzman, gracieusement traitée, ne serait entendue qu'en qualité de témoin. Le procès, tenu à huis clos, serait jugé « à l'extraordinaire », ce qui laissait prévoir les peines les plus rigoureuses. Le Parlement Maupeou se montrait décidé à défendre sa crédibilité, fût-ce en couvrant un magistrat suborneur de témoin.

Beaumarchais écrivit à son ami Sartine : « Je déclare que je respecte tous les juges établis par le Roi. » Mais il avait déjà démontré que l'un de ces juges n'était pas respectable. Il put mesurer la peur qu'inspirait son combat à la difficulté de se trouver un avocat. Pour le dernier carré des réfractaires au coup d'État de Maupeou, point question de plaider devant son Parlement. On les surnommait « les pucelles ». Target — « la vierge Target » —, étoile incontestée du barreau parisien, invita Beaumarchais à sa table, le prévenant qu'il y trouverait le duc de Chaulnes (ils s'embrassèrent et dirent du mal de la Ménard), lui prodigua d'utiles conseils, mais lui déclara ne pouvoir assurer sa défense. Quant aux avocats qui acceptaient de plaider devant le nouveau Parlement, aucun ne se souciait d'avoir pour client un homme acharné à le discréditer[1]. Beaumarchais parvint à convaincre un vieil ami regrettablement nommé Malbête. Procès à huis clos. Ils veulent l'étrangler entre quatre murs, hors la vue du public. Il va faire entrer l'Europe dans la salle d'audience.

*

* *

Il faut se retenir de commencer à citer les mémoires de Beaumarchais : la plume ne s'arrêterait plus. Jamais un homme se battant pour sa peau n'écrivit avec tant de drôlerie. Rarement un justiciable défendit-il sa cause avec autant de virtuosité. Tout est un peu misérable dans cette affaire : les quinze louis, les Goëzman, Beaumarchais lui-même ; et les seconds rôles valent encore moins. Nous sommes loin du drame humain d'un Calas ou d'un Sirven. Beaumarchais eut l'intelligence de comprendre que le seul élément tragique — la sentence à venir — n'intéressait que lui. Il met en scène une comédie. La gaieté emporte tout. Elle donne son souffle à la pièce. Deux siècles après, le brio et la verve n'en sont toujours pas retombés.

Le premier mémoire est mis en vente le 16 septembre 1773, une semaine avant l'exil de Charles de Broglie. Beaumarchais expose en soixante-deux pages le fond du procès, se défend de toute intention de corruption — il ne

1. C'est dire l'insigne mauvaise foi de Pierre Gaxotte quand il écrit dans son *Siècle de Louis XV* : « La cause de Beaumarchais était si mauvaise qu'il ne trouva pas un avocat pour la défendre. »

voulait qu'obtenir un entretien avec Goëzman —, distribue les coups de griffes comme un chat s'amuse d'abord de la souris. Succès immédiat. On tire aussitôt une deuxième édition. Compte rendu dans les *Mémoires secrets de Bachaumont*, gazette des plus lues, d'ordinaire sévère pour Beaumarchais : « Ce mémoire, qu'on sait être rédigé et composé en entier par M. de Beaumarchais, est supérieurement fait. Quoiqu'il ne roule que sur une narration, minutieuse en apparence, de petites circonstances peu intéressantes, il y a mis tant d'art, tant de précision, un sarcasme si fin et si bien ménagé, qu'on le lit avec la plus grande avidité. » La même gazette, quelques jours plus tard : « Le mémoire de M. de Beaumarchais fait un bruit du diable, et il est recherché avec tant d'empressement qu'il a été obligé d'en faire une seconde édition, enlevée avec autant de rapidité que la première. On ne peut concevoir qu'un écrit aussi diffamatoire contre le sieur Goëzman ne soit pas arrêté. On prétend que ce magistrat ne reparaîtra plus au nouveau tribunal et que son protecteur, le duc d'Aiguillon, le nomme consul dans les Échelles du Levant. Ce seigneur est aussi impliqué indirectement dans l'affaire, où l'auteur du mémoire dit que la dame Goëzman, outrée de colère, avait menacé le libraire Lejay de le perdre, ainsi que lui, en employant le crédit de M. le duc d'Aiguillon. »

Goëzman publie un mémoire en réponse, puis un second qu'il fait signer par sa femme. Il écrit comme un magistrat. Le problème de Guerchy fut naguère de n'avoir pas le style d'un diplomate. Goëzman commet la même erreur que lui : il engage des valets de plume. Baculard d'Arnaud, son ami, auteur de drames horrifiques et de romans insipides, rédige un mémoire d'une solennité redondante. Marin, plus malin, donc plus dangereux, y va également de son factum. Ce Marin dirige la *Gazette de France*, organe officieux du ministère, travaille à la censure et à la librairie, rendant à l'occasion aux auteurs qu'il a censurés le service de laisser entrer en France leurs ouvrages imprimés en Hollande ou en Suisse, le tout sous l'œil de la police et de connivence avec elle. Un amphibie. Il place le débat au niveau politique : Beaumarchais, qui parle mal « des ministres et des personnes en place », est un ennemi du nouveau Parlement. Arme à double tranchant, car les nostalgiques de l'ancien sont ainsi invités à rallier la bannière adverse. Marin conclut charitablement : « Quand la calomnie répandue dans un libelle déchire la réputation d'un citoyen honnête, ceux qui en sont les auteurs doivent être soumis à des peines afflictives, souvent même à la peine capitale. »

Beaumarchais contre-attaque en publiant le 18 novembre son *Supplément au Mémoire à consulter pour Pierre-Augustin Caron de Beaumarchais.* Le meilleur lui en a été fourni par la deuxième femme à voler à son secours, mais celle-ci bien involontairement : Gabrielle Goëzman. La pauvrette se trouvait embarquée dans une histoire trop grande pour elle. Son mari, qui n'avait point apprécié la surprise des quinze louis, au surplus peu satisfait de son attitude lors des confrontations avec Lejay devant le juge rapporteur, lui avait pris une chambre dans un couvent, manière d'assurer ses arrières en se démarquant d'une épouse compromettante, mais indice d'un cœur timoré et évidente erreur tactique dans une bataille où la victoire comme la défaite ne pouvaient être que totales. Le placement au couvent avait fait sensation. Goëzman invitait cependant son épouse à dîner pour préparer avec elle ses dépositions, de sorte qu'elle se présenta devant le juge la tête farcie de formules juridiques auxquelles elle n'entendait rien et qu'elle plaçait au petit bonheur la chance, produisant un effet comique dont Beaumarchais fit ses choux gras.

Le deuxième mémoire commence donc par le récit des confrontations avec la dame. Beaumarchais, se gardant bien d'écraser son frêle adversaire sous le poids de sa légitime indignation (elle a quand même barboté les quinze louis), fait le galant, multiplie égards et compliments, et tend avec un sourire les pièges dans lesquelles la malheureuse donne tête baissée. Elle s'empêtre dans ses contradictions. A-t-elle reçu une lettre sollicitant une audience de son mari ? Jamais ! Elle ajoute que la lecture de la lettre l'a d'ailleurs indignée. A-t-elle eu entre ses mains les cent louis et la montre ? « Mensonge atroce, calomnie abominable, invention diabolique ». À la deuxième confrontation, elle déclare qu'elle ne les a conservés qu'un jour et une nuit. À la troisième, elle indique que son aveu précédent ne vaut rien, car « elle ne savait pas ce qu'elle disait et n'avait pas sa tête à elle, étant dans un temps critique ». Rires gras du public mâle. Et les quinze louis ? « Je soutiens, monsieur, qu'on ne m'en a jamais parlé. Y aurait-il le sens commun d'offrir quinze louis à une femme de ma qualité ? À moi qui en avais refusé cent la veille ? — De quelle veille parlez-vous donc, madame ? — Eh ! pardi, monsieur, de la veille du jour... — De la veille du jour où l'on ne vous avait pas parlé de ces quinze louis, n'est-ce pas ? » Le jeu de massacre occupe quarante pages sur les cent quatre que comporte le mémoire. Beaumarchais consacre le reste à Goëzman et répond accessoirement à la sempiternelle accusation d'avoir assassiné ses deux femmes, relancée fort à propos par Marin qui utilise ses entrées dans la presse pour orchestrer la calomnie.

Le succès du deuxième mémoire surpasse encore celui du premier. On évoque les *Provinciales* de Pascal, ce qui n'est pas faux pour la forme, sinon pour le fond. Bernardin de Saint-Pierre, l'ancien amoureux de la princesse Radziwill, apporte son soutien à Beaumarchais et lui prédit une carrière à la Molière. Rousseau s'avoue conquis.

La vague enfle. Les deux mémoires courent l'Europe. On les lit jusqu'en Amérique.

*

* *

Goëzman n'avait qu'un parti à prendre : se tenir coi, arguer de sa qualité de magistrat et de son obligation de réserve pour refuser le débat sur la place publique, se borner à affirmer sa confiance dans le jugement de ses pairs. Les coups de Beaumarchais auraient donné dans le vide. Imbu de sa puissance judiciaire, tenant de près au pouvoir politique, il sous-estime son adversaire, comme le fit Guerchy de d'Éon, et se laisse traîner par lui sur un terrain où il ne peut qu'être battu à plate couture. Il rédige un nouveau mémoire, signé de sa femme, et relance ses valets de plume. Autant de papier pour nourrir le brasier allumé par Beaumarchais.

Marin commet donc un nouveau factum rempli de plates insultes. À ses côtés, Bertrand, marchand d'anchois et Dairolles à Marseille, prêteur d'argent et d'Airolles à Paris. Ils compensent par la violence de leurs attaques l'ambiguité de leur position. Bertrand (on l'appelait communément ainsi) est ce galant de Fanchon, sœur de Beaumarchais, qui a donné le contact avec Lejay, qu'il savait ami des Goëzman. Goëzman, après le dépôt de sa plainte, avait envoyé Marin tenter d'amener Beaumarchais à une conciliation : on oubliait « ces misérables quinze louis », qu'on accuserait Lejay d'avoir étouffés au passage, et la plainte serait retirée. Paradoxal retournement : dans une affaire où Beaumarchais avait joué le vilain rôle du corrupteur, au moins du tentateur, il en venait à faire figure d'honnête homme face au couple Goëzman et à la bande ondoyante qui tentait de l'épauler.

Le troisième mémoire, intitulé *Addition au Supplément au Mémoire à consulter,* fut rédigé, comme les deux premiers, dans l'ambiance chaleureuse du clan Beaumarchais — « la joyeuse bande » que Goëzman appelait « la clique infâme ». Il y avait là le vieux père Caron, ses filles, le très fidèle Gudin, le jeune avocat Falconet, qui renseignait sur la procédure, La Châtaigneraie, informé sur les réactions de la cour, Lépine, époux de Fanchon, et Gardanne, médecin de la famille. Création collective : chacun y allait de son idée et Pierre-Augustin tenait la plume.

Publié le 15 décembre, le troisième mémoire porta à Goëzman un coup dont il ne pouvait se relever.

Beaumarchais commence par répondre à Gabrielle Goëzman qui l'a naturellement attaqué sur sa naissance : « Vous entamez ce chef-d'œuvre par me reprocher l'état de mes ancêtres. Hélas, madame, il est trop vrai que le dernier de tous réunissait à plusieurs branches de commerce une assez grande célébrité dans l'art de l'horlogerie. Forcé de passer condamnation sur cet article, j'avoue avec douleur que rien ne peut me laver de ce juste reproche que vous me faites d'être le fils de mon père... Mais je m'en arrête, car je le sens derrière moi, qui regarde ce que j'écris, et rit en m'embrassant. » L'irruption dans le mémoire de ce père penché sur l'épaule de son fils était une idée de Julie ; elle mouilla bien des yeux. La suite dut faire grincer des dents Baculard d'Arnaud, Marin et Bertrand : chacun recevait son paquet. Porté par le succès, Beaumarchais s'en prenait même au président de Nicolaï qui affichait sa partialité jusqu'à inviter à sa table les Goëzman et Marin.

Le coup meurtrier venait à la fin. Lorsque les maîtres des eaux et forêts avaient rejeté sa candidature au motif de sa naissance crasseuse, Beaumarchais avait démontré de belles qualités d'enquêteur en déterrant l'origine douteuse, selon leurs propres critères, de plusieurs de ceux qui faisaient la fine bouche devant la sienne. Contre Goëzman, il sort de son chapeau le couple Dubillon. Ces pauvres gens avaient une fille, Sophie, dont Goëzman était le parrain. Le magistrat avait pris l'engagement d'assurer les frais de nourrice de sa filleule, mais ses versements étaient interrompus depuis cinq mois. Les Dubillon avaient adressé une demande d'aide à l'archevêque de Paris. Le tintamarre soulevé par l'affaire Beaumarchais leur donna l'idée d'aller voir celui qui s'en prenait au parrain défaillant. Beaumarchais se précipite à l'église Saint-Jacques-de-la-Boucherie, où a été baptisée Sophie, et consulte le registre baptismal. Point de Goëzman pour parrain, mais un Louis Dugravier, bourgeois de Paris, y demeurant, rue des Lions, paroisse Saint-Paul. Vérification faite, aucun Louis Dugravier n'habite rue des Lions. « Serait-il possible, demande Beaumarchais, que M. Goëzman, qui se pare de tant de vertu, se fût joué du temple de Dieu, de la religion, et de l'acte le plus sérieux, sur lequel est appuyé l'état du citoyen, en signant *Louis Dugravier* au lieu de *Louis Goëzman*, et y ajoutant un *faux domicile* à un faux nom ? » C'est plus que possible : certain. Goëzman, père de Sophie, contraint de jouer le rôle de parrain, a voulu se protéger par une fausse identité. Crime gravissime en un temps où l'extrait baptistaire est le seul acte d'état civil. Époux adultère, père indigne, parrain faussaire, Goëzman est déshonoré. Le Parlement Maupeou, éclaboussé, lui demande sa démission. Il la refuse. On l'inculpe de faux.

Le coup de théâtre enflamme l'opinion. Beaumarchais, sa mauvaise réputation oubliée, devient le parangon des vertus familiales, le pourfendeur des stupres d'une magistrature pourrie. Le 20 décembre, cinq jours après la publication de son brûlot, les *Mémoires secrets de Bachaumont* rapportent que « la porte de l'auteur est déjà investie de curieux qui le sollicitent pour avoir des exemplaires de son mémoire ». À la Comédie-Française, où l'on a repris *Eugénie*, « la salle était envahie par la foule qui tenait à acclamer son héros. À un certain endroit, où il est question de juge et de procès, on a applaudi à tout rompre... L'auteur, ayant paru au foyer après la pièce, a été entouré et conduit en triomphe à son carrosse, à peu près comme Wilkes l'était autrefois en Angleterre. »

La réaction la plus significative est naturellement celle de Voltaire.

*

* *

Du clan Beaumarchais, Voltaire ne connaît que Jean-Antoine Lépine, le mari de Fanchon, qui a repris la boutique du père Caron. Lépine possède une fabrique de montres à Ferney, mais il compense largement l'inconvénient de cette concurrence par les possibilités d'écoulement qu'il offre à la production horlogère voltairienne, dont il est en quelque sorte l'agent commercial à Paris. Voltaire ne connaît pas son beau-frère Beaumarchais. Il ignore ses pièces (« Je n'ai jamais lu *Eugénie* ; on m'a dit que c'est une comédie larmoyante. Je n'ai pas un grand empressement pour ces sortes d'ouvrages... »). Il est fort prévenu contre lui par son ami d'Argental, sa principale antenne à Paris. D'Argental n'hésite pas à charger à ras bord la barque de Caron : « la plus mauvaise réputation », « mes soupçons sur sa scélératesse n'ont pas été avancés légèrement ». Quelle scélératesse ? L'empoisonnement de ses deux épouses. Son affaire avec Goëzman ? « Il est impossible de penser qu'il eût donné deux cents louis pour le seul plaisir d'envisager M. de Goëzman et d'obtenir une audience. C'était donc un vrai projet de corruption. » Son influence à Versailles ? « Il est en horreur à la cour, du moins auprès du maître et du ministre dont j'ai parlé au commencement de ma lettre [d'Aiguillon]. »

Au surplus, Marin est pour Voltaire une espèce d'ami, au moins un instrument utile. Ils sont en correspondance suivie. Voltaire, toujours persécuté par les censeurs, a trop besoin d'un homme placé au carrefour stratégique qu'occupe Marin (presse, censure, contrôle des livres imprimés à l'étranger) pour ne pas le caresser avec assiduité.

Le plus important : le Parlement Maupeou. Voltaire s'est institué son défenseur. Il a rompu des lances pour lui. S'il s'est brouillé avec Choiseul, c'est à son propos, et non pas parce que la disgrâce du Premier ministre de fait l'exposait à l'ingratitude de la girouette de Ferney. À toutes les objurgations de Choiseul, Voltaire répondait : le chevalier de La Barre. Là-dessus, la plus violente bourrasque ne ferait pas bouger la girouette d'un pouce.

C'est dire si le patriarche était pour les mémoires le plus mal disposé des lecteurs.

Après avoir reçu le troisième, à d'Argental : « J'ai lu tous les mémoires de Beaumarchais, et je ne me suis jamais tant amusé. J'ai peur que ce brillant écervelé n'ait au fond raison contre tout le monde. Que de friponneries, ô ciel ! que d'horreurs ! que d'avilissement dans la nation ! quel désagrément pour le Parlement ! » Au marquis de Florian : « Les mémoires de Beaumarchais sont ce que j'ai jamais vu de plus singulier, de plus fort, de plus hardi, de plus comique, de plus intéressant, de plus humiliant pour ses adversaires. » À Alexandre d'Hornoy : « Cet intrépide et plaisant Beaumarchais, qui se bat tout seul contre neuf ou dix personnes, qui donne à l'une quelques soufflets, à l'autre force coups de pied au cul, qui les jette tous par terre et qui rit à leur nez quand ils sont tombés... »

Comme tout le monde, Voltaire a été retourné.

Il faut dire qu'il n'aime pas les scélératesses établies sur de simples soupçons, ce en quoi il n'est pas comme tout le monde. Beaumarchais assassin ? « Il est si impétueux, si extravagant et si drôle, que je mettrais ma main au feu qu'il n'a jamais empoisonné ses femmes. Les empoisonneurs ne font point pouffer de rire ; ce sont d'ordinaire des chimistes très sérieux, et très peu amusants ; et il faut songer que Beaumarchais n'est pas médecin. » Acquittement au bénéfice du rire, comme le lui reprochera d'Argental ? Le fils du notaire Arouet voit plus clair que ses amis parisiens : « D'ailleurs, Beaumarchais n'avait nul intérêt à purger si violemment ses femmes : il n'héritait point d'elles... »

La correspondance avec Marin n'en continue pas moins, mais elle s'enveloppe d'hypocrisie. Alors que l'autre souhaiterait enrôler sous sa bannière une aussi formidable recrue, Voltaire évoque pudiquement « la maudite affaire de Beaumarchais », « la tracasserie que Beaumarchais vous a faite », et esquive le sujet en affectant de le tenir pour rien : « Tout cela n'est qu'une misérable farce. » S'il écrit à Marin, c'est pour la phrase qui conclut chacune de ses lettres : « Voulez-vous bien avoir la bonté de faire parvenir le petit paquet ci-inclus à M. X, Y, Z... » Grâce aux facilités que lui procurent ses fonctions, Marin est le plus diligent et le plus discret des bureaux de poste.

*
* *

La troisième femme à aider Beaumarchais fut la comtesse du Barry. Il paraît que Louis XV avait tant ri en lisant le deuxième mémoire qu'elle eut l'idée de porter à la scène les fameuses confrontations entre Gabrielle Goëzman et Beaumarchais. Est-ce vrai ? La source — un libraire parisien nommé Hardy — tenait si peu à la cour qu'il ne s'agit probablement que d'un potin circulant dans Paris. Mais qu'il circulât indique déjà un état d'esprit. Au reste, l'incompréhension sidérante du roi pour tout ce qui ressortit à l'opinion publique rend l'anecdote plausible. Si l'un de ses ministres flanchait sur le Parlement Maupeou, il le morigénait sans tarder (tel Bertin, qui, impressionné par le discrédit jeté sur l'ensemble des nouveaux magistrats par la faute de Goëzman, suggère qu'il conviendrait de rappeler les anciens). Qu'est-ce que Beaumarchais ? L'un de ces écrivassiers auxquels le roi n'entend rien et qui ne comptent pas. Lorsque des courtisans lui diront qu'il remue Paris, il laissera tomber : « Beaumarchais ? Il n'y a qu'à l'envoyer aux îles », c'est-à -dire au bagne de l'île Sainte-Marguerite.

Toujours est-il que Jeanne du Barry fit trousser une petite pièce (par Beaumarchais lui-même, murmurait-on...), intitulée *Le meilleur ne vaut rien*, qu'on joua à Versailles en présence de Louis XV. Préville tenait le rôle de Beaumarchais, Fouilli, celui de Goëzman, et Gabrielle Goëzman était interprétée par la célèbre actrice comique Dugazon, qui rafla la mise avec ses minauderies et ses grimaces. Le Parlement Maupeou (s'agissait-il d'autre chose ?) déchiqueté à Versailles même aux applaudissements du roi et de ses courtisans... D'Aiguillon, mesurant l'inconséquence, la reprocha à la du Barry. Il se revancha en faisant interdire *Le Barbier de Séville* l'avant-veille de la première. Sartine, sollicité par Beaumarchais, avait pourtant donné son accord et toutes les loges étaient louées jusqu'à la cinquième représentation.

Horace Walpole, confident attitré de Mme du Deffand, lui écrit d'Angleterre : « J'ai reçu les mémoires de Beaumarchais, j'en suis au troisième et cela m'amuse beaucoup. Cet homme est fort adroit, raisonne juste, a beaucoup d'esprit, ses plaisanteries sont quelquefois très bonnes, mais il s'y complaît trop... Enfin, je comprends que, moyennant l'esprit de parti actuel chez vous, cette affaire doit faire grande sensation. J'oubliais de vous dire l'horreur qui m'a pris des procédés en justice chez vous. Y a-t-il un pays au monde où l'on n'eût puni sévèrement cette Mme Goëzman ? Sa déposition est d'une impudence affreuse. Permet-on donc chez vous qu'on mente, qu'on se coupe, qu'on se contredise, qu'on injurie sa partie d'une manière si effrénée ? Qu'est devenue cette créature et son vilain mari ? Répondez, je vous prie. »

Beaumarchais rédige son quatrième mémoire dans l'épuisement d'une campagne de presse longue déjà de cinq mois, mais exalté par son triomphe et plus que jamais résolu à jouer le tout pour le tout. Goëzman ? Hors de combat. L'enjeu se situe plus haut : « La nation n'est pas juge en cette affaire, mais elle s'y rend partie dans ma personne et ma cause est celle de tous les citoyens. » Ceci encore : « Il s'élève un cri public ; et s'il est un moment où les juges prononcent sur chaque citoyen, dans tous les temps la masse des citoyens prononce sur chaque juge... Tout citoyen sans doute est soumis aux magistrats ; mais quel magistrat peut se passer de l'estime des citoyens ? » On croirait du Wilkes. Par son talent de polémiste et son intuition géniale de ce que l'on nomme aujourd'hui la communication, Beaumarchais a transformé une histoire de quatre sous en affaire d'État. Beaumarchais contre Goëzman ? La nation contre les juges de Maupeou.

Un épisode ridicule, qu'il a l'audace de rapporter dans son mémoire, lui avait fait mesurer la haine hystérique que lui portaient ses futurs juges. Il avait croisé dans une galerie publique du Palais le président de Nicolaï, marchant à la tête d'une cohorte de magistrats et entouré de gardes. En l'apercevant, Nicolaï, hors de lui, cria aux gardes : « Faites sortir cet homme, Beaumarchais, là ! Faites-le retirer, il n'est ici que pour me narguer. » Beaumarchais résistant aux sbires, le public prit son parti et empêcha l'expulsion. Beaumarchais s'en fut aussitôt porter plainte auprès du procureur général, Joly de Fleury. Fort embarrassé, celui-ci demanda : « Avez-vous des témoins d'un fait aussi extraordinaire ? — Mille, monsieur. — Je ne puis vous empêcher de présenter votre requête à la cour, mais soyez prudent...- Monsieur, il y a huit mois que je le suis. » Interrogé, le lamentable Nicolaï affirmera que Beaumarchais lui avait tiré la langue...

Le quatrième mémoire reprend avec une violence accrue le jeu de massacre des trois précédents, mais Marin, le plus venimeux des adversaires de Beaumarchais, y reçoit un traitement privilégié. Rien de plus féroce que les règlements de comptes entre hommes de lettres. (Marin homme de lettres ? demande Beaumarchais. « Comme un facteur de la petite poste. » Voltaire ne pourrait qu'approuver.) Il faudrait tout citer de l'exécution du Marin, natif de La Ciotat, qui continuait d'émailler sa conversation d'un provençal « *ques-à-co ?* » (qu'est-ce que cela veut dire ?), depuis ses débuts édifiants (« Ah ! monsieur Marin, que vous êtes loin aujourd'hui de cet heureux temps où, la tête rase et nue, en long habit de lin, symbole de votre innocence, vous enchantiez tout La Ciotat par la gentillesse de vos fredons sur l'orgue, ou la claire mélodie de vos chants au lutrin... ») jusqu'à sa métamorphose parisienne : « Il a bien changé, le Marin ! Et voyez comme le mal gagne et se propage quand on néglige de l'arrêter dans son principe ! Ce Marin qui d'abord, pour toute volupté,

> *... Quelquefois à l'autel*
> *Présentait au vicaire ou l'offrande ou le sel,*

quitte la jaquette et les galoches ; ne fait qu'un saut de l'orgue au préceptorat, à la censure, au secrétariat, enfin à la gazette ; et voilà mon Marin, les bras retroussés jusqu'au coude, et pêchant le mal en eau trouble : il en dit hautement tant qu'il veut ; il en fait sourdement tant qu'il peut ; il arrête d'un côté les réputations qu'il déchire de l'autre : censures, gazettes étrangères, nouvelles à la main, à la bouche, à la presse ; journaux, petites feuilles, lettres courantes, fabriquées, supposées, distribuées, etc., etc., encore quatre pages d'et cætera ; tout est à son usage. Écrivain éloquent, censeur habile, gazetier véridique, journalier de pamphlets ; s'il marche, il rampe comme un serpent ; s'il s'élève, il tombe comme un crapaud. Enfin, se traînant, gravissant, et par sauts et par bonds, toujours le ventre à terre, il a tant fait par ses journées qu'enfin nous avons vu de nos jours le corsaire allant à Versailles, tiré à quatre chevaux sur la route, portant pour armoiries aux panneaux de son carrosse, dans un cartel en forme de buffet d'orgues, une Renommée en champ de gueule, les ailes coupées, la tête en bas, raclant de la trompette *marine ;* et pour support une figure dégoûtée, représentant l'Europe ; le tout embrassé d'une soutanelle doublée de gazettes et surmontée d'un bonnet carré avec cette légende à la houppe : *Ques-à-co ? Marin.* »

À quoi tient le succès ? On noircit trois cents pages et c'est un mot qui fait fortune. Ici, *ques-à-co*. On ne s'aborde plus à Paris qu'avec un *ques-à-co ?* Il fait le tour de l'Europe. Il traverse l'Atlantique. La dauphine Marie-Antoinette, quatrième femme à venir épauler Beaumarchais, passe outre la gronderie de son mari (« Vous vous intéressez, madame, pour un mauvais sujet ») et lance le *ques-à-co*, panache de plume, qui fait aussitôt fureur à Versailles et à Paris. « Cette coiffure, constatent les *Mémoires secrets*, perpétue l'opprobre du Marin bafoué jusqu'aux toilettes. »

Beaumarchais termine le mémoire par le récit de son voyage en Espagne. Marin multipliait de bouche à oreille les insinuations sur les scandales qui auraient émaillé son séjour d'un an à Madrid. Beaumarchais affirme posséder copie d'une lettre adressée par un ambassadeur à Marin, dont celui-ci était supposé faire usage. Chantage au mariage sur Clavijo, dont Lisette était la maîtresse, vols et escroqueries à la pelle. « Défiez-le de se justifier sur sa coquinerie d'Espagne, sur sa sœur, écrivait le diplomate, et s'il ose parler, comme il n'en dira que des mensonges, il sera pris ; nous fondrons tous sur lui, comme pour instruire de tout contre un si grand imposteur ; et une fois démasqué là-dessus, il faut qu'il s'enfuie tout le reste de sa vie ! » Mais cette fameuse lettre censée courir Paris, qui l'a vue ? De qui est-elle signée ? Un diplomate voulant nuire à Beaumarchais accumulerait-il tant de sottises et d'incohérences que c'est un vrai bonheur de lui river son clou ? Allons ! la lettre, dernière création collective de la joyeuse bande de la rue de Condé, n'existe que pour donner à Beaumarchais l'occasion d'un dernier coup de ciseau à sa statue de parangon des vertus familiales. Après l'envoi aux enfers du mari infidèle, père indigne et parrain escroc, l'apothéose du beau-frère vengeur de l'honneur de sa sœurette ; après le fracas de la grosse caisse, les longs sanglots du violon. C'est la partie des mémoires qui a le plus vieilli. Mais elle bouleverse les contemporains. L'époque est à la *sensibilité.* Goethe s'empare de l'épisode et en tire un sombre drame intitulé *Clavijo.*

Voltaire lui-même, davantage porté au ricanement sarcastique qu'aux épanchements lacrymaux, ne résiste pas : « J'ai lu, écrit-il au marquis de Florian, le quatrième mémoire de Beaumarchais ; j'en suis encore tout ému. Jamais rien ne m'a fait plus d'impression ; il n'y a point de comédie plus plaisante, point de tragédie plus attendrissante, point d'histoire mieux contée, et surtout plus d'affaires épineuses mieux éclaircies. Goëzman y est traîné dans la boue, mais Marin y est beaucoup plus enfoncé ; et je vous dirai bien des choses de ce Marin, quand nous nous verrons. » *Ques-à-co ?* C'est qu'il vient de découvrir que le Marin lui a barboté le manuscrit d'une pièce, *Les Lois de Minos*, et l'a édité en arrangeant le texte à sa façon. Voltaire aurait mieux fait d'écouter Condorcet, qui lui « parlait de cet homme précisément comme Beaumarchais en parle... ». Remords tardif : « Beaumarchais m'envoyait ses mémoires, et je ne le remerciais seulement pas, ne voulant point que Marin, sur lequel je n'avais encore que des soupçons et auquel je confiais encore tous mes paquets, pût me reprocher d'être en correspondance avec son ennemi... Je lis et relis ce quatrième mémoire ; j'y vois les imprudences et la pétulance d'un homme passionné, poussé à bout, justement irrité, né très plaisant et très éloquent. Il me persuade de tout ce qu'il dit ; il me développe surtout le caractère et la conduite du Marin... »

•

Beaumarchais a fait table rase. Goëzman ? Déshonoré. Sa femme ? Démasquée. Baculard d'Arnaud, Bertrand, Marin ? Ridiculisés. Il a balayé tous ses adversaires à l'exception de celui dont tout dépend : le Parlement. La haine des magistrats est à la mesure des coups qu'il leur a portés. Ses quatre mémoires ont réussi là où la fronde des princes, la résistance des anciens juges et la publication de centaines de pamphlets avaient échoué : soulever l'opinion publique contre les juges de Maupeou.

Le prince de Conti, enchanté, se fait néanmoins du souci

pour Beaumarchais. « Si le bourreau met la main sur vous, le prévient-il, je ne pourrai plus rien pour vous. » Et Beaumarchais de répondre : « Monseigneur, c'est mon devoir, il faut l'accomplir. Mais soyez sûr que le bras infâme ne souillera pas un homme que vous avez honoré de votre estime. » Belles paroles ! Conti, « mon cousin l'avocat », comme dit Louis XV avec mépris, engagé à fond dans l'opposition, est plus compromettant qu'autre chose pour ceux qu'il honore de son estime. Beaumarchais le sait si bien qu'il transporte ses papiers personnels chez Gudin pour en commencer le tri et détruire ceux qu'il ne souhaite pas laisser à portée des mains infâmes.

*
* *

Le 20 février, lendemain du jour de la publication du quatrième mémoire, Charles de Broglie écrit au roi. Il touche le fond du désespoir. Son frère Victor-François, étonné que la clôture de l'instruction de l'affaire de la Bastille ne mît pas fin à son exil, a tenté une nouvelle démarche auprès de Louis XV et en a été fort mal reçu. « Il n'est pas encore temps », s'est-il entendu répondre avant qu'on ne lui tournât le dos. D'Aiguillon a répété au maréchal que la lettre insolente n'était que le prétexte de l'exil, et que s'il voulait en savoir la vraie raison, il n'avait qu'à la demander à l'intéressé, qui la connaissait fort bien. C'est le sentiment général à la cour. La lettre écrite par Victor-François à Charles au retour de son audience malheureuse est perdue, mais on peut juger par celle de Charles au roi du choc qu'elle lui a causé : l'aîné, rentré très troublé de sa visite à Versailles, en vient à se demander si le cadet ne cache pas une faute grave qui justifierait la rigueur de l'exil. Le doute assaille le clan Broglie tout entier. Marie-Thérèse de Lameth, sœur de Charles, lui écrit : « Faites vos réflexions et voyez ce que vous voulez que nous fassions... Mais considérez qu'il est aussi impossible de faire les affaires de quelqu'un qui ne dit pas tout qu'à un médecin de guérir un malade qui nie la cause de ses maux. Les vôtres me sont sensibles ; je vois, sur le malheur de votre position, plus qu'on y voit, plus peut-être que vous n'avoueriez, et mon cœur est déchiré de ces vues. »

Cette suspicion signifie pour Charles l'effondrement de l'ultime rempart protecteur. La solidarité familiale ne lui a encore jamais fait défaut. Une affection profonde le lie à Victor-François, son quasi-jumeau. Ils ont tout partagé, heurs et malheurs, depuis leurs premières armes en Italie, en 1734, à l'âge de quinze et quatorze ans, sous les ordres de leur père : l'assaut glorieux sur Prague, en 1741 ; la longue et dure retraite de 1743 ; puis les défaites de la guerre de Sept Ans sous des chefs incapables, avec pourtant la gloire de Victor-François à Bergen et la superbe défense de Kassel par Charles. Inséparables dans le succès comme dans l'adversité, ils ont traversé le premier exil sans une fâcherie, chacun souffrant au contraire de croire qu'il était cause du malheur de l'autre. Affligés du même caractère ombrageux, enclins à penser qu'une conspiration universelle travaille sans relâche à la perte des Broglie, ils ont toujours fait front ensemble, tels deux petits coqs de combat donnant furieusement du bec et de l'ergot. Un seul secret les sépare, qui est le Secret ; mais puisqu'il s'agit de celui du roi, l'aîné eût trouvé aussi choquant d'en recevoir la confidence que le cadet de la consentir.

La pensée que son frère doute de lui est insupportable à Charles : « Votre Majesté se représentera aisément quelles doivent être les incertitudes, les soupçons même de mon frère sur mon compte, ce qu'a d'affligeant pour moi ce qu'il me mande à cet égard, mon embarras pour lui répondre et la douleur qu'il doit ressentir d'avoir à me suspecter de manquer à l'amitié et à la confiance. J'ose dire, Sire, que vous seul qui connaissez le cœur des deux frères pouvez juger ce qu'une pareille situation a d'affreux pour tous deux... Privé comme je le suis, Sire, du bonheur de recevoir la moindre consolation directe de Votre Majesté, n'ayant même pas reçu d'elle l'espérance qu'elle daignerait mettre des bornes à la rigueur du traitement que j'éprouve, je ne suis soutenu que par la sûreté de mon innocence et ma respectueuse confiance dans sa justice et dans ses bontés. Mais si ces motifs sont capables de m'empêcher de succomber aux malheurs réunis d'être privé de ma liberté, d'être à la veille d'être ruiné par la perte de plusieurs procès qu'on poursuit vivement en mon absence avec la certitude de trouver des protecteurs contre quelqu'un marqué du sceau de votre disgrâce et, ce qui est plus cruel encore, par la honte d'être soupçonné peut-être même par mes plus proches d'avoir manqué essentiellement à mes devoirs, j'avouerai à Votre Majesté que je ne puis plus résister à la douleur profonde de madame de Broglie. Elle devait partir ces jours-ci pour Paris, mais des incommodités graves la retiennent et j'en profiterai pour suspendre encore quelque temps ce projet, mais je vois qu'incessamment je devrai y consentir de peur de la voir sous mes yeux la victime de son union avec moi et de ma malheureuse étoile. Cette idée seule me fait frémir. Serait-il possible qu'un maître qui m'a toujours comblé de ses bontés, qui connaît mon zèle, ma fidélité, mon amour pour sa personne et mon innocence, me laissât périr de douleur, consentît au dérangement irrémédiable de toute ma famille, au désespoir de madame de Broglie ? Non, Sire, vous ne permettrez pas que tant de maux m'accablent, Votre Majesté ne voudra pas que l'honneur d'un de ses plus fidèles sujets soit compromis ; c'est une idée qui me fait horreur. Qu'elle daigne donc mettre le calme dans mon âme agitée... Je supplie Votre Majesté d'excuser les importunités d'un cœur cruellement affligé mais qui n'est pas moins rempli de tous les sentiments de soumission, d'attachement et d'amour qu'il conservera jusqu'au dernier soupir. »

Point de réponse.

*

*   *

Le 26 février, soixante magistrats prennent séance au palais de justice à six heures du matin pour juger l'affaire Beaumarchais-Goëzman.

Les dernières nouvelles ne sont pas bonnes. Des juges, soupant en ville, auraient déclaré que la décision était prise : la peine la plus forte hors la mort, c'est-à-dire les galères à perpétuité. Avant de partir pour Toulon, Beaumarchais subirait le cérémonial avilissant : amende honorable à genoux, un cierge de cire jaune entre les mains ; exposition au carcan avec deux écriteaux, devant et derrière, portant les mots de corrupteur et de calomniateur, mise à nu, la corde au cou, et fustigation à coups de verges ; imposition enfin, au fer chaud, de la marque infamante du galérien.

Rumeurs ? Ce qui est sûr, c'est qu'un magistrat, Charles Gin, a écrit à Beaumarchais qu'il renonçait à siéger « afin que le public ne soupçonnât pas mon âme de quelque émotion qui vous fût peu favorable ». Le scrupule de cet honnête homme donne la mesure de la hargne vindicative qu'il trouvait à ses collègues.

Beaumarchais a passé la nuit seul, occupé à mettre de l'ordre dans ses affaires. Sa famille et ses amis, Conti en tête, l'ont vainement exhorté à fuir. Rien de plus simple que de tromper la surveillance des argousins attachés à ses pas. Il échapperait au pire. Mais ce serait le triomphe de ses adversaires. Il a choisi de rester. Si le Parlement le condamne aux galères ou à quelque peine insupportable, il lui restera toujours la ressource du suicide.

« Seul, à pied, traversant dans l'obscurité le pont si bruyant qui mène au Palais, frappé du silence et du calme universel qui me faisaient distinguer le bruit de la rivière, je me disais en perçant le brouillard : quel sort bizarre est le mien ! Tous mes amis, tous mes concitoyens sont livrés au repos, et moi, je vais peut-être au devant de l'infamie et de la mort. Tout dort en cette grande ville, et peut-être que je ne me coucherai plus. »

Glaçante solitude, et combien symbolique ! À l'heure de vérité, que reste-t-il des articles des gazettes, du débat qui enfiévrait cafés et salons, de l'énorme courrier reçu des admirateurs, et surtout d'admiratrices s'offrant avec enthousiasme ? Paris dort et soixante magistrats qui le haïssent vont décider de son sort.

Le prince de Monaco l'a invité à souper ce soir. Il donnera lecture de son *Barbier* interdit de représentation.

« En approchant du lieu de la séance, un grand bruit de voix confuses me frappait sans m'émouvoir ; mais j'avoue qu'en y entrant, un mot latin prononcé plusieurs fois à haute voix par le greffier qui me devançait, et le profond silence qui suivit ce mot, m'en imposa excessivement : *Adest ! Adest ! :* il est présent, voici l'accusé, renfermez vos sentiments sur son compte ! *Adest !* Ce mot me sonnera longtemps à l'oreille. À l'instant, je fus conduit à la barre de la cour. À l'aspect d'une salle qui ressemble à un temple, au peu de lumière qui la rendait auguste et sombre, à la majesté d'une assemblée de soixante magistrats uniformément vêtus, et tous les yeux fixés sur moi..., je me sentis le cœur subitement resserré, comme si une goutte de sang figé fût tombée dessus et en eût arrêté le mouvement. »

Il subit son interrogatoire. À sa sortie, il trouve la foule. Elle s'agglutine dans les galeries, s'entasse dans la grande salle des pas perdus bordée de cagibis où l'on débite boissons chaudes et petites victuailles. Beaumarchais est applaudi, acclamé. Entouré des siens, il attend le verdict. Deux cavaliers attendent eux aussi, au pied des marches du palais, de porter au galop jusqu'à Versailles la décision des juges.

Mme du Deffand, invitée chez Monaco, écrit à Horace Walpole : « Nous attendons aujourd'hui un grand événement : le jugement de Beaumarchais... M. de Monaco l'a invité ce soir pour nous faire la lecture d'une comédie de sa façon, qui a pour titre *Le Barbier de Séville*... Le public s'est affolé de l'auteur ; on le juge tandis que je vous écris. On prévoit que le jugement sera rigoureux, et il pourrait arriver qu'au lieu de souper avec nous il fût condamné au bannissement ou même au pilori. »

Midi. La délibération s'éternise. Des rumeurs circulent dans les couloirs. Il y aura condamnation, mais aucune majorité n'a réussi à se former sur une peine. La soirée est fichue. Beaumarchais fait porter un billet à l'hôtel de Monaco : « Beaumarchais, infiniment sensible à l'honneur que veut bien lui faire M. le prince de Monaco, répond du Palais, où il est cloué depuis six heures du matin, où il a été interrogé à la barre de la cour, et où il attend le jugement qui se fait bien attendre, mais, de quelque façon que tournent les choses, Beaumarchais, qui est entouré de ses proches en ce moment, ne peut se flatter de leur échapper, qu'il ait à recevoir des compliments de félicitations ou de condoléances. Il supplie donc M. le prince de Monaco de vouloir bien lui réserver ses bontés pour un autre jour. Il a l'honneur de l'assurer de sa très respectueuse reconnaissance. »

À deux heures, toujours rien. Épuisé par sa nuit blanche et la tension nerveuse, Beaumarchais quitte le Palais et va se jeter sur un lit chez sa sœur Fanchon, à deux pas, de l'autre côté de la Seine. Si on veut l'arrêter, on saura bien où le trouver. Il s'endort comme une masse.

À neuf heures, quelqu'un le secoue. C'est le petit Gudin. Il fait nuit. Une clameur monte de la rue. « Voyez comme on vous acclame... — Je suis acquitté ? — Vous êtes condamné. » Beaumarchais se lève, les yeux bouffis, voit son père et ses sœurs en larmes. « Il ne proféra pas un mot d'emportement, rapporte Gudin, ne fit pas un geste d'indignation. Maître de tous ses mouvements comme de son esprit : "Voyons, dit-il, ce qui me reste à faire." »

*

* *

Le débat avait été long et âpre. L'esprit de corps voulait une sanction implacable pour celui qui avait déshonoré un collègue. La crainte des répercussions politiques incitait à la prudence. Il y eut vingt-deux voix pour la peine la plus dure après la mort. Le bannissement à perpétuité manqua de peu de l'emporter. Une majorité de trente voix contre six décida à la fin pour le blâme. Comme toujours avec la magistrature, l'audace avait payé. La violence même des attaques de Beaumarchais contraignait le Parlement Maupeou à retenir son bras.

Tandis que les conseillers, conspués par la foule, s'enfuyaient du Palais comme des rats en empruntant des portes dérobées, le premier président Bertier de Sauvigny lut le verdict à la lueur de deux torches portées par des valets. Des gardes du corps le protégeaient ; une compagnie de grenadiers était déployée au bas des marches. « La cour, toutes les chambres assemblées, faisant droit sur le tout, pour les cas résultant du procès, condamne Gabrielle-Julie Jamar, femme de Louis-Valentin Goëzman, a être mandée à la chambre, pour, étant à genoux, y être blâmée... Condamne pareillement Pierre-Augustin Caron de Beaumarchais à être mandé à la chambre, pour, étant à genoux, y être blâmé... »

Le reste se perd sous les huées du public. Gabrielle est frappée d'une amende de trois livres et devra « restituer la somme de trois cent soixante livres par elle reçue d'Edme-Jean Lejay, pour être ladite somme appliquée au pain des pauvres prisonniers de la Conciergerie du Palais. » Lejay et Bertrand sont condamnés à être « admonestés, debout, derrière le barreau ». Marin et Baculard échappent à toute sanction. Enfin, la cour « ordonne que les quatre mémoires [de Beaumarchais] imprimés en 1773 et 1774... seront lacérés et brûlés au pied du grand escalier du Palais, par l'exécuteur de la haute justice, comme contenant des expressions et imputations téméraires, scandaleuses et injurieuses à la magistrature... Fait défense audit Beaumarchais de faire à l'avenir de pareils mémoires sous peine de punition corporelle... »

Goëzman est mis « hors de cour ». Le public, peu familier avec le jargon judiciaire, croira à un acquittement. Voltaire, mieux informé, détrompe l'un de ses correspondants : « Vous vous imaginiez donc que *hors de cour* signifiait justifié, déclaré innocent... Hors de cour veut dire : hors d'ici, vilain, vous êtes violemment soupçonné d'avoir reçu de l'argent des deux parties, il n'y a pas assez de preuves pour vous convaincre, mais vous restez entaché, comme disait l'autre, et vous ne pouvez plus posséder aucune charge de judicature. » Depuis que l'ancien Parlement avait déclaré le duc d'Aiguillon « entaché » dans son honneur, le mot faisait référence.

Le blâme infligé à Beaumarchais n'est pas une sanction anodine. Il entraîne une sorte de déchéance civique. Le blâmé ne peut exercer aucune fonction publique. C'en est donc fini de juger au Louvre les délits de chasse. La Comédie-Française ne joue pas un auteur blâmé. L'homme d'affaires s'en trouve paralysé. Un ambitieux n'a plus qu'à déposer ses espérances.

« Nous sortîmes ensemble de chez sa sœur, raconte Gudin. J'ignorais si on ne veillait pas autour de la maison pour l'arrêter, j'ignorais ses desseins ; je ne voulus point le quitter. Après avoir fait assez de chemin pour nous être assurés qu'on ne le cherchait pas où il était, il me congédia et me donna rendez-vous pour le lendemain dans l'asile qu'il s'était choisi ; car il était à craindre que, en exécution de l'arrêt, on n'allât le chercher dans sa propre maison. »

Le prince de Conti passe rue de Condé. N'y trouvant pas Beaumarchais, il laisse un mot : « Je veux que vous veniez demain. Nous sommes d'assez bonne maison pour donner l'exemple à la France de la manière dont on doit traiter un grand citoyen tel que vous. » On lui indique finalement l'adresse de la cachette de Beaumarchais. Il s'y rend. Le blâmé sort, monte dans son carrosse et s'entretient longuement avec lui. « Toutes les personnes les plus distinguées de Paris se firent inscrire à la porte de Beaumarchais, écrit

Gudin. On ne parlait que de lui. Chacun cherchait à le voir. C'était pour lui un véritable triomphe. »

Mais son ami Sartine, très lieutenant de police : « Monsieur, je vous conseille de ne vous montrer nulle part. Ce qui se passe irrite bien des gens. Ce n'est pas assez que d'être blâmé, il faut encore être modeste. S'il venait un ordre du Roi, je serais obligé de l'exécuter malgré moi. Surtout, n'écrivez pas, car le Roi désire que vous ne publiiez rien sur cette affaire. »

Il faut filer. Chez Conti, qui donne pour lui un souper de quarante couverts, il rencontre le prince de Ligne, grand seigneur cultivé, libéral, étincelant d'esprit. Ligne : « M. le prince de Conti me pria de sauver Beaumarchais le jour qu'il fut décrété de prise de corps et qu'il nous lut bien gaiement son *Barbier,* quoiqu'il fût entré dans le salon avec l'air de l'homme le plus malheureux. » Un décret de prise de corps ? Il n'y en a pas encore, mais le Parlement peut le décerner à tout instant. Quelques jours après, Beaumarchais trouve le carrosse de Ligne stationné sous le réverbère convenu d'avance. Le prince l'emmène jusqu'au premier relais de poste, où attend une voiture à ses armoiries et un secrétaire de confiance pour parer à tout incident. La voiture prend la route d'Ostende, d'où Beaumarchais s'embarque pour l'Angleterre.

La semaine suivante, Ligne, qui attend d'être reçu par Louis XV, voit avec la plus insondable des stupeurs Beaumarchais sortir du cabinet royal.

XXVII

On l'appelait « le Wilkes français ». Il faisait figure de chef de parti pour tout ce qui tenait à l'ancien Parlement. Les ducs d'Orléans et de Chartres l'invitent à souper. Cochin le Jeune, nommé par le roi dessinateur des Menus-Plaisirs, fait son portrait. La rue l'adule. Libelles et épigrammes fleurissent à foison pour célébrer son combat contre la magistrature Maupeou. On chante Beaumarchais, héros de la liberté, à tous les carrefours de Paris. La liberté ? Faut-il rappeler le contresens historique qui l'incarne dans les bœufs-tigres congédiés et fait passer l'aspiration démocratique par la partie sans doute la plus réactionnaire de la nation ? Mais c'est ainsi : faute de mieux, beaucoup voient dans la vieille caste judiciaire le seul rempart efficace contre ce qu'ils nomment le despotisme. Beaumarchais, en créant un mouvement d'opinion comme on n'en a pas vu depuis des décennies, revivifie l'opposition. Il en a conscience : « La nation indignée me tendait les bras, les gens riches m'offraient leur bourse, les avocats m'ouvraient leur cabinet, les têtes chaudes employaient leur plume à faire de mauvais vers pour moi et des placards terribles contre le Parlement. » Il est l'homme le plus populaire de France.

Et cela ne l'intéresse pas.

Pourtant, la politique le passionne. Sept ans plus tôt, il écrivait au duc de Noailles : « Une autre de mes folies à laquelle j'ai encore été forcé de m'arracher, c'est l'étude de la politique, épineuse et rebutante pour tout autre, mais aussi attrayante qu'inutile pour moi. Je l'aimais à la folie : lectures, travaux, voyages, observations, j'ai tout fait pour elle : les droits respectifs des puissances, les prétentions des princes par qui la masse des hommes est toujours ébranlée, l'action et la réaction des gouvernements les uns sur les autres, étaient des intérêts faits pour mon âme. Il n'y a peut-être personne qui ait éprouvé autant que moi la contrariété de ne pouvoir rien voir qu'en grand, lorsque je suis le plus petit des hommes : quelquefois même j'ai été jusqu'à murmurer, dans mon humeur injuste, de ce que le sort ne m'avait pas placé plus avantageusement pour les choses auxquelles je me croyais destiné... » On croirait entendre le jeune Voltaire au temps qu'il aspirait furieusement à « être quelque chose » — ambassadeur, ministre — et quémandait le tremplin d'une mission de renseignement. Comme ils se ressemblent ! Rien de moins révolutionnaire que ces deux-là. Ils ne remettent pas le système en cause, s'éprouvant à juste titre assez doués pour s'y faire une place. Toute leur action tend à s'adapter. S'il leur arrive de porter des coups à ce système, c'est qu'il brime leur ambition au motif enrageant qu'ils ne sont pas nés dans le bon berceau. Ils n'envisagent pas de le transformer, encore moins de le détruire, ce qui impliquerait une action collective. Ils courent sous leurs propres couleurs. Beaumarchais traversera la Révolution en somnambule, sans rien y comprendre. Voltaire, mort en 1778, émigrera ; absent des textes, des discours, des imaginaires révolutionnaires (au contraire de Rousseau), il sera lu par les nobles émigrés jusqu'au bout de leur longue vadrouille : ceux-ci savaient qu'il s'était voulu des leurs.

La politique peut être un destin. Beaumarchais ne l'envisage que comme un moyen supplémentaire de jouir de l'exercice de ses facultés. Il a trop le goût du bonheur pour entamer à quarante-deux ans la rude carrière d'un opposant au régime. Son immense popularité l'enchante sans l'étourdir. La nation ? Le mot donne du lest à un mémoire. Cet homme pense toujours à la première personne du singulier, jamais du pluriel.

Il roule vers Ostende, le cœur en fête et la tête soucieuse.

Le cœur, c'est Marie-Thérèse Willermaulaz. Quelques jours après le verdict, un homme s'était présenté rue de Condé de la part d'une jeune fille qui souhaitait emprunter sa harpe à Beaumarchais. Étrange requête, mais le courrier qui arrivait par sacs au « défenseur de la liberté opprimée » proposait bien d'autres folies. « Je ne prête point ma harpe, répondit Beaumarchais, mais si elle veut venir avec vous, je l'entendrai, et elle pourra m'entendre. » Marie-Thérèse, jeune Suissesse de vingt-trois ans, orpheline, belle comme le jour, sage comme une image en dépit de la hardiesse de sa démarche, se présenta avec pour passeport une coiffure à la *ques-à-co*. La lecture des mémoires l'avait éblouie. Coup de foudre réciproque. Elle fermera, dans vingt-cinq ans, les yeux de Beaumarchais.

Les soucis le lancinent. Toute la popularité du monde ne l'empêche pas d'être ruiné par La Blache et handicapé à vie par le blâme. Seul le roi peut le relever de son incapacité en faisant casser par son Conseil l'arrêt du Parlement. Réhabilité, il pourra envisager de demander la révision du procès contre La Blache. Avant de s'éloigner de Paris, il est allé se jeter aux genoux de la maréchale de Mirepoix, femme bienveillante, grande amie de Charles de Broglie, pour la supplier d'intervenir en sa faveur auprès de la comtesse du Barry, qui, morigénée par d'Aiguillon, a tourné contre lui. Arrivé à Gand, il poste une lettre pour Jean de Laborde, fermier général, donc millionnaire, pourvu de la charge honorifique de premier valet de chambre du roi. Ils se tutoient. Laborde a des velléités littéraires et ambitionne l'Académie. « La chose qui m'a le plus percé le cœur en ce funeste événement, écrit Beaumarchais, est l'impression fâcheuse qu'on a donnée au Roi contre moi. Devais-je me laisser écraser sans me justifier ? Si je l'ai fait avec trop de vivacité, est-ce une raison pour déshonorer ma famille et moi, et retrancher de la société un sujet honnête dont peut-être on eût pu employer les talents avec utilité pour le service du Roi et de l'État ? J'ai de la force pour supporter un malheur que je n'ai pas mérité ; mais mon père, qui a soixante-dix-sept ans d'honneur et de travaux sur la tête et qui meurt de douleur, mes sœurs, qui sont femmes et faibles, dont l'une vomit le sang et dont l'autre est suffoquée, voilà ce qui me tue et dont on ne me consolera point. » Il n'est décidément pas fait pour le genre noble. Un peu voyou, conformément à sa nature, il enchante ; dès qu'il joue le fils et le frère La Vertu, il ennuie. Au-delà du pathos (ces sœurs « qui sont femmes », c'est une trouvaille), la lettre n'est écrite que pour la phrase proposant de mettre ses talents au service du roi. Laborde montrera la missive à Louis XV. Nul doute que les deux camarades aient discuté de vive voix la manière dont les talents pourraient être utilisés.

Arrivé à Londres le 5 mars, il y trouve un message le convoquant à Versailles. Il rebrousse chemin sans même déboucler ses bagages. Un détail tempère son allégresse : il a fait à l'aller la découverte du mal de mer. Le même jour, ses quatre mémoires sont lacérés et brûlés par le bourreau au pied du grand escalier du Palais.

Lorsque le prince de Ligne le voit avec ahurissement sortir du bureau de Louis XV (« Quel mystificateur ! mais il était bien aimable »), l'affaire est conclue. Il repart pour Londres avec mission d'acheter à Théveneau de Morande ses *Mémoires secrets d'une femme publique*. S'il réussit, on donnera un coup d'éponge sur le blâme. Pour le pouvoir, l'opération joint l'utile à l'agréable, c'est-à-dire la suppression d'un pamphlet détestable et la domestication d'un adversaire qui a fait un petit peu trembler. On neutralise le « grand citoyen » de Conti, le « héros de la liberté », le « martyr du despotisme », en l'envoyant blanchir les draps de la du Barry.

*
* *

À la Bastille, entre-temps, c'est la routine carcérale Dumouriez a récupéré ses deux domestiques, qui ont tenu à le suivre en prison alors que rien ni personne ne les y obligeait. Ils l'avaient accompagné en Corse et en Pologne : cela fait des souvenirs communs. Peut-être préféraient-ils l'ordinaire de la prison à la recherche aléatoire d'un nouvel emploi. Le roi paie quinze livres par jour pour l'entretien de Dumouriez, trois livres pour chacun de ses domestiques — somme très supérieure à leurs gages. On les avait d'abord mis à l'écart de leur patron. Les retrouvailles furent heureuses. Un drap tendu en travers de la chambre ménageait l'intimité du colonel. Le trio faisait table commune. Le valet de chambre, bon cuisinier, excellait dans le ragoût. Mais il était mélancolique, et le postillon, quant à lui, ne pensait qu'aux filles. Dumouriez ne tarda pas à regretter sa studieuse solitude, mais fit contre mauvaise fortune bon cœur. Trois heures par jour, il leur lisait des romans, des récits de voyage. Il apprit aussi à son valet de chambre à jouer aux échecs.

La routine du prisonnier n'est pas celle du gardien ; c'est pourquoi le règlement est toujours bafoué et qu'il se produit parfois des évasions. Au cours de sa promenade quotidienne, Dumouriez remarque que, chaque samedi, on empile au pied de chaque tour autant de tas de bois qu'il y a de prisonniers dans la tour. Tous les jours à midi, des paniers sont aussi déposés, qui contiennent les plats du repas. La chance le sert. Avisant un porte-clefs qui dépose un sac volumineux pour la tour de la Bertaudière, il questionne sur son contenu. « Des lentilles. — Il faut que votre prisonnier aime furieusement les lentilles ! — Il en mange à tous ses repas. » Favier a une passion pour les lentilles. Trois tas de bois au pied de la Bertaudière. Dumouriez tente sa chance. Avec un morceau de charbon, il écrit sur la tranche sciée d'une bûche : « Je suis dans la chambre de la chapelle. Réponds-moi. » Huit jours plus tard, un message en anglais sur son tas de bois. Contact établi. On communiquera désormais en glissant un billet dans la fente d'une bûche. Les deux amis se renseignent sur leurs interrogatoires respectifs. Cette confrontation épistolaire achève de les convaincre, s'il en était besoin, que le « complot » a été inventé de toutes pièces par d'Aiguillon. Les commissaires ont poussé l'extravagance jusqu'à accuser Favier d'avoir séjourné trois jours incognito à Chanteloup. Comme si Choiseul, partisan inébranlable de l'alliance autrichienne, pouvait ouvrir sa porte à l'homme qui la combattait depuis le premier jour ! Faut-il que le roi ait bien baissé pour avoir donné dans le panneau... Mais le fait est là : d'Aiguillon a eu la peau de Monteynard et de Broglie.

Marville, à la fin de l'instruction, avait prédit à Dumouriez qu'il resterait dix ans à la Bastille. Tous les quinze jours, le colonel remettait à Sartine une lettre suppliant le roi de lui accorder la grâce de le faire juger. Le 8 mars, Sartine vient lui annoncer son transfèrement au château de Caen. Il y jouira d'un appartement, d'un jardin, aura le droit de recevoir des visites et de sortir. Une manière de résidence surveillée, en attendant la liberté complète qui ne saurait tarder. Favier est transféré à la citadelle de Doullens, mais, malade, ne partira que le 1er avril. Ségur est expédié dans les Pyrénées. Le roi a glissé à d'Aiguillon : « Il y a longtemps qu'ils souffrent, et ils ne sont guère coupables. » Dumouriez espérait mieux : « Cela ne lui fit aucun plaisir, écrit-il, toujours à la troisième personne. Il trouvait Louis XV bien faible et un bien mauvais appui pour ceux qu'il estimait et protégeait, puisque toute la grâce qu'il lui procurait était un changement de prison. » Il cache sa déception, remercie chaleureusement Sartine et fait ses adieux au gouverneur Jumilhac.

Six mois de Bastille. Il a vite appris le métier de prisonnier. Son expérience personnelle et les récits des gardiens lui ont enseigné que le plus dur à supporter était l'interdiction d'écrire. La Chalotais, détenu dans la même chambre que lui, avait rédigé un mémoire avec un cure-dent trempé dans un mélange d'eau, de suie, de vinaigre et de sucre, sur le papier enveloppant le chocolat et le sucre. (Voltaire, pourtant adversaire de ce que représentait le farouche procureur général : « J'ai reçu le mémoire de l'infortuné La Chalotais. Malheur à toute âme sensible qui ne sent pas le frémissement de la fièvre en le lisant. Son cure-dent grave pour l'immortalité ! ») Le prédécesseur immédiat de Dumouriez était un jeune homme que sa famille voulait faire moine contre sa volonté. Il était resté un an et demi sans plume et sans encre, avant d'obtenir la permission d'écrire une justification qui lui avait gagné sa liberté. Aux quatre coins de la chambre s'élèvent quatre colonnes sommées par un sphinx. Grimpé sur une chaise placée sur la table, Dumouriez cache derrière les sphinx des écailles d'huître remplies d'encre, des rouleaux de papier blanc et des plumes taillées. Il y ajoute une instruction sur la technique de communication par les bûches. Au pied de chaque colonne, il écrit : « Cherchez le mot de l'énigme tout en haut. »

Une voiture confortable l'emmène à Caen. Il n'était vraiment pas fait pour le service secret.

*

* *

Depuis sa longue lettre du 20 février 1774, émouvante pour tout autre que le roi, Charles de Broglie n'a repris la plume que pour demander une augmentation de traitement en faveur de son secrétaire Dubois-Martin, resté fidèle au poste, quoique compromis par l'évacuation des papiers de Favier. « Depuis ce moment, Sire, le S. Dubois-Martin a eu le glaive de la justice et, ce qui est pis, celui de l'animosité et de la prévention suspendus sur sa tête, et il n'a pu être préservé des plus cruelles inquiétudes. De cent secrétaires qui se seraient trouvés dans cette situation, qui pouvait lui faire craindre d'être à tout moment enfermé pour le reste de ses jours, il n'y en a peut-être pas deux qui eussent résisté à la tentation de se mettre à l'abri de l'orage et peut-être de s'assurer des récompenses et la bienveillance de ceux dont il avait tout à craindre. Au lieu de céder à des sentiments de faiblesse que tous les exemples qu'il voyait devant lui, à commencer par le mien, pouvaient lui inspirer, il a redoublé, Sire, de zèle et d'activité... »

Admirable Charles ! Il avait déjà demandé et obtenu que les versements à Favier ne fussent pas interrompus pendant sa détention — ce Favier qu'il connaissait si peu et qui, même involontairement, était cause de sa catastrophe. Il va obtenir que le traitement de Dubois-Martin passe de trois mille deux cents livres à six mille. Comment ne pas aimer un homme qui, abîmé dans les angoisses, très fondé à se croire perdu, trouve encore la générosité de se battre pour ses subordonnés ?

La nouvelle que Dumouriez, Favier et Ségur quittent la Bastille lui porte un nouveau coup. S'il en est heureux pour eux, qu'il a toujours crus innocents, cette sortie, prélude à leur libération, le désigne aux yeux de tous comme le plus grand coupable — le seul peut-être —, puisque rien n'est changé à son sort personnel. Le 27 mars, il annonce au roi le départ pour Paris de la comtesse de Broglie. Elle ne supporte plus l'injustice faite à son mari. Les prisonniers de la Bastille n'ont pas eu droit à un procès en règle, mais la commission « extrajudiciaire » leur a au moins communiqué ce qu'on leur reprochait, et permis de se justifier. Comment Charles pourrait-il se défendre, à cent vingt lieues de Paris, contre une campagne de rumeurs savamment distillées ? Et si le roi a véritablement déclaré à plusieurs reprises qu'il n'était pour rien dans l'affaire de la Bastille, pourquoi punit-il un innocent ? Mais Louise-Augustine ne veut plus rien croire, pas même que Victor-François ait reçu, à sa première audience, des apaisements du roi : les partisans de d'Aiguillon ne répandent-ils pas à la cour que le maréchal a tout inventé pour tranquilliser son frère ?

Elle est décidée à solliciter une audience. Si le roi la refuse, elle se jettera à ses genoux lors de son passage dans la galerie de Versailles. Sa requête sera simple : ou bien le roi rappelle un homme qu'il tient pour innocent, ou bien il fait examiner sa conduite pour lui donner la possibilité de se justifier. « Madame de Broglie, écrit Charles, se regarde comme assurée d'obtenir l'une de ces deux grâces [la deuxième] qu'on n'a jamais refusée aux personnes les plus soupçonnées, même les plus coupables. Elle se propose de lire à Votre Majesté ce qu'elle croit devoir exposer à sa justice, de peur de n'avoir pas la force de l'exprimer ou de le faire avec un trouble et un désordre que l'état de son âme rendrait excusable. » Le placet sera rédigé à Paris. Elle proposera au maréchal et à l'évêque de Noyon de l'accompagner.

Cette démarche de la dernière chance, Charles s'en trouve humilié, encore qu'il s'abstienne de l'exprimer clairement au roi. Vingt-deux années de dévouement obscur ne suffisent pas à lui valoir la simple grâce de pouvoir prouver son innocence : il faut que sa femme se précipite aux pieds du monarque, comme la dernière des quémandeuses, pour tenter de lui obtenir justice. Prêt, pour ce qui le concerne, à boire le calice jusqu'à la lie, il ne peut se retenir de prévenir Louis XV : « Qu'elle [V.M.] me permette de lui représenter que je ne pourrais résister à l'humiliation dont serait couverte madame de Broglie en éprouvant du maître le plus juste et le plus bienfaisant un refus qui confirmerait pour toujours les accusations les plus atroces et les moins fondées et qui me réduirait au désespoir. »

La lettre est datée du 27 mars. Louise-Augustine quitte Ruffec le lendemain. Le surlendemain, Charles reçoit de sa sœur, Marie-Thérèse de Lameth, une lettre qui le bouleverse au point de le faire verser dans la déraison. Marie-Thérèse a croisé par hasard Bourgeois de Boynes, secrétaire d'État de la Marine, qu'elle connaît à peine. Sans qu'elle lui posât la moindre question, il a mis la conversation sur Charles, et, usant du ton le plus amical, comme s'il s'agissait d'évidences dont on avait trop de preuves pour qu'elles fussent discutables, il a confirmé les pires rumeurs. Selon lui, Charles a hérité de son oncle, le vieux abbé, la correspondance secrète avec le roi. (Choiseul le disait aussi. S'ils savaient tous qu'à la disparition de l'abbé le Secret fonctionnait depuis déjà dix ans !... Ils sont nombreux à subodorer son existence, mais combien à connaître son rôle et son fonctionnement ?) Charles a commis la faute de mettre la correspondance au service de ses ambitions personnelles en l'employant à culbuter d'Aiguillon. Surtout, il a travaillé à déclencher une guerre — avec ce détail incroyable rapporté par Marie-Thérèse de Lameth : « Que, pour y parvenir, vous aviez fait persuader à l'Empereur qu'elle ne tarderait pas, parce que vous la vouliez et qu'au fond vous gouverniez, [si bien] qu'il écrivait à sa mère qu'on l'attrapait quand on l'assurait que notre Roi voulant la paix, elle durerait. »

Le ton de sa sœur afflige Charles : « Je vois avec une amertume que je ne puis dépeindre qu'elle me soupçonne d'être coupable de tout ce qu'on m'impute et de le lui cacher. On parviendra donc à exciter le mépris de mes plus proches pour moi en me peignant à leurs yeux comme un vilain intrigant et à leur inspirer de l'indifférence, et peut-être pis, sur mon sort en leur faisant soupçonner que ma conduite avec eux et toutes les assurances que je leur donne de mon innocence ne sont qu'un tissu de mensonges et de faussetés... Je ne pense pas qu'il y ait jamais eu une position pareille à la mienne. Avec un seul mot je pourrais confondre mes ennemis et opérer la plus parfaite justification, malheureusement, ce mot tient au secret de Votre Majesté, je dois donc le retenir au risque d'être bafoué et déshonoré. Qu'elle daigne compatir à mes peines et venir à mon secours, sans quoi j'en serai accablé. Elle a eu la bonté de rassurer M. Durand par un mot de sa propre main : serais-je donc le seul qui ait mérité d'être abandonné à la honte et au désespoir ? Qu'il plaise à Votre Majesté d'observer qu'elle n'a pas un sujet qui l'ait servie avec autant de fidélité, de soumission, d'amour, de zèle que je l'ai fait. J'oserais dire que les plus grands saints n'ont pas servi Dieu d'aussi bon cœur et ne peuvent l'aimer davantage. »

Cette dernière phrase, insensée, dégoûtante, au surplus sacrilège sous la plume d'un croyant, nous ne pardonnerons pas à Louis XV d'avoir désespéré le chef de son Secret au point de la lui avoir fait écrire.

Il n'a plus sa tête. La comtesse roule vers Paris. C'est une femme tranquille, vouée à sa famille, qui ne s'est jamais mêlée des affaires de son mari, mais l'injustice la révolte. Elle est née Montmorency, très ancienne et très illustre maison, une ribambelle de connétables de France, le premier en 1138, autre chose que les Broglie. Louise-Augustine a la fierté de sa race. Charles redoute de sa part un éclat : « Je suis, Sire, dans des transes mortelles sur le compte de madame de Broglie, qui m'a quitté avant-hier. Je tremble pour sa santé. Je tremble que ce qu'elle apprendra de madame de Lameth ne lui bouleverse encore plus la tête et qu'elle n'exécute son projet de recourir à Votre Majesté avec un trouble et une chaleur que je n'ai pas contenus sans peine pendant six mois. Je crains de plus que sa démarche n'importune Votre Majesté : si Elle avait des raisons pour la désapprouver, Elle pourrait la lui faire défendre par M. le général Monet ou M. Dubois-Martin, mais ce serait divulguer son secret. » Ce qu'il vient de divulguer, lui, en suggérant l'éventuelle intervention de Monet ou de son secrétaire, c'est que sa femme sait tout. Comment en serait-il autrement ? Tant d'années à voir un mari officiellement sans emploi recevoir un courrier de ministre, à le regarder noircir du papier à longueur de journées... Quelle mère n'aurait pas exigé des explications sur une mystérieuse disgrâce qui risquait de priver d'avenir ses cinq enfants ? Charles, si malheureux de ne pouvoir s'ouvrir à son frère au risque de perdre son amitié, devait-il aussi ruiner son ménage en mentant à Louise-Augustine ?

Conscient de son impair, il abrège : « Je sens, Sire, que je m'égare moi-même. Je me presse donc de terminer mes tristes représentations en la [V.M.] suppliant de les excuser et de jeter un regard favorable sur le plus malheureux de ses sujets sans l'avoir jamais mérité. »

Il est au bout du rouleau.

Point de réponse.

*

* *

Beaumarchais obtint par Lauraguais le contact avec Morande, qui de son côté prit conseil de l'avisé d'Éon, de sorte que se trouvèrent réunis à Londres quatre hommes faits pour s'entendre comme larrons en foire, ou se déchirer comme renards mis dans la même cage.

Sa naissance place Lauraguais à part. Louis de Brancas, comte de Lauraguais, quarante et un ans : un seigneur. Il avait quitté l'armée au beau milieu de la guerre de Sept Ans, après une bataille où, par trois fois, il avait mené la charge de son régiment. Réunissant ses officiers au soir du combat, il les avait félicités puis s'était enquis de leur opinion sur sa propre conduite ; une acclamation unanime lui répondit : « Je suis bien aise, lança-t-il, que vous soyez contents de votre colonel ; mais moi, je ne le suis nullement du métier que nous faisons, et je le quitte. » Il menait depuis une vie chaotique, hachée par les séjours en prison dorée et les voyages forcés à l'étranger que lui valaient les épigrammes dont il était prodigue. Il a pourtant son nom dans l'histoire du théâtre pour avoir débarrassé la scène des banquettes réservées aux gentilshommes qui gênaient l'évolution des acteurs et distrayaient l'attention de la salle. On lui doit aussi l'introduction des courses de chevaux en France. Il en avait rapporté l'idée d'Angleterre. Un événement : ce 25 février 1766, deux mille carrosses dans la plaine des Sablons. Une déception aussi, car le cheval de Lauraguais, malade, ne put rien contre son concurrent anglais. Puis le cheval défaillant meurt, « et l'on a pu prouver, écrit le duc de Croÿ, qu'il avait été empoisonné par un de ces palefreniers anglais qui, par patriotisme, ne voulait qu'un Français eût pu gagner une course à un Anglais. Cela fit beaucoup de bruit ». Perfide Albion. Comme Chaulnes, Lauraguais se passionnait pour les sciences et fit en chimie des découvertes qui lui valurent son admission à l'Académie des sciences. Il perfectionna grandement la fabrication de la porcelaine. Son ami le comte de Ségur (rien à voir avec le Ségur de la Bastille) écrit de lui : « Il réunissait dans sa personne des qualités et des défauts dont la moindre partie aurait suffi pour marquer tout individu de l'empreinte d'une grande originalité. »

Beaumarchais et Lauraguais se connaissent bien, ne serait-ce que pour avoir partagé les faveurs de la cantatrice Sophie Arnould. Ils ont dîné ensemble pendant la détention du premier à For-l'Évêque. C'est au cours de ce repas que Lauraguais, toujours fourré à Londres et très au fait des rumeurs de Versailles, a évoqué l'affaire du pamphlet de Morande. Beaumarchais a-t-il dès ce moment proposé ses services à la du Barry ? On le dit. Il a en tout cas rangé l'idée dans un coin de sa tête. Une poire pour la soif. Lauraguais déteste au demeurant la favorite. Un jour, dans les jardins de Versailles, Louis XV lui montre un groupe et demande : « Qui sont ces gens ? » Lauraguais : « Je ne sais, Sire, on ne les voit que chez Votre Majesté. » C'était la famille du Barry. Le genre de plaisanterie qui oblige à boucler fréquemment ses bagages pour l'Angleterre.

On a évoqué la manière vigoureuse — à la d'Éon — dont Lauraguais a usé pour étouffer dans l'œuf une tentative de chantage de Morande. Il vient de publier un texte drôlement intitulé *Mémoires pour moi, par moi,* où il étrille le maître chanteur, ce gredin « qui croit passer pour un bel esprit de bonne compagnie parce que quelques salopes l'appellent le chevalier de La Morande au lieu de Morande, et qu'il imprime un fatras scandaleux qui a l'air d'être écrit par un fiacre sur [d'après] les mémoires de la cuisinière de la Gourdan ». (La Gourdan tenait le plus célèbre bordel de Paris.) Mais Lauraguais et Morande s'amusent trop ensemble pour passer leur vie à s'insulter. L'intérêt aussi les réunit : l'un a toujours besoin d'argent ; l'autre, d'anecdotes croustillantes sur Versailles. Lauraguais est l'une des sources de Morande.

Beaumarchais voyage avec un passeport au nom de M. de Ronac, gentilhomme français. Ronac : anagramme transparent de Caron. Lauraguais lui fait découvrir Londres, depuis les salons de l'aristocratie jusqu'aux bouges à filles. La plus grande ville du monde, et de loin : plus d'un million d'habitants. Il n'est question partout que des troubles qui agitent les colonies d'Amérique. La métropole les traite précisément en colonies et leur impose des droits de douane si écrasants que la troupe doit intervenir pour les faire respecter. Le sang a coulé à Boston, quatre ans plus tôt. Il n'a pas suffi à éteindre l'incendie puisqu'en décembre dernier des Bostoniens déguisés en Indiens ont jeté à l'eau la cargaison de thé d'un navire dont le capitaine avait accepté de payer les droits contestés. En janvier 1774, le directeur des postes en Amérique a été convoqué à Londres, jugé et destitué. Ce Benjamin Franklin, soixante-huit ans, célèbre pour son invention du paratonnerre, croit à une communauté des peuples de part et d'autre de l'Atlantique. Il avait cru devoir divulguer les lettres de Thomas Hutchinson, gouverneur du roi au Massachusetts — un boutefeu —, pour éclairer l'opinion anglaise sur la violence imbécile de ses représentants en Amérique. Il a manqué son coup. La Chambre des communes ne veut que pressurer les colonies, à coups de canon s'il le faut. Le Premier ministre, lord North, fera voter le *bill du port de Boston* interdisant à tout bateau de charger ou de décharger sur ses quais, condamnant à la mort par asphyxie le port le plus important d'Amérique. Quant à Franklin, il attend toujours à Londres et l'on murmure qu'il pourrait bien être jugé et décapité pour haute trahison.

Wilkes — le vrai, l'Anglais — reçoit cordialement sa pâle décalcomanie française. Tout va bien pour lui. Il file le parfait amour avec Marianne Charpillon, la jeune et belle putain qui avait désespéré Casanova et dont il a accepté d'entretenir la redoutable smala familiale ; ils resteront quatre ans ensemble. Il s'apprête à être élu lord-maire de Londres, consécration d'une carrière tempétueuse, scandée par les duels, les procès, le pilori, l'exil, les élections invalidées à répétition, mais préservée du naufrage par l'adhésion inaltérable du petit peuple dont il est l'idole. Wilkes appartient à la minorité politique qui a pris parti pour les Américains et annonce les malheurs de la guerre coloniale.

Le sort d'un continent se trouve dans la balance, et il

faut s'occuper des coucheries vraies ou supposées d'une du Barry !... Le temps presse, Morande a fait imprimer six mille exemplaires, dont la moitié à Amsterdam, de ses *Mémoires secrets d'une femme publique.* Un mot de lui, et le libelle commence de circuler en France.

La présence de Lauraguais rassure Morande : il se sent en pays de connaissance et ne risque pas, cette fois, de se retrouver garrotté au fond de la cale d'un bateau en route pour la Bastille. On parle argent. Morande consulte d'Éon. Le chevalier s'était fait fort, auprès de Broglie, de régler l'affaire au meilleur prix. Il comprend que Beaumarchais est disposé à payer davantage. « Mon ami, dit-il à Morande, je connais les dangers de votre métier. Ce sont ceux d'un voleur de grand chemin. Vous avez une femme, des enfants, des domestiques et des dettes. La vie est chère à Londres. Attaquez-vous à la voiture la plus dorée que vous rencontrerez sur votre route. » On s'accorde sur vingt mille livres comptant et quatre mille livres de pension annuelle réversible pour moitié sur la tête de la femme de Morande en cas de décès de son mari. L'idée très astucieuse de la pension est de Beaumarchais. Elle garantit l'avenir. Une rente annuelle, c'est faire du renard Morande un chien à la chaîne. D'Éon, informé du marché, dit au maître chanteur « qu'il était une bête de n'avoir pas exigé une pension sur la vie de ses enfants, légitimes et bâtards, de son chien et de son chat ».

Retour dare-dare à Versailles. Beaumarchais rapporte un exemplaire du libelle contre la du Barry et le manuscrit d'un pamphlet contre le duc d'Aiguillon, donné par Morande en gage de bonne volonté. L'heureux négociateur rend compte au roi et au ministre. D'Aiguillon, tel qu'en lui-même, demande à Beaumarchais d'obtenir des renseignements sur les sources versaillaises de Morande. Pour le coup, Beaumarchais se cabre sous l'insulte. Indicateur ? Jamais ! Le ton monte. D'Aiguillon menace de prévenir le roi de ce refus d'obéissance. Beaumarchais écrit aussitôt à Louis XV qu'il ne peut accepter « de jouer le rôle infâme de délateur », surtout en rapportant les confidences faisandées d'un homme aussi peu crédible que Morande. Il obtient gain de cause.

Il repart pour Londres régler définitivement l'affaire et procéder à la destruction des exemplaires imprimés. Un homme à cheval le prend en filature. Des changements d'itinéraire échouent à le semer. À Boulogne, Beaumarchais déclare vouloir se reposer un jour ou deux, loue en secret un bateau et s'embarque. Une lettre anonyme menaçante le retrouvera à Londres. Nous reconnaissons dans ces procédés la patte du duc d'Aiguillon.

*
* *

Le 6 avril, billet du roi à Dubois-Martin : « À Vienne, on a découvert le chiffre avec Durand, et toute sa correspondance y est découverte avec le comte de Broglie. C'est le prince Louis qui me le mande secrètement. Ne lui envoyez plus de lettre passant par les États de l'Impératrice, non plus qu'à Constantinople, où il pourrait y aller de la vie de mon ministre à la Porte. »

Jusqu'à la lie...

XXVIII

Jean-François Georgel est né en 1731 dans une très modeste famille vosgienne. Les jésuites distinguent ce garçon dégourdi et le recrutent « fort jeune » pour leur Compagnie. Pendant dix-huit ans, il enseigne les humanités et les mathématiques à Pont-à-Mousson, Dijon, puis Strasbourg, où le prince-évêque Louis de Rohan le remarque et le prend à son service lorsque la dissolution de la Compagnie contraint ses membres à se disperser. Georgel complète sa formation par la fréquentation assidue du salon de Mme Geoffrin, laquelle le prend sous son aile comme elle fit de Poniatowski. « Je me suis chargée, disait-elle, de son éducation. » Il est vif et malin. Quand éclate la grande querelle entre les Rohan et les ducs et pairs sur le point de savoir si les premiers ont le droit de marcher avant les seconds, Louis XV, arbitre du débat, demande au maréchal de Soubise de lui fournir un mémoire en réponse à celui des ducs. Les Rohan chargent Georgel de le rédiger. Il fait merveille. Le prince Louis, nommé ambassadeur à Vienne, l'emmène avec le titre de secrétaire et la fonction d'intime confident. Un atout pour l'ambassade : il a bien connu le chancelier Kaunitz chez Mme Geoffrin. Et ce jésuite un peu Figaro n'est pas homme à reprocher à son prince-évêque de déguiser ses maîtresses en abbés.

Or donc, Georgel :

« En rentrant un soir à l'hôtel [de l'ambassade de France], le suisse me remit un billet bien cacheté à mon adresse ; je l'ouvre et je lis en lettres moulées : *Trouvez-vous ce soir entre onze heures et minuit à tel lieu sur le rempart, on vous y révélera des choses de la plus haute importance...* Un billet anonyme ainsi conçu avec toutes les formes du mystère, l'heure indue de ce rendez-vous, tout pouvait paraître dangereux et suspect : mais je ne me connaissais point d'ennemis ; et ne voulant pas avoir à me reprocher d'avoir manqué une occasion peut-être unique pour le bien du service du Roi, je me décidai à me trouver au lieu désigné. Cependant je pris, à tout événement, des précautions de prudence en plaçant à une certaine distance, et sans pouvoir être vues, deux personnes sûres qui pourraient venir à mon secours à un cri convenu.

« Je trouvai au rendez-vous un homme en manteau et masqué. Il me remit des papiers en me disant à voix basse et contrefaite : "Vous m'avez inspiré de la confiance, je veux en conséquence concourir au succès de l'ambassade de M. le prince de Rohan : ces papiers vous diront les services essentiels que je puis vous rendre. Si vous les agréez, revenez demain à la même heure, à tel autre endroit (il l'indique), et apportez-moi mille ducats." » Rentré à l'hôtel de France, je m'empressai d'examiner les papiers qui venaient de m'être remis ; leur contenu me causa la plus agréable surprise. Je vis que nous avions le pouvoir de nous procurer deux fois la semaine toutes les découvertes du cabinet secret de Vienne, le mieux servi de l'Europe. Ce cabinet secret avait, au dernier degré, l'art de déchiffrer en peu de temps les dépêches des ambassadeurs et des cours qui correspondaient avec sa cour. J'en eus la preuve par le déchiffrement de mes propres dépêches et de celles de notre cour, même celles qui étaient écrites avec le chiffre le plus compliqué et le plus récent ; [je vis] que ce même cabinet avait trouvé le moyen de se procurer les dépêches de plusieurs cours de l'Europe, de leurs envoyés et de leurs agents, par l'infidélité et l'audace des directeurs et maîtres de postes des frontières soudoyés. À cet effet, on m'avait remis des copies de dépêches du comte de Vergennes, notre ambassadeur à Stockholm, du marquis de Pons à Berlin, des dépêches du roi de Prusse à ses agents secrets à Vienne et à Paris, agents auxquels seuls il confiait la vraie marche de sa politique, et dont la mission était entièrement ignorée de ses envoyés en titre. Ce même cabinet avait découvert la correspondance très secrète de la politique privée de Louis XV, correspondance parfaitement ignorée de son Conseil, et surtout de son ministre des Affaires étrangères. Au nombre des papiers qui me furent remis au rendez-vous nocturne se trouvait la correspondance déchiffrée du comte de Broglie avec le comte de Vergennes, notre ambassadeur à Stockholm.

« Muni de ces pièces et des preuves indubitables qui m'en assuraient l'authenticité, je me rendis sans délai et avec la plus grande vitesse près de l'ambassadeur pour lui en rendre compte ; j'étalai devant lui les échantillons du trésor politique où nous pouvions puiser. Le prince en sentit d'autant mieux le prix, pour lui personnellement, que cette grande découverte devait nécessairement effacer les impressions fâcheuses que le duc d'Aiguillon n'avait pas manqué de faire sur l'esprit du Roi en cherchant à lui persuader que le prince Louis, trop léger et trop occupé de ses plaisirs, n'avait point à Vienne la surveillance qu'exigeait le bien du service. Cet événement lui fit reprendre toute la sérénité qu'avait altérée la persécution sourde et continuelle de ce ministre acariâtre et haineux. Il envisagea le nouveau rôle qu'il allait jouer comme une voie certaine pour arriver à la considération que devaient lui assurer sa conduite et son travail.

« Je reparus le lendemain au rendez-vous de l'homme masqué ; je lui donnai les mille ducats ; il me remit d'autres papiers dont l'intérêt allait en croissant ; et pendant tout le temps de mon séjour à Vienne, il a gardé sa parole. Les rendez-vous avaient lieu deux fois la semaine, et toujours vers minuit. M. l'ambassadeur jugea sagement que le travail relatif à cette découverte devait être concentré entre lui et moi, avec un ancien secrétaire dont nous connaissions la discrétion à toute épreuve : ce secrétaire copiait pour la cour les papiers de l'homme masqué, à qui il fallait les rendre. »

Rohan réagit vite et bien. Il met à part tout ce qui concerne la correspondance secrète et l'adresse sous double enveloppe à son cousin le maréchal de Soubise en lui demandant de remettre le deuxième pli au roi, dont il est l'intime, sans passer par aucun intermédiaire. Le reste des documents est adressé à d'Aiguillon. Un courrier part pour Versailles avec ordre de ne coucher nulle part et de toujours conserver sur soi les deux paquets.

*
* *

Georgel a raison : le cabinet secret de Vienne est « le mieux servi de l'Europe ». On a évoqué plus haut le filet jeté tant sur les États autrichiens que sur la mosaïque allemande, avec les cellules d'interception du courrier fonctionnant dans la plupart des grands relais de poste. Les casseurs de code autrichiens n'avaient guère de rivaux. Le service fonctionnait enfin avec la précieuse certitude de n'encourir aucun désaveu officiel. L'ambassadeur d'Espagne l'avait éprouvé à ses dépens. Il eut un jour la surprise de recevoir une dépêche de Madrid qui n'était qu'une simple copie et sur laquelle il reconnut l'écriture d'un commis du ministère autrichien des Affaires étrangères. Assuré de faire passer un mauvais quart d'heure au chancelier Kaunitz, il lui demande audience et lui montre la copie. Sans se démonter, le vieux Kaunitz se plaint « de la distraction de ses gens qui lui font tous les jours de pareilles maladresses ». Il appelle le commis fautif, lui ordonne d'apporter l'original de la dépêche et l'invite à se montrer à l'avenir plus exact à sa besogne. Il reconduit enfin son visiteur, médusé par son aplomb, en s'excusant « qu'une pareille sottise l'ait obligé à se déranger ».

Les dépêches du Secret sont interceptées et déchiffrées à Vienne depuis quatre ans. Le 30 octobre 1770, Marie-Thérèse envoie à Mercy-Argenteau la copie d'une lettre de Broglie à Durand, qui est alors ministre plénipotentiaire à Vienne. Choiseul sera exilé dans trois mois. L'impératrice-reine s'inquiète des succès russes contre les Turcs et n'envisage pas encore de participer au dépeçage de la Pologne.

Charles de Broglie prévoit déjà qu'elle n'y résistera pas. Telle est la situation en cet automne 1770. Quant à la réaction de Mercy-Argenteau, elle nous est infiniment précieuse en ce qu'elle émane d'un diplomate intelligent et averti, apte à porter sur le Secret le jugement d'un expert, et qu'elle nous permet de considérer le service d'un point de vue, non pas neutre, mais extérieur.

Mercy n'y croit pas. L'affaire lui paraît trop absurde pour être plausible. Il développe ses raisons dans une longue dépêche du 16 novembre à sa souveraine.

Broglie vit à Ruffec six à sept mois par an. Comment un homme qui se tient la moitié de l'année à cent vingt lieues de la cour pourrait-il diriger une action secrète exigeant des informations rapides et la capacité de réagir sans tarder à l'événement ?

Si le roi supervisait l'affaire, il lirait les dépêches de Broglie et ne supporterait pas qu'on parlât de lui en termes « aussi légers et aussi indécents ». (Dans sa lettre à Durand, Charles accusait le ministère autrichien d'abuser de la complaisance ou de l'inattention de Louis XV.)

À quoi bon cette correspondance ? S'agit-il de rectifier la politique conduite par Choiseul ? Mais il suffit au roi d'exprimer sa volonté au ministre, et tout sera dit.

Broglie à la tête de l'affaire ? « D'après les apparences et l'opinion générale, le comte de Broglie ne jouit ici d'aucun crédit. Même pendant les hivers, où il habite Paris, on le voit peu à la cour ; il n'y obtient aucune grâce et y joue extérieurement le rôle le plus mince. Serait-il possible que, dans cette position, il se trouvât chargé d'un travail aussi important que l'est celui de diriger une correspondance secrète ? » Ce Broglie, d'ailleurs, « on voit assez clairement [qu'il] n'a point sous les yeux le tableau général des affaires de l'Europe ; ses raisonnements politiques sont faibles, mal vus ; les conséquences qu'il en tire portent à faux, et ses assertions sont hasardées, et les faits mêmes qu'il cite, fort altérés, comme par exemple celui de la prétendue occupation d'une portion considérable du territoire de la Pologne ». Mercy-Argenteau est à Versailles pour affirmer la fidélité de Vienne à l'alliance française : il ne peut pas apprécier un Charles de Broglie qui se tue à répéter que cette alliance profite uniquement à l'Autriche, laquelle ne se gênera point pour gober un gros morceau de Pologne, opération déjà entamée avec l'occupation de plusieurs districts. À l'époque, et là où il se trouve, Mercy peut tenir pareille perspective pour invraisemblable.

La vraie question est celle-ci : à quoi sert le Secret ? Charles répondrait probablement que si le rôle du service correspondait à ses vœux, il ne passerait pas six mois par an à Ruffec.

« D'après ces réflexions, conclut Mercy-Argenteau, j'avoue à V.M. que la lettre dont il s'agit me paraît incompréhensible. Je me rappelle que pendant longtemps il a paru de ces mêmes lettres sous le nom d'un certain Tercier, et que le prince de Starhemberg n'a jamais pu approfondir l'origine et la marche de cette correspondance mystérieuse[1]. Ne serait-il pas possible que ces sortes de lettres fussent un jeu imaginé par le ministère même pour donner des inquiétudes, pour suggérer des idées que l'on n'oserait avancer par des voies directes ? Ce soupçon de ma part est peut-être mal fondé ; mais, quelle que puisse être cette correspondance, ou vraie ou simulée, les effets m'en paraissent peu inquiétants pour ce qui regarde le bien du service de V.M. »

Le 1er décembre, Marie-Thérèse balaie le scepticisme de son ambassadeur par une nouvelle salve de révélations. Vergennes, Saint-Priest, Gérault et d'autres font partie du réseau. « Il paraît incroyable que tant de ministres voudraient se prêter à une correspondance secrète sans être assurés de la volonté du roi. » Plusieurs dépêches sont d'ailleurs approuvées par Louis XV et portent sa signature. S'agit-il, comme l'imagine Mercy, d'une manœuvre du ministère français qui utiliserait ce canal pour « faire quelquefois transpirer des choses qu'il ne conviendrait pas à ses ministres de dire clairement », par exemple pour signifier discrètement à l'Autriche qu'on la tient à l'œil ? Mais, dans ce cas, les dépêches ne seraient pas chiffrées. Marie-Thérèse en conclut que la correspondance fonctionne à l'insu du ministère : « Tant que Tercier était en vie, il la soignait sous la direction de Broglie, mais, après sa mort, celui-ci y paraît seul ; c'est donc, je crois, une marque assez significative que le roi ne met pas une confiance illimitée dans Choi-

1. Cf. *Le Secret du Roi*, tome 1, p. 431.

seul ; mais il est toujours nécessaire de ne rien laisser transpirer de la connaissance qu'on a ici de ce mystère. »

Le 18 décembre, Mercy-Argenteau s'incline : « Il n'est pas possible de se refuser à l'évidence de cette correspondance singulière et mystérieuse dont V.M. daigne me confier deux nouvelles lettres que je remets ici à ses pieds. Mais quand on considère quels peuvent être les motifs et le but de cette correspondance, la question paraît très difficile à résoudre. L'on sait, à n'en pouvoir douter, que depuis le temps que le duc de Choiseul dirige les Affaires étrangères, jamais le roi ne s'est opposé à ses avis, et tout s'est fait et arrangé comme le ministre l'a voulu, d'où il s'ensuit qu'au moins la correspondance secrète qui subsiste depuis si longtemps n'a eu jusqu'à présent ni activité ni influence dans les affaires, et c'est une des moindres réflexions qui se présentent à l'esprit. »

Rude constat. Le Secret n'a servi à rien. Qui prétendra le contraire ? Certainement pas Charles de Broglie, qui gémit depuis des années de se trouver réduit au rôle de Cassandre. La Pologne, première raison d'être du service, attend son démembrement. L'énorme travail investi dans la préparation de la revanche sur l'Angleterre — second objectif — l'a été jusqu'ici en pure perte. Seul succès : la Suède ; mais c'est que, pour une fois, politiques officielle et secrète coïncidaient.

Quant à Louis XV, l'ambassadeur le juge incapable de consacrer à une pareille entreprise le temps et l'énergie nécessaires : « Si on considère ensuite l'extrême indifférence si marquée dans le roi sur tout le genre d'affaire, son dégoût pour le travail, son genre de vie, qui ne lui laisse pas dans la journée une heure à s'occuper des choses sérieuses, les embarras augmentent et on ne sait plus que penser. » (L'abbé Georgel écrira de son côté que « dès 1760, ce monarque n'était plus, aux yeux de l'Europe et du peuple français, qu'un roi fainéant ».)

Un détail achève de déconcerter le raisonnable Mercy-Argenteau. Marie-Thérèse lui a communiqué le déchiffrement de l'instruction grotesque, envoyée à Durand, d'examiner de la tête aux pieds, sans rien oublier en chemin, sa fille l'archiduchesse Marie-Élisabeth. Un projet de mariage ? Mercy, qui voit Louis XV roucouler devant la du Barry, observe avec mesure qu'« il serait même inconcevable d'allier ce projet avec les inclinations actuelles du monarque ».

L'évidence de la nullité du rôle joué par le Secret ramène l'ambassadeur à sa première explication : les dépêches interceptées ne servent qu'à murmurer ce que le ministère français hésite à dire tout haut : « Chaque phrase roule un soupçon, et toute la lettre [de Broglie] pourrait être regardée comme le tableau général des méfiances de la France contre le cabinet impérial. Mais ce n'est pas le comte de Broglie qui est l'auteur de ces méfiances, c'est le duc de Choiseul lui-même, qui, naturellement soupçonneux en affaires, parce qu'il ne se donne pas le temps de les peser, croit aller au plus sûr en soupçonnant de la fraude partout. » (Les judicieux soupçons de Choiseul naissaient, on s'en souvient, du rapprochement entre le fils de Marie-Thérèse et Frédéric de Prusse.) Le fait que les dépêches soient chiffrées n'infirme pas l'hypothèse, car on connaît à Versailles le talent des casseurs de code autrichiens. Au reste, « je me souviens d'avoir ouï dire au duc de Choiseul que, dans les temps présents, les chiffres étaient devenus inutiles, parce qu'on avait acquis partout l'art de les déchiffrer ».

L'ambassadeur s'engage à « tenter tout ce qui sera humainement possible » pour tirer l'affaire au clair. Il prévoit des recherches longues, peut-être infructueuses. On l'aiderait beaucoup en lui indiquant les dates d'arrivée à Vienne des dépêches déchiffrées. Leur fourniture achève de l'édifier : « Je me bornerai à observer pour le moment que la lettre du comte de Broglie datée du 20 de novembre n'étant arrivée à Vienne que le 5 de janvier, il est clair qu'elle a été retenue à Versailles pendant un mois entier, ce qui semblerait indiquer que le roi met bien peu d'activité, par conséquent peu d'intérêt, à la correspondance en question. » Mercy note que d'Ogny, successeur de Jannel à la tête de la poste, est « infailliblement » mêlé à l'affaire, ce en quoi il a raison, mais il se trompe en soupçonnant l'abbé de La Ville, premier commis des Affaires étrangères, d'y participer. Il fait aussi surveiller l'hôtel de Charles de Broglie, pour un résultat assez maigre : « Je sais que, pendant les absences du comte de Broglie, on remet toutes les semaines chez lui une boîte fermée à clef qui contient des lettres. Cette boîte est portée à sa terre de Ruffec par un exprès, que le comte expédie dans la même semaine avec ses réponses. Ce fait est certain, mais je n'ai pu jusqu'à présent en découvrir davantage sur ce mystère. »

Il n'en saura pas plus. Le Secret, trahi par ses codes, demeure pour le reste hermétique.

« Le contenu des lettres du comte de Broglie, écrit cependant Mercy, me procure de grandes lumières pour prévoir, juger et apprécier le langage qu'on pourra me tenir ici sur les différentes conjonctures... » On s'en doute. Un peu plus tard : « J'ai pensé qu'il pouvait convenir au bien du service de V.M. que je resserrasse mes liaisons avec le comte de Broglie, et je pense d'avoir acquis quelque crédit auprès de lui. » Marie-Thérèse, instruite du rôle insoupçonné de Broglie, presse de son côté Marie-Antoinette de lui faire bon visage. « Je ne puis pas nier que je l'estime, écrit-elle à sa fille, m'ayant montré tant de zèle dans la situation la plus critique où je me suis trouvée après la bataille de Prague. Vous pouvez dans les occasions lui marquer que je m'en souviens toujours. » Ce rappel du rôle joué par Charles à Vienne, en 1757, où son extraordinaire énergie avait puissamment contribué à redresser une situation dramatique, n'est pas de simple circonstance. L'impératrice-reine s'honore de ne jamais oublier un service rendu. Vergennes bénéficiera très bientôt de cette heureuse disposition d'esprit. Marie-Antoinette, quant à elle, s'étonne de l'intérêt manifesté tout soudain par sa mère pour Broglie. Fâcheuse coïncidence : la dauphine, peu encline à s'entourer de visages austères, vient de refuser une place dans sa maison à la comtesse de Broglie. Comme sa mère en marque du dépit, elle lui remontre gaiement que, « mieux informée », elle saurait qu'« un petit Broglie » ne compte pas du tout à la cour...

L'exil de Charles, qui agite Versailles, plonge Vienne dans la plus noire perplexité, car on y sait bientôt que la disgrâce ne lui a pas ôté la direction de la correspondance secrète. Marie-Thérèse l'annonce à Mercy dès le 1er décembre. Elle a en main les exemplaires de la lettre circulaire adressés à Vergennes et Durand. Comment comprendre cela ? Louis XV, par son incohérence, achève d'égarer ces vieux routiers de la politique que sont l'impératrice-reine et son ambassadeur en France. Ils imaginent des combinaisons à double ou triple ressort, quand il ne s'agit que de l'entêtement d'un roi à l'esprit baissé qui s'accroche à une vieille manie. Mercy-Argenteau, dérouté mais prudent, écrit à Marie-Thérèse : « Dans toute l'affaire du comte de Broglie, je n'ai jamais perdu de vue la possibilité de quelques variations extraordinaires, et dès lors j'ai cru devoir me conduire avec tant de circonspection que dans tous les cas à venir il ne sera jamais possible à la famille de Broglie de m'accuser ou soupçonner d'avoir pris part directement ou indirectement aux circonstances critiques qu'elle éprouve maintenant ; et l'avis important que V. M. daigne me faire parvenir sur la continuation des correspondances du comte de Broglie rend mon système de conduite encore plus nécessaire. »

C'est bien la peine d'avoir percé à jour le Secret pour en arriver à supposer que Charles de Broglie attend sereinement à Ruffec l'annonce programmée de son élévation au ministère !

*
* *

On leur mettrait sous le nez les grilles victorieuses des casseurs de code viennois qu'ils refuseraient encore d'y croire !

Dubois-Martin, accusant le jour même réception du billet du roi qui annonce le désastre, et après en avoir conféré avec le général Monet : « Nous ne concevons pas comment on peut deviner un chiffre, mais bien qu'on ait pu avoir à Vienne celui de M. Durand, comme M. de Saint-Priest a à Constantinople la correspondance de l'ambassadeur d'Angleterre, ou par quelque moyen équivalent. » Autrement dit : toutes les explications sont envisageables sauf celle d'un déchiffrement. Assommé par la série de catastrophes qui s'abattent sur le Secret, Dubois-Martin ajoute avec candeur : « Il ne faut pas moins que la constance supérieure à tout de Sa Majesté pour que sa correspondance résiste à tant d'échecs. »

Informé par Monet, Charles de Broglie témoigne de la même foi du charbonnier et invoque l'autorité suprême du service en matière de codes : « Il me semble impossible qu'un chiffre soit deviné s'il n'est pas vendu... Je sais bien que feu M. Tercier, qui avait été dans le bureau du secret à la poste, m'a souvent dit que lorsqu'un chiffre était bien fait et lorsqu'on s'en servait avec attention, il était impossible de l'intercepter. Je suis donc très tenté de croire, Sire, que le chiffre de M. Durand a été volé. » Tercier doit se retourner dans sa tombe, lui qui s'est tant démené, lorsqu'il dirigeait l'éphémère bureau du chiffre des Affaires étrangères, pour que les ambassadeurs se servent de leurs codes « avec attention ». C'est là que le bât blesse. Partout les services d'interception archivent les copies des dépêches provisoirement hermétiques, en attendant une ouverture. Qu'un ambassadeur rapporte à sa résidence, pour la lire à loisir, une dépêche déchiffrée, qu'un domestique recruté par le contre-espionnage local la vole ou la recopie, et la comparaison entre les textes chiffré et déchiffré va donner aux casseurs de code accès à la totalité des dépêches archivées. On n'en finirait pas d'inventorier les imprudences fatales. Nous avons vu Charles de Broglie, ambassadeur néophyte, commettre dès son arrivée à Dresde une bourde qui lui a valu un rappel à l'ordre de Tercier. On lui demande de réexpédier l'une des dernières dépêches de son prédécesseur, Castéra, qui n'est pas parvenue à Versailles. Charles juge, au contraire de Castéra, que deux paragraphes d'un post-scriptum sans intérêt ne méritent pas d'être chiffrés ; il les laisse en clair. La comparaison entre textes codé et en clair permet aux services adverses de déchiffrer l'ensemble des dépêches expédiées par Castéra. Nous avons également vu La Fayardie, résident à Varsovie, pourtant diplomate expérimenté, envoyer à Versailles, après l'avoir chiffré, le rapport d'autopsie d'un membre de l'ambassade qui pouvait bien avoir été empoisonné : pour les casseurs de code, qui ont aisément accès au document officiel, la confrontation avec sa version chiffrée donne la clef utilisée par La Fayardie...

L'histoire des services secrets le répète siècle après siècle : on a la tête aux codes ou on ne l'a pas. Le meilleur agent du monde, s'il n'accroche pas à la chose, aura un mal fou à s'y coller et finira souvent par commettre un faux pas de conséquence grave. Jean-Pierre Tercier aimait tant ses codes qu'il avait tendance à les croire impénétrables. Au moins savait-il par une longue expérience à quels aléas les exposait le facteur humain ; personne n'a pris le relais de sa vigilance, et surtout pas Broglie, trop occupé de grande politique pour s'intéresser à ces détails subalternes. Charles a évacué le problème en décidant une fois pour toutes qu'un chiffre ne saurait être « deviné ».

Les avertissements n'ont pourtant pas manqué. Chaque fois, il a refusé de regarder la réalité en face. Saint-Priest, grâce à sa prise sous contrôle de Thugut, l'internonce impérial à Constantinople, a le premier donné l'alarme sur la vaste opération réussie par Vienne : il annonce au début de l'automne 1770 que ses dépêches secrètes sont très probablement interceptées à leur passage en Autriche. Broglie écrit au roi le 28 octobre (deux jours avant que Marie-Thérèse ne révèle à Mercy-Argenteau l'existence de la correspondance secrète !) que de simples soupçons ne doivent pas inquiéter. Il ne semble même pas qu'on ait alors pris la précaution élémentaire d'envoyer un nouveau chiffre à Saint-Priest. Quant à Mercy-Argenteau, ses conversations avec Broglie pendant et après l'intérim, son « sourire un peu mystérieux » lorsqu'il lui avait dit sa certitude d'arriver plus vite au roi par son canal que par tout autre, n'annonçaient-ils pas sans ambiguïté que Vienne connaissait l'existence du Secret ? Charles s'incline devant l'évidence, admet enfin la possibilité d'une interception, mais privilégie une autre explication : Mercy a été informé par Choiseul. Réaction classique de la part d'un chef de service secret qui ne se sent point soutenu par le pouvoir politique : les menaces internes finissent par occulter les périls extérieurs.

Il persévère. Certes, il a des excuses. L'injustice qu'il subit et son isolement à Ruffec le plongent dans un état proche de la paranoïa. Surtout, le roi commet la faute incroyable, nouveau symptôme de son affaissement, de lui faire envoyer par Dubois-Martin la copie des deux lettres de la correspondance secrète expédiées par Louis de Rohan, sans commentaires, sans même indiquer que la correspondance officielle a été elle aussi interceptée et déchiffrée, de sorte que Broglie croit que seul le Secret se trouve compromis. Enfin, Rohan appartient au clan ennemi des Soubise. Faute de pouvoir être deviné, le chiffre de Durand a donc été volé. « De savoir par qui et où, c'est ce que je ne puis dire avec assurance, mais mon opinion serait que M. le duc d'Aiguillon se l'est procuré et qu'il a pris avec M. de Mercy les moyens de le faire parvenir à M. le coadjuteur de Strasbourg et de lui procurer les notions dont cet ambassadeur a rendu compte à Votre

Majesté. Dans cette hypothèse, j'imagine que M. d'Aiguillon aura dit ou fait dire à M. le comte de Mercy qu'il fallait absolument détruire la correspondance secrète parce que, aura-t-il dit, elle ne peut que nuire à la bonne intelligence des deux cours, et qu'il fallait empêcher les intrigues souterraines du comte de Broglie. On aura ensuite avisé aux moyens de remplir ce plan en tâchant de rendre publique et de ridiculiser cette correspondance... »

Pauvre homme. Il n'en peut plus. Le roi, sadique ou imbécile, lui fait demander par Monet un plan de réorganisation des transmissions du Secret. Il s'exécutera par discipline, mais sans illusions : « Au surplus, la correspondance secrète n'apprendrait rien de nouveau ni d'intéressant aux cours étrangères, pour qui l'interception des dépêches de la correspondance directe avec M. le duc d'Aiguillon peut seule être digne de leur curiosité. » Au terme de vingt-huit années d'existence, le Secret ne passionne plus que Louis XV — mais pas au point que la catastrophe viennoise le décide à tirer son chef de l'exil. Maintes fois, Charles de Broglie s'est sacrifié au service, dont les intérêts passaient toujours avant ses ambitions. Louis XV a cassé cet homme enthousiaste et zélé. Sa situation personnelle l'obsède tant qu'il voit surtout dans les découvertes faites à Vienne l'occasion de se justifier : « Votre Majesté pourra juger par les déchiffrements, qu'il est à propos de demander à M. le prince Louis de Rohan d'envoyer, s'il a été mis dans aucune des lettres adressées à M. Durand une syllabe de plus que ce qui a été approuvé sur les minutes par Votre Majesté... Je ne crois pas qu'on trouve que j'aie ajouté un iota dans toutes les dépêches écrites en son nom ou par ses ordres qui serve même à interpréter le texte devenu sacré par son *approuvé.* »

Vienne ? Charles ne pense qu'à Versailles et à la démarche de la dernière chance tentée par sa femme.

*
* *

Dès son arrivée à Paris, Louise-Augustine a rédigé et adressé au roi une supplique. Après avoir exposé en termes touchants le drame que vit son mari et la désolation qu'elle en éprouve, elle demande qu'il lui soit au moins permis de se justifier : « Daignez faire examiner sa conduite avec la plus scrupuleuse exactitude et faire reprendre tout le cours de sa vie depuis quarante ans qu'il a l'honneur de vous servir dans la carrière politique et militaire, et s'il est possible de trouver qu'il ait jamais manqué à la fidélité qu'il vous doit, qu'il ait commis la bassesse de l'intrigue et qu'il se fût permis aucune correspondance contraire à l'honneur et au devoir d'un sujet vertueux, qu'il perde à jamais l'estime de Votre Majesté, ce qui serait pour lui le plus grand de tous les malheurs. Mais si l'examen le plus rigoureux ne trouve rien en lui qu'attachement et respect, et amour pour Votre Majesté, rendez-lui, Sire, votre bienveillance et sa liberté. Daignez accorder cette grâce à une femme sensible qui ne peut mériter aux yeux de Votre Majesté que par les services que ses ancêtres ont eu le bonheur de rendre pendant tant de siècles à vos prédécesseurs. Accordez-la à une famille qui, depuis son établissement dans votre royaume, a été particulièrement attachée à la personne des rois et constamment honorée de leur estime, et daignez procurer à la comtesse de Broglie la satisfaction de pouvoir annoncer elle-même à son mari qu'il lui est permis de porter à vos pieds l'hommage de tous les sentiments dont il n'a jamais cessé d'être pénétré pour Votre Majesté. »

La supplique est du 10 avril 1774.

XXIX

Le 11 avril, Gilbert du Motier, marquis de La Fayette, épouse Adrienne de Noailles, fille du duc d'Ayen. Il a dix-sept ans ; elle n'en a pas quinze. Fils unique, il est orphelin ; elle sort d'une nichée de cinq filles et entre dans la vie sous la protection d'une immense parentèle ; il épouse par convenance sociale (« Mon grand-père avait arrangé mon mariage ») ; elle tombe amoureuse de son grand dadais de petit mari au premier regard, et le restera toute sa vie.

Un mariage Noailles ne peut être qu'un événement. Une page du contrat est réservée aux signatures de la famille royale, le roi en tête. L'hôtel de Noailles, rue Saint-Honoré, bourré d'œuvres d'art, dont la cour d'honneur contient quarante carrosses, est « un Versailles à l'échelle d'une grande famille ». Les Noailles forment l'une des plus puissantes tribus aristocratiques de France. Ils possèdent le talent de ne jamais mettre leurs œufs dans le même panier, plaçant au contraire des pions dans chaque faction, de sorte qu'au dénouement de toute intrigue de cour on trouve toujours l'un des leurs parmi les vainqueurs. Le comte d'Allonville note qu'ils réuniront à la veille de la Révolution, « outre des traitements pécuniaires immenses, deux duchés, deux bâtons de maréchal, deux des quatre compagnies de gardes du corps, deux cordons du Saint-Esprit, une grandesse, un régiment propriétaire, des gouvernements, ambassades et places de cour ».

Avec son allure de provincial et malgré ses cent vingt mille livres de rente, Gilbert fait petite figure auprès de sa belle-famille. Il a débarqué de son Auvergne natale à onze ans, s'étonnant qu'on ne lui tirât pas le chapeau à Paris « comme on le faisait à Chavaniac pour le petit seigneur du château ». Une enfance choyée entre sa grand-mère et ses deux tantes. Son père a été tué par un boulet anglais à la bataille d'Hastenbeck, remportée par d'Estrées, que sa victoire n'empêcha pas d'être rappelé, puisque la Pompadour le voulait ainsi. Sa mère, qui vivait à Paris, est morte à la fleur de l'âge. À sept ans, il voulait partir dans la montagne peuplée de loups, pour tuer la bête du Gévaudan : « Je suis seigneur de ce village et c'est à moi de le défendre. » Il n'oubliera jamais Chavaniac et gardera nostalgie de la vie rurale. À Paris, bonnes études au collège du Plessis, rue Saint-Jacques, puis, à dix-sept ans, les mousquetaires noirs. Il a hérité l'année précédente les cent vingt mille livres de rente de son grand-père maternel. Ce pactole, qui mettait plus qu'à l'aise une existence jusqu'alors assez chiche, convainquit sans doute le duc d'Ayen de donner l'une de ses filles à un garçon sortant d'une famille bien alliée, où l'on servait honorablement à l'armée de génération en génération, mais qui ne comptait guère qu'une illustration, et peu susceptible de servir la stratégie sociale des Noailles : Marie-Madeleine de La Fayette, auteur de *La Princesse de Clèves,* morte à la fin du siècle précédent.

Gilbert est long, maigre, l'allure malgracieuse d'un garçon poussé en graine, avec pourtant un joli visage, une bouche appétissante et des sourcils arqués qui lui donnent un air perpétuellement étonné. Le comte de La Marck le trouve « gauche dans toutes ses manières ; sa taille était très élevée, ses cheveux très roux, il dansait sans grâce, montait mal à cheval ». À la cour, dont les Noailles lui procurent évidemment les honneurs, il se montre si pataud à danser le quadrille que Marie-Antoinette pouffe de rire. En petit comité, avec des camarades de son âge, il peut être de bonne compagnie, sans convivialité excessive, mais il n'a pas le ton de la cour, et on le lui fait sentir. Tant pis. Il avale sans broncher les couleuvres mondaines. On lui a toujours trouvé l'esprit contestataire, sinon révolté. Au collège, une dissertation française avait pour sujet la description du cheval parfait : il a choisi le cheval rebelle qui refuse de se laisser monter. Une tentative d'« émeute », aussi, « pour empêcher l'injuste punition d'un de mes camarades ».

Les Noailles veulent le placer dans la maison du comte de Provence, frère cadet du dauphin. « Je ne balançai pas à déplaire pour sauver mon indépendance. » Un mot désagréable lancé délibérément le brouille avec le futur Louis XVIII. Il n'est pas le seul à tourner le dos à la cour, suscitant chez les vieux courtisans un ahurissement scandalisé. Son ami Ségur (qui n'est pas le Ségur de l'affaire de la Bastille) oppose un même refus à la volonté paternelle de le caser dans une maison princière : « Je préférais ma liberté à un servage brillant mais gênant. » Un peu plus tard, Mme de Chastenay : « Je ne pus supporter l'idée de m'enchaîner au service des princes, dans la nécessité d'y vivre de mes gages. Fonder son pot-au-feu enfin sur un regard de faveur me paraissait une chose ignoble. » Les temps changent, une nouvelle génération lève.

Pourvu par son beau-père, un mois après le mariage, d'une compagnie du régiment des Dragons-Noailles, La Fayette part pour Metz, fief militaire du maréchal de Broglie.

*

* *

La réponse du roi ne tarde pas, mais elle est négative : point d'audience pour la comtesse de Broglie. Elle réagit à l'affront en Montmorency : « J'éprouve pour la première fois, écrit-elle à Louis XV le 15 avril 1774, ce que c'est que l'humiliation, et peut-il y en avoir une plus accablante pour une femme d'un sang illustre (car c'est dans de pareilles circonstances qu'il est permis de le dire) que de ne pas obtenir de Votre Majesté ce qu'elle n'a jamais refusé à aucune femme de sa condition et ce qu'un maître aussi juste ne refuserait pas à la dernière de ses sujettes : la grâce de l'entendre et d'être témoin de la douleur qu'il a lui-même causée ? Non, Sire, Votre Majesté n'a pas senti tout ce que son refus avait d'accablant. Elle n'a pas voulu mettre le comble à mon désespoir. Je me plais du moins à le penser et à croire qu'elle voudra bien m'accorder l'audience que j'ai pris la liberté de lui demander et mettre fin à la disgrâce de mon mari. J'attendrai ici dans l'amertume la plus grande qu'elle [V.M.] veuille bien me faire savoir ses intentions, et si, ce que je ne puis croire, je ne pouvais obtenir aucune de ces deux grâces, je me présenterais sans cesse devant elle avec mes parents et ceux de mon mari, pour demander pour lui le retour de ses bontés et la prier d'ordonner l'examen le plus exact de sa conduite et la plus rigoureuse punition, s'il est coupable. » Louis XV n'a pas l'habitude de recevoir des lettres de ce ton. Louise-Augustine lui déclare sans détour son refus de retourner se terrer à Ruffec.

Victor-François transmet la lettre de sa belle-sœur en l'accompagnant d'un commentaire affligé. Il la décrit « tombée dans l'état le plus affreux », « résolue à rester toujours ici, renfermée dans sa chambre, n'osant, dit-elle, se montrer ». D'ordinaire, les parents peuvent apporter quelque consolation, « mais, Sire, que puis-je dire à la comtesse de Broglie, consterné moi-même presque autant qu'elle ? ».

Le roi fait savoir qu'on doit se rassurer sur le sort de l'exilé, mais persiste dans son refus de recevoir sa femme.

L'épreuve n'émeut pas que la famille. Mme du Deffand écrit : « La comtesse de Broglie est toujours à Versailles et n'a pas encore obtenu d'audience. C'est une femme bien à plaindre. Sa douceur et son mérite la rendent très intéressante. »

La douce mais intraitable Louise-Augustine de Broglie est décidée à se placer dans la galerie de Versailles, entourée de ses deux beaux-frères, pour s'y jeter aux genoux du roi et lui remettre un placet.

*
* *

Beaumarchais est fourbu. Les aller retour Paris-Londres, une pointe jusqu'à Amsterdam pour y superviser la destruction des trois mille exemplaires des *Mémoires secrets d'une femme publique*, Londres à nouveau, en compagnie cette fois de Gudin, pour conclure avec Morande : près de sept cents lieues en six semaines. Mais il a réussi sa mission au-delà de toute espérance. Acheter le manuscrit d'un pamphlet, comme le proposaient Broglie et d'Éon, c'est offrir un amuse-gueule au maître chanteur et lui ouvrir l'appétit. Avec la rente viagère, Beaumarchais a enchaîné Morande. « C'est un subtil braconnier dont je suis parvenu à faire un excellent garde-chasse, écrit-il à Versailles. Il entrera dans le travail de cet homme de s'informer de tous les Français qui passent à Londres, de m'apprendre leurs noms et les occupations qui les attirent : ses liaisons avec tous les imprimeurs de Londres lui feront sans cesse dépister tous les manuscrits qu'on y portera. Cette correspondance secrète peut s'étendre à une infinité d'autres objets politiques, dont le Roi sera toujours instruit par des extraits secrets que je lui ferai passer[1]. »

Beaumarchais obtient mieux encore : le concours offi-

1. Beaumarchais ne se trompait pas : Morande restera jusqu'à sa mort « un excellent garde-chasse ». Tout en continuant d'améliorer son ordinaire en faisant chanter du menu fretin, il s'efforcera sans défaillance d'empocher la publication de libelles contre la famille royale ou le ministère français. On verra en 1783 une équipe composée de notre vieille connaissance Ange Goudar, devenu un agent de Vergennes, lui-même secrétaire d'État des Affaires étrangères, de l'inspecteur de police Receveur et de Morande, négocier la destruction de pamphlets aux titres évocateurs : *Les Passe-Temps d'Antoinette, La Naissance du dauphin dévoilée, Les Amours du vizir de Vergennes*. Indiquons au passage que Louis Goëzman, ignominieusement chassé de la magistrature, tenta de se recaser, comme Beaumarchais, en participant à la traque des libelles londoniens. Théveneau de Morande rentra en France en 1791, publia un journal, *L'Argus patriote*, et connut un moment difficile quand la Convention publia le célèbre « Livre rouge » où étaient inscrites les dépenses secrètes de Louis XV et de Louis XVI. Sa pension annuelle y était mentionnée. Arrêté après le 10 août 1792, il échappa aux massacres de septembre et se retira dans sa ville natale d'Arnay-le-Duc, en Bourgogne, où il mourut en 1805 dans l'exercice de ses fonctions de... juge de paix.

cieux de lord Rochford. Il l'a bien connu à Madrid, où Rochford était ambassadeur d'Angleterre, et s'est lié d'amitié avec lui. Ils réjouissaient la société madrilène en chantant des duos fort appréciés. « Je suis convenu avec le lord Rochford, ministre d'État, qu'aux premiers avis que je lui donnerais de quelque libelle que ce fût, il me fournirait très secrètement, et dans la seule vue d'être agréable au Roi, tous les moyens d'étouffer ces ouvrages en leur naissance, sous la condition imposée par lui que tout ce qu'il dirait ou ferait à cet égard ne serait pas regardé comme affaire de ministre, et ne serait connu que de moi et de Sa Majesté. » C'est un succès signalé, même si l'assistance reste officieuse : malgré les sollicitations et pressions de Versailles, jamais un ministre anglais ne s'était risqué à fourrer le nez dans le nid de frelons français installé sur les bords de la Tamise.

Morande reçut ses vingt mille livres comptant et son titre de pension, en échange de quoi il signa devant notaire l'engagement de ne plus rien écrire contre la cour de France. Puis on avisa à détruire les trois mille derniers exemplaires du libelle contre la du Barry. L'année précédente, Morande avait failli mettre le feu au quartier de Lincoln Square en brûlant chez un particulier les exemplaires de son pamphlet contre Lauraguais. Le chevalier d'Éon, toujours de bon conseil, suggéra de louer pour une nuit un four à briques situé à un mille de Londres. Les compères firent un « magnifique feu de joie » des *Mémoires secrets d'une femme publique*. Du passé de Mlle l'Ange, vrai ou supposé, ne restait plus que cendres, et l'avenir, grâce à Morande, paraissait assuré.

Beaumarchais et Gudin reprennent sans désemparer la route de Douvres. Il faut battre le fer pendant qu'il est chaud. Traversée pour une fois paisible. À Boulogne, le 3 mai, des attroupements autour des gazettes. Que se passe-t-il ? Le roi est au plus mal.

Ils se jettent dans une chaise de poste et foncent sur Versailles.

*

*   *

Louis XV, fatigué depuis plusieurs jours, était parti le 26 avril s'installer au Petit Trianon avec sa maîtresse et quelques familiers, dont le maréchal de Soubise, le duc d'Aiguillon et le duc d'Ayen, beau-père de La Fayette. Au souper, il ne toucha pas à son assiette, se coucha et dormit mal. Le lendemain, il décida de secouer ses humeurs en chassant, mais, trop las pour monter à cheval, suivit la chasse rencogné dans une calèche. Le soir, il ne soupa pas, puis passa une très mauvaise nuit : fièvre, nausées, maux de tête. Le 28 avril, son premier médecin, dévoué à la du Barry, lui conseilla seulement de garder la chambre. Mais La Martinière, prévenu par on ne sait qui, arrive vers trois heures de l'après-midi. Premier chirurgien du roi depuis vingt-sept ans, La Martinière est aussi son ami. Il sait gré à Louis XV, passionné par les problèmes scientifiques et les questions médicales, d'avoir arraché les chirurgiens à leur condition méprisée pour en faire les égaux des médecins. Ensemble, ils ont installé l'Académie royale de chirurgie. Ils échangent une correspondance qui sera malheureusement perdue. Germain de La Martinière avait son franc-parler avec son patient. Il s'efforçait en particulier de ralentir son activité sexuelle, et, lorsque le roi plaidait qu'il avait renoncé aux aphrodisiaques, lui remontrait que la variété de choix offerte par le Parc-aux-Cerfs était le plus puissant des excitants. Il avait vainement combattu le concubinage avec la jeune et ardente du Barry.

Il examine son patient et tranche : « Sire, c'est à Versailles qu'il faut être malade. » On fait venir les carrosses. Le roi, conscient de son affaiblissement progressif, avoue à La Martinière : « Je sens qu'il faut enrayer » ; et l'autre : « Sentez plutôt, Sire, qu'il faut dételer. »

On est rendu en trois minutes au château. Le roi se couche. Le 29 avril, fièvre et maux de tête ont empiré. Les médecins décident une saignée. Elle échoue à faire baisser la température. Une deuxième et une troisième saignée sont alors envisagées. Mais le roi déteste les saignées et professe qu'on ne doit subir la troisième qu'après s'être mis en règle avec la religion. Les médecins tournent la difficulté en tirant deux fois plus de sang lors de la seconde saignée. Le roi s'alarme : « Vous dites que je ne suis pas mal et que je serai bientôt guéri, mais vous n'en pensez pas un mot. » Le soir, vers dix heures et demie, on lui donne à boire. Un médecin croit discerner des plaques rouges sur son visage. Au valet : « Approchez donc de la lumière, le Roi ne voit pas son verre. » Consultation générale à l'écart, et diagnostic unanime : c'est la petite vérole, la variole, la grande tueuse du siècle. Bordeu, médecin de la du Barry : « La petite vérole à soixante-quatre ans, avec le corps du Roi, c'est une terrible maladie ! »

Metz recommence. Qui se soucie de cet homme parvenu aux portes de la mort ? La cour ne se passionne, comme à Metz, que pour ou contre les sacrements. La venue des prêtres signifierait le départ de la maîtresse. D'Aiguillon et Richelieu organisent le barrage. Va-t-on au moins dire au roi la vérité sur son mal ? D'Aiguillon impose le silence.

Par peur de la contagion, le dauphin et la dauphine sont relégués dans une aile du château. Mesdames — Adélaïde, Victoire, Sophie — s'installent au chevet du roi. Elles n'ont pas eu la petite vérole et savent qu'elles risquent le pire. Fort dévotes, elles sont partagées entre la hantise de voir leur père partir sans avoir reçu l'extrême-onction et celle d'empirer son mal en lui en révélant la gravité. On pensait alors qu'une violente émotion pouvait faire « rentrer le venin » et entraîner la mort. Les médecins décideront. Ils sont quatorze à entourer leur royal patient et à l'examiner dans l'ordre protocolaire.

Le roi ne cesse de répéter : « Si je n'avais pas eu la petite vérole à dix-huit ans, je croirais l'avoir présentement. » En 1728, des médecins au diagnostic hasardeux avaient pris pour la variole une simple éruption fiévreuse.

Xavier de Saxe, présent à Versailles, écrit à sa sœur : « Vous ne sauriez croire toutes les cabales et intrigues indécentes et indignes qui se passent ici et qui font horreur. » L'enjeu du pouvoir, en déchaînant les appétits, noue les plus invraisemblables alliances. Les athées et libertins du parti Choiseul réclament à grands cris la venue des prêtres puisqu'elle signifierait la chute de la maîtresse et de son homme lige, d'Aiguillon. Du coup, une bonne part du clan dévot la refuse parce qu'elle serait une victoire de Choiseul, l'ennemi des jésuites, dont les couloirs murmurent qu'il ne végétera plus longtemps à Chanteloup. D'Aiguillon et Richelieu bloquent toujours l'accès de la chambre du malade.

Le 3 mai, état stationnaire. L'archevêque de Paris, Beaumont, lui-même très mal en point, se fait éconduire pour la deuxième fois par le maréchal de Richelieu. Un peu plus tard, le roi, examinant les pustules qui recouvrent ses mains, s'exclame : « C'est la petite vérole ! Mais c'est là la petite vérole ! » Tard le soir, il fait venir Jeanne du Barry et lui dit : « À présent que je suis au fait de mon état, il ne faut pas recommencer le scandale de Metz... Je me dois à Dieu et à mon peuple. Ainsi, il faut que vous vous retiriez demain. Dites à d'Aiguillon de venir me parler demain à dix heures. »

Son obsession : « les scènes de Metz », avec le renvoi ignominieux de sa maîtresse d'alors, la duchesse de Châteauroux, et l'acte de repentir du roi lu dans toutes les églises de France. Les trente années écoulées depuis lors n'ont pas émoussé le traumatisme. Cet homme a soutenu trois guerres européennes sanglantes, vu douze famines ou disettes ravager son royaume, exercé pendant trois décennies un pouvoir absolu, mais, au bord de l'agonie, possédé par sa vieille terreur de la damnation éternelle, il ne songe qu'au scandale de sa vie privée.

D'Aiguillon, qui pouvait mesurer dans le moment la haine suscitée par son caractère et ses procédés (elle éclate dans tous les récits de la maladie du roi), savait qu'il ne survivrait pas politiquement au renvoi de la du Barry. Perdu pour perdu, il sut montrer du panache et proposa d'accueillir la favorite dans son château de Rueil. Elle partit dans l'après-midi du 4 mai.

Le 6, le duc de Croÿ note : « Le visage paraissait plus noir, ce qui pouvait venir de la croûte des boutons. Sa voix se sentait des grains qui gênaient le nez et la gorge, mais paraissait encore forte et inquiète. » La suppuration commence, assez faible. Le corps du roi exhale une odeur épouvantable.

Le 7, confession et communion. À la fin de la cérémonie, le cardinal de La Roche-Aymon, grand aumônier, s'approche du roi : « Votre Majesté veut-elle que je rende publiquement ce qu'elle ma confié ? — Oui, répétez ce que je vous ai dit et ce que je dirais moi-même si j'avais assez de force. » Le cardinal va à la porte et déclare : « Messieurs, le Roi me charge de vous dire qu'il demande pardon à Dieu de l'avoir offensé et du scandale qu'il a donné à son peuple. Que si Dieu lui rend la santé, il s'occupera de faire pénitence, du soutien de la religion et du soulagement de ses peuples. » Ce n'était pas l'humiliation de Metz, puisque la mort allait cette fois lester les mots d'une gravité définitive. Le roi confie à sa fille Adélaïde : « Je ne me suis jamais trouvé ni mieux ni plus tranquille. » La suppuration s'accentue et les médecins se reprennent à espérer. Le lendemain, 8 mai, marque le neuvième jour de la maladie. C'est le cap toujours crucial où elle reflue ou s'aggrave. Elle redouble.

La France se partage entre le mépris et l'indifférence. Le jeune duc de Liancourt, grand maître de la garde-robe : « La meilleure raison encore du peu d'effet que faisait sur l'esprit de la cour et de Paris la conduite véritablement respectable de Mesdames, c'était l'objet de leur sacrifice. Le Roi était tellement avili, tellement méprisé, particulièrement méprisé, que rien de ce qu'on pouvait faire pour lui n'avait droit d'intéresser le public... On ne voyait point dans Paris de gens inquiets courir, s'empresser, s'arrêter pour savoir de ses nouvelles. Tout avait l'air calme et tranquille et tout était joyeux et content. » Le baron de Besenval note que le peuple souhaitait la mort du roi et « s'en expliquait hautement dans les rues... sans que qui que ce fût témoignât le moindre intérêt pour lui, tant il était perdu dans l'opinion générale ». Le duc de Croÿ, choqué, écrit dans son journal à la date du lundi 9 mai : « En général, je ne suis pas du tout content de la nation : comme il faisait beau, il y eut beaucoup de monde, ces deux jours, dans le parc [de Versailles], qui se promena à l'ordinaire, les cabarets étaient pleins et personne, hors dans l'appartement, n'eut l'air touché... Un étranger, ni à Versailles, pas même dans les cours, la galerie ou les jardins, ni dans les rues de Paris, n'aurait pu s'apercevoir qu'on y perdait son Roi. » Le jeune comte de Ségur : « Quelle fut ma surprise lorsqu'en accourant à Versailles je me promenai solitaire dans le palais, lorsque je vis régner partout, dans la ville, dans les jardins, une indifférence générale et même une espèce de joie ! » Le libraire parisien Hardy rencontre un chanoine de Notre-Dame qui lui fait ses comptes : « En 1744, quand le Roi était malade à Metz, on nous avait payé six mille messes à la sacristie. En 1757, après l'attentat de Damiens, six cents messes. Et savez-vous combien on nous en demande cette fois-ci ? Trois. » L'abbé de Véry : « Partout les prières des quarante heures furent indiquées dans le cours de sa maladie et partout les temples furent déserts. »

Par contraste avec cette indifférence générale, Besenval indique que trois maisons accueillaient avec plaisir les nouvelles de l'aggravation de la maladie : « Dans celles de madame de Be..., de madame de Te..., et de madame de Br..., par un excès contraire, on se réjouissait ouvertement au plus petit détail fâcheux qui perçait de l'état du Roi. » Point besoin d'être devin pour percer les prudences de Besenval : il s'agit de la princesse de Beauvau, de la comtesse de Tessé, toutes deux choiseulistes, et de Louise-Augustine de Broglie, qui avait ses raisons de ne point former des vœux ardents pour la guérison du malade.

Le 9 mai fut difficile. Le visage du roi n'était qu'une croûte et il avait le plus grand mal à ouvrir ses yeux aux paupières collées. Ses souffrances ne lui arrachaient pourtant pas une plainte. Il reçut l'extrême-onction dans la soirée. Le duc de Croÿ lui vit un « masque de bronze... enfin, comme une tête de maure, de nègre, cuivrée et enflée ». L'odeur suffoquait : « L'infection de sa chambre était affreuse, écrit Besenval, ce qui, joint à tant d'autres motifs, et surtout au peu d'intérêt qu'on prenait à sa personne, faisait qu'on désirait ardemment que cela finît. »

Un valet avait posé une bougie allumée sur le rebord d'une fenêtre du premier étage. Des cavaliers bottés, attendant près de leur monture, ne la quittaient pas des yeux, prêts à porter à travers l'Europe la nouvelle de la mort du roi.

On l'éteignit dans l'après-midi du 10 mai, à trois heures et quart.

*
* *

La disparition de Louis XV anéantit Beaumarchais. Il a vendu pour rien son immense popularité. Le Wilkes français ? Un préposé aux basses besognes poursuivi par la poisse. Non seulement il restera déchu de ses droits civiques, et condamné à payer La Blache, mais sa prestation de service à la du Barry va se retourner contre lui. Le dauphin et la dauphine — non ! le roi, la reine — détestent la favorite. Tous ceux qui portaient ses couleurs peuvent prendre le deuil de leurs espérances.

Six jours après la mort du roi, il écrit à Morande : « Le

diable, qui berce ma vie, m'a enlevé mon protecteur et mon maître. Revenu de toutes les fausses impressions qu'on lui avait données de moi, il m'avait promis justice et bienveillance ; tout est fondu ; et des sept cent quatre-vingts lieues faites en six semaines pour son service, il ne me reste que les jambes enflées et la bourse aplatie. Un autre s'en pendrait. Mais comme cette ressource ne me manquera pas, je la garde pour la fin, et, en attendant que je dise mon dernier mot là-dessus, je m'occupe à voir lequel, du diable ou de moi, mettra le plus d'obstination, lui à me faire choir, et moi à me ramasser. »

*
* *

Louis XVI apprit la mort de son grand-père par « un bruit terrible et absolument semblable à celui du tonnerre » : c'était le déferlement dans les escaliers des courtisans venant au galop se prosterner devant le nouveau maître.

Charles de Broglie est cloué par l'exil à Ruffec. S'il jouissait de la protection du feu dauphin, il n'a aucune liaison avec son fils et se doute bien que ses critiques de l'alliance autrichienne ne lui valent pas la faveur de Marie-Antoinette, dont chacun sait l'ascendant qu'elle exerce sur son mari. Comment expliquer à un roi de vingt ans, tenu résolument à l'écart des affaires par Louis XV, une entreprise aussi ancienne et complexe que le Secret ? Comment lui faire comprendre que le « complot de la Bastille », dont il n'aura connu que l'inconcevable cortège de rumeurs et de ragots, n'existait que par la volonté d'un ministre habile à se défaire de ses rivaux ?

Broglie et Beaumarchais n'ont pour l'instant en commun qu'une exceptionnelle capacité à rebondir.

À peine la nouvelle de la mort de Louis XV est-elle parvenue à Ruffec que Charles reprend vaillamment la plume pour raconter à son successeur l'histoire commencée vingt-deux ans plus tôt : « Le comte de Broglie a été nommé ambassadeur de France (en Pologne) le 14 mars 1752. Le surlendemain de sa nomination, M. le prince de Conti lui remit un billet de Sa Majesté, par lequel Elle lui enjoignait de se conformer à tout ce qui lui serait prescrit par ce prince et de lui en garder le secret. Le comte de Broglie, novice encore dans les affaires politiques, fit quelque difficulté de recevoir par une autre voie que celle du ministre ces ordres du Roi, dont l'exécution lui paraissait d'ailleurs très difficile. M. le prince de Conti en rendit compte au Roi, qui écrivit un second billet au comte de Broglie pour lui ordonner de se conformer au premier. Etc. »

À cinquante-quatre ans, est-on un homme fini ?

FIN DE LA DEUXIÈME PARTIE

À paraître : *Le Secret du Roi,* tome 3 :
La revanche américaine.

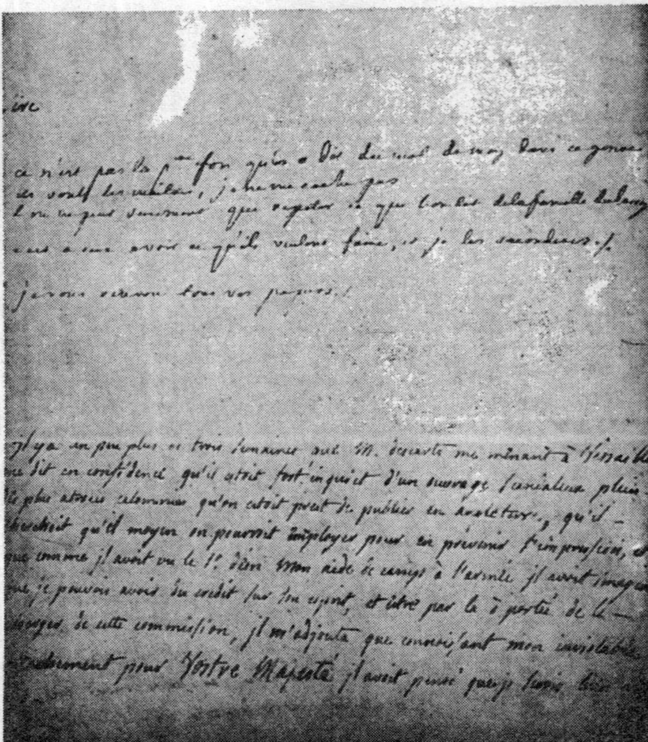

(Document B.N.)

Lettre de Charles de Broglie à Louis XV du 29 juillet 1773. Elle rend compte au roi de l'information donnée par le marquis des Cars à propos de l'impression à Londres d'un pamphlet sur le passé galant de la comtesse du Barry. En haut, en apostille, la réponse de la main du roi : « Ce n'est pas la première fois qu'on a dit du mal de moi dans ce genre... »

Bibliographie

La plupart des livres mentionnés dans la bibliographie du premier tome ont évidemment servi à la rédaction de celui-ci. On a eu recours en sus aux ouvrages suivants :

ARNETH (Alfred d') et GEFFROY (Auguste), *Correspondance secrète entre Marie-Thérèse et le comte de Mercy-Argenteau, avec les lettres de Marie-Thérèse et de Marie-Antoinette,* Paris, 1874.

BLIARD (Paul), « Deux épisodes de la vie de Louis XV », in *Revue des questions historiques*, tome LXXVIII, Paris, 1905.

BONNEVILLE DE MARSANGY (Louis), *Le Chevalier de Vergennes, son ambassade à Constantinople*, Paris, 1894.

—, *Le Comte de Vergennes, son ambassade en Suède,* Paris, 1898.

CHAMBRUN (Charles de), *Vergennes,* Paris, 1944.

FABRE (Jean), *Stanislas-Auguste Poniatowski et l'Europe des Lumières,* Strasbourg, 1952.

GAILLARDET (Frédéric), *La Chevalière d'Éon,* Paris, 1866.

GALLO (Max), *Que passe la justice du roi : vie, procès et supplice du chevalier de La Barre,* Paris, 1987.

GEORGEL (abbé), *Mémoires pour servir à l'histoire des événements de la fin du XVIIIe siècle,* Paris, 1806.

HOMBERG et JOUSSELIN, *Un aventurier au XVIIIe siècle, le chevalier d'Éon,* Paris, 1904.

LA FAYETTE (Gilbert de), *Mémoires, correspondance et manuscrits,* Paris, 1837.

LIGNE (prince de), *Mémoires, lettres et pensées,* Paris, 1989.

MARS (Francis L.), « Ange Goudar », in *Casanova Gleanings,* Nice, 1966.

OZANAM (Didier), « Le "Secret du Roi" et l'Espagne (1764-1765) », in Coloquio internacional Carlos III y su siglo ; Actas, t. 1, Madrid, 1990.

PEREY (Lucien), *Le Duc de Nivernais*, Paris, 1893.
PINSSEAU (Pierre), *L'Étrange destinée du chevalier d'Éon*, Paris, 1945.
PIKOUL (Valentin), *Le Chevalier d'Éon et la guerre de Sept Ans*, Paris, 1983.
RULHIÈRE (Claude), *Histoire de l'anarchie de Pologne*, Paris, 1807.
SÉGUR (Louis-Philippe, comte de), *Mémoires ou souvenirs et anecdotes*, Paris, 1824-1826.
TAILLEMITE (Étienne), *La Fayette*, Paris, 1989.
TELFER (Buchan), *The Strange Career of the Chevalier d'Éon de Beaumont*, Londres, 1885.

Signalons enfin l'heureuse réédition dans la collection Bouquins de la version intégrale et authentique des *Mémoires* de Casanova, introuvable depuis de trop nombreuses années.

Index des noms cités

Table

DEUXIÈME PARTIE
L'ombre de la Bastille

IMPRIMÉ EN FRANCE PAR BRODARD ET TAUPIN
Usine de La Flèche (Sarthe).
LIBRAIRIE GÉNÉRALE FRANÇAISE - 43, quai de Grenelle - 75015 Paris.

ISBN : 2 - 253 - 13910 - 6 31/3910/2